台灣書房

台灣書房

導讀 注音 注釋 白話翻譯 大字版

搜神記

晉・干寶—原著

黃滌明—譯注

五南圖書出版公司 印行

前言

黃滌明

幾年以前，在廣西大學，見到日本國平凡社出版的「東洋文庫」中，有竹田晃先生翻譯的中國古代名著《搜神記》。當時，心裡頗佩服他們有點眼光。

中華文化根深葉茂，源遠流長。至漢魏六朝，有一個志怪小說的繁榮時期。誠然如魯迅先生所說：「六朝人之志怪，卻大抵一如今日之記新聞，在當時並非有意做小說（《中國小說的歷史的變遷》）。」但是它記錄了一大批古代神話傳說、奇聞逸事，內容豐富生動，情節曲折離奇，有很高的藝術價值，確確實實是中國優秀文化遺產的一部分。

《搜神記》是漢魏六朝志怪小說的代表作。千百年來，它廣泛流傳，且爲人津津樂道，對後世文學產生了巨大而深遠的影響，在文學史上占有重要的地位。

《搜神記》舊題晉干寶撰。干寶字令升，新蔡（今屬河南）人。《晉書》

本傳記載，東晉元帝時，他以佐著作郎領修國史，著《晉紀》十卷，「其書簡略，直而能婉，咸稱良史。」此外，「為《春秋左氏義外傳》，注《周易》、《周官》凡數十篇，及雜文集皆行於世。」又有感於生死之事，「遂撰集古今神祇靈異人物變化，名爲《搜神記》，凡三十卷。」不過原書傳至宋代已有部分散佚，現在我們看到的二十卷本，據考證，是明代人從《法苑珠林》及諸類書中輯補而成的。

這次校點註譯《搜神記》，工作底本是明末毛晉《津逮秘書》本，它從明萬曆中海鹽胡震亨輯刻的《秘冊匯函》本收入。校勘以清嘉慶張海鵬《學津討原》本爲主，輔以《漢書》、《後漢書》、《三國志》、《晉書》、《宋書》及《藝文類聚》、《太平廣記》諸書，並參考了中華書局版《搜神記》的汪紹楹先生校注。

需要說明的是，明萬曆年間曾出現商濬《稗海》八卷本《搜神記》，一八九九年在敦煌石室中發現句道興一卷本《搜神記》，但是這兩個異本均與干寶二十卷本《搜神記》沒有什麼牽涉。有人把它們看作是干寶《搜神記》的續書，那也未嘗不可。後世對古書印象深刻，摘取其中材料，甚至襲用原書名，不是沒有先例，完全可以理解。所以我們很少參校這兩個異本，以免造成某種誤會，認假爲眞。而託名陶淵明撰著的《搜神後記》，應是正式繼干寶《搜神記》而作的續書，在內容和文字上兩書常常有一些錯綜複雜的關係，值得深入研究。

今天我們看來，干寶撰《搜神記》意在「明神道之不誣」，於是侈談鬼神，稱道靈異，又附會人事，雜以儒、釋、道三家觀點，其中有許多虛妄怪誕之說。這一方面反映了漢魏六朝時期社會動亂、巫教盛行的歷史事實，一方面也反映了當時人們認識的局限。正如魯迅先生所說：「蓋當時以爲幽明雖殊途，而人鬼乃皆實用。故其敍述異事，與記載人間常事，自視固無誠妄之別矣。」因此，應該歷史地看待《搜神記》，取其民主性的精華，棄其封建性的糟粕。這是校點註譯者的觀點，也是對讀者的希望。

《搜神記》文字本來亦粗疏，流傳既久且有散佚，輯補刊刻難免錯漏。校點註譯可資參考的文獻資料較少，又缺乏可供借助的工具書，工作似易實難，個中甘苦一言難盡。不避淺陋剞劂，惟願能對讀者有所幫助而已。

才輇任重，本書校點註譯的錯誤一定不少，敬請專家讀者批評指正。工作中得到蔣禮鴻、陳振寰、江藍生諸位先生的熱情幫助，謹在此表示衷心的感謝。

搜神記 目次

卷一

卷二

卷三

卷四

卷五

卷六

卷七

卷十二

卷十三

卷十四

卷十五

卷十六

卷十七

卷十八

卷十九

卷二十

卷一

1 神農鞭百草

神農以赭鞭鞭百草❶，盡知其平毒寒溫之性，臭味所主❷。以播百穀，故天下號「神農」也。

【注　釋】

❶神農，又稱炎帝神農氏，神話傳說中南方的天帝，據說他「人身牛首」，是農業和醫藥的發明者。赭鞭，赤鞭。赭，赤色。神農是火德之帝，故用赤色神鞭。「鞭百草」的「鞭」字用如動詞。❷平毒寒溫之性，指草的藥性。「平」即無毒。臭味，氣味，此指草的藥味。《本草經・序錄》：「藥有酸、鹹、苦、甘、辛五味，又有寒、熱、溫、涼四氣及有毒、無毒。」五味治病各有所主，如酸主肝，鹹主腎，甘主脾，苦主心，辛主肺。

【譯　文】

神農氏用赤色神鞭去鞭打各種草木，完全知道它們有毒、無毒、或寒、或溫的藥性，它們的藥味所主治的疾病。又因爲他播種各種莊稼，所以天下的人稱他爲「神農」。

2 雨師赤松子

赤松子者，神農時雨師也❶。服冰玉散❷，以教神農。能入火不燒❸。至崑崙山，常入西王母石室中❹。隨風雨上下。炎帝少女追之，亦得仙俱去。至高辛時❺，復爲雨師，游人間。今之雨師本是焉❻。

【注釋】

❶赤松子，古傳說中的仙人。亦作「赤誦子」。雨師，司雨之神。❷冰玉散，當爲「水玉散」。傳說是吃了不死的仙藥。《抱朴子・內篇・仙藥》：「赤松子以玄蟲血漬玉爲水而服之，故能乘煙上下也。玉，屑服之，與水餌之，俱令人不死。」❸入火不燒，一本作「入火自燒」，即跳進火裡焚燒自己而升仙，所謂「火化登仙」。❹西王母，即西華金母，傳說中的先天仙聖。《山海經・西次三經》：「西王母其狀如人，豹尾虎齒而善嘯，蓬髮戴勝，是司天之厲及五殘。」《漢書・地理志》：「金城郡臨羌，西北至塞外。有西王母石室、仙海、鹽池。」❺高辛，即帝嚳，傳說中古代部族首領。《世本》稱他是黃帝的曾孫。❻今之雨師，指後世掌管祈雨的巫師。

【譯文】

赤松子，是神農氏時候的雨師。他服用水玉散這種長生不死之藥，並且教神農氏服用。他能跳進火裡不會焚燒。到崑崙山，他常常去西王母住的石室裡。他隨著風雨上天下地。炎帝神農的小女兒跟隨他，也成爲神仙，一起升天。到高辛氏的時候，他又擔任雨師，漫遊人間。如今的雨師把他奉爲祖師。

3 赤將子輿

赤將子輿者，黃帝時人也❶。不食五穀而啖百草華❷。至堯時爲木工❸。能隨風雨上下。時於市門中賣繳❹，故亦謂之「繳父」。

【注釋】

❶赤將子輿，據說是能日行五百里、一年十易皮的神仙。黃帝，傳說是中原各族的共同祖先，號軒轅氏、有熊氏。神話中說他打敗炎帝，擊殺蚩尤。❷啖，吃。華，同「花」。❸堯，陶唐氏，史稱唐堯，名放勛。傳說中父系氏族社會後期部落聯盟領袖。❹繳，繫在箭上用來射鳥以便收回的生絲繩。

【譯文】

赤將子輿，是黃帝時候的人。他不吃五穀，而吃各種草木的花。堯帝時候他做木工。能夠隨著風雨上上下下。他時常在市場上賣繫箭的生絲繩，所以也稱他爲「繳父」。

4 甯封子自焚

甯封子❶，黃帝時人也。世傳爲黃帝陶正❷。有異人過之，爲其掌火❸，能出入五色煙❹，久則以教封子。封子積火自燒，而隨煙氣上下。視其灰燼，猶有其骨。時人共葬之甯北山中❺，故謂之「甯封子」。

【注釋】

❶甯封子，古傳說中的仙人。姓甯，名封子。❷陶正，古代管理陶器製作的官。❸異人，神異之人，即是神仙。過，拜訪。掌火，指掌握燒冶陶器的火候。❹五色煙，五彩煙火。指燒冶陶器的火焰。❺甯北，甯邑之北。甯，古邑名，在今河南修武一帶。

【譯文】

甯封子，是黃帝時候的人。世間傳說他是黃帝的陶正。曾有神人去拜訪他，爲他掌握燒冶陶器的火候，能夠在五彩煙火中進進出出。時間長了他就把這種法術教給封子。封子堆積柴火自己焚燒自己，隨著煙氣上上下下。人們察看那剩下的灰燼，裡面還有封子的骸骨。當時人們一齊把封子的骸骨葬在甯北的山中，所以稱他爲「甯封子」。

5 偓佺採藥

偓佺者，槐山採藥父也❶。好食松實❷。形體生毛，長七寸。兩目更方❸。能飛行，逐走馬。以松子遺堯，堯不暇服。松者，簡松也❹。時受服者，皆三百歲。

【注釋】

❶偓佺，古仙人名，唐堯時人。事見《史記·司馬相如列傳》。槐山，古地名，在朝歌山的東面。《山海經·中山經》：「（朝歌之山）又東五百里，曰槐山，谷多金錫。」清畢沅《山海經新校正》本作「䅲山」，云䅲當爲⿰禾兄，⿰禾兄即稷字古文，則是稷山。稷山在今山西省稷山縣南，相傳后稷在此敎民稼穡，故名。❷松實，即「松子」，指松樹的種實，芳香可食。❸更方，指兩隻眼睛的視線輪流更換方向。如一隻看左，一隻看右；一隻看上，一隻看下。❹「松者簡松也」，疑爲注文竄入正文。《初學記》二八引《列仙傳》作「松者橫也」。

【譯文】

偓佺，是槐山上採藥的老漢。喜歡吃松樹的種實。他身上生有毛，毛長七寸。兩隻眼睛輪流更換視線的方向。能夠在天空飛行，追得上奔馳的快馬。他把松樹的種實送給唐堯，唐堯沒有空閒服用。松樹，就是簡松。當時服用的人，都活了三百歲。

6 彭祖七百歲

彭祖者，殷時大夫也❶。姓錢，名鏗。帝顓頊之孫，陸終氏之中子❷。歷夏而至商末❸，號七百歲。常食桂芝❹。歷陽有彭祖仙室❺，前世云，禱請風雨，莫不輒應❻。常有兩虎在祠左右。今日祠之訖❹，地則有兩虎跡。

【注釋】

❶彭祖，《列仙傳》、《神仙傳》列於「仙」，云姓籛，堯時封於彭城（治所在今江蘇徐州市），善導引（氣功）行氣，故得永壽。殷，朝代名，即商朝，也稱殷商，約當西元前十六世紀至前十一世紀。《世本》稱彭祖在殷商時爲守藏史。❷顓頊，上古帝王。傳說是黃帝的玄孫，昌意的兒子。號高陽氏。神話中是北方的天帝。陸終氏，顓頊的後裔。中子，第三子。據《世本·帝系篇》（清秦嘉謨輯補本），陸終是顓頊之孫吳回的第三子。❸夏，我國歷史上第一個朝代，約當西元前廿一世紀至前十六世紀。後爲商湯所滅。❹桂芝，靈芝的別稱。古代傳說靈芝是仙草，食之可以長生不老。❺歷陽，古地名，在今安徽和縣一帶（縣西北四十里有歷陽山）。秦置歷陽縣。晉設歷陽郡。❻禱，向神祝告求福。輒，立刻。❼訖，絕止，即消失的意思。

【譯文】

彭祖，是商朝的大夫。姓錢，名叫鏗。他是天帝顓頊的玄孫，陸終氏的第三個兒子。他經過夏朝活到商朝末年，號稱有七百歲。他經常服食桂芝。歷陽地方有彭祖仙室，前輩人說，到那禱告請求風雨，沒有不立刻應驗的。當年常常有兩隻老虎守在彭祖祠的左右兩邊。如今彭祖祠不存在了，那地上還留著兩隻虎的足跡。

7 師門使火

師門者，嘯父弟子也❶。能使火❷。食桃葩❸。爲孔甲龍師❹，孔甲不能修其心意❺，殺而埋之外野。一旦，風雨迎之，山木皆燔❻。孔甲祠而禱之❼，未還而死。

【注釋】

❶師門，古仙人名，傳說是夏朝人。嘯父，《列仙傳》：「嘯父者，冀州人也。少在西周市上補履，數十年人不知也。後奇其不老，好事者造求其術，不能得也。唯梁母得其作火法。臨上三亮山，與梁母別，列數十火而升。西邑多奉祀之。」❷使火，列火自焚而升天成仙。❸桃葩，桃花。葩，花。❹孔甲，夏帝之名，是少康之後九世君，不降之子。《左傳·昭公二十九年》：「有夏孔甲，擾於有帝，帝賜之乘龍，河、漢各二，各有雌雄。」龍師，即御龍師，駕御龍的人員。❺修其心意，猶言順其心意。《列仙傳》作「順其意」。順，順遂，適合。❻燔，焚燒。❼祠，用如動詞，建立神祠。

【譯文】

師門，是嘯父的弟子。他能夠列火自焚登仙。吃桃花。擔任夏帝孔甲的御龍師。孔甲因爲他不能順遂自己的心意，把他殺死，埋在城外的荒野裡。有一天，風雨來迎接他升天，山上的草木都燃燒起來。孔甲給他建立神祠禱告，還沒有回到家就死了。

8 葛由乘木羊

前周葛由，蜀羌人也❶。周成王時❷，好刻木作羊賣之。一旦，乘木羊入蜀中。蜀中王侯貴人追之，上綏山❸。綏山多桃，在峨眉山西南❹，高無極也。隨之者不復還，皆得仙道。故里諺曰：「得綏山一桃，雖不能仙，亦足以豪❺。」山下立祠數十處。

【注釋】

❶「前周」二字，汪紹楹先生認爲非本書原有，當是《法苑珠林》作者道世所加。葛由，古仙人名。蜀，古蜀國，故治即今四川成都市。羌，古族名，主要分布在今甘肅、青海、

四川一帶。❷周成王，西周帝王，名姬誦。武王之子，康王之父。❸綏山，在四川省峨嵋縣峨嵋山西南。❹峨眉山，在四川峨嵋縣西南。其兩山相對如蛾眉，故名。❺豪，此指隨心所欲，不受拘束。

【譯文】

西周時葛由，是蜀地的羌人。周成王時候，他喜歡用木頭雕刻木羊去賣。有一天，他騎著木羊來到蜀中，蜀中的王侯貴人們都跟隨他，登上綏山。綏山有很多桃子，山的位置在峨嵋山的西南方，是一座高得不見頂的山。追隨他的人不再回去，都得了仙道。因此民間諺語說：「得吃綏山一隻桃，即使不能成仙，也能隨心所欲無拘束。」綏山腳下幾十個地方有葛由的神祠。

9 崔文子學仙

崔文子者，泰山人也❶。學仙於王子喬❷。子喬化爲白蜺❸，而持藥與文子。文子驚怪，引戈擊蜺，中之，因墮其藥。俯而視之，王子喬之屍也❹。置之室中，覆以敝筐。須臾，化爲大鳥。開而視之，翻然飛去❺。

【注釋】

❶崔文子，《列仙傳》：「好黃老事，賣藥都市，自言三百歲。後有疫氣，民死者萬計，文子以藥救愈之，治人無數，實近於神焉。」泰山，五岳之東岳，在山東省泰安縣北五里。也稱岱宗。❷王子喬，據《列仙傳》，名晉，爲周靈王太子。好吹笙，作鳳鳴。後遊伊洛之間，遇道士浮丘生，接引上嵩山，修煉成仙。❸霓，虹的一種。也叫副虹。《爾雅·釋天》邢昺疏：「虹雙出，色鮮盛者爲雄，雄曰虹；暗者爲雌，雌曰霓。」❹王子喬之屍，聞一多《楚辭補注》謂「屍」當作「履」。譯文從其說。❺翻然，回環飛翔的樣子。

【譯文】

崔文子，是泰山人。他跟隨王子喬學仙道。王子喬變爲白霓，帶著仙藥來給崔文子。崔文子見了白霓，感到驚奇，拿起戈來投向白霓，射中了它，於是它帶的藥掉了下來。崔文子俯下身去看，原來是王子喬的鞋子。他把鞋子放在屋子裡，用破筐子蓋住。一會兒，鞋子變成大鳥。他打開筐子來看，大鳥繞幾個圈子飛走了。

10 冠先釣魚

冠先，宋人也❶。釣魚爲業。居睢水旁百餘年❷。得魚，或放，或賣，或自食之。常冠帶❸。好種荔❹，食其葩實焉。宋景公問其道❺，不告，即殺之。後數十年，踞宋城門上❻，鼓琴，數十日乃去。宋人家家奉祠之。

【注釋】

❶冠先，古仙人名。宋，春秋時國名，子姓。西元前十一世紀開國，歷周、春秋至戰國時尚存，西元前二八六年爲齊所滅。都城商丘(今河南商丘南)，有今河南東部和山東、江蘇、安徽間地。❷睢水，古運河鴻溝的支派之一。今大部湮淤。故道自今河南開封縣東分出，流經杞縣、睢縣北、寧陵、商丘南、夏邑、永城北、安徽濉溪市南、宿縣、靈璧、江蘇睢寧北，至宿遷縣南注入古代泗水。❸冠，動詞，戴帽子。帶，動詞，繫帶子。古人「常冠帶」表示衣著講究，不同凡俗。❹茘，此指薜茘，亦稱「木蓮」、「鬼饅頭」。莖葉、果實均入藥。❺宋景公，春秋戰國之交的宋國君，宋文公四代孫，名頭曼。西元前五一六至前四五三年在位。❻踞，蹲。

【譯文】

冠先，是宋國人。他以釣魚爲職業。住在睢水邊上一百多年。釣得魚，有的拿去放生，有的拿去賣，有的自己飼養它。他經常戴著帽子，繫著衣帶。他喜歡栽種薜茘，吃它的花和果實。宋景公向他請教道術，他不說，就把他殺死了。幾十年以後，他蹲在宋國城門上，彈著琴，幾十天才離開。宋國百姓家家都祭祀他。

11 琴高取龍子

琴高，趙人也❶。能鼓琴，爲宋康王舍人❷。行涓彭之術❸，浮遊冀州涿郡間❹，二百餘年。後辭入涿水中，取龍子❺。與諸弟子期之，曰：「明日皆潔齋❻，候於水旁，設祠屋。」果乘赤鯉魚出，來坐祠中。且有萬人觀之。留一月，乃復入水去。

【注釋】

❶琴高，古仙人名，戰國時人。趙，古國名，戰國七雄之一。疆域有今山西中部、河北西南部、陝西東北部。❷宋康王，名偃，戰國時宋國君。舍人，官名，是王公貴官的左右親近屬官。❸涓彭之術，即神仙之術。涓，指涓子。《列仙傳》：「涓子者，齊人也。好餌術，接食其精，至三百年，仍常見於齊地。著天人經四十八篇。後釣魚於荷澤，得鯉魚，腹中有符，能致風雨。後得仙去。」彭，指彭祖。見前〈彭祖七百歲〉篇注。❹冀州，古九州之一，《爾雅·釋地》：「兩河間曰冀州。」《周禮·職方》：「河內曰冀州。」指今陝西和山西間黃河以東、河南和山東黃河以北、遼寧遼河以西地區。涿郡，郡名，漢置，即今河北涿縣治。❺辭，指辭世，即避世。涿水，似即今拒馬河，在河北涿縣西，流經縣境。龍子，一種神物，形如壁虎，傳說是龍之子。❻潔齋，清潔齋戒。古人祭祀前潔身清心素食，以示莊敬。

【譯文】

琴高，是戰國時趙國人。善於彈琴，曾任宋康王的舍人。他修行涓子、彭祖的神仙之術，在冀州涿郡一帶地方漫遊二百多年。後來避世入涿水中去，獲得龍子。他和弟子們約定，說：「明天你們都清潔齋戒，在水邊等候，設立神祠祭祀。」到時他果然騎著赤鯉魚出水，來到神祠中坐定。約有一萬人來觀瞻他。他停留一個月，才又沒入水裡去。

12 陶安公騎赤龍

陶安公者，六安鑄冶師也❶。數行火❷，火一朝散上，紫色衝天。公伏冶下求哀。須臾，朱雀止冶上❸，曰：「安公安公，冶與天通。七月七日，迎汝以赤龍。」至時，安公騎之，從東南去。城邑數萬人，豫祖安送之❹，皆辭訣。

【注釋】

❶陶安公，古仙人名。六安，郡國名。西漢元狩二年(西元前一二一年)改衡山郡置六安王國。治所在六縣(春秋六國，今安徽六安縣北)。鑄冶師，冶煉鎔鑄金屬的專業技師。❷行火，指舉火冶煉金屬。❸朱雀，神鳥名。《夢溪筆談》曰：「四方取象，蒼龍、白虎、朱雀、龜蛇。唯朱雀莫知何物，但謂鳥而朱者。羽族赤而翔上，集必附木，此火之象也。或謂之長離。……或云，鳥即鳳也。」❹豫，通「預」，事先準備。祖，古人出行時祭祀路神。

【譯文】

陶安公，是六安國的鑄冶師。他多次生火冶煉金屬，火一旦往上燃燒，紫色火焰直衝天空。陶安公俯伏在鑄冶爐下哀求。一會兒，朱雀飛來停在冶煉爐上，說：「陶安公，陶安公，冶煉爐，與天通；七月七日，接你上天，乘騎赤龍。」到那一天，陶安公騎赤龍，從東南方離去。城市裡幾萬人，預先做了準備，祭祀路神，爲陶安公送行，陶安公一一向他們辭行告別。

13 焦山老君

有人入焦山七年❶，老君與之木鑽❷，使穿一盤石，石厚五尺。曰：「此石穿，當得道。」積四十年，石穿，遂得神仙丹訣❸。

【注釋】

❶焦山，在江蘇丹徒縣東，孤立大江中，和金山對峙。❷老君，太上老君。道教以老子爲道祖，是至尊之神，稱太上老君。《老子內傳》：「太上老君，姓李名耳，字伯陽，一名重耳。生而白髮，故號老子。耳有三漏，又號老聃。」❸神仙丹訣，道教煉丹修道成仙的法訣。

【譯文】

有一個人進入焦山，學道七年，太上老君拿一把木頭做的鑽子給他，叫他去鑽穿一塊盤石，盤石有五尺厚。太上老君說：「這塊石頭鑽穿，就能得道成仙。」這個人一直鑽了四十年，盤石鑽穿了，他終於得到了煉丹成仙的法訣。

14 魯少千應門

魯少千者，山陽人也❶。漢文帝嘗微服懷金過之❷，欲問其道。少千拄金杖，執象牙扇，出應門❸。

【注釋】

❶魯少千，仙人名。山陽，古地名。戰國魏邑。漢置縣，以在太行山之南而得名。❷漢文帝，西漢皇帝，名劉恆。西元前一八〇至前一五七年在位。微服，王公貴族改穿平民服裝，隱藏自己的身份。❸應門，謂有人叩門，出來應接。

【譯文】

魯少千，是山陽縣人。漢文帝曾經改穿平民服裝，帶著黃金去拜訪他，想向他學習道術。魯少千拄著金拐杖，手拿象牙扇子，出門來應接漢文帝。

15 淮南八公歌

淮南王安好道術❶，設廚宰以候賓客。正月上午❷，有八老公詣門求見❸。門吏白王，王使吏自以意難之，曰：「吾王好長生，先生無駐衰之術❹，未敢以聞。」公知不見，乃更形為八童子，色如桃花。王便見之，盛禮設樂，以享八公。援琴而弦歌曰：「明明上天，照四海兮。知我好道，公來下兮。公將與余，生羽毛兮。升騰青雲，蹈梁甫兮❺。觀見三光，遇北斗兮❻。驅乘風雲，使玉女兮❼。」今所謂〈淮南操〉是也❽。

【注釋】

❶淮南王安，即劉安。《神仙傳》：「劉安，漢高帝孫，襲父封為淮南王。讀書鼓琴，好神仙術。折節下士，嘗招致賓客方士。作內書二十篇又八章，言神仙黃白之事，與變化之道。一日有八公詣門，王迎之，待之以禮。八公授王丹經，教以修煉。後白日升天，雞犬隨之。」《漢書》有傳。❷正月上午，據《樂府詩集》五八引《古今樂錄》，當為「正月上辛」，即正月的第一個辛日。《史記·樂書》：「漢家常以正月上辛，祀太乙甘泉。」❸八老公，即八公，似為八位神仙。《神仙傳》稱其「皆鬚眉皓白」。❹駐衰之術，指停止衰老、長生不死之術。❺梁甫，亦作「梁父」，古山名。在今山東泰安東南，西連徂徠山。秦始皇、漢光武帝禪梁父都是在這裡。❻三光，指日、月、星之光。《古今樂錄》作「瑤光」。《春秋運斗樞》：「北斗七星，第七曰瑤光。」北斗，也叫「北斗七星」，是在天宮北方排列成斗（或杓）形的七顆亮星。❼玉女，仙人所使的侍女。❽〈淮南操〉，又題〈八公操〉。《古今樂錄》：「淮南好道，正月上辛，八公來降，王作此歌。」所錄歌詞末尾還有「含精吐氣，嚼芝草兮。悠悠將將。天

相保兮」等句。

【譯文】

淮南王劉安喜歡道術，專門預備廚師迎候賓客方士。正月上辛那一天，有八位老人登門求見。門吏去稟報淮南王，淮南王讓門吏自己隨意非難他們，說：「我們大王喜歡長生不老，先生們看來並沒有停止衰老長生不死的法術，我不敢替你們去傳報。」八位老人知道是淮南王不願意接見，於是變化形貌成爲八個童子，臉色像桃花一樣紅潤。淮南王於是接見了他們，用隆重的禮節、盛大的歌舞來款待八老人。淮南王操起琴，和著弦音歌唱道：「上天無比光明，普照人間大地。知道我喜歡道術，八老人從天上降臨。八老人將賜福給我，讓我長出翅膀成仙人。騰上青雲升上天，到梁父山去漫遊。看得見日月星三光，遇得上北斗七星。駕著清風乘著雲，使喚著天上的玉女。」這支歌就是如今所說的〈淮南操〉。

16 劉根召鬼

劉根字君安，京兆長安人也❶。漢成帝時，入嵩山學道❷。遇異人，授以秘訣，遂得仙。能召鬼。潁川太守史祈以爲妖❸，遣人召根，欲戮之。至府，語曰：「君能使人見鬼，可使形見❹。

不者加戮。」根曰：「甚易。借府君前筆硯書符❺。」因以叩几。須臾，忽見五六鬼，縛二囚於祈前。祈熟視，乃父母也。向根叩頭曰：「小兒無狀，分當萬死❻。」叱祈曰：「汝子孫不能光榮先祖，何得罪神仙，乃累親如此❼！」祈哀驚悲泣，頓首請罪❽。根默然忽去，不知所之。

【注　釋】

❶劉根，古仙人名。《歷世眞仙通鑒》云：「劉根，潁川人。能令人見鬼。隱於嵩山。」《後漢書》有傳。京兆，漢代行政區名。轄境約當今陝西秦嶺以北、西安市以東、渭河以南地。治所在長安（今西安市）。❷漢成帝，西漢皇帝，名劉驁。西元前三十二至前七年在位。嵩山，山名，五岳之中岳。在河南登封縣北。❸潁川，郡名，治所在陽翟（今河南禹縣）。轄境相當於今河南登封、寶豐以東，尉氏、郾城以西，密縣以南，葉縣、舞陽以北地。太守，一郡行政最高長官。《神仙傳》以潁川太守爲「張府君」。❹第一個「見」，看到。第二個「見」，顯現。指鬼顯身形。❺府君，漢代對太守的稱呼。符，道士用來召鬼驅神的文書。❻無狀，沒有禮貌。即有罪過。分，作「理該」講。❼親，指雙親，即父母。❽頓首，叩頭，即頭叩地而拜，是古代敬禮的方式。

【譯　文】

劉根，字君安，是京兆長安人。漢成帝時候，他進嵩山學習道術。遇到一位神人，把神仙密訣教給他，就成了仙人，能夠召使鬼魂。潁川太守史祈認爲劉根是妖怪，派人去把他傳來，想殺死他。劉根到官府，史祈對他說：「你能使人見到鬼，就讓鬼的身形顯現出來。不然的話就殺死你。」劉根說：「這很容易。借你面前的筆硯寫一道符。」於是他拿起符，敲著桌子。一會兒，忽然看見五六個鬼，綁著兩個囚犯到史祈面前。史祈仔細一看，竟是自己的父母，他父母向劉根叩頭說：「我兒子沒有禮貌，理該萬死。」父母責罵史祈說：「你作子孫的不能光宗耀祖也罷，爲何得罪神仙，竟連累父母到這種地步！」史祈又驚奇又悲哀地哭泣起來，向劉根叩頭請罪。劉根默默地忽然離開，不知道往哪兒去了。

17 王喬飛舃

漢明帝時❶，尚書郎河東王喬爲鄴令❷。喬有神術，每月朔，嘗自縣詣臺❸。帝怪其來數而不見車騎，密令太史候望之❹。言其臨至時，輒有雙鳧從東南飛來❺。因伏伺，見鳧，舉羅張之。但得一雙舃❻。使尚書識視❼，四年中所賜尚書官屬履也❽。

【注釋】

❶漢明帝，東漢皇帝，即劉莊，光武帝子。西元五十八至七十五年在位。❷尚書郎，官名。東漢之制，取孝廉中有才能者，入尚書臺，在皇帝左右處理政務，滿一年稱尚書郎。

河東，古地區名。指今山西省西南部。王喬，仙人名。《後漢書》有傳。《列仙傳》說是古仙人王子喬的化身。鄴，古縣名，在今河北臨漳西南。《風俗通》、《水經注》、《後漢書》「鄴」作「葉」，古縣名，在今河南葉縣南。令，縣令，即縣的行政長官。❸朔，夏曆每月初一。詣臺，猶言入朝。魏晉時謂朝廷禁省爲臺。❹數，屢次，頻繁。太史，官名。負責記載史事，編寫史書，兼管天文曆法、祭祀等。❺凫，泛指野鴨。❻羅，捕鳥的網。舃，同「舄」，鞋的通稱。❼尚書，《風俗通》作「尚方」。司馬彪《續漢書·百官志》：「尚方令一人，六百石，掌上手工，作御刀劍諸好器物。」❽四年，當是漢明帝永平四年，即西元六十一年。

【譯　文】

漢明帝時候，尚書郎河東人王喬任鄴縣令。王喬有神仙之術，每月初一，常從縣裡來到朝廷。漢明帝奇怪王喬來得頻繁卻不見乘車騎馬，秘密命令太史去守候偵察他。太史報告說，王喬要到的時候，就有一對野鴨從東南方飛來。於是皇帝派人埋伏等候，看見那對野鴨飛來，就舉起網去捕捉它。捕得的只是一雙鞋子。讓尚書來辨認，原來是明帝永平四年時賜給尚書官屬的鞋子。

18 薊子訓遁去

薊子訓❶，不知所從來。東漢時，到洛陽，見公卿數十處❷，皆持斗酒片脯候之❸，曰：「遠來無所有，示致微意。」坐上數百人，飲啖終日不盡❹。去後皆見白雲起，從旦至暮。時有百歲公說：「小兒時，見訓賣藥會稽市❺，顏色如此。」訓不樂住洛，遂遁去。正始中❻，有人於長安東霸城❼，見與一老公共摩娑銅人❽，相謂曰：「適見鑄此，已近五百歲矣。」見者呼之曰：「薊先生小住。」並行應之。視若遲徐，而走馬不及。

【注釋】

❶薊子訓，東漢齊（今山東泰山北黃河流域及膠東半島地區）人。《歷世眞仙通鑑》說他「二百餘歲顏色不老」。《後漢書·方術列傳》有〈薊子訓傳〉。《博物志》載，魏王（曹操）集方士名有薊子訓。❷公卿，原指三公九卿，後泛指朝廷的高級官員。❸脯，乾肉。候，指接待賓客。❹飲啖，給人吃喝。❺會稽，郡名。治所在吳縣（今江蘇蘇州市）。轄境相當於今江蘇省長江以南、茅山以東、浙江省大部及福建全省。❻正始，魏齊王曹芳年號（西元二四〇～二四九年）。❼霸城，古地名。漢文帝九年（西元前一七一年）於此建縣，名霸陵，三國魏改名霸城。治所在今陝西省西安市東北。❽摩娑，用手撫摸。娑，通「挲」。

【譯文】

薊子訓，不知道是哪兒來的人。東漢時候，他來到洛陽，在幾十個地方接待朝廷高級官員。他總是拿著一斗酒一塊乾肉，來招待他們。他說：「從很遠的地方來，沒有什麼東西招待，只是表示自己的一點點心意。」在坐的有幾百人，給他們喝酒吃肉一整天，卻總是吃不完。薊子訓走了以後，大家都看見白雲升起，從早上一直到晚上。當時有一個上百歲的老公公說：「我還是小孩的時候，就看見薊子訓在會稽的集市上賣藥，臉色就是這個樣子。」薊子訓不喜歡在洛陽居住，就離開那裡隱居了。魏正始年間，有一個人在長安東邊的霸城，看見薊子訓和一個老公公一起在撫摸銅人，他們對話說：「剛剛看見冶鑄這個銅人，一下子已經快五百年了。」看見他們的人喊道：「薊先生稍等一下。」薊子訓他們一邊走一邊應答。看去像是慢悠悠的，但是快跑的馬也趕不上。

19 漢陰生乞市

漢陰生者，長安渭橋下乞小兒也❶。常於市中丐❷。市中厭苦，以糞灑之。旋復在市中乞，衣不見污如故。長吏知之❸，械收繫，著桎梏❹，而續在市乞。又械欲殺之，乃去。灑之者家，屋室自壞，殺十數人。長安中謠言曰❺：「見乞兒，與美酒，以免破屋之咎❻。」

【注釋】

❶漢陰生，漢時人，名陰生。渭橋，長安附近渭水上的橋，有中、東、西三座。乞小兒，

行乞的小人。小兒，猶言小人，即地位卑賤的人。❷丐，乞討。❸長吏，此指地位較高的縣級官吏。《漢書·百官公卿表》：「縣令、長皆秦官……皆有丞、尉，秩四百石至二百石，是爲長吏；百石以下有斗食佐史之秩，是爲少吏。」❹械，刑具，引申爲拘繫。桎梏，古代拘繫罪人手脚的刑具。《周禮·秋官·掌囚》鄭玄注：「在手曰梏，在足曰桎。」❺謠，歌謠；言，言辭。謠言，歌曲中言辭，即歌詞。❻咎，災禍。

【譯　文】

漢代有一個叫陰生的人，是長安渭橋下行乞的小人。他經常到集市乞討。集市上的人討厭他，憎恨他，拿糞灑在他身上。一會兒，他又在集市上乞討，衣服不見有糞污，就像先前一樣。縣吏知道了這件事，把他拘捕起來，關進監牢，戴上腳鐐手銬。但是他馬上又會回到集市上繼續乞討。縣吏又拘捕他，想把他殺死，他才逃走了。拿糞灑他的人家，房屋自行倒塌，死了十多人。長安城裡流傳著歌謠，歌詞說：「見到乞丐，給他美酒，免得遭到房屋倒坍的災禍。」

20　平常生復生

穀城鄉平常生❶，不知何所人也。數死而復生。時人爲不然❷。後大水出，所害非一。而平輒在缺門山上大呼❸，言：「平常生在此。」云：「復雨❹，水五日必止。」止則上山求祠之，但見平衣杖革帶。後數十年，復為華陰市門卒❺。

【注釋】

❶穀城，春秋時周邑。《左傳·定公八年》：「單子伐穀城。」漢置穀城縣。城西臨穀水，故名。故城在今河南洛陽西北。平常生，據《法苑珠林》及《北堂書鈔》引《列仙傳》，「平」作「卒」。意為門卒名常生者。❷為不然，不以為然，即未予重視的意思。❸缺門山，《水經注》：「穀水東經缺門山。山阜之不接者里餘，故得是名。」俗稱鐵門山，在今河南新安縣西三十里。❹復雨，雨停。復，遏，停止。❺華陰，縣名，漢置。以在華山之陰（山的北面）得名，故治在今陝西華陰縣東南。門卒，看守城門的差役。

【譯文】

穀城鄉有個平常生，不知道是何處的人。他多次死亡以後又再活過來。當時的人並不重視他。後來穀城發大水，造成許多危害。於是平常生就在缺門山上大聲呼喊，說：「平常生在這裡。」又說：「停止下雨，大水五天必須消止。」水消止了，人們上山去找平常生，要立祠祭祀他，卻只看見他的衣服手杖和皮帶。幾十年以後，平常生又在華陰縣城當門卒。

21 左慈使神通

左慈字元放，廬江人也❶，少有神通。嘗在曹公座❷，公笑顧眾賓曰：「今日高會，珍羞略備。所少者，吳松江鱸魚爲膾❸。」放云：「此易得耳。」因求銅盤，貯水，以竹竿餌釣於盤中❹。須臾，引一鱸魚出。公大拊掌❺，會者皆驚。公曰：「一魚不周坐客，得兩爲佳。」放乃復餌釣之。須臾，引出。皆三尺餘，生鮮可愛。公便自前膾之，周賜座席。公曰：「今即得鱸，恨無蜀中生薑耳❻。」放曰：「亦可得也。」公恐其近道買，因曰：「吾昔使人至蜀買錦，可敕人告吾使❼，使增市二端❽。」人去，須臾還，得生薑。又云：「於錦肆下見公使，已敕增市二端。」後經歲餘，公使還，果增二端。問之，云：「昔某月某日，見人於肆下，以公敕敕之。」

後公出近郊，士人從者百數❾。放乃賚酒一罌、脯一片❿，手自傾罌，行酒百官，百官莫不醉飽。公怪，使尋其故。行視沽酒家，昨悉亡其酒脯矣。公怒，陰欲殺放。放在公座，將收之，卻入壁中，霍然不見⑪。乃募取之。或見於市，欲捕之，而市人皆放同形，莫知誰是。後人遇放於陽城山頭⑫，因復逐之，遂走入羊群。公知不可得，乃令就羊中告之曰：「曹公不復相殺，本試君術耳。今既驗，但欲與相見。」忽有一老羝⑬，屈前兩膝，人立而言曰：「遽如許⑭。」人即云：「此羊是。」競往赴之。而群羊數百皆變爲羝，並屈前膝，人立云：「遽如許。」於是遂莫知所取焉。老子曰⑮：「吾之所以爲大患者，以吾有身也。及吾無身，吾有何患哉！」若老子之儔⑯，可謂能無身矣。豈不遠哉也？

【注釋】

❶左慈，東漢末人。《後漢書》有傳。《神仙傳》說他「少居天柱山，得石室丹經，明六甲神術」。廬江，古郡名，治所在安徽廬江縣西。❷曹公，指曹操（西元一五五～二二〇年），字孟德，東漢獻帝時丞相。後追尊爲魏武帝。❸吳松江，即今吳淞江，一稱蘇州河。源出太湖瓜涇口，爲黃浦江支流。鱸魚自古爲吳松江特產。膾，切細的魚肉，此指魚片。❹餌釣，把魚餌掛在鈎上釣魚。❺拊掌，高興地鼓掌拍手。❻蜀，古地名，三國時稱蜀漢，轄境爲今四川、雲南大部，貴州全部，陝西漢中及甘肅白龍江流域一部分。❼錦，彩錦。蜀地所

產之錦圖案精美，自西漢就已出名，魏晉以來更行銷全國。敕，命令。❽市，購買。端，古代布帛的長度單位。《左傳》杜注：「二丈為一端，二端為一兩，所謂匹也。」又，《集韻》：「布帛六丈曰端。」❾士人，指官員。「士」通「仕」。百數，百多人。❿賫，帶著，拿著。罌，盛酒的罈子，小口大腹。⓫收，捕，拘捕。霍然，很迅速的樣子。⓬陽城山，俗名車嶺，在今河南登封縣東北，東漢時屬陽城縣。⓭羝，公羊。⓮人立而言，像人一樣站立著說話。遽，驚慌匆忙。⓯老子，姓李名耳，春秋時的思想家，是道家的創始人。所著《老子》一書，是道家經典，亦名《道德經》。但這裡「老子曰」所引不見於原書，似為增附的道家言論。⓰儔，同輩人、同類人。

【譯文】

左慈字元放，廬江人。年輕時就有神通。他曾經參加曹操的宴會，曹操笑著四顧眾賓客說：「今天的盛會，山珍海味都齊全了。所缺少的，是用吳淞江特產鱸魚做的魚膾。」左慈說：「這容易弄到。」於是他要了一個銅盤，裝上水，拿一根魚竿掛上魚餌，放在銅盤裡垂釣。一會兒拉上一條鱸魚來。曹操高興得拍手，宴會的賓客都十分驚訝。曹操說：「一條魚不夠遍分在座的客人，能得兩條就好了。」左慈就再放下魚餌在盤中垂釣，一會兒，又拉上一條鱸魚來。兩條魚都是三尺多長，樣子鮮活可愛。曹操準備親自前去烹調，賞賜給所有在座的賓客。曹操說：「現在已經得到鱸魚，可惜没有蜀地的生薑做調味料。」左慈說：「這也可以弄到。」曹操恐怕他在附近路上買，就說：「我先前派人去蜀地買彩錦，你叫人告訴我的使臣，讓他多買兩端。」左慈派的人去了，一會兒回來，帶來了生薑。還對曹操說：「在蜀錦市場見到了您的使者，已經轉告他多購買兩端蜀錦。」後來過了一年多，曹操的使臣回來了，果真多購買了兩端蜀錦。曹操問他，回答說：「去年某月某日，在市場上見到一個人，把您的命令傳達給我。」

後來曹操到近郊遊玩，官員跟隨的有百多人。左慈拿著一罎酒、一塊乾肉，親手傾罎倒酒，送給每個官員，官員們沒有一個不酒足肉飽的。曹操覺得奇怪，派人追查其中原因。去到賣酒的店裡，都說是昨天丟了酒和乾肉。曹操生氣了，暗下想要殺掉左慈。有一次左慈在曹操那裡做客，曹操準備逮捕他，他往後面退進牆壁裡，忽然不見了。曹操於是懸賞捉拿左慈。有人在街上見到左慈，想捕捉他，可是整個街上的人都變得和左慈一模一樣，不知道誰是眞的。後來有人在陽城山頂上遇見左慈，又去追捕他，他跑進羊群不見了。曹操知道沒法抓到他，就叫人對著羊群說：「曹公不再殺你，本來只是試一下你的法術罷了。現在已經驗明，只想和你見面。」忽然有一隻老公羊屈著兩隻前腳，像人一樣站起來說：「驚慌匆忙像這個樣子！」那些人馬上說：「這隻羊就是左慈！」爭著撲向那隻羊。然而那群羊幾百隻，一下子都變成老公羊，並屈起前腳，像人一樣站立著說：「驚慌匆忙像這個樣子！」於是就不知道抓那一隻羊了。老子說：「我之所以有大憂患，是因爲自己有形體。如果我沒有形體，我有什麼憂患呢！」像老子之類的人，可以說是沒有形體的了。難道他們的精神還不遠大嗎？

22 于吉請雨

孫策欲渡江襲許❶，與于吉俱行❷。時大旱，所在熇厲❸。策催諸將士，使速引船。或身自早出督切，見將吏多在吉許❹。策因此激怒，言：「我為不如吉耶，而先趨附之？」便使收吉。至，呵問之曰：「天旱不雨，道路艱澀，不時得過，故自早出。而卿不同憂戚，安坐船中，作鬼物態❺，敗吾部伍。今當相除。」令人縛置地上，暴之使請雨。若能感天，日中雨者，當原赦❻；不爾，行誅。俄而雲氣上蒸，膚寸而合❼。比至日中，大雨總至❽，溪澗盈溢。將士喜悅，以為吉必見原，並往慶慰。策遂殺之。將士哀惜，藏其屍。天夜，忽更興雲覆之。明旦往視，不知所在。

策既殺吉，每獨坐，彷彿見吉在左右。意深惡之，頗有失常。後治瘡方差❾，而引鏡自照，見吉在鏡中，顧而弗見。如是再三。撲鏡大叫，瘡皆崩裂，須臾而死。（吉，琅邪人，道士❿。）

【注釋】

❶孫策（西元一七五～二〇〇年），字伯符，三國吳郡富春（今浙江富陽）人。孫權之兄，是東吳孫氏政權的創立者，後追尊為長沙桓王。許，指許昌。當時曹操挾漢獻帝並遷都許昌。❷于吉，道士。《神仙傳》：「于吉，漢琅邪人。往來吳會，立精舍燒香讀道書。漢元帝時，遊於曲陽泉水上，遇天仙。授吉青縑朱字神書十部，名曰太平清領書。吉行之成道，乃製作符水以治病，號曰太平清領道，簡稱太平道。吳會人多事之。」❸所在，處處、到處的意思。熇，火勢熾盛。此形容天氣酷熱。厲，嚴重。❹身自，親自。督切，督促緊急。切，迫切。許，處所。❺作鬼物態，謂作鬼弄神。鬼物，鬼魅。態，樣子。❻原赦，免罪。原，原諒，赦免。❼膚寸而合，這裡形容濃雲密布，膚，古代長度單位，通「專」。一膚等於四寸。膚寸，指空間極小。❽總，通「匆」，忽然。❾方，剛剛。差，同「瘥」，病愈。❿括號內一句是原文夾注。琅邪，古地名，在今山東膠南縣琅邪臺西北。

【譯　文】

孫策準備渡江襲擊許昌，帶著于吉一起行軍。當時天大旱，到處天氣十分酷熱。孫策催促眾將士，叫他們迅速牽引船隻。有時孫策親自早起去緊急督促，看見將士大都在于吉那兒。孫策為此很憤怒，說：「我的號令不如于吉嗎，你們竟然先去迎合他？」於是派人逮捕于吉。抓來于吉，孫策責罵他說：「天大旱不下雨，道路很難走，不能按時過江，所以我親自早起。而你不與我分憂愁，安然坐在船中，作鬼弄神，渙散我的軍心。今天要除掉你。」令人把于吉綁起來放在空地上，讓太陽曝曬，叫他祈天下雨。如果能感動上天，中午下雨的話，就赦免他的罪；否則，就將殺死他。一會兒，雲氣上升天空，濃雲密布。等到中午，大雨忽然傾注，河溪山溝都漲滿了水。將士們很高興，以為于吉必定被免罪了，都前去祝賀慰問他。孫策終於還是把于吉殺死了。將士們悲哀惋惜，收拾于吉的屍體。天黑，忽然又湧起一片雲覆蓋屍體。第二天早上去看，屍體不知到哪裡去了。

孫策殺了于吉以後，每當獨自一個人坐的時候，好像看見于吉就在左右，心裡很煩惱厭惡，神經有些失常。後來他負傷治療剛剛好起來，拿鏡子照自己，看見于吉也在鏡子裡，回頭來看又不見人。像這樣反覆多次。孫策摔爛鏡子大叫起來，傷瘡全部崩裂開，一會兒就死了。（于吉，琅邪人，是道士。）

23 介琰變化隱形

介琰者，不知何許人也❶。住建安方山❷。從其師白羊公杜，受玄一無爲之道❸，能變化隱形。嘗往來東海，暫住秣陵，與吳主相聞❹。吳主留琰，乃爲琰架宮廟。一日之中，數遣人往問起居❺。琰或爲童子，或爲老翁；無所食啖，不受餉遺❻。吳主欲學其術，琰以吳主多內御❼，積月不教。吳主怒，敕縛琰，著甲士引弩射之。弩發，而繩縛猶存，不知琰之所之。

【注釋】

❶介琰，三國時人，從白羊公杜必學道，後傳授京兆人杜契。❷建安，郡名，三國吳置。

治所在今福建建甌縣，轄境相當今福建省。方山，《太平寰宇記》謂：「山頂方平，故名」。❸玄一無為之道，謂道家法術。《歷世真仙通鑑》稱介琰「師白羊公杜必，受玄一之道」。《老子》：「玄之又玄，眾妙之門」。道家主張清靜無為。❹秣陵，古縣名，秦始皇三十七年（西元前二一〇年）改金陵邑置。治所在今江蘇江寧南秣陵關。吳主，指孫權（西元一八二～二五二年），孫策之弟，繼其兄據有江東六郡稱帝，國號吳。❺問起居，問候尊長者的日常生活。❻餉遺，贈送或賜給的財物。❼內御，原指女御，宮庭女官。此謂宮內妃嬪。

【譯文】

介琰，不知道是何處人。居住在建安方山之中。跟隨他的師傅白羊公杜必，學習玄一無為道術，能夠變化和隱蔽自己的形體。他曾經到東海去，回來途中在秣陵停留，和吳國君主孫權有來往。孫權留介琰住下來，於是為他修建了宮廟。一天之內，多次派人去問候他的日常生活。介琰有時變成兒童，有時變成老頭子；什麼也不吃喝，也不接受贈送或賜給的財物。孫權想學介琰的法術，介琰認為他宮中有很多妃嬪，不宜學道，好幾個月都沒有教他。孫權生氣了，命令把介琰綁起來，讓甲士拿弓箭射他。箭射過去，綁的繩子還在，都不知介琰到哪兒去了。

24 徐光復仇

吳時有徐光者❶，嘗行術於市里。從人乞瓜，其主勿與❷。

便從索瓣，杖地種之❸。俄而瓜生蔓延，生花成實。乃取食之，因賜觀者。鬻者反視所出賣，皆亡耗矣❹。

凡言水旱，甚驗。過大將軍孫綝門❺，褰衣而趨，左右唾踐❻。或問其故，答曰：「流血臭腥，不可耐❼。」綝聞，惡而殺之。斬其首，無血。及綝廢幼帝，更立景帝❽，將拜陵❾，上車，有大風蕩綝車，車爲之傾。見光在松樹上，拊手指揮，嗤笑之❿。綝問侍從，皆無見者。俄而景帝誅綝。

【注釋】

❶徐光故事，當在東吳末年少帝孫亮至景帝孫休執政期間（西元二五二～二六三年）。❷從，跟，向。其主，瓜主，即賣瓜者。❸瓣，瓜瓣，瓜籽。杖地，用手杖挖地。杖，用如動詞。鬻者，賣瓜人。反，通「返」。亡耗，丟失。❺大將軍，官名，職掌統兵征戰，爲將軍的最高稱號。三國時，大將軍多由貴戚擔任，或由執政大臣兼大將軍稱號。孫綝，字子通，東吳貴戚。景帝時，以大將軍爲丞相，代知朝政。一門五侯，恃貴倨傲，權傾人主。後爲景帝誅殺。❻褰，揭起。趨，快步而行。褰衣而趨，表示急忙避開，不願看見。唾踐，吐口水並且用腳踐踏，表示蔑視。❼臭腥，氣味腥臭。不可耐，意思是受不了。❽幼帝，即少帝孫亮，字子明，孫權少子。在位七年（西元二五二～二五八年），被孫綝廢爲會稽王，後自殺。景帝，即孫休，字子烈，孫權第六子，在位六年（公元二五八～二六三年）。❾拜陵，參

拜祖宗陵墓。古代帝王登基，率百官拜陵，祭祀宗廟。❿捬手指揮，謂揮手指點，呼喚大風。嗤笑，譏笑。

【譯文】

三國東吳時，有一個叫徐光的人，曾在集市上施行法術。他向人家乞討瓜吃，賣瓜的人不給。就向人家要了一粒瓜籽，用手杖挖地種下去。一會兒瓜籽發出芽，長起蔓，開了花，結成果。於是徐光摘取瓜果來吃，又送給觀看的人吃。賣瓜的人回去一看自己賣的瓜，都丟失了。

徐光凡是預言水澇天旱，都很靈驗。他經過大將軍孫綝的門口，揭起衣裳快步而走，朝左右兩邊吐口水，並且用腳輕蔑地踐踏。有人問他是什麼緣故，他回答說：「這裡流血氣味腥臭，叫人受不了。」孫綝聽說這話，憎恨徐光，把他殺了。砍下他的腦袋，卻沒有血流出來。到了孫綝廢黜少帝，另立景帝，要去參拜祖宗陵墓的時候，剛乘上車，就有狂風衝蕩孫綝的車子，車被風吹翻。孫綝看見徐光在一棵樹上，揮手指點，呼喚大風，正譏笑他。孫綝問旁邊的侍衛人員，卻沒有誰看見徐光。不久，景帝誅殺了孫綝。

25 葛玄使法術

葛玄字孝先❶，從左元放受《九丹液仙經》❷。與客對食，言及變化之事，客曰：「事畢，先生作一事特戲者❸。」玄曰：「君得無即欲有所見乎❹？」乃嗽口中飯❺，盡變大蜂數百，皆集客身，亦不螫人❻。久之，玄乃張口，蜂皆飛入。玄嚼食之，是故飯也。又指蝦蟆及諸行蟲燕雀之屬使舞❼，應節如人。冬為客設生瓜棗，夏致冰雪。又以數十錢，使人散投井中，玄以一器於井上呼之，錢一一飛從井出。為客設酒，無人傳杯，杯自至前。如或不盡，杯不去也。

嘗與吳主坐樓上❽，見作請雨土人。帝曰：「百姓思雨，寧可得乎？」玄曰：「雨易得耳。」乃書符著社中❾，頃刻間，天地晦冥❿，大雨流淹。帝曰：「水中有魚乎？」玄復書符擲水中，須臾，有大魚數百頭，使人治之。

【注釋】

❶《三洞群仙錄》：「葛玄，字孝先，三國吳丹陽人。慕神仙術，學煉氣保形之道，人稱葛仙翁。後於閣皀山靈寶法壇上，白日飛升，證位太極左宮，天機內相。宋封常道冲應孚

佑眞君，流傳天台派。」東晉葛洪（號抱朴子），是他的侄孫。❷左元放，即左慈。見前〈左慈使神通〉篇注。九丹液仙經，《神仙傳》、《抱朴子》作「九丹金液仙經」，相傳是道家煉金丹的秘笈。❸特戲者，特意表演法術。❹得無，當時常用語，意思爲「是不是」。❺嗽，通「漱」，漱口。這裡是從口中噴吐出來的意思。❻螫，蜂、蝎子等用毒刺刺人。❼蝦蟆，青蛙和蟾蜍的統稱。行蟲，爬行蟲類。燕雀，一種小鳥。屬，類。❽吳主，三國東吳的皇帝。指孫權。❾社，祭祀社神（土地神）的場所，如後世的土地廟。❿晦冥，也作「晦暝」，天色昏暗。

【譯文】

葛玄，字孝先，曾跟隨左慈學習《九丹金液仙經》的道術。他和客人吃飯，談到神仙變化的法術，客人說：「吃過飯，請先生變個什麼法術，特意表演一下。」葛玄說：「你是不是想馬上見到什麼變化的東西？」於是他把口裡的飯粒噴吐出來，全變成大蜂，有幾百隻，都飛集在客人身上，也不刺人。過了好久，葛玄才張開嘴巴，大蜂都飛進去。葛玄嚼吃它，還是原來的飯粒。他又指令蝦蟆和各種爬蟲、燕雀之類，叫它們跳舞，像人一樣按照音樂的節拍跳。

葛玄冬天爲客人準備有新鮮的瓜果棗子，夏天送上冰塊雪花。又曾拿出幾十個銅錢，讓人分別撒到水井裡。葛玄拿著一個器皿在井口上呼喚，銅錢一個一個從井裡飛出來到器皿裡。他給賓客擺上酒，沒有人傳遞酒杯，酒杯自己會來到客人面前。如果有人沒有喝完杯裡的酒，酒杯就不離開他面前。

有一次葛玄和吳王坐在樓上，看見老百姓在製作祈雨的泥人。吳王說：「老百姓盼望下雨，難道能夠求到雨嗎？」葛玄說：「雨容易得到。」於是他畫一道符放在神社裡，頃刻之間，天地昏暗，大雨滂沱，到處流淌。吳王說：「水裡能有魚嗎？」葛玄又畫一道符丟進水裡，一會兒，水裡有大魚幾百條，叫人去捕捉。

26 吳猛止風

吳猛，濮陽人❶。仕吳，爲西安令❷。因家分寧❸。性至孝。遇至人丁義，授以神方❹。又得秘法神符，道術大行。嘗見大風，書符擲屋上，有青鳥銜去❺，風即止。或問其故，曰：「南湖有舟，遇此風，道士求救。」驗之果然。

西安令干慶❻，死已三日，猛曰：「數未盡，當訴之於天。」遂臥屍旁。數日，與令俱起。後將弟子回豫章❼，江水大急，人不得渡。猛乃以手中白羽扇畫江水，橫流，遂成陸路，徐行而過。過訖，水復。觀者駭異。

嘗守潯陽，參軍周家有狂風暴起❽，猛即書符擲屋上，須臾風靜❾。

【注釋】

❶吳猛，字世雲，晉豫章人。時稱吳眞人，師事南海太守鮑靚，爲許旌陽眞君師。《晉書》有傳。濮陽，古地名，晉咸寧三年（西元二七七年）改郡置國，西晉末復爲郡。治所在濮陽（今河南濮陽縣西南），轄境相當於今河南滑縣、濮陽、范縣及山東鄆城、鄄城等地。❷西安，古縣名。三國吳置，晉改名豫寧。故治在今江西武寧縣西。❸家，用如動詞，居家、居住的意思。分寧，縣名。《唐書・地理志》：「分寧，貞元十五年析武寧置。」即今江西修水縣治。❹至人，有至德之人。《莊子・天下》：「不離於眞，謂之至人。」這裡當指神人。神方，神仙秘訣。❺青鳥，三足之鳥。《漢武故事》：「七月七日忽有青鳥，飛集殿前。東方朔曰：『此西王母欲來。』有頃，王母至，三青鳥夾侍王母旁。」後稱傳信使者爲青鳥。❻干慶，《文選鈔》及《十二眞君傳》說是干寶之兄。《文選鈔》說他是「建寧令」，《十二眞君傳》說是「武寧令」。❼豫章，古郡名。治所在今江西南昌市。❽潯陽，古縣名，治所在今江西九江市。參軍，官名。爲郡守或諸王將軍開府者的重要幕僚。❾《北堂書鈔》「風靜」後有「人問之，答曰：『西湖有遭此風者，跪道求福，呼天求救，故以此風』諸文」。

【譯文】

吳猛，濮陽人。在東吳做官，任西安縣令。於是在分寧居住下來。素性非常孝順。他遇到神人丁義，教給他神仙秘訣。後來又學得秘法神符，道術十分高超。有一次遇到大風，他畫神符扔到房上，有一隻傳信的青鳥來銜去，大風立即停止了。有人問是怎麼回事，他說：「南湖上有一條船，遇到這陣大風，有道士爲它求救。」去查對情況，果眞是這樣。

西安縣令干慶，死去已經三天，吳猛說：「他氣數還沒有盡，我應當向上天申訴這件事。」於是吳猛睡到屍體的旁邊。幾天以後，他和縣令一道坐了起來。後來他帶著弟子回豫章老家，江水很急，人不能渡過。吳猛用手中的白羽扇朝江水畫了一道，江水改成橫著流，於是江中出現一條陸路，他們慢慢地走過去。過去以後，江水又仍然流回來了。旁邊看見的人都驚異不已。

吳猛曾經駐守潯陽，參軍周家有狂風突然吹起，他立刻畫神符扔到房上，一會兒風就平靜了。

27 園客養蠶

園客者，濟陰人也❶。貌美。邑人多欲妻之❷。客終不娶。嘗種五色香草，積數十年，服食其實。忽有五色神蛾，止香草之上。客收而薦之以布❸，生桑蠶焉。至蠶時，有神女夜至，助客養蠶。亦以香草食蠶❹，得繭百二十頭，大如甕❺。每一繭，繅六七日乃盡❻。繅訖，女與客俱仙去，莫知所如❼。

【注釋】

❶濟陰，郡名，治所在山東定陶（今定陶縣西北），轄境相當今菏澤、鄄城、定陶一帶。❷妻，用如動詞，做妻子。這裡的意思是把女兒嫁給他。❸薦，鋪墊。❹食，飼，餵養。❺甕，一種盛酒或水的陶器，口小，肚大，呈橢圓形。❻繅，繅絲，從熱水浸泡的蠶繭抽出絲來。❼如，動詞，往，去。

【譯文】

園客，是濟陰人。相貌英俊。當地的人都想把女兒嫁給他。他始終沒有娶妻子。他曾經種植五色香草，一連種了幾十年，吃它結的果實。忽然有一隻五色的神蛾，飛來停在香草的上面。園客把神蛾收養下來，用布鋪墊在它的下面，神蛾在布上產出了桑蠶卵。到了養蠶季節，晚上有神女來，幫助園客養蠶。他們也拿香草餵蠶，後來蠶作了一百二十個繭子，每個繭子有甕那樣大，繅絲要六七天才能抽盡。絲繅完以後，神女和園客一起仙逝，不知道往那裡去了。

28 董永與織女

漢董永，千乘人❶。少偏孤，與父居❷。肆力田畝，鹿車載自隨❸。父亡，無以葬，乃自賣爲奴，以供喪事。主人知其賢，與錢一萬，遣之❹。

永行三年喪畢，欲還主人，供其奴職❺。道逢一婦人，曰：「願爲子妻。」遂與之俱。主人謂永曰：「以錢與君矣。」永曰：「蒙君之惠，父喪收藏❻。永雖小人，必欲服勤致力，以報厚德❼。」主曰：「婦人何能？」永曰：「能織。」主曰：「必爾者，但令君婦爲我織縑百匹❽。」於是永妻爲主人家織，十日而畢。女出門，謂永曰：「我，天之織女也❾。緣君至孝，天帝令我助君償債耳。」語畢，凌空而去，不知何在。

【注釋】

❶董永與仙女故事，三國魏曹植詩〈靈芝篇〉爲最早文獻記錄，已略具輪廓。千乘，古地名，漢置縣郡，治所在今山東高青縣高苑鎮北。❷偏孤，這裡指喪母。❸肆力，盡力，指從事勞動。鹿車，一種小車。《後漢書．趙意傳》注引〈風俗通〉曰：「俗說鹿車窄小，裁容一鹿。」不是說鹿駕的車。❹遣之，意思是讓董永回家去。❺供其奴職，意思是做奴僕盡自己的職責。❻喪，屍體。收藏，收殮安葬，即辦喪事。❼小人，地位低賤的人。服勤，承擔勞務。❽必，猶「若」，如果。縑，雙絲的細絹。匹，織物度量單位。《漢書．食貨志下》：「布帛廣二尺二寸爲幅，長四丈爲匹。」❾織女，神女名。明馮應京《月令廣義．七月令》引南朝梁殷芸《小說》云：「天河之東有織女，天帝之子也。年年機杼勞役，織成雲錦天衣。」

【譯文】

漢代有一個董永，是千乘人。小時候死了母親，與父親共同生活。他到田裡幹農活，用小車載著父親，和自己在一起。父親死了，他沒有錢安葬，就自己賣身爲奴，得錢來辦喪事。買主知道他善良，給他一萬文錢，讓他回家去。

董永守喪三年期滿，準備回到主人那裡，以做奴僕盡自己的職責。路上遇到一名婦女，說：「我願意做你的妻子。」董永於是帶她一起到主人家。主人對董永說：「錢我是送給你的。」董永說：「承蒙您的恩惠，父親的屍體得以收殮安葬。我雖然是一個地位低賤的人，一定要盡力幹活，來報答您的大恩大德。」主人說：「你的妻子能做些什麼呢？」董永說：「會織布。」主人說：「如果這樣的話，只要讓你妻子給我織一百匹雙絲細絹就行了。」於是，董永的妻子給主人家織絹，十天就織好了一百匹雙絲細絹。

婦人和董永離開主人家，出了門，她對董永說：「我，是天上的織女。因爲你對父親非常孝順，天帝命令我來幫助你還債。」說完話，向天空中飛去，不知道在哪裡。

29 鉤弋夫人之死

初，鉤弋夫人有罪，以譴死❶。既殯，屍不臭，而香聞十餘里。因葬雲陵❷。上哀悼之❸。又疑其非常人，乃發塚開視❹。棺空無屍，惟雙履存。一云，昭帝即位❺，改葬之，棺空無屍，獨絲履存焉。

【注釋】

❶鉤弋夫人，漢武帝的婕妤。昭帝之母，後追尊爲太后。本事見《漢書·外戚傳》。❷雲陵，鉤弋夫人陵，亦呼爲女陵，在陝西淳化縣北。漢曾在此置縣，後漢廢。❸上，指漢武帝。❹發塚，即掘墓。塚，墳墓。❺昭帝，漢武帝子，即劉弗陵。西元前八六至前七四年

在位。

【譯文】

起初，鉤弋夫人犯下罪過，被責令賜死。出殯以後，屍體不發臭，反而有香氣飄到十多里遠的地方。於是把她埋葬在雲陵。漢武帝哀痛地悼念她。又懷疑她不是普通的人，就掘墓開棺來察看。發現棺裡是空的，沒有屍體，只留下一雙鞋子。一種說法是，漢昭帝即位後，重新安葬鉤弋夫人，因此棺裡是空的，沒有屍體，僅僅留有絲織的鞋子在那裡。

30 杜蘭香與張傳

漢時有杜蘭香者，自稱南康人氏❶。以建業四年春，數詣張傳❷。傳年十七。望見其車在門外，婢女通言：「阿母所生，遣授配君，可不敬從❸？」傳先名改碩❹。碩呼女前視，可十六七，說事邈然久遠❺。有婢子二人：大者萱支，小者松支。鈿車青牛❻，上飲食皆備。作詩曰：「阿母處靈岳❼，時遊雲霄際。

眾女侍羽儀，不出墉宮外⑧。飄輪送我來，豈復恥塵穢。從我與福俱，嫌我與禍會。」

至其八月旦，復來，作詩曰：「逍遙雲漢間，呼吸發九嶷⑨。流汝不稽路，弱水何不之⑩。」出薯蕷子三枚，大如雞子⑪，云：「食此，令君不畏風波，辟寒溫⑫。」碩食二枚，欲留一。不肯，令碩食盡。言：「本為君作妻，情無曠遠。以年命未合，其小乖。大歲東方卯⑬，當還求君。」蘭香降時，碩問：「禱祀何如？」香曰：「消魔自可愈疾，淫祀無益。」香以藥為消魔⑭。

【注釋】

❶杜蘭香，古仙女。唐杜光庭《墉城集仙錄》：「杜蘭香者，有漁父於湘江之岸，見而舉之。十餘歲，靈顏姝瑩。忽有青童下，攜女去。其後降於洞庭包山張碩家。」南康，郡名，治所在雩都(今江西于都東北)，轄境相當於今江西南康、贛縣、興國、寧都以南地。《藝文類聚》作「杜蘭香自稱南陽人」。❷建業，當作「建興」，是晉愍帝司馬鄴年號。張傳，即張碩，晉人。《晉書·曹毗傳》：「時桂陽張碩，為神女杜蘭香所降。因以二篇詩嘲之。」傳說杜蘭香授張碩道術，張後來升仙。❸可不，當時口語，猶言「豈不」。❹「名改碩」，《藝文類聚》作「改名碩」。當據正。❺可十六七，大約十六七歲。可，約估數目之辭。邈然，時間很久遠的樣子。❻鈿車，用金片做花裝飾的車。青牛，仙人所騎之牛。❼靈岳，即靈山。道家所

稱靈山，指海中蓬萊山。❽羽儀，指有鳥羽裝飾旌旗的儀仗隊。墉宮，神仙所居的墉城中宮殿。❾雲漢，即銀河。呼吸，一呼一吸之間，形容時間短促。九嶷，山名。又名蒼梧山。在今湖南寧遠縣。傳說虞舜葬在這裡。❿弱水，水名。傳說崑崙仙境「其下有弱水之淵環之」。《玄中記》：「天下之弱者，有昆侖之弱水焉，鴻毛不能起也。」據說舟揖不能渡，只有得道之人可過。⓫薯蕷，植物名，俗稱山藥。可供食用，亦可入藥。雞子，即雞蛋。⓬辟，通「避」，避免。寒溫，指寒溫之病。⓭大歲，當爲「太歲」，星名，即木星。古代曾以木星爲歲星，配上干支及方位紀年。⓮消魔，亦作「消摩」。《眞誥》：「仙眞並呼藥爲消摩。」

【譯文】

漢代有個叫杜蘭香的，自稱是南康人氏。晉愍帝建業四年春天，她多次去到張傳那裡。張傳當時十七歲。看見她的車子在門外，有婢女來通報說：「母親生下我，派我來這裡許配給郎君，豈能不遵從她的意見？」張傳曾改名張碩。張碩叫杜蘭香上前來看，大約十六七歲，講述的事情似乎是很久遠的了。她有婢女二人，大的叫萱支，小的叫松支。乘坐金車青牛，上面吃的喝的都齊全。她作詩說：「母親居住在靈山，常常到雲霄間遨遊。許多侍女擧著鳥羽裝飾的旌旗，在仙境墉城的宮殿裡侍候。風雲飄飄送我的車來，不再認爲人世間是汚濁的。和我在一起會有福氣，懷疑我的會有災禍。」

那一年八月的一天早晨，杜蘭香又來了，她作詩說：「在銀河上逍遙自在，頃刻之間就從九嶷山來到這裡。在這飄忽不定的人世間留連，何不如渡過弱水得道成仙。」她拿出三個薯蕷果子，有雞蛋那樣大，說：「吃下它，可以使你不怕風波，免除寒溫之病。」張碩吃了兩個，想留下一個，杜蘭香不同意，叫張碩都吃完。她說：「本來是給郎君作妻子的，感情親密。只是因爲壽命不一樣，恐怕稍有不和諧。太歲在東方卯的時候，會回來尋找你。」杜蘭香降臨時，張碩問：「向神禱告祭祀怎麼樣？」杜蘭香說：「消魔即能治愈疾病，祭祀太多沒有益處。」杜蘭香把藥叫做「消魔」。

31 弦超與神女

魏濟北郡從事掾弦超，字義起❶。以嘉平中夜獨宿❷，夢有神女來從之。自稱天上玉女，東郡人，姓成公，字知瓊，早失父母，天帝哀其孤苦，遣令下嫁從夫❸。超當其夢也，精爽感悟，嘉其美異，非常人之容。覺寤欽想❹，若存若亡。如此三四夕。

一旦，顯然來遊，駕輜軿車❺，從八婢，服綾羅綺繡之衣，姿顏容體，狀若飛仙。自言年七十，視之如十五六女。車上有壺、榼、青白琉璃五具❻，飲啖奇異。饌具醴酒，與超共飲食。謂超曰：「我，天上玉女。見遣下嫁，故來從君。不謂君德，宿時感運，宜爲夫婦❼。不能有益，亦不能爲損。然往來常可得駕輕車，乘肥馬，飲食常可得遠味異膳，繒素常可得充用不乏。然我神人，不爲君生子，亦無妒忌之性，不害君婚姻之義。」遂爲夫婦。贈詩一篇，其文曰：「飄颻浮勃逢，敖曹雲石滋❽。芝英不須潤，至德與時期❾。神仙豈虛感，應運來相之❿。納我榮五族，逆我致禍災。」此其詩之大較，其文二百餘言，不能悉錄。兼注《易》七卷，有卦有象，以象爲屬⓫。故其文言，既有義理，又可以占吉凶，猶揚子之《太玄》、薛氏之《中經》也⓬。超皆能通其旨意，用之占候。

作夫婦經七八年，父母爲超娶婦之後，分日而燕，分夕而寢，夜來晨去，倏忽若飛⓭。唯超見之，他人不見。雖居闇室⓮，輒聞人聲，常見蹤跡，然不睹其形。後，人怪問，漏洩其事。玉女遂求去，云：「我，神人也。雖與君交，不願人知。而君性疏漏，我今本末已露，不與君通接。積年交結，恩義不輕，一旦分別，豈不愴恨。勢不得不爾，各自努力。」又呼侍御，下酒飲啖。發簏，取織成裙衫兩副遺超⑮。又贈詩一首，把臂告辭，涕注流離。肅然升車，去若飛迅。超憂感積日，殆至委頓⑯。

去後五年，超奉郡使至洛，到濟北魚山下陌上⑰。西行遙望，曲道頭有一車馬，似知瓊。驅馳前至，果是也。遂披帷相見，悲喜交切。控左援綏，同乘至洛，遂爲室家，克復歸好⑱。至太康中猶在⑲，但不日日往來，每於三月三日、五月五日、七月七日、九月九日、旦、十五日，輒下往來，經宿而去。張茂先爲之作〈神女賦〉⑳。

【注釋】

❶魏，指三國曹魏。濟北，郡名。故城在今山東清縣南。從事掾，州郡長官的僚屬。

❷嘉平，魏齊王曹芳年號（西元二四九～二五四年）。❸玉女，謂仙女。《抱朴子·內篇·仙藥》：

「玉女常以黃玉爲志，大如黍米，在鼻上。」東郡，戰國秦王政五年（西元前二四二年）置。治所在濮陽（今河南濮陽西南）。成公，復姓，《太平御覽》作「成」。又「知」作「智」。「天帝」，一本作「天地」。❹覺寤，睡醒。欽想，思念不已。❺輜軿車，古代一種有帷蓋、帷幕的小車，貴婦所乘。❻榼，古代盛酒或貯水的器具。琉璃，一種礦石質的半透明有色材料。❼宿時感運，神仙家語，意思是前世緣份應運而生。❽勃逢，指渤海蓬萊山仙境。勃，通「渤」。逢，通「蓬」。敖曹，即嗷嘈，樂聲喧鬧。雲石，指雲板、石磬等樂器。滋，發生，發出。❾芝英，靈芝草。至德，最高的德行。與時期，待時而相會。❿虛感，憑空感應。相，輔佐，幫助。⓫《易》，即《周易》，古代儒家重要經典之一。卦，《周易》中象徵自然現象和人事變化的一套符號。象，是《周易》中說明卦爻等符號的象徵意義的文辭。象，《周易》中總論各卦基本意義的文辭。⓬揚子，指揚雄，漢代學者。《太玄》，是揚雄仿《周易》的著作。薛氏之《中經》，未詳。似爲《周易》、《太玄》之類書籍，或早佚。⓭燕，通「宴」，宴會。此指飲食。倏忽，迅速、忽然。《楚辭·九歌·少司命》：「倏而來兮忽而逝。」⓮「闔室」，疑爲「閨室」，女子的臥室。⓯發簏，打開箱子。簏，用竹、藤之類編成的筐子。織成，彩絲或金縷的絲物，多爲貴族服飾。⓰殆，幾乎。委頓，極度疲困，到了不能支持的地步。⓱洛，指洛陽，是當時都城。魚山，《太平寰宇記》：「東阿縣魚山，一名吾山。」在今山東東阿縣西八里。⓲控左，催趕左邊的驂馬（駕車的邊馬）。援綏，拉著車上的繩索。綏，登車時手拉的繩索。克，恢復，完復。⓳太康，晉武帝司馬炎年號（西元二八〇～二八九年）。⓴張茂先，即張華，字茂先，晉代文學家，著有《博物志》等。〈神女賦〉，《藝文類聚》作張敏著。張敏，晉太原中都人，太康初曾任益州刺史。《太平廣記》卷六十一引《集仙錄》，文末有張華〈神女賦序〉。

【譯文】

三國曹魏時濟北郡從事掾弦超，字義起。在魏齊王嘉平年間，有一天半夜他獨自睡覺，夢見一個神女來陪同他。神女自稱是天上玉女，原來是東郡人，姓成公，字知瓊，小時候死了父母，天帝可憐她孤苦，下令讓她降到人世間出嫁跟隨丈夫。弦超在夢中的時候，精神爽快感覺清楚，他喜歡知瓊的特殊美，容貌不是一般人可比。睡醒以後久久思念，知瓊的模樣好像是在眼前，又像是不存在。好幾個晚上都是這樣。

有一天，知瓊顯身來看望弦超，乘坐著華貴的小車，隨從著八個婢女，穿著綾羅錦繡的衣服，姿態膚色容貌身材像仙女一樣。她自己說有七十歲，看去卻像是十五六歲的少女。車上有壺、榼、青白色琉璃的器具，飲食十分奇異。她安排了美酒和弦超一起飲食。她對弦超說：「我，是天上的玉女。被派下來出嫁，所以來跟隨你。想不到你有德行，是前世緣份應運而生，我們宜於做夫妻。即使沒有什麼好處，也不會有什麼損害。我們往來經常可以乘輕快的車子，騎肥壯的馬匹，飲食山珍海味，衣著絲綢絹緞不會缺乏。不過我是神人，不能爲你生育子女，也沒有妒忌的心理，不會妨害你的婚姻關係。」於是他們結爲夫妻。知瓊贈給弦超一篇詩，詩文說：「我在渤海蓬萊仙境飄遊，雲板石磬發出喧鬧的樂聲。靈芝草不用雨水滋潤，最高的德行等待時運而相遇。神仙哪裡是憑空感應，是順應天意來幫助你。容納我將會五族榮耀，違背我就會招來災禍。」這是她的詩的概略，詩文二百多字，不能完全記錄下來。知瓊並注釋《周易》共七卷，有卦辭，有象辭，用象辭作爲歸類。所以其中的文字，既有意義道理，又可以用來占卜吉凶，像揚雄的《太玄》和薛氏的《中經》一樣。弦超都能理解其中的意思，並用它來預測吉凶。

他們做夫妻過了七八年，弦超的父母給他娶了妻子以後，才隔天就一起飲食，隔夜一起睡覺，晚上來，早上去，迅速得像飛的一樣。只有弦超看得見她，別人看不見。即使住在閨房裡，常常聽到她的聲音，見到她的蹤跡，但是看不見她的形狀。後來有人奇怪，詢問弦超，弦超洩露了他們的事。玉女就要求離去，說：「我是神人。

雖然和你交往，但不願意別人知道。你性格粗疏，我現在已經暴露了身份，不再和你交往。多年交往，情義不輕，一旦別離，怎麼能不感到悲痛。情況所迫不得不如此，我們各自好好過吧。」她又呼喚婢女來侍候，備酒安排飲食。打開箱子，取出兩套彩絲金縷的衣服留給弦超。還贈詩一首，和弦超握手臂告辭，眼淚汪汪直流。她淒涼地登上車，像飛一樣離去了。弦超憂傷很多天，幾乎疲困到不能支持的地步。

知瓊離去以後五年，弦超奉州郡差使去洛陽，來到濟北魚山下小道上。往西走，遠遠望去，彎道盡頭有一駕馬車，像是知瓊。弦超趕快放馬跑上前去看，果然是她。於是揭開帷幕相見，兩人悲喜交加。催趕左邊驂馬，拉著車繩，他們一起乘車到洛陽，又結爲夫妻，恢復原來的情愛。至晉武帝太康年間，他們還活著，只是沒有天天來往，每當三月三日、五月五日、七月七日、九月九日和每月初一、十五，知瓊就降臨，過一夜才離開。張華爲她寫了〈神女賦〉。

卷二

32 壽光侯劾鬼

壽光侯者，漢章帝時人也❶。能劾百鬼眾魅，令自縛見形❷。其鄉人有婦爲魅所病，侯爲劾之，得大蛇數丈，死於門外，婦因以安。又有大樹，樹有精，人止其下者死，鳥過之亦墜。侯劾之，樹盛夏枯落，有大蛇長七八丈，懸死樹間。章帝聞之，徵問，對曰：「有之。」帝曰：「殿下有怪，夜半後，常有數人，絳衣披髮❸，持火相隨。豈能劾之？」侯曰：「此小怪，易消耳。」帝僞使三人爲之。侯乃設法，三人登時撲地無氣。帝驚曰：「非魅也。朕相試耳❹。」即使解之。

或云❺：漢武帝時，殿下有怪，常見朱衣披髮相隨，持燭而走。帝謂劉憑曰❻：「卿可除此否？」憑曰：「可。」乃以青符擲之❼，見數鬼傾地。帝驚曰：「以相試耳。」解之而甦。

【注　釋】

❶壽光侯，本事見《後漢書·方術傳》。漢章帝，東漢皇帝，明帝第五子，名劉炟。西元七六至八九年在位。❷劾：以法治罪。《說文·力部》：「劾，法有罪也。」段玉裁注：「法者，謂以法施之。」魅：鬼魅，精怪。❸絳：大紅色。❹朕：秦以後專用爲皇帝的自稱。❺「或云」以下，非本書原文，是後人採《神仙傳》文附後。❻劉憑，《神仙傳》：「劉憑者，沛人也。有軍功，封壽光金鄉侯。學道於稷丘子，常服石桂英及石硫黃。」❼青符，道士用來驅鬼召神的符籙。

【譯　文】

壽光侯，是漢章帝時候的人。他能處罰各種鬼怪，命令它們自己捆綁自己，顯露原形。他同鄉人的妻子被鬼怪傷害，他處罰鬼怪，捉得幾丈長的大蛇，殺死在家門口，於是同鄉人的妻子就平安了。又有一棵大樹，樹裡有精怪，在樹下停留的人會死亡，從樹間經過的鳥會掉下來。壽光侯處罰精怪，那樹在夏天枯萎落葉，有一條七八丈長的大蛇，掛死在樹上。漢章帝聽說了，把壽光侯招來，詢問有沒有這件事，壽光侯回答說：「有。」漢章帝說：「我的宮殿裡有鬼怪，半夜以後，常有幾個人穿著大紅色衣服，披著頭髮，拿著火把，一個跟著一個。怎樣能處罰它？」壽光侯說：「這是小妖怪，容易消除它。」漢章帝悄悄派了三個人去僞裝鬼怪。壽光侯於是設壇施行法術，那三個人頓時倒在地上沒有氣了。漢章帝吃驚地說：「他們不是鬼怪。我試一試你的法術罷了。」趕緊叫壽光侯解救了他們。

有人說，漢武帝時候，宮殿裡有鬼怪，常常看見它們穿紅衣，披頭髮，拿著火燭，一個跟著一個跑。皇帝對劉憑說：「你可以除掉這些鬼怪嗎？」劉憑說：「可以。」於是他把青符擲過去，只見那幾個鬼倒在地上。皇帝吃驚地說：「這只是用來試試你的法術罷了。」劉憑解救那幾個人醒了過來。

33 樊英滅火

樊英隱於壺山❶。嘗有暴風從西南起，英謂學者曰：「成都市火甚盛❷。」因含水漱之❸。乃命記其時日。後有從蜀來者云：「是日大火，有雲從東起，須臾大雨，火遂滅。」

【注釋】

❶樊英，字季齊，東漢魯陽（治所在今河南魯山縣）人。《後漢書》有傳。壺山，在魯山縣南二十里。形圓如壺，故名。❷成都，舊縣名，治所在今四川成都市。❸嗽，此爲從口中噴水。

【譯文】

樊英隱居在壺山。有一次，暴風從西南方刮起，樊英對隨他學道的人說：「成都縣街市上火勢很猛。」於是他含了一口水，向西南方噴去。又叫人記下當時的日期。後來有一個從蜀郡來的人説：「那一天發生大火，從東方升起一片雲，一會兒降下大雨，火就被澆滅了。」

34 徐登與趙昞

閩中有徐登者❶，女子化爲丈夫。與東陽趙昞❷，並善方術。時遭兵亂，相遇於溪，各矜其所能❸。登先禁溪水爲不流，昞次禁楊柳爲生稊❹。二人相視而笑。登年長，昞師事之。後登身故，昞東入長安❺，百姓未知。昞乃升茅屋，據鼎而爨。主人驚怪，昞笑而不應，屋亦不損。

【注釋】

❶閩中，古郡名，秦置，漢廢。治所在治縣（今福州市），轄境相當今福建省和浙江省寧海、天臺南部。徐登，東漢人。《後漢書》有傳。❷趙昞：《歷世眞仙通鑒》作趙丙，東漢東陽（今浙江金華）人。後得道成仙去。❸矜：自以爲有本事。❹稊：通「荑」，植物的嫩芽。❺長安，《後漢書·徐登傳》作「章安」。章安，縣名。故城在今浙江臨海市東南的章安鎮。

【譯文】

閩中郡有個叫徐登的，原來是女人，後來變成了男人。他和東陽郡的趙昞，都擅長道術。當時正逢兵亂，他們在一條小溪邊相遇，各自以爲自己有本事。兩人相視大笑。徐登先施法術，禁令溪水不流淌，趙昞接著施法術，命令楊柳發出新芽。徐登年紀大一點，趙昞把他當作老師看待。後來徐登死了，趙昞來到章安城裡，老百姓都不了解他。趙昞於是升上茅屋頂，用大鼎生火做飯。屋主人驚奇地詢問是怎麼回事，趙昞笑了笑，沒有回答，茅屋也沒有損壞。

35 趙昞渡河

趙昞嘗臨水求渡，船人不許。昞乃張帷蓋❶，坐其中，長嘯呼風，亂流而濟❷。於是百姓敬服，從者如歸。長安令惡其惑眾❸，收殺之。民爲立祠於永康❹，至今蚊蚋不能入❺。

【注釋】

❶帷蓋，車的帷幔和篷蓋。❷亂流，河水不按原來的河道流淌。此謂聽從人的指揮流淌。濟，渡河。❸長安，《後漢書・徐登傳》作「章安」。參前條注❺。❹永康，古縣名。治所在今浙江金華市東南。❺蚋，體形似蠅的小蟲，吸牛、羊和人的血液，傳播疾病。

【譯文】

趙昞有一次到河邊要渡河，駕船的人不讓他過去。趙昞就張起帷蓋，坐在裡面，發出長長的嘯聲，呼喚大風，使河水聽從他指揮流淌，他就渡過了河。於是老百姓都佩服他，跟從他的人很多。章安縣令厭惡他迷惑百姓，把他抓起來殺死了。老百姓在永康縣爲他建立祠廟，至今蚊蟲都不敢飛進那裡。

36 徐趙清儉

徐登、趙昞，貴尚清儉，祀神以東流水，削桑皮以爲脯。

【譯文】

徐登和趙昞，崇尚清貧節儉，他們用東流的河水祭祀神仙，削桑樹皮來當作肉脯。

37 東海君遺陳節

陳節訪諸神❶，東海君以織成青襦一領遺之❷。

【注釋】

❶陳節訪神，本事見《列異傳》。❷東海君，東海海神。青襦，青色短襖。

【譯文】

陳節去拜訪各路神仙，東海海神贈給他一件彩絲金縷的青色短襖。

38 邊洪發狂

宣城邊洪爲廣陽領校❶，母喪歸家，韓友往投之❷。時日已暮，出告從者：「速裝束❸，吾當夜去。」從者曰：「今日已暝，數十里草行，何急復去？」友曰：「此間血覆地，寧可復住❹？」苦留之，不得。其夜，洪欻發狂❺，絞殺兩子，並殺婦，又斫父婢二人，皆被創。因走亡。數日，乃於宅前林中得之，已自經死❻。

【注釋】

❶宣城，郡名，治所在宛陵（今安徽宣城）。廣陽，郡名，治所在薊縣（今北京城西南）。領校，郡的軍事長官。❷韓友，字景先，晉盧江舒（今安徽盧江西南）人。《晉書》有傳，說他「善占卜，能圖宅相冢」，曾任廣武將軍。❸裝束，收拾行李。❹寧可，表反話，意思是「怎麼能」。

❺欻，突然。❻自經，自縊；上吊。

【譯　文】

宣城郡人邊洪任廣陽郡領校，因爲母親去世回到家裡，韓友去拜訪他。當時天色已晚，韓友從邊洪家裡出來，告訴隨從的人說：「趕快收拾行李，我們要連夜離開這裡。」隨從的人說：「現在天已經黑了，今天辛辛苦苦走了幾十里路，怎麼急急忙忙又離開？」韓友說：「這裡將流血滿地，怎麼能再住下去？」邊洪也苦苦挽留他，韓友沒有同意。那天夜裡，邊洪突然發狂，絞殺兩個兒子，並且殺死妻子，又用刀砍父親的兩個婢女，都被他砍傷。然後他就逃跑了。幾天以後，才在他家住房前面的樹林裡找到他，已經上吊死了。

39　鞠道龍說黃公事

鞠道龍善爲幻術❶。嘗云：「東海人黃公❷，善爲幻，制蛇御虎。常佩赤金刀。及衰老，飲酒過度。秦末，有白虎見於東海，詔遣黃公以赤刀往厭之❸。術既不行，遂爲虎所殺。」

【注　釋】

❶幻術，變幻之術，似與現在的魔術有不同。❷東海黃公，本事見《文選·西京賦》薛

綜注及李善注引《西京雜記》。❸厭，通「壓」，鎮壓。此指以法術御虎。

【譯文】

鞠道龍善於做變幻的法術。他曾經說：「東海人黃公，善於變幻術，能制服大蛇猛虎。他常常佩帶赤金刀。到了老年，喝酒過量。秦朝末年，有一隻大白虎在東海出現，皇帝命令黃公拿赤金刀用法術去鎮壓它。黃公已經不能變幻法術，就被老虎咬死了。」

40 謝紏作膾

謝紏嘗食客❶。以朱書符投井中❷，有一雙鯉魚跳出。即命作膾，一坐皆得遍。

【注釋】

❶謝紏，其名各書未見，其事與《搜神後記》卷二〈謝允〉條同。「嘗食客」，《北堂書鈔》作「大翁盛水」，《搜神後記》作「大翁盛水」。❷「井中」，《北堂書鈔》作「井水」。

【譯文】

謝紏有一次招待客人，用朱丹畫符投進井裡，就有一雙鯉魚跳出來。他馬上叫人做成魚膾，在坐的客人個個都吃到了。

41 天竺胡人魔術

晉永嘉中❶，有天竺胡人來渡江南❷。其人有數術❸，能斷舌復續，吐火。所在人士聚觀。將斷時，先以舌吐示賓客。然後刀截，血流覆地。乃取置器中，傳以示人。視之，舌頭半舌猶在。既而還取含續之。坐有頃，坐人見舌則如故，不知其實斷否。其續斷❹，取絹布，與人各執一頭，對剪，中斷之。已而取兩斷合，視絹布還連續，無異故體。時人多疑以爲幻，陰乃試之，眞斷絹也。

其吐火，先有藥在器中，取火一片，與黍糖合之❺，再三吹呼。已而張口，火滿口中。因就爇取以炊❻，則火也。又取書紙及繩縷之屬投火中，眾共視之，見其燒爇了盡❼。乃撥灰中，舉而出之，故向物也❽。

【注釋】

❶永嘉，晉懷帝司馬熾年號(西元三〇七～三一三年)。❷天竺，古代對印度的別稱。胡人，泛稱外國人。江南，長江以南，晉時指湖北的江南部分和湖南、江西一帶。❸數術，指多種魔術，如下文的斷舌、斷絹、吐火等。❹續斷，斷物後將其連接的魔術。❺黍糖，黍米(黃米)所製的糖。❻爇，點燃，焚燒。❼了盡，結束，完了。❽向物，舊物，原來的東西。

【譯文】

西晉永嘉年間，有一個印度人渡江來到江南地區。這個人會多種魔術，能夠截斷舌頭再連接，口中吐火。他到的地方人們都圍聚觀看。將要截斷舌頭的時候，他先伸出舌頭讓觀眾看，然後用刀截斷，鮮血流滿地上。於是他把截下的舌頭放在器皿裡，傳給大家看。看他口中，舌頭還有半截在那裡。一會兒，傳回斷舌，他拿起來含進口裡連接。坐了一會，大家看他的舌頭已經跟原來的一樣，不知道他的舌頭是否眞的截斷過。

他表演斷物連接，拿來一匹絹布，跟另外一個人各拉住一頭，從中間對剪斷開。隨後他把兩個斷頭合起來，大家一看絹布，又仍然連接成一匹，跟原先的沒有什麼不同。當時人們大都懷疑是假的，悄悄地試一試，是眞的剪斷了絹布。

他表演吐火，先放一種藥在器皿中，取一片火藥，和黍糖攪合，反覆對它吹氣。一會兒，他張開嘴巴，滿口都是火焰。接著就用這個火點燃木柴做飯，確實是眞的火。他又拿書紙和繩線之類東西投進這火裡，大家一起觀看，見這些東西都焚燒成灰燼。但是撥開灰燼，拿出來的，仍舊是原先的東西。

42 扶南王判罪

扶南王范尋養虎於山❶，有犯罪者，投與虎。不噬，乃宥之❷。故山名大蟲，亦名大靈。又養鱷魚十頭❸，若犯罪者，投與鱷魚。不噬，乃赦之。無罪者皆不噬。故有鱷魚池。又嘗煮水令沸，以金指環投湯中，然後以手探湯。其直者❹，手不爛；有罪者，入湯即焦。

【注　釋】

❶扶南，中南半島古國，位置在今柬埔寨。范尋，據《晉書·四夷列傳》，原爲扶南國將領，後「復世王扶南」。❷噬，咬。宥，赦罪。❸鱷，俗稱鱷魚。爬行動物，大的可達六米長，善游泳，性凶惡，食魚、蛙及鳥類，也吃人、畜。❹直者，指正直、公正而無罪的人。

【譯　文】

扶南國王范尋在一座山上養虎，有犯罪的人，就丟到山上，給老虎吃。老虎不咬的，就赦免他。所以這座山名叫大蟲山，也叫大靈山。范尋又養了十頭鱷魚，如果有犯罪的人，丟給鱷魚吃。鱷魚不咬的，就赦免他。沒有罪的人鱷魚都不咬。所以有一個鱷魚池。范尋又曾經把水燒開，把金戒指扔到開水裡，然後讓人伸手進開水裡拿金戒指。那些正直無罪的人，手不會燙爛；有罪的人，手伸進開水就燙焦了。

43 賈佩蘭説宮内事

戚夫人侍兒賈佩蘭❶，後出爲扶風人段儒妻❷。説在宮内時，嘗以弦管歌舞相歡娛，競爲妖服，以趨良時。十月十五日，共入靈女廟，以豚黍樂神❸，吹笛擊筑，歌〈上靈之曲〉❹。既而相與連臂，踏地爲節，歌〈赤鳳皇來〉❺。乃巫俗也。至七月七日，臨百子池，作于闐樂❻。樂畢，以五色縷相羈，謂之相連綬❼。八月四日，出雕房北户竹下圍棋❽。勝者終年有福，負者終年疾病；取絲縷就北辰星求長命，乃免❾。九月，佩茱萸，食蓬餌❿，飲菊花酒，令人長命。菊花舒時，並採莖葉，雜黍米饟之⓫，至來年九月九日始熟，就飲焉。故謂之菊花酒。正月上辰，出池邊盥濯，食蓬餌，以祓妖邪⓬。三月上巳⓭，張樂於流水。如此終歲焉。

【注釋】

❶戚夫人，漢高祖寵姬，生趙隱王如意。高祖死後，她被呂后囚禁，不久又被斷手足，挖眼，關在豬溷裡，稱作「人彘」。事見《史記》、《漢書》。❷扶風，郡名。本爲漢右扶風地區，治所在長安（今西安市西北），轄境約當今陝西秦嶺以北，戶縣、咸陽、旬邑以西地。❸十月十五日，陰曆這一天爲下元節。豚，小豬；也泛指豬。黍，此指黍酒，即黍子所釀之酒。❹筑，古代的一種擊弦樂器。形似箏，頸細肩圓，設柱，柱上十三弦。演奏時，右手執竹尺擊弦發音，同時左手按弦另一端。❺〈赤鳳皇來〉，古歌曲名。亦名〈赤鳳來〉。❻七月七日，陰曆稱爲七夕節，有牛郎、織女相會之說。于闐樂，指西域樂曲。于闐爲西域諸國之一。古有無名氏〈于闐采花〉歌辭：「山川雖異所，草木尚同春，亦如溱洧池，自有采花人。」❼五色縷，五彩絲線。羈，古代女子修剪頭髮，紮成馬絡頭的形狀。綬，絲帶子。❽八月四日，陰曆秋分節氣前一日。秋分爲陰陽相半，晝夜均而寒暑平。雕房，飾以雕刻文彩的房子。此指閨房。北戶，北面的房門。❾北辰星，即北極星。❿茱萸，藥用植物，有濃烈香味。古代風俗，九月九日重陽節佩茱萸避邪去惡。蓬餌，採嫩蓬草所做的糕類食品。⓫饟，當爲「釀」，指釀酒。⓬正月上辰，陰曆正月的第一個辰日。盥濯，澆水洗手。祓，免除災邪。⓭三月上巳，陰曆三月的第一個巳日，自古有修禊之俗。

【譯文】

漢朝戚夫人的侍女賈佩蘭，後來出嫁給扶風人段儒做妻子。她說在皇宮裡的時候，曾經用弦管樂器伴奏歌舞來娛樂，大家爭著穿上美艷的服裝，來度過美好的時光。

十月十五日下元節，大家一起進靈女廟，拿豚肉黍酒祭祀神靈，吹笛擊筑，唱〈上靈之曲〉。接著互相拉著手臂，用腳踏地打拍節，唱歌曲〈赤鳳皇來〉。這是按照當時的巫俗。到了七月七日「七夕」節，大家來到百子池，唱于闐樂曲。唱完以後，拿彩色絲線互相紮頭髮，稱它爲相連綬。八月四日，走出閨房北門，到竹林下面賽圍棋。棋勝的整年會有福氣，棋敗的整年會有疾病；用絲線向著北極星祈求長命，才能免除疾病。九月，佩帶茱萸，吃蓬餌，喝菊花酒，可使人長壽。菊花開放的時候，莖、葉一齊採集，摻進黍米釀製，到第二年九月九日重陽節，酒熟，才打開來喝。所以稱它爲菊花酒。正月上辰那一天，到水池邊澆水洗手，吃蓬餌，以免除妖邪。三月上巳日，在流水邊設歌舞。像這樣度過一年。

44 李少翁致神

漢武帝時，幸李夫人❶。夫人卒後，帝思念不已。方士齊人李少翁❷，言能致其神。乃夜施帷帳❸，明燈燭，而令帝居他帳，遙望之。見美女居帳中，如李夫人之狀，還幄坐而步，又不得就視❹。帝愈益悲感，爲作詩曰：「是耶？非耶？立而望之，偏❺。娜娜何冉冉其來遲❻！」令樂府知音家弦歌之❼。

【注釋】

❶李夫人，李延年之妹，妙麗善舞，得寵於漢武帝。早卒，武帝畫其像於甘泉宮。❷方士，稱有方術的人。如能煉金丹，求神仙及祈禳禁咒等。李少翁，據《漢武帝內傳》，武帝曾拜爲文成將軍，以客禮之，後又因求祀太一不應，誅之。❸帷帳，謂遮攔四周的幕帳。❹還，環繞。幄，篷帳，指前述帷帳。就視，挨近去看。❺偏，通「翩」，輕快飄忽的樣子。❻娜娜，《漢書·外戚傳》無此二字，汪紹楹先生疑爲釋「偏」字注文，誤入正文。❼樂府，音樂官署，掌管宮廷朝會宴饗及出行用音樂，兼採民間詩歌樂曲。

【譯文】

漢武帝的時候，寵愛李夫人。李夫人死後，武帝經常思念她。方士齊人李少翁，說是能招徠她的魂靈。於是在晚上紮起幕帳，在裡面點亮燈燭，讓武帝在另外的篷帳裡，遠遠地望著。武帝看見一位美女在幕帳裡，像李夫人的樣子，環繞幕帳坐下或行走，卻不能挨近去看。武帝更加感到悲哀，爲此寫詩說：「是她呢？不是她呢？站在那裡，遠遠望去，輕快飄忽。苗條輕柔，怎麼慢慢地走，來得這麼晚？」命令樂府懂得音樂的專家配上曲子彈唱這首詩。

45 營陵道人

漢北海營陵有道人❶，能令人與已死人相見。其同郡人，婦死已數年，聞而往見之，曰：「願令我一見亡婦，死不恨矣。」道人曰：「卿可往見之。若聞鼓聲，即出勿留。」乃語其相見之術。俄而得見之。於是與婦言語，悲喜恩情如生。良久，聞鼓聲悢悢❷，不能得住。當出戶時，忽掩其衣裾戶間，掣絕而去❸。至後歲餘，此人身亡。家葬之❹，開冢，見婦棺蓋下有衣裾。

【注釋】

❶漢北海營陵，漢景帝中元二年（西元前一四八年）分齊郡置北海郡，治所在營陵（今山東樂昌東南）。道人，有道術的人。❷悢悢，鼓聲。原作「恨恨」，據《太平御覽》改。❸裾，衣襟。掣，牽引，拉扯。❹家葬，此當指夫婦合葬。

【譯文】

漢朝北海郡營陵有一個道人，能夠讓人與已經死去的人相見。他同郡的一個人，妻子死去已經幾年，聽說他有道術就去會見他，說：「希望你能使我見一下死去的妻子，那麼我到死都沒有遺憾了。」道人說：「你可以去見死去的妻子。如果聽到鼓聲，馬上出來不要停留。」於是告訴他相見的法術。一會兒，那個人見到了妻子，就和妻子說話，兩人又悲又喜，感情恩愛就像妻子活著的時候一樣。過了好一會，聽見悢悢的鼓聲，不能留下。那個人走出門的時候，忽然他的衣襟夾在門縫裡，他扯斷衣襟離開了。過後一年多，那個人死了。舉行家葬，掘開墳墓時，發現他妻子的棺蓋下面，有扯斷的那一片衣襟。

46 白頭鵝試覡

吳孫休有疾❶，求覡視者❷。得一人，欲試之。乃殺鵝而埋於苑中，架小屋，施床几，以婦人屐履服物著其上❸。使覡者視之，告曰：「若能說此冢中鬼婦人形狀者，當加厚賞，而即信矣。」竟日無言。帝推問之急❹，乃曰：「實不見有鬼，但見一白頭鵝立墓上。所以不即白之，疑是鬼神變化作此相。當候其眞形，而定不復移易，不知何故。敢以實上❺。」

【注釋】

❶孫休，三國吳景帝。參見卷一〈徐光復仇〉。❷覡，男巫。❸床，坐榻。屐履，鞋的

通稱。❹推問，推究審問。此為追問的意思。❺敢，自言冒昧之詞。

【譯文】

東吳景帝孫休有病，找男巫來看病。找到了一個男巫，想先試試他。於是叫人殺了一隻鵝埋在花園裡，架上一間小屋，擺上坐榻和桌子，把婦人的鞋子服裝放在上面。讓男巫看這些東西，告訴他說：「如果能說出這座墳墓裡死的婦人的形狀，會加以重賞，而且就相信你了。」男巫一整天沒有說話。景帝追問得急了，男巫才說：「實在沒有看見鬼，只看見一隻白頭鵝站在墓上。之所以不立即稟報，因為懷疑是鬼神變化成鵝的樣子。想要等候它現出真形，但是它固定這個樣子不再變化，不知是什麼緣故。冒昧以實情報告。」

47 石子岡朱主墓

吳孫峻殺朱主，埋於石子岡❶。歸命即位❷，將欲改葬之。冢墓相亞❸，不可識別，而宮人頗識主亡時所著衣服。乃使兩巫各住一處，以伺其靈，使察鑒之❹，不得相近。久時，二人俱白：「見一女人，年可三十餘，上著青錦束頭，紫白夾裳，丹綈絲履❺。從石子岡上，半岡而以手抑膝，長太息。小住須臾，更進一冢上便止，徘徊良久，奄然不見❻。」二人之意，不謀而合。於是開冢，衣服如之。

【注　釋】

❶孫峻，三國吳丞相大將軍，封富春侯。驕橫凶惡，多所殘殺。《吳志》有傳。朱主，孫權女，即公主魯育，左將軍朱據之妻。後爲孫峻所殺。石子岡，在江蘇江寧縣南。❷歸命，指吳末帝孫皓。西元二六四年即位，二八〇年降晉稱臣，封歸命侯。❸亞，並列依傍的意思。❹「使察鑒之」，《建康實錄》作「使察戰鑒之」。察戰，吳官職名。❺束頭，古代束髮之物。夾裳，夾衣。綈，古代絲織物名。《急就篇》顏師古注：「綈，厚繒之滑澤者也。」❻奄然，忽然。

【譯　文】

東吳孫峻殺死朱主，埋在石子岡。吳末帝即位，準備要改葬她。許多墳墓互相並列依傍，不能識別朱主墓，但是宮人還記得朱主死時所穿的衣服。於是叫兩個女巫各住在一處，等候她們顯靈，派察戰監督她們，不准兩人接近。過了一段時間，兩人都稟告說：「看見一個女人，年紀約三十多歲，頂上戴青色錦繡束頭，穿紫白色夾衣，紅色絲綢鞋子。她從石子岡上山，到半山岡用手壓在膝上，長長地嘆氣。稍微停留了一會，再走到其中一座墳墓上就停下來，徘徊很久，忽然不見了。」兩人的話，不謀而合。於是按她們指的地方打開墳墓，棺裡的衣服正是那樣。

48 夏侯弘見鬼

夏侯弘自云見鬼，與其言語。鎮西謝尚所乘馬忽死❶，憂惱甚至。謝曰：「卿若能令此馬生者，卿眞爲見鬼也。」弘去，良久還，曰：「廟神樂君馬，故取之。今當活。」尚對死馬坐。須臾，馬忽自門外走還，至馬屍間便滅，應時能動，起行。

謝曰：「我無嗣，是我一身之罰。」弘經時無所告。曰：「頃所見，小鬼耳。必不能辨此源由。」後忽逢一鬼，乘新車，從十許人。著青絲布袍。弘前提牛鼻。車中人謂弘曰：「何以見阻？」弘曰：「欲有所問。鎮西將軍謝尚無兒。此君風流令望，不可使之絕祀❷。」車中人動容曰：「君所道，正是僕兒。年少時，與家中婢通，誓約不再婚而違約。今此婢死，在天訴之。是故無兒。」弘具以告。謝曰：「吾少時誠有此事。」

弘於江陵，見一大鬼，提矛戟❸，有隨從小鬼數人。弘畏懼，下路避之，大鬼過後，捉得一小鬼，問：「此何物？」曰：「殺人以此矛戟。若中心腹者，無不輒死。」弘曰：「治此病有方否？」鬼曰：「以烏雞薄之，即差❹。」弘曰：「今欲何行？」鬼曰：「當至荊、揚二州❺。」爾時比日行心腹病，無有不死者。弘乃教人殺烏雞以薄之，十不失八九。今治中惡❻，輒用烏雞薄之者，弘之由也。

【注釋】

❶謝尚，東晉陽夏（今河南太康）人，字仁祖。官拜尚書僕射，出爲豫州刺史，永和十一年（西元三五五年）進號鎮西將軍。❷風流，英俊，傑出。令望，聲譽很好。絕祀，斷絕祭祀。古代認爲無子亦是絕祀。❸江陵，地名，即今湖北江陵縣。矛戟，古代兵器。青銅或鐵製，將矛和戈合爲一體，能橫擊，又能直刺。❹烏雞，亦稱墨雞，即肉帶黑色之雞，可入藥。薄，附著。此爲敷藥。差，同「瘥」，病癒。❺荊州，州名。轄境約當今湖北、湖南兩省及河南、貴州、廣東、廣西的一部。揚州，州名。轄境相當於今安徽淮水和江蘇長江以南及江西、浙江、福建三省，湖北英山、黃梅、廣濟，河南固始、商城等縣地。❻中惡，稱致死之暴病。

【譯文】

夏侯弘自稱見過鬼，跟鬼說話。鎭西將軍謝尚所騎的馬忽然死亡，他非常難過。謝尚對夏侯弘說：「你如果能使這匹馬復活的話，你就是眞的見過鬼了。」夏侯弘出去，過了很久才回來，說：「廟裡的神靈喜歡你的馬，所以把它要去。現在會活過來了。」謝尚對著死馬坐著。一會兒，有一匹馬忽然從門外跑回來，跑到死馬的屍體那裡就不見了。死馬當時就能活動，站起來行走。

謝尚說：「我沒有兒子，這是對我一輩子的懲罰。」夏侯弘過了一段時間都沒有什麼情況稟告，他說：「近來所遇見的，只是小鬼。一定是他們不能弄清這件事的緣由。」後來夏侯弘忽然遇到一個鬼，坐著新車，有十來個隨從跟著。穿的是青色絲綢布袍。夏侯弘上前去提起駕車的牛的鼻子。車裡坐的鬼問夏侯弘說：「爲什麼阻攔我？」夏侯弘說：「有一件事要詢問。鎭西將軍謝尚沒有兒子。這個人英俊傑出而且聲望很好，不應該使他斷絶後代。」車上的鬼臉上露出感動的樣子說：「你所說的人，正是我兒子。他年輕時，和家裡的婢女私通，他發誓不再結婚但是後來違背了誓約。現在那個婢女已經死了，在陰間申訴這件事。因此他沒有兒子。」夏侯弘把這些情況告訴謝尚。謝尚說：「我年輕時確實有過這件事。」

夏侯弘在江陵遇見一個大鬼，提著矛戟，有幾個小鬼隨從。夏侯弘害怕，走下路邊去躲開他們。大鬼走過去以後，夏侯弘捉到一個小鬼，問：「這是什麼東西？」小鬼說：「用這柄矛戟殺人。如果刺中心腹，沒有不馬上死的。」夏侯弘問：「治這種病有沒有辦法？」小鬼說：「用烏雞製藥敷在人心腹處，病立即痊癒。」夏侯弘又問：「現在要去哪兒？」小鬼答：「要到荊州、揚州去。」當時連日流行心腹病，患者沒有不死的。夏侯弘於是教人們殺烏雞來敷心腹，病人十個有八九個都好了。如今治療中惡病，用烏雞敷藥的方法，就是由夏侯弘傳下來的。

卷三

49 鍾離意

漢永平中，會稽鍾離意字子阿，爲魯相❶。到官，出私錢萬三千文，付戶曹孔訢，修夫子車❷。身入廟，拭几席劍履。男子張伯，除堂下草，土中得玉璧七枚，伯懷其一，以六枚白意。意令主簿安置几前❸。孔子教授堂下床首有懸甕，意召孔訢，問：「此何甕也？」對曰：「夫子甕也。背有丹書❹，人莫敢發也。」意曰：「夫子，聖人。所以遺甕，欲以懸示後賢。」因發之，中得素書，文曰：「後世修吾書，董仲舒❺。護吾車，拭吾履，發吾笥❻，會稽鍾離意。璧有七，張伯藏其一。」意即召問：「璧有七，何藏一耶？」伯叩頭出之。

【注 釋】

❶永平，東漢明帝劉莊年號（西元五八～七五年）。鍾離意，會稽山陰（今浙江紹興）人。明帝時徵爲尙書，出爲魯相。魯，國名。西漢初改薛郡置。治所在魯縣（今山東曲阜）。轄境相當今曲阜、滕縣、泗水等縣地。❷文，一枚錢。古時銅錢一面鑄文字，所以錢一枚爲一文。戶曹，官名，主民戶的屬官。《後漢書·百官志》：「戶曹主民戶祠祀農桑。」孔訢，人名。夫子，對孔子的尊稱。❸主簿，官名，負責典領文書，辦理事務。❹丹書，以丹所寫的文書。❺董仲舒，西漢哲學家，今文經學大師。他主張以儒學爲正統，建議：「諸不在六藝之科、孔子之術者，皆絕其道，勿使並進。」❻笥，盛飯食或衣物的竹器。此指文中所說的懸甕。

【譯 文】

東漢明帝永平年間，有個會稽人叫鍾離意，字子阿，擔任魯國宰相。他到任後，拿出自己的一萬三千文錢，交給户曹孔訴，去修理孔夫子的乘車。又親自進孔廟，擦拭孔子的桌椅、佩劍和鞋子。他兒子張伯，在孔廟正房下除草，從土中得到七枚玉璧。張伯把一枚玉璧藏在懷裡，拿六枚交給鍾離意。鍾離意叫主簿把玉璧安置在桌子上。孔子講學的房裡，坐榻當頭有一隻懸掛的甕子，鍾離意叫孔訴來，問他：「這是什麼甕子？」孔訢回答：「這是孔夫子的甕子。背後有丹書，大家不敢打開來看。」鍾離意說：「孔夫子，是聖人。他懸掛這個甕子，是想用來指示後人的。」於是把丹書打開，從中得到寫在素絹上的文書，上面寫道：「後世整理我的著作的，是董仲舒。修理我的乘車，擦拭我的鞋子，打開我懸掛的甕子的，是會稽人鍾離意。玉璧有七枚，張伯藏起了其中一枚。」鍾離意馬上叫張伯來詢問：「玉璧共有七枚，你爲什麼藏了一枚？」張伯連忙叩頭交出那一枚玉璧。

50 段翳封簡書

段翳字元章，廣漢新都人也❶。習《易經》，明風角❷。有一生來學積年，自謂略究要術，辭歸鄉里。翳爲合膏藥，並以簡書封於筒中，告生曰：「有急，發視之。」生到葭萌，與吏爭度，津吏擿破從者頭❸。生開筒得書，言：「到葭萌，與吏鬥。頭破者，以此膏裹之。」生用其言，創者即愈❹。

【注釋】

❶段翳，一本作「段醫」。《後漢書》有傳。廣漢新都，《續漢書·郡國志》：「廣漢郡新都縣屬益州。」故城在今四川廣漢縣東。❷《易經》，指《周易》的《經》文。《周易》簡稱《易》，相傳爲周人所作。其內容包括《經》、《傳》兩部分。《經》主要是六十四卦和三百八十四爻，有卦辭、爻辭說明，作爲占卜之用。《傳》是對《經》所作的各種解釋。風角，古代候法。候四方四隅之風以占吉凶。❸葭萌，古爲苴侯國，漢置葭明縣。後漢改名葭萌。三國蜀改爲漢壽。西晉武帝太康年中又改爲晉壽。故城在今四川昭化縣東南。度，通「渡」，渡河。津吏，管理渡口的官吏。津，渡口。❹《後漢書·段翳傳》此後有「生嘆服，乃還卒業。翳遂隱居竄跡，終於家。」諸文。

【譯文】

段翳，字元章，廣漢郡新都縣人。他研究《易經》占卜，懂得風角候法。有一個學生來跟他學習了一年，自認爲主要的法術要點都掌握了，就向他告辭回家鄉去。段翳給他配製一付膏藥，並且寫了便條一起封在竹筒裡，告訴學生說：「遇到急事，就打開它來看。」這個學生走到葭萌縣，與官員爭著渡河，管理渡口的官吏敲破了他的隨從的頭。他打開竹筒，得到便條，上面寫道：「到葭萌，與官吏爭鬥。頭被敲破的人，用這付膏藥包紮他。」學生按照便條的話去做，負傷的人就痊癒了。

51 臧仲英家怪物

右扶風臧仲英，爲侍御史❶。家人作食設案，有不清塵土投污之。炊臨熟，不知釜處。兵弩自行。火從篋簏中起❷，衣物盡燒，而篋簏故完。婦女婢使，一旦盡失其鏡，數日，從堂下擲庭中，有人聲言：「還汝鏡。」女孫年三四歲，亡之，求不知處，兩三日，乃於圊中糞下啼❸。若此非一。汝南許季山者❹，素善卜卦，卜之曰：「家當有老青狗物，內中侍御者名益喜，與共爲之。誠欲絶，殺此狗，遣益喜歸鄉里。」仲英從之，怪遂絶。後徙爲太尉長史❺，遷魯相。

【注釋】

❶右扶風，地區名。東漢時治所在槐里（今陝西興平東南）。見卷二〈賈佩蘭説宮內事〉注❷。❷侍御史，官名。在御史大夫下，或給事殿中，或奉使外出，掌舉劾、督察諸職。❷篋簏，盛衣物的竹箱子。❸圊，廁所。❹汝南，郡名。東漢時治所在平輿（今河南輿北）。許季山，名峻，東漢汝南平輿人，善占卜之術。❺徙，遷移。此指遷職。太尉長史，官名，太尉的屬官。太尉，全國軍事首腦，東漢時與司徒、司空並稱三公（共同負責國家軍政的最高長官），均設長史。

【譯文】

右扶風人臧仲英，任侍御史。家裡僕人做飯擺上桌子，有不乾淨的泥土扔到裡面弄髒了它。食物要煮熟的時候，不知道煮食物的鍋到哪裡去了。兵器弓箭會自己移動。竹箱子裡起火，衣物都燒光了，但是竹箱子還像原來一樣完好。有一天早上，妻子女僕的鏡子都不見了，幾天以後，鏡子從前房扔到院子裡，有一個人的聲音說：「還你們鏡子。」臧仲英的孫女年齡三四歲，失蹤了，到處找不到，兩三天以後，才發現她在廁所糞堆裡啼哭。像這樣的事不只是一次。汝南人許季山，善於卜卦，他卜這件事說：「你家裡有一條老青狗怪物，內庭裡有個侍者叫益喜的，他兩個共同作怪。眞想要滅除怪事，就殺掉這條狗，打發益喜回老家去。」臧仲英照此辦理，鬼怪再沒有出現了。後來臧仲英遷職太尉長史，升職爲魯相。

52 喬玄見白光

太尉喬玄，字公祖，梁國人也❶。初為司徒長史❷。五月末，於中門臥，夜半後，見東壁正白，如開門明。呼問左右，左右莫見。因起自往，手捫摸之，壁自如故。還床復見。心大怖恐。其友應劭適往候之❸，語次相告。劭曰：「鄉人有董彥即許季山外孫也。其探賾索隱❹，窮神知化，雖眭孟、京房無以過也❺。然天性褊狹，羞於卜筮者❻。」間來候師王叔茂，請往迎之❼，須臾便與俱來。公祖虛禮盛饌，下席行觴❽。彥興自陳：「下土諸生，無他異分，幣重言甘，誠有踧踖❾。頗能別者，願得從事。」公祖辭讓再三，爾乃聽之。曰：「府君當有怪，白光如門明者，然不為害也。六月上旬雞鳴時，聞南家哭，即吉。到秋節，遷北行郡，以金為名。位至將軍三公。」公祖曰：「怪異如此，救族不暇，何能致望於所不圖。此相饒耳⑩。」至六月九日未明，太尉楊秉暴薨⑪。七月七日，拜鉅鹿太守⑫。鉅邊有金。後爲度遼將軍，歷登三事⑬。

【注釋】

❶梁國，指漢梁國。後魏改梁郡。故治在今河南商丘縣南。❷司徒長史，司徒的屬官。司徒，國家行政首腦，掌管土地人民，負責徵發徒役。❸應劭，字仲遠，東漢學者。官拜泰山太守。撰《風俗通》（一作《風俗通義》）。❹探賾索隱，探索深奧的道理和隱秘的事情。賾，深奧。❺眭孟，名弘，西漢人。習《公羊春秋》，以推測後事。《漢書》有傳。京房，字君明，治《易》以說災變。《漢書》有傳。❻褊狹，狹隘。筮，用蓍草占卦。《禮記・曲禮上》：「龜爲卜，策爲筮。」❼王叔茂，名暢，山陽高平人。時爲長樂衛尉，後遷司空。❽饌，食物。觴，盛酒器。此爲敬酒的意思。❾踧踖，侷促不安的樣子。❿饒，此爲安慰的意思。⓫楊秉，字叔節，楊震之子。東漢桓帝延熹年中拜太尉。薨，原爲周代諸侯死之稱，後亦稱二品以上官員之死。⓬鉅鹿，郡名，東漢時治所在廮陶（今河北寧晉西南）。⓭三事，即三公。古代三公參與六卿之事，所以也稱爲三事大夫。

【譯文】

太尉喬玄，字公祖，是梁國人。起初任司徒長史。五月末，他在中門睡覺，半夜以後，看見東面牆壁很白，像開門一樣明亮。叫左右的人來問，左右的人看不見。於是他起床自己過去，用手撫摸，牆壁還跟原來的一樣。回到床上，又看見是那樣白的。他心裡很害怕。他的朋友應劭恰好去看望他，他把這情況一一告訴了應邵。應劭說：「我有個同鄉叫董彥興的，就是許季山的外孫。他深入探索深奧的道理和隱秘的事情，透徹了解神術及其變化，即使是眭孟、京房也不會超過他。但是他生性狹隘，認爲卜卦是羞恥的事。」

不久，等董彥興的老師王叔茂來，喬玄請他去接董彥興，一會兒他們就一起來了。喬玄態度謙虛，安排了豐盛的食物，親自起身到桌子邊敬酒。董彥興自己表示：「我是鄉間的儒生，沒有什麼其他特別的本事，您禮節重言語客氣，我實在感到侷促不安。我稍能判斷凶吉，願意爲你效勞。」喬玄再三推辭，然後把那件事說給他聽。董彥興說：「您正是有怪事，所以看見白色的光像開門一樣明亮，但是沒有災難。六月上旬雞叫天亮時，聽到南邊人家哭，就吉利了。到了秋天，你調到北方郡城任職，郡城以金字做名稱。以後職位要升到將軍三公。」喬玄說：「像這樣怪異，拯救家族怕都來不及，怎麼能寄希望於不敢指望的事。這是你安慰我罷了。」到六月九日天不亮，秉突然死亡。七月七日，喬玄任鉅鹿郡太守。鉅字邊上有金字旁。後來喬玄被封爲度遼將軍，又登上三公之位。

53 管輅筮王基

管輅，字公明，平原人也[1]。善《易》卜。安平太守東萊王基❷，字伯輿，家數有怪，使輅筮之。卦成，輅曰：「君之卦，當有賤婦人，生一男，墜地便走，入灶中死。又床上當有一大蛇銜筆，大小共視，須臾便去。又烏來入室中，與燕共鬥，燕死烏去。有此三卦。」基大驚曰：「精義之致，乃至於此。幸爲占其吉凶。」輅曰：「非有他禍，直客舍久遠，魑魅罔兩❸，共爲怪耳。兒生便走，非能自走，直宋無忌之妖❹，將其入灶也。大蛇銜筆，直老書佐耳❺，烏與燕鬥者，直老鈴下耳❻。夫神明之正，非妖能害也。萬物之變，非道所止也。久遠之浮精，必能之定數也。今卦中見象而不見其凶，故知假托之數，非妖咎之徵，自無所憂也。昔高宗之鼎，非雉所雊❼；太戊之階，非桑所生❽。然而野鳥一雊，武丁爲高宗；桑榖暫生，太戊以興。焉知三事不爲吉祥？願府君安身養德，從容光大，勿以神奸污累天眞。」後卒無他。遷安南督軍❾。

後輅鄉里乃太原問輅⑩：「君往者為王府君論怪，云『老書佐為蛇，老鈴下為烏。』此本皆人，何化之微賤乎？為見於爻象，出君意乎？」輅言：「苟非性與天道，何由背爻象而任心胸者乎？夫萬物之化，無有常形；人之變異，無有定體。或大為小，或小為大，固無憂劣。萬物之化，一例之道也。是以夏鯀，天子之父⑪；趙王如意，漢高之子⑫。而鯀為黃能，意為蒼狗，斯亦至尊之位，而為黔喙之類也⑬。況蛇者協辰巳之位，烏者棲太陽之精⑭，此乃騰黑之明象，白日之流景⑮。如書佐、鈴下，各以微軀，化為蛇烏，不亦過乎？」

【注釋】

❶管輅，三國魏人。《三國志·魏志》有傳，說他精通《周易》，道術神妙，卜筮無不靈驗。平原，郡名。治所在今山東平原縣西南。❷安平，古邑名，魏置郡。故址在今山東益都西北。王基，東萊曲城（今山東掖縣東北）人，《三國志·魏志》有傳。❸魑魅罔兩，古古代傳說中的精怪名。魑魅，同「螭魅」。罔兩，同「魍魎」。❹宋無忌之妖，指火之精靈。《史記·封禪書》《索隱》引《白澤圖》：「火之精曰宋無忌。蓋其人火仙也。」❺書佐，官名，即是書記。漢代州郡屬官有功曹書佐、典郡書佐等。❻鈴下，門卒及隨從護衛之卒的稱謂。

❼高宗，即殷商第二十三代君王武丁。據《尚書·高宗肜日》及《史記·殷本紀》，武丁祭成湯，有野雞飛到祭品上鳴叫，武丁恐懼，他的賢臣祖己勸他修政行德，使天下咸歡。雊，野雞。雊，野雞鳴叫。❽太戊，亦作「大戊」，殷中宗。太庚的兒子。據《尚書·咸乂》及《史記·殷本紀》，有桑穀共生於朝，太戊恐懼，他的賢臣伊陟勸他改過修德，使殷道復興。❾遷安南督軍。《太平廣記》作「遷為安南將軍」。❿乃太原，汪紹楹先生疑為「劉原」劉字形壞而訛。劉原渤人，為河東太守。⓫鯀，禹的父親。因治水無功。被舜殺死在羽山。傳說化為黃熊（一作「黃能」）。天子，指禹，他治水有功而繼承舜的帝位。⓬如意，漢高祖劉邦第四子，戚夫人所生。立為趙王。劉邦死後，呂太后藉口有物如蒼狗（青色的狗）咬傷其腋，是趙王為祟，便鴆殺了他。⓭黔喙，指山上的野獸。⓮辰巳之位，指東南方。以生肖配十二地支，蛇為辰巳之位。太陽之精，傳說日中有神鳥三足烏，故謂烏為棲太陽之精。⓯明象，明顯的徵象。流景，落日的景色。

【譯文】

管輅，字公明，是平原人。善於以《易》卜卦。安平太守東萊人王基，字伯輿，家裡多次出現怪事，讓管輅給他占卜。卜出卦，管輅說：「您的卦，是有個卑賤的婦人，生下一個男孩，落地就跑，進入灶中燒死了。又有一條大蛇在床上銜著筆，大家都看到，一會兒就不在了。又有一隻烏鴉飛進房裡來，與燕子爭鬥，燕子死，烏鴉飛走了。有這樣三個卦。」王基十分吃驚地說：「卦象精確極了，竟然到這種地步。請給我占它的吉凶。」管輅說：「沒有其他災禍，只是客舍時代久遠，那些精怪一起作祟罷了。小孩生下就跑，不是他自己能跑，只是火的精靈把他引進灶裡。大蛇銜筆，不過是老書佐。與燕子爭鬥的烏鴉，不過是老鈴下。精神純正，妖怪是不能傷害的。萬物的變化，道術是不能限制的。時代久遠的精怪，是一定會有這種情況的。如今卦中顯示徵象卻沒有出現凶兆，所以知道是精怪依托，不是妖怪造成災禍的徵兆，自然沒有什麼可憂慮的。從前殷高宗武丁祭祀的大鼎，不是野雞鳴叫的地方；殷中宗太戊的庭階，不是桑穀生長的地方。但是野雞一叫，武丁成爲賢明的高宗；桑穀一生長，太戊時代就興盛了。怎麼知道這三件事不就是吉祥的徵兆呢？希望您安身養德，從容光大，不要因爲神怪出現使本性受到損害。」後來始終沒有發生什麼事情。王基升任安南將軍。

過後管輅的同鄉乃太原問管輅：「你過去給王基論述精怪，說老書佐變成蛇，老鈴下變爲烏鴉，他們本來都是人，怎麼變成了卑微的動物呢？是從卦的爻象顯示出來，出乎你的意念嗎？」管輅說：「如果不是本性與天意，從哪裡去違背爻象而隨心所欲呢？萬物的變化，沒有一定的形狀；人的變化，沒有一定的形體。有的大變小，有的小變大，本來沒有什麼優劣。萬物的變化，是有一定的規律的。因此，夏鯀是禹帝的父親，趙王如意是漢高祖的兒子，但是鯀變成黃熊，如意變成蒼狗，這也是從最高貴的身份，變成山上的野獸之類。何況蛇是配於東南方位，烏鴉是棲於太陽的精靈，這正是騰黑的明顯徵象，是太陽下山的景色。像書佐、鈴下，各自憑他們微小的身體，變成蛇和烏鴉，不也是過得去的嗎？」

54 管輅教顏超延命

管輅至平原，見顏超貌主夭亡❶。顏父乃求輅延命。輅曰：

「子歸，覓清酒一榼、鹿脯一斤。卯日，刈麥地南大桑樹下❷，有二人圍棋次。但酌酒置脯，飲盡更斟，以盡爲度。若問汝，汝但拜之，勿言。必合有人救汝。」

顏依言而往，果見二人圍棋。顏置脯斟酒於前。其人貪戲，但飲酒食脯不顧。數巡，北邊坐者忽見顏在，叱曰：「何故在此？」顏唯拜之。南邊坐著語曰：「適來飲他酒脯，寧無情乎❸？」北坐者曰：「文書已定。」南坐者曰：「借文書看之。」見超壽止可十九歲，乃取筆挑上❹，語曰：「救汝至九十年活。」顏拜而回。

管語顏曰：「大助子，且喜得增壽。北邊坐人是北斗，南邊坐人是南斗。南斗注生，北斗注死❺。凡人受胎，皆從南斗過北斗。所有祈求，皆向北斗。」

【注釋】

❶顏超，人名，汪紹楹先生考證，當是「趙顏」倒置且誤改而訛。《敦煌變文》作「趙顏子」。❷卯日，故人以干支計日，逢卯的那一天爲卯日。刈麥地，割過麥子的地。❸適來，剛才。寧，豈，難道。❹挑上，意思是把「九」字的位置改到「十」字的上面。❺南斗、北斗，皆星座名。傳說南斗星掌人的生，北斗星掌人的死。注，記載，登記。此爲掌管決定的意思。

【譯 文】

管輅到平原郡，看到顏超的相貌預兆他未成年而死亡。顏超的父親請求管輅爲顏超延長壽命。管輅告訴顏超說：「你回家去，找一壺好酒、一斤鹿肉乾。卯日那天，在收割過的麥地南邊大桑樹下，有兩個人在那裡下圍棋。你只管去斟上酒，擺上鹿肉乾，杯裡的酒喝乾又再斟上，到喝光酒吃盡肉爲止。如果問你什麼話，你只是叩頭作揖，不要說話。一定會有人救你。」

顏超依照管輅的話去到麥地裡，果然看見兩個人在下圍棋，顏超在他們面前擺上肉乾，斟上酒。那兩人貪於下棋，只管喝酒吃肉沒有回頭看。喝了幾巡酒，北邊坐的人忽然看見顏超在旁邊，責問說：「你爲什麼在這裡？」顏超只是叩頭作揖。南邊坐的人說：「剛才喝他的酒吃他的肉，難道沒有一點人情嗎？」北邊坐的人說：「文書已經寫定了。」南邊坐的人說：「借文書給我看看。」他看到文書上顏超的壽命只有十九歲，於是拿筆把「九」字改到「十」字的前面，對顏超說：「我救你活到九十歲。」顏超拜謝他們回家。

管輅告訴顏超說：「他們大大幫助你了，很高興你能增壽。北邊坐的人是北斗星君，南邊坐的人是南斗星君。南斗星君掌管人的生，北斗星君掌管人的死。人凡是成了胎，都要先在南斗星君那兒登記，然後到北斗星君那兒登記。人所有的祈求，都要向北斗星君提出。」

55 管輅筮信都令

信都令家❶，婦女驚恐，更互疾病，使輅筮之。輅曰：「君北堂西頭有兩死男子，一男持矛，一男持弓箭；頭在壁內，腳在壁外。持矛者主刺頭，故頭重痛不得舉也。持弓箭者主射胸腹，故心中懸痛不得飲食也。晝則浮游❷，夜來病人，故使驚恐也。」

於是掘其室中，入地八尺，果得二棺。一棺中有矛，一棺有角弓及箭❸。箭久遠，木皆消爛，但有鐵及角完耳。乃徙骸骨，去城二十里埋之。無復疾病。

【注釋】

❶信都，縣名，漢置。治所在今河北冀縣。❷浮游，到處周遊。❸角弓，用角作裝飾的

弓。

【譯文】

信都縣令家裡，婦女感到驚慌，一個接一個生病，讓管輅給他占卜。管輅說：「你家北房的西頭有兩個死的男人，一個男人帶有矛，一個男人帶有弓箭；頭在牆壁的裡面，腳在牆壁的外面。拿矛的專門刺人的頭，所以人的頭沉重疼痛不能抬起來。拿弓箭的專門射人的胸腹，所以人心裡感到疼痛不能吃東西。這兩個死男人白天到處周遊，晚上來害人，所以使人驚慌。」於是縣令在房子裡挖掘，挖進地下八尺，果然得到兩副棺材。一副棺材裡有矛，一副棺材裡有角弓和箭。因爲時間久遠，弓箭的木頭都腐爛了，只有鐵和角還是完好的。縣令於是遷移骸骨，離城二十里埋葬。他家不再有人生病了。

56 管輅筮郭恩

利漕民郭恩❶，字義博。兄弟三人，皆得躄疾❷，使輅筮其所由。輅曰：「卦中有君本墓❸，墓中有女鬼，非君伯母，當叔母也。昔饑荒之世，當有利其數升米者，排著井中，嘖嘖有聲❹。推一大石下，破其頭。孤魂冤痛，自訴於天耳❺。」

【注釋】

❶利漕，據盧弼《三國志集解》，是東漢建安十八年（西元二一三年）曹操所鑿之渠名，以引漳水入白溝。渠自今河北曲周南，東至今大名西北。❷躄，同「躃」，瘸腿。《管輅別傳》載，郭恩「兄弟躄來三十餘載，脚如棘子，不可復治」。❸本墓，謂本家族的墓地。❹利，貪圖財物。排，推。嘖嘖，此爲感嘆聲。❺《魏志·管輅傳》此後有「於是恩涕泣服罪」諸文。

【譯文】

利漕渠人郭恩，字義博。他兄弟三人，都患瘸腿病，請管輅占卜其原因。管輅說：「卦中有你們家族的墓地，墓地裡有一個女鬼，不是你的伯母，就是叔母。從前饑荒的年代，有人貪圖她的幾升米，把她推落井裡，她發出『嘖嘖』的感嘆聲。那人又推一塊大石頭下去，砸破她的頭。孤魂含冤悲痛，自己向天帝申訴。」（郭恩聽了，哭泣起來，承認自己的罪過。）

57 淳于智殺鼠

淳于智字叔平，濟北盧人也❶。性深沈，有思義。少爲書生，能《易》筮，善厭勝之術❷。高平劉柔夜臥，鼠嚙其左手中指，意其惡之❸。以問智，智爲筮之，曰：「鼠本欲殺君而不能，當爲使其反死。」乃以朱書手腕橫文後三寸❹，爲田字，可方一寸二分。使夜露手以臥，有大鼠伏死於前。

【注釋】

❶淳于智，《晉書》有傳，說他「太康末，爲司馬督，有寵子楊駿，故見殺」。楊駿封臨晉侯輔政，遍樹親信，惠帝即位後被誅三族。廬，當爲「盧」。濟北郡治所在盧縣，故城在今山東長清縣南。❷厭勝，用咒詛之術壓伏妖邪。❸囓，咬。惡，厭惡。❹橫文，一作「橫紋」，指手腕有橫的紋路之處。

【譯文】

淳于智字叔平，是濟北郡盧縣人。性格深沈，講義氣，少年時是讀書人，能夠用《周易》占卜，擅長詛咒的道術。高平人劉柔晚上睡覺，老鼠咬傷他左手的中指，他心裡感到很厭惡。他拿這件事去問淳于智，淳于智給他占卜，說：「老鼠本來想咬死你，但沒有辦到，我會替你想辦法使老鼠反而被殺死。」於是他在劉柔手腕橫紋後面三寸的地方，用朱砂寫一個「田」字，大約一寸二分見方。他讓劉柔晚上睡覺把手露在被子外面，第二天早上有一隻大老鼠伏在手的前面死了。

58 淳于智卜宅居

上黨鮑瑗❶，家多喪病，貧苦。淳于智卜之，曰：「君居宅不利，故令君困爾。君舍東北有大桑樹。君徑至市，入門數十步，當有一人賣新鞭者，便就買還，以懸此樹。三年，當暴得財❷。」瑗承言詣市，果得馬鞭。懸之三年，浚井❸，得錢數十萬，銅鐵器復二萬餘。於是業用既展❹，病者亦無恙。

【注　釋】

❶上黨，郡名。東漢末治所移回壺關（今山西長治市北）。❷暴，突然。❸浚，挖深疏通水井或河道。❹展，寬裕。

【譯　文】

上黨人鮑瑗，家裡常有人死亡或生病，生活貧苦。淳于智給他占卜，說：「你住的房子不吉利，所以使你如此窘困。你家房舍東北邊上有一棵大桑樹。你直接到集市上去，進集市門口幾十步遠，會有一個人賣新鞭子，就跟他買了回來，把它掛在這棵桑樹上。三年以後，你會突然發財。」鮑瑗聽了淳于智的話到集市上去，果然買到了馬鞭。他把馬鞭懸掛在桑樹上三年，有一天浚井，挖得錢幣幾十萬，又得銅鐵器物二萬多件。於是他的家業和生活都富裕了，家裡的病人也痊癒了。

59 淳于智卜免禍

譙人夏侯藻❶，母病困，將詣智卜。忽有一狐，當門向之嘷叫。藻大愕懼，遂馳詣智。智曰：「其禍甚急。君速歸，在狐嘷處拊心啼哭❷，令家人驚怪，大小畢出。一人不出，啼哭勿休。然其禍僅可免也。」藻還，如其言。母亦扶病而出。家人既集，堂屋五間拉然而崩❸。

【注釋】

❶譙，郡名，治所在譙縣（今安徽亳縣）。❷拊心，同「撫心」，即用手按在胸上。❸拉然，像被拉倒的一樣。

【譯文】

譙郡人夏侯藻，他母親病得厲害，準備去請淳于智占卜。忽然有一隻狐狸，對著門向他嘷叫。夏侯藻非常吃驚害怕，就急忙跑到淳于智那裡。淳于智說：「這個災禍十分急迫。你趕快回家去，在狐狸嘷叫的地方按著胸口啼哭，使家裡的人驚奇，大大小小都出門來。有一個人還沒出來，你就不要停止啼哭。那麼這個災禍才可以免除。」夏侯藻回家，照淳于智的話做。他哭得母親也帶病出來。一家人已經集中在門外，他家的五間堂屋像被拉倒的一樣崩坍了。

60 淳于智筮病

護軍張劭❶，母病篤。智筮之，使西出市沐猴❷，繫母臂，令傍人搥拍，恆使作聲，三日放去。劭從之。其猴出門，即爲犬所咋死❸。母病遂差。

【注釋】

❶護軍，官名。魏晉以後，有護軍將軍及中護軍，掌軍職的選用，與領軍將軍或中領軍同掌中央軍隊，爲重要的軍事長官。張劭爲楊駿甥，駿引爲中護軍。後與駿一起被殺。
❷沐猴，即獼猴。❸咋，亦作「齚」，咬，嚙。

【譯文】

護軍張劭，母親病重。淳于智爲他占卜，讓他往西邊去買來一隻獼猴，拴在母親的手臂上，叫旁邊的人拍打獼猴，經常使它發出叫聲，三天以後把猴放出去。張劭照這樣做了。那隻猴一出門，立即被狗咬死。張劭母親的病就好了。

61 郭璞撒豆成兵

郭璞字景純❶，行至廬江，勸太守胡孟康急回南渡，康不從❷。璞將促裝去之，愛其婢❸，無由得，乃取小豆三斗，繞主人宅散之。主人晨起，見赤衣人數千圍其家，就視則滅，甚惡之。請璞爲卦。璞曰：「君家不宜畜此婢，可於東南二十里賣之，愼勿爭價，則此妖可除也。」璞陰令人賤買此婢。復爲投符於井中，數千赤衣人一一自投於井。主人大悅。璞攜婢去。後數旬而廬江陷❹。

【注釋】

❶郭璞，晉河東聞喜（今山西聞喜縣）人。博學高才，注《爾雅》、《山海經》等。又精通天文五行卜筮之術。晉元帝任爲著作左郎，遷尙書郎。後被王敦所殺。《晉書》有傳。❷《晉書・郭璞傳》：廬江太守胡孟康被丞相召爲軍諮祭酒，時江淮淸宴，孟康安之，無心南渡。❸促裝，謂收拾行裝。愛其婢，《晉書・郭璞傳》作「愛主人婢」。❹陷，淪陷，即被敵人攻占。

【譯文】

郭璞字景純，他來到廬江郡，勸太守胡孟康趕緊渡江回到南方去，胡孟康沒有聽從他的勸告。郭璞收拾行裝，準備離開廬江，他喜歡主人家的婢女，沒有辦法得到，於是找來三斗小豆子，繞主人的住宅四處撒下。主人早晨起來，看見有幾千個穿紅衣服的人包圍他家，走近看就不見了，心裡很厭惡。請郭璞卜卦。郭璞說：「你家不宜收養這個婢女，可以在東南面二十里賣掉她，注意不要爭價錢，那麼這些妖怪就可以除掉。」郭璞悄悄派人去便宜地買下這個婢女。再給主人家投一道符在井裡，幾千個紅衣人一個一個自己跳到井裡去了。主人十分高興。郭璞帶著這個婢女離開了廬江。幾十天以後廬江就淪陷了。

62 郭璞救死馬

趙固所乘馬忽死❶，甚悲惜之。以問郭璞，璞曰：「可遣數十人持竹竿，東行三十里，有山林陵樹，便攪打之，當有一物出，急宜持歸。」於是如言，果得一物，似猿。持歸，入門見死馬，跳梁走往死馬頭❷，噓吸其鼻。頃之，馬即能起，奮迅嘶鳴❸，飲食如常。亦不復見向物。固奇之，厚加資給。

【注釋】

❶趙固，十六國時期漢國君劉淵的部將。❷跳梁，亦作「跳踉」。跳動騰躍。❸奮迅，奮起迅速。指動作敏捷。

【譯文】

趙固所騎的那匹馬忽然死亡，他十分難過惋惜。問郭璞能不能救活牠，郭璞說：「可以派幾十個人拿著竹竿，往東走三十里，遇到山丘樹林，就輪番用竹竿拍打樹枝，會有一個怪物出來，最好趕快把它捉回家來。」於是趙固照這話去做，果然得到一個怪物，像猿猴。這怪物捉回來，進門看見死馬，跳躍著跑到死馬的頭邊，對著馬的鼻子呼氣吸氣。一會兒，馬就能站起來，動作敏捷，嘶鳴不停，飲水吃料跟平時一樣。也不再看見先前那隻怪物了。趙固看重郭璞，給他很豐厚的待遇。

63 郭璞筮病

揚州別駕顧球姊❶，生十年便病，至年五十餘。令郭璞筮，得「大過」之「升」❷。其辭曰：「大過卦者義不嘉，冢墓枯楊無英華❸。振動遊魂見龍車，身被重累嬰妖邪。法由斬祀殺靈蛇，非己之咎先人瑕❹。案卦論之可奈何？」球乃跡訪其家事。先世曾伐大樹，得大蛇殺之，女便病。病後，有群鳥數千，回翔屋上。人皆怪之，不知何故。有縣農行過舍邊，仰視，見龍牽車。五色晃爛❺，其大非常，有頃遂滅。

【注釋】

❶揚州，州名。晉時治所在建鄴。別駕，官名。爲刺吏的佐吏，總管眾務，職權甚重。顧球，晉元帝建武元年（西元前三一七年）爲尚書郎。❷大過，《易》卦名，巽下兌上。是一個講人事太過分的卦。升，也是《易》卦名，巽下坤上。是一個講事變化上升的卦。❸華，通「花」。《易・大過》爻辭有「枯楊生華」的話。❹靈蛇，此應爲已成神靈之蛇。瑕，謂人的過失。❺晃爛，明亮有光彩。

【譯文】

揚州別駕顧球的姐姐，長到十歲就生病，一直到五十多歲。讓郭璞占卜，卜得「大過」卦變「升」卦。那卜辭說：「大過卦的意思不好，墳墓上的枯楊樹沒有開花。振動了遊魂使龍車顯現，親身受害嬰兒遭到妖邪。根源是殺死靈蛇斷了祭祀，不是自己的錯誤而是先輩的過失。照卦象說明這些有什麼辦法呢？」顧球於是尋訪自家先輩的事跡。先輩曾經砍伐一棵大樹，捉到一條大蛇並殺死了它，女兒就生病了。病以後，有一群鳥幾千隻，在屋上環繞飛翔。人們都覺得奇怪，不知是什麼原因。有一個本地的農民走過房屋旁邊，抬頭望去，看見一條龍拉著車。車有五彩，明亮燦爛，很大，不像一般的車，一會兒就不見了。

64 郭璞以白牛治病

義興方叔保得傷寒❶，垂死，令璞占之，不吉。令求白牛厭之❷。求之不得。唯羊子元有一白牛，不肯借。璞爲致之，即日有大白牛從西來，徑往。臨，叔保驚惶，病即愈。

【注釋】

❶義興，郡名。晉永嘉四年（西元三一〇年）分吳興、丹陽二郡置。治所在陽羨（今江蘇宜興）。傷寒，中醫指多種發熱的病，或指由風寒侵入而引起的病。❷厭，通「壓」。此謂制伏妖邪。

【譯文】

義興郡人方叔保患傷寒病，快要死亡，讓郭璞占卜，卦不吉利。郭璞叫他家人去找一頭白牛來制伏妖邪。白牛找不到，只有羊子元家有一頭白牛，不肯借給他。郭璞作法給方叔保招致白牛，當天有一頭大白牛從西方來，徑直往家裡走。走到跟前，方叔保心裡驚慌，病就好了。

65 費孝先之卦

西川費孝先，善軌革❶，世皆知名。有大若人王旻❷，因貨殖至成都，求爲卦。孝先曰：「教住莫住，教洗莫洗，一石穀搗得三斗米。遇明即活，遭暗即死。」再三戒之，令誦此言足矣。旻志之。及行，途中遇大雨，憩一屋下，路人盈塞。乃思曰：「教住莫住，得非此耶？」遂冒雨行。未幾，屋遂顛覆，獨得免焉。

旻之妻已私鄰比，欲媾終身之好❸，俟旋歸，將致毒謀。旻既至，妻約其私人曰：「今夕新沐者，乃夫也。」將晡，呼旻洗沐，重易巾櫛❹。旻悟曰：「教洗莫洗，得非此也？」堅不從。妻怒，不省，自沐，夜半反被害。既覺，驚呼，鄰里共視，皆莫測其由。遂被囚繫拷訊。獄就，不能自辨❺。郡守錄狀，旻泣言：「死即死矣。但孝先所言，終無驗耳。」左右以是語上達。郡守命未得行法，呼旻問曰：「汝鄰比何人也？」曰：「康七。」遂遣人捕之。「殺汝妻者，必此人也。」已而果然。因謂僚佐曰：「一石穀擣得三斗米，非康七乎？」由是辨雪，誠遇明即活之效。

【注釋】

❶西川，路名。宋至道十五路之一。治所在益州（今四川成都市）。費孝先，宋代人。本條爲後人輯錄時，從宋章炳文《搜神秘覽》誤收。軌革，古代占驗之術，用圖畫等占吉凶。❷大若人，猶言「大善人」，指信教之人。王旻，不見史傳記載。❸鄰比，鄰居。媾，合，結合。此指結爲夫婦。❹晡，天快黑時。⿰巾卸，當爲擦拭的手巾。❺獄就，同「獄成」。謂所犯之事已審訊得實情，可定罪了。自辨，爲自己申辯。

【譯文】

西川人費孝先，精通軌革占卜之術，當世的人都知道他的名字。有一個信教的人叫王旻，因爲做生意來到成都，請他卜卦。費孝先說：「教你停你莫停，教你洗你莫洗，一石穀舂得三斗米。遇上明白人你就活，遇上糊塗人你就死。」再三告誡王旻，叫他背誦這幾句話就行了。王旻記下了這幾句話。他回來的時候，在途中遇上大雨，到一棟房子下面休息，過路的人都擠滿了房子。王旻就想：「教你停你莫停，豈不是這裡嗎？」於是冒雨上路。不一會，那棟房子就倒坍了，只有王旻一人沒有受害。

王旻的妻子跟鄰居私通，他們想要結合成夫婦，等王旻回來，要施用毒計害他。王旻回來以後，他妻子約她私通的人說：「今天晚上在洗澡的，就是我丈夫。」天快黑，妻子叫王旻洗澡，重新換頭巾手帕。王旻想：「教你洗你莫洗，豈不是這裡嗎？」他堅決不洗澡。妻子生氣了，不加考慮，自己就去洗澡，半夜反被人殺害了。天亮以後，王旻看見妻子被殺，大聲驚叫，鄉鄰一齊來看，都不知道是什麼原因。於是王旻被官府抓起來審問拷打。按殺人給他定罪，他自己無法申辯。郡守要錄取供詞，王旻哭泣說：「死就死算啦。只是費孝先的預言，始終沒有應驗。」左右的人把王旻的話報告上去。郡守下令先不要執行死刑，叫王旻來問：「你的鄰居是誰？」王旻回答：「康七。」郡守就派人去把康七捕來。說是「殺你妻子的，一定是這個人。」審訊結果眞是這樣。郡守於是對僚屬說：「一石穀舂得三斗米，不是康(糠)七(斗)嗎？」由此弄清了這個案子，確實是「遇上明白人就活」這話的應驗。

66 隗炤藏金

隗炤，汝陰鴻壽亭民也❶。善《易》。臨終書板，授其妻曰：「吾亡後，當大荒。雖爾，而愼莫賣宅也。到後五年春，當有詔使來頓此亭❷，姓龔。此人負吾金，即以此板往責之❸。勿負言也。」亡後，果大困，欲賣宅者數矣，憶夫言，輒止。至期，有龔使者果止亭中。妻遂賫板責之。使者執板，不知所言，曰：「我平生不負錢，此何緣爾邪？」妻曰：「夫臨亡，手書板，見命如此，不敢妄也。」使者沉吟，良久而悟，乃命取蓍筮之。卦成，抵掌嘆曰❹：「妙哉隗生！含明隱跡而莫之聞，可謂鏡窮達而洞吉凶者也❺。」於是告其妻曰：「吾不負金。賢夫自有金，乃知亡後當暫窮，故藏金以待太平。所以不告兒婦者，恐金盡而困無已也。知吾善《易》，故書板以寄意耳。金五百斤，盛以青罌，覆以銅柈❻，埋在堂屋東頭，去地一丈❼，入地九尺。」妻還掘之，果得金，皆如所卜。

【注釋】

❶隗炤，《晉書》有傳。文字與本條略同。汝陰，郡名，當時治所在今安徽阜陽。亭，鄉以下的行政機構。《漢書·百官公卿表上》：「大率十里一亭，亭有長，十亭一鄉。」❷詔使，奉詔出行的使者。頓，停留。❸負，欠債。責，索債的意思。❹抵掌，感慨而拍掌。❺含明隱跡，據《晉書·隗炤傳》，炤「未曾爲人卜」。鏡，明察。洞，透徹了解。❻柈，通「盤」。

盛物之器。❼去地一丈，《晉書・隗炤傳》作「去壁一丈」。

【譯文】

隗炤，是汝陰郡鴻壽亭的百姓。精通《周易》。他臨死寫了一塊木板，交給他妻子說：「我死後，會有大災荒。即使那樣，一定不要賣掉住宅。過後五年的春天，會有一位詔使來我們這個亭停留，是姓龔的。這個人欠我的錢，你就拿這塊木板去向他索取。不要忘了我的話。」他死了以後，家裡生活果然非常困難，他妻子好幾次想賣掉住宅，記起丈夫的話，就沒有賣。

到了隗炤說的那個時候，有個姓龔的使者果然來到鴻壽亭停留。隗炤的妻子就帶著木板去向他索債。使者拿著木板，不知道是怎麼回事，說：「我一輩子不欠債，爲什麼會這樣呢？」隗炤的妻子說：「我丈夫臨死，親手書下木板，叫我這樣做，我是不敢亂來的。」使者認眞考慮很久才明白過來，就叫取著草來占卜。卜好卦，他拍手感嘆說：「隗生妙極了！心中明亮卻隱藏行跡，沒有人知道，可說得上是明察窮達又洞悉吉凶。」於是告訴隗炤的妻子說：「我沒有欠錢。你丈夫自己有錢，是知道死後家裡會暫時窮困，所以把錢藏起來等到太平時候。他所以不告訴妻子，是擔心你先取出來用完而窮困日子還沒有到頭。他知道我精通《周易》，因此寫木板來託付自己的意思。金子五百斤，裝在青罌中，用銅盤蓋著，埋在堂屋東頭，離牆壁一丈遠，入地九尺深。」隗炤的妻子回家去挖掘，果然得到金子，情況都像卜卦所說的一樣。

67 韓友驅魅

韓友字景先，盧江舒人也。善占卜，亦行京房厭勝之術。劉世則女病魅積年，巫爲攻禱，伐空冢故城間，得狸鼉數十❶，病猶不差。友筮之，命作布囊，俟女發時，張囊著窗牖間❷。友閉戶作氣，若有所驅。須臾間，見囊大脹如吹，因決敗之。女仍大發。友乃更作皮囊二枚，沓張之❸，施張如前，囊復脹滿。因急縛囊口，懸著樹。二十日許，漸消。開視，有二斤狐毛。女病遂差。

【注釋】

❶鼉，動物名，即「揚子鱷」，俗稱「豬婆龍」。❷牖，窗子。❸沓，重疊。沓張之，將兩隻皮囊重疊張開。

【譯文】

韓友字景先，是盧江郡舒縣人。擅長占卜，也施行京房的厭勝之術。劉世則的女兒被鬼魅害病了好久，巫醫給她治療禱告，又到舊城荒塚裡去討伐，捕到狐狸、鼉幾十隻，病還是不好。韓友占卜，叫人做一隻布袋，等女孩發病時，在窗戶上張開布袋。韓友關上門發氣，像在驅趕什麼東西。一會兒，看到布袋脹得很大，終於脹破了。女孩病還是發得很厲害。韓友再做兩隻皮袋，重疊張開，像先前那樣發氣驅趕，布袋又脹滿了。於是他急忙捆緊袋口，把它掛在樹上。二十來天，袋子漸漸消了下去。打開一看，裡面有兩斤狐狸毛。女孩的病就好了。

68 嚴卿禳災

會稽嚴卿❶，善卜筮。鄉人魏序欲東行，荒年多抄盜，令卿筮之。卿曰：「君慎不可東行，必遭暴害，而非劫也。」序不信。卿曰：「既必不停，宜有以禳之❷。可索西郭外獨母家白雄狗，繫著船前。」求索止得駁狗❸，無白者。卿曰：「駁者亦足。然猶恨其色不純，當餘小毒，止及六畜輩耳。無所復憂。」序行半路，狗忽然作聲甚急，有如人打之者。比視已死，吐黑血斗餘。其夕，序墅上白鵝數頭，無故自死，序家無恙。

【注釋】

❶嚴卿，《晉書》有傳，文字與本條略同。❷禳，祭禱消災。❸駁狗，毛色不純的狗。駁，混雜。

【譯 文】

會稽人嚴卿，擅長占卜。同鄉人魏序準備往東方去，災荒年常有人搶劫，請嚴卿占卜。嚴卿說：「你要小心不能往東方走，一定會遇到大災害，但不是搶劫。」魏序不相信這話。嚴卿說：「既然一定要去，最好想辦法消除災禍。可以到西城外面孤老太婆家取一條白色雄狗，拴在你們船的前頭。」魏序去取狗只得到雜色的，沒有白色的。嚴卿說：「雜色的也可以，不過還是嫌牠的毛色不純，會留下一點點毒，只會傷害到家畜之類而已。不必再擔憂。」魏序走到半路，那條狗忽然發出很急促的叫聲，像被人打的一樣。等到走近去看，狗已經死掉，吐了一斗多黑血。那天晚上，魏序田莊裡的幾頭白鵝，無故自己死去，魏序家裡沒有什麼災禍。

69 華佗治瘡

沛國華佗，字元化，一名旉❶。琅邪劉勛爲河內太守❷，有女年幾二十，苦腳左膝裡有瘡，癢而不痛，瘡愈數十日復發。如此七八年。迎佗使視，佗曰：「是易治之。當得稻糠黃色犬一頭，好馬二匹。」以繩繫犬頸，使走馬牽犬，馬極輒易。計馬走三十餘里，犬不能行。復令步人拖曳，計向五十里。乃以藥飲女，女即安臥不知人。因取大刀，斷犬腹近後腳之前，以所斷之處向瘡口，令二三寸停之❸。須臾，有若蛇者從瘡中出，便以鐵椎橫貫蛇頭。蛇在皮中動搖良久，須臾不動❹，乃牽出。長三尺許，純是蛇，但有眼處而無瞳子，又逆鱗耳。以膏散著瘡中，七日愈。

【注釋】

❶華佗，又名旉，字元化。東漢沛國譙（今安徽亳縣）人。著名醫學家。後因不從曹操徵召被殺。《後漢書》、《三國志》均有傳。❷劉勛，字子臺，琅邪人。見《三國志・魏書》注引。河內，郡名。治所在懷縣（今河南武陟西南）。❸《華佗別傳》「令」字後有「去」字。去，距離。❹須臾，暫時，一下子。

【譯文】

沛國人華佗，字元化，又名叫旉。琅邪郡人劉勛任河內郡太守，他有個女兒二十歲，苦於左腿膝關節生瘡，瘡癢而不痛，結疤幾十天又復發。像這樣有七八年了。劉勛接華佗去診視，華佗說：「這瘡容易治療。要準備稻糠色黃毛的狗一條，好馬兩匹。」他用繩索套住狗頸，讓馬拉著狗跑，馬疲憊了就換一匹。馬跑了三十多里路，狗跑不動了。又叫人步行拖著狗走，共走了大約五十里。於是拿藥水給劉勛的女兒喝，他女兒就安靜地躺下不知人事。華佗用一把大刀，砍斷狗的腹部靠近後腳的前面，把砍開的地方對著瘡口，讓它在距離瘡口二三寸處停下來。一會兒，有一條像蛇一樣的東西從瘡裡伸出頭來，華佗就用鐵錐針橫穿蛇頭。蛇在人的肉皮中擺動了很久，一下子不動了，就把它拉出來。有三尺來長，全然是蛇，只是有眼窩卻沒有眼珠，鱗片又是逆著生的。然後用藥膏藥粉敷在瘡上，七天瘡就好了。

70 華佗醫喉病

佗嘗行道，見一人病咽，嗜食不得下❶。家人車載，欲往就醫。佗聞其呻吟聲，駐車往視，語之曰：「向來道邊，有賣餅家蒜齏大酢❷，從取三升飲之，病自當去。」即如佗言，立吐蛇一枚❸。

【注釋】

❶咽，此指喉。嗜，喜歡。❷齏，碎末。酢，醋的本字。❸蛇，此指像蛇一樣的寄生蟲。

【譯文】

有一次華佗走在路上，遇見一個人喉嚨痛，想吃東西卻咽不下去。家裡的人用車載著他，準備去找醫生看。華佗聽到他呻吟的聲音，停下車去看，對他說：「剛才走過來的路邊，賣大餅的人家有蒜泥酸醋，到那裡取三升喝下，病自然會好。」病人立即照華佗的話去做，頓時吐出一條蛇來。

卷四

71 風伯雨師

風伯、雨師，星也❶。風伯者，箕星也；雨師者，畢星也❷。鄭玄謂司中、司命，文昌第四、第五星也❸。雨師一曰屏翳，一曰號屏，一曰玄冥❹。

【注釋】

❶風伯、雨師，謂風神及雨神。星，星宿。❷箕星，亦名南箕，二十八宿之一。有星四顆，均屬人馬座。畢星，二十八宿之一，以形狀像畢網而得名。有星八顆，均屬金牛座。❸鄭玄，東漢經學家，遍注群經，是漢代經學的集大成者。《周禮·大宗伯》鄭注原爲「司中、司命，文昌第五、第四星」。文昌，斗魁上六星的總稱，亦稱文昌宮。《史記·天官書》：「斗魁戴匡六星曰文昌宮：一曰上將，二曰次將，三曰貴相，四曰司命，五曰司中，六曰司祿。」❹號屏，當爲「屏號」。《初學記》一引《纂要》：「雨師屏翳，亦曰屏號。」

【譯文】

風伯、雨師，是星宿。風伯，是箕宿；雨師，是畢宿。鄭玄説司中、司命是文昌第五星、第四星。雨師又叫屏翳，又叫屏號，又叫玄冥。

72 張寬説女人星

蜀郡張寬，字叔文。漢武帝時爲侍中，從祀甘泉❶。至渭橋，有女子浴於渭水❷，乳長七尺。上怪其異，遣問之。女曰：「帝後第七車者，知我所來。」時寬在第七車，對曰：「天星主祭祀者。齋戒不潔則女人見❸。」

【注釋】

❶甘泉，在陝西甘泉縣西南，東入洛河。❷渭橋，此指中渭橋，本名橫橋，在陝西長安縣西北故長安城北渭水上。渭水，即渭河。源出甘肅渭源縣西鳥鼠山，流經長安。❸女人，指女宿。又稱須女、婺女。北方玄武七星的第三宿，爲二十八宿之一。

【譯文】

蜀郡人張寬，字叔文。漢武帝時任侍中，隨武帝到甘泉祭祀。走到渭橋，有一個女子在渭河洗澡，乳房長七尺。武帝感到奇怪，派人去詢問她。女子説：「皇帝後面第七輛車上坐的人，知道我從哪裡來。」當時張寬在第七輛車上，他回答説：「是天上掌管祭祀的星宿。齋戒不潔，女宿就會顯形。」

73 灌壇令太公望

文王以太公望爲灌壇令❶。期年，風不鳴條❷。文王夢一婦人，甚麗，當道而哭。問其故，曰：「吾泰山之女，嫁爲東海婦❸。欲歸，今爲灌壇令當道有德❹，廢我行。我行必有大風疾雨。大風疾雨，是毀其德也。」文王覺，召太公問之。是日果有疾風暴雨，從太公邑外而過。文王乃拜太公爲大司馬❺。

【注釋】

❶文王，周文王。商末周族領袖。姓姬名昌。其子武王滅商建立周王朝。太公望，俗稱姜太公。原名呂尚。姜姓，呂氏，名望。後輔佐武王滅商有功，封於齊。灌壇，當爲周國的一個小邑。令爲邑宰。❷期年，一周年。風不鳴條，風不吹響樹枝，意思是風調雨順。❸東海婦，東海海神之妻。《太平廣記》引《博物志》作「西海婦」。❹當道有德，謂當政而有政德。❺大司馬，周代官職有司馬，爲「三有司」之一，掌軍賦軍政事務。

【譯文】

周文王任命太公望做灌壇令。一周年，風調雨順。文王夢見一個婦人，長得很美麗，擋在路上啼哭。問她爲什麼哭，她說：「我是泰山神的女兒，嫁給東海神做妻子。現在要出嫁，因爲灌壇令當政而有政德，使我不能過去。我走動必定有狂風暴雨，狂風暴雨是會損壞他的政德的。」文王夢醒，召太公望來詢問這件事。這一天果然狂風暴雨從太公望的灌壇邑外邊經過。文王於是拜太公望做大司馬。

74 胡母班傳書

胡母班字季友❶，泰山人也。曾至泰山之側，忽於樹間逢一絳衣騶❷，呼班云：「泰山府君召❸。」班驚愕，逡巡未答❹。復有一騶出，呼之。遂隨行數十步，騶請班暫瞑。少頃，便見宮室，威儀甚嚴。班乃入閣拜謁。主爲設食，語班曰：「欲見君，無他，欲附書與女婿耳。」班問：「女郎何在？」曰：「女爲河伯婦❺。」班曰：「輒當奉書，不知緣何得達？」答曰：「今適河中流，便扣舟呼『青衣』❻，當自有取書者。」班乃辭出。昔騶復令閉目，有頃，忽如故道。遂西行，如神言而呼「青衣」。須臾，果有一女僕出，取書而沒。少頃復出，云：「河伯欲暫見君。」婢亦請瞑目。遂拜謁河伯。河伯乃大設酒食，詞旨殷勤。臨去，謂班曰：「感君遠爲致書，無物相奉。」於是命左右：「取吾青絲履來。」以貽班。

班出，瞑然忽得還舟。

遂於長安經年而還。至泰山側，不敢潛過。遂扣樹，自稱姓名：「從長安還，欲啓消息。」須臾，昔騶出，引班如向法而進。因致書焉。府君請曰：「當別再報。」班語訖，如廁，忽見其父著械徒作❼，此輩數百人。班進拜流涕，問：「大人何因及此？」父云：「吾死不幸，見遣三年❽，今已二年矣，困苦不可處。知汝今爲明府所識，可爲吾陳之，乞免此役，便欲得社公耳❾。」班乃依教，叩頭陳乞。府君曰：「生死異路，不可相近，身無所惜。」班苦請，方許之。於是辭出還家。歲餘，兒子死亡略盡。班惶懼，復詣泰山，扣樹求見。昔騶遂迎之而見。班乃自說：「昔辭曠拙，及還家，兒死亡略盡，今恐禍故未已，輒來啓白，幸蒙哀救。」府君拊掌大笑曰：「昔語君『死生異路，不可相近』故也。」即敕外召班父。須臾，至庭中，問之：「昔求還里社❿，當爲門戶作福，而孫息死亡略盡，何也？」答曰：「久別鄉里，自欣得還，又遇酒食充足，實念諸孫，召之。」於是代之。父涕泣而出。班遂還。後有兒皆無恙。

【注釋】

❶胡母班，東漢末名士。據《三國志·袁紹傳》，董卓時官至執金吾，後袁紹使河內太守王匡殺之。❷絳衣騶，穿大紅衣的隨從騎士。❸泰山府君，傳說中的大神，掌管人間生死及召收鬼魂。後封爲東岳大帝。❹逡巡，欲行又止，遲疑徘徊。❺河伯，傳說中的黃河水神。❻青衣，稱呼婢女，因其多穿青色衣，故名。❼徒，徒刑，古代五刑之一。即判刑而服勞役。❽遣，《太平廣記》作「譴」。譴，懲罰。❾社公，社神，鄉里的土地神。❿里社，鄉里祭祀神的地方。

【譯文】

胡母班，字季友，是泰山郡人。他曾到泰山邊上，忽然在樹林裡遇上一個穿大紅衣的騎士，招呼他說：「泰山府君召見你。」胡母班感到驚奇，遲疑沒有回答。又有一個騎士出來呼喚他。他就隨著他們走了幾十步路，騎士請胡母班暫時閉上眼睛。一會兒，睜開眼就看見一座宮殿，儀仗十分威嚴。胡母班便進宮拜見主人。主人爲他擺上酒席，對他說：「想見你，沒有別的意思，只是想稍封信給女婿罷了。」胡母班問：「女兒在哪裡？」泰山府君說：「女兒是河伯的妻子。」胡母班說：「我馬上就帶信去，不知道怎樣才能送到？」泰山府君說：「今天你到了黃河的中央，就敲船呼喚『青衣』，自然會有來取信的人。」胡母班就告辭出來。先前的騎士又叫他閉上眼睛，一會兒他已回到原路上。

於是胡母班往西走，按照泰山神的話在黃河上呼喚「青衣」。不一會兒，果然有一個女僕出水來，取了信就沒入水中。一會兒她又出水來，說：「河伯想見一見你。」女僕也請胡母班閉上眼睛。胡母班就去拜見了河伯。河伯大設酒席款待他，說話十分客氣。臨別時，河伯對胡母班說：「感謝你遠道給我送信來，沒有什麼東西贈送你。」於是命令左右的人：「取我的青絲鞋來。」就把鞋送給了胡母班。胡母班走出來，閉上眼忽然就回到了船上。

胡母班於是到長安，過了一年才回家。他來到泰山邊上，不敢悄悄地走過。就敲著樹幹，自報姓名，說：「我從長安回來，想稟告情況。」不一會，先前那個騎士出來，引著胡母班按原來的方法進宮殿。胡母班敍說了送信的經過。泰山府君道謝說：「我會另外再報答你。」胡母班說完話，去上廁所，忽然看見他父親戴著刑具在服勞役，這樣的人有幾百個。胡母班流淚上前拜見父親，問：「您老人家爲什麼到這裡來了？」

他父親說：「我不幸死亡，被罰罪三年，現在已經兩年了，這裡困苦難以忍受。知道你與泰山府君結識，可以替我向他陳述，請他免掉這個勞役，並且我想去做鄉里的土地神。」胡母班就依照父親的吩咐，叩頭向泰山府君陳述請求。府君說：「生死不同路，不能互相接近，我不能可憐他。」胡母班苦苦請求，府君才答應了。他於是告辭出來回了家。

一年多以後，胡母班的兒子一個一個都死光了。胡母班驚慌害怕，再到泰山去，敲樹幹求見。原先的騎士就迎接他去見泰山府君。胡母班說：「過去我言辭太粗疏，回家以後，兒子都死光了，現在擔心災禍還沒有完結，就前來稟報，希望您憐憫和拯救。」府君拍手大笑說：「是先前我告訴你『死生不同路，不能互相接近』的緣故。」他立即傳令外邊召胡母班的父親來。不一會，胡母班的父親來到庭院，府君問他：「過去你請求回里社，就應當爲家裡造福，但是你的孫兒都死亡了，是什麼原因？」胡母班的父親回答說：「久別故鄉，我高興能夠回去，又遇到酒食充足，實在想念孫子們，把他們召來了。」泰山府君於是派人去代替他。胡母班的父親哭著出去了。胡母班於是回家。後來他有了兒子都平安無事。

75 馮夷爲河伯

宋時，弘農馮夷，華陰潼鄉隄首人也❶。以八月上庚日渡河❷，溺死。天帝署為河伯。又《五行書》曰❸：「河伯以庚辰日死。不可治船遠行，溺沒不返。」

【注釋】

❶「宋時」二字，汪紹楹先生考證為《法苑珠林》增入，是釋次條「餘杭縣南有上湖」之時代者。弘農，郡名，治所在今河南靈寶北。馮夷，即水神河伯。《清泠傳》：「馮夷，華陰潼鄉隄首人也。服八石得水仙，是為河伯。」華陰，縣名，漢屬弘農郡。故治在今陝西華陰縣東南。❷「以八月上庚日」以下三十八字，汪紹楹先生認為是後人以《法苑珠林》按語摻削而成。❸《五行書》，書名。《東觀漢記·桓郁傳》：「其冬，上親於辟雍，自講所制五行章句，已，復令郁說一篇。」

【譯文】

宋時，弘農郡人馮夷，是華陰縣潼鄉隄首地方人。他在八月上庚日渡黃河，淹死。天帝命他為河伯。另外，《五行書》說：「河伯在庚辰那一天死。這一天不能開船遠航，否則會淹死不復回。」

76 河伯招婿

吳餘杭縣南有上湖，湖中央作塘❶。有一人乘馬看戲，將三四人至岑村飲酒，小醉，暮還。時炎熱，因下馬入水中，枕石眠。馬斷走歸，從人悉追馬，至暮不返。眠覺，日已向晡，不見人馬。見一婦來，年可十六七，云：「女郎再拜。日既向暮，此間大可畏。君作何計？」因問：「女郎何姓？那得忽相聞？」復有一少年，年十三四，甚了了❷，乘新車，車後二十人。至，呼上車，云：「大人暫欲相見。」因回車而去。道中繹絡把火，見城郭邑居。

既入城，進廳事上，有信幡❸，題云「河伯信」。俄見一人，年三十許，顏色如畫，侍衛繁多。相對欣然，敕行酒炙❹，云：「僕有小女，頗聰明，欲以給君箕箒❺。」此人知神，不敢拒逆。便敕備辦，會就郎中婚❻。承白已辦。遂以絲布單衣及紗夾、絹裙、紗衫褌、履屐，皆精好。又給十小吏、青衣數十人。婦年可十八九，姿容婉媚。便成。三日，經大會客拜閣❼。四日，云：「禮既有限，發遣去。」婦以金甌、麝香囊與婿別，涕泣而分。又與錢十萬、藥方三卷，云：「可以施功布德。」復云：「十年當相迎。」

此人歸家，遂不肯別婚。辭親，出家作道人。所得三卷方：一卷脈經，一卷湯方，一卷丸方。周行救療，皆致神驗。後母老兄喪，因還婚宦❽。

【注釋】

❶吳，《法苑珠林》作「宋時」，與上條竄改致誤。餘杭，古縣名，秦置。隋代曾在此置杭州。塘，堤岸。❷了了，聰明伶俐，明白事理。❸信幡，題表官號的旗幟，作爲符信，所以稱信幡。幡，同「旛」，旗幟。❹炙，原作「笑」，依《法苑珠林》改。❺箕箒，妻子的代稱。❻會，當，將要的意思。《法苑珠林》等作「令」。❼拜閤，拜門。魏晉習俗，婚後三日爲女婿拜閤日，宴集會客。❽還，指還俗。婚宦，婚娶與做官。此偏指婚娶。

【譯文】

吳地餘杭縣南邊有一個上湖，湖中間築有堤岸。有一個人騎馬去看戲，帶著三四個人到岑村去喝酒，有點醉了，傍晚才回去。當時天氣炎熱，於是他下馬去到湖中的堤岸上，枕著一塊石頭睡覺。馬韁繩斷了，往回跑，跟隨的人都去追馬，到天晚沒有回來。這個人睡醒來，天已經快黑，不見隨從的人和馬。他看見一個女子走來，年紀約十六七歲，女子說：「小女子再次向你致禮。天已快黑，這裡很可怕，你將作什麼打算？」這個人就問：「你姓什麼？我們怎麼會忽然相遇？」又來了一個少年，年紀十三四歲，很聰明伶俐，坐著新車，車後跟著二十個人。一到那裡，就叫這個人上車，說：「我父親想和你見一下面。」於是轉車往回走。路上有人一個接一個舉著火把，照見城市房屋。

進城以後，來到官府辦公的地方，那裡有一面旗幟，上面寫著「河伯信」。不久，看見一個人，年紀三十多歲，臉色像畫上的一樣，帶著很多侍衛。見面很高興，下令擺上酒肉招待，他說：「我有一個女兒，很聰明，想要給你做妻子。」這個人知道他是河神，不敢拒絕。河伯就命令準備各種東西，馬上與新郎舉行婚禮。他下面的人來報告已經準備好了。就拿絲布單衣和紗夾衣、絹裙、紗衫褲、鞋子給這個人，都是精美的東西。又撥給他十個僕人、幾十個婢女，妻子年紀約十八九歲，相貌漂亮。他們就成了婚。婚後三天，設宴大會賓客拜門。第四天，河伯說：「婚禮既然有規定，就打發他回家去。」告別的時候，妻子拿金盆、麝香囊給丈夫，哭泣著分手。又給丈夫十萬個錢、三卷藥方，說：「可以用這些東西施功布德。」又說：「十年後會去接你。」

這個人回到家，不肯再結婚，出家做了道人。他所得的三卷藥方是：脈經一卷、湯方一卷、丸方一卷。他到處治病救人，藥方都很靈驗。後來他母親年老，哥哥死了，於是還俗婚娶。

77 華山使者

秦始皇三十六年，使者鄭容從關東來，將入函關❶。西至華陰，望見素車白馬❷，從華山上下。疑其非人，道住，止而待之。遂至。問鄭容曰：「安之？」答曰：「之咸陽❸。」車上人曰：「吾華山使也。願託一牘書，致鎬池君所❹。子之咸陽，道過鎬池，見一大梓，下有文石，取款梓❺，當有應者，即以書與之。」容如其言，以石款樹，果有人來取書。明年，祖龍死❻。

【注釋】

❶使者，受命出使的人。鄭容，一作「鄭客」。關東，稱函谷關以東地區。函關，古函谷關，在今河南靈寶東北。❷華陰，謂華山之北。素車白馬，白車白馬，古代用於凶、喪之事。❸咸陽，秦朝都邑，故址在今陝西咸陽市東北二十里。❹鎬池，古池名。故址在今陝西西安市西豐滈村西北窪地一帶。❺文石，即紋石，有花紋的石頭。款，通「叩」，敲。❻祖龍，秦始皇的別稱。《後漢書．襄楷傳》：「昔秦之將衰，華山神操璧以授鄭客曰：『今年祖龍死。』」

【譯文】

秦始皇三十六年，使者鄭容從關東來，將要進入函谷關。往西行到華山北面，遠遠望見白車白馬，從華山上駛下來。鄭容疑心那不是人乘的車，就在路上停下來，站著等待。白車白馬來到了，車上有人問鄭容說：「往哪兒去？」鄭容回答說：「往咸陽。」車上人說：「我是華山使君。打算託付一封信，送到鎬池君那裡。你往咸陽去，路過鎬池，看見一棵大梓樹，下面有紋石，拿起石頭敲梓樹，會有答應的人，你就把信交給他。」鄭容照他的話，到鎬池用石頭敲梓樹，果然有人來取信。第二年，秦始皇死了。

78 張璞二女

張璞字公直，不知何許人也。為吳郡太守❶。徵還，道由廬山。子女觀於祠室，婢使指像人以戲曰❷：「以此配汝。」其夜，璞妻夢廬君致聘曰：「鄙男不肖，感垂采擇，用致微意❸。」妻覺，怪之。婢言其情，於是妻懼，催璞速發。中流，舟不為行，闔船震恐。乃皆投物於水，船猶不行。或曰：「投女則船為進。」皆曰：「神意已可知也，以一女而滅一門，奈何？」璞曰：「吾不忍見之。」乃上飛廬臥❹，使妻沈女於水。妻因以璞亡兄孤女代之。置席水中，女坐其上，船乃得去。璞見女之在也，怒曰：「吾何面目於當世也！」乃復投己女。

及得渡，遙見二女在下。有吏立於岸側，曰：「吾廬君主簿也。廬君謝君，知鬼神非匹，又敬君之義，故悉還二女。」後問女，言：「但見好屋、吏卒，不覺在水中也。」

【注釋】

❶吳郡，郡名。東漢永建四年（西元一二九年）置。治所在吳縣（今江蘇蘇州市）。❷祠室，供奉神靈的祠廟。此指廬山神廟。像人，木雕或泥塑的偶像。此指神像。❸廬君，廬山使君，即廬山神。《水經注》引《博物志‧曹著傳》：「其神自云姓徐，受封廬山。」致聘，送聘禮。古代訂婚，男家送禮物至女家。❹飛廬，船艙上面的小樓。

【譯文】

張璞字公直，不知道是什麼地方的人。任吳郡太守。朝廷徵召回京城，路過廬山。他的女兒到廬山神廟遊覽，婢女指著一個神像開玩笑說：「拿這一個做你的丈夫。」那天夜裡，張璞的妻子夢見廬山神來送訂婚的聘禮，說：「我的兒子不成器，感謝你們選擇他做女婿，送上這點禮物表示微薄的心意。」張璞的妻子醒來，很奇怪這件事。婢女把當時的情況告訴她，她於是害怕起來，催促張璞趕快開船。

到了河中央，船走不動了，全船的人都震驚害怕。於是都往水裡投東西，但是船還是不動。有人說：「把女兒投進水裡，船就能走了。」眾人都說：「神的意思已經可以知道了，爲一個女兒害死一家人，那怎麼辦？」張璞說：「我不忍心看見投女兒下水。」他就爬到船艙上的小樓裡去躺下，讓妻子去把女兒投進水裡。他妻子拿他死去的哥哥的女兒代替自己的女兒，在水面上放一張席子，讓那女孩坐在席子上。船這才能夠開動了。張璞起來看見自己的女兒還在，大怒說：「我有什麼臉面活在這個世上！」於是又把自己的女兒投進水裡。

等船到了下一個渡口，他們遠遠望見兩個女孩在渡口下面。有一個小官吏站在岸邊，說：「我是廬山神的主簿。廬山神向你道歉，他知道了鬼神不能和人婚配，又敬佩你的仁義，因此送還兩個女兒。」後來詢問女兒，她們說：「只看見漂亮的房子和官吏士卒，不覺得是在水裡面。」

79 建康小吏

建康小吏曹著❶，爲廬山使所迎，配以女婉。著形意不安，屢屢求請退。婉潸然垂涕❷，賦詩序別，並贈織成褌衫。

【注釋】

❶建康，我國古都之一。即今南京市。原名建鄴，晉建興三年（西元三一三年）避愍帝司馬鄴諱改名。❷潸然，流淚的樣子。

【譯文】

建康有一個小官吏叫曹著，被廬山使君接去，把女兒婉許配給他。曹著心神不安，多次請求退婚。婉兩眼汪汪地流淚，寫了一首詩道別，並贈給曹著彩絲金縷的褲子衣服。

80 宮亭湖二女

宮亭湖孤石廟❶，嘗有估客至都，經其廟下，見二女子，云：「可爲買兩量絲履❷，自相厚報。」估客至都，市好絲履，並箱盛之。自市書刀亦內箱中❸。既還，以箱及香置廟中而去，忘取書刀。至河中流，忽有鯉魚跳入船內。破魚腹，得書刀焉。

【注釋】

❶宮亭湖，《荊州記》：「宮亭即彭蠡也，謂之彭澤湖，一名滙津。」後已逐漸南移並擴展而

成今鄱陽湖，在江西境內。❷量，通「緉」，用以計算鞋子的單位，猶言「雙」。❸書刀，古人在竹簡上寫字，常用來削改的刀。內，通「納」，裝入。

【譯文】

宮亭湖有座孤石廟，曾有一位商人到都城去，經過那座廟下邊，看見兩個女子，對他說：「請爲我們買兩雙絲鞋來，自然會重重報答你。」商人到了都城，買了漂亮的絲鞋，並用箱子裝起。他自己買了一把書刀，也裝進箱裡。商人回到宮亭湖，把箱子和香火放在廟裡就離開了，忘了取出書刀。他乘船走到河中央，忽然有一條鯉魚跳進船裡。破開魚腹，在裡面得到了那把書刀。

81 宮亭湖廟神

南州人有遣吏獻犀簪於孫權者❶，舟過宮亭廟而乞靈焉。神忽下教曰：「須汝犀簪。」吏惶遽不敢應。俄而犀簪已前列矣。神復下教曰：「俟汝至石頭城❷，返汝簪。」吏不得已，遂行。自分失簪，且得死罪。比達石頭，忽有大鯉魚，長三尺，躍入舟。剖之得簪。

【注釋】

❶南州獻物，當指交阯（安南、越南）太守士燮進貢事。《三國志・吳志・士燮傳》：「燮每遣使詣權，致雜香細葛，輒以千數。明珠、大貝、流離、翡翠、瑇瑁、犀象之珍，奇物異果，蕉、邪、龍眼之屬，無歲不至。」❷石頭城，又名石首城，簡稱石城。故址在今江蘇南京市清涼山。

【譯文】

南州人派一個官吏去進貢犀簪給孫權，船經過宮亭廟，他去那裡祈禱神靈。神靈忽然傳下指令說：「需要你的犀簪。」官吏驚慌不敢回答。一會兒，犀簪已經擺在供桌前面了。神靈又傳下指令說：「等你到了石頭城，還給你犀簪。」官吏沒有辦法，就只好走了。他自料丢了犀簪，將要獲死罪。快要抵達石頭城時，忽然有一條大鯉魚，長三尺，跳進船裡。剖開魚，得到了犀簪。

82 驢鼠過宣城

郭璞過江，宣城太守殷祐引為參軍❶。時有一物，大如水牛，灰色，卑腳。腳類象，胸前尾上皆白，大力而遲鈍，來到城下。眾咸怪焉。祐使人伏而取之。令璞作卦，遇「遁」之「蠱」，名曰：「驢鼠」❷。卜適了，伏者以戟刺，深尺餘，郡綱紀上祠請殺之❸。巫云：「廟神不悅。此是𨛦亭驢山君使，至荊山❹。暫來過我，不須觸之。」遂去，不復見。

【注釋】

❶宣城，郡名。治所在宛陵（今安徽宣城）。❷遁，《周易》卦名。艮下乾上，卦義專講進退之事。蠱，也是卦名。巽下艮上，卦義講倫理觀念。《晉書·郭璞傳》於此還有卦辭，文字較多，不錄。❸郡綱紀，稱郡的主簿或其他佐吏。❹𨛦亭，即宮亭湖。《水經注》：「廬山有神廟，號曰宮亭廟。故彭湖亦有宮亭稱焉。」驢山君，應爲廬山君。荊山，後改名君山，在江蘇宜興縣南。參見本卷九一條注。

【譯文】

郭璞渡過江，宣城太守殷祐任用他爲參軍。當時有一個怪物，水牛那麼大，灰色，矮腳，腳的樣子類似象的，胸前和尾巴上都是白色，力氣大卻反應遲鈍，來到宣城下面。眾人都感到奇怪。殷祐派人去埋伏捉取了它，叫郭璞卜卦，遇到「遁」卦變「蠱」卦，依卦稱它叫「驢鼠」。卦才卜完，埋伏的人就用戟刺這個怪物，刺進去一尺多深。郡的綱紀到祠廟求神允許殺死它。神巫說：「廟神不同意。說這是宮亭湖廬山君的使者，往荊山去。臨時經過我們這裡，不要侵擾它。」於是讓這個怪物離開，沒有再看見它。

83 青洪君婢

廬陵歐明❶，從賈客，道經彭澤湖。每以舟中所有，多少投湖中❷，云：「以為禮。」積數年。後復過，忽見湖中有大道，上多風塵❸。有數吏，乘車馬來候明，云：「是青洪君使要❹。」須臾達，見有府舍，門下吏卒。明甚怖，吏曰：「無可怖。青洪君感君前後有禮，故要君。必有重遺君者。君勿取，獨求如願耳。」明既見青洪君，乃求如願。使逐明去。如願者，青洪君婢也。明將歸，所願輒得，數年，大富。

【注釋】

❶廬陵，郡名，治所在石陽（今江西吉水東北）。歐明，一作「歐陽明」。❷多少，副詞，相當「稍微」、「略微」。❸風塵，謂世俗之事，意思是有人世的事物。❹青洪君，彭澤湖之神。

【譯文】

廬陵人歐明，跟隨商人做生意，路過彭澤湖。他每次都拿船上有的東西，投一點到湖裡，說：「作為禮物。」這樣做好幾年。後來有一次他又經過彭澤湖，忽然看見湖中間有一條大路，路上多有人世的事物。有幾個官吏，乘著車來等候歐明，說：「是青洪君派來邀請你的。」一會兒車就到達了，只見那裡有官府房舍，門口有官員役卒。歐明很害怕。一個官吏說：「沒有什麼可怕的。青洪君感激你始終有禮節，因此邀請你來。一定會有厚禮贈送你。你不要拿禮物，只要如願就行了。」歐明見了青洪君，就說要如願。青洪君讓如願隨歐明一起去。如願，是青洪君的婢女。歐明帶她回來，有什麼願望就會實現，幾年以後，他非常富有。

84 黃石公神祠

益州之西，雲南之東，有神祠❶。克山石爲室，下有神奉祠之❷。自稱黃石公，因言此神，張良所受黃石公之靈也❸。清淨不宰殺❹。諸祈禱者，持一百錢、一雙筆、一丸墨，置石室中，前請乞。先聞石室中有聲，須臾，問來人何欲。既言，便具語吉凶，不見其形。至今如此。

【注釋】

❶益州，州名。漢武帝所置十三刺史部之一。轄境約當今四川大部，雲南怒山以東，秦

嶺以南，湖北鄖縣、保康西北，貴州除東部以外地區。雲南，州名。西漢置。治所在今雲南祥雲東南雲南驛。❷克，通「刻」。神，一作「民」。❸張良，漢初大臣。高祖劉邦的重要謀士，助高祖得天下，封留侯。黃石公，又稱圯上老人。傳說他授張良兵書，自稱：「讀此可爲王者師。後十三年，見我濟北谷城山下，黃石即我矣。」見《漢書・留侯傳》。❹清淨，清正無垢。此亦指不殺生。

【譯文】

益州的西邊，雲南的東邊，有一座神祠。開鑿石山成爲廟房，房下有神像，百姓供奉它。神自稱是黃公，於是人們就說這個神，是張良所受指點的黃石公的神靈。神祠清正無垢不殺生。凡是祈禱的人，拿一百紙錢、一雙筆、一顆墨，放在廟房裡，就可以上前去祈求。開始先聽到石房裡有響聲，一會兒，神問來祈求的人有什麼願望。祈求的人說了以後，神就一一說明吉凶，但沒有顯現神的形體。到現在還是這樣。

85 樊道基顯神

永嘉中，有神見兗州❶，自稱樊道基。有嫗，號成夫人。夫人好音樂，能彈箜篌❷。聞人弦歌，輒便起舞❸。

【注釋】

❶兗州，漢武帝所置十三刺史部之一。約當今山東省西南部。治所在昌邑（今山東金鄉西北）。❷箜篌，古代一種撥弦樂器。❸干寶《晉紀》載此事，文較此條詳。茲錄供參閱：「晉永嘉初，有神見兗州甄城民家。兔奴為主簿，自號樊道基。有嫗號成夫人。欲迎致，便載車行。當得此兔奴主簿從行為譯，以宣所宜。汝南梅賾字仲真，去鄴，來經兗州。聞其然，因結羊世茂、阮士公諸賓往觀之。成夫人便遣主簿出，當與客語。主簿死不肯，避。成夫人因大嗔，索士公馬鞭，脫主簿鞭之。」

【譯文】

晉懷帝永嘉年間，有神人在兗州現形。自稱叫樊道基。有一個老婦人，稱是成夫人。成夫人喜歡音樂，會彈奏箜篌。聽到有人彈琴唱歌，馬上就跳起舞來。

86 戴文謀疑神

沛國戴文謀，隱君陽城山中❶。曾於客堂食際，忽聞有神呼曰：「我天帝使者。欲下憑君❷，可乎？」文聞甚驚。又曰：「君疑我也？」文乃跪曰：「居貧，恐不足降下耳。」既而灑掃設位，朝夕進食甚謹。後於室內竊言之。婦曰：「此恐是妖魅憑依耳。」文曰：「我亦疑之。」及祠饗之時❸，神乃言曰：「吾相從，方欲相利，不意有疑心異議。」文辭謝之際，忽堂上如數十人呼聲。出視之，見一大鳥五色，白鳩數十隨之，東北入雲而去，遂不見。

【注釋】

❶戴文謀，一本引作戴文諶。陽城山，汪紹楹先生疑當作「陽山」，「城」字衍。此條本事亦見《太平御覽》引《廣州先賢傳》，按《晉書·地理志》，廣州始安郡有陽山縣。❷憑，憑依，謂神鬼來依附於人。❸祠饗，祠神時祭獻食物。

【譯文】

沛國人戴文謀，在陽城山中隱居。有一次在客堂吃飯的時候，忽然聽見有神人呼喚說：「我是天帝的使者。想降下來依附於你，可以嗎？」戴文謀聽了非常吃驚。神人又說：「你懷疑我嗎？」戴文謀跪下來說：「我家境貧寒，唯恐不值得降下罷了。」隨後打掃屋子設置神位，早晚祭獻食品十分小心。後來他和妻子在內室悄悄議論這件事。妻子說：「這恐怕是妖怪來依附罷了。」戴文謀說：「我也疑心它。」到了祭獻食物的時候，神人就說：「我來依附，正準備給你好處，沒想到你們有疑心。」戴文謀連忙表示道歉，忽然客堂上像有幾十個人的呼喊聲。他出來一看，見一隻五彩羽毛的大鳥，有幾十隻白鳩跟隨著，往東北方鑽進雲裡飛去，終於看不見了。

87 麋竺遇天使

麋竺字子仲，東海朐人也❶。祖世貨殖，家資巨萬❷。常從洛歸，未至家數十里，見路次有一好新婦，從竺求寄載。行可二十餘里，新婦謝去，謂竺曰：「我天使也❸。當往燒東海麋竺家。感君見載，故以相語。」竺因私請之。婦曰：「不可得不燒。如此，君可快去，我當緩行。日中必火發。」竺乃急行歸，達家，便移出財物。日中而火大發。

【注釋】

❶麋竺，三國蜀漢昭烈帝劉備拜爲安漢將軍。《三國志·蜀志》有傳。東海，郡名。也稱郯郡。轄境相當今山東費縣、臨沂、江蘇贛榆以南，山東棗莊市、江蘇邳縣以東和江蘇宿遷、灌南以北地區。朐，古縣名，治所在今江蘇連雲港市西南錦屏山側。❷巨萬，形容數量很大。❸天使，天帝的使者。

【譯文】

麋竺字子仲，是東海郡朐縣人。祖輩世代經商，家產以萬計。有一次他從洛陽回來，離家還有幾十里，路上遇見一個漂亮的婦人，向他請求搭車坐。走了大約二十多里路，婦人道謝告辭，對糜竺說：「我是天帝的使者。要去燒東海糜竺家。感謝你讓我搭車，因此告訴你。」糜竺於是向她私下求情。婦人說：「不能夠不燒。既然是你家，你立即趕快去，我會慢慢走。正午必定火起。」糜竺就急馳回去，到家，把財物搬出來，正午，火猛然燒起。

88 陰子方祀灶

漢宣帝時，南陽陰子方者❶，性至孝，積恩好施，喜祀灶。臘日晨炊，而灶神形見❷。子方再拜受慶。家有黃羊❸，因以祀之。自是已後，暴至巨富，田七百餘頃，輿馬僕隸，比於邦君❹。子方嘗言：「我子孫必將強大。」至識三世而遂繁昌，家凡四侯，牧守數十❺。故後子孫嘗以臘日祀灶，而薦黃羊焉。

【注釋】

❶漢宣帝，即劉詢。西漢皇帝，西元前七四～前四九年在位。南陽，郡名，治所在宛縣（今河南南陽市）。陰子方，據《後漢書·陰識傳》，爲陰識三世祖。❷臘日，一般是臘月二十三日或二十四日。灶神，《後漢書·陰識傳》注引《雜五行書》：「灶神名禪，字子郭，衣黃

衣。」亦稱灶君。❸黃羊，《荊楚歲時記》：「以黃犬祭之，謂之黃羊。」《古今注》：「狗一名黃羊。」❹邦君，指地方長官，如太守、刺史等。❺家凡四侯，據《後漢書・陰識傳》，陰識及弟興，興子慶、博，四人皆封侯。牧守，州郡長官。州官稱牧，郡官稱守。

【譯文】

漢宣帝時候，南陽郡有個陰子方，非常孝順，常常施捨積德，喜歡祭灶。他臘日那天早上做飯，灶神顯形。陰子方再三拜謝慶賀。他家裡有一條黃犬，於是拿來祭供灶神。從此以後，他家很快變得非常富有。田七百多頃，有車馬奴僕，比得上地方長官。陰子方曾說：「我的子孫必定會發達。」到三代孫陰識時他家就昌盛了，一家有四人封侯，有幾十個州郡長官。因此後來他的子孫經常在臘日那天祭灶，供奉黃犬。

89 張成見蠶神

吳縣張成，夜起，忽見一婦人立於宅南角。舉手招成曰：「此是君家之蠶室，我即此地之神❶。明年正月十五，宜作白粥，泛膏於上❷。」以後年年大得蠶。今之作膏糜像此。

【注釋】

❶蠶室，養蠶之室。此地之神，謂蠶神。❷泛膏於上，《續齊諧記》於此句下有「祭我也，

必當令君蠶桑百倍，言絕失之」等文。

【譯文】

吳縣人張成，晚上起來，忽然看見一個婦人站在住宅的南邊角落。她舉手向張成打招呼說：「這裡是你家的蠶房，我就是這裡的神。明年正月十五，最好煮一點米粥，把米膏糊在上面。」從此以後，張成家年年養得很多蠶。如今年糕米粥就是這樣來的。

90 戴侯祠

豫章有戴氏女，久病不差。見一小石，形像偶人❶。女謂曰：「爾有人形，豈神？能差我宿疾者，吾將重汝❷。」其夜，夢有人告之：「吾將佑汝。」自後疾漸差。遂爲立祠山下。戴氏爲巫，故名戴侯祠。

【注釋】

❶偶人，用土木做的人像。亦稱「木偶」。❷宿疾，早就患有的疾病。重，重視，尊重。這裡意思是作爲神奉祀。

【譯文】

豫章郡有一個姓戴的女子，病了很久沒有痊癒。她看見一塊小石頭，形狀像木偶人。她就對石頭說：「你有人的形狀，難道是神？如果能治癒我的老毛病，我將會奉祀你。」那一天夜裡，她夢見有人來告訴她說：「我將會保佑你。」從那以後她的病漸漸好了。於是她在山下爲石像建立祠廟。因爲是姓戴的做女巫，所以這祠廟名叫戴侯祠。

91 劉玘死爲神

漢陽羨長劉玘❶，嘗言：「我死當爲神。」一夕飲醉，無病而卒。風雨失其柩❷。夜聞荊山有數千人喊聲。鄉民往視之，則棺已成冢。遂改爲君山。因立祠祀之❸。

【注釋】

❶陽羨，縣名。漢置。故城在今江蘇宜興縣南五里。長，縣長。漢時萬戶以下的縣官稱長，萬戶以上的稱令。劉玘，他書作「袁玘」。❷柩，盛有屍體的棺材。❸荊山，君山，《太平寰宇記》：「常州宜興縣君山，在縣南二十里。舊名荊南山，在荊溪之南。」

【譯文】

漢代陽羨縣長劉玘，曾經說：「我死了會成爲神仙。」有一天晚上他喝醉酒，沒有生病就死了。刮風下雨靈柩不見了。晚上聽到荊山有幾千人的喊聲。鄉里的老百姓去那裡看，棺材已經變成墳墓。就把荊山改名君山。老百姓於是立了祠廟祭祀他。

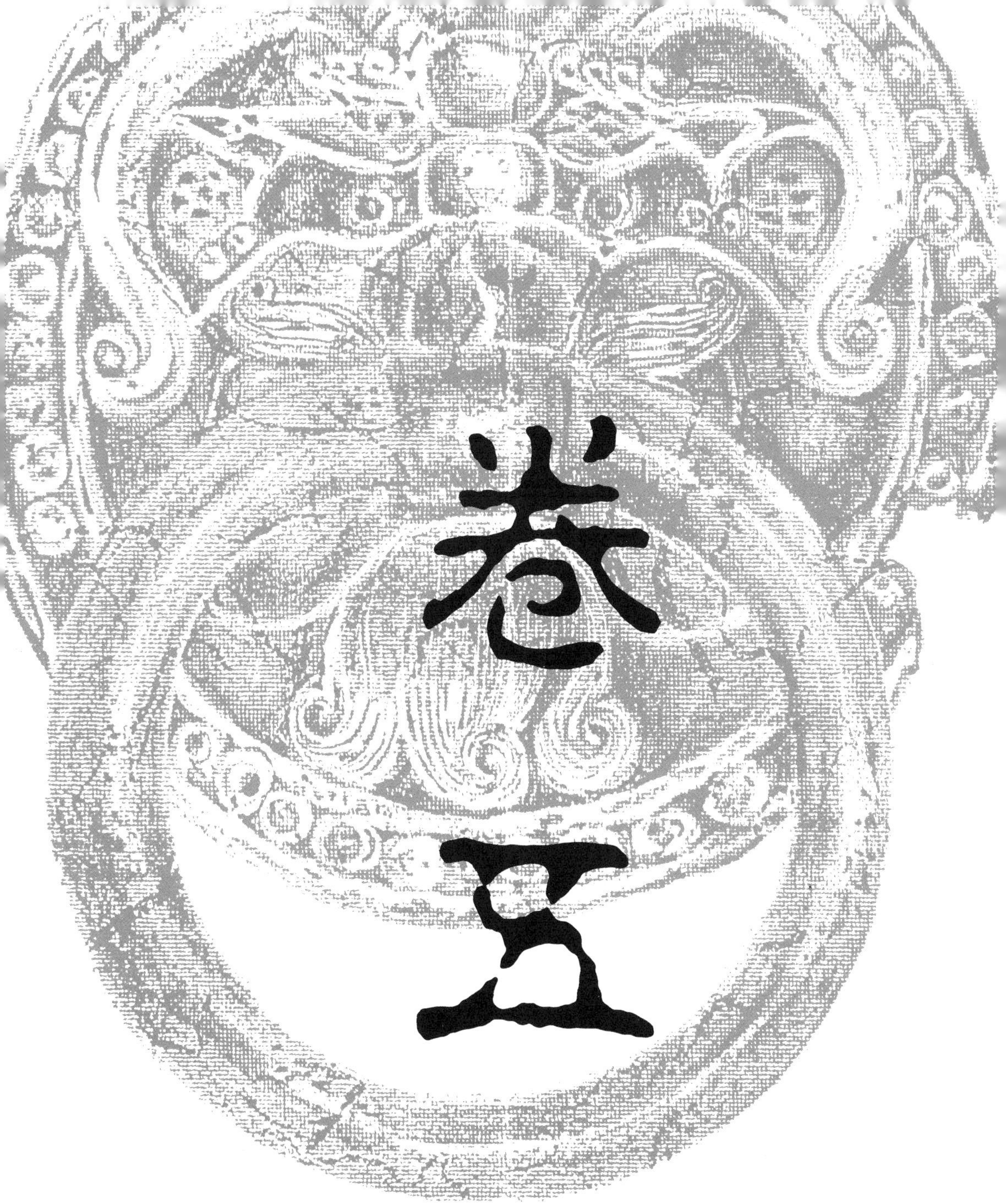

卷五

92 蔣子文成神

蔣子文，廣陵人也❶。嗜酒好色，挑達無度❷。常自謂己骨清，死當爲神。漢末爲秣陵尉，逐賊至鍾山下❸。賊擊傷額，因解綬縛之，有頃遂死。及吳先主之初❹，其故吏見文於道，乘白馬，執白羽，侍從如平生。見者驚走，文追之，謂曰：「我當爲此土地神，以福爾下民。爾可宣告百姓，爲我立祠。不爾，將有大咎。」是歲夏，大疫，百姓竊相恐動，頗有竊祠之者矣。文又下巫祝❺：「吾將大啓佑孫氏，宜爲我立祠。不爾，將使蟲入人耳爲災。」俄而小蟲如塵虻❻，入耳皆死，醫不能治。百姓愈恐。孫主未之信也。又下巫祝：「若不祀我，將又以大火爲災。」是歲，火災大發，一日數十處。火及公宮。議者以爲鬼有所歸，乃不爲厲，宜有以撫之。於是使使者封子文爲中都侯，次弟子緒爲長水校尉❼。皆加印綬，爲立廟堂。轉號鍾山爲蔣山，今建康東北蔣山是也。自是災厲止息，百姓遂大事之。

【注 釋】

❶廣陵，郡名。治所在今江蘇揚州市。❷挑達無度，輕薄放縱沒有節制。挑達，也作「佻撻」，多用爲輕薄義。❸秣陵尉，秣陵縣的軍事長官。秣陵，縣名。在今南京市附近。鍾山，即今南京市紫金山。❹吳先主，指三國吳大帝孫權。❺巫祝，廟祝，祠廟主持祭祀的人。❻塵虻，謂體比蚊小的蠓，俗稱蠓子。❼中都侯，這裡爲神職。長水校尉，漢時爲專掌特種軍隊的將領之一。這裡也做神職。

【譯 文】

蔣子文，是廣陵郡人。好喝酒喜歡女色，輕薄放縱沒有節制。他常常說自己骨像清秀，死後要成神仙。漢朝末年，他任秣陵縣尉，追賊寇到鍾山下，賊寇擊傷他的額頭，就解下綬帶把他綁起來，一會兒他就死了。到吳先主孫權即位的時候，他原來的下屬官吏在路上看見他，乘著白馬，拿著白羽扇，有隨從跟著和往昔一樣。看見的人嚇得跑起來。蔣子文追上他，對他說：「我要做這裡的土地神，賜福給你這裡的老百姓。你可以向百姓宣告，爲我建立祠廟。不然的話，他們將會有大災禍。」這一年夏天，發生大瘟疫，老百姓私下都很恐慌，有些人悄悄奉祀他。蔣子文又降旨給巫祝說：「我將要大大保佑孫氏發達，應該爲我建立祠廟。不然的話，我將讓蟲子鑽入人的耳朵造成災禍。」不久有小蟲像蠓子一樣，鑽進人耳人就死亡，醫生不能治療。老百姓更加恐慌。孫氏國君不相信這件事。蔣子文又下旨巫祝：「如果不祭祀我，將要引起大火造成災害。」這一年，火災經常發生，一天燒幾十處。火燒到國君的宮殿。朝廷議論這件事的人認爲鬼魂有了歸宿，才不會爲害，應該給予它撫慰。於是派使者封蔣子文爲中都侯，封他二弟蔣子緒爲長水校尉，都加給印章綬帶，又給他們建立了廟堂。改稱鍾山爲蔣山，就是現在建康東北的蔣山。從此以後災害休止，老百姓就大肆祭祀蔣侯了。

93 蔣侯召劉赤父

劉赤父者❶，夢蔣侯召爲主簿。期日促，乃往廟陳請：「母老子弱，情事過切，乞蒙放恕。會稽魏過，多材藝，善事神。請舉過自代。」因叩頭流血。廟祝曰：「特願相屈❷。魏過何人，而有斯舉！」赤父固請，終不許。尋而赤父死焉。

【注釋】

❶赤父，一作「赤斧」。❷特，只，只是。屈，屈就職務。這是讓人任職的客套話。

【譯文】

有一個叫劉赤父的人，夢見蔣侯來召他去做主簿。限期緊迫，他就到廟裡陳述請求：「母親年老，子女幼小，這件事過於緊迫，祈求蔣侯給予原諒。會稽人魏過，多才多藝，善於侍奉神仙。我請求舉薦魏過代替我。」於是叩頭流出血來。廟祝說：「只是要求你屈就這個職務。魏過算什麼人，你竟然這樣舉薦他！」劉赤父堅持請求，始終沒有得到同意。不久劉赤父就死了。

94 蔣山廟戲婚

咸寧中❶，太常卿韓伯子某、會稽內史王蘊子某、光祿大夫劉耽子某❷，同遊蔣山廟。廟有數婦人像，甚端正。某等醉，各指像以戲，自相配匹。即以其夕，三人同夢蔣侯遣傳教相聞，曰：「家子女並醜陋，而猥垂榮顧❸。輒刻某日，悉相奉迎。」某等以其夢指適異常❹，試往相問，而果各得此夢，符協如一。於是大懼，備三牲，詣廟謝罪乞哀❺。又俱夢蔣侯親來降己曰：「君等既已顧之，實貪會對。克期垂及，豈容方更中悔❻？」經少時，並亡。

【注釋】

❶咸寧，西晉武帝司馬炎年號。但後文所述韓伯、王蘊、劉耽皆東晉時人，疑咸寧指咸安寧康年間（西元三七一～三七五年）。咸安，東晉簡文帝年號。寧康，孝武帝年號。❷太常，官名。為九卿之一，掌宗廟禮儀兼選試博士。韓伯，字康伯，殷浩甥。其授太常在孝武帝太元五年（西元三八〇年）。內史，官名，掌民政。王蘊，字叔仁。其為會稽內史在太元四年（西元三七九年）。光祿大夫，官名。掌顧問應對。魏晉後為加官或褒贈之官。劉耽，字叔道。授特進金紫光祿大夫在元興元年（西元四〇二年）。❸猥，謙詞，猶言辱。猥垂榮顧，意思是承蒙看得起而眷顧。❹指適，同「指的」，分明，確實的意思。❺三牲，牛、羊、豕。古代以三牲祭祀。❻克期，限期。垂，即將，就要。中悔，中途反悔。

【譯文】

咸寧年間，太常卿韓伯的兒子韓某、會稽內史王蘊的兒子王某、光祿大夫劉耽的兒子劉某，一起去遊蔣山廟。廟裡有幾座婦女神像，樣子十分端正。他們三人喝醉了，各指一座女神像開玩笑，說是和自己結成夫妻。就在那天晚上，三人都夢見蔣侯派人來傳達旨意，告訴他們說：「我家的女兒都長得醜陋，承蒙你們看得起而眷顧。就定在某一天，都來迎接你們。」他們三人因為自己的夢非常清楚，試著去互相詢問，果然各人都做了這種夢，內容完全相同。他們非常害怕，於是準備了牛、羊、豕三牲，前往蔣山廟道歉，哀求饒恕。那天晚上，他們又都夢見蔣侯親自降臨自己家裡，說：「你們既然已經眷顧，實際上是貪戀馬上見面的。限期將到，怎麼能容許立即更改中途反悔？」過了不久，他們三人都死亡了。

95 蔣侯愛吳望子

會稽鄮縣東野❶，有女子，姓吳，字望子。年十六，姿容可愛。其鄉里有解鼓舞神者，要之便往❷。緣塘行，半路忽見一貴人，端正非常。貴人乘船，挺力十餘，皆整頓❸。令人問望子：「欲何之？」具以事對。貴人云：「今正欲往彼，便可入船共去。」望子辭不敢。忽然不見。望子既拜神座，見向船中貴人，儼然端坐，即蔣侯像也。問望子：「來何遲？」因擲兩橘與之。數數形見，遂隆情好❹。心有所欲，輒空中下之。嘗思啖魚，一雙鮮鯉隨心而至。望子芳香❺，流聞數里，頗有神驗，一邑共事奉。經三年，望子忽生外意，神便絕往來。

【注釋】

❶鄮縣，漢代縣名。屬會稽郡。以縣南有鄮山而名。故址在今浙江鄞縣境。❷解鼓舞神，《太平廣記》作「鼓舞解神」。這是一種祭神活動，即擊鼓跳舞以娛神。要，通「邀」。❸挺力，《法苑珠林》作「手力」，亦稱「人力」。此指隨行划船的僕人。整頓，裝束整齊端正。❹隆，長，增長。❺望子芳香，謂望子神異的名聲事跡。

【譯文】

會稽郡鄮縣東郊，有一個女子，姓吳，字望子。十六歲，長得漂亮可愛。她的鄉鄰要去擊鼓跳舞娛神，邀她一起去。他們沿著堤岸走，半路上忽然遇見一個貴人，相貌非常英俊。貴人乘船，有十多個划船的隨從僕人，都穿戴得整齊端正。貴人叫人問望子：「要到哪裡去？」望子一一回答了。貴人說：「我現在正要去那裡，你可以上船一起去。」望子謝絕不敢上船。船忽然不見了。望子後來到廟裡拜神，看見剛才在船上的貴人，莊重地坐在廟裡，就是蔣侯神像。蔣侯問望子：「怎麼來晚啦？」於是拋了兩個橘子給望子。蔣侯多次顯形，於是和望子感情增長十分相愛。望子心裡想什麼，就會從天上降下來。她曾經想吃鯉魚，一對鮮鯉魚隨著就出現了。望子的神異名聲事跡，在附近地方到處流傳，她很有靈驗，一縣的人都來侍奉她。過了三年，望子忽然起了外心，蔣神就斷絕了和她的往來。

96 蔣侯助殺虎

陳郡謝玉爲琅邪內史，在京城❶。所在虎暴，殺人衆。有一人以小船載年少婦，以大刀插著船，挾暮來至邏所❷。將出語云：「此間頃來甚多草穢❸，君載細小，作此輕行，大爲不易，可止邏宿也。」相問訊既畢，邏將適還去，其婦上岸，便爲虎將去。其夫拔刀大喚，欲逐之。先奉事蔣侯，乃喚求助。如此當行十里，忽如有一黑衣爲之導。其人隨之，當復二十里，見大樹。既至一穴，虎子聞行聲，謂其母至，皆走出。其人即其所殺之。便拔刀隱樹側，住良久，虎方至。便下婦著地，倒牽入穴。其人以刀當腰斫斷之。虎既死，其婦故活，向曉能語❹。問之，云：「虎初取，便負著背上。臨至而後下之。四體無他，止爲草木傷耳。」扶歸還船。明夜，夢一人語之曰：「蔣侯使助，汝知否？」至家，殺豬祠焉。

【注釋】

❶陳郡，轄境相當今河南淮陽、太康、西華、鹿邑、柘城等縣地。謝玉，汪紹楹先生疑即謝琰。謝琰，陳郡陽夏（今河南太康）人，謝安子。曾任琅邪內史。京城，謂琅邪國都開陽（今山東臨沂縣北）。❷挾暮，趕在天黑時，邏所，巡邏的地段。❸草穢，草莽中的穢物，此指虎。❹向曉，快到天亮的時候。

【譯　文】

陳郡人謝玉任琅邪內史，住在京城裡。那一帶地方有虎橫行，咬死了許多人。有一個人用小船載著他年輕的妻子，把大刀插在船上，趕在天黑時來到巡邏地段。巡邏的將士出來告訴他說：「這一帶近來常有老虎，你載著家小，作這樣輕率的行動，是非常不簡單的事，應該到巡邏哨所去停留住宿。」互相問訊完了以後，巡邏的將士剛剛回去，這個人的妻子上岸來，就被虎抓走了。她丈夫拔起刀大聲呼喊，要追趕老虎。他以前供奉過蔣侯神，就呼喚蔣侯神求助。他這樣一邊喊一邊追，大約走了十里路，忽然有一個黑衣人來給他帶路。這個人跟隨著黑衣人，大約又走了二十里，看見一棵大樹。然後到了一個洞口，小老虎聽到外面有響聲，以爲是它的母親來了，都跑出洞來。這個人就在洞口把小老虎都殺死了。於是他提著刀隱藏在大樹旁邊，等了很久，老虎才來到。老虎把婦人放下地來，倒退著拖往虎穴。這個人用刀攔腰砍斷老虎。老虎已經死了，他妻子還活著，快天亮的時候能說話了。問她情況，她說：「老虎一抓著我，就背在背上，來到這裡然後放下來。我四肢沒有什麼損傷，只是被草木擦傷一點。」他扶著妻子回到船上。第二天晚上，他夢見一個人對他說：「是蔣侯讓我來幫助的，你知不知道？」這個人回到家，殺豬祭祀蔣侯。

97 丁姑渡江

淮南全椒縣有丁新婦者，本丹陽丁氏女❶。年十六，適全椒謝家。其姑嚴酷，使役有程，不如限者，仍便笞捶，不可堪❷。九月九日，乃自經死。遂有靈響，聞於民間❸。發言於巫祝曰：「念人家婦女，作息不倦，使避九月九日，勿用作事。」

見形，著縹衣，戴青蓋，從一婢，至牛渚津求渡❹。有兩男子，共乘船捕魚，仍呼求載。兩男子笑，共調弄之，言：「聽我爲婦，當相渡也。」丁嫗曰：「渭汝是佳人，而無所知❺。汝是人，當使汝入泥死。是鬼，使汝入水。」便卻入草中。

須臾，有一老翁乘船載葦，嫗從索渡。翁曰：「船上無裝，豈可露渡？恐不中載耳❻。」嫗言無苦❼。翁因出葦半許，安處著船中，徑渡之南岸。臨去，語翁曰：「吾是鬼神，非人也，自能得過。然宜使民間粗相聞知❽。翁之厚意，出葦相渡，深有慚感，當有以相謝者。若翁速還去，必有所見，亦當有所得也。」翁曰：「愧燥濕不至❾，何敢蒙謝？」翁還西岸，見兩男子覆水中。進前數里，有魚千數，跳躍水邊，風吹至岸上。翁遂棄葦，載魚以歸。於是丁嫗遂還丹陽，江南人皆呼爲丁姑。九月九日，不用作事，咸以爲息日也。今所在祠之。

【注釋】

❶全椒縣，魏晉時屬淮南郡，在今安徽省。新婦，魏晉時已婚女子的通稱。丹陽，古縣名。漢以後屬丹陽郡，又稱小丹陽。治所在今安徽當塗東北丹陽鎮。❷姑，婆婆。使役有程，役使勞作有定額。仍便，同義連用，猶「便」，就。笞捶，鞭打，杖擊。堪，忍受。❸靈響，神靈顯應。❹縹衣，淡青色帛衣。青蓋，黑色頭巾。牛渚津，長江著名渡口之一，在安徽當塗西北牛渚山下。❺佳人，好人，善良人。無所知，一點事理也不知道。❻無裝，沒有船篷等裝置。露渡，露天而渡。即船上無遮蓋而渡江。不中載，指坐得不舒服。❼無苦，意思是說不要擔心。❽粗，粗略，稍微。❾燥濕不至，意思是照顧不周到。燥濕，猶言「寒溫」，魏晉時習用語。

【譯文】

淮南郡全椒縣有一個姓丁的媳婦，她本來是丹陽縣丁家的女兒。十六歲時，嫁到全椒縣謝家。她的婆婆嚴厲凶狠，役使勞作規定數額，做不到限額，就用鞭子抽打，打得她忍受不了。九月九日那天，她就上吊死了。於是就有神靈顯應，在老百姓當中傳聞。丁婦由巫祝來發話說：「考慮到做人家媳婦的，每天勞作得不到休息，讓她們免掉九月九日這一天，不用做事。」

丁婦顯形，穿著淡青色衣服，戴著黑色頭巾，帶著一個婢女，來到牛渚津找船渡江。有兩個男人，駕著一條船在捕魚，丁婦就喊他們，請求乘他們的船過江。兩個男人一齊嬉笑著調戲丁婦，說：「給我做老婆，我就渡你過江。」丁婦說：「以爲你們是好人，竟然一點事理也不知道。你們是人，會讓你們死在泥土裡；是鬼，會讓你們死在水中。」說完就退避進草叢中去了。

一會兒，有一個老翁駕著船載著蘆葦來了，丁婦向他請求幫助渡江。老翁說：「船上沒有篷蓋，怎麼可以露天渡江？恐怕你們坐著不舒服。」丁婦說不要緊。老翁於是卸下半船左右的蘆葦，安置她們坐在船中，一直把她們渡到南岸。丁婦臨別時對老翁說：「我是鬼神，不是凡人，自己能夠渡江。不過是應該讓老百姓稍微聽說我的事跡。老人家深厚情意，卸下蘆葦來渡我過江，我十分感激，我會有用來感謝您的。如果您很快返回去，必定能看到什麼，也會得到什麼的。」老翁說：「很慚愧對你照顧不周到，怎麼敢接受你的感謝？」老翁回到西岸，看到兩個男人淹死在水裡。往前行船幾里，有成千條魚在水邊跳躍，風把它們吹到岸上。老翁就扔掉蘆葦，裝上魚回家去。於是丁婦就回到了丹陽，江南的人都稱呼她爲丁姑。每年九月九日，不用做事情，大家都作爲休息日。至今到處仍然祭祀她。

98 趙公明府參佐

散騎侍郎王祐❶，疾困，與母辭訣。既而聞有通賓者，曰：「某郡某里某人，嘗爲別駕。」祐亦雅聞其姓字❷。有頃，奄然來至，曰：「與卿士類，有自然之分，又州里，情便款然❸。今年國家有大事，出三將軍分布徵發❹。吾等十餘人，爲趙公明府參佐❺。至此倉卒，見卿有高門大屋，故來投。與卿相得，大不可言。」祐知其鬼神，曰：「不幸疾篤，死在旦夕。遭卿，以性命相乞。」答曰：「人生有死，此必然之事。死者不繫生時貴賤。吾今見領兵三千，須卿，得度簿相付。如此地難得，不宜辭之。」祐曰：「老母年高，兄弟無有，一旦死亡，前無供養。」遂歔欷不能自勝❻。其人愴然曰：「卿位爲常伯❼，而家無餘財。向聞與尊夫人辭決，言辭哀苦。然則卿國士也❽，如何可令死？吾當相爲。」因起去：「明日更來。」

其明日又來，祐曰：「卿許活吾，當卒恩否？」答曰：「大老子業已許卿[9]，當復相欺耶？」見其從者數百人，皆長二尺許，烏衣軍服，赤油爲志。祐家擊鼓禱祀，諸鬼聞鼓聲，皆應節起舞，振袖颯颯有聲[10]。祐將爲設酒食，辭曰：「不須。」因復起去，謂祐曰：「病在人體中如火，當以水解之。」因取一杯水，發被灌之。又曰：「爲卿留赤筆十餘枝，在荐下，可與人，使簪之，出入辟惡災，舉事皆無恙。」因道曰：「王甲、李乙，吾皆與之。」遂執祐手與辭。

時祐得安眠，夜中忽覺，乃呼左右，令開被：「神以水灌我，將大沾濡。」開被而信有水，在上被之下、下被之上，不浸，如露之在荷。量之，得三升七合。於是疾三分愈二，數日大除。凡其所道當取者，皆死亡，唯王文英半年後乃亡[11]。所道與赤筆人，皆經疾病及兵亂，皆亦無恙。初有妖書云⑫：「上帝以三將軍趙公明、鍾士季⑬，各督數萬鬼下取人。」莫知所在。祐病差，見此書，與所道趙公明合焉。

【注釋】

❶散騎侍郎，官名，即散騎常侍。在皇帝左右規諫過失，以備顧問。晉以後常預聞要政。王祐，汪紹楹認爲當作「汝南王祐」，脫「汝南」二字而誤爲姓名。據《晉書・汝南王亮傳》，汝南王司馬亮之孫司馬祐，晉明帝太寧中進號衛將軍，加散騎常侍。❷雅，時間副詞，猶言「素」、「一向」。❸州里，古以二千五百家爲州，二十五家爲里。此猶言「鄉里」。款然，感情融洽的樣子。❹國家有大事，《左傳・成公十三年》：「國之大事，在祀與戎。」此指兵亂。將軍，此謂鬼將。亦稱鬼帥。❺趙公明，《眞仙通鑑》所載八部鬼帥之一，領鬼兵億萬周行人間。陶弘景《眞誥》「五方諸神趙公明等」注：「趙公明，今《十二百官儀》乃以爲溫鬼之名。」溫鬼，疫鬼。後世又傳爲財神，稱「趙公元帥」。參佐，此亦爲鬼職。❻欷歔，哭泣；抽咽。勝，禁得起。❼常伯，尊稱皇帝左右的侍中、常侍之類官員。❽國士，謂國中才能出眾的人。❾大老子，魏晉時自我傲稱的口語。❿颯颯，象聲詞。此爲衣袖相擦發出的聲音。⓫王文英，《書鈔》引《洞林》(郭璞) 曰「丞相從事中郎王文英」，疑即其人。⓬妖書，怪誕妖邪的文書。《晉書》六：「太寧二年，術人李脫造妖書惑眾，斬於建康市。」疑即此事。⓭鍾士季，名會，三國魏名將，官至司徒，與鄧艾滅蜀。後謀逆被殺。《三國志》有傳。此爲鬼將，亦《眞仙通鑑》所列八部鬼帥之一。

【譯文】

散騎侍郎王祐，病得很厲害，和母親訣別。不久聽到通報有客人來，說：「某郡某里某某人，曾經任別駕。」王祐也曾聽說這個人的姓名。一會兒，客人忽然來到，說：「我與你都是讀書人，有天然的緣份，又是同鄉，感情就融洽。今年國家有大事，現在派出三位將軍分布全國去徵發。我們十多個人，是趙公明府的參佐。匆匆忙忙來到這裡，看見你有高門大屋，所以來投奔。與你關係融洽，實在太好了。」王祐知道他是鬼神，說：「我不幸病重，早晚就會死去。遇到你，請求你救命。」參佐回答：「人生下來就有一死，這是必然的事。死的人跟活著時候的貴賤沒有關係。我現在率領士兵三千，需要你，把簿籙之類的事交付給你。這樣的事也是難得的，不應該推辭。」王祐說：「老母親年紀大，我又沒有兄弟，一旦死去，母親身邊無人奉養。」說著就哭泣起來，哭得自己都禁不住了。那個參佐悲哀地說：「你官位爲常伯，但是家裡沒有多的錢財。先前聽見你與母親訣別，言語哀傷痛苦。不過你是國士，怎麼能叫你死？我會去給你想辦法。」於是他起身離去，說：「我明天再來。」

他第二天又來了，王祐說：「你許諾救活我，最後會不會施恩？」他回答說：「我已經許諾你，還會欺騙你麼？」王祐看見他率領的隨從幾百人，都身高二尺左右，穿著黑色軍服，以紅油爲標誌。王祐家敲鼓禱祀，那些鬼聽見鼓聲，都隨著節拍跳起舞來，抖動衣袖發出颯颯的響聲。王祐準備給他擺設酒食，參佐推辭說：「不必要。」於是他再起身，對王祐說：「病在人體中像火一樣，應該用水來化解它。」他就拿了一杯水，打開被子灌下去。他又說：「我給你留下十多枝紅筆，在臥席下面，可以送給別人，讓他們插戴，進出避免災凶，做事都沒有毛病。」隨後說：「王甲、李乙，我都給過他們。」於是拉起王祐的手和他告別。

當時王祐睡得安安穩穩，半夜忽然醒來，就呼喚左右的人，叫他們打開被子，說：「神用水灌我，會濕透被子的。」打開被子眞的有水，在上層被子的下邊、下層被子的上邊，沒有浸進被子，像露水在荷葉上一樣。量一量那些水，共有三升七合。這時王祐的病好了三分之二，幾天後病全好了。凡是趙公明府參佐說要捉取的人，都死了，只有王文英半年後才死。參佐說給過紅筆的人，都經過疾病和兵亂，也都沒有災禍。起初有妖書說：「天帝派三位將軍趙公明、鐘士季，各自率領幾萬鬼下來捉人。」沒有人知道他們在那裡。王祐病癒，見到這份妖書，內容和參佐所說的趙公明的事相合。

99 周式之死

漢下邳周式❶，嘗至東海，道逢一吏，持一卷書，求寄載。行十餘里，謂式曰：「吾暫有所過❷，留書寄君船中，愼勿發之。」去後，式盜發視書，皆諸死人錄。下條有式名。須臾，吏還，式猶視書。吏怒曰：「故以相告，而忽視之。」式叩頭流血。良久，吏曰：「感卿遠相載。此書不可除卿名。今日已去，還家，三年勿出門，可得度也❸。勿道見吾書。」式還不出，已二年餘，家皆怪之。鄰人卒亡，父怒，使往弔之。式不得已，適出門，便見此吏。吏曰：「吾令汝三年勿出，而今出門，知復奈何❹？吾求不見，連累爲鞭杖。今已見汝，無可奈何。後三日日中，當相取也。」式還，涕泣具道如此。父故不信，母晝夜與相守。至三日日中時，果見來取，便死。

【注釋】

❶下邳，古縣名。治所在今江蘇睢寧西北。❷過，拜訪。❸度，通「渡」，渡過。此指免於一死。❹奈何，如何對付、處置的意思。

【譯文】

漢代下邳縣人周式，有一次到東海去，途中遇見一個官吏，拿著一卷文書，請求搭乘他的船。船行了十多里，官吏對周式說：「我要去拜訪一個人，留這卷書寄在你的船上，千萬不要打開它。」他走了以後，周式偷偷打開書來看，上面都是一個一個要死的人的姓名錄。下面一條有周式的名字。一會兒，官吏回來，周式還在看文書。官吏生氣地說：「特意交代過你，你竟不當一回事。」周式趕緊叩頭，直到流出血來。過了很久，官吏說：「感謝你老遠載我。這文書裡不能除掉你的名字。現在你趕快回家去，三年內不要出門，就可以免於一死。不要對人說見過我的文書。」

周式回家不出門，已經過了兩年多，家裡人都覺得奇怪。有一天鄰居家突然死了人，他父親發了脾氣，叫他去弔唁。周式沒有辦法，只好出去，剛剛出門，就見到那個官吏。官吏說：「我叫你三年內不要出門，今天你卻出了門，你看又怎麼處理呢？我找不到你，被連累挨鞭子抽打。現在既然見到你，我也沒有什麼辦法。三天以後的中午，我會來取你。」周式回到家，哭著一一說出這件事的經過。他父親還是不相信，而母親日夜守護著他。到了三天後的中午時候，果然看見那個官吏來要他的命，他就死了。

100 張助斫李樹

南頓張助❶，於田中種禾，見李核，欲持去。顧見空桑中有土，因植種，以餘漿溉灌。後人見桑中反覆生李，轉相告語。有病目痛者，息陰下，言：「李君令我目愈，謝以一豚。」目痛小疾，亦行自愈，眾犬吠聲❷，盲者得視，遠近翕赫❸。其下車騎常數千百，酒肉滂沱❹。間一歲餘，張助遠出來還，見之驚云：「此有何神？乃我所種耳。」因就斫之。

【注釋】

❶南頓，古縣名，在今河南項城縣西。❷眾犬吠聲，「一犬吠形，百犬吠聲」的省說。比喻人云亦云，隨聲附和。❸翕赫，形容聲勢很大，轟動遠近。❹滂沱，本意爲雨大，這裡形容酒肉很多。

【譯文】

南頓縣人張助，在田裡種莊稼，看見一顆李子核，想拿它扔掉。他回頭看見一株被蟲蛀空的桑樹裡面有泥土，就把李核種下去，拿喝剩下的水澆灌它。後來有人看見桑樹中又再長出李樹，就互相轉告這件稀奇事。有一個人患眼痛病，在這株李樹下休息，說：「李樹神君使我的眼病痊癒，拿一頭豬來謝你。」眼睛痛小病，也就逐漸好了。正是一犬吠形，眾犬吠聲，人云亦云，說是瞎子看見東西，遠近地方都轟動了，聲勢很大。這株李樹下常有成百上千的車馬來祭祀，酒肉多得不得了。間隔一年多，張助出遠門回來，看見這種場面，吃驚地說：「這裡有什麼神呀？不過是我所種的李樹罷了。」於是他到那裡把李樹砍掉了。

101 臨錙出新井

王莽居攝，劉京上言❶：「齊郡臨錙縣亭長辛當❷，數夢人謂曰：『吾天使也。攝皇帝當爲眞。即不信我，此亭中當有新井出。』亭長起視，亭中果有新井，入地百尺。」

【注　釋】

❶王莽，字巨君，漢元帝皇后的侄子。西漢末以外戚執政。元始五年（西元五年）毒死平帝，自稱假皇帝而攝政。初始元年（公元八年）稱帝，改國號爲新，年號始建國。劉京，道士，封廣饒侯。見《漢書·王莽傳》。❷齊郡，郡名。治所在臨錙（亦作臨菑），故址在今山東錙博市東北舊臨錙。

【譯　文】

王莽攝政，劉京上朝進言說：「齊郡臨錙縣亭長辛當，多次夢見有一個人來說：『我是天使。攝政假皇帝會成爲眞皇帝。如不相信我，這個亭中會有一口新井出現作驗證。』亭長起來察看，亭中果眞有一口新井，深進地下一百尺。」

卷六

102 論妖怪

妖怪者，蓋精氣之依物者也❶。氣亂於中，物變於外。形神氣質，表裡之用也❷。本於五行，通於五事❸。雖消息升降❹，化動萬端，其於休咎之徵❺，皆可得域而論矣。

【注釋】

❶精氣，謂天地萬物的元氣。❷表裡，指物的內外。❸五行，謂金、木、水、火、土。五事，指貌、言、視、聽、思。❹消息，消長，猶言增損。❺休咎，吉凶、福禍。

【譯文】

妖怪，大概是精氣依附於物體而形成的。精氣充斥物體內部，物體外部就會發生變化。物體的形神氣質，是物體內外的表現。它依據於金、木、水、火、土五行，通達於貌、言、視、聽、思五事。即使是增損升降，變化萬般，它在吉凶福禍方面的徵兆，都可以知道範圍來論述。

103 論山徙

夏桀之時，厲山亡❶。秦始皇之時，三山亡❷。周顯王三十二年，宋大丘社亡❸。漢昭帝之末，陳留、昌邑社亡❹。京房《易傳》曰❺：「山默然自移，天下兵亂，社稷亡也。」故會稽山陰琅邪中有怪山，世傳本琅邪東武海中山也❻。時天夜，風雨晦冥，旦而見武山在焉。百姓怪之，因名曰怪山。時東武縣山，亦一夕自亡去。識其形者，乃知其移來。今怪山下見有東武里，蓋記山所自來，以爲名也。又交州脆州山移至青州❼。凡山徙，皆不極之異也。此二事，未詳其世。《尚書·金縢》曰❽：「山徙者，人君不用道士，賢者不興。或祿去公室，賞罰不由君，私門成群，不救，當爲易世變號。」

說曰❾：「善言天者，必質於人；善言人者，必本於天。故天有四時，日月相推，寒暑迭代。其轉運也，和而爲雨，怒而爲風，散而爲露，亂而爲霧，凝而爲霜雪，立而爲虹蜺❿。此天之常數也。人有四肢五臟，一覺一寐，呼吸吐納，精氣往來，流而爲榮衛⓫，彰而爲氣色，發而爲聲音。此亦人之常數也。若四時失運，寒暑乖違，則五緯盈縮，星辰錯行，日月薄蝕，彗孛流飛⓬，此天地之危診也。寒暑不時，此天地之蒸否也。石立土踊，此天地之瘤贅也。山崩地陷，此天地之癰疽也。沖風暴雨⓭，此天地之奔氣也。雨澤不降，川瀆涸竭，此天地之焦枯也。」

【注釋】

❶夏桀時山亡，載《尚書·中候》。厲山，在湖北隨縣北。山有一穴，據說是炎帝神農出生的地方，所以神農號厲山氏。❷秦三山亡，見《論衡》。三山，指蓬萊、方丈、瀛洲三仙山。❸周顯王三十二年，即西元前三三七年。大丘，古地名，亦作「太丘」、「泰丘」。故城在今河南永城縣西北。《爾雅·釋丘》「右陵泰丘」注：「宋有泰丘社，亡。見《史記》。」疏：「宋蓋依丘作社，因以泰丘名也。」❹陳留，縣名，治所在今河南開封東南陳留城。昌邑，縣名，治所在今山東巨野東南。漢陳留昌邑社亡，見《宋書·符瑞志》。❺京房《易傳》，又

稱《京氏易傳》。書名，漢京房撰。其書論變卦、氣候、陰陽之說，開後世錢卜之法。見《四庫提要・子・術數類》。❻東武，古縣名，今山東諸城。《神異記》：「琅邪東武山，徙於會稽，壓殺百姓。」❼交州脆州山移至青州，見《山海經》郭璞注。交州，東漢建安八年（西元二〇三年）改交趾刺史部置。轄境相當今廣東、廣西的大部，及越南承天以北諸省。青州，漢武帝所置十三刺史部之一。轄境相當今山東德州市、齊河縣以東，馬頰河以南，濟南市、臨朐、安丘、高密、萊陽、棲霞、乳山等縣以北、以東和河北吳橋縣地。脆州，似爲「朐縣」之訛，且應移於「青州」之後（朐縣漢晉時屬青州）。《水經注》：「（朐縣）東北海中有大州，謂之郁州。《山海經》所謂『郁山在海中』者也。言是山自蒼梧徙此。」蒼梧郡時屬交州。❽《尙書》，亦稱《書經》，儒家經典之一。是我國上古歷史文件及部分追述古代事跡著作的匯編。〈金縢〉是《尙書》中的篇名。但本條引文並非出自〈金縢〉篇，而是〈洪範〉五行家說。❾「說曰」以下引文，《太平廣記》引《譚賓錄》作「孫思邈曰」。❿「立而爲蚳蜺」，《譚賓錄》作「張而爲虹蜺」。蚳蜺，似爲「蚳蝀」，即「螮蝀」，虹。⓫榮衛，即血氣。榮，血；衛，氣。⓬五緯，謂金、木、水、火、土五星。薄蝕，日月無光爲薄，虧毀爲蝕。彗孛，即彗星，古人認爲是妖星。俗稱「掃帚星」。⓭沖風，狂風。沖，猛烈。

【譯　文】

夏桀時候，厲山消失。秦始皇時候，三仙山消失。周顯王三十二年，宋國大丘的神社消失。漢昭帝末年，陳留縣、昌邑縣的神社消失。京房《易傳》說：「山悄悄地自行移動，將會天下戰亂，國家滅亡。」原會稽郡山陰縣琅邪山中有一座怪山，世間傳說本來是琅邪郡東武縣海中的山。當時天黑，刮風下雨一片昏暗，天明就看見武山在那裡了。百姓覺得它奇怪，於是稱爲「怪山」。當時東武縣這座山，也是一個晚上自行消失。記得它的山形的人，才知道它移到山陰來了。如今怪山腳下有一個東武里，大概是標記這座山從那裡來的，把它作爲名稱。另外交州的一座山移到青州朐縣。凡是山遷移，都是不正常的邪異現象。這兩件事，不清楚它發生的時代。《尚書·金縢》說：「山遷移，國君不任用有道之士，賢人得不到舉薦。或是祿位歸於諸侯，賞罰不由國君決定，行私請托的門路很多，不能救治，將會改朝換代變更年號。」

論說道：「善於講天道的，必須對應於人事；善於講人事的，必須根據於天道。所以天有春、夏、秋、冬四時，日月相推移，寒暑相更替。它循環運行，和諧成爲雨，強盛成爲風，分散成爲露，混亂成爲霧，凝聚成爲霜雪，伸展成爲虹霓。這是天的正常規律。人有四肢五臟，一醒一睡，呼吸吐納，精氣循環，流動成爲血氣，顯現成爲面色，發出成爲聲音。這也是人的正常規律。如果天的四時失去運行，寒暑不正常，那麼金、木、水、火、土五星消長，星辰錯亂移動，日月無光虧毀，妖星出現流飛，這是天地的危險驗證。寒暑不合時令，這是天地氣息堵塞。石頭兀立土地踊起，這是天地生出贅瘤。山崩地陷，這是天地長了癰疽。狂風暴雨，這是天地精氣奔瀉。雨露不降，河溝乾涸，這是天地焦燥枯竭。」

104 龜毛兔角

商紂之時❶，大龜生毛，兔生角。兵甲將興之象也。

【注釋】

❶商紂，一稱商辛。商代最後一個君主。凶殘暴虐，被周武王會合西南各族討伐，於牧野（今河南淇縣西南）之戰中兵敗自焚。

【譯文】

商紂的時候，有一隻大龜身上長毛，有一隻兔子頭上長角。這是戰爭將要發生的象徵。

105 馬化爲狐

周宣王三十三年❶，幽王生❷。是歲有馬化爲狐。

【注釋】

❶周宣王，西周國王。姬姓，名靖。其三十三年爲西元前七九五年。❷幽王，宣王子，名宮湦。西元前七八一至前七七一年在位。荒淫無道，被申侯聯合曾、犬戎等攻殺於驪山下。

【譯文】

周宣王三十三年，周幽王出生。這一年有一匹馬變成狐狸。

106 玉化爲蜮

晉獻公二年，周惠王居於鄭❶。鄭人入王府❷，多脫化爲蜮，射人。

【注釋】

❶晉獻公二年，即西元前六七五年。周惠王，西周國王。姬姓，名閬。❷王府，《太平廣記》引《感應經》作「玉府」。玉府，官府名。《周禮・天官・玉府》：「掌王之金玉、玩好、兵器。」❸多脫化爲蜮，《太平御覽》引《汲冢紀年》作「多取玉，玉化爲蜮」。陸德明《釋文》：「蜮，狀如鱉，三足。一名射工，俗呼之水弩。在水中含沙射人，一曰射人影。」

【譯文】

晉獻公二年，周惠王在鄭國居住。鄭國人進入惠王的玉府，拿了很多玉，玉變成蜮，含沙射人。

107 地長地陷

周隱王二年四月❶，齊地暴長，長丈餘，高一尺五寸。京房《易妖》曰❷：「地四時暴長，占春夏多吉，秋冬多凶。」歷陽之郡❸，一夕淪入地中而爲水澤，今麻湖是也❹，不知何時。《運斗樞》曰❺：「邑之淪，陰呑陽，下相屠焉。」

【注釋】

❶隱王，《汲冢紀年》注：「《史記》作赧王。」周赧王二年爲西元前三一三年。❷《易妖》，京房易學著作之一，已佚。❸歷陽，郡名。晉永興元年（西元三〇四年）置，治所在歷陽（今安徽和縣）。❹麻湖，一稱「歷湖」，在今和縣西與含山縣接界。在和縣境稱歷湖，在含山縣境稱麻湖。❺《運斗樞》，書名。《春秋緯》之一種，其書已佚。《古微書》及《玉函山房輯佚書》輯有〈運斗樞〉篇。

【譯文】

周隱王二年四月，齊國一個地方猛然上長，有一丈多長，一尺五寸高。京房《易妖》說：「地四季猛然上長，占卜爲春夏二季多有吉利，秋冬二季多有凶險。」歷陽的郡城，一個晚上淪陷進地下成爲水澤，就是現在的麻湖，不知道是什麼時候發生的事。《運斗樞》說：「城淪陷地下，是陰呑陽，天下將互相屠殺。」

108 一婦四十子

周哀王八年❶，鄭有一婦女，生四十子。其二十人爲人，二十人死。其九年，晉有豕生人。吳赤烏七年❷，有婦人一生三子。

【注釋】

❶周哀王，周第二十九代王。貞定王長子，名去疾，謚哀。在位僅三月（西元前四四一年），為其弟思王襲殺。❷赤烏，吳大帝孫權年號。赤烏七年，即西元二四四年。

【譯文】

周哀王八年，鄭國有一個婦女，共生下四十個子女。其中二十個成人，二十個死亡。哀王九年，晉國有一頭豬生下一個人。三國吳赤烏七年，有一個婦女一胎生下三個孩子。

109 御人產龍

周烈王六年❶，林碧陽君之御人產二龍❷。

【注釋】

❶周烈王（姬喜）六年，即西元前三七〇年。❷御人，侍女。

【譯文】

周烈王六年，林碧陽君的侍女生下兩條小龍。

110 彭生爲豕禍

魯嚴公八年❶，齊襄公田於貝丘❷。見豕，從者曰：「公子彭生也❸。」公怒，射之。豕人立而啼❹。公懼，墜車傷足，喪屨。劉向以爲近豕禍也❺。

【注釋】

❶嚴公，當爲「莊公」，漢避諱改「莊」爲「嚴」。此條本事見《左傳》莊公八年（西元前六八六年）。❷齊襄公，春秋時齊國君，名諸兒。田，打獵。貝丘，齊地。❸公子彭生，齊國公子。據《左傳》，齊襄公使公子彭生拉殺魯桓公，後又恐惡於諸侯，殺公子彭生。❹人立而啼，像人一樣站立著啼叫。❺劉向，西漢經學家。喜用陰陽災異附會時政，著有《洪範五行傳》、《列女傳》、《新序》、《說苑》等書。

【譯文】

魯莊公八年，齊襄公在貝丘打獵。看見一頭豬，隨從人員說：「這是公子彭生的化身。」襄公發怒，用箭射豬。豬像人一樣站立起來啼叫。襄公感到害怕，墜下車來，摔傷腳，丟失了鞋子。劉向認爲是豬的災禍。

111 蛇鬥國門

魯嚴公時，有內蛇與外蛇鬥鄭南門中❶，內蛇死。劉向以爲近蛇孽也❷。京房《易傳》曰：「立嗣子疑，厥妖蛇居國門鬥❸。」

【注釋】

❶嚴公，亦當爲「莊公」。本事見《後漢書・楊賜傳》注引《洪範五行傳》。❷孽，妖害，災殃。❸嗣子，原爲在喪之諸侯自稱，後泛稱國君的繼位者。厥，其。妖，指妖兆，不祥之兆。

【譯文】

魯莊公時，鄭國城內的蛇與城外的蛇在城南門中搏鬥，城內的蛇死了。劉向認爲是蛇作孽。京房《易傳》說：「立嗣子有疑問，它的妖兆是蛇在國門中搏鬥。」

112 龍鬥邑中

魯昭公十九年❶，龍鬥於鄭時門之外洧淵❷。劉向以爲近龍孽也。京房《易傳》曰：「衆心不安，厥妖龍鬥其邑中也。」

【注釋】

❶本事見《左傳》昭公十九年（西元前五二三年）。❷時門，鄭國的城門。洧，水名，即今河南雙洎河。

【譯文】

魯昭公十九年，有兩條龍在鄭國時門外面的洧水深淵裡搏鬥。劉向認爲是龍作孽。京房《易傳》說：「老百姓人心不安定，它的妖兆是龍在他們城中搏鬥。」

113 九蛇繞柱

魯定公元年❶，有九蛇繞柱。占以爲九世廟不祀，乃立煬宮❷。

【注釋】

❶魯定公元年，即西元前五〇九年。❷煬宮，《春秋公羊傳》：「煬宮者何？煬公之宮也。」

【譯文】

魯定公元年，有九條蛇繞在柱子上。占卜認爲是九世祖廟沒有祭祀，於是建立煬宮。

114 馬生人

秦孝公二十一年❶，有馬生人。昭王二十年，牡馬生子而死❷。劉向以爲皆馬禍也。京房《易傳》曰：「方伯分威❸，厥妖牡馬生子。上無天子，諸侯相伐，厥妖馬生人。」

【注釋】

❶秦孝公二十一年，即西元前三四一年。❷昭王二十年，即西元前二八七年。牡馬，公馬。❸方伯，方士之長，一說諸侯之長。後漢以稱刺史。威，《法苑珠林》作「滅」。

【譯文】

秦孝公二十一年，有一匹馬生下一個人。秦昭王二十年，有一匹公馬生下小馬而死亡。劉向認爲都是馬生禍。京房《易傳》說：「諸侯霸主侵分天子威嚴，它的妖兆是公馬生小馬。上面沒有天子，諸侯互相攻伐，它的妖兆是馬生人。」

115 女子化爲丈夫

魏襄王十三年❶，有女子化爲丈夫。與妻，生子。京房《易傳》曰：「女子化爲丈夫，茲謂陰昌，賤人爲王。丈夫化爲女子，茲謂陰勝陽，厥咎亡。」一曰：「男化爲女，宮刑濫❷。女化爲男，婦政行也。」

【注　釋】

❶魏襄王十三年，即西元前三〇六年。❷宮刑，亦稱「腐刑」，古代五刑之一。是破壞生殖器和生殖機能的刑罰。

【譯　文】

魏襄王十三年，有一個女子變成男人。娶了妻子，還生下孩子。京房《易傳》說：「女子變成男人，這叫做陰昌盛，下賤人稱王。男人變成女人，這叫陰勝過陽，其災禍是滅亡。」又說：「男變成女，是宮刑濫施。女變成男，是婦人當政。」

116　五足牛

秦孝文王五年❶，遊朐衍❷，有獻五足牛。時秦世大用民力，天下叛之。京房《易傳》曰：「興繇役❸，奪民時，厥妖牛生五足。」

【注釋】

❶秦孝文王，當爲秦惠文王。五年，指更元五年，即西元前三二〇年。❷朐衍，戰國時爲北戎之地。《史記・六國年表》：「秦惠文王初更五年，王北遊戎地，至河上。」❸繇，通「傜」，徵役。

【譯文】

秦惠文王在更元五年時，巡行朐衍，有人獻上五條腿的牛。當時秦國大肆徵發傜役，全國都反對它。京房《易傳》說：「興起傜役，侵奪百姓生產的時節，其妖兆是牛生五條腿。」

117 臨洮巨人

秦始皇二十六年❶，有大人，長五丈，足履六尺，皆夷狄服❷。凡十二人，見於臨洮❸。乃作金人十二以象之。

【注釋】

❶秦始皇二十六年，即西元前二二一年。❷夷狄，古代對中原以外各族的蔑稱。❸臨洮，古縣名。秦置，治所在今甘肅岷縣。臨洮水而得名。

【譯　文】

秦始皇二十六年，有巨人出現，身長五丈，腳上鞋子長六尺，都穿著外族的服裝。一共十二個巨人，出現在臨洮縣。於是照他們的樣子製作了十二個金人。

118　兩龍現井中

漢惠帝二年正月癸酉旦❶，有兩龍現於蘭陵廷東里溫陵井中❷。至乙亥夜去❸。京房《易傳》曰：「有德遭害，厥妖龍見井中。」又曰：「行刑暴惡，黑龍從井出。」

【注　釋】

❶漢惠帝二年，即西元前一九三年。癸酉，以干支計日。❷蘭陵，古縣名。戰國楚置，治所在今山東蒼山縣西南蘭陵鎮。廷東，里名。溫陵，井名。❸乙亥，爲癸酉後第三天。

【譯　文】

漢惠帝二年正月癸酉那一天天亮，有兩條龍出現在蘭陵縣廷東里溫陵井中。到第三天乙亥夜裡走了。京房《易傳》說：「有德行的人遭到迫害，其妖兆是龍出現在井中。」又說：「施行刑罰凶殘，黑龍從井中出來。」

119 馬生角

漢文帝十二年❶，吳地有馬生角❷，在耳前，上向。右角長三寸，左角長二寸，皆大二寸。劉向以爲馬不當生角，猶吳不當舉兵向上也❸，吳將反之變云。京房《易傳》曰：「臣易上，政不順，厥妖馬生角。茲謂賢士不足。」又曰：「天子親伐，馬生角。」

【注釋】

❶漢文帝十二年，即西元前一六八年。❷吳地，指吳郡。漢初以會稽郡治所在吳縣，故亦稱爲吳郡。❸吳舉兵向上，當指漢景帝時吳王劉濞發動七國之亂。

【譯文】

漢文帝十二年，吳郡地方有一匹馬長出角來，在耳朵前面，朝上伸著。右角長三寸，左角長二寸，兩只角都有二寸大。劉向認爲馬不應當生角，猶如吳王不應當舉兵背叛朝廷，是吳王將發動叛亂的徵兆。京房《易傳》說：「臣下改換君上，國政不順，其妖兆是馬生角，這是賢能之士不足的緣故。」又說：「天子親自出征，馬生角。」

120 狗生角

文帝後元五年六月❶，齊雍城門外有狗生角❷。京房《易傳》曰：「執政失，下將害之，厥妖狗生角。」

【注釋】

❶文帝後元五年，即西元前一五九年。❷雍城，本春秋雍邑，後置縣，治所在今陝西鳳翔南。

【譯文】

漢文帝後元五年六月，齊雍城門外有一條狗長出角來。京房《易傳》說：「執政者失誤，下屬將陷害他，其妖兆是狗生角。」

121 人生角

漢景帝元年九月，膠東下密人年七十餘❶，生角，角有毛。京房《易傳》曰：「冢宰專政❷，厥妖人生角。」〈五行志〉以爲人不當生角❸，猶諸侯不敢舉兵以向京師也。其後遂有七國之難。至晉武帝泰始五年，元城人年七十，生角❹。殆趙王倫篡亂之應也❺。

【注釋】

❶漢景帝元年，即西元前一五六年。膠東，漢置封國，景帝時爲參加叛亂的七國之一。治所在即墨（今山東平度東南）。下密，膠東屬縣，故城在今山東昌邑縣東南。❷冢宰，官名。在《周禮》爲輔佐天子之官。後世因以爲宰相之稱。❸〈五行志〉，當爲《漢書·五行志》。❹晉武帝泰始五年，即西元二六五年。元城，縣名，故城在今河北大名縣東。❺趙王倫，即司馬倫，封趙王。永康元年（西元三〇〇年）起兵殺賈后，又廢惠帝自立。後爲齊王冏、成都王穎所殺。

【譯文】

漢景帝元年九月，膠東國下密縣有一個人七十多歲，長角，角上有毛。京房《易傳》說：「冢宰獨攬政權，其妖兆是人生角。」〈五行志〉認爲人不應當生角，猶如諸侯王不敢起兵向京城進犯一樣。那以後就發生吳楚七國之亂。至晉武帝泰始五年，元城縣有一個人七十歲，長角。大概是趙王倫篡權作亂的兆應。

122 狗與彘交

漢景帝三年，邯鄲有狗與彘交❶。是時趙王悖亂，遂與六國反，外結匈奴以爲援❷。〈五行志〉以爲犬兵革失眾之占，豕北方匈奴之象。逆言失聽，交於異類，以害生也。京房《易傳》曰：「夫婦不嚴❸，厥妖狗與豕交。茲謂反德，國有兵革。」

【注釋】

❶漢景帝三年，即西元前一五四年。邯鄲，郡名。治所在今河北邯鄲市。彘，豬。❷趙王，即劉遂，景帝時參與吳楚七國之亂，兵敗自殺。匈奴，古族名。亦稱胡。活動於大漠南北地區，常南下攻擾中原。❸嚴，尊敬。此謂互相尊敬。

【譯文】

漢景帝三年，邯鄲郡有一條狗與豬交配。此時趙王叛亂，於是和六國造反，向外勾結匈奴作爲援助。〈五行志〉認爲狗是戰爭失去民心的徵兆，豬是北方匈奴的象徵。背叛的話沒有人聽，與異族交往，是殘害生靈。京房《易傳》說：「夫婦互相不尊敬，其妖兆是狗與豬交配。這叫做違反道德，國家發生戰爭。」

123 白黑烏鬥

景帝三年十月，有白頸烏與黑烏群鬥楚國呂縣❶。白頸不勝，墮泗水中❷，死者數千。劉向以爲近白黑祥也。時楚王戊暴逆無道，刑辱申公，與吳謀反❸。烏群鬥者，師戰之象也。白頸者小，明小者敗也。墮於水者，將死水地。王戊不悟，遂舉兵應吳，與漢大戰，兵敗而走，至於丹徒❹，爲越人所斬。墮泗水之效也。京房《易傳》曰：「逆親親，厥妖白黑烏鬥於國中。」

燕王旦之謀反也❺，又有一烏一鵲，鬥於燕宮中池上，烏墮池死。〈五行志〉以爲楚、燕皆骨肉藩臣，驕恣而謀不義，俱有烏鵲鬥死之祥。行同而占合，此天人之明表也。燕陰謀未發，獨王自殺於宮，故一烏而水色者死。楚炕陽舉兵❻，軍師大敗於野，故烏眾而金色者死。天道精微之效也。京房《易傳》曰：「顓征劫殺❼，厥妖烏鵲鬥。」

【注釋】

❶楚國，漢置封國，治所在今江蘇銅山縣。呂縣，楚國屬縣，故城在今銅山縣北。❷泗水，水名，在山東省中部。源出山東泗水縣東蒙山南麓，以四源並發而得名。❸楚王戊，即劉戊，高帝孫，封楚王。後與吳王等反，兵敗而死。申公，魯人，名培。文帝時博士。爲《詩》作傳，號「魯詩」。❹丹徒，縣名，故城在今江蘇丹徒縣東南。❺燕王旦，即劉旦，武帝第四子，封燕王。與上官桀等謀殺霍光廢昭帝，謀洩自殺。❻炕陽，枯涸的意思，此謂無惠澤於下。❼顓，通「專」，專擅。

【譯文】

漢景帝三年十月，有白頸烏鴉和黑烏鴉在楚國呂縣群鬥。白頸烏鴉鬥不過，墮落在泗水中，死了幾千隻。劉向認爲是白黑的徵兆。當時楚王劉戊暴虐無道，用刑罰侮辱申公，與吳王謀反。烏鴉群鬥，是軍隊作戰的象徵。白頸烏鴉體型小，是表明小的失敗。墮在水裡，是表明將死在有水的地方。楚王劉戊不明白這個道理，於是起兵響應吳王，與漢朝廷大戰，兵敗逃跑，來到丹徒縣，被越人殺死。這是烏鴉墮入泗水的效應。京房《易傳》說：「背叛親戚，其妖兆是白烏鴉和黑烏鴉在國中爭鬥。」

燕王劉旦謀反的時候，又有一隻烏鴉和一隻喜鵲，在燕王宮中水池上爭鬥，烏鴉墮入水池死亡。〈五行志〉認爲楚王、燕王都是朝廷的骨肉、守護王室的諸侯，卻驕橫恣肆，圖謀不義的舉動，都有烏鴉喜鵲爭鬥而死的徵兆。他們行爲相同而且占卜的徵兆相合，這是天道人事的明顯表現。燕國陰謀尚未發動，只有燕王在宮中自殺，所以一隻水色羽毛的烏鴉死亡。楚國對下民無惠澤而起兵作亂，軍隊在野外大敗，所以許多金色羽毛的烏鴉死亡。這是天道精微的效應。京房《易傳》說：「專擅征戰劫殺，其妖兆是烏鵲相鬥。」

124 牛足出背

景帝十六年❶，梁孝王田北山❷，有獻牛足上出背上者。劉向以爲近牛禍。內則思慮霿亂❸，外則土功過制，故牛禍作。足而出於背，下奸上之象也。

【注釋】

❶景帝十六年，《漢書·五行志》作「中六年」，即中元六年（西元前一四四年）。❷梁孝王，即劉武，漢文帝次子。封於梁國（治所在今河南商丘南）。北山，指關中平原北面諸山。❸霿亂，謂愚蒙混亂。

【譯文】

漢景帝中元六年，梁孝王到北山打獵，有人獻上一頭牛，牛腳向上伸出牛背。劉向認爲是牛生禍。對內思想愚蒙混亂，對外大興土木超過規定，所以牛生災禍。牛腳從背上伸出來，是下犯上的象徵。

125 蛇鬥廟下

漢武帝太始四年七月，趙有蛇從郭外入，與邑中蛇鬥孝文廟下❶。邑中蛇死。後二年秋，有衛太子事，自趙人江充起❷。

【注釋】

❶漢武帝太始四年，即西元前九十三年。趙，漢置封國，在今河北邯鄲縣治。❷衛太子，一作戾太子，即劉據，武帝長子。趙人江充誣告衛太子宮中埋木人以巫蠱武帝，太子大懼，殺江充。武帝發兵追捕，太子兵敗自殺。史稱「巫蠱之禍」。

【譯文】

漢武帝太始四年七月，趙國有一條蛇從城外進來，與城中的蛇在孝文帝廟下搏鬥。城中的蛇死了。過後兩年秋天，有衛太子巫蠱之禍，由趙國人江充引起。

126 鼠舞端門

漢昭帝元鳳元年九月❶，燕有黃鼠，銜其尾，舞王宮端門中❷。

王往視之，鼠舞如故。王使吏以酒脯祠，鼠舞不休，一日一夜死。時燕王旦謀反，將死之象也。京房《易傳》曰：「誅不原情❸，厥妖鼠舞門。」

【注釋】

❶漢昭帝元鳳元年，即西元前一二〇年。❷端門，宮殿南面正門。❸原情，推究事件的實情。原，推究。

【譯文】

漢昭帝元鳳元年九月，燕國有一條黃鼠，銜著自己的尾巴，在王宮端門中跳舞。燕王到那裡去看，鼠還是那樣在跳舞。燕王派官吏拿酒肉去祭祀，鼠仍然跳個不停，跳了一天一夜而死去。是當時燕王劉旦謀反，將要死亡的徵兆。京房《易傳》說：「殺人不推究事件的實情，其妖兆是鼠在門中跳舞。」

127 泰山石立

昭帝元鳳三年正月，泰山蕪萊山南，洶洶有數千人聲❶。民往視之，有大石自立。高丈五尺，大四十八圍❷，入地深八尺，三石為足。石立後，有白烏數千集其旁。宣帝中興之瑞也❸。

【注釋】

❶泰山，郡名，治所在今山東泰安東南。蕪萊山，當為「徂徠山」。洶洶，形容人眾喧鬧聲。❷圍，計量圓周長的約略單位。一圍相當於兩手拇指和食指合攏起來的長度。一說是兩臂合抱的長度。❸宣帝中興，指漢宣帝即位後，重視吏治，征服匈奴，設置西域都護等，國力一度強盛。

【譯文】

漢昭帝元鳳三年正月，泰山郡蕪萊山南邊，鬧哄哄地好像有幾千人的樣子。老百姓到那裡去看，有一塊大石頭自己聳立起來。石頭高一丈五尺，周長四十八圍，伸入地下八尺，有三只石腳。石頭立起以後，有白羽毛的烏鴉幾千隻在石頭邊上聚集。這是漢宣帝中興的吉兆。

128 蟲葉成文

昭帝時，上林苑中大柳樹斷❶，仆地❷。一朝起立，生枝葉。有蟲食其葉，成文字，曰「公孫病已立」❸。

【注釋】

❶上林苑，古宮苑名。秦始皇建都咸陽時營造。漢初荒廢，高帝時許民入苑開墾。武帝時收爲宮苑，放養禽獸供皇帝射獵，並建離宮、館、觀數十處。故址在今西安市西及周至、戶縣界。❷仆地，向前傾倒在地上。❸公孫，諸侯王之孫。此似指戾太子之孫劉詢，後爲宣帝。病已，謂病痊癒。暗喻宣帝中興。

【譯文】

漢昭帝時，上林苑中一棵大柳樹折斷，倒在地上。有一天它又立起來，長出新的枝葉。有蟲子吃它的葉子，咬成文字的圖案，字是「公孫病已立」。

129 狗冠出朝門

昭帝時，昌邑王賀見大白狗冠方山冠而無尾❶。至熹平中，省內冠狗帶綬以爲笑樂❷。有一狗突出，走入司空府門，或見之者，莫不驚怪。京房《易傳》曰：「君不正，臣欲篡，厥妖狗冠出朝門。」

【注釋】

❶昌邑王賀，即劉賀，漢武帝孫。昭帝崩，霍光迎立，即位二十七日被廢。方山冠，漢

代祀宗廟時樂人所戴的帽子。❷熹平，漢靈帝年號（西元一七二～一七八年）。省內，謂宮內。

【譯文】

漢昭帝時，昌邑王劉賀看見一條大白狗，戴著方山冠，沒有尾巴。到了漢靈帝熹平年間，宮內給狗戴上帽子，繫上印綬帶來開玩笑取樂。有一條狗突然跑出朝門，跑進司空府門裡。有人看見這條狗的打扮，都覺得十分奇怪。京房《易傳》說：「君上不正，臣下想要篡權，其妖兆是狗戴帽子跑出朝門。」

130

雌雞化雄

漢宣帝黃龍元年，未央殿輅軨中雌雞化爲雄❶。毛衣變化，而不鳴，不將，無距❷。元帝初元元年，丞相府史家，雌雞伏子❸，漸化爲雄，冠距鳴將。至永光中，有獻雄雞生角者，〈五行志〉以爲王氏之應❹。京房《易傳》曰：「賢者居明夷之世❺，知時而傷，成眾在位，厥妖雞生角。」又曰：「婦人專政，國不靜；牝雞雄鳴，主不榮。」

【注釋】

❶漢宣帝黃龍元年，即西元前四十九年。未央殿，漢未央宮前殿。遺址在今陝西西安市西北郊漢長安故城內西南隅。輅鈴，當作「輅軨」，漢代所置廐名。❷毛衣，指雞的羽毛。將，率領。此指雄雞率領雞群。距，雄雞跖後面突出像腳趾的部分。❸元帝初元元年，即西元前四十八年。伏子，謂雌雞孵蛋。❹永光，漢元帝年號(西元前四十三～前三十八年)。王氏之應，指元帝皇后王氏及其侄王莽等外戚掌握政權。❺明夷，《周易》六十四卦之一，坤上離下。此卦象賢者不遇，憂讒畏飢，不敢顯其明智。

【譯文】

漢宣帝黃龍元年，未央殿輅軨廐中有一隻雌雞變爲雄雞。羽毛變換，但是不鳴叫，不率領雞群，沒有足距。漢元帝初元元年，丞相府史家，有一隻雌雞孵蛋，漸漸變爲雄雞，長出雞冠足距，鳴叫，率領雞群。到永光年間，有人獻上一隻生有角的雄雞。《五行志》認爲這是外戚王氏執政的兆應。京房《易傳》說：「賢人處於不得志的時代，憂傷時世，或是平庸的人居於高位，其妖兆爲雞生角。」又說：「婦人專政，國家不安寧；雌雞鳴叫，主人不興旺。」

131 范延壽斷訟

宣帝之世，燕、岱之間❶，有三男共娶一婦，生四子。及至將分妻子而不可均，乃致爭訟。廷尉范延壽斷之曰❷：「此非人類，當以禽獸，從母不從父也。請戮三男，以兒還母。」宣帝嗟嘆曰：「事何必古？若此，則可謂當於理而饜人情也❸。」延壽蓋見人事而知用刑矣，未知論人妖將來之驗也。

【注釋】

❶燕、岱之間，指今河北、山東之間地區。❷廷尉，官名。掌刑獄，爲九卿之一。范延壽，字子路。據《漢書》，其爲廷尉在成帝河平二年(西元前二十八年)。❸饜，通「厭」，抑制。

【譯文】

漢宣帝時候，燕、岱兩地之間，有三個男人共同娶了一個婦女，生下四個子女。到了要分家的時候，妻子和子女無法均分，以致打官司。廷尉范延壽斷此案說：「這不是人類，和禽獸一樣，要決定於母親而不是父親。請求殺掉三個男人，把兒女交還母親。」宣帝嘆息說：「事情爲什麼一定要依照古代的規定？要是那樣的話，就可以說是合乎道理卻壓抑了人的感情。」范延壽大概是看到人的事故就知道施用刑罰，他不懂得論及人妖將來的應驗。

132 天雨草

漢元帝永光二年八月，天雨草而葉相樛結❶，大如彈丸。至平帝元始三年正月❷，天雨草，狀如永光時。京房《易傳》曰：「君吝於祿，信衰賢去，厥妖天雨草。」

【注釋】

❶元帝永光二年，即西元前四十二年。樛，通「膠」，絞，纏結。❷平帝元始三年，即西元三年。

【譯文】

漢元帝永光二年八月，天上像下雨那樣降下草來，而且草葉相互纏結在一起，有彈丸那麼大。到了漢平帝元始三年正月，天上像下雨那樣降下草，跟永光年間一樣。京房《易傳》說：「國君吝嗇俸祿，信譽差，賢人離去，其妖兆是天上像下雨那樣降下草。」

133 斷槐復立

元帝建昭五年❶，兗州刺史浩賞，禁民私所自立社。山陽橐茅鄉社❷，有大槐樹，吏伐斷之。其夜，樹復立故處。說曰：

「凡枯斷復起，皆廢而復興之象也。是世祖之應耳❸。」

【注釋】

❶元帝建昭五年，即西元前三十四年。❷山陽，郡名，治所在昌邑。❸世祖，此指東漢光武帝劉秀。

【譯文】

漢元帝建昭五年，兗州刺史浩賞，禁止老百姓未經官府許可私自設立神社。山陽郡橐茅鄉神社，有一棵大槐樹，官吏把它砍斷。那天夜裡，槐樹又在原來的地方立了起來。解釋說是：「凡是枯斷的樹木又再立起來，都是荒廢的事情又再興盛的徵兆。這是世祖興起的兆應。」

134 鼠巢樹上

漢成帝建始四年九月，長安城南有鼠銜黃蒿、柏葉❶，上民冢柏及榆樹上爲巢。桐柏爲多❷。巢中無子，皆有乾鼠屎數升。時議臣以爲恐有水災。鼠，盜竊小蟲，夜出晝匿。今正晝去穴而登木，象賤人將居貴顯之占。桐柏，衛思后園所在也❸。其後趙后自微賤登至尊❹，與衛后同類。趙后終無子而爲害。明年，有鳶焚巢殺子之象云❺。京房《易傳》曰：「臣私祿罔干❻，厥妖鼠巢。」

【注釋】

❶成帝建始四年，即西元前二十九年。稾，稻、麥之類的桿子。❷桐柏，地名，在長安城南。❸衛思后，漢武帝的皇后。初爲平陽公主家歌女，後入宮，生戾太子。巫蠱之禍起，戾太子兵敗自殺，她亦被廢而自殺。❹趙后，即趙飛燕。初爲歌舞女，成帝時入宮，爲婕妤，後立爲皇后。平帝即位後被廢爲庶人，自殺而亡。❺鳶，老鷹。鳶焚巢殺子事，參見本卷一三六條〈鳶焚巢殺子〉。❻私祿，以俸祿爲私有。意思是私分公家的俸祿。罔，通「妄」，虛妄。《漢書．五行志》：「臣稱祿及親，茲謂罔辟。」

【譯文】

漢成帝建始四年九月，長安城南有老鼠銜著稻、麥桿和柏樹葉，爬上百姓墓地的柏樹及榆樹上面造窩。多數在桐柏那個地方。窩裡沒有小老鼠，都有幾升乾的老鼠屎。當時議論的大臣認爲可能要有水災。老鼠是偷東西的小動物，晚上出動白天躲藏。如今恰恰是白天離開鼠穴而爬上樹去，象徵卑賤的人將要居於顯貴地位的預兆。桐柏，是衛皇后花園所在的地方。那以後趙皇后從卑賤的地位登上最尊貴的地位，與衛皇后是同樣的類型。趙皇后最終沒有子女而爲害。第二年，說是有老鷹自焚鳥巢而殺死小鷹的徵兆。京房《易傳》說：「臣下把俸祿作爲私有，妄自侵佔，其妖兆爲鼠在樹上做窩。」

135 犬禍室中

成帝河平元年❶，長安男子石良、劉音相與同居。有如人狀在其室中，擊之，爲狗，走出。走後，有數人披甲持弓弩至良家，良等格擊，或死或傷，皆狗也。自二月至六月乃止。其於《洪範》❷，皆犬禍，言不從之咎也。

【注釋】

❶成帝河平元年，即西元前二十八年。❷《洪範》，書名。即《洪範五行傳》，劉向撰。解說陰陽五行變化及其占應，多附會人事。

【譯文】

漢成帝河平元年，長安有男人石良和劉音居住在一起。有一個像是人形的東西出現在他們家裡。打它，變成狗，跑出門去。去了以後，有幾個人披著鎧甲拿著弓箭來到石良家，石良等人和他們搏鬥，那些人有的死有的傷，都是狗變的。從二月到六月才停止下來。這在《洪範》一書中，都說是狗作禍，是不聽從意見的災難。

136 鳶焚巢殺子

成帝河平元年二月庚子，泰山山桑谷，有鳶焚其巢❶。男子孫通等，聞山中群鳥鳶鵲聲，往視之，見巢然盡墮池中，有三鷇燒死❷。樹大四圍，巢去地五丈五尺。《易》曰：「鳥焚其巢，旅人先笑後號咷❸。」後卒成易世之禍云。

【注釋】

❶山桑谷，泰山之山谷名。鳶，鳥名，即鴟，俗名鷂鷹。❷然，「燃」的本字，燃燒。鷇，待哺食的雛鳥。❸《易》曰，引文見《周易·旅》。號咷，呼號哭泣。

【譯文】

漢成帝河平元年二月庚子那一天，泰山山桑谷，有鷂鷹自焚它的巢。男子孫通等人，聽見山中有群鳥鷂鷹烏鵲的聲音，前去看望。見鳥巢完全燃燒墮進水池中，有三隻小雛鷹被燒死。鳥巢所在的樹周長四圍，巢距離地面五丈五尺。《周易》說：「鳥自焚它的巢，旅人先歡笑而後呼號哭泣。」據說後來終於成為改朝換代的災禍。

137 信都雨魚

成帝鴻嘉四年秋，雨魚於信都❶，長五寸以下。至永始元年春，北海出大魚❷，長六丈，高一丈，四枚。哀帝建平三年，東萊平度出大魚❸，長八丈，高一丈一尺，七枚，皆死。靈帝熹平二年，東萊海出大魚二枚❹，長八九丈，高二丈餘。京房《易傳》曰：「海數見巨魚，邪人進，賢人疏。」

【注釋】

❶成帝鴻嘉四年，即西元前十七年。信都，古縣名，漢置，治所在今河北冀縣。❷永始元年，即西元前十六年。北海，秦漢後泛稱塞北大澤。大魚，指鯨、鯢之類。❸哀帝建平三年，即西元前四年。東萊，郡名。轄境相當今山東膠萊河以東，距嵎山以北和乳山河以東地。平度，縣名，故城在今山東平度縣西北。❹靈帝熹平二年，即西元一七三年。東萊海，指今渤海萊州灣。

【譯文】

漢成帝鴻嘉四年秋天，信都像下雨一樣降下魚來，魚長五寸以下。到了成帝永始元年春天，北海出現大魚，長六丈，高一丈，共四條。漢哀帝建平三年，東萊郡平度縣出現大魚，長八丈，高一丈一尺，共七條，都死了。東漢靈帝熹平二年，東萊海出現大魚二條，長八九丈，高二丈多。京房《易傳》說：「海裡屢次出現大魚，邪佞的人得任用，賢能的人被疏遠。」

138 木生人狀

成帝永始元年二月，河南街郵樗樹生枝如人頭❶，眉目鬚皆具，亡髮耳。至哀帝建平三年十月，汝南西平遂陽鄉有材仆地❷，生枝如人形，身青黃色，面白，頭有髭髮，稍長大，凡長六寸一分。京房《易傳》曰：「王德衰，下人將起，則有木生爲人狀。」其後有王莽之篡。

【注釋】

❶河南，郡名，治所在雒陽（今河南洛陽市東北）。樗，木名。即「臭椿」。❷汝南，郡名。治所在上蔡（今河南上蔡西南）。西平，縣名。故城在今河南西平縣西。

【譯文】

漢成帝永始元年二月，河南郡街郵有一棵樗樹長出樹枝像人的頭一樣，眉毛、眼睛、鬍鬚都有，只是沒有頭髮。到了漢哀帝建平三年十月，汝南郡西平縣遂陽鄉有一棵樹倒在地上，長出樹枝像人的形狀，身上是青黃色，臉是白色，頭上有鬍髭頭髮，逐漸長大，共長六寸一分。京房《易傳》說：「君王德行衰落，地位卑賤的人將興起，就有樹長成人的樣子。」那以後發生王莽的篡位。

139 大廄馬生角

成帝綏和二年二月❶，大廄馬生角❷，在左耳前，圍長各二寸。是時王莽爲大司馬，害上之萌，自此始矣。

【注釋】

❶成帝綏和二年，即西元前七年。❷大廄，天子養馬之房。

【譯文】

漢成帝綏和二年二月，天子馬廄有一匹馬長出角，長在左耳的前面，周長各有二寸。這時候王莽任大司馬，陷害皇上的萌芽，從這裡開始了。

140 燕生雀

成帝綏和二年三月，天水平襄有燕生雀❶，哺食至大，俱飛去。京房《易傳》曰：「賊臣在國，厥咎燕生雀，諸侯銷❷。」又曰：「生非其類，子不嗣世。」

【注釋】

❶天水，郡名，治所在平襄（今甘肅通渭西北）。❷銷，消損，此謂受損害。

【譯文】

漢成帝綏和二年三月，天水郡平襄縣有燕子生下麻雀，餵養長大，都飛走了。京房《易傳》說：「賊臣在國家執政，其災殃爲燕子生麻雀，諸侯受損害。」又說：「生的不是自己的同類，子孫不能繼承帝位。」

141 牡馬生三足駒

漢哀帝建平三年❶，定襄有牡馬生駒❷，三足，隨群飲食。

〈五行志〉認爲，馬，國之武用；三足，不任用之象也。

【注釋】

❶哀帝建平三年，《漢書·五行志》作「二年」，即西元前五年。❷定襄，郡名，漢置。轄境相當今山西右玉縣北至內蒙古，及蒙古喀爾喀右翼四子部落之地。

【譯文】

漢哀帝建平三年，定襄郡有一匹公馬生下小馬，三條腿，隨著馬群一起飲水吃料。《漢書·五行志》認爲，馬，國家用於軍事上；馬生三條腿，是不任用人材的象徵。

142 僵樹自立

哀帝建平三年，零陵有樹僵地❶，圍一丈六尺，長十丈七尺。民斷其本，長九尺餘，皆枯。三月，樹卒自立故處。京房《易傳》曰：「棄正作淫，厥妖木斷自屬❷。妃后有顓❸，木仆反立，斷枯復生。」

【注釋】

❶零陵，郡名，治所在今廣西全州西南。僵地，倒仆在地。❷屬，接連。❸妃后有顓，指妃子皇后專權。顓，通「專」，專擅。

【譯　文】

漢哀帝建平三年，零陵郡有一棵樹倒仆在地上，周長一丈六尺，長十丈七尺。老百姓砍斷它的樹根，長九尺多，都枯乾了。三月，這棵樹又自己立在原來的地方。京房《易傳》說：「拋棄正當實行淫亂，其妖兆是樹斷自己接連。妃子皇后專權，樹倒了又再立起來，斷的枯樹重新長活。」

143 兒啼腹中

哀帝建平四年四月，山陽方與女子田無嗇生子❶。未生二月前，兒啼腹中。及生，不舉❷，葬之陌上。後三日，有人過，聞兒啼聲。母因掘收養之。

【注　釋】

❶方與，古縣名，屬山陽郡。故城在今山東魚臺縣北。❷舉，哺乳、哺育，撫養的意思。

【譯　文】

漢哀帝建平四年四月，山陽郡方與縣婦女田無嗇生了個兒子。未生之前兩個月，嬰兒在母腹中啼哭。到生下來的時候，她就不哺乳撫養，把嬰兒埋在田野上。過後三天，有人走過那裡，聽見嬰兒的啼哭聲。做母親的於是挖開泥土，把嬰兒抱回家去撫養。

144 西王母傳書

哀帝建平四年夏，京師郡國民聚會里巷阡陌❶，設張博具歌舞❷，祠西王母。又傳書曰：「母告百姓，佩此書者不死。不信我言，視門樞下當有白髮❸。」至秋乃止。

【注釋】

❶京師，京城。此指京畿地區。里巷阡陌，謂鄉里街道。❷張，帷帳。《漢書·五行志》作「祭張」。博具，賭博之具。❸門樞，門的轉軸。

【譯文】

漢哀帝建平四年夏天，京城郡國百姓在鄉里街道上聚會，設置帷帳、賭具，準備歌舞，祭祀西王母。又傳布文書，說：「西王母告示百姓，佩戴這個文書的人就不死。如果不相信我的話，去看門的轉軸下面，會有白頭髮爲證。」到秋天才停止這一活動。

145 男子化女

哀帝建平中，豫章有男子化爲女子❶，嫁爲人婦，生一子。長安陳鳳曰：「陽變爲陰，將亡繼嗣，自相生之象。」一曰：「嫁爲人婦，生一子者，將復一世乃絕。」故後哀帝崩，平帝沒❷，而王莽簒焉。

【注釋】

❶豫章，郡名，見卷一〈吳猛止風〉注。❷沒，通「歿」，死亡。漢平帝於元始五年（西元五年）被王莽毒死。

【譯文】

漢哀帝建平年間，豫章郡有一個男人變成女人，嫁給人家做妻子，生了一個孩子。長安陳鳳說：「陽變成陰，將沒有子孫繼承，是自行相生的象徵。」又說：「嫁給人家做妻子，生了一個孩子，將會再過一世就絕代。」所以後來漢哀帝死亡，平帝被毒死，而王莽篡位了。

146 人死復生

漢平帝元始元年二月，朔方廣牧女子趙春病死❶。既棺殮，積七日，出在棺外。自言見夫死父❷，曰：「年二十七，汝不當死。」太守譚以聞❸。説曰：「至陰爲陽，下人爲上，厥妖人死復生。」其後王莽篡位。

【注　釋】

❶平帝元始元年，即西元一年。朔方，郡名，治所在今內蒙古杭錦旗北，轄境相當今內蒙古河套西北部及後套地區。廣牧，縣名在朔方故城西。❷夫，指示代詞，相當於「其」。❸譚，同「談」。

【譯　文】

漢平帝元始元年二月，朔方郡廣牧縣女子趙春病死。已經給屍體穿衣下棺，停放了七天，她又活過來走出棺材。她自稱見到了她死去的父親，父親說：「年紀二十七歲，你還不該死。」這事是朔方郡太守説給我們聽的。解説道：「極陰轉變爲陽，卑賤的人變爲高貴的人，其妖兆是人死復生。」那以後王莽篡位。

147 長安兒生兩頭

漢平帝元始元年六月，長安有女子生兒，兩頭兩頸，面俱相向，四臂共胸，俱前向，尻上有目，長二寸所❶。京房《易傳》曰：「『睽孤，見豕負塗❷。』厥妖人生兩頭。下相攘善❸，妖亦同。人若六畜首目在下，茲謂亡上❹，政將變更。厥妖之作，以譴失正，各象其類。兩頭，下不一也；手多，所任邪也；足少，下不勝任，或不任下也。凡下體生於上，不敬也；上體生於下，媟瀆也❺；生非其類，淫亂也；人生而大，上速成也❻；生而能言，好虛也。群妖推此類。不改，乃成凶也。」

【注釋】

❶尻，臀部。所，不定數詞，表示「大約」的意思。❷睽，乖離，這裡指旅人。負，借爲伏。塗，通「途」，道路。這一句是《周易》六十四卦之一「睽」卦的爻辭，意思是旅人孤單地走路，見大豬伏在道中。❸攘善，掠取別人的功績以爲己有。❹亡上，指國君死亡。❺媟瀆，輕慢冒失，行爲放蕩。❻速成，此謂急於求成。

【譯文】

漢平帝元始元年六月，長安有一個婦女生下兒子，兩個頭兩個頸，臉都相對，四隻手臂共一個胸脯，都朝胸前伸，臀部上有眼睛，眼睛長二寸左右。京房《易傳》説：「『旅人孤單地走，看見一隻大豬伏在路中。』其妖兆爲人生兩個頭。臣下互相掠奪功績，妖兆也是這樣。人如果是六畜的頭、眼睛長在身體上面，這意謂國君將死亡，政權要變更。這妖兆的出現，是用來譴責國家失去正道，各自象徵它們的類型。兩個頸子，是臣下不齊心；手多，是所任用的人邪佞；腳少，是臣下不勝任工作，或者不任用臣下。凡是身體的下部器官生在上部，是不恭敬；上部器官生在下部，是輕慢冒失，行爲放蕩；生下的後代不是同一種類，是淫亂；人生下來個體很大，是君上急於求成；人生下來就會説話，是喜歡虛浮。各種妖兆以此類推。不改正的話，就會成爲災禍。」

148 三足烏

漢章帝元和元年❶，代郡高柳烏生子❷，三足，大如雞，色赤，頭有角，長寸餘。

【注釋】

❶漢章帝元和元年，即西元八四年。❷代郡，郡名。高柳，東漢時治所在高柳（今山西陽

高西南）。

【譯文】

漢章帝元和元年，代郡高柳縣有一隻烏鴉生下小烏鴉，是三隻腳，有雞那樣大，紅色，頭上長角，角長一寸多。

149 德陽殿蛇

漢桓帝即位，有大蛇見德陽殿上❶。洛陽市令淳于翼曰❷：「蛇有鱗，甲兵之象也。見於省中，將有椒房大臣受甲兵之象也❸。」乃棄官遁去。到延熹二年，誅大將軍梁冀❹，捕治家屬，揚兵京師也。

【注釋】

❶漢桓帝即位，在西元一四六年。德陽殿，東漢皇宮之殿名，在洛陽。❷市令，官名，職掌爲管理市場。東漢洛陽有南北兩市（商業區），均設市令。❸椒房，皇后所居之殿。也用以轉稱皇后。皇后之親而爲大臣者，即稱椒房大臣。❹延熹二年，即西元一五九年。梁冀，字伯卓。兩妹爲漢順帝、桓帝皇后。冀繼其父爲大將軍，專斷朝政近二十年，驕奢橫

暴。兩皇后先後死，桓帝議滅梁氏，冀自殺。

【譯文】

漢桓帝即位，有一條大蛇出現在德陽殿上。洛陽市令淳于翼說：「蛇有鱗甲，是鎧甲和兵器的象徵。出現在宮內，是將有椒房大臣受到軍隊制裁的象徵。」於是他放棄官職悄悄躲起來。到了延熹二年，誅殺大將軍梁冀，逮捕處罰其家屬，在京城動用軍隊。

150 北地雨肉

漢桓帝建和三年秋七月，北地廉雨肉❶，似羊肋，或大如手。是時梁太后攝政❷，梁冀專權，擅殺誅太尉李固、杜喬❸，天下冤之。其後梁氏誅滅。

【注釋】

❶漢桓帝建和三年，即西元一四九年。北地，郡名，漢置，統甘肅舊寧夏慶陽二府之地。廉，縣名，屬北地，故治在今甘肅固原縣東北。❷梁太后，漢順帝皇后，梁冀之妹。順帝崩，立沖帝，她臨朝攝政。❸李固，東漢大臣。沖帝時任太尉，與大將軍梁冀參錄尚書事。後爲梁冀所誣殺。杜喬，東漢大臣。順帝時爲大司農。後亦被梁冀讒言下獄而死。

【譯文】

漢桓帝建和三年秋七月，北地郡廉縣天上像下雨一樣降下肉來，肉好像是羊肋骨，有的像手臂那麼大。當時梁太后攝政，梁冀獨攬政權，他擅自誅殺太尉李固和杜喬，全國都認爲是冤枉的。後來梁氏家族被誅殺滅族。

151 梁冀妻怪妝

漢桓帝元嘉中❶，京都婦女作愁眉、啼妝、墮馬髻、折腰步、齲齒笑❷。愁眉者，細而曲折。啼妝者，薄拭目下，若啼處。墮馬髻者，作一邊。折腰步者，足不在下體❸。齲齒笑者，若齒痛，樂不欣欣❹。始自大將軍梁冀妻孫壽所爲，京都翕然，諸夏效之❺。天戒若曰：「兵馬將往收捕，婦女憂愁，踧眉啼哭；吏卒掣頓，折其腰脊，令髻邪傾。雖強語笑，無復氣味也❻。」到延熹二年，冀舉宗合誅。

【注釋】

❶元嘉，漢桓帝年號（西元一五一～一五三年）。❷髻，挽束在頭頂上的頭髮。齲，蛀牙。❸在，《風俗通》作「任」。❹欣欣，很高興的樣子。❺翕然，謂風行、流行。諸夏，此謂全國。❻踧，通「蹙」，皺，收縮。邪，通「斜」，歪斜。氣味，指心情。

【譯　文】

漢桓帝元嘉年間，京城的婦女流行愁眉、啼妝、墮馬髻、折腰步、齲齒笑。所謂愁眉，是畫的眉又細又彎曲。所謂啼妝，是在眼睛下面薄薄塗脂抹粉，像是哭過的樣子。所謂墮馬髻，是髮髻偏向一邊。所謂折腰步，是走路像腳支持不住身體。所謂齲齒笑，像是牙痛，不是高興的笑。開始從大將軍梁冀的妻子孫壽打扮做起，京城風行，全國都仿效。上天這樣告誡說：「軍隊將前來收捕，婦女憂愁，皺眉啼哭；官吏獄卒推拉足踢，打斷她們的腰脊骨，使髮髻傾斜。即使勉強說笑，不再有那份心情。」到了延熹二年，梁冀全族都被誅殺。

152　牛生雞

桓帝延熹五年❶，臨沅縣有牛生雞❷，兩頭四足。

【注　釋】

❶桓帝延熹五年，即西元一六二年。❷臨沅縣，漢置，故城在今湖南常德縣西。

【譯　文】

漢桓帝延熹五年，臨沅縣有一頭牛生下一隻雞，有兩個頭四隻腳。

153 赤厄三七

漢靈帝數遊戲於西園中❶，令後宮采女爲客舍主人，身爲估服❷，行至舍間，采女下酒食，因共飲食，以爲戲樂。是天子將欲失位，降在皂隸之謠也❸。其後天下大亂。

古志有曰：「赤厄三七。」三七者，經二百一十載，當有外戚之篡，丹眉之妖。篡盜短祚，極於三六，當有飛龍之秀，興復祖宗❹。又歷三七，當復有黃首之妖，天下大亂矣❺。自高祖建業，至於平帝之末，二百一十年而王莽篡，蓋因母后之親。十八年而山東賊樊子都等起，實丹其眉，故天下號曰「赤眉」❻。於是光武以興祚，其名曰秀❼。

至於靈帝中平元年而張角起，置三十六方，徒眾數十萬，皆是黃巾，故天下號曰「黃巾賊」❽。至今道服由此而興。初起於鄴，會於眞定❾，誑惑百姓曰：「蒼天已死，黃天立。歲名甲子年，天下大吉。」起於鄴者，天下始業也，會於眞定也。小民相向跪拜趨信，荊、揚尤甚。乃棄財產，流沉道路，死者無數。角等初以二月起兵，其冬十二月悉破。自光武中興，至黃巾之起，未盈二百一十年，而天下大亂，漢祚廢絕，方應三七之運。

【注釋】

❶漢靈帝，即劉宏，東漢皇帝。西元一六八至一八九年在位。西園，漢代上林苑的別名。❷采女，宮女的通稱。估服，商賈之服。估，商販。❸皀隸，古代對賤役或差役的稱謂。❹「古志有曰」至「興復祖宗」，文句與《宋書・符瑞志》略同。又「赤厄三七」，見《漢書・路溫舒傳》。丹眉之妖，指赤眉起義。飛龍之秀，指漢光武帝劉秀。皆見後注。❺黃首之妖，指黃巾起義。見後注。❻樊子都，即樊崇，西漢末琅邪（今山東諸城）人。新莽末年聚眾數萬起義，用赤色染眉爲標識，史稱「赤眉起義」。❼光武，即漢光武帝劉秀。西元二十五至五十七年在位。原爲西漢皇族，王莽末年農民大起義中，乘機起兵，加入綠林起義軍。後來力量逐漸壯大，收編其他隊伍，鎭壓赤眉起義軍，削平各地割據勢力，建立東漢王朝。

❽張角，東漢末鉅鹿（今河北平鄉西南）人。創太平道教，信徒達數十萬，分三十六方（部），靈帝中平元年（西元一八四年）在各地同時起義。起義軍以黃巾裹頭，史稱「黃巾起義」。❾鄴，古都邑名。故址在今河北臨漳縣西南鄴鎮東。眞定，郡、國名，治所在今河北正定南。

【譯　文】

漢靈帝屢次在西園裡遊戲，叫後宮宮女充當旅舍主人，他身穿商販的服裝，走到旅舍裡，宮女擺下酒菜，於是他和宮女一起飲食，以此作爲遊戲取樂。這是天子將要失去帝位，降身爲賤役的流言。那以後天下大亂。

古代志書有這樣的說法：「赤色厄運三七。」所謂三七，是經過二百一十年，會有外戚的篡位，以及赤色眉的災禍。篡位盜賊福短，限於三六之數，會有飛龍之秀，來興復祖宗的事業。又經過三七，會再有黃首的災禍，天下就大亂了。從漢高祖建立帝業，到漢平帝末年，二百一十年而王莽篡位，乃是由於他是皇太后的親戚。十八年後山東盜賊樊子都等人起事，確實用赤色染眉，所以天下稱爲「赤眉」。這時侯光武帝復興皇位，他名叫劉秀。

到了漢靈帝中平元年，張角起義，設三十六方，有信徒幾十萬，都是裹黃巾，所以天下稱爲「黃巾賊」。至今的道教服裝從此興起。起初黃巾軍在鄴起事，在眞定會合，欺騙迷惑百姓說：「蒼天已死，黃天當立。歲在甲子，天下大吉。」在鄴起事，是天下開始行事，在眞定聚集。小百姓都向他們跪拜，趨附崇信，荆州、揚州尤其盛行。於是拋棄財產，在道路上流離，死了無數的人。張角等人起初在二月起兵，那年冬季十二月都被攻破。從光武帝中興，到黃巾的起事，未滿二百一十年，天下大亂，漢朝皇位被廢止，正應驗三七的運數。

154 長短衣裾

靈帝建寧中❶，男子之衣，好爲長服，而下甚短。女子好爲長裾❷，而上甚短。是陽無下而陰無上，天下未欲平也。後遂大亂。

【注釋】

❶建寧，漢靈帝年號（西元一六八～一七二年）。❷裾，衣服的前襟，也稱大襟。此似應爲「裙」，古謂下裳。

【譯文】

漢靈帝建寧年間，男子的衣著，喜歡穿長衣服，但是下服很短。女子喜歡穿長裙子，但是上衣很短。這是陽沒有下而陰沒有上，天下還不會太平。後來終於天下大亂。

155 夫婦相食

靈帝建寧三年春，河內有婦食夫，河南有夫食婦❶。夫婦陰陽二儀，有情之深者也。今反相食，陰陽相侵，豈特日月之眚哉❷！靈帝既沒，天下大亂。君有妄誅之暴，臣有劫弒之逆。兵革相殘，骨肉爲仇，生民之禍極矣。故人妖爲之先作。恨而不遭辛有、屠乘之論❸，以測其情也。

【注釋】

❶靈帝建寧三年，即西元一七〇年。河內，指黃河以北。河南又稱河外，指黃河以南。❷眚，此指日蝕，古時以爲災異。《左傳》杜注：「眚，猶災也。月侵日爲眚。」❸辛有，周朝大夫。平王東遷，辛有往伊川，見人披髮在野外祭祀，說：「不到一百年，這裡是異族居住的地方。這裡的禮先失去了。」屠乘，當爲「屠黍」，晉太史，見晉亂而出奔周。其事見《呂氏春秋》。

【譯文】

漢靈帝建寧三年春天，河內地區有妻子吃丈夫，河南地區有丈夫吃妻子。夫妻陰陽相配，是有深厚感情的人。如今反而互相吃人，陰陽互相侵犯，豈只是日月的災禍呢！漢靈帝死了以後，天下大亂，君上有胡亂誅殺臣下的暴虐，臣下有劫持殺弒君上的迕逆，以武力相殘殺，親骨肉成爲仇敵，老百姓的災禍大到極點了。所以人妖在此之前先出現。遺憾的是沒有遇到辛有、屠黍那樣的人來議論，以測定他們的心情。

156 寺壁黃人

靈帝熹平二年六月，洛陽民訛言：虎賁寺東壁中有黃人，形容鬚眉良是❶。觀者數萬，省內悉出，道路斷絕。到中平元年二月，張角兄弟起兵冀州，自號「黃天」。三十六方，四面出和❷，將帥星布，吏士外屬❸。因其疲餧❹，牽而勝之。

【注釋】

❶虎賁寺，古寺名，在洛陽。形容，人的模樣。良是，確確實實，很清楚的意思。❷出和，歸附，響應。南朝梁劉昭注《續漢書・五行志》引《物理論》「所至郡縣無不從」以釋之。❸外屬，有異心而歸屬他人。指一些官吏作黃巾軍的內應。❹疲餧，疲倦而又飢餓。餧，同「餒」，飢餓。

【譯文】

漢靈帝熹平二年六月，洛陽的百姓謠傳：虎賁寺東面牆壁中有黃人，模樣鬍鬚眉毛清清楚楚。觀看的人好幾萬，皇宮裡的人都去了，道路擠得斷絕交通。到靈帝中平元年二月，張角兄弟在冀州起兵，自稱「黃天」。設三十六方(部)，四處的人響應。黃巾軍將帥眾多，朝廷一些官吏士卒做內應。後來是乘他們疲倦而又飢餓，才牽制住他們，把他們打敗。

157 木不曲直

靈帝熹平三年，右校別作中❶，有兩樗樹，皆高四尺許。其一株，宿昔暴長❷，長一丈餘，粗大一圍，作胡人狀，頭目鬢鬚髮俱具。其五年十月壬午，正殿側有槐樹，皆六七圍，自拔倒豎，根上枝下。又中平中❸，長安城西北六七里，空樹中有人面，生鬢。其於《洪範》，皆爲木不曲直❹。

【注釋】

❶右校別作，謂右校官署附屬之工地。右校，官署名。秦漢置右校、左校等職官，掌工徒。❷宿昔，早晚。表示時間很短。❸中平，漢靈帝年號（西元一八四～一八九年）。❹木不曲直，《後漢書・五行志》：「謂木失其性而爲災。」

【譯文】

漢靈帝熹平三年，右校官署附屬工地中，有兩株樗樹，都高四尺左右。其中一株，短時間內猛然長大，長一丈多，周長有一圍，長成胡人的模樣，頭、眼睛、鬢角、鬍鬚、頭髮都具備，熹平五年十月壬午那天，皇宮正殿的側邊有槐樹，周長都是六七圍，自行拔出地面倒立，樹根在上，樹枝在下。另外靈帝中平年間，長安城西北六七里的地方，一棵空樹中有人臉的模樣，長有鬢髮。這在《洪範》一書中，都是木失其性而爲災難的現象。

158 雌雞欲化雄

靈帝光和元年❶，南宮侍中寺❷，惟雞欲化爲雄，一身毛皆似雄，但頭冠尚未變。

【注釋】

❶靈帝光和元年，即西元一七八年。❷南宮，漢宮殿名，故址在今河南洛陽縣東。侍中寺，侍中的官署。侍中，官名。侍從皇帝左右，出入宮廷奏事。漢代多爲加官。寺，官署。

【譯文】

漢靈帝光和元年，在南宮的侍中官署裡，有一隻雌雞要變爲雄雞，全身羽毛都變得像雄雞的一樣，只是頭上雞冠還沒有變。

159 洛陽生兒兩頭

靈帝光和二年，洛陽上西門外女子生兒，兩頭，異肩，共胸，俱前向。以爲不祥，墮地棄之。自是之後，朝廷霿亂，政在私門❶，上下無別，二頭之象。後董卓戮太后，被以不孝之名，放廢天子，後復害之❷。漢元以來，禍莫逾此。

【注　釋】

❶政在私門，謂國家政權由豪權之臣專斷。私門，擅權行私的權門。❷董卓，東漢權臣。本爲涼州豪強，率兵入洛陽，戮太后，廢少帝，又挾獻帝西遷長安，縱火焚洛陽周圍數百里，專斷朝政，殘暴專橫。

【譯　文】

漢靈帝光和二年，洛陽上西門外有一個婦女生下兒子，兩個頭，各有肩，共胸脯，都朝著前面。她認爲不吉利，生下地就把他扔掉了。從此以後，朝廷昏亂，政權由權臣專斷，國君和臣下沒有分別，像人有兩個頭一樣。後來董卓殺太后，落下不孝的罪名，放逐廢棄天子，後來又害死他。漢朝建立以來，災禍沒有超過這樣嚴重的。

160　梁伯夏之後

光和四年，南宮中黃門寺❶，有一男子，長九尺，服白衣。中黃門解步呵問：「汝何等人？白衣妄入宮掖❷！」曰：「我，梁伯夏後❸。天使我爲天子。」步欲前收之，因忽不見。

【注釋】

❶中黃門寺，中黃門官署。中黃門爲宦官，屬少府。❷宮掖（夜），宮內的旁舍，妃嬪居住的地方。也泛稱皇宮。❸梁伯夏後，梁伯夏的後代。伯益之後秦仲有功，周平王封其少子康於夏陽梁山（在今陝西韓城南），稱爲梁伯。

【譯文】

漢靈帝光和四年，在南宮的中黃門官署裡，有一個男子，高九尺，穿著白衣服，中黃門解步大聲喝問道：「你是什麼人？穿著白衣服亂撞入皇宮！」那人回答說：「我，是梁伯夏的後代。上天派我來做皇帝。」解步準備上前去抓他時，他忽然不見了。

161 草作人狀

光和七年，陳留濟陽、長垣，濟陰，東郡，冤句、離狐界中❶，路邊生草，悉作人狀，操持兵弩。牛馬龍蛇鳥獸之形，白黑各如其色，羽毛、頭目、足翅皆備，非但彷彿，像之尤純❷。舊說曰：「近草妖也。」是歲有黃巾賊起，漢遂微弱。

【注釋】

❶陳留，郡名。濟陽、長垣為其屬地。濟陽，治所在今河南蘭考東北。長垣，即今河南長垣縣。濟陰，郡名，治所在定陶（今山東定陶縣西北）。東郡，郡名，治所在濮陽（今河南濮陽西南）。冤句，古縣名，治所在今山東曹縣西北。離狐，古縣名，故城在今河北東明縣東南。

❷像之尤純，意思是特別相像。

【譯文】

漢靈帝光和七年，陳留郡濟陽縣、長垣縣，濟陰郡，東郡，冤句縣、離狐縣境內，路邊長草，都成人的模樣，拿著刀劍弓箭。有牛馬龍蛇鳥獸的形狀，白的黑的各是各的顏色，羽毛、頭、眼睛、腳、翅膀都具備，不僅僅相似，而是特別相像。舊解說稱：「是草作怪。」這一年有黃巾軍起兵，漢朝就衰弱了。

162 生男兩頭共身

靈帝中平元年六月壬申，洛陽男子劉倉，居上西門外，妻生男，兩頭共身。至建安中❶，女子生男，亦兩頭共身。

【注　釋】

❶建安，漢獻帝年號（西元一九六～二二〇年）。

【譯　文】

漢靈帝中平元年六月壬申那天，洛陽有一個男人劉倉，居住在上西門外面，他妻子生兒子，是兩個頭共一個身軀。到漢獻帝建安年中，有一個婦女生兒子，也是兩個頭共一個身軀。

163　懷陵萬雀鬥殺

中平三年八月中，懷陵上有萬餘雀❶，先極悲鳴，已因亂鬥相殺，皆斷頭，懸著樹枝枳棘❷。到六年，靈帝崩。夫陵者，高大之象也。雀者，爵也。天戒若曰：「諸懷爵祿而尊厚者，還自相害，至滅亡也。」

【注　釋】

❶懷陵，漢沖帝陵，在河南洛陽東北。❷枳棘，枳木和棘木，都是帶刺的灌木或小喬木。

【譯　文】

漢靈帝中平三年八月中，懷陵上有一萬多隻麻雀，起先非常悲哀地鳴叫，最後因爲亂鬥互相殘殺，都鬥斷頭，懸掛在樹枝和枳木棘木叢中。到中平六年，漢靈帝死亡。陵，是高大的象徵。雀，是爵位的意思。上天這樣告誡說：「那些有爵位俸祿而尊貴的人，相互之間殘殺，是自取滅亡。」

164 嘉會挽歌

漢時，京師賓婚嘉會，皆作魁櫑❶。酒酣之後，續以挽歌。魁櫑，喪家之樂。挽歌，執紼相偶和之者❷。天戒若曰：「國家當急殄悴❸，諸貴樂皆死亡也。」自靈帝崩後，京師壞滅，戶有兼屍蟲而相食者。魁櫑、挽歌，斯之效乎？

【注釋】

❶魁櫑，即「傀儡」。本喪家樂，後發展爲木偶戲。❷紼，亦作「綍」。特指下葬時引柩入穴的繩索。❸殄悴，謂盡病，引申爲非常困頓的意思。

【譯文】

漢朝時候，京城宴客婚慶喜事，都要使用魁櫑。飲酒盡興之後，接著唱挽歌。魁櫑，是喪家的哀樂。挽歌，是引柩入穴下葬時互相和唱的哀歌。上天這樣告誡說：「國家很快會非常困頓，那些歡樂的貴人都要死亡。」從漢靈帝死亡以後，京城毀滅，每户人家都有兼屍蟲互相咬食。魁櫑、挽歌，這是它的效應嗎？

165 京師謠言

靈帝之末，京師謠言曰：「侯非侯，王非王，千乘萬騎上北邙❶。」到中平六年，史侯登躡至尊，獻帝未有爵號❷，爲中常侍段珪等所執❸。公卿百僚，皆隨其後，到河上❹，乃得還。

【注　釋】

❶北邙，亦作「北芒」，即邙山，在河南洛陽市北。據《後漢書》載，漢少帝及陳留王被劫至此。❷史侯，即漢少帝劉辯，初養於道人史子助家，號曰史侯。至尊，指天子之位。獻帝，靈帝中子，名協。少帝在位時封陳留王，後董卓廢少帝迎立。❸中常侍，官名。出入宮廷，侍從皇帝。東漢時專用宦官擔任此職，以傳達詔令和掌理文書，權力極大。段珪，一作「殷珪」。❹河上，河畔，指黃河邊上。

【譯　文】

漢靈帝末年，京城流傳歌謠說：「侯非侯，王非王，千乘萬騎上北邙。」到了中平六年，史侯劉辯登上天子之位，當時漢獻帝還沒有封爵號，他們被中常侍段珪等人所劫持。朝廷公卿百官，都跟隨在他們後面，一直走到黃河邊上，才得到返回。

166 桓氏復生

漢獻帝初平中，長沙有人姓桓氏❶，死，棺斂月餘，其母聞棺中有聲，發之，遂生。占曰：「至陰為陽，下人為上。」其後曹公由庶士起❷。

【注釋】

❶初平，漢獻帝年號（西元一九〇～一九三年）。長沙，郡名，治所在臨湘（今湖南長沙市）。

❷曹公，指曹操。庶士，眾士，指普通士人。

【譯文】

漢獻帝初平年間，長沙郡有一個姓桓的人，死了，用棺材裝斂一個多月，他母親聽見棺材中有響聲，打開棺材，他就活過來了。占卜說：「極陰轉為陽，下等人變成上等人。」後來曹操由普通士子而發跡。

167 建安人妖

獻帝建安七年，越巂有男子化爲女子❶。時周群上言：「哀帝時亦有此變，將有易代之事❷。」至二十五年，獻帝封山陽公❸。

【注釋】

❶獻帝建安七年，即西元二〇二年。越嶲，郡名，治所在邛都（今四川西昌東南）。❷周群，字仲直，習占候之學。劉備定蜀，置儒林校尉，後舉茂才。哀帝，指漢哀帝劉欣。❸二十五年，即西元二二〇年，時曹丕篡位，廢獻帝爲山陽公。

【譯文】

漢獻帝建安七年，越巂郡有一個男子變成女子。當時周群奏言：「漢哀帝時也曾有過這種變化，將會有改朝換代的事情。」到建安二十五年，漢獻帝被廢，封爲山陽公。

168 荊州童謠

建安初，荊州童謠曰：「八九年間始欲衰，至十三年無孑遺❶。」言自中興以來，荊州獨全，及劉表爲牧❷，民又豐樂，至建安九年當始衰。始衰者，謂劉表妻死，諸將並零落也❸。十三年無孑遺者，表又當死，因以喪敗也。是時華容有女子❹，忽啼呼曰：「將有大喪。」言語過差，縣以爲妖言，繫獄。月餘，忽於獄中哭曰：「劉荊州今日死。」華容去州數百里，即遣馬里驗視❺，而劉表果死。縣乃出之。繼又歌吟曰：「不意李立爲貴人。」後無幾，曹公平荊州，以涿郡李立字建賢爲荊州刺史❻。

【注釋】

❶荊州，東漢時治所在漢壽（今湖南常德市東北）。孑遺，殘留，剩餘。此指人。❷劉表，字景升。東漢遠支皇族。獻帝初平元年（西元一九〇年）任荊州刺史。後爲荊州牧。病死，其子劉琮降於曹操。牧，謂州牧，一州之軍政長官，東漢時地位在郡守之上。❸零落，喪敗，衰亡。此指將士傷亡。❹華容，古縣名，治所在今湖北潛江縣西南。❺馬里，應作「馬吏」，掌馬之官。❻涿郡，郡名，治所在涿縣（今屬河北）。

【譯文】

建安初年，荊州兒童歌謠說：「建安八九年間開始要衰落，到建安十三年沒有殘留的人了。」說是從漢光武帝中興以來，荊州獨能保全，至劉表任荊州牧，百姓又豐收快樂，到建安九年要開始衰落。所謂開始衰落，是說劉表的妻子死，許多將領都傷亡。所謂十三年沒有殘留的人，是說劉表又將死亡，於是荊州衰敗了。此時華容縣有一個女子，忽然哭著叫喊說：「將會有大喪事。」言語太荒謬，縣官認爲是妖言，把她關在監獄裡。一個多月後，這個女子忽然在獄中哭著說：「劉荊州今天死了。」華容縣城離荊州治所幾百里，縣裡立即派遣馬吏馳往荊州驗看，劉表果眞死了。縣官這才把女子釋放出獄。女子接著又歌唱說：「想不到李立成爲地位高貴的人。」後來沒有多久，曹操平定荊州，任命涿郡人李立字建賢的爲荊州刺史。

169 伐樹出血

建安二十五年正月，魏武在洛陽起建始殿，伐濯龍樹而血出❶。又掘徙梨，根傷而血出。魏武惡之，遂寢疾，是月崩。是歲爲魏武黃初元年❷。

【注釋】

❶魏武，即魏武帝曹操。濯龍，即濯龍池。❷黃初元年，即西元二二〇年。黃初爲魏文帝曹丕年號。《宋志》正作「魏文帝黃初元年」。

【譯文】

建安二十五年正月，魏武帝在洛陽修建始殿，砍伐濯龍池的樹，樹流出血來。又挖掘梨樹移植，樹根被挖傷流出血來。魏武帝對此感到厭惡，就生病臥床，當月死亡。這一年是魏文帝黃初元年。

170 鷹生燕巢中

魏黃初元年，未央宮中有鷹生燕巢中，口爪俱赤。至青龍中❶，明帝爲凌霄閣，始構，有鵲巢其上。帝以問高堂隆❷，對曰：「《詩》云：『維鵲有巢，維鳩居之❸。』今興起宮室，而鵲來巢，此宮室未成，身不得居之象也。」

【注釋】

❶青龍，魏明帝曹叡年號（西元二三三～二三六年）。❷高堂隆，字昇平，平陽人。明帝時官散騎常侍。❸「《詩》云」句，見《詩·召南·鵲巢》。毛傳：「鳲鳩不自爲巢，居鵲之成巢。」

【譯　文】

魏文帝黃初元年，未央宮中有一隻小鷹出生在鵲巢中，鷹嘴和腳爪都是紅色的。到魏明帝青龍年間，明帝修建凌霄閣，剛造起，就有鵲在上面做窩。明帝以這件事詢問高堂隆，他回答說：「《詩經》說：『鵲做好窩，鳲鳩來住。』如今興建宮室，鵲來做窩，這是宮室未建成，自身得不到居住的象徵。」

171 河出妖馬

魏齊王嘉平初❶，白馬河出妖馬，夜過官牧邊鳴呼❷，眾馬皆應。明日，見其跡大如斛❸，行數里，還入河。

【注　釋】

❶嘉平，魏齊王曹芳年號（西元二四九～二五四年）。❷白馬河，在今河北饒陽縣南。官牧，官府的牧地。❸斛，量器。古代一斛為十斗。

【譯　文】

魏齊王嘉平初年，白馬河出現妖馬，晚上經過官府牧場旁邊鳴叫，牧場裡的馬都跟著鳴叫。第二天，看見妖馬的蹄印有斛那樣大，它走了好幾里，回到河裡。

172 燕生巨鷇

魏景初元年❶，有燕生巨鷇於衛國李蓋家❷，形若鷹，吻似燕。高堂隆曰：「此魏室之大異，宜防鷹揚之臣於蕭牆之內❸。」其後宣帝起，誅曹爽❹，遂有魏室。

【注釋】

❶魏景初元年，即西元二三七年。景初爲魏明帝年號（西元二三七～二三九年）。❷衛國，古縣名，故城在今山東觀城縣西。❸鷹揚，謂武勇如鷹之飛揚。蕭牆，古代宮室用以分隔內外的小牆。蕭牆之內，借指朝廷內部。❹宣帝，即司馬懿，三國魏重臣。嘉平元年（西元二四九年），殺皇族曹爽，專國政。死後其子師、昭相繼專政。其孫炎稱帝建立晉朝，追尊爲宣帝。

【譯文】

魏明帝景初元年，衛國縣李蓋家有一隻燕子，生下一隻很大的雛鳥，形體像鷹一樣，嘴像燕子的一樣。高堂隆說：「這是魏國的大奇事，應該在朝廷內部提防武勇的大臣。」後來司馬懿起事，誅殺曹爽，就掌握了魏國的政權。

173 譙周書柱

蜀景耀五年❶，宮中大樹無故自折。譙周深憂之❷，無所與言，乃書柱曰：「眾而大，期之會；具而授，若何復❸？」言曹者，大也❹。眾而大，天下其當會也。具而授，如何復有立者乎？蜀既亡，咸以周言爲驗。

【注釋】

❶蜀景耀五年，即西元二六二年。景耀，三國蜀漢後主劉禪年號（西元二五八～二六三年）。❷譙周，字允南，三國巴西西充（今四川閬中西南）人。通經學，善書札。蜀漢時官至中散大夫、光祿大夫。蜀降魏後，受魏封爲陽城亭侯。入晉，任騎都尉、散騎常侍。❸期，一周年。會，會合，此謂兼併而統一。具，具備。授，授與。若何，如何，怎麼。❹曹者，大也，《宋志》作「曹者，眾也；魏者，大也」。

【譯文】

蜀後主景耀五年，皇宮中一棵大樹無故自己折斷。譙周對此深感憂慮，他沒有議論的機會，就在屋柱上寫道：「眾多而且龐大，一周年而被兼併；具備而授與人家，怎麼再存在？」意思是說，曹是眾多，魏是龐大，眾多而且龐大，是天下將要兼併統一。具備而且授與他人，怎麼還會有立爲國君的人呢？蜀國不久滅亡，都應驗了譙周的話。

174 孫權死徵

吳孫權太元元年八月朔❶，大風，江海湧溢，平地水深八尺。拔高陵樹二千株，石碑差動❷，吳城兩門飛落。明年，權死。

【注釋】

❶太元元年，即西元二五一年。太元，吳大帝孫權年號（西元二五一～二五二年）。朔，夏曆每月初一。❷高陵，三國魏武帝曹操陵，在河南臨漳縣西。差，略，稍微。

【譯文】

東吳孫權太元元年八月朔日，刮大風，江海裡的水湧起溢出，平地上有八尺深的水。大風拔起高陵的樹二千棵，石碑略有搖動。吳城的兩扇大門被風吹落下來。第二年，孫權死了。

175 孫亮草妖

吳孫亮五鳳元年六月❶，交阯稗草化爲稻❷。昔三苗將亡❸，五穀變種。此草妖也❹。其後亮廢。

【注釋】

❶五鳳元年，即西元二五四年。孫亮，字子明，孫權少子。孫權死後繼位。後被廢爲會稽王，又黜爲侯官侯。五鳳是其年號(西元二五四～二五六年)。❷交阯，一作「交趾」。東漢改爲交州。參見本卷一〇三條〈論山徙〉注。❸三苗，我國古代部族名。原居長江中游以南一帶，後西徙。❹草妖，草失其性而爲妖。

【譯文】

東吳孫亮五鳳元年六月，交阯有稗草變爲稻穀。從前三苗將要滅亡，五穀變種。這是草爲妖。後來孫亮被廢除帝位。

176 大石自立

吳孫亮五鳳二年五月，陽羨縣離里山大石自立❶。是時，孫皓承廢故之家，得復其位之應也❷。

【注釋】

❶陽羨，古縣名。秦置，治所在今江蘇宜興南。❷孫皓，字元宗，三國吳國末帝。西元二六四至二八〇年在位。

【譯文】

東吳孫亮五鳳二年五月，陽羨縣離里山有一塊大石頭自己立起來。這時，孫皓繼承衰落的家業，是得到恢復帝位的兆應。

177 陳焦死而復生

吳孫休永安四年，安吳民陳焦，死七日復生，穿冢出❶。烏程孫皓廢故之家，得位之祥也❷。

【注釋】

❶孫休永安四年，即西元二六一年。永安，吳景帝孫休年號（西元二五八～二六四年）。安吳，縣名。三國吳置，故城在今安徽涇縣西南。❷烏程，《宋志》作「烏程侯」。

【譯文】

東吳孫休永安四年，安吳縣百姓陳焦，死亡七天以後又活過來，穿出墳墓。這是烏程侯孫皓繼承衰落的家業，得到帝位的徵兆。

178 孫休服制

孫休後，衣服之制，上長下短。又積領五六❶，而裳居一二❷。蓋上饒奢，下儉逼；上有餘，下不足之象也。

【注釋】

❶領，衣服，並引申兼指其件數。❷裳，下身的衣服或裙子。《詩·邶風·綠衣》：「綠衣黃裳。」毛傳：「上曰衣，下曰裳。」

【譯文】

吳景帝孫休之後，衣服的規格，是上身長下身短。並且上身的衣服穿五六件，下身的衣服穿一二件。大概是上面富饒奢侈，下面窮困節儉，上面有餘剩，下面貧乏的象徵。

卷七

179 開石文字

初，漢元、成之世❶，先識之士有言曰：「魏年有和❷，當有開石於西三千餘里，繫五馬，文曰『大討曹』。」及魏之初興也，張掖之柳谷有開石焉❸。始見於建安，形成於黃初，文備於太和❹。周圍七尋，中高一仞❺。蒼質素章，龍馬、麟鹿、鳳皇、仙人之象，粲然咸著❻。此一事者，魏、晉代興之符也。至晉泰始三年❼，張掖太守焦勝上言：「以留郡本國圖校今石文❽，文字多少不同，謹具圖上。」案其文有五馬象：其一有人平上幘❾，執戟而乘之；其一有若馬形而不成。其字有「金」，有「中」，有「大司馬」，有「王」，有「大吉」，有「正」，有「開壽」；

其一成行，曰「金當取之」。

【注釋】

❶漢元、成之世，即漢元帝、成帝年間，爲西元前四十八年～前七年。❷魏年有和，此附會魏明帝太和年號。❸張掖，郡名。轄境相當今甘肅永昌以西、高臺以東地區。治所在今張掖西北。柳谷，《一統志》注引《甘鎮志》：「柳谷在甘州東南一百里，與山丹衛接界，即金山也。」❹太和，魏明帝曹叡年號（西元二二七～二三三年）。❺周圍，指開石的寬度。尋，古代長度單位，一尋爲八尺。仞，古代長度單位。據陶方琦《說文仞字八尺考》，東漢末一仞爲五尺六寸。❻蒼質，指開石的質地是青色。素章，謂開石的紋路是白色。龍馬，龍首馬身的神馬。麟鹿，謂麒麟，牛尾、鹿身、獨角的神獸。鳳皇，即鳳凰。粲然，很清楚的樣子。❼晉泰始三年，即西元二六七年。泰始，晉武帝年號（西元二六五～二七四年）。❽留郡本國圖，《三國志集解》引《隋書經籍志》：「張掖郡玄石圖一卷，高堂隆撰。」❾幘，包頭髮的布巾。

【譯文】

起初，漢元帝、成帝年間，有先見之明的人說過：「魏年號太和時，會有裂開的石頭在西方三千多里，石紋構成五匹馬，構成的文字爲『大討曹』。」到魏國剛剛興起時，張掖郡的柳谷那裡有裂開的石頭。在漢獻帝建安年間開始出現，魏文帝黃初年間形成，魏明帝太和年間文字具備。開石文字寬十尋，中間高一仞。青色的質地，白色的紋路，龍馬、麒麟、鳳凰、仙人的圖象，都勾畫得清清楚楚。這一件事，是魏、晉替代興起的符命。到晉泰始三年，張掖郡太守焦勝上書奏道：「用留郡的玄石圖校對如今的開石文字，文字稍有不同，現在一一繪成圖呈上。」審察其圖有五匹馬的圖象：其中之一有人戴平頭巾，拿著戟騎在馬上；其中之一像馬的模樣但是還沒有成型。圖上文字有「金」字，有「中」字，有「大司馬」，有「王」字，有「大吉」，有「正」字，有「開壽」；其中有成一行的字，是「金當取之」。

180 西晉服妖

晉武帝泰始初，衣服上儉下豐，著衣者皆厭腰❶。此君衰弱、臣放縱之象也❷。至元康末，婦人出兩襠，加乎交領之上，此內出外也❸。爲車乘者，苟貴輕細，又數變易其形，皆以白篾爲純，蓋古喪車之遺象❹。晉之禍徵也❺。

【注釋】

❶厭腰，在腰身處把上衣掩進下衣裡。厭，掩藏，抑壓不伸的意思。❷此句《宋志》「放縱」下有「下掩上」三字。❸元康，晉惠帝年號（西元二九一～二九九年）。襠，褲襠，即褲筒相連的地方。交領，衣服之領。❹苟，草率，隨便。白篾，去掉青皮的薄竹片。純，善，好。❺此句《宋書》作：「乘者，君子之器，蓋君子立心無恆，事不崇實也。干寶曰：『及晉之禍，天子失柄，權制寵臣，下掩上之應也。永嘉末，六宮才人，流徙戎、翟，內出外之應也。及天下亂擾，宰輔方伯，多負其任，又數變易，不崇實之應也。』」

【譯文】

晉武帝泰始初年，衣服上身簡單下身講究，穿衣服的都在腰身處把上衣掩進下衣裡面。這是君上衰弱、臣下放縱的象徵。到元康末年，婦人的衣服伸出兩個褲襠，加在衣領的上面，這是內超出外。製作車輛的人，草率地以輕便細小爲貴，又多次改變車的形狀，都把白篾竹片作爲好的材料，是古代喪車的老樣子。這是晉朝有災禍的徵兆。

181 翟器翟食

胡床、貊槃，翟之器也❶；羌煮、貊炙，翟之食也❷。自太始以來，中國尚之❸。貴人富室，必畜其器❹，吉享嘉賓，皆以爲先。戎、翟侵中國之前兆也❺。

【注釋】

❶胡床，又名交床、交椅。《清異錄》說是「施轉關以交足，穿綆絲以容坐，轉縮須臾，重不數斤」的活動椅子。貊槃，一種盛水的盤子。傳說是北方夷族所創製。貊，古代北方的民族。翟，通「狄」，古代北方各族的泛稱。❷羌煮，一種煮的食物，是羌族的烹飪製法。羌，亦稱西羌，古族名。主要分布在今甘肅、青海、四川一帶。炙，烤肉。❸太始，漢武

帝年號（西元前九六～前九三年）。《宋書・五行志》正作「晉武帝泰始」。中國，指中原地區，即華夏族、漢族地區（以其在四夷之中）。❹畜，通「蓄」，儲藏。❺戎，亦稱西戎，古代西北各族的泛稱。

【譯　文】

胡床、貊槃，是翟族的用具，羌煮、貊炙，是翟族的食品。從晉武帝泰始年間以來，中原地區都流行這些東西。貴族富人之家，必定儲藏這些用具，喜慶筵席招待貴賓，都先擺設出來。這是西戎、北翟侵犯中原地區的先兆。

182 蟛蚑化鼠

晉太康四年，會稽郡蟛蚑及蟹皆化爲鼠❶。其衆覆野，大食稻爲災。始成，有毛肉而無骨，其行不能過田睦❷。數日之後，則皆爲牝❸。

【注　釋】

❶晉太康四年，即西元二八三年。太康，晉武帝年號（西元二八〇～二八九年）。蟛蚑，亦作「螃蜞」，俗稱「相手蟹」。是一種傷害禾苗、損壞田埂、堤岸的蟹。❷田睦，田間的界路，即田畦。睦，同「塍」。❸牝，鳥獸的雌性。此指母鼠。

【譯文】

晉太康四年，會稽郡的蟛蚑和螃蟹都變成老鼠。這些老鼠遍布田野，大肆咬噬稻穀成爲災害。它們開始變成老鼠的時候，有毛有肉卻沒有骨頭，行走不能越過田畦。幾天以後，就都變成了母老鼠。

183 太康二龍

太康五年正月，二龍見武庫井中。武庫者，帝王威御之器所寶藏也。屋宇邃密❶，非龍所處。是後七年，藩王相害。二十八年，果有二胡僭竊神器，皆字曰「龍」❷。

【注釋】

❶邃密，幽深。❷《宋書》「皆」上有「勒、虎二逆」四字。指石勒（字世龍）及其侄石虎（字季龍），羯族，上黨武鄉（今山西榆社北）人，十六國時期後趙的國君。

【譯文】

晉太康五年正月，有兩條龍出現在兵器庫的井中。兵器庫，是皇帝威懾防衛的器械所珍藏的地方。房屋幽深，不是龍所居住的。這以後七年，諸侯王互相殘害。二十八年以後，果然有兩個胡人企圖竊取帝位，他們的名號都有「龍」字。

184 兩足虎

晉武帝太康六年，南陽獲兩足虎。虎者，陰精而居乎陽，金獸也。南陽，火名也。金精入火而失其形，王室亂之妖也。其七年十一月景辰，四角獸見於河間❶。天戒若曰：「角，兵象也；四者，四方之象。當有兵革起於四方。」後河間王遂連四方之兵❷，作爲亂階。

【注釋】

❶景辰，應爲「丙辰」。此《晉書》避諱「丙」作「景」。河間，郡國名，治所在樂城（今河北獻縣東南）。❷河間王遂，即司馬遂，字子伯。晉武帝受禪，封濟南王。

【譯文】

晉武帝太康六年，南陽郡捕獲一隻兩足的老虎。老虎，是陰間的精靈而居住在陽間，是金獸。南陽，是火的名稱。金的精靈一放進火裡就失去了它的形狀，這是王朝混亂的妖兆。太康七年十一月丙辰那天，有一隻四角獸出現在河間郡。上天警誡人們說：「角，是戰爭的象徵。四，是四方的象徵。將會有戰爭在四方興起。」後來河間王司馬遂連絡四方的軍隊，作爲動亂的準備。

185 死牛頭語

太康九年，幽州塞北有死牛頭語❶。時帝多疾病，深以後事爲念，而付託不以至公。思瞀亂之應也❷。

【注釋】

❶幽州，漢武帝所置十三刺史部之一。治所在薊縣（今北京城西南）。塞北，指外長城以北地區。❷瞀亂，精神錯亂。

【譯文】

太康九年，幽州外長城以北地區有死牛頭說話。當時皇帝常常生病，非常惦念自己的後事，但是他託付給大臣不能大公無私。這是思想上精神錯亂的兆應。

186 武庫飛魚

太康中，有鯉魚二枚現武庫屋上。武庫，兵府。魚有鱗甲，亦是兵之類也。魚既極陰，屋上太陽，魚現屋上，象至陰以兵革之禍干太陽也❶。及惠帝初，誅皇后父楊駿，矢交宮闕❷。廢后爲庶人，死於幽宮❸。元康之末，而賈后專制，謗殺太子，尋亦誅廢❹。十年之間，母后之難再興，是其應也。自是禍亂構矣。京房《易妖》曰：「魚去水，飛入道路，兵且作。」

【注釋】

❶太陽，謂極陽，至陽。干，犯，沖犯。❷惠帝，即司馬衷，晉武帝之子。西元二九〇至三〇六年在位。楊駿，字文長，其女爲晉武帝皇后。惠帝時爲太傅、大都督，總攬朝政。後爲惠帝賈皇后所殺。❸死於幽宮，指武帝楊皇后（楊駿之女）被廢爲庶人幽禁於宮中，賈后又奪其侍御，絕膳而死。❹元康，晉惠帝年號（西元二九一～二九九年）。賈后，惠帝皇后，晉初大臣賈充女，據《晉書》傳，她設計誅殺楊駿及汝南王司馬亮、太保衛瓘、楚王司馬瑋等，然後擅政十年。後來趙王司馬倫率兵入宮，派人矯詔持節以金屑酒賜其死。

【譯文】

太康年間，有兩條鯉魚出現在武庫房屋上。武庫，是藏兵器的地方。魚有鱗甲，也是兵甲之類的東西。魚屬極陰之物，房屋上是極陽的地方，魚出現在屋頂上，這象徵極陰之物用兵革的災禍沖犯極陽的地方。至晉惠帝初年，誅殺武帝楊皇后的父親楊駿，在宮廷兵箭相交。廢楊皇后爲庶人，致死於幽居的永寧宮。元康末年，賈皇后專政，誣殺太子，不久也被廢黜誅殺。十年之間，皇后的災難兩次發生，這是鯉魚出現在武庫屋上的兆應。從此晉朝的災禍形成了。京房《易妖》說：「魚離開水，飛進道路上，戰爭將要發生。」

187 男女之屐

初作屐者❶，婦人圓頭，男子方頭。蓋作意欲別男女也❷。至太康中，婦人皆方頭屐，與男無異。此賈后專妒之徵也。

【注釋】

❶屐，鞋子的一種。通常是木底，或有齒，或無齒。也有帛製或草製的屐。❷作意，有意，故意。

【譯文】

起初製作的木屐，婦女是圓頭的，男人是方頭的。大概是有意想區別男女。到晉太康年間，婦女都穿方頭木屐，和男人沒有差別。這是賈皇后專制妒忌的徵兆。

188 擷子髻

晉時，婦人結髮者，既成，以繒急束其環❶，名曰擷子髻。始自宮中，天下翕然化之也❷。其末年，遂有懷、愍之事❸。

【注釋】

❶繒，古代絲織品的總稱。此指絲線。急，緊。環，指頭上束髮的圈。❷翕然化之，謂流行仿效。❸懷、愍之事，指晉懷帝、晉愍帝先後被劉曜（十六國時期前趙國君）俘到平陽殺死。「愍」，原作「惠」，據《太平御覽》改。

【譯文】

晉朝時候，婦女束髮，束好以後，用絲線緊緊扎住頭環，名叫擷子髻。起初是從宮廷興起，隨後全國都流行仿效。晉朝末年，終於有晉懷帝、晉愍帝被俘的事發生。

189 晉世寧舞

太康中，天下爲「晉世寧」之舞。其舞，抑手以執杯盤而反覆之❶。歌曰：「晉世寧，舞杯盤。」反覆，至危也。杯盤，酒器也。而名曰「晉世寧」者，言時人苟且飲食之間❷，而其智不可及遠，如器在手也。

【注釋】

❶抑手，壓捺其手。《樂府詩集》引作「矜手」。反覆，即翻覆，將杯盤翻過來覆過去。

❷苟且，得過且過的意思。

【譯文】

晉太康年間，天下流行「晉世寧」的舞蹈。這個舞蹈，壓捺手臂去拿著杯子盤子翻過來覆過去。歌詞唱道：「晉世寧，舞杯盤。」翻過來覆過去，意思是很危險。杯子盤子，是飲酒用的器皿。舞的名稱叫「晉世寧」，是說當時人們在吃吃喝喝之中得過且過，他們的智力不能有遠大的思想，就像器皿在手裡一樣。

190 以氈爲服

太康中，天下以氈爲絈頭及絡帶、袴口❶。於是百姓咸相戲曰：「中國其必爲胡所破也❷。」夫氈，胡之所產者也。而天下以爲絈頭、帶身、袴口，胡既三制之矣，能無敗乎？

【注釋】

❶袙頭，亦作「帞頭」、「帕頭」、「陌頭」。古代男子束髮的頭巾。絡帶，即腰帶。袴口，套褲的褲口。袴，古時指無襠的套褲。❷胡，古代對北方和西方各族的泛稱。也指來自這些民族的東西。

【譯文】

晉太康年間，全國用毛氈做頭巾和腰帶、褲口。於是老百姓都互相開玩笑說：「中國恐怕必定是被胡人所占領。」毛氈，是胡地所出產的東西。而全國用來做頭巾、腰帶、褲口，胡物已經做了三件東西，中國能不失敗嗎？

191 折楊柳歌

太康末，京洛爲〈折楊柳〉之歌❶。其曲始有兵革苦辛之辭，終以擒獲斬截之事。自後楊駿被誅，太后幽死，〈楊柳〉之應也❷。

【注釋】

❶京洛，指洛陽，西晉定都於此。〈折楊柳〉，樂府歌名。❷誅楊駿，幽太后，見前一八六條〈武庫飛魚〉注。楊柳，〈折楊柳〉歌曲的省稱。

【譯文】

晉太康末年，京城洛陽唱〈折楊柳〉的歌曲。這支歌曲開始有描寫戰爭苦難的歌詞，最後敘述擒敵斬殺的故事。到後來楊駿被誅殺，楊太后被幽禁死，是〈折楊柳〉歌曲的兆應。

192 遼東馬生角

晉武帝太熙元年，遼東有馬生角❶，在兩耳下，長三寸。及帝晏駕，王室毒於兵禍❷。

【注釋】

❶太熙元年，即西元二九〇年。遼東，郡、國名，治所在昌黎（今遼寧義縣）。❷晏駕，古代帝王死亡的諱語。毒，毒害。此謂受害。

【譯文】

晉武帝太熙元年，遼東有一匹馬長角，在兩耳下邊，有三寸長。到晉武帝死亡，晉王室受到戰禍的毒害。

193 婦人飾兵

晉惠帝元康中，婦人之飾有五佩兵❶。又以金、銀、象角、玳瑁之屬爲斧、鉞、戈、戟而戴之，以當笄❷。男女之別，國之大節，故服食異等。今婦人而以兵器爲飾，蓋妖之甚者也。於是遂有賈后之事❸。

【注　釋】

❶佩兵，以兵器爲飾物。❷玳瑁，海中動物，形似龜。其背面角質板可製裝飾物。鉞，大斧，古代兵器。笄，簪子，古代用來插住挽起的頭髮或弁冕。❸賈后之事，見前一八六條〈武庫飛魚〉注。

【譯　文】

晉惠帝元康年間，婦女的服飾有五件是兵器。又用金、銀、象角、玳瑁之類材料做成斧、鉞、戈、戟等式樣的飾物來佩戴，把它們當作髮笄。男女有別，是國家的重要禮節，所以服飾飲食有不同。如今婦女卻用兵器作爲服飾，大概是妖孽厲害了。於是就有賈后的事件發生。

194 六鐘出涕

晉元康三年閏二月，殿前六鐘皆出涕❶，五刻乃止❷。前年賈后殺楊太后於金墉城，而賈后爲惡不悛，故鐘出涕，猶傷之也❸。

【注釋】

❶六鐘，青銅製古樂器，以槌叩擊發音。《北堂書鈔》等引《西征記》：「洛陽太極殿前，左右各三銅鐘相對。鐘大者三十二博山頭形，環紐作獅子頭。博山頭二丈，厚八尺，大面寬一丈二尺，小面七尺，或作蛟龍，或作鳥獸，周繞其外。」❷刻，時間單位。古代用漏壺計時，一晝夜爲一百刻。❸金墉城，在洛陽縣東。三國魏明帝時築。晉武帝楊皇后被廢，徙居於此。爲惡不悛，作惡不改。悛，改過，悔改。

【譯文】

晉惠帝元康三年閏二月，太極殿前六座鐘都流出淚水，流了五刻時間才停止。前年賈皇后在金墉城殺害楊太后，而且賈皇后作惡不悔改，所以鐘流淚，好像是哀傷的樣子。

195 一身二體

惠帝之世，京洛有人一身而男女二體❶。亦能兩用人道❷，而性尤好淫❸。天下兵亂，由男女氣亂而妖形作也。

【注釋】

❶一身而男女二體，一人身上兼有男女兩種性器官。即兩性人，亦稱陰陽人。❷人道，此指男女性交。淫，放縱，淫蕩。

【譯文】

晉惠帝時代，京城洛陽有一個人，一身兼有男女兩種性器官。也能夠分別用兩種性器官與人性交，而且生性特別喜歡淫蕩。天下兵荒馬亂，是由於這種男女氣質混亂而妖形發作。

196 安豐女子化男

惠帝元康中，安豐有女子曰周世寧❶，年八歲，漸化爲男。

至十七八，而氣性成❷。女體化而不盡，男體成而不徹，畜妻而無子。

【注釋】

❶安豐，郡名。三國魏黃初元年（西元二二〇年）分廬江郡置，治所在安鳳（今安徽霍丘西南）。
❷氣性，此指男性的氣質和性特徵。

【譯文】

晉惠帝元康年間，安豐郡有一個女孩叫周世寧，年紀八歲，逐漸變爲男孩。到十七八歲時，男性的氣質和性特徵形成。女性身體變化但是沒有完全消失，男性身體形成但是沒有徹底完成，娶了妻子卻沒有生育子女。

197 臨淄大蛇入祠

元康五年三月，臨淄有大蛇❶，長十許丈。負二小蛇，入城北門，徑從市入漢陽城景王祠中❷，不見。

【注釋】

❶臨淄，古邑，有子城周十里，大城周四十里。遺址在今山東淄博市東北舊臨淄。❷漢

陽城，城名，在臨淄古邑大城內。景王祠，祀春秋齊景公（姓姜名杵臼）之祠。

【譯文】

晉惠帝元康五年三月，臨淄有一條大蛇，長十來丈。它身上背著兩條小蛇，爬進城北門，直接從街市進漢陽城的景王祠中，不見了。

198 呂縣流血

元康五年三月，呂縣有流血，東西百餘步❶。其後八載，而封雲亂徐州❷，殺傷數萬人。

【注釋】

❶呂縣，春秋時宋邑，漢置呂縣。故城在今江蘇銅山縣北。步，長度單位。秦以後以六尺爲一步。❷封雲，西晉時張昌起義軍將領。參見本卷二〇四條〈牛能言〉注。封雲攻徐州，在惠帝太安二年。事見《晉書·周玘傳》。

【譯文】

晉惠帝元康五年三月，呂縣有個地方流出血來，從東到西一百多步長。那以後八年，封雲率兵攻打徐州，殺死殺傷幾萬人。

199 霹靂破高禖石

元康七年，霹靂破城南高禖石❶。高禖，宮中求子祠也❷。賈后妒忌，將殺懷、愍，故天怒賈后，將誅之應也。

【注釋】

❶霹靂，疾雷。高禖石，高禖祠的壇石。《後漢書‧禮儀志》：「仲春之月，立高禖祠於城南。」❷高禖，神名。祀之以祈嗣者也。

【譯文】

晉惠帝元康七年，疾雷擊破城南高禖祠的壇石。高禖，是宮廷裡求子的廟宇。賈皇后妒忌，將要謀殺懷帝、愍帝，所以蒼天憤恨賈皇后，這是要誅殺她的兆應。

200 烏杖柱掖

元康中，天下始相效爲烏杖以柱掖❶。其後稍施其鐓，住則植之❷。及懷、愍之世，王室多故，而中都喪敗❸。元帝以藩臣樹德東方，維持天下，柱掖之應也❹。

【注釋】

❶烏杖，杖名。杖頭似烏的形狀。柱掖，支撐胳膊。柱，通「拄」，支撐。掖，通「腋」，胳肢窩。❷鐓，同「錞」，杖末的平底金屬套。植，豎立。此指豎立手杖支撐。❸中都，即京師、京城。❹柱掖之應，《晉書·五行志》：「夫木，東方之行，金之臣也。杖者，扶體之器。烏其頭者，尤便用也。必旁柱掖者，旁救之象也。施其金住則植之，言木因於金，能孤立也。」

【譯文】

晉惠帝元康年中，天下開始互相仿效製作烏頭杖，用來支撐胳膊。那以後逐漸在杖末加上平底金屬套，走路停留時就豎立手杖支撐身子。到晉懷帝、愍帝時代，王室多災多難，京城衰落敗壞。晉元帝以藩臣身份在東方樹立德行，維持全國，這是從旁邊支撐胳膊的兆應。

201 貴遊倮身

元康中，貴遊子弟相與爲散髮倮身之飲，對弄婢妾❶。逆之者傷好，非之者負譏，希世之士，恥不與焉❷。胡、狄侵中國之萌也，其後遂有二胡之亂❸。

【注釋】

❶貴遊子弟，上流社會的子弟。倮身，赤裸身體。倮，同「裸」。對弄，互相玩弄。❷希世之士，謂迎合世俗之人。恥不與焉，以不參與其事爲恥。❸二胡之亂，永嘉五年（西元三一一年），石勒（羯族）攻寧平城（在今河南鹿邑），殲晉軍十餘萬，俘殺太尉王衍等。又劉曜（匈奴族）率兵破洛陽，俘懷帝，縱兵燒掠，殺王公士民三萬餘人。史稱「永嘉之亂」。

【譯文】

晉惠帝元康年間，貴族子弟披散頭髮，赤裸身體，聚在一起飲酒，互相玩弄婢女和妾。不這樣做的傷和氣，批評這樣做的被譏笑，迎合世俗的人以不參與其事爲恥。這是胡人狄人侵占中國的萌芽，那以後終於有二胡的作亂。

202 大石浮水登岸

惠帝太安元年，丹陽湖熟縣夏架湖❶，有大石浮二百步而登岸。百姓驚嘆，相告曰：「石來！」尋而石冰入建鄴❷。

【注釋】

❶惠帝太安元年，即西元三〇二年。湖熟縣，屬丹陽郡，故治在今江蘇江寧縣東南湖熟鎮。❷石冰，西晉時張昌起義軍將領。參見二〇四條〈牛能言〉注。石冰入建鄴，在太安二年。事見《晉書·周玘傳》。

【譯文】

晉惠帝太安二年，丹陽郡湖熟縣夏架湖中，有一塊大石頭浮游二百步登上岸來。老百姓見了驚奇感嘆，互相傳告說：「石來！」不久就有石冰率兵進占建鄴。

203 賤人入禁庭

太安元年四月，有人自雲龍門入殿前，北面再拜曰：「我當作中書監❶。」即收斬之。禁庭尊祕之處，今賤人竟入，而門衛不覺者，宮室將虛，下人逾上之妖也。是後帝遷長安，宮闕遂空焉❷。

【注釋】

❶中書監，中書省長官，魏晉時置。與中書令同掌機要，職位相等而位次略高，為事實

上的宰相。❷帝遷長安，永嘉五年，劉曜攻破洛陽，晉懷帝被俘，其侄司馬鄴（愍帝）在長安被擁立爲太子，後二年懷帝死後即位。

【譯文】

晉惠帝太安元年四月，有一個人從雲龍門進入宮殿前面，向北方兩次叩頭說：「我將擔任中書監。」宮廷禁軍立即逮捕並殺死了他。皇宮是重要的機密地方，如今卑賤的人竟然進入，而門衛沒有察覺，這是宮室將要空虛，地位低下之人逾越地位高貴之人的妖兆。此後皇帝遷都長安，這裡的宮廷就空虛了。

204 牛能言

太安中，江夏功曹張騁所乘牛忽言曰❶：「天下方亂，吾甚極爲，乘我何之？」騁及從者數人皆驚怖，因紿之曰❷：「令汝還，勿復言。」乃中道還。至家，未釋駕❸，又言曰：「歸何早也？」騁益憂懼，祕而不言。安陸縣有善卜者，騁從之卜。卜者曰：「大凶。非一家之禍，天下將有兵起，一郡之內，皆破亡乎！」騁還家，牛又人立而行。百姓聚觀。其秋，張昌賊起❹。先略江夏，誑曜百姓以漢祚夏興❺，有鳳凰之瑞，聖人當世。從軍者皆絳抹頭，以彰火德之祥❻。百姓波蕩，從亂如歸。騁兄弟並爲將軍都尉❼，未幾而敗。於是一郡破殘，死傷過半，而騁家族矣。京房《易妖》曰：「牛能言，如其言。占吉凶。」

【注釋】

❶江夏，古郡名。晉時改名武昌郡，治所在安陸（今湖北雲夢縣）。功曹，即司功參軍，郡之屬吏。❷紿，欺騙。❸駕，車駕，指繫牲口於車的器具。❹張昌，西晉時農民起義軍首領。據《晉書·張昌傳》，太安二年（西元三〇三年），張昌率起義軍占據江夏，立山都縣吏丘沈爲天子，置百官，自爲相國，建元神鳳，聚眾三萬。又分兵三路，攻占荊、江、徐、揚、豫諸州，得到各地百姓響應。後被晉軍鎮壓，起義軍失敗。永興元年（西元三〇四年），張昌在湖南沅陵東北被捕殺。❺誑曜，欺騙迷惑。❻絳，紅色，以突出火德。張昌以復興漢祚爲號召，漢是火德，所以起義軍以絳抹頭。❼將軍都尉，起義軍自己設置的官職稱號。據《晉書·張昌傳》，其兄張味爲車騎將軍，其弟張放爲廣武將軍。

【譯文】

晉惠帝太安年間，江夏郡功曹張騁所乘的牛忽然開口說話道：「天下將要大亂，我非常疲倦，乘著我往哪兒去？」張騁和隨從的幾個人都驚奇害怕，於是騙它說：「讓你回去，不要再說話了。」半路上就轉回去了。回到家，還沒有卸下車駕，牛又說道：「怎麼回來這樣早呢？」張騁更加擔憂害怕，把這件事藏下不說出去。安陸縣有一個擅長占卜的人，張騁去找他占卜。占卜的人說：「大凶的徵兆。不是一戶人家的災禍，全國將有戰爭發生，整個郡內都要家破人亡啊！」張騁回到家，那頭牛又像人一樣站立起來行走，人們都來圍觀。

那年秋天，張昌賊軍起事。他們先占據江夏，欺騙迷惑百姓說是漢朝國統復興，有鳳凰來降臨的吉利，聖人出世。參加造反的人都用紅色抹額頭，用來突出火德的吉祥。老百姓人心動蕩，都來積極參加造反。張騁弟兄幾人都擔任將軍都尉，沒有多久他們就失敗了。於是整個郡被破壞凋敝，百姓死傷的人超過半數，張騁家被滅族。京房《易妖》說：「牛會說話，事情像它說的一樣。可以占卜吉凶。」

205 敗屩聚道

元康、太安之間，江淮之域，有敗屩自聚於道❶，多者至四五十量。人或散去之❷，投林草中，明日視之，悉復如故。或云見狸銜而聚之。世之所說：「屩者，人之賤服，而當勞辱，下民之象也。敗者，疲弊之象也。道者，地理❸，四方所以交通，王命所由往來也。今敗屩聚於道者，象下民疲病，將相聚爲亂，絕四方而壅王命也。」

【注釋】

❶江淮之域，稱長江、淮河流域。敗屩，破爛草鞋。《釋名·釋衣服》：「屩，草屩也……出行著之，屩屩輕便，因以爲名也。」❷人或散去之，《北堂書鈔》作「余常親將人散之」。《宋志》作「干寶嘗使人散而去之。」❸地理，大地的紋理。理，原作「里」，據《太平御覽》改。

【譯文】

晉惠帝元康、太安年間，長江、淮河流域，有破爛草鞋自己聚集在道路上，多的時候達四五十雙。人們有時候把它們散開，扔到樹林草叢中，第二天去看，又都像原來一樣聚集在道路上。有人說是看見野貓把它們銜來聚在一起的。社會上流傳說：「草鞋，是人的低賤穿著，它受勞受辱，是平民百姓的象徵。破爛，是疲勞困乏的象徵。道路，是大地的紋理，四方用來連接，皇上的命令從這裡傳播。如今破爛草鞋聚集在道路上，是象徵平民百姓疲勞痛苦，將要聚集造反，堵絕四方交通，並且堵塞皇上的命令傳達。」

206 戟鋒有火光

晉惠帝永興元年，成都王之攻長沙也❶，反軍於鄴，內外陳兵❷。是夜，戟鋒皆有火光，遙望如懸燭，就視則亡焉。其後終以敗亡。

【注釋】

❶成都王，即司馬穎，晉武帝第十六子。出為平北將軍，鎮鄴。攻長沙，指攻伐長沙王司馬義，時長沙王在京都洛陽。❷反軍，回師。反，通「返」。據《晉書・成都王穎傳》，穎伐長沙王義，既入京師，復旋鎮於鄴。

【譯文】

晉惠帝永興元年，成都王司馬穎攻伐長沙王司馬義，回師到鄴城，在城內外設置軍隊。這一天夜裡，兵士所持的矛戟鋒刃上都有火光，遠遠望去就像懸掛著火燭一樣，走近去看就沒有了。那以後司馬穎終於失敗滅亡。

207 萬祥婢生怪子

晉懷帝永嘉元年❶，吳郡吳縣萬詳婢生一子，鳥頭，兩足馬蹄，一手，無毛，尾黃色，大如碗。

【注釋】

❶晉懷帝永嘉元年，即西元三〇七年。

【譯文】

晉懷帝永嘉元年，吳郡吳縣人萬詳的婢女生下一個怪胎，鳥的頭，兩隻腳是馬蹄，一隻手，皮膚上沒有汗毛，尾巴是黃色的，有碗那麼大。

208 嚴根婢產異物

永嘉五年，枹罕令嚴根婢產一龍、一女、一鵝❶。京房《易傳》曰：「人生他物，非人所見者，皆爲天下大兵。」時帝承惠帝之後，四海沸騰❷，尋而陷於平陽，爲逆胡所害❸。

【注釋】

❶枹罕，古縣名。秦置，故治在今甘肅臨夏縣東北，爲西北軍事重地。❷四海沸騰，意

思是天下大亂。❸平陽，古邑、縣名，治所在今山西臨汾西南。晉懷帝被劉曜俘於此，後被殺。

【譯文】

晉懷帝永嘉五年，枹罕縣令嚴根的婢女生下一條龍、一個女孩、一隻鵝。京房《易傳》說：「人生下其他東西，這是沒有見過的，都是天下將發生大的戰爭。」當時懷帝繼惠帝之後，天下大亂，不久懷帝被俘到平陽，後來又被胡人殺害。

209 狗作人言

永嘉五年，吳郡嘉興張林家有狗忽作人言❶，云：「天下人俱餓死。」於是果有二胡之亂❷，天下饑荒焉。

【注釋】

❶嘉興，縣名。屬吳郡，故城在今浙江嘉興縣南。❷二胡之亂，見本卷二〇一條〈貴遊倮身〉注。

【譯文】

永嘉五年，吳郡嘉興縣人張林家有一條狗忽然說人話，說：「天下人都餓死。」在這一年果然發生二胡之亂，全國鬧饑荒。

210 蝘鼠出延陵

永嘉五年十一月，有蝘鼠出延陵。郭璞筮之，遇「臨」之「益」。曰：「此郡之東縣，當有妖人欲稱制者，尋亦自死矣。」

【注釋】

❶蝘鼠，似指蝘蜓，爬行動物，稱「銅石龍子」。長十八釐米左右，通體披覆光滑的圓鱗。背面有古銅色金屬光澤，腹面灰白色，體側各有一條鑲白邊的暗褐色縱紋。延陵，古縣名。西晉太康二年（西元前二八一年）分曲阿縣置，治所在今江蘇丹陽西南。❷郭璞，見卷三〈郭璞散豆成兵〉注。臨，《易》六十四卦之一，下兌上坤。益，《易》六十四卦之一，下震上巽。❸稱制，行使皇帝權力。

【譯文】

永嘉五年十一月，有蝘鼠出現在延陵。郭璞占卦，遇「臨」卦變「益」卦。他說：「這個郡東邊一個縣裡，將有妖人想要行使皇帝的權力，不久他也就自行死亡了。」

211 茱萸相樛而生

永嘉六年正月，無錫縣欻有四枝茱萸樹相樛而生，狀若連理❶。先是，郭璞筮延陵蝘鼠，遇「臨」之「益」，曰：「後當復有妖樹生，若瑞而非，辛螫之木也❷。倘有此，東西數百里必有作逆者。」及此生木，其後吳興徐馥作亂，殺太守袁琇❸。

【注釋】

❶無錫縣，漢置，在今江蘇省南部、太湖北岸。連理，草木不同根而枝幹連生在一起。❷辛螫，原指蜂尾刺螫人。喻刑誅。此謂辛辣而有毒。❸徐馥，據《晉書·周玘傳》，爲吳興郡功曹，殺吳興太守袁琇，聚眾作亂。後爲其部下所殺。

【譯文】

永嘉六年正月，無錫縣忽然有四棵茱萸樹互相纏結生長，形狀像連理枝一樣。在此以前，郭璞占卜延陵蝘鼠，遇「臨」卦變「益」卦，他說：「以後會再有妖樹生長，好像祥瑞卻又不是這樣，是辛辣有毒的樹木。如果有這樣的樹，這裡東西幾百里地方必定有作亂的人。」到這時生長妖樹，以後就有吳興郡功曹徐馥作亂，殺死吳興太守袁琇。

212 豖生人兩頭

永嘉中，壽春城內有豕生人❶，兩頭而不活。周馥取而觀之❷。識者云：「豕，北方畜，胡、狄象。兩頭者，無上也。生而死，不遂也。」天戒若曰：「易生專利之謀，將自致傾覆也。」俄爲元帝所敗。

【注釋】

❶壽春，古邑名。秦置縣，治所在今安徽壽縣。❷周馥，字祖實。晉惠帝時爲平東將軍，都督揚州諸軍事。又獻策建都壽春。東海王司馬越襲揚州，爲周馥所敗，遂求救於晉元帝，元帝遣兵擊潰周馥。

【譯文】

永嘉年間，壽春城裡有一隻豬生下人來，兩個頭，沒有活下來。周馥取這個怪胎來觀看。有見識的人說：「豬，是北方牲畜，象徵胡人、狄人。兩個頭，是心目中沒有皇上。生下來就死，是目的沒有達到。」上天告誡人們說：「輕易地產生對自己有利的計謀，是將要自取滅亡。」不久周馥被晉元帝所擊敗。

213 生箋單衣

永嘉中，士大夫競服生箋單衣❶。識者怪之，曰：「此古練纕之布❷，諸侯所以服天子也。今無故服之，殆有應乎？」其後懷、愍晏駕。

【注釋】

❶士大夫，古指居官有職位的人。生箋，謂生絹，即未練之絹。古以生絹爲箋，題詩、寫信等。❷練纕，《晉書‧五行志》作「繐衰」，一種喪服，質料爲細疏布。

【譯文】

永嘉年間，士大夫爭著穿生絹縫的單衣。有見識的人對此感到奇怪，說：「這是古代用作喪服的布，是諸侯爲天子服喪穿的。現在無緣故地穿它，恐怕有預兆吧？」後來晉懷帝、晉愍帝死亡。

214 無顏帢

晉魏武軍中，無故作白帢❶。此縞素❷，凶喪之徵也。初，橫縫其前以別後，名之曰：「顏帢」❸，傳行之。至永嘉之間，稍去其縫，名「無顏帢」。而婦人束髮，其緩彌甚，紒之堅不能自立❹，髮被於額，目出而已。無顏者，愧之言也。覆額者，慚之貌也。其緩彌甚者，言天下亡禮與義，放縱情性。及其終極，至於大恥也。其後二年，永嘉之亂，四海分崩，下人悲難，無顏以生焉❺。

【注釋】

❶白帢，一種白色的帽子。《三國志‧魏志‧武帝紀》裴松之注引《傅子》：「魏太祖以天下凶荒，資財乏匱，擬古皮弁，裁縑帛以爲帢，合於簡易隨時之義，以色別其貴賤。」❷縞素，白色的喪服。❸顏帢，指有覆額的帽子。顏，後人謂之「篬」，用以覆額。《戰國策》：「宋（康）王爲無顏之冠以示勇。」❹紒，束髮爲髻。也指髻。❺無顏以生，謂愧於生，意思是活著感到慚愧。

【譯文】

從前魏武帝曹操軍中，無緣故地縫製白帽子。這是白色喪服，是凶喪的象徵。起初，在帽子的前面橫著縫一塊布與後面區別，稱它叫「顏帢」，傳令在民間流行。到永嘉年間，逐漸去掉前面縫的布，稱爲「無顏帢」。婦女束頭髮，越來越鬆弛，束的髮髻不能自己立起來，頭髮披散在額頭上，只有眼睛露出來。無顏，是說慚愧。頭髮覆蓋額頭，是慚愧的樣子。束頭髮更加鬆弛，是說天下沒有禮義，人們性情放縱。達到了極點，造成最大的恥辱。那以後兩年，發生永嘉之亂，國家分裂，百姓悲傷痛苦，活著也感到慚愧。

215 任喬女嬰連體

晉愍帝建興四年，西都傾覆，元皇帝始爲晉王，四海宅心❶。其年十月二十二日，新蔡縣吏任喬妻胡氏❷，年二十五，產二女，相向，腹心合，自腰以上，臍以下，各分。此蓋天下未一之妖也。時內史呂會上言：「按《瑞應圖》云❸，『異根同體謂之連理，異畝同穎謂之嘉禾❹。』草木之屬，猶以爲瑞，今二人同心，天垂靈象。故《易》云：『二人同心，其利斷金❺。』休顯見生於陝東之國❻，蓋四海同心之瑞。不勝喜躍，謹畫圖上。」時有識者哂之。

君子曰：「知之難也。以臧文仲之才，猶祀爰居焉❼。布在方冊，千載不忘。故士不可以不學。古人有言：『木無枝謂之瘣，人不學謂之瞽❽。』當其所蔽，蓋闕如也❾。可不勉乎！」

【注釋】

❶晉愍帝建興四年，即西元三一六年。宅心，謂人心安定。❷新蔡，縣名，治所在今河南新蔡縣。❸瑞應圖，當是古代繪畫並說明祥瑞感應的圖籍。今不見。❹畝，《宋書》作「苗」。嘉禾，一般是指一莖多穗的禾稻。古代認爲是吉祥物。❺「二人同心，其利斷金」，引自《周易·繫辭上》。❻休顯，謂天降祥瑞的明麗景象。陝東，原作「陳東」，依《宋書》改。陝東之國，當指今河南、山東及江淮地區。❼臧文仲，春秋時魯國執政。爰居，海鳥之名。《魯語》云，爰居止於魯東門之外三日，臧文仲命國人祭之。孔子認爲臧文仲此舉是「不知」。見《左傳·文公二年》。❽瘣，謂樹有內傷病。瞽，瞎眼。喻人沒有觀察能力。❾蔽，蒙蔽，指對事理不能通明，滯於某一方面。闕如，空缺的樣子。意思是不妄加評論。闕，通「缺」。

【譯文】

晉愍帝建興四年，西京長安陷落，晉元帝開始成爲晉皇帝，全國人心安定。這一年十月二十二日，新蔡縣官吏任喬的妻子胡氏，年紀二十五歲，生下兩個女孩，臉相對，腹心部位連在一起，從腰以上，肚臍以下，各自分開。這是全國尚未統一的妖兆。當時內史呂會上奏說：「按照《瑞應圖》說的，『樹枝不同根而連成一體稱爲連理，禾苗同莖而多穗稱爲嘉禾。』草木之類如此，尚且認爲是祥瑞，現在兩個人體同心，是上天降下的靈驗象徵，所以《周易》說：『二人同心，其鋒利足夠切斷堅硬的金屬。』上天的明麗景象顯現在陝東境內，是全國同心的吉兆。臣非常高興，畫圖呈上。」當時有見識的人譏笑他。

君子之人說：「知識是難得的。臧文仲那樣有才能，卻仍然去祭祀海鳥爰居。記載在典籍上，千年不會忘記。因此士人不能夠不學習。古人說過：『樹木沒有枝幹稱爲內傷病，人不學習稱爲瞎眼睛。』對自己所不知道的，作爲空缺不要妄加評論。能不努力嗎？」

216 淳于伯冤死

晉元帝建武元年六月❶，揚州大旱。十二月，河東地震❷。去年十二月，斬督運令史淳于伯❸，血逆流上柱二丈三尺，旋復下流四尺五寸。是時淳于伯冤死，遂頻旱三年。刑罰妄加，群陰不附，則陽氣勝之罰❹，又冤氣之應也。

【注釋】

❶晉元帝建武元年，即西元三一七年。❷河東，郡名，轄境相當今山西西南部。❸督運令史，官名。督察漕運，掌文書，當時爲丞相府屬官。❹《宋書．五行志》作「則陽氣勝，故其罰恆暘」。

【譯文】

晉元帝建武元年六月，揚州大旱。十二月，河東發生地震。前一年十二月，斬殺督運內史淳于伯，血倒著流上柱子二丈三尺高，接著又往下流了四尺五寸。這時候淳于伯蒙冤而死，就接連乾旱三年。胡亂施加刑罰，諸陰氣不附體，就有陽氣勝過陰氣的懲罰，又是冤氣的兆應。

217 牛生犢兩頭

晉元帝建武元年七月，晉陵東門有牛生犢❶，一體兩頭。京房《易傳》曰：「牛生子，二首一身，天下將分之象也❷。」

【注釋】

❶晉陵，古縣名，治所在今江蘇常州市。❷《晉書·五行志》此後有「是時，愍帝蒙塵於平陽，尋爲胡所殺。元帝即位江東，天下分爲二，是其應也」諸文。

【譯文】

晉元帝建武元年七月，晉陵縣城東門有一頭牛生下牛犢，一個牛身兩個牛頭。京房《易傳》說：「牛生犢，二個牛頭一個牛身，是天下將要分裂的象徵。」

218 地震湧水

元帝太興元年四月，西平地震❶，湧水出。十二月，廬陵、豫章、武昌、西陵地震❷，湧水出，山崩。此王敦陵上之應也❸。

【注釋】

❶元帝太興元年，即西元三一八年。西平，郡名，治所在西都（今青海西寧市）。❷西陵，古縣名，故城在今湖北宜昌東。❸王敦，字處仲，東晉大臣。握重兵屯武昌，日謀篡奪司馬氏政權。曾率兵攻入都城，擅殺大臣。陵，陵駕，同「凌駕」。即超越，高出居上。

【譯文】

晉元帝太興元年四月，西平發生地震，水湧出地面。十二月，廬陵、豫章、武昌、西陵等地發生地震，水湧出地面，山崩坍。這是王敦凌駕於皇上的兆應。

219 牛生怪胎

太興元年三月，武昌太守王諒有牛生子❶，兩頭八足，兩尾共一腹。不能自生，十餘人以繩引之。子死，母活。其三年，後苑中有牛生子❷，一足三尾，生而即死。

【注釋】

❶王諒，字幼成，丹陽人。❷後苑，皇家畜養禽獸並種植林木的風景園林，供帝王及貴族遊玩和打獵。

【譯文】

晉元帝太興元年三月，武昌太守王諒家有一頭牛生犢，兩個頭八隻腳，兩條尾巴共一個腹部。不能自己生下來，十多個人用繩子拉出牛犢。牛犢死了，母牛還活著。太興三年，皇家後苑裡有一頭牛生犢，一隻腳三條尾巴，生下來就死了。

220 馬生駒兩頭

太興二年，丹陽郡吏濮陽演馬生駒❶，兩頭，自項前別。生而死。此政在私門，二頭之象也。其後王敦陵上。

【注釋】

❶濮陽演，人名。濮陽，複姓。

【譯文】

晉元帝太興二年，丹陽郡官吏濮陽演的馬生駒，兩個頭，從頸項前面分離。生下來就死了。這是朝政操縱在權豪之門，有兩個頭的象徵。後來王敦凌駕於皇上。

221 太興初女子

太興初，有女子其陰在腹，當臍下。自中國來至江東❶，亦性淫而不產。又有女子，陰在首，居在揚州，亦性好淫。京房《易妖》曰：「人生子，陰在首，則天下大亂；若在腹，則天下有事❷；若在背，則天下無後❸。」

【注釋】

❶中國，此亦指中原地區。❷天下有事，此指發生戰爭，所謂「國之大事」。❸天下無後，指皇帝無子，則國家無後嗣者。

【譯文】

晉元帝太興初年，有一個婦女的陰部長在肚腹，在肚臍下面。她從中原地區來到江東，素性淫蕩卻不會生育。又有一個婦女，陰部在頭上，她住在揚州，也是素性好淫。京房《易妖》說：「人生子女，陰部在頭上，就會天下大亂；如果在肚腹，就會發生戰爭；如果在背上，就會是國家沒有後嗣。」

222 武昌火災

太興中，王敦鎮武昌，武昌災。火起，興眾救之，救於此而發於彼，東西南北數十處俱應，數日不絕。舊說所謂「濫災妄起，雖興師不能救」之謂也❶。此臣而行君，亢陽失節❷。是時王敦陵上，有無君之心，故災也。

【注釋】

❶濫災，指災難過多，不能控制。興師，原指出兵，此形容發動了許多人。❷亢陽，意思是「陽」極盛。亢，高，盛大。失節，沒有節制，即超過限度。

【譯文】

晉元帝太興年間，王敦鎮守武昌，武昌有火災。火災發生，發動很多人去救火，救了這裡而那裡又起，東西南北四方幾十處接連起火，幾天不停止。就是從前所說的「不能控制的災難胡亂發生，即使是發動許多人也不能拯救」的意思。這是臣下行使君上的權力，陽氣極盛沒有節制。當時王敦凌駕於皇上，有目無國君之心，因此有火災。

223 絳囊縛紒

太興中，兵士以絳囊縛紒。識者曰：「紒在首爲乾，君道也。囊者爲坤，臣道也。今以朱囊縛紒，臣道侵君之象也❶。」爲衣者，上帶短，才至於掖；著帽者，又以帶縛項。下逼上，上無地也❷。爲袴者，直幅爲口，無殺❸，下大之象也。尋而王敦謀逆，再攻京師。

【注釋】

❶君道，國君所行之道。臣道，臣下所行之道。❷無地，謂沒有地方可以容身。❸殺，收束。此指縫製褲子腿口不加收束。

【譯文】

晉元帝太興年間，兵士用紅色袋子拴髮髻。有見識的人說：「髮髻在頭上屬乾，是表示爲君之道。袋子屬坤，是表示爲臣之道。如今用紅色袋子拴髮髻，是臣道侵犯君道的象徵。」做衣服，上面帶子短，只能繫到胳肢窩；戴帽子，又用帶子拴在脖子上。下面逼迫上面，上面沒有地方可以容身。做套褲，用直幅布，製作褲口，不加收束，是下面大的象徵。不久王敦謀反，兩次攻打京城。

224 儀仗生花

太興四年，王敦在武昌，鈴下儀仗生花❶，如蓮花，五六日萎落。說曰：「《易》說：『枯楊生花，何可久也❷？』今狂花生枯木，又在鈴閣之間❸，言威儀之富，榮華之盛，皆如狂花之發，不可久也。」其後王敦終以逆命，加戮其屍❹。

【注釋】

❶儀仗，侍衛所執的兵杖，如劍、戟之類。❷《易·大過》：「枯楊生華，何可久也？」華，同「花」。❸狂花，謂非正常的花。鈴閣，指將帥所居的地方。❹戮屍，古代一種酷刑，即斬戮死者的屍體。

【譯文】

晉元帝太興四年，王敦在武昌，隨從護衛士卒所執的儀杖生出花來，形狀像蓮花，五六天就萎落了。解釋說是：「《周易》說：『枯萎的楊樹生花，怎麼能長久呢？』如今狂花生於枯木，又在將帥所居的地方，是說威儀的富麗，榮華的盛大，都像狂花的開放，不能長久。」後來王敦終於因爲違背君命，遭到戮屍。

225 羽扇改制

舊爲羽扇柄者❶，刻木象其骨形，列羽用十，取全數也。初，王敦南征，始改爲長柄，下出可捉，而減其羽，用八。識者尤之曰❷：「夫羽扇，翼之名也。創爲長柄，將執其柄，以製其羽翼也，改十爲八，將未備奪已備也。此殆敦之擅權，以制朝廷之柄，又將以無德之材，欲竊非據也❸。」

【注釋】

❶羽扇，用鳥羽所製的扇。❷尤，借爲「訧」，責備。❸非據，非份所有者。此指帝位。

【譯文】

從前製作羽扇的扇柄，是雕刻木頭與鳥骨的形狀相似，排列的鳥羽用十根，是取「十」這個全數。起初，王敦南征，開始改爲長扇柄，下面伸出來可以握住，而且減少它的鳥羽數，用八根。有見識的人責備這件事說：「羽扇，是鳥翼的名稱。創製成長扇柄，是將要掌握扇柄，以控制它的羽翼；改羽毛數目十根爲八根，是將要用尚未齊備的奪取已經齊備的。這大概是王敦專政，以控制朝廷的權柄，又將要憑沒有德行的人材，想竊取非份所有的帝位。」

226 大蛇居神祠空樹

晉明帝太寧初❶，武昌有大蛇，常居故神祠空樹中，每出頭從人受食。京房《易傳》曰：「蛇見於邑，不出三年，有大兵，國有大憂。」尋有王敦之逆。

【注釋】

❶晉明帝，即司馬紹。元帝之子。在位三年死。太寧，晉明帝年號（西元三二三～三二六年）。

【譯文】

晉明帝太寧初年，武昌有一條大蛇，常常居住在舊神祠的一棵空樹裡，每天伸出頭來接受人們供給的食物。京房《易傳》說：「蛇出現在城邑，不出三年，將有大的戰爭，國家有大的憂患。」不久就發生王敦的謀反。

卷八

227 舜耕於歷山

虞舜耕於歷山，得玉曆於河際之岩❶。舜知天命在己，體道不倦❷。舜龍顏大口❸，手握褒。宋均注曰❹：「握褒，手中有『褒』字。喻從勞苦，受褒飭，至大祚也❺。」

【注釋】

❶歷山，在山東省濮縣東南，相傳舜耕陶於此。玉曆，記載改朝換代日期的牒記符讖。
❷天命，天神的意旨。體道，體驗實行道義。❸龍顏，指眉骨突起。古代認爲是帝王之相。
❹宋均，魏博士，東漢經學大師鄭玄的弟子。❺褒飭，指受嘉獎告誡。大祚，帝祚，即皇位。

【譯文】

虞舜在歷山耕種，在河邊的山岩上得到玉曆。舜知道天神的意旨將把天下托付給自己，就孜孜不倦地體驗實行道義。舜眉骨突起，嘴巴大，手裡握著「褒」。宋均解釋說：「握褒，手中握有『褒』字，意思是從勞苦出身，受到嘉獎告誡，登上帝位。」

228 商湯禱雨

湯既克夏，大旱七年，洛川竭❶，湯乃以身禱於桑林，剪其爪髮，自以爲犧牲，祈福於上帝❷。於是大雨即至，洽於四海❸。

【注釋】

❶湯，商族首領，後起兵滅夏，建立商王朝。夏，我國歷史上第一個王朝。洛川，即洛水，今河南洛河。竭，乾涸。❷桑林，地名。春秋時期宋國曾在此立社。犧牲，古代祭祀用的家畜。色純的爲「犧」，體全的爲「牲」。❸洽，浸濕，滋潤。

【譯文】

商湯戰勝夏王朝以後，天下大旱七年，洛川都乾涸了。商湯就在桑林這個地方用自己的身體去禱告，他剪掉自己的指甲和頭髮，把自己當作祭祀用的家畜，向天帝祈求賜雨。這時候大雨馬上降了下來，滋潤天下萬物。

229 呂望釣於渭陽

呂望釣於渭陽❶。文王出遊獵，占曰：「今日獵得一獸，非龍非螭，非熊非羆❷，合得帝王師❸。」果得太公於渭之陽。與語，大悅，同車載而還。

【注釋】

❶呂望，見卷四〈灌壇令太公望〉注。渭陽，渭水之北。❷螭，古代傳說中的一種動物，蛟龍之類。羆，熊的一種。❸師，太師，西周時爲軍隊的最高統帥。呂望西周初年官太師。

【譯文】

呂望在渭水北岸釣魚。周文王到郊野遊獵，占卜說：「今天將獵得一隻獸，不是龍不是螭，不是熊不是羆。應該得到帝王的太師。」後來果然在渭水的北岸得到姜太公呂望。周文王與他談話，談得非常高興，就用自己的車載著他回來了。

230 武王伐紂

武王伐紂，至河上❶。雨甚，疾雷，晦冥❷，揚波於河。眾甚懼。武王曰：「余在，天下誰敢干余者！」風波立濟❸。

【注釋】

❶河上，黃河之畔。❷晦冥，指天色昏暗。❸濟，謂風浪停息。

【譯文】

周武王討伐商紂，來到黃河邊上。雨下得很大，雷聲猛烈，天色昏暗，黃河水湧起波浪。大家都十分害怕。周武王喊道：「我在這裡，天下有誰敢冒犯我！」風浪立刻停息了。

231 孔子夜夢

魯哀公十四年❶，孔子夜夢三槐之間❷，豐、沛之邦，有赤氤氣起，乃呼顏回、子夏同往觀之❸。驅車到楚西北范氏街，見芻兒打麟❹，傷其左前足，束薪而覆之。孔子曰：「兒來！汝姓爲誰？」兒曰：「吾姓爲赤松，名時喬，字受紀。」孔子曰：「汝豈有所見乎？」兒曰：「吾所見一禽，如麕❺，羊頭，頭上有角，其末有肉。方以是西走。」孔子曰：「天下已有主也，爲赤劉，陳、項爲輔❻。五星入井，從歲星❼。」兒發薪下麟示孔子，孔子趨而往。麟向孔子，蒙其耳，吐三卷圖，廣三寸，長八寸，每卷二十四字。其言赤劉當起，曰：「周亡，赤氣起，火耀興，玄丘制命，帝卯金❽。」

【注釋】

❶魯哀公十四年，即西元前四八一年。魯哀公是春秋時期魯國最後一個國君。❷孔子，春秋末期思想家、政治家、教育家，儒家的創始者。名丘，字仲尼。魯國陬邑（今山東曲阜東南）人。三槐之間，指外朝，即國君聽政的地方。周代，外朝置三槐木。槐與「懷」音通，意思是懷來人於此，欲與之謀。❸豐、沛之邦，指豐邑、沛縣一帶地方，即今江蘇沛縣、豐縣一帶。豐邑秦時屬沛縣，漢高祖起兵於沛，收沛子弟還守豐，即在此。氤氣，《宋書·符瑞志》作「煙氣」。顏回、子夏，均爲孔子的弟子。❹范氏街，各書引作「范氏之廟」。麟，即麒麟，古代傳說中的一種動物，鹿身牛尾，狼項馬足，羊頭而一角。❺麕，亦作「麞」，獸名。即獐。❻赤劉，謂漢高祖劉邦，傳說他是赤帝子。陳、項，指陳勝、項羽，都是秦末平民起義軍領袖。❼五星，指木星、火星、土星、金星、水星五大行星。井，星名，二十八宿之一。也稱「東井」。《漢書·高帝紀》「元年冬十月，五星聚於東井。」應劭注：「東井，秦之分野。五星所在，其下當有聖人以義取天下。」歲星，即木星。❽火耀興，謂漢朝受命之運，當值五行之火，尚赤色。玄丘，指孔子。古稱孔子（丘）爲玄聖。卯金，代指「劉」字。

【譯文】

魯哀公十四年，孔子夜裡在外朝做了一個夢。他夢見豐、沛一帶地方，有赤色煙氣升起，於是叫顏回、子夏一起去觀看。他們驅車來到楚地西北范氏街上，看見一個小孩在打麒麟，打傷了它的左前脚，又抱著柴火去覆蓋它。孔子說：「小孩過來！

你姓什麼？」小孩回答說：「我姓赤松，名時喬，字受紀。」孔子說：「難道你看到什麼了嗎？」小孩說：「我看見一隻禽獸，形狀像麕，卻是羊的頭，頭上長角，角的末端有肉。正從這裡往西走。」孔子說：「天下已經有君主了，是赤帝子劉，陳、項二人爲輔佐。五行星進入井宿，隨著歲星。」小孩取開柴火讓孔子看下面的麒麟，孔子趕快走近去看。麒麟面對孔子，蒙上耳朵，吐出三卷圖，寬三寸，長八寸，每卷圖有二十四個字。它的意思是赤帝子劉邦將要興起，說：「周朝滅亡，赤氣升起，火德興旺，玄聖孔丘頒布天命，皇帝姓劉。」

232 赤虹化爲黃玉

孔子修《春秋》，制《孝經》❶。既成，齋戒，向北辰而拜❷，告備於天。天乃洪鬱，起白霧摩地❸。赤虹自上而下，化爲黃玉，長三尺，下有刻文。孔子跪受而讀之，曰：「寶文出，劉季握。卯金刀，在軫北。字禾子，天下服❹。」

【注釋】

❶《春秋》，儒家經典之一，編年體春秋史，相傳是孔子依據魯國史書修訂而成。《孝經》，儒家經典之一，內容論述孝道及宗法思想，一般認爲是孔門後學所作。❷齋戒，祭祀鬼神

時，戒除嗜欲，穿整潔衣服，以表示虔誠。北辰，即北極星。古代認爲北辰居天之中樞，衆星環繞它。❸洪鬱，非常滯結。洪，大。鬱，滯，閉結。摩地，迫近地面。❹劉季，漢高祖劉邦，字季。軫，星名，二十八宿之一。禾子，拆「季」字。

【譯文】

孔子修訂《春秋》，制作《孝經》。完成以後，他齋戒，向北極星跪拜，一一稟告上天。天上於是十分滯結，升起白霧籠罩大地。有赤虹從天上下來，變成黃色的佩玉，三尺長，玉上刻有文字。孔子跪著接受黃玉，閱讀它的文字，上面說：「寶文出現，劉季掌握。劉姓，在軫星之北。字季，天下順服。」

233 陳寶祠

秦穆公時，陳倉人掘地得物❶，若羊非羊，若豬非豬。牽以獻穆公，道逢二童子。童子曰：「此名爲媼❷，常在地食死人腦。若欲殺之，以柏插其首。」媼曰：「彼二童子名爲陳寶，得雄者王，得雌者伯。」陳倉人舍媼，逐二童子。童子化爲雉，飛入平林。陳倉人告穆公，穆公發徒大獵，果得其雌。又化爲石，置之汧、渭之間❸。至文公時，爲立祠陳寶❹。其雄者飛至南陽，今南陽雉縣是其地也❺，秦欲表其符，故以名縣。每陳倉祠時，有赤光長十餘丈，從雉縣來，入陳倉祠中，有聲殷殷如雄雉❻。其後光武起於南陽。

【注釋】

❶秦穆公，春秋時秦國君。名任好。西元前六五九至前六二一年在位。陳倉，古縣名，秦置。治所在今陝西寶雞市東。❷媪，《史記》引作「媦」。《宋書·符瑞志》作「猽」。《列異傳》等作「蝹」。《廣韻·上皓》：「蝹，烏皓切。蟲名。如猿，常地下食人腦。」❸汧、渭之間，指汧水、渭水之間地，即陳倉一帶地方。❹文公時，此記錄年代當有誤。秦文公於西元前七六五至前七一六年在位，早於秦穆公。❺雉縣，古縣名。故治在今河南南召縣南。❻殷殷，象聲詞。表示雄雉的鳴叫聲。

【譯文】

秦穆公時候，陳倉縣有人挖地得到一個怪物，像羊不是羊，像豬不是豬。他牽著這個怪物去獻給秦穆公，在路上遇見兩個小孩。小孩說：「這個東西名叫『媪』，常常在地底下吃死人的腦髓。你想要殺它，就用柏樹枝插進它的腦袋裡。」媪說：「那兩個小孩名叫陳寶，得到雄的那一個可以稱王天下，得到雌的那一個可以稱霸天下。」這個陳倉人丟下媪，去追趕兩個小孩。小孩變成野雞，飛進樹林。陳倉人去報告秦穆公，穆公派許多人大肆圍獵，果然捉到了那隻雌的野雞。雌野雞又變成一塊石頭，穆公把它放在汧水和渭水之間的地方。到了秦文公的時候，在那裡建造了一座陳寶祠。那隻雄野雞飛到南陽郡，如今南陽郡的雉縣就是它飛落的地方，秦國想要表明這件事的吉兆，所以用它作縣名。每當陳倉縣祭祀祠廟時，有紅光十多丈長，從雉縣過來，進入陳倉祠裡，發出像雄野雞的「殷殷」的鳴叫聲。後來東漢光武帝從南陽起事。

234 邢史子臣說天道

宋大夫邢史子臣明於天道❶。周敬王之三十七年，景公問曰❷：「天道其何祥？」對曰：「後五年，五月丁亥，臣將死。死後五年，五月丁卯，吳將亡❸。亡後五年，君將終。終後四百年，邾王天下。」俄而皆如其言。所言「邾王天下」者，謂魏之興也。邾，曹姓，魏亦曹姓，皆邾之後❹。其年數則錯。未知邢史失其數耶？將年代久遠，注記者傳而有謬也？

【注釋】

❶宋，春秋戰國時國名，子姓，有今河南東部和山東、江蘇、安徽間地。邢史子臣，人名，複姓邢史。天道，此指天象占驗。❷周敬王之三十七年，即西元前四八三年。景公，即宋景公，春秋時宋國君。❸吳，春秋時國名，也叫句吳、攻吳。姬姓，有今江蘇、上海大部和安徽、浙江部分地。西元前四七三年為越國所滅。❹邾，春秋時國名，亦稱邾婁，即「鄒」。傳為顓頊後裔挾所建立，曹姓。有今山東費、鄒、滕、濟寧、金鄉等縣地。魏，指三國時魏國，皇室曹姓，史稱曹魏。

【譯文】

宋國大夫邢史子臣懂得天象占驗。周敬王三十七年，宋景公問他說：「天象占驗有什麼徵兆？」他回答說：「過後五年，五月丁亥那一天，我將死亡。我死後五年，五月丁卯那一天，吳國將滅亡。吳國滅亡以後五年，國君您將死去。您死後四百年，邾國將稱王天下。」後來發生的事都像他說的一樣。他所說的「邾國稱王天下」，是說曹魏的興起。邾國，是曹姓，魏國也是曹姓，都是邾國的後代。只是說曹魏興起的年數錯了。不知道是邢史子臣說的年數失誤呢，還是因為年代久遠，記錄的人相傳而造成謬誤？

235 星外來客

吳以草創之國，信不堅固，邊屯守將，皆質其妻子，名曰

「保質」❶。童子少年，以類相與娛遊者，日有十數。

孫休永安三年三月❷，有一異兒，長四尺餘，年可六七歲，衣青衣，忽來從群兒戲。諸兒莫之識也，皆問曰：「爾誰家小兒，今日忽來？」答曰：「見爾群戲樂，故來耳。」詳而視之，眼有光芒，爚爚外射❸。諸兒畏之，重問其故，兒乃答曰：「爾恐我乎？我非人也，乃熒惑星也❹。將有以告爾：三公歸於司馬❺。」諸兒大驚，或走告大人。大人馳往觀之，兒曰：「舍爾去乎！」聳身而躍，即以化矣。仰而視之，若曳一匹練以登天❻。大人來者，猶及見焉。飄飄漸高，有頃而沒。

時吳政峻急❼，莫敢宣也。後四年而蜀亡，六年而魏廢，二十一年而吳平，是歸於司馬也。

【注釋】

❶保質，屯戍邊境的將領留妻子兒女於都城作人質擔保。三國時吳、魏皆有此制度，並設任子館管理。❷永安三年，西元二五九年。《三國志・吳志》及《宋書・五行志》作「永

安二年」。❸熻熻，像火光閃亮的樣子。❹熒惑星，火星的別名。《史記・天官書》：「熒惑出則有兵，入則兵散。」❺三公歸於司馬，《三國志・吳志》等作「三公鋤，司馬如」。意思都是說政權歸於司馬氏。❻練，柔軟潔白的熟絹。此指白煙如練。❼峻急，此指政局嚴峻緊張。

【譯　文】

吳國因爲是初始建立的國家，信用還不堅固，在邊防屯守的將領，都要把妻子兒女作爲人質，留在都城，叫作「保質」。這些留作人質的少年兒童，同類在一起娛樂遊戲的，每天有十多個。

吳景帝孫休永安二年三月，有一個奇異的小孩，高四尺多，年紀約六七歲，穿青色衣服，忽然來跟這一群兒童遊戲。那些兒童沒有人認識他，都問他：「你是誰家的小孩，今天忽然來這裡玩？」小孩回答說：「我看見你們在一起遊戲歡樂，所以就來了。」仔細看這個小孩，眼睛有光芒，像火光閃亮一樣向外射出。那些兒童害怕這個小孩，又再去問他原因，小孩就回答說：「你們是害怕我嗎？我不是人類，而是火星。我將有話告訴你們：政權將歸於司馬氏。」那些兒童大吃一驚，有的跑去告訴家裡的大人。大人急忙趕去觀看小孩。小孩說：「離開你們走啦！」他聳身往上一跳，立即就不在了。仰起頭看他，像拖著一匹潔白柔軟的熟絹升上天去。大人來到的，還趕上看見了。白絹飄飄蕩蕩逐漸升高，一會兒就不見了。

當時吳國政局嚴峻緊張，沒有人敢說出這件事來。過後四年蜀國滅亡，過後六年魏國被廢除，過後二十一年吳國被征服，這就是政權歸於司馬氏。

236 戴洋夢神人

都水馬武舉戴洋爲都水令史❶。洋請急還鄉❷，將赴洛，夢神人謂之曰：「洛中當敗，人盡南渡。後五年揚州必有天子❸。」洋信之，遂不去。既而皆如其夢。

【注釋】

❶都水，據《晉書·百官志》，晉武帝置都水使者，掌舟航及運部，屬有參軍二人、謁者一人、令史減置無常員。馬武，當爲都水使者的姓名。戴洋，字國流，吳興長城人。《晉書》本傳說他好道術，妙解占候卜數。❷請急，請假。晉人謂假爲「急」。❸天子，指晉元帝司馬睿。時任安東將軍，都督揚州江南諸軍事。

【譯文】

都水使者馬武任用戴洋爲都水令史。戴洋請假回鄉，準備到洛陽去，夢見神人對自己說：「洛陽會陷落，那裡的人都要南渡。過後五年揚州必定有皇帝。」戴洋相信這些話，就沒有去洛陽。後來都像他夢中聽說的一樣。

卷六

237 應嫗見神光

後漢中興初，汝南有應嫗者，生四子而寡❶。見神光照社。嫗見光，以問卜人。卜人曰：「此天祥也。子孫其興乎？」乃探得黃金。自是子孫宦學❷，並有才名。至瑒，七世通顯❸。

【注釋】

❶嫗，一作「樞」。寡，一作「盡」。❷宦學，學習爲官與學習六藝。❸至瑒七世通顯，《後漢書·應劭傳》李賢注：「應順，將作大匠；子疊，江夏太守；疊生郴，武陵太守；郴生奉，從事中郎；奉生劭，車騎將軍掾；劭弟珣，司空掾；珣子瑒，曹操辟爲丞相掾。」

【譯文】

東漢中興初年，汝南郡有一個姓應的婦人，生了四個兒子以後寡居。她看見有奇異的光照耀神社。應嫗看見神光以後，去向占卜的人詢問吉凶。占卜的人說：「這是上天顯示吉祥。你的子孫大概要興旺發達了吧？」於是她就去尋找，得到黃金。從此她的子孫學習爲官，學習六藝，都有才華名聲。到應瑒，七輩人都官位顯赫。

238 馮緄綬笥有蛇

車騎將軍巴郡馮緄❶，字鴻卿。初爲議郎，發綬笥❷，有二赤蛇，可長二尺，分南北走，大用憂怖。許季山孫憲❸，字寧方，得其先人祕要。緄請使卜。云：「此吉祥也。君後三歲當爲邊將，東北四五千里，官以東爲名。」後五年，從大將軍南征。居無何，拜尚書郎、遼東太守、南征將軍❹。

【注釋】

❶車騎將軍，將軍名號，漢文帝時始置。巴郡，治所在江州（今重慶市北嘉陵江北岸）。❷議郎，官名。掌顧問應對，隸光祿勳。東漢時得參預朝政，地位較高。綬笥，裝印綬的箱子。❸憲，《後漢書》作「曼」，見〈方術列傳·許曼傳〉。❹南征將軍，將軍名。多爲臨出征的統帥的別加稱號。

【譯文】

車騎將軍巴郡人馮緄，字鴻卿。起初他任議郎，有一次打開裝印綬的箱子，裡面有兩條赤色的蛇，約長二尺，分別往南北方向爬走。他大爲憂慮害怕。許季山的孫子許憲，字寧方，學得前輩方術的奧旨精義。馮緄請他占卜。他占卜後說：「這是吉祥的徵兆。您過後三年會任駐守邊關的將領，在東北方四五千里的地方，官名用東字稱呼。」過後五年，馮緄隨同大將軍南征。不久，拜爲尚書郎、遼東太守、南征將軍。

239 張顥得金印

常山張顥，爲梁州牧❶。天新雨後，有鳥如山鵲，飛翔入市，忽然墜地。人爭取之，化爲圓石。顥椎破之，得一金印，文曰「忠孝侯印」。顥以上聞，藏之祕府❷。後議郎汝南樊衡夷上言：「堯舜時舊有此官，今天降印，宜可復置。」顥後官至太尉。

【注釋】

❶常山，郡、國名，治所在元氏（今河北元氏縣西北）。梁州，州名，治所在沔陽（今陝西勉縣東）。東漢無梁州牧。一本作「梁相」。❷祕府，古代皇宮中藏祕籍的地方。也稱祕閣。

【譯文】

常山人張顥，任梁州牧。有一天剛下過雨，有一隻鳥像是山鵲，飛翔進街市上來，忽然墜落地上。人們爭著去撿取它，它變成一塊圓石頭。張顥用鐵椎打破石頭，從裡面得到一顆金印，印文寫著「忠孝侯印」。張顥把金印送呈皇上，收藏在朝廷祕府中。後來議郎汝南人樊衡夷上奏：「堯舜時代原有這一官銜，如今蒼天降下金印，最好能再設置這一官銜。」張顥後來官職做到太尉。

240 張氏傳鉤

京兆長安有張氏，獨處一室，有鳩自外入，止於床。張氏祝曰：「鳩來，為我禍也，飛上承塵❶；為我福也，即入我懷。」鳩飛入懷。以手探之，則不知鳩之所在，而得一金鉤。遂寶之。自是子孫漸富，資財萬倍。蜀賈至長安，聞之，乃厚賂婢，婢竊鉤與賈。張氏既失鉤，漸漸衰耗。而蜀賈亦數罹窮厄❷，不為己利。或告之曰：「天命也，不可力求。」於是賚鉤以反張氏。張氏復昌。故關西稱「張氏傳鉤」云❸。

【注釋】

❶承塵，亦稱藻井，即天花板。爲室內天棚，講究的有彩繪或雕刻。❷罹，遭遇不幸的事。窮厄，窮困。❸關西，古地區名。指函谷關及潼關以西地區。

【譯文】

京兆長安有一個姓張的人，獨自居住在一間屋子裡，有一隻鳩鳥從外面飛進來，停在床上。張氏祝告說：「鳩飛來，給我帶來災禍，就飛上天花板去；給我帶來福運，就立即飛進我的懷裡。」鳩鳥飛進他懷裡。他用手去摸，不知道鳩鳥在哪裡去了，卻摸得一隻金鉤，於是把金鉤看作寶貝。從此他子孫逐漸富裕，財產增加萬倍。蜀郡一個商人來到長安，聽說這件事，就拿很多錢財賄賂張家的婢女，婢女把金鉤偷給商人。張家丢失金鉤以後，家業漸漸衰敗。蜀郡那個商人也屢次遭到窮困，對自己沒有什麼好處。有人告訴商人說：「這是天命，不能強求。」於是商人帶著鉤去還給張家。張家又重新昌盛起來。因此關西地方有「張氏傳鉤」的說法。

241 何比干得符策

漢征和三年三月❶，天大雨。何比干在家❷，日中，夢貴客車騎滿門。覺以語妻，語未已，而門有老嫗，可八十餘，頭白，求寄避雨。雨甚而衣不沾漬。雨止，送至門。乃謂比干曰：「公有陰德❸，今天錫君策，以廣公之子孫。」因出懷中符策，狀如簡，長九寸，凡九百九十枚，以授比干，曰：「子孫佩印綬者，當如此算❹。」

【注釋】

❶漢征和三年，即西元前九十年。征和，漢武帝年號（西元前九十二～前八十九年）。一作「延和」。❷何比干，字少卿。武帝時爲廷尉正。其六世孫何敞爲東漢大臣。❸陰德，暗中施德於人。此指何比干爲廷尉正時，致力仁恕而救活數千人。見《後漢書·何敞傳》注引《何氏家傳》。❹算，通「筭」，籌碼。此指符策。

【譯文】

漢武帝征和三年三月，有一天下大雨。何比干在家裡，中午，他夢見貴客車馬來擠滿家門。醒來把這事告訴妻子，話沒說完，門口有一個老太婆，大約八十多歲，頭髮白了，請求收留避雨。雨很大她的衣服卻沒有淋濕。雨停了，何比干送她到門口。她就對何比干說：「你有陰德，現在老天賜給你符策，使你的子孫發達。」於是她拿出懷裡的符策，形狀像竹簡，有九寸長，共九百九十枚，交給何比十，說：「你的子孫佩戴印綬的，會像符策預言的一樣。」

242 魏舒詣野王

魏舒字陽元，任城樊人也❶。少孤，嘗詣野王❷。主人妻夜產，俄而聞車馬之聲，相問曰：「男也？女也？」曰：「男，書之，十五以兵死。」復問：「寢者為誰？」曰：「魏公舒。」後十五載，詣主人，問所生兒何在，曰：「因條桑為斧傷而死❸。」舒自知當為公矣❹。

【注釋】

❶魏舒，西晉大臣。《晉書》有傳。任城，郡、國名，故治在今山東濟寧。樊，漢置縣，晉因之，故城在今山東滋陽縣西南。❷野王，古縣名。即今河南沁陽縣治。❸條桑，砍桑枝而採其葉，條，刈，與「修」通。《詩經・豳風・七月》：「蠶月條桑。」鄭箋：「條桑，枝落，採其葉也。」孔疏：「條其桑而採之，謂斬條於地，就地採之也。」❹公，指三公。據《晉書・魏舒傳》，魏舒官至司徒，為三公之一。

【譯文】

魏舒字陽元，是任城郡樊縣人。小時候成了孤兒，曾經到野王縣去。住宿處主人家的妻子晚上生孩子，一會兒聽見車馬的聲音，有人問：「男的？女的？」另一個人回答：「男的，記錄下來，十五歲因爲兵器而死。」又問：「睡的人是誰？」回答説：「是魏公名舒。」過後十五年，魏舒又去那個主人家，問當年所生的兒子在哪裡，主人説：「因爲砍桑枝採桑葉被斧頭弄傷死了。」魏舒知道自己會官至三公了。

243 賈誼〈鵩鳥賦〉

賈誼爲長沙太傅❶，四月庚子日，有鵩鳥飛入其舍❷，止於坐隅，良久乃去。誼發書占之，曰：「野鳥入室，主人將去。」誼忌之，故作〈鵩鳥賦〉❸，齊生死而等禍福，以致命定志焉❹。

【注釋】

❶賈誼，西漢政論家、文學家，洛陽人。曾被貶爲長沙王太傅（輔導太子之官）。❷鵩，一作「服」，似鴞的一種鳥。又一説，楚人謂鴞爲「服」。鴞，即貓頭鷹。❸〈鵩鳥賦〉，賦篇名。賈誼被貶長沙，鵩鳥飛入其室，世俗認爲鵩是不祥之鳥，賈誼因而感傷身世，作此賦以自慰。魯迅《漢文學史綱要》説這篇賦「大意謂禍福糾纏，凶惡同域，生不足悅，死不足患，縱軀委命，乃與道俱，見服細故，無足疑慮。其外死生，順造化之旨，蓋得之於莊生。」

❹齊，相等，相同。致命，授命，即捨棄生命。

【譯文】

賈誼被貶爲長沙王太傅，四月庚子那一天，有一隻鵩鳥飛進他的房裡，停在座位的角落上，很久才飛走。賈誼打開符書來占卜，說是「野鳥飛進房內，主人將要死去。」賈誼對此很忌諱，所以他撰寫了〈鵩鳥賦〉，把死和生看作是相同的事，把禍與福看作是相等的東西，表示自己要捨棄生命，堅定志向。

244 狗嚙鵝群

王莽居攝，東郡太守翟義知其將篡漢❶，謀舉義兵。兄宣，教授，諸生滿堂❷。群鵝雁數十，在中庭，有狗從外入，嚙之，皆死。驚救之，皆斷頭。狗走出門，求不知處。宣大惡之。數日，莽夷其三族❸。

【注　釋】

❶翟義，字文仲，以父任爲郎。王莽居攝，舉兵討莽，立劉信爲天子。後兵敗死。❷教授，傳授學業者。諸生，眾弟子。❸夷，誅鋤。三族，謂父族、母族、妻族。《荀子·君子》：「故一人有罪，三族皆夷。」

【譯　文】

王莽攝政，東郡太守翟義知道他將要篡奪漢朝政權，計劃興起義兵討伐他。翟義的哥哥翟宣，是傳授學業的教師，來學習的人很多。他家裡有幾十隻鵝，養在庭院中，有一條狗從外面進來，把鵝都咬死了。家裡人慌忙去救鵝，鵝都被咬斷了頸子。狗跑出門去，找不到它在什麼地方。翟宣感到十分厭惡。幾天以後，王莽誅鋤他家三族。

245 公孫淵數怪

魏司馬太傅懿平公孫淵，斬淵父子❶。先時，淵家數有怪。一犬著冠幘絳衣上屋。欻有一兒蒸死甑中。襄平北市生肉❷，長圍各數尺，有頭目口喙❸，無手足而動搖。占者曰：「有形不成，有體無聲，其國滅亡。」

【注釋】

❶公孫淵，三國魏遼東太守。後自立爲燕王，置百官有司。魏派遣大將軍司馬懿征遼東，斬殺公孫淵父子。❷襄平，古縣名，治所在今遼寧遼陽市。❸喙，原爲鳥獸的嘴，亦借指人的嘴。

【譯文】

魏大將軍太傅司馬懿平定公孫淵，斬殺公孫淵父子。先前，公孫淵家裡屢次出現怪事。一條狗穿戴帽子頭巾紅衣服，爬上房屋。忽然有一個小孩蒸死在甑子裡。襄平縣北面集市生出肉團來，周長各有幾尺，有頭有眼有嘴巴，沒有手腳卻會搖動。占卜的人說：「有人形卻不成人，有身體卻沒有聲音，這個國家將要滅亡。」

246 諸葛恪被殺

吳諸葛恪征淮南歸❶，將朝會之夜，精爽擾動❷，通夕不寢。嚴畢趨出，犬銜引其衣❸。恪曰：「犬不欲我行也。」出仍入坐。少頃復起，犬又銜衣，恪令從者逐之。及入，果被殺。其妻在室，語使婢曰：「爾何故血臭？」婢曰：「不也。」有頃，愈劇。又問婢曰：「汝眼目瞻視，何以不常？」婢蹶然起躍❹，頭至於棟，攘臂切齒而言曰：「諸葛公乃爲孫峻所殺。」於是大小知恪死矣，而吏兵尋至。

【注釋】

❶諸葛恪，三國吳大將軍。輔立孫亮，專國政。後爲皇族孫峻所殺。❷朝會，朝見君王。精爽，猶言精神。擾動，謂精神不安定。❸嚴，嚴裝，即穿戴好衣冠。❹蹶然，急遽的樣子。

【譯文】

東吳諸葛恪征伐淮南郡回來，將要朝見君王的頭一天晚上，精神不安，一整夜都睡不著覺。穿戴好衣帽出門，狗銜著他的衣服拖住他。諸葛恪說：「這是狗不想讓我走。」出門又進家去坐下。一會兒再起身，狗又銜住他的衣服，諸葛恪命令隨從人員把狗趕走。等到他進入朝廷，果然被殺死。他的妻子在房間裡，對侍候的婢女說：「你怎麼有血腥氣味？」婢女說：「沒有呀。」過一會兒，血腥氣味更濃。她又問婢女：「你眼睛東張西望，怎麼跟平常不同？」婢女一下子跳起來，頭衝到屋樑上，捏著手臂咬牙切齒地說：「諸葛公竟然被孫峻殺死了。」於是一家大小都知道諸葛恪死了，來收捕的官吏和兵士不久就到了。

247 鄧喜射人頭

吳戍將鄧喜❶，殺豬祠神，治畢懸之。忽見一人頭，往食肉。喜引弓射，中之，咋咋作聲❷，繞屋三日。後人白喜謀叛，合門被誅。

【注釋】

❶鄧喜，《宋書・五行志》作「鄧嘉」。❷咋咋，感嘆吆喝聲。

【譯文】

東吳守將鄧喜，殺豬祭祀廟神，把豬收拾好懸掛起來。忽然看見一個人頭，去吃豬肉。鄧喜拉弓放箭射去，射中那個人頭，人頭發出「咋咋」的聲音，這聲音繞房屋響了三天。後來有人稟報鄧喜謀反，他全家被誅殺。

248 府公斥賈充

賈充伐吳時，常屯項城❶，軍中忽失充所在。充帳下都督周勤❷，時晝寢，夢見百餘人錄充，引入一徑。勤驚覺，聞失充，乃出尋索。忽睹所夢之道，遂往求之。果見充行至一府舍，侍衛甚盛，府公南面坐❸，聲色甚厲，謂充曰：「將亂吾家事者，必爾與荀勗❹。既惑吾子，又亂吾孫。間使任愷黜汝而不去，又使庾純詈汝而不改❺。今吳寇當平，汝方表斬張華❻。汝之闇戇，皆此類也。若不悛愼❼，當旦夕加誅。」充因叩頭流血。府公曰：「汝所以延日月而名器若此者，是衛府之勛耳❽。終當使系嗣死於鐘虡之間，大子斃於金酒之中，小子困於枯木之下❾。荀勖亦宜同。然其先德小濃，故在汝後。數世之外，國嗣亦替。」言畢命去。

充忽然得還營，顏色憔悴，性理昏錯，經日乃復。至後，謐死於鐘下，賈后服金酒而死，賈午考竟，用大杖終❿。皆如所言。

【注釋】

❶賈充，西晉大臣，字公閭，平陽襄陵（今山西襄汾東北）人。參與司馬氏代魏的密謀，曾指使成濟殺魏帝曹髦。晉初任司空、侍中、尚書令。以一女爲太子妃，一女爲齊王妃，寵信無比。項，春秋時項國，後屬楚，秦置縣。治所在今河南沈丘。❷帳下都督，爲軍幕中監督兵卒者。❸府公，謂府舍之主人。南面坐，即坐北朝南，古代以爲尊位。故天子諸侯見諸臣，或卿大夫見僚屬，皆南面坐。❹荀勖，西晉大臣。任侍中，封濟北郡公，拜中書監，進光祿大夫，領祕書監，守尚書令。❺任愷，西晉大臣，任侍中。庾純，西晉大臣，

任中書令。據《晉書·賈充傳》，任愷、庾純剛直守正，懼賈充權勢日盛，於氐羌反叛時，進言勸說晉武帝遣賈充出鎮關中。❻張華，西晉大臣、文學家。晉初任中書令、散騎常侍。他排除異議，力主伐吳統一。賈充反對南伐，曾遣使上表說：「雖腰斬張華，不足以謝天下。」❼悛慎，謙恭謹慎。悛，通「恂」，小心謹慎。❽名器，指爵號和車服等。衛府之勛，據《晉書·賈充傳》，高貴鄉公曹髦攻相府（司馬昭），賈充率眾距戰於南闕，護衛司馬氏政權有功。❾系嗣，指韓謐，賈充外孫。賈充無嗣，詔令韓謐嗣其國。虡，亦作「簴」，懸掛鐘、磬的木架。大子，賈充大女，即賈后。小子，賈充小女賈午，即韓謐之母。❿考竟，拷問死於獄中。《釋名》：「獄死曰考竟。考得其情，竟其命於獄也。」

【譯　文】

賈充率兵征伐吳國時，曾屯戍項城。有一天，軍營中忽然不見賈充的蹤跡。賈充帳下都督周勤，當時白天睡覺，夢見百多人捉拿賈充，把他引到一條路上。周勤驚醒過來，聽說賈充不見，就走出軍營去尋找。忽然，他看見夢中所見的道路，於是往那條路去找。果然看見賈充走到一座官府裡去，官府護衛的人很多，府公坐北朝南，說話的聲音和臉色很嚴厲，他對賈充說：「將要擾亂我家事情的人，必定是你和荀勖。既迷惑我兒子，又擾亂我孫子。前不久讓任愷貶斥你，你不離開；又讓庾純責罵你，你卻不改過。如今東吳賊寇應當掃平，你卻上表要斬殺張華。你的糊塗愚蠢，都是像這類事情一樣。如果你不謙恭謹慎，早晚會誅殺你。」賈充於是叩頭流出血來。府公說：「你之所以延長壽命並且享有如此的爵號車服，不過是先前你護衛相府的功勞罷了。最終要使你的後嗣者死在鐘架之間，大女兒死在金酒之中，小女兒死在枯木之下。荀勖也會和你一樣。然而他先輩的功德稍重，所以處罰在你之後。幾代人之後，封國和後嗣也將廢替。」說完話叫賈充回去。

賈充忽然回到軍營，臉色憔悴，精神錯亂，過了一天才得到恢復。到後來，韓謐死在鐘下，賈后服金酒而死，賈午被囚禁，用大杖拷問，死於獄中。都像府公說的一樣。

249 庾亮廁中見怪

庾亮字文康，鄢陵人❶，鎮荊州。登廁，忽見廁中一物，如方相❷，兩眼盡赤，身有光耀，漸漸從土中出。乃攘臂以拳擊之，應手有聲，縮入地。因而寢疾。術士戴洋曰：「昔蘇峻事❸，公於白石祠中祈福，許賽其牛，從來未解❹，故爲此鬼所考❺，不可救也。」明年，亮果亡。

【注釋】

❶庾亮，東晉潁川鄢陵（今河南鄢陵西北）人，字元規。其妹爲明帝皇后。歷仕元帝、明帝、成帝三朝，輔成帝，執朝政，握重兵。《晉書》記見怪爲其弟庾翼事。❷方相，古代逐疫避邪之神，樣子凶狠可怕。後世紮糊成神像，送葬時作爲開路神。❸蘇峻，東晉將領。以平王敦功，進使持節、冠軍將軍、歷陽內史，有銳卒萬人。庾亮執政，想解除他的兵權，他

便和祖約起兵，攻入建康（今江蘇南京），專擅朝政。後爲溫嶠、陶侃等擊敗而死。❹白石，地名。在今江蘇吳縣西北。庾亮曾於此守壘擊退蘇峻。賽，祀神報祭。俗稱賽願、許願。解，解神，俗稱還願。❺考，通「拷」，拷打。此爲懲罰的意思。

【譯文】

庾亮字文康，是鄢陵人，鎮守荊州。他上廁所，忽然看見廁所裡有一個怪物，樣子像方相那樣可怕，兩隻眼睛都是紅的，身上有閃光，漸漸從泥土中冒出來。庾亮就捋衣出臂，揮拳擊它，隨著拳頭聽見被擊打的響聲，它就縮進地下去了。於是庾亮生病臥床。術士戴洋說：「這是從前蘇峻作亂時候的事，您在白石的祠廟裡祈神賜福，許願用牛報祭，後來一直沒有還願，所以被這個鬼怪懲罰，無法解救。」第二年，庾亮果然死亡。

250 劉寵軍敗

東陽劉寵，字道和，居於湖熟❶。每夜，門庭自有血數升，不知所從來。如此三四。後寵爲折衝將軍，見遣北征。將行，而炊飯盡變爲蟲。其家人蒸炒❷，亦變爲蟲。其火愈猛，其蟲愈壯。寵遂北征，軍敗於壇丘，爲徐龕所殺❸。

【注釋】

❶東陽，郡名，三國吳分會稽郡置。治所在長山（今浙江金華）。❷炒，《太平御覽》作「粆」。當作「糝」，飯粒。此指乾糧。❸徐龕，晉太山太守，叛降石勒，後又降晉，被石虎捉拿。據《晉書·蔡豹傳》，劉寵（傳作「留寵」）從蔡豹征徐龕，軍敗被殺。

【譯文】

東陽郡人劉寵，字道和，居住在湖熟縣。每天晚上，家門口會有幾升血出現，不知道是從哪兒來的。這種情況出現了好多次。後來劉寵任折衝將軍，被派遣去征伐北方。他將要出發，家裡做的飯都變成蟲子。他家人蒸的乾糧，也變成蟲子。蒸飯的火越猛，變成的蟲子也越肥壯。劉寵去征伐北方，終於在壇丘打了敗仗，被徐龕殺死。

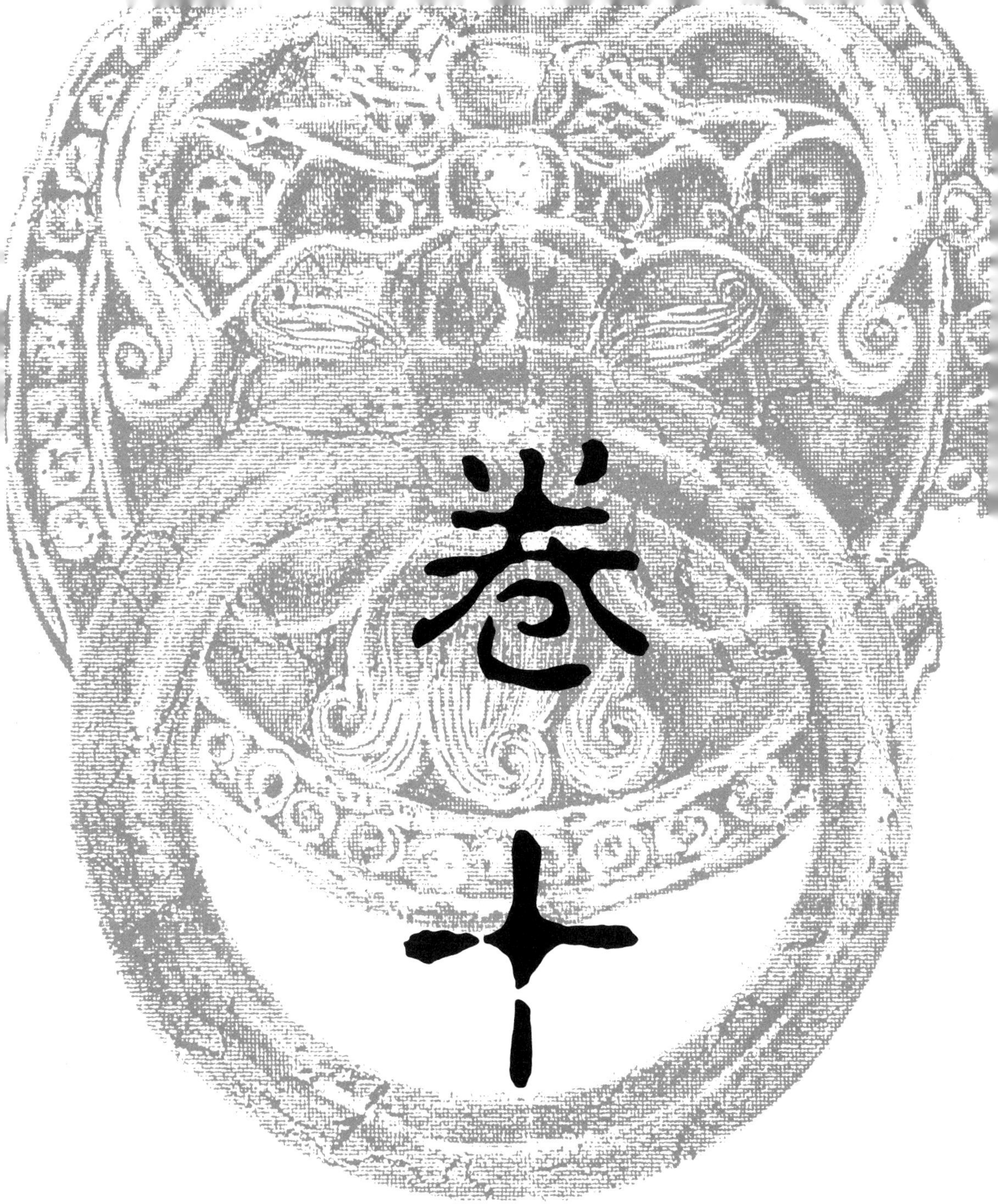

卷十一

251 鄧皇后夢登天

漢和熹鄧皇后❶，嘗夢登梯以捫天，體蕩蕩正清滑❷，有若鐘乳狀，乃仰噏飲之❸。以訊諸占夢，言：「堯夢攀天而上，湯夢及天舐之，斯皆聖王之前占也。吉不可言。」

【注釋】

❶漢和熹鄧皇后，東漢和帝皇后，即鄧綏。和帝死後，她先後迎立殤帝、安帝，臨朝執政，兼用外戚、宦官，尊禮三公，表揚儒學，甚有政績。死後謚熹。❷蕩蕩，廣大而平坦的樣子。清滑，清澈而光滑。❸鐘乳，古鐘面隆起的飾物，狀如乳。噏，同「吸」。

【譯文】

漢和熹鄧皇后，曾經夢見自己登天梯去摸天，天體廣大平坦而且十分清澈光滑，有的地方隆起像鐘乳的形狀，她就仰起頭去吮吸它。後來她拿這個夢去詢問占夢的人，占夢人說：「堯帝夢見自己攀登天梯上天，商湯夢見自己到天上去舔天，這都是成爲聖王的先兆。這夢的吉利是說不盡的。」

252 孕而夢月日入懷

孫堅夫人吳氏❶，孕而夢月入懷，已而生策。及權在孕，又夢日入懷。以告堅曰：「妾昔懷策，夢月入懷。今又夢日，何也？」堅曰：「日月者，陰陽之精，極貴之象。吾子孫其興乎❷？」

【注釋】

❶孫堅，三國吳郡富春（今浙江富陽）人。曾任長沙太守，其子稱帝後追尊爲武烈皇帝。

❷興，興旺發達。此附會孫氏後來在江東地區建立政權。孫策封吳侯，孫權稱帝，子孫四世在位。

【譯文】

孫堅的夫人吳氏懷孕，夢見月亮進入懷裡，後來生下孫策。到了懷孫權時，又夢見太陽進入懷裡。她將這事告訴孫堅說：「我過去懷孫策，夢見月亮進入懷裡。如今有孕又夢見太陽進入懷裡，是怎麼回事？」孫堅說：「月亮太陽，是陰陽二氣的精華，這是非常高貴的徵象。我們的子孫大概將興旺發達了吧？」

253 夢取梁上穗

漢蔡茂字子禮，河內懷人也❶。初在廣漢，夢坐大殿，極上有禾三穗❷。茂取之，得其中穗，輒復失之。以問主簿郭賀❸，賀曰：「大殿者，官府之形象也；極而有禾，人臣之上祿也；取中穗，是中臺之象也❹。於字，禾失爲秩❺，雖曰失之，乃所以祿也。袞職有闕，君其補之❻。」旬月而茂徵焉。

【注釋】

❶蔡茂，西漢末以儒學出名，徵試博士，拜議郎，遷侍中。東漢復拜議郎，再遷廣漢太守。後代戴涉爲司徒。《後漢書》有傳。懷，古邑名，在今河南武陟西南。❷廣漢，郡名，東漢時治所在雒縣（今四川廣漢北）。殿，謂大房屋。極，屋樑。《後漢書·蔡茂傳》李賢注：「屋之大者，古通呼爲殿也。極，殿樑也。《前書音義》曰：『三輔間謂屋梁爲極。』」❸主簿，此爲郡署置官，以典領文書，辦理事務。郭賀，字喬卿，洛陽人。歷任尚書令、荊州刺史、河南尹等。❹中臺，三臺之一，此指司徒。朝廷最高官職，掌管國家的土地和人民，輔佐皇帝綜理全國政務。亦稱丞相。❺秩，官吏的俸祿。引申指官吏的職位或品級。❻袞職有闕，語出《詩經·大雅·蒸民》：「袞職有闕，維仲山甫補之。」意思是皇帝有未盡職的地方，大臣來彌補。袞，天子之服，此指天子。職，職責。闕，同「缺」，缺失。

【譯文】

漢代蔡茂，字子禮，是河內懷邑人。他起先在廣漢時，夢見自己坐在一間大屋子裡，屋樑上有一株三個穗的禾苗。蔡茂去拿它，得到它們正中的一枝穗，接著又丟失了。他拿這個夢去詢問主簿郭賀，郭賀說：「大屋子，是官府的象徵；屋樑上有禾苗，是表示大臣的最高俸祿；取得正中一穗，這是任中臺的徵象。從字來看，『禾』字『失』字合起來是『秩』字，即使有『失』字，還是組成表示俸祿官職意思的『秩』字。皇帝有未盡職的地方，您去彌補它。」一個月後蔡茂得到任命。

254 張車子

周擥嘖者，貧而好道❶。夫婦夜耕，困息臥，夢天公過而哀之，敕外有以給與❷。司命按錄籍❸，云：「此人相貧，限不過此。唯有張車子應賜錢千萬，車子未生，請以借之。」天公曰：「善。」曙覺言之。於是夫婦戮力，晝夜治生，所為輒得，資至千萬❹。

先時有張嫗者，嘗往周家傭賃，野合有身❺。月滿當孕，便遣出外，駐車屋下，產得兒。主人往視，哀其孤寒，作粥糜食之❻。問：「當名汝兒作何？」嫗曰：「今在車屋下而生，夢天告之，名爲車子。」周乃悟曰：「吾昔夢從天換錢，外白以張車子錢貸我，必是子也。財當歸之矣。」自是居日衰減。車子長大，富於周家。

【注釋】

❶周擥嘖，一本「擥」作「犨」。好道，樂守聖賢之道。道，謂仁義德行。❷天公，以天擬人，用「天公」稱天帝。外，指天公所管下屬。❸司令，神名。主知生死貧富，輔天行化，誅惡護善等。錄籍，簿籍，記錄人之生死貧富善惡者。❹戮力，盡力，努力。資，錢財。❺佣賃，雇佣。野合，謂夫婦結合不合於禮。❻粥穈，即粥。穈，通「糜」。《釋名‧釋飲食》：「糜，煮米使糜爛也。」

【譯文】

周擥嘖這個人，家境貧困卻樂守聖賢之道。他夫婦晚上耕地，累了睡在地裡休息，夢見天公經過，可憐他，命令下屬賜給他錢財。司命查記錄簿籍，說：「這個人的面相貧窮，限度不超過目前狀況。只有張車子應該賜給錢財一千萬，張車子還沒出生，請准許先借給他。」天公說：「好。」天亮醒來，周擥嘖把這事告訴妻子。於是夫婦努力，日夜治理家業，所經營的都有收益，錢財積累達一千萬。

先前有一個姓張的婦人，曾經到周家當雇佣，她不按禮節和丈夫結婚，身懷有孕。孕期滿要生孩子，就叫她到外面，住在放車子的房屋裡，生了一個兒子。主人周擥嘖去看望，可憐張婦人孤苦寒冷，煮了粥給她吃。又問她：「該給你兒子取個名字叫什麼？」張婦人說：「如今在車屋子下出生的，我夢見天公告訴我，取名車子。」周擥嘖於是醒悟道：「我從前夢見從天公那裡借錢，他的下屬稟報說拿張車子的錢借給我，必定是這個兒子。錢財將會歸於他了。」從此周家家業逐漸衰落減少。張車子長大以後，比周家富裕。

255 夢入蟻穴

夏陽盧汾❶，字士濟，夢入蟻穴，見堂宇三間，勢甚危豁❷。題其額曰「審雨堂」。

【注釋】

❶夏陽，古縣名，治所在今陝西韓城南。❷危豁，謂房屋高大寬闊。危，高。豁，空闊。

【譯文】

夏陽人盧汾，字士濟，他夢見自己走進螞蟻的巢穴，看見三間堂屋，屋子的架勢十分高大寬闊。盧汾題寫堂屋的匾作「審雨堂」。

256 火浣單衫

吳選曹令史劉卓病篤❶，夢見一人，以白越單衫與之❷，言曰：「汝著衫污，火燒便潔也。」卓覺，果有衫在側。污輒火浣之。

【注釋】

❶選曹令史，官名，主銓選官吏的選曹屬官，掌文書，官職在郎以下。❷白越，一種細布。

【譯文】

東吳選曹令史劉卓病重，夢見一個人，拿一件白越布的單衫衣給他，對他說：「你穿這件衫衣髒了的話，用火一燒就乾淨了。」劉卓醒來，果然有一件衫衣放在旁邊。衫衣穿髒了就用火洗滌它。

257 劉雅腹痛

淮南書佐劉雅❶，夢見青蜥蜴從屋落其腹內❷，因苦腹痛病。

【注釋】

❶淮南，三國後改國置郡。治所在壽春（今安徽壽縣）。❷青蜥蜴，原作「青刺蜴」，據《太平御覽》改。

【譯文】

淮南郡書佐劉雅，夢見一條青色蜥蜴從房上落下來，落進自己的肚子裡。於是他患了腹痛病很痛苦。

258 張奐妻之夢

後漢張奐爲武威太守❶。其妻夢帶奐印綬，登樓而歌。覺以告奐，奐令占之，曰：「夫人方生男，後臨此郡，命終此樓。」後生子猛。建安中，果爲武威太守，殺刺史邯鄲商❷，州兵圍急，猛恥見擒，乃登樓自焚而死。

【注釋】

❶武威，郡名，東漢治所在姑臧（今甘肅武威）。❷刺史，官名。東漢為一州的軍政最高長官，權力很大，居郡太守之上。邯鄲商，人名。邯鄲為複姓。

【譯文】

東漢時張奐任武威郡太守。他的妻子夢見自己帶著張奐的官印，登上城樓去歌唱。她醒來把這個夢告訴張奐，張奐叫人占卜，占卜人說：「夫人將生一個男孩，今後他將管理這一郡，死在這座樓。」後來生了兒子張猛。漢獻帝建安年間，張猛果然任武威太守，他殺死州刺史邯鄲商，州軍隊激烈圍攻武威，張猛恥於被俘，就登上城樓自焚死亡。

259 靈帝夢桓帝怒

漢靈帝夢見桓帝怒曰❶：「宋皇后有何罪過？而聽用邪孽，使絕其命❷！渤海王悝既已自貶，又受誅斃❸。今宋氏及悝自訴於天，上帝震怒，罪在難救。」夢殊明察。帝既覺而恐，尋亦崩。

【注釋】

❶漢靈帝，即劉宏，東漢皇帝，西元一六八至一八九年繼桓帝在位。桓帝，即劉杰，東漢皇帝，西元一四七至一六八年在位。❷宋皇后，東漢靈帝皇后。為中常侍王甫等誣譖挾左道祝詛，被靈帝策收璽綬，自致暴室憂死。❸渤海王悝，為桓帝之弟。王甫等人誣奏其謀為不軌，靈帝詔收考，又遣人持節迫責，遂自殺。

【譯文】

漢靈帝夢見漢桓帝發怒說：「宋皇后有什麼罪過？你卻聽信邪佞小人的話，致使她喪命！渤海王劉悝既然已經被貶謫，又被誅殺。如今宋皇后和劉悝各自向天帝申訴，天帝非常憤怒，你有罪難以拯救。」夢境特別清楚。漢靈帝醒來以後感到害怕，不久也死亡了。

260 道士夢死期

吳時，嘉興徐伯始病，使道士呂石安神座❶。石有弟子戴本、王思二人，居住海鹽❷，伯始迎之以助。石晝臥，夢上天，北斗門下，見外鞍馬三匹，云：「明日當以一迎石，一迎本，一迎思。」石夢覺，語本、思云：「如此，死期至，可急還，與家別。」不卒事而去。伯始怪而留之。曰：「懼不得見家也。」間一日，三人同時死。

【注釋】

❶神座，神靈的座位。俗稱神龕，即供奉神像的木櫃或石室。❷海鹽，古縣名，其地在今浙江平湖縣東南。

【譯文】

三國吳時，嘉興縣徐伯始生病，請道士呂石來安置神座。呂石有兩個徒弟叫戴本、王思，居住在海鹽縣，徐伯始去接他們來幫助呂石。呂石白天睡覺，夢見自己升上天，到北斗星神的門口，看見門外有三匹備好鞍子的馬，說：「明天要用一匹馬去接呂石，一匹馬去接戴本，一匹馬去接王思。」呂石醒來，告訴戴本、王思，說：「要是這樣的話，我們的死期到了。要趕快回家，跟家裡的人訣別。」他們沒有安置好神座就離開了。徐伯始覺得奇怪，挽留他們。他們說：「擔心來不及見到家裡的人。」隔一天，他們三人同時死亡。

261 謝郭二人同夢

會稽謝奉與永嘉太守郭伯猷善❶。謝忽夢郭與人於浙江上爭樗蒲錢❷，因為水神所責，墮水而死，已營理郭凶事❸。及覺，即往郭許，共圍棋。良久，謝云：「卿知吾來意否？」因說所夢。郭聞之悵然，云：「吾昨夜亦夢與人爭錢，如卿所夢。何期太的的也❹！」須臾如廁，便倒氣絕。謝為凶具❺，一如其夢。

【注釋】

❶謝奉，字弘道，仕晉歷任安南將軍、廣州刺史、吏部尚書。永嘉，郡名。治所在永寧(今浙江溫州市)。❷浙江，水名。即錢塘江。樗蒲，古代一種賭博遊戲。擲「五木」(五塊木片或石片、骨片，兩頭尖銳，中間平寬，一面黑色畫犢，一面白色畫雉)，觀其彩色以決勝負。略如現在的擲骰子。❸凶事，即喪事。❹何期，猶言「何意」，即出於意料之外。的的，明明白白。❺凶具，謂棺木等喪葬用具。

【譯文】

會稽人謝奉與永嘉太守郭伯猷友好。有一天，謝奉忽然夢見郭伯猷與別人在浙江上爭賭博樗蒲的錢，於是被水神譴責，掉進水裡淹死，自己操辦郭伯猷的喪事。謝奉醒來，立即到郭伯猷家裡，和他一起下圍棋。過了很久，謝奉說：「你知道我的來意嗎？」於是把自己做的夢告訴他。郭伯猷聽了十分惆悵，說：「我昨天晚上也夢見自己與別人爭錢，跟你夢見的一樣。想不到這夢太明明白白了！」一會兒，郭伯猷上廁所，就倒下地斷氣了。謝奉給他備辦棺材等喪事用具，跟那個夢裡的情況一樣。

262 徐泰夢中祈請

嘉興徐泰，幼喪父母，叔父隗養之，甚於所生❶。隗病，泰營侍甚勤。是夜三更中，夢二人乘船持箱，上泰床頭，發箱，出簿書示曰：「汝叔應死。」泰即於夢中叩頭祈請。良久，二人曰：「汝縣有同姓名人否？」泰思得，語二人曰：「有張隗，不姓徐。」二人云：「亦可強逼❷。念汝能事叔父，當爲汝活之。」遂不復見。泰覺，叔病乃差。

【注釋】

❶徐泰，《太平廣記》作「徐祖」。❷強，勉強，差不多。逼，接近，相似。

【譯文】

嘉興人徐泰，幼年死了父母，叔父徐隗撫養他，比對親生兒子還要好。後來徐隗生病，徐泰侍候他非常盡力。這一天晚上三更裡，徐泰夢見兩個人乘船帶著箱子，走上自己的床頭，打開箱子，拿出記錄簿告訴他說：「你叔父應該死亡。」徐泰就在夢裡給他們叩頭祈求。求了很久，那兩個人說：「你們縣裡有沒有和你叔父姓名相同的人？」徐泰想了想，對兩人說：「有一個人叫張隗，不姓徐。」兩人說：「也可以，姓名差不多相似。念你能侍奉叔父，我們將爲你救活他。」於是兩個人不再看見了。徐泰醒來，他叔父的病也痊癒了。

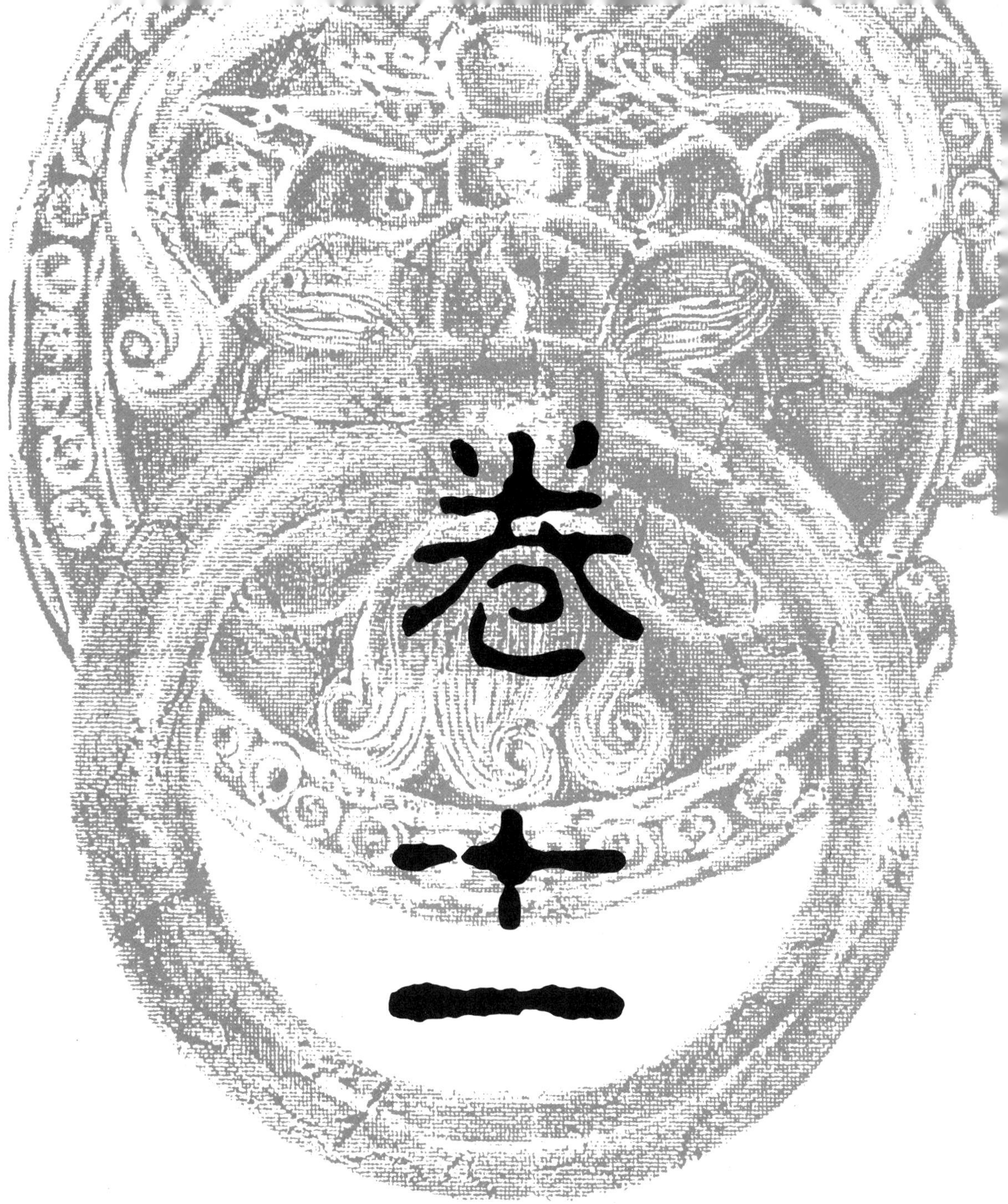

卷十一

263 熊渠子射石

楚熊渠子夜行❶，見寢石，以爲伏虎，彎弓射之，沒金鍛羽❷。下視知其石也。因復射之，矢摧無跡。漢世復有李廣，爲右北平太守❸，射虎得石，亦如之。劉向曰：「誠之至也，而金石爲之開❹，況於人乎？夫唱而不和，動而不隨，中必有不全者也❺。夫不降席而匡天下者，求之己也。」

【注釋】

❶楚，古國名。西周時立國於荊山一帶，建都丹陽（今湖北秭歸東南）。熊渠做國君時，疆土擴大到長江中游。後建都於郢（今湖北江陵西北紀南城）。春秋戰國時疆域均有擴大。西元前二二三年爲秦所滅。❷寢石，橫躺著的石頭。沒金鍛羽，箭頭鑽進石頭裡，箭羽被石頭擦壞。金，箭頭。鍛，傷殘。一本作「鎩」。❸李廣，西漢名將，以勇敢善戰著稱。匈奴稱他爲「飛將軍」。右北平，郡名，西漢時治所在平剛（今遼寧凌源西南）。❹至，極，最。金石，指最堅硬的東西。❺唱，亦作「倡」。和，附和。全，齊。此指齊心。

【譯文】

楚國熊渠子晚上走路，遇見一塊橫躺著的大石頭，以爲是伏在地上的老虎，拉開弓箭射它，箭頭射進石頭裡，連箭羽都擦壞了。他走下去看，才知道那是一塊石頭。於是他又再用箭射這塊石頭，箭碰斷了，石頭上沒有留下什麼痕跡。漢朝又有個李廣，任右北平太守，用箭射老虎射的卻是石頭，也像熊渠子一樣。劉向說：「眞心誠意到了極點，像金石那樣堅硬的東西也會被打開，何況對於人呢？首倡而沒有人附和，行動而沒有人跟隨，此中必然是有不能齊心的原因。不用走下座位就能匡正天下的，是要從修養自身做起。」

264 由基更羸善射

楚王遊於苑❶，白猿在焉。王令善射者射之，矢數發，猿搏矢而笑。乃命由基❷，由基撫弓，猿即抱木而號。

及六國時，更羸謂魏王曰❸：「臣能爲虛發而下鳥。」魏王曰：「然則射可至於此乎？」羸曰：「可。」有頃，聞雁從東方來，更羸虛發而鳥下焉。

【注釋】❶楚王，指春秋時楚共王，西元前五九〇至前五六〇年在位。❷由基，即養由基，楚大夫，百步穿楊的神射手。❸更羸，戰國時魏人，著名射手。

【譯文】

楚王在園林裡遊獵，在那裡遇見一隻白猿。楚王命令好射手射擊它，一連射了好幾箭，白猿用手抓取箭發笑。楚王於是命令養由基射擊白猿，養由基拿起弓箭，白猿就抱著樹哭叫起來。

到戰國時候，更羸對魏王說：「我能夠虛拉弓不放箭就叫飛鳥掉下來。」魏王說：「難道射技可以達到這種地步嗎？」更羸說：「能。」一會兒，聽見大雁從東方飛來的聲音，更羸虛拉一下弓，有一隻大雁從天上掉了下來。

265 古冶子殺黿

齊景公渡於江沅之河❶，黿銜左驂沒之❷，眾皆驚惕。古冶子於是拔劍從之❸，邪行五里，逆行五里，至於砥柱之下❹。殺之，乃黿也。左手持黿頭，右手挾左驂，燕躍鵠踊而出❺。仰天大呼，水爲逆流三百步，觀者皆以爲河伯也。

【注釋】

❶齊景公，春秋時齊國國君。西元前五四七至前四九〇年在位。江沅之河，謂長江、沅江，但是齊景公未到過江沅，據後人考證，事當在黃河。❷黿，爬行動物，俗稱「癩頭黿」。驂，駕車的邊馬。❸古冶子，齊國三勇士之一。後為相國晏嬰所殺。❹邪，通「斜」。砥柱，當指三門山，黃河急流中的石島。❺燕躍鵠踊，像燕子、天鵝那樣飛躍而上。鵠，天鵝。

【譯文】

齊景公渡黃河，有一隻大黿咬著他馬車左邊的邊馬，沉進河裡，大家都驚慌害怕。古冶子這時候拔出寶劍去追趕大黿，他斜著追了五里，又逆水追了三里，來到砥柱山下。古冶子殺死它，才知道是一隻大黿。他左手提著黿頭，右手挾著那匹邊馬，像燕子、天鵝一樣飛躍出水面來。他仰頭朝天大喊一聲，河水被震得倒流了三百步，觀看的人都以為他是河伯。

266 三王墓

楚干將、莫邪為楚王作劍❶，三年乃成。王怒，欲殺之。劍有雌雄，其妻重身當產❷，夫語妻曰：「吾為王作劍，三年乃成。王怒，往必殺我。汝若生子是男，大，告之曰：『出戶望南山，松生石上，劍在其背。』」於是即將雌劍往見楚王。王大怒，使相之❸：「劍有二，一雄一雌。雌來，雄不來。」王怒，即殺之。

莫耶子名赤，比後壯❹，乃問其母曰：「吾父所在？」母曰：「汝父爲楚王作劍，三年乃成，王怒殺之。去時囑我：『語吾子，出戶望南山，松生石上，劍在其背。』」於是子出戶南望，不見有山，但睹堂前松柱下石低之上❺。即以斧破其背，得劍。日夜思欲報楚王。

王夢見一兒，眉間廣尺，言欲報仇。王即購之千金。兒聞之，亡去，入山行歌。客有逢者❻，謂：「子年少，何哭之甚悲耶？」曰：「吾干將、莫耶子也。楚王殺吾父，吾欲報之！」客曰：「聞王購子頭千金，將子頭與劍來，爲子報之。」兒曰：「幸甚！」即自刎，兩手捧頭及劍奉上，立僵。客曰：「不負子也。」於是屍乃仆。

客持頭往見楚王，王大喜。客曰：「此乃勇士頭也，當於湯鑊煮之❼。」王如其言。煮頭三日三夕，不爛，頭踔出湯中，躓目大怒❽。客曰：「此兒頭不爛，願王自往臨視之，是必爛也。」王即臨之。客以劍擬王❾，王頭隨墮湯中。客亦自擬己頭，頭復墮湯中。三首俱爛，不可識別。乃分其湯肉葬之，故通名「三王墓」，今在汝南北宜春縣界❿。

【注釋】

❶干將，春秋時鑄劍名匠。莫邪爲其妻。後人即作爲雄雌二劍之名。❷重身，身中有身，即懷孕。❸相，察看。❹比，比及，等到。❺松柱，松木做的檐柱。低，當爲「砥」。石砥，石礎。❻客，指俠客。古時常有游俠之士，慷慨仗義。❼湯鑊，湯鍋，大如鼎而無足。❽踔，跳躍。此指在滾水中騰躍。躓目，疑爲瞋目，睜大眼睛。❾擬，比劃。意思是用劍對準頭砍去。❿北宜春，古縣名，在今河南汝南縣西南一帶。

【譯文】

楚國的干將、莫邪夫婦給楚王鑄造寶劍，三年才鑄成。楚王生氣了，想殺死他們。寶劍有雌劍雄劍，當時干將的妻子身懷有孕將要分娩，丈夫對妻子說：「我替楚王鑄劍，三年才鑄成。楚王生氣了，我一去他必定會殺我。你如果生的是男孩，長大了，就告訴他說：『出門望著南山，見松樹長在石頭上，寶劍在樹的背上。』」於是干將就帶上雌劍去見楚王。楚王非常生氣，叫人去仔細查看，說是：「寶劍共有兩把，一把雄劍，一把雌劍，雌劍送來了，雄劍還沒有送來。」楚王發怒了，便殺死了干將。

莫邪的兒子名叫赤，等到他長大了，就問他的母親說：「我父親在哪裡？」他母親說：「你父親給楚王鑄劍，三年才鑄成，楚王發怒，把他殺了。他離家時囑咐我：『告訴我兒子，出門望著南山，松樹長在石頭上，寶劍在樹的背上。』」兒子於是走出門來向南望去，不見有山，只看見堂前有一根松木檐柱立在石礎上面。兒子便用斧頭劈破松柱的背，得到了寶劍。他日夜考慮，要向楚王報仇。

楚王夢見一個男孩，兩條眉毛之間寬一尺，說要報仇。楚王就懸賞千金捉拿他。男孩聽到消息，趕緊逃走，躲進深山，他一邊走著，一邊悲哀地唱著歌。有一個俠客遇見他，問他：「你年紀還小，爲什麼哭得這樣悲傷呢？」男孩說：「我是干將、莫邪的兒子。楚王殺死我父親，我想要向他報仇！」俠客說：「聽說楚王懸賞千金要你的腦袋，把你的腦袋和寶劍拿來，我爲你報仇。」男孩說：「太好了！」他就割下自己的頭，兩隻手捧著頭和寶劍交給俠客，身子僵硬地站立著。俠客說：「我不會辜負你。」這時候男孩的屍體才倒下去。

俠客帶著人頭去見楚王，楚王十分高興。俠客說：「這是勇士的頭顱，應當用大湯鍋來煮它。」楚王依照他的話去做。男孩的頭煮了三天三夜，沒有煮爛，頭在滾水中跳出水面，瞪著眼睛充滿憤怒。俠客說：「這個小孩的頭顱煮不爛，希望大王親自到湯鍋那裡去察看它，這樣必定能煮爛。」楚王就走到湯鍋邊上去看。俠客用寶劍向楚王的頭砍去，楚王的腦袋隨著寶劍掉進滾水中。俠客也揮劍砍斷自己的頭，他的頭也掉進滾水中。三顆人頭都煮得稀爛，無法分辨出是誰的。於是只好把那鍋裡的肉湯分成三份埋葬，所以籠統稱作「三王墓」，如今這墓在汝南郡北宜春縣境內。

267 賈雍無頭

漢武時，蒼梧賈雍為豫章太守❶，有神術。出界討賊，為賊所殺，失頭，上馬回營❷。營中咸走來視雍。雍胸中語曰：「戰不利，為賊所傷。諸君視有頭佳乎？無頭佳乎？」吏涕泣曰：「有頭佳。」雍曰：「不然，無頭亦佳。」言畢，遂死。

【注釋】

❶蒼梧，古郡名，治所在廣信（今廣西梧州市）。❷營，原本無，據《錄異傳》、《幽明錄》補。

【譯文】

漢武帝時候，蒼梧郡人賈雍任豫章郡太守，他有道術。有一次他出郡界去討伐賊寇，被賊寇殺死，丟了腦袋，身子上馬回營。營中將士都跑出來看望他。賈雍的胸中發出聲音說：「戰鬥失利，被賊寇傷害。諸位看看是有頭好呢？還是沒有頭好呢？」屬吏哭泣著說：「有頭好。」賈雍說：「不是這樣，沒有頭也好。」說完話，就死去了。

268 斷頭而語

渤海太守史良好一女子❶，許嫁而不果。良怒，殺之，斷其頭而歸，投於竈下，曰：「當令火葬。」頭語曰：「使君❷，我相從，何圖當爾！」後夢見曰：「還君物。」覺而得昔所與香纓金釵之屬❸。

【注釋】

❶渤海，古郡名，治所在浮陽（今河北滄縣）。好，原作「姊」，依《太平御覽》改。❷使君，對郡太守的尊稱。❸香纓，婦女佩戴的飾物，以五彩絲織成，內裝香料。少女繫香纓，表示已經許嫁有所屬。

【譯文】

渤海郡太守史良和一個女子相好，女子許諾嫁給他後來卻沒有實現諾言。史良生氣了，把女子殺死，砍下她的頭帶回來，扔到竈下，說：「我要用火燒掉你。」女子的頭說：「使君，我和你相好，哪裡想到會這樣！」後來史良夢見女子說：「還給你東西。」他醒來得到過去贈給女子的香纓、金釵等東西。

269 血化爲碧

周靈王時，萇宏見殺❶。蜀人因藏其血，三年乃化而爲碧❷。

【注釋】

❶周靈王，東周君主，西元前五七一至前五四五年在位。萇宏，一作「萇弘」，周朝大臣劉文公所屬大夫，晉國內訌時被殺。❷碧，青綠色的玉石。

【譯文】

周靈王時侯，萇宏被殺死。蜀人把他的血藏起來，三年以後血變成了青綠色的玉石。

270 東方朔灌酒消患

漢武帝東遊，未出函谷關，有物當道。身長數丈，其狀像牛，青眼而曜睛❶，四足入土，動而不徙。百官驚駭。東方朔乃請以酒灌之❷。灌之數十斛而物消。帝問其故，答曰：「此名為患，憂氣之所生也。此必是秦之獄地，不然，則罪人徒作之所聚❸。夫酒忘憂，故能消之也。」帝曰：「吁！博物之士❹，至於此乎！」

【注釋】

❶曜，眩耀，光彩奪目。❷東方朔，西漢文學家。博學多識，性詼諧滑稽。武帝時為太中大夫。❸所聚，聚集的地方。指犯人服勞役的場所。❹博物，能辨別許多事物。

【譯文】

漢武帝往東方巡遊，還沒有走出函谷關，就有一個怪物阻擋在路上。怪物身長好幾丈，它的形狀像一頭牛，青色的眼睛，眼珠閃耀光彩奪目，四隻腳伸進地裡，腳動卻沒有走開。隨行的百官都感到驚奇害怕。東方朔於是請示用酒來灌它。灌了它幾十斛酒，這個怪物就不見了。漢武帝問是什麼原因，東方朔回答：「這個怪物名叫患，是憂鬱之氣所產生的。這個地方必定是秦朝的監獄，不然就是犯罪的人集中服勞役的場所。酒能忘憂，所以能用酒消除它。」漢武帝說：「啊！知識淵博的人，竟然有這樣的本領呀！」

271 諒輔以身祈雨

後漢諒輔，字漢儒，廣漢新都人❶。少給佐吏，漿水不交❷。為從事，大小畢舉，郡縣斂手❸。時夏枯旱，太守自曝中庭，而雨不降。輔以五官掾出禱山川❹，自誓曰：「輔以郡股肱❺，不能進諫納忠，薦賢退惡，和調百姓，至令天地否隔❻，萬物枯焦，百姓喁喁❼，無所控訴，咎盡在輔。今郡太守自省責己，自曝中庭，使輔謝罪，為民祈福，精誠懇到，未有感徹❽。輔今敢自誓，若至日中無雨，請以身塞無狀❾。」乃積薪柴，將自焚焉。至日中時，山氣轉黑，起雷，雨大作，一郡沾潤。世以此稱其至誠。

【注釋】

❶諒輔，東漢人。《後漢書·獨行傳》有傳。新都，古縣名，屬廣漢郡。故城在今四川新都縣東。❷佐吏，屬官。即輔助上官之吏。漿水不交，謂為官清廉，漿水都不受。漿水，指酒類飲料。交，接，接受。❸從事，官名。三公及州郡長官自辟的僚屬。斂手，猶言拱手，表示欽佩敬重。❹五官掾，官名。為郡國的屬官。《後漢書·諒輔傳》注引〈百官志〉曰：「每州皆置諸曹掾史。有功曹史，主選署功勞。有五官掾，署功曹及諸曹事。」❺股肱，大腿和胳膊，喻輔佐的得力助手。❻和調百姓，《後漢書·諒輔傳》作「和調陰陽」。否隔，

隔絕不通。❼百姓喁喁，意思是百姓仰首望雨，像魚張口向上。喁，魚口向上，出水呼吸。❽精誠，誠心誠意。懇到，懇切眞摯。感徹，感通。即有所感動而由此通於彼。❾以身塞無狀，意思是以自己的身體去抵罪。塞，彌補。無狀，謂罪過。

【譯文】

東漢有個諒輔，字漢儒，是廣漢郡新都縣人。他年輕時供職佐吏，爲官清廉，漿水不受。後來任從事，大小事情都治辦妥當，郡縣的人都欽佩敬重他。當時夏天乾旱，太守在庭院中讓太陽曝曬自己來祈雨，但是沒有下雨。諒輔以五官掾的身份出去禱告山水，他自己發誓說：「我諒輔身爲郡守的得力屬官，不能勸諫上司接納忠言，推薦賢才摒退壞人，調和陰陽，致使天地隔絕不通，萬物乾枯，百姓仰首望雨，沒有控訴的地方，罪過全在我諒輔。如今郡太守自己反省，責備自己，在庭院中曝曬自己來祈雨，讓我諒輔來認罪，爲百姓求福，誠心誠意懇切眞摯，尚未感通神明。我現在自己發誓，如果到了中午不下雨，請讓我用自己的身體來抵罪。」於是他堆積木柴，準備在那裡自焚。到了中午，山上的雲氣變黑，響起雷聲，下起大雨來，一郡的地方都得到濕潤。當世的人因此稱讚諒輔是最誠懇的人。

272 何敞消災

何敞，吳郡人。少好道藝，隱居。里以大旱，民物憔悴，太守慶洪遣戶曹掾致謁，奉印綬，煩守無錫❶。敞不受，退，嘆而言曰：「郡界有災，安能得懷道？」因跋涉之縣，駐明星屋中❷。蝗蝝消死❸，敞即遁去。後舉方正、博士❹，皆不就，卒於家。

【注釋】

❶慶洪，洛陽人。《後漢書》作「慶鴻」，說他「慷慨有義節，位至琅邪、會稽二郡太守，所在有異跡」。戶曹掾，官名，主民戶之屬官。謁，名帖。無錫，縣名，漢置。治所在今江蘇無錫。❷明星，星名，即金星。從地球上看，其光最明。亦名啓明、太白、長庚。❸蝗蝝，指蝗蟲。蝝，未生翅的蝗子。《北堂書鈔》「蝗」上有「敞修殷湯天下事之術」九字。❹方正，漢代選舉科目之一。博士，官名。東漢時專掌經學傳授。

【譯文】

何敞，吳郡人。年輕時候喜歡道術，隱居。鄉里因爲大旱，老百姓生活非常貧困，郡太守慶洪派遣戶曹掾送上名帖，拿著印章綬帶，請他任無錫縣令。何敞不接受，告退，他嘆息說：「郡中有災荒，我怎麼能夠抱著道術不用？」於是步行到縣裡，用道術將太白金星停駐在屋子裡。蝗蟲消失死亡，何敞就悄悄離開了。後來選舉他做方正、博士，他都没有去任職，老死在家裡。

273 蝗蟲避徐栩

後漢徐栩，字敬卿，吳由拳人❶。少爲獄吏，執法詳平。爲小黃令時，屬縣大蝗，野無生草❷。過小黃界，飛逝不集。刺史行部❸，責栩不治。栩棄官，蝗應聲而至。刺史謝，令還寺舍❹，蝗即飛去。

【注釋】

❶由拳，古縣名，治所在今浙江嘉興南。❷小黃，古縣名，治所在今河南開封縣東北。屬縣，附屬之縣。❸行部，漢制，刺史於八月巡視部屬，考察刑政，稱爲行部。❹寺舍，即官舍。

【譯文】

東漢時人徐栩，字敬卿，是吳郡由拳縣人。年輕時當獄吏，執法認眞公正。他任小黃縣令時，附屬縣發生嚴重蝗災，田野沒有一根活草。蝗蟲經過小黃縣境，一飛而逝不停留。郡刺史巡行各縣考察刑政，責備徐栩不治理蝗災。徐栩丟棄官職走了，蝗蟲馬上就來到小黃縣。刺史向徐栩道歉，叫他返回官舍復職，蝗蟲就飛走了。

274 湘江白虎墓

王業字子香，漢和帝時，爲荊州刺史❶。每出行部，沐浴齋素，以祈於天地：「當啓佐愚心，無使有枉百姓。」在州七年，惠風大行，苛慝不作❷，山無豺狼。卒於湘江❸，有二白虎低頭曳尾，宿衛其側。及喪去，虎踰州境，忽然不見。民共爲立碑，號曰「湘江白虎墓」。

【注　釋】

❶漢和帝，東漢皇帝。西元八八～一〇五年在位。❷惠風，喻仁愛、恩惠。苛慝，暴虐邪惡。❸湘江，《陳留耆舊傳》作「枝江」。

【譯　文】

王業字子香，漢和帝時，任荊州刺史。他每次要去巡行部屬，都洗髮洗身齋戒素食，然後向天地祈禱：「請啓發我愚昧的心，不要讓我做出辜負百姓的事。」他任職荊州七年，恩惠普遍施行，暴虐邪惡不敢出現，連山上都沒有豺狼。王業死在湘江，有兩隻白虎低著頭拖著尾巴，臥在他的旁邊守衛。埋葬他以後，兩隻白虎越過荊州地界，忽然不見了。老百姓一齊爲王業立碑，稱爲「湘江白虎墓」。

275 葛祚去民累

吳時，葛祚為衡陽太守❶。郡境有大槎橫水❷，能為妖怪。百姓為立廟。行旅禱祀，槎乃沉沒，不者槎浮，則船為之破壞。祚將去官，乃大具斧斤，將去民累。明日當至，其夜聞江中洶洶有人聲，往視之，槎乃移去，沿流下數里，駐灣中。自此行者無復沉覆之患。衡陽人為祚立碑，曰：「正德祈禳❸，神木為移。」

【注釋】

❶衡陽，郡名，三國吳置。故治在今湖南湘潭西六十里。❷槎，斜砍的木頭。❸正德，謂正其德行。

【譯文】

三國吳時，葛祚任衡陽郡太守。郡境內有一段斜砍的大木頭橫在江上，會與妖作怪。老百姓給它修建祠廟。旅行的人去祠廟禱告祭祀，木頭就沉沒水底；不然的話木頭浮上來，行船就會被它撞破弄壞。葛祚將要離任的時候，就準備了許多斧頭，要爲老百姓去掉這個累贅。他們第二天要到江上去，當天夜裡聽見江中有喧嘩的人聲，到江上去看，木頭竟然自己移走，沿江流下幾里，停在江灣中。從此以後，行人不再擔憂行船翻覆沉沒。衡陽郡的老百姓爲葛祚立碑，說是：「端正德行祈禱消災，神木因此移走。」

276 曾子孝感萬里

曾子從仲尼在楚而心動❶，辭歸問母。母曰：「思爾嚙指。」孔子曰：「曾參之孝，精感萬里。」

【注釋】

❶曾子，即曾參，孔子的學生，以孝著稱。仲尼，孔子的字號。

【譯文】

曾子跟隨孔子在楚國，心裡有感應，他告辭孔子回家問候母親。母親說：「我想念你就咬了自己的指頭。」孔子聽到這件事，說：「曾參的孝心，精神能夠感應到萬里之外。」

277 周暢行仁孝

周暢性仁慈❶。少至孝，獨與母居。每出入，母欲呼之，常自嚙其手，暢即覺手痛而至。治中從事未之信❷，候暢在田，使母嚙手，而暢即歸。元初二年，爲河南尹❸，時夏大旱，久禱無應。暢收葬洛陽城旁客死骸骨萬餘，爲之立冢，應時澍雨❹。

【注釋】

❶周暢，字伯持，東漢人。後位至光祿勛。❷治中從事，官名。漢置。爲州刺史助理。❸元初，漢安帝年號（西元一一四～一二〇年）。尹，都城的行政長官。❹義冢，掩埋無主屍體的公墓。澍，及時雨。

【譯文】

周暢生性仁慈。年輕時非常孝順，一個人和母親居住。每次他出門，母親想呼喚他，常常咬自己的手指，周暢立即感覺手痛就回來了。郡治中從事不相信這樣的事，等周暢去打獵，讓他母親咬手，周暢果然立即回家來了。漢安帝元初二年，周暢任河南尹，當時夏天大旱，禱告神靈很久沒有效應。周暢收拾洛陽城旁邊拋置的無主骸骨一萬多具，把它們埋葬，建立義冢，天上按時降下了及時雨。

278 王祥剖冰

王祥字休徵❶，琅邪人。性至孝。早喪親，繼母朱氏不慈，數譖之。由是失愛於父，每使掃除牛下❷。父母有疾，衣不解帶。母常欲生魚，時天寒冰凍，祥解衣，將剖冰求之。冰忽自解，雙鯉躍出，持之而歸。母又思黃雀炙❸，復有黃雀數十入其幕，復以供母。鄉里驚嘆，以爲孝感所致。

【注釋】

❶王祥，晉代人，官至太保。《晉書》有傳。❷牛下，指牛棚。❸黃雀炙，烤熟的黃雀肉。

【譯文】

王祥，字休徵，琅邪郡人。生性非常孝順。他從小死了母親，繼母朱氏不慈愛他，多次說他的壞話。因此他失去了父親的歡喜，常常叫他去打掃牛棚。父母生病，他日夜侍候不休息。繼母有一次想吃活魚，當時天冷冰凍，王祥脫下衣服，準備破冰去捉魚。冰忽然自動破開，兩條鯉魚從水中跳出來，王祥便拿著魚回家。繼母想吃烤熟的黃雀肉，又有幾十隻黃雀飛進王祥的帳子裡，他便拿去供給母親。同鄉的人都驚奇讚嘆，認爲這是王祥的孝心感動上天的緣故。

279 王延叩凌

王延❶，性至孝。繼母卜氏，嘗盛冬思生魚，敕延求而不獲，杖之流血。延尋汾❷，叩凌而哭。忽有一魚，長五尺，躍出冰上。延取以進母。卜氏食之，積日不盡，於是心悟，撫延如己子。

【注釋】

❶王延，字延之，西河（今山西離石縣）人。仕劉聰官至金紫光祿大夫。《晉書》有傳。

❷汾，即汾河。黃河第二大支流，在山西省中部。

【譯文】

王延，生性非常孝順。他的繼母卜氏，曾經在嚴冬裡想吃活魚，命令王延去尋求沒有得到，就用棍子打他，打得流出血來。王延到汾河上去尋找，一邊敲積冰一邊哭泣。忽然有一條魚，長五尺，跳出到冰上來。王延拿了魚去進奉給繼母。繼母吃這條魚，吃了好幾天也吃不完，於是心裡醒悟了，從此撫養王延像自己的兒子一樣。

280 楚僚臥冰

楚僚早失母❶，事後母至孝。母患癰腫❷，形容日悴，僚自徐徐吮之，血出，迨夜即得安寢❸。乃夢一小兒語母曰：「若得鯉魚食之，其病即差，可以延壽。不然，不久死矣。」母覺而告僚。時十二月冰凍。僚乃仰天嘆泣，脫衣上冰臥之。有一童子，決僚臥處，冰忽自開，一雙鯉魚躍出。僚將歸奉其母，病即癒，壽至一百三十三歲。蓋至孝感天神，昭應如此❹。此與王祥、王延事同。

【注釋】

❶楚僚，句道興本《搜神記》作「樊寮」，《東觀漢記》作「樊儵」。❷癰腫，癰疽膿腫。一種皮膚和皮下組織化膿性炎症，有多個膿頭，好發於頸和背部，伴有畏寒、發熱等全身症

狀。❸迨，同「逮」。等到。❹昭應，明顯的兆應。

【譯文】

楚僚早年死了母親，侍奉後母十分孝順。後母生癰疽膿腫，形體日漸憔悴，楚僚親自用嘴給她慢慢吮吸膿瘡，吸出膿血，到了晚上她就能夠安穩地睡覺。後母夢見一個小孩子對她說：「如果你得到鯉魚來吃，你的病馬上痊癒，還可以延長壽命。不然的話，要不了多久就死亡。」後母醒來，把這個夢告訴楚僚。當時是十二月冰凍天氣，楚僚於是仰頭向天嘆息哭泣，脫下衣服到河面冰上臥下。有一個小孩子，來挖楚僚臥的地方，冰忽然自己裂開，一對鯉魚從河裡跳出來。楚僚拿著魚回家給後母吃，後母的病立即好了，後來她活到一百三十三歲。大概他非常孝順感動了天神，才有這樣明顯的兆應。這跟王祥、王延的事相同。

281 盛母眼復明

盛彥字翁子，廣陵人❶。母王氏，因疾失明，彥躬自侍養。母食，必自哺之。母疾既久，至於婢使數見捶撻。婢忿恨，聞彥暫行，取蠐螬炙飴之❷。母食以為美，然疑是異物，密藏以示彥。彥見之，抱母慟哭，絕而復蘇。母目豁然即開，於是遂癒。

【注釋】

❶盛彥，《晉書》有傳，説他曾「仕吳，至中書侍郎」。❷蠐螬，金龜子的幼蟲。飴，通「飼」。給人吃。

【譯文】

盛彥，字翁子，是廣陵郡人。他母親王氏，因爲生病雙眼失明。盛彥親自侍候她。母親吃東西，盛彥必定親自餵她。他母親病已經很久了，以致對婢女也多次鞭打。婢女忿恨她，聽説盛彥暫時外出，就拿蠐螬燒烤給她吃。盛彥的母親吃了覺得味道好，不過懷疑是怪東西，悄悄藏起一點給盛彥看。盛彥看見是蟲子，抱著母親痛哭，哭得死去活來。她母親的眼睛一下子就復明，從此病就好了。

282 顏含尋蛇膽

顏含字宏都❶，次嫂樊氏，因疾失明。醫人疏方，須蚺蛇膽❷，而尋求備至，無由得之。含憂嘆累時。嘗晝獨坐，忽有一青衣童子，年可十三四，持一青囊授含。含開視，乃蛇膽也。

童子逡巡出户❸，化爲青鳥飛去。得膽藥成，嫂疾即癒。

【注釋】

❶顏含，琅邪莘（今山東莘縣北）人。《晉書》有傳。❷疏方，開列藥方。蚺蛇，即蟒蛇。❸逡巡，頃刻，一會兒。

【譯文】

顏含，字宏都。他的二嫂樊氏，因爲患病雙目失明。醫生開列藥方，必須用蟒蛇的膽配藥，但是到處去尋求，無法找到。顏含憂慮嘆息了好長時間。有一次他白天獨自一人坐在家裡，忽然有一個穿著青衣的小孩，年紀大約十三四歲，拿著一只青色口袋送給他。顏含打開口袋一看，正是蛇膽。小孩很快就走出門去，變成青鳥飛走了。得到蛇膽配齊藥，他嫂嫂的病立即就痊癒了。

283 郭巨埋兒得金

郭巨，隆慮人也，一云河內溫人❶。兄弟三人，早喪父。禮畢，二弟求分。以錢二千萬，二弟各取千萬。巨獨與母居客舍，夫婦傭賃，以給供養❷。居有頃，妻產男。巨念與兒妨事親，一也，老人得食，喜分兒孫，減饌❸，二也，乃於野鑿地，欲埋兒。得石蓋，下有黃金一釜，中有丹書，曰：「孝子郭巨，黃金一釜，以用賜汝。」於是名振天下。

【注釋】

❶隆慮，古縣名。屬河內郡，治所在今河南林縣。河內溫，河內郡溫縣，治所在今河南溫縣東。❷供養，原作「公養」，據《藝文類聚》改。❸減饌，減少食物。饌，食物。

【譯文】

郭巨，隆慮縣人，又說是河內郡溫縣人。兄弟三人，早年死了父親。喪禮結束，兩個弟弟要求分家。家產有二千萬，兩個弟弟各取走一千萬。郭巨獨自與母親居住在客店裡，他和妻子給人雇傭，來侍奉母親。過了一段時間，他妻子生下一個男孩。郭巨考慮撫養兒子會影響侍奉母親，這是其一，老人得到食物，喜歡分給兒孫，就會減少她的食物，這是其二，於是他到野外去挖土坑，想把兒子埋掉。他挖到一塊石頭蓋板，蓋板下面有一罐黃金，罐裡面有一張丹砂寫的文書，上面寫著：「孝子郭巨，黃金一罐，拿來賞賜你。」郭巨的名聲於是傳遍天下。

284 劉殷得粟滅火

新興劉殷❶，字長盛，七歲喪父，哀毁過禮。服喪三年，未嘗見齒❷。事曾祖母王氏，嘗夜夢人謂之曰：「西籬下有粟。」寤而掘之，得粟十五鍾❸。銘曰：「七年粟百石，以賜孝子劉殷。」自是食之，七歲方盡。及王氏卒，夫婦毁瘠，幾至滅性❹。時柩在殯而西鄰失火，風勢甚猛，殷夫婦叩殯號哭，火遂滅。後有二白鳩來巢其庭樹❺。

【注釋】

❶新興，郡名。晉置，故治在今湖北江陵縣東三十里。劉殷，曾任新興郡太守。《晉書》有傳。❷哀毁，因爲居親喪悲哀而瘦損。見齒，露齒，謂開口笑。❸鍾，古代器名。圓形壺狀，用以盛糧食或酒漿。❹毁瘠，居喪哀傷過度而消瘦。滅性，因親喪悲哀太過而危及生命。❺庭樹，原作「樹庭」，依《晉書·劉殷傳》改。

【譯文】

新興郡人劉殷，字長盛。七歲死了父親，居喪悲哀而瘦損，超過禮節規定。服喪三年期間，從來沒有開口一笑。他侍奉曾祖母王氏，有一天晚上夢見有人告訴他說：「西邊籬笆下面有糧食。」睡醒來到那裡挖掘，得到糧食十五鍾。鍾上有銘文說：「七年的糧食一百石，用來賞賜孝子劉殷。」從這時起吃這些糧食，七年才吃完。到曾祖母王氏去世，劉殷夫婦居喪哀傷過度而消瘦，幾乎危及生命。當時王氏的屍體盛入棺材尚未埋葬，西邊鄰居家失火，風勢很猛要燒過來，劉殷夫婦敲著棺材號啕大哭，火就熄滅了。後來有兩隻白色斑鳩來他家庭院樹上做窩。

285 楊伯雍種玉

楊公伯雍❶，洛陽縣人也，本以儈賣爲業，性篤孝❷。父母亡，葬無終山，遂家焉❸。山高八十里，上無水。公汲水，作義漿於坂頭❹，行者皆飲之。三年，有一人就飲，以一斗石子與之，使至高平好地有石處種之，云：「玉當生其中。」楊公未娶，又語云：「汝後當得好婦。」語畢不見。乃種其石。數歲，時時往視，見玉子生石上，人莫知也。

有徐氏者，右北平著姓❺，女甚有行，時人求，多不許。公乃試求徐氏，徐氏笑以爲狂，因戲云：「得白璧一雙來，當聽爲婚。」公至所種玉田中，得白璧五雙，以聘。徐氏大驚，遂以女妻公。天子聞而異之，拜爲大夫。乃於種玉處，四角作大石柱，各一丈，中央一頃地，名曰「玉田」❻。

【注釋】

❶楊，《水經注》等作「陽」。❷儈賣，作中間人介紹買賣。篤孝，純孝。篤，眞誠。❸無終山，在今河北玉田縣西北。家，指結廬居住墓側守孝。❹義漿，免費供應茶水。坂頭，坡頭上。坂，斜坡。❺著姓，即望族，有顯著名聲的世家。❻《水經注》「玉田」下有「至今相傳云，玉田之揭，起於此矣」諸文。

【譯文】

楊伯雍，是洛陽縣人。本來以做中間人介紹買賣爲職業，生性純孝。父母死亡，埋葬在無終山，他就在那裡結廬居住墓側守孝。無終山高八十里，山上没有水，楊伯雍從山下汲水，在坡頭上準備茶水免費供應，往來的行人都得到水喝。

過了三年，有一個行人在他那裡喝水，給他一斗石子，叫他把石子種到高山上平整有石頭的好地方，說：「玉會從裡面長出來。」楊伯雍還没有娶妻，他又告訴楊伯雍說：「你以後會娶得好妻子。」說完就離開了。楊伯雍就種了第一斗石子。數年間，常常前往察看，見到白玉生在石頭上，人們都不知道爲什麼會這樣。

有一戶姓徐的人家，是右北平郡的名門望族，他家女兒很有德行，當時許多人去求親，都没有許配。楊伯雍就試著去徐家求親，徐家笑他，認爲他狂妄，戲弄他說：「拿得出一對白璧來，就答應你的求婚。」楊伯雍到他所種的玉田裡，取得白璧五雙，拿來作聘禮。徐家大吃一驚，就把女兒嫁給了楊伯雍。皇帝聽說這件事感到驚異，就任命楊伯雍爲大夫。於是在楊伯雍種玉的地方，四角豎立大石柱，每根高一丈，中間那一頃地，取名叫「玉田」。

286 衡農夢虎嚙足

衡農字剽卿，東平人也❶。少孤，事繼母至孝。常宿於他舍，值雷風，頻夢虎嚙其足。農呼妻相出於庭❷，叩頭三下，屋忽然而壞，壓死者三十餘人，唯農夫妻獲免。

【注釋】

❶東平，郡、國名，治所在無鹽（今山東東平縣東）。❷相，相與；一起。

【譯文】

衡農字剽卿，是東平人。他小時候死了母親，侍奉繼母非常孝順。有一天他住宿在別人家的房舍裡，遇到打雷刮風，他連連夢見老虎咬他的腳。衡農喊起妻子，一同走出到庭院裡，磕三下頭，房屋忽然倒坍，壓死三十多人，只有衡農夫婦得到倖免。

287 羅威爲母溫席

羅威字德仁，八歲喪父，事母性至孝。母年七十，天大寒，常以身自溫席，而後授其處。

【譯文】

羅威字德仁，八歲死了父親，侍奉母親稟性非常孝順。母親七十歲了，天氣很冷的時候，羅威常常用自己的身子去溫暖床席，然後給母親睡覺。

288 王裒泣墓

王裒字偉元，城陽營陵人也❶。父儀，爲文帝所殺❷。裒廬於墓側，旦夕常至墓所拜跪，攀柏悲號。涕泣著樹，樹爲之枯。母性畏雷，母沒，每雷，輒到墓曰：「裒在此。」

【注釋】

❶王裒，王修之孫，隱居教授門徒，不仕晉。《晉書》有傳。城陽，郡名。治所在莒縣（今屬山東）。營陵，古縣名，晉時曾屬城陽郡。參見卷二〈營陵道人〉注。❷王儀，王修之子，為司馬昭安東司馬。文帝，即司馬昭。晉追尊為文帝。

【譯　文】

王裒字偉元，是城陽郡營陵縣人。他父親王儀，被晉文帝殺害。王裒在墓側結廬居住守孝，早晚常常到墓地拜跪，扶著柏樹悲哀號哭。眼淚灑在樹上，柏樹因此枯萎。他母親向來怕打雷，母親死後，每當打雷的時候，他就到墓地來說：「王裒在這裡。」

289　白鳩郎

鄭弘遷臨淮太守❶。郡民徐憲，在喪致哀，有白鳩巢戶側。弘舉為孝廉，朝庭稱為「白鳩郎」❷。

【注　釋】

❶臨淮，郡名，故治在今安徽盱眙縣西北。❷孝廉，選拔官吏的科目之一。由各郡國在所屬吏民中薦舉有倫理道德者。舉孝廉者往往被任為「郎」。

【譯　文】

鄭弘升任臨淮郡太守。郡裡有一個老百姓叫徐憲的，居喪期間非常哀傷，有白鳩來他家門邊做窩。鄭弘薦舉他爲孝廉，朝廷稱他爲「白鳩郎」。

290 東海孝婦

漢時，東海孝婦，養姑甚謹❶。姑曰：「婦養我勤苦。我已老，何惜餘年，久累年少？」遂自縊死。其女告官云：「婦殺我母。」官收繫之，拷掠毒治❷。孝婦不堪苦楚，自誣服之❸。時于公爲獄吏❹，曰：「此婦養姑十餘年，以孝聞徹❺，必不殺也。」太守不聽。于公爭不得理，抱其獄詞❻，哭於府而去。自後郡中枯旱，三年不雨。後太守至，于公曰：「孝婦不當死，前太守枉殺之，咎當在此。」太守即時身祭孝婦冢，因表其墓❼。天立雨，歲大熟。

長老傳云，孝婦名周青❽。青將死，車載十丈竹竿，以懸五旛⑨。立誓於衆曰：「青若有罪，願殺，血當順下；青若枉死，血當逆流。」既行刑已，其血青黃，緣旛竹而上標⑩，又緣旛而下云。

【注釋】

❶養姑，侍奉婆婆。❷拷掠，拷打。毒治，用刑凶狠毒辣。❸誣服，即屈打成招，被迫承受被誣陷的罪名。❹于公，漢宣帝時廷尉于定國之父。《漢書·于定國傳》：「其父于公爲縣獄吏、郡決曹。決獄平，羅文法者，于公所決皆不恨。郡中爲之生立祠，號曰于公祠。」❺聞徹，謂名聲很大，傳遍四方。❻獄詞，審訊定案的文書。❼表其墓，在其墓上設立標誌作爲表彰。❽周青，《御覽》引王韶之《孝子傳》稱爲東郡人。其事係另一傳說。❾五旛，青黃赤白黑五色旗幟，以應五行。旛，字又作「幡」。《集韻》：「旛，旗幅下垂者。」❿標，樹梢，此指竹竿頂端。

【譯文】

漢朝時候，東海郡有一個孝順的媳婦，奉養婆婆十分恭謹。婆婆說：「媳婦奉養我勤勞辛苦。我已經老了，何必吝惜剩下的年月，長久連累年輕人呢？」就上吊自殺了。她的女兒告狀到官府說：「媳婦殺死我母親。」官府拘捕了孝婦，酷刑拷打，非常狠毒。孝婦受不住酷刑的苦楚，被迫供認承受被誣陷的罪名。當時于公當獄吏，說：「這個婦人奉養婆婆十多年，因爲孝順，名聲傳遍四方，必定不會殺害婆婆。」太守不聽他的意見。于公爭辯，意見還是沒有得到採納，他抱著定案的文書，從官府裡哭著離開了。

從此以後，東海郡遭大旱災，三年不下雨。後任太守到職，于公說：「孝婦不該死，前任太守冤枉殺了她，災禍應當是從這裡來的。」太守立即親自去祭奠孝婦的墳墓，於是在她的墓上設立標誌作爲表彰。天上立刻下起雨來，這一年莊稼大豐收。

當地老年人傳説，孝婦名叫周青。周青將被殺死時，在車上插著十丈長的竹竿，竹竿上懸掛五色旗幟。她當衆立下誓言説：「我周青如果有罪，情願被殺，我的血就會順著竹竿流下；我周青如果死得冤枉，血就會沿著竹竿倒流上去。」行刑以後，她的血呈青黃色，沿著旗竿倒流上頂端，又順著旗幟流下來。

291 投水尋父屍

犍爲叔先泥和，其女名雄❶。永建三年，泥和爲縣功曹❷。縣長趙祉，遣泥和拜檄謁巴郡太守❸。以十月乘船，於城湍墮水死，屍喪不得。雄哀慟號咷，命不圖存，告弟賢及夫人，令勤覓父屍，「若求不得，吾欲自沉覓之。」時雄年二十七，有子男貢，年五歲；貰，年三歲。乃各作繡香囊一枚，盛以金珠環，預嬰二子❹。哀號之聲，不絕於口，昆族私憂。至十二月十五日，父喪不得。雄乘小船，於父墮處，哭泣數聲，竟自投水中，旋流没底。見夢告弟云：「至二十一日，與父俱出。」至期，如夢，與父相持，並浮出江。縣長表言，郡太守肅登承上尚書，乃遣戶曹掾爲雄立碑，圖像其形，令知至孝。

【注釋】

❶犍爲，郡名，治所在鼈縣（今貴州遵義市西）。叔先，複姓。《華陽國志》、《水經傳》單稱「先」。雄，《華國志》、《水經注》作「絡」。❷永建三年，即西元一二八年。永建，東漢順帝年號（西元一二六～一三二年）。功曹，官名。郡、縣下均設，相當於總務長，掌人事，並與聞郡、令政務。❸拜檄，上呈公文書。檄，公文書，長一尺二寸。謁，進見。❹嬰，繫在頸上。

【譯文】

犍爲郡人叔先泥和，他的女兒名叫叔先雄。東漢順帝永建三年，叔先泥和任縣功曹。縣長趙祉派他奉送公文書去進見巴郡太守。他於十月乘船出發，在城邊急流中落水死亡，找不到屍體埋葬。叔先雄悲痛號咷大哭，心裡不想活下去了，她告訴弟弟叔先賢和弟媳，叫他們盡力尋找父親的屍體，說是「如果找不到，我要自沉水中去尋找」。當時叔先雄有二十七歲，有兒子一個名叫貢，年齡五歲；一個名叫貰，年齡三歲。她就各做了一個繡花香囊，裝著金珠環，預先繫在兩個兒子頸上。她哀哭的聲音，一直没有停止過，同族的人私下都很擔憂。到了十二月十五日，父親的屍體還是找不到。叔先雄乘坐小船，來到父親落水的地方，哭泣了幾聲，竟然跳進水裡，隨後漂流沒入水底。她在弟弟的夢裡現身告訴他說：「到二十一日，我與父親一起浮出水面。」到那一天，跟夢中說的一樣，她和父親互相扶持，一起浮出水面。縣長寫文書上報此事，郡太守肅登轉報尚書，於是派戶曹掾為叔先雄立碑，畫上她的像，讓大家知道她極其孝順。

292 樂羊子妻

河南樂羊子之妻者❶，不知何氏之女也，躬勤養姑。嘗有他舍雞謬入園中，姑盜殺而食之。妻對雞不食而泣，姑怪問其故，妻曰：「自傷居貧，使食有他肉。」姑竟棄之。後盜有欲犯之者，乃先劫其姑，妻聞，操刀而出。盜曰：「釋汝刀。從我者可全，不從我者，則殺汝姑！」妻仰天而嘆，刎頸而死。盜亦不殺姑。太守聞之，捕殺盜賊，賜妻縑帛❷，以禮葬之。

【注釋】

❶樂羊子妻，《後漢書・列女傳》載其事。❷縑帛，此總稱絲織物。

【譯文】

河南郡人樂羊子的妻子，不知是誰家的女兒，她親自操勞奉養婆婆。曾經有別人家的雞誤入她家園子裡，婆婆偷偷把雞殺了來吃。樂羊子的妻子對著雞肉不吃而哭泣，婆婆奇怪地問她哭泣的原因，她說：「我傷心家裡貧窮，致使食物中有別人家的雞肉。」婆婆聽了，終於把雞肉扔掉了。後來有個強盜要凌辱她，就先劫持了她的婆婆，樂羊子的妻子聽到聲響，拿著刀衝出來。強盜說：「放下你的刀。順從我的可以保全性命，不然的話，就殺死你婆婆！」樂羊子的妻子仰頭朝天嘆息，割斷自己的脖子死了。那強盜也沒有殺她的婆婆。郡太守聽說這件事，把強盜抓起來殺了，賞賜樂羊子的妻子許多絹帛，按照隆重禮儀把她安葬。

293 庾袞不畏疫

庾袞，字叔褒❶。咸寧中大疫，二兄俱亡，次兄毗復殆❷。癘氣方盛，父母諸弟皆出次於外❸，袞獨留不去。諸父兄強之，乃曰：「衮性不畏病。」遂親自扶持，晝夜不眠。間復撫柩，哀臨不輟❹，如此十餘旬。疫勢既退，家人乃返。毗病得差，衮亦無恙。

【注釋】

❶庾衮，晉明穆皇后的伯父。《晉書》有傳。❷咸寧，晉武帝年號（西元二七五～二八〇年）。大疫，瘟疫，急性傳染病流行。殆，危險。此指病嚴重。❸癘氣，指瘟疫。出次，離家出外居住。❹撫柩，在靈柩旁邊祭奠。臨，哭弔死者。輟，中止。

【譯文】

庾衮，字叔褒。晉武帝咸寧年間瘟疫流行，他的兩個哥哥病死，他二哥庾毗又病得很嚴重。瘟疫正盛行，他父母和幾個弟弟皆離家出外居住，庾衮獨自留下不走。父兄們硬要他離開，他就說：「我向來不怕病。」他於是親自服侍二哥，白天晚上都不睡覺。這當中又在靈柩旁邊祭奠，哀傷地哭弔死者不停，像這樣過了十多旬。瘟疫退了以後，家裡的人才返回來。庾毗的病好了，庾衮也平安無事。

294 相思樹

宋康王舍人韓憑❶，娶妻何氏，美，康王奪之。憑怨，王囚之，論為城旦❷。妻密遺憑書，繆其辭曰❸：「其雨淫淫，河大水深，日出當心❹。」既而王得其書，以示左右，左右莫解其意。臣蘇賀對曰：「其雨淫淫，言愁且思也。河大水深，不得往來也。日出當心，心有死志也。」

俄而憑乃自殺。其妻乃陰腐其衣❺。王與之登臺，妻遂自投臺下，左右攬之，衣不中手而死❻。遺書於帶曰：「王利其生，妾利其死。願以屍骨，賜憑合葬。」

王怒，弗聽，使里人埋之，冢相望也。王曰：「爾夫婦相愛不已，若能使冢合，則吾弗阻也。」宿昔之間❼，便有大梓木生於二冢之端，旬日而大盈抱，屈體相就，根交於下，枝錯於上。又有鴛鴦，雌雄各一，恆棲樹上，晨夕不去，交頸悲鳴，音聲感人。

宋人哀之，遂號其木曰「相思樹」。相思之名起於此也。南人謂此禽即韓憑夫婦之精魂❽。今睢陽有韓憑城，其歌謠至今猶存❾。

【注　釋】

❶宋康王，戰國時宋國國君。西元前三一八～前二八六年在位。《史記·宋微子世家》稱其「淫於酒婦人，群臣諫者輒射之，於是諸侯皆曰『桀宋』」。韓憑，一作「韓馮」、「韓朋」。❷論，定罪。城旦，一種四年的徒刑，黥面髡首，遣送邊境，白天守禦，晚上築城。❸繆其辭，故意把話說得曲折隱諱。繆，通「謬」，假裝。此爲隱諱的意思。❹淫淫，雨水連綿不斷的樣子。當心，照著心。❺陰，暗地裡。腐，腐朽。❻衣不中手，意思是衣服已經腐朽，經不住手拉。❼宿昔，猶言旦夕，表示時間短暫。宿，通「夙」。昔，通「夕」。❽「南人謂」一句，余嘉錫考證說：「此唐人劉恂《嶺南錄異》語，後人錄出時摻入。」❾睢陽，古縣名。治所在今河南商丘縣南。歌謠，當是關於韓憑夫婦故事的民謠。

【譯　文】

宋康王的舍人韓憑，娶了一個妻子姓何，長得很美，宋康王奪走了她。韓憑心裡怨恨，宋康王把他囚禁起來，定罪判城旦徒刑。韓憑的妻子偷偷地給他寫信，言辭隱諱地說：「其雨淫淫，河大水深，日出當心。」接著宋康王也見到了這封信，拿給左右的人看，左右的人沒有誰懂得信上說的意思。大臣蘇賀解釋說：「其雨淫淫，是說憂愁而且思念。河大水深，是說不能互相往來。日出當心，是說心裡有了死的打算。」不久，韓憑就自殺了。他的妻子暗地裡把自己的衣服弄腐朽。宋康王和韓憑的妻子登高臺，韓憑的妻子自己往臺下跳，左右的人去拉她，衣服已經腐朽手拉不住，就摔死了。她的衣帶裡有遺書說：「大王願意我活著，我願意自己死掉。希望能把我的屍骨，恩賜與韓憑合葬。」

宋康王大怒，不允許這樣做，他叫當地人分別埋葬他們，兩座墳墓分離相望。宋康王說：「你們夫婦相愛不斷絕，如果能叫兩座墳墓合在一起，那麼我就不阻攔了。」很短的時間裡，就有兩棵大梓樹分別從兩個墳頭長出來，十來天長得有一抱多大，樹幹彎曲互相靠攏，樹根在地下交接，樹枝在天空交錯。又有兩隻鴛鴦，一雌一雄，總是棲息在樹上，早晚都不離開，依偎著悲哀地鳴叫，聲音令人感動。

宋國人同情他們，於是稱這兩棵樹爲「相思樹」。「相思」的名稱，是從這時候開始的。南方人說鴛鴦這種鳥就是韓憑夫婦的靈魂。如今睢陽縣有韓憑城，關於韓憑夫婦的歌謠至今還在那裡流傳。

295 飲水有妊

漢末，零陽郡太守史滿有女❶，悅門下書佐，乃密使侍婢取書佐盥手殘水❷，飲之，遂有妊。已而生子。至能行，太守令抱兒出，使求其父。兒匍匐直入書佐懷中❸，書佐推之，仆地化爲水。窮問之，具省前事，遂以女妻書佐。

【注釋】

❶零陽，古縣名。以在零水之北得名。郡名當為零陵。❷盥手，澆水洗手。《說文解字》段注：「盥者，手受之而下流於槃(盤)。」❸匍匐，伏地而行。

【譯文】

漢朝末年，零陽郡太守史滿有一個女兒，喜歡官府中的書佐，就偷偷讓侍侯的婢女取得書佐洗手留下的水，把水喝了，於是有了身孕。後來生下一個孩子。到了孩子能行走的時候，太守叫人把孩子抱出來，讓他找他的父親。孩子伏地爬行，逕直走到書佐懷裡，書佐推開孩子，孩子向前跌倒地上化成水。太守再三追問根源，完全了解前面的情況，就把女兒嫁給了書佐。

296 望夫岡

鄱陽西有望夫岡❶。昔縣人陳明與梅氏為婚，未成而妖魅詐迎婦去。明詣卜者，決云：「行西北五十里求之。」明如言，見一大穴，深邃無底。以繩懸入，遂得其婦。乃令婦先出，而明所將鄰人秦文，遂不取明。其婦乃自誓執志❷，登此岡首而望其夫，因以名焉。

【注釋】

❶鄱陽，古縣名，治所在今江西波陽東。❷執志，保持自己的志向不變。

【譯文】

鄱陽縣西邊有一座望夫岡。從前，這個縣裡的人陳明與姓梅的女子定了婚，還沒有成親，未婚妻被妖怪詐騙接走了。陳明去請教占卜的人，占卦判定說：「往西北走五十里去找她。」陳明照他的話去尋找，看到一個大洞，深不見底。他用繩子吊下去，於是找到了未婚妻。陳明就讓未婚妻先出洞，但是他帶去的鄰居秦文，竟然不再把他拉上來。陳明的未婚妻於是發誓保持自己的節操，每天登上這座山岡頂，盼望自己的未婚夫，於是把這座山岡叫做「望夫岡」。

297 鄧元義妻改嫁

後漢南康鄧元義，父伯考爲尚書僕射❶。元義還鄉里，妻留事姑，甚謹。姑憎之，幽閉空室，節其飲食。羸露日困❷，終無怨言。時伯考怪而問之，元義子朗時方數歲，言母不病，但苦飢耳。伯考流涕曰：「何意親姑反爲此禍❸？」遣歸家，更嫁為華仲妻❹。仲為將作大匠❺，妻乘朝車出。元義於路旁觀之，謂人曰：「此我故婦，非有他過，家夫人遇之實酷❻。本自相貴。」其子朗，時為郎❼，母與書，皆不答，與衣裳，輒以燒之。母不以介意❽。母欲見之，乃至親家李氏堂上，令人以他詞請朗。朗至見母，再拜涕泣，因起出。母追謂之曰：「我幾死，自為汝家所棄，我何罪過，乃如此耶？」因此遂絕。

【注釋】

❶南康，郡名，治所在雩都（今江西于都東北）。尚書僕射，官名。為尚書令的副手，分掌章奏文書及政令。❷羸露，瘦弱露出骨頭。困，困頓，即疲憊不堪。❸何意，疑問副詞，相當於「為什麼」。❹華仲，應奉曾祖父應順，字華仲。據《後漢書·應奉傳》，應華仲於漢和帝時為河南尹、將作大匠。❺將作大匠，官名。職掌宮室、宗廟、陵寢及其他土木營建。❻夫人，原作「天人」，依《後漢書·應奉傳》注引《汝南記》改。❼郎，帝王侍從官的通稱。職責為護衛陪從，隨時建議，備顧問及差遣。❽介意，放在心上。

【譯文】

東漢南康郡人鄧元義，他父親鄧伯考任尚書僕射。鄧元義回家鄉去，他妻子留下來侍候婆婆，十分恭謹。婆婆憎恨她，把她幽禁在空房子裡，限制她的飲食。她瘦弱得露出骨頭，一天天疲憊不堪，但是始終沒有怨言。當時鄧伯考覺得奇怪去詢問，鄧元義的兒子鄧朗當時才幾歲，說他母親沒有病，只是苦於飢餓而已。鄧伯考流淚說：「爲什麼侍奉婆婆反而遭到這樣的禍害？」送她回娘家，改嫁給應華仲做妻子。

應華仲後來任將作大匠，他妻子乘坐朝廷的車子出門。鄧元義在路邊看見她，對人說：「這個人是我原來的妻子，沒有別的過錯，我母親對待她實在太嚴酷了。她本來相貌就生得貴。」她的兒子鄧朗，當時任郎官，母親寫信給他，他都不回信，送衣服給他，他就把衣服燒掉。母親沒有把這些事放在心上。母親想見兒子，就到姓李的親家內堂裡，叫人用其他託詞請他來。鄧朗來到見了母親，哭泣著下拜了兩次，就起身走出去。母親追上去對他說：「我差點被餓死，自是你家拋棄我，我有什麼罪過，你竟然這樣？」從此就斷絕了來往。

298 嚴遵破案

嚴遵爲揚州刺史，行部，聞道旁女子哭聲不哀。問所哭者誰，對云：「夫遭燒死。」遵敕吏舁屍到❶，與語訖，語吏云：「死人自道不燒死。」乃攝女❷，令人守屍，云：「當有枉。」吏白：「有蠅聚頭所。」遵令披視，得鐵錐貫頂。考問，以淫殺夫。

【注釋】

❶舁，抬。❷攝，拘捕。

【譯文】

嚴遵任揚州刺史，巡行所屬各處，聽到路旁一個女子哭泣，聲音並不哀傷。嚴遵問她所哭的人是誰，她回答說：「丈夫被火燒死。」嚴遵命令差役把屍體抬來，他和屍體說了話以後，告訴差役說：「死者自己說不是被燒死的。」於是他拘捕了那個女子，派人看守屍體，說：「一定有冤枉。」差役稟報說：「有蒼蠅聚集在屍體的頭上。」嚴遵命令他們分開頭髮來看，找到一根鐵錐從頭頂釘穿下去。經過審問，原來是女子淫亂而殺害丈夫。

299 山陽死友傳

漢范式，字巨卿，山陽金鄉人也，一名氾❶。與汝南張劭爲友，劭字元伯，二人並游太學❷。後告歸鄉里，式謂元伯曰：「後二年當還，將過拜尊親，見孺子焉。」乃共克期日❸。後期方至，元伯具以白母，請設饌以候之。母曰：「二年之別，千里結言，爾何相信之審耶❹？」曰：「巨卿信士，必不乖違❺。」母曰：「若然，當爲爾醞酒。」至期果到，升堂拜飲，盡歡而別。

後元伯寢疾甚篤，同郡郅君章、殷子徵晨夜省視之❻。元伯臨終，嘆曰：「恨不見我死友❼。」子徵曰：「吾與君章盡心於子，是非死友，復欲誰求？」元伯曰：「若二子者，吾生友耳。山陽范巨卿，所謂死友也。」尋而卒。

式忽夢見元伯，玄冕乘纓，屣履而呼曰❽：「巨卿，吾以某日死，當以爾時葬，永歸黃泉。子未忘我，豈得相及？」式怳然覺悟，悲嘆泣下，便服朋友之服❾，投其葬日，馳往赴之。未及到而喪已發引❿。

既至壙，將窆⓫，而柩不肯進。其母撫之曰：「元伯，豈有望耶？」遂停柩。移時，乃見素車白馬，號哭而來。其母望之曰：「是必范巨卿也。」既至，叩喪言曰：「行矣元伯，死生異路，永從此辭。」會葬者千人，咸爲揮涕。式因執紼而引，柩於是乃前。式遂留止冢次，爲修墳樹，然後乃去⑫。

【注釋】

❶范式，東漢人，據《後漢書‧獨行傳》，後來他官至廬江太守。山陽金鄉，山陽郡金鄉縣，漢置，治所在今山東嘉祥縣南。汜，原作「氾」，誤。「汜」與「式」諧音，古人之名常用諧音字。❷游，游學，即外出求學。太學，漢時爲官辦最高學府，設五經博士。在學者稱諸生。❸克，限定，約定。❹結言，口頭上許諾的話。審，認眞，愼重。❺信士，謂信守諾言的人。乖違，違背諾言。❻郅君章，名惲，汝南西平人。官至長沙太守。《後漢書》有傳。郅，各本訛作「到」。殷子徵，名燀，上蔡人。❼死友，與下文「生友」相對。「生友」指生前好友。「死友」指幽明共心、生死不渝的好友。❽玄冕，黑色禮帽。乘纓，《後漢書》作「重纓」，掛著飄帶。屣履，腳趿著鞋，形容動身匆忙。❾朋友之服，爲朋友之喪所穿的衣服。《儀禮‧喪服》：「朋友麻。」注：「朋友雖無親，有同道之恩，相爲服緦之絰帶。」緦，製喪服的細麻布。絰，喪服的麻布帶，分爲繫頭的頭絰和繫腰的腰絰。❿發引，靈柩啓行送葬。⓫壙，墓穴。窆，落柩下葬。⓬修墳樹，安葬死者後，修整墳墓並栽種樹木。

【譯文】

漢代人范式，字巨卿，是山陽郡金鄉縣人，又叫范汜。他和汝南郡人張劭做朋友，張劭字元伯，他們兩人一起在太學讀書。後來他們請假回家鄉，范式對張元伯說：「過兩年我要回來，將去拜訪你的父親，看看你的孩子。」於是他們共同約定會見日期。後來約定的日期快要到了，張元伯把這事告訴母親，請她準備飲食等候范式。母親說：「分別兩年了，當時在千里之外口頭上許諾的話，你怎麼當眞相信呢？」張元伯說：「范巨卿是信守諾言的人，一定不會背約的。」母親說：「如果是這樣，我就爲你釀酒準備。」到了約定的那一天，范式果然來到，他登上廳堂拜見張劭家人，他們一起飲酒，盡興歡樂才告別。

後來張元伯生病臥床，病情十分嚴重，同郡人郅君章、殷子徵早晚都來看護他。張元伯臨死，感嘆說：「遺憾不能見到我的死友。」殷子徵說：「我和郅君章盡心對待你，這不是死友，還想見誰呢？」張元伯說：「你們二位，只是我的生友。山陽郡范巨卿，才是我所說的死友。」不久張元伯死了。

范式忽然夢見張元伯，戴著黑禮帽，帽沿掛著飄帶，趿著鞋子匆匆忙忙呼喊說：「巨卿，我在某日死了，將在某個時候埋葬，永歸黃泉地下。你沒有忘記我，怎麼能夠趕上見最後一眼？」范式恍然醒悟過來，悲嘆流淚，就穿上爲朋友服喪的服裝，趕著張元伯下葬的日子，往他家奔馳而來。范式還沒有趕到，靈柩已經發引。

到了墓地，將要落柩下葬，棺材卻不肯進入墓穴。張元伯的母親撫摸著棺材說：「元伯，難道還要等候誰嗎？」於是停下棺材。過了一會兒，就看見一輛駕著白馬的白車，車上有人號啕大哭趕來。張元伯的母親遠遠望見，說：「這一定是范巨卿。」范式來到，向著靈柩叩頭弔唁說：「你走了，元伯！死與生不能同路，從此永別了！」當時送葬的有一千人，都爲此情景流下眼淚。范式於是拉著繩索引柩，棺材這時才往前移動。范式就留在墓地，壘墳、種樹，然後才離開。

卷十二

300 五氣變化論

天有五氣，萬物化成❶。木清則仁，火清則禮，金清則義，水清則智，土清則思❷。五氣盡純，聖德備也。木濁則弱，火濁則淫，金濁則暴，水濁則貪，土濁則頑。五氣盡濁，民之下也。中土多聖人，和氣所交也；絕域多怪物，異氣所產也❸。苟稟此氣，必有此形；苟有此形，必生此性。故食穀者智慧而文，食草者多力而愚，食桑者有絲而蛾，食肉者勇憪而悍❹，食土者無心而不息，食氣者神明而長壽，不食者不死而神。大腰無雄，細腰無雌❺。無雄外接，無雌外育。三化之蟲，先孕後交；兼愛之獸，自爲牝牡❻。寄生因夫高木，女蘿托乎茯苓[7]。木株於土，萍植於水。鳥排虛而飛，獸跖實而走，蟲土閉而蟄，魚淵潛而處[8]。本乎天者親上，本乎地者親下，本乎時者親旁：各從其類也[9]。千歲之雉，入海爲蜃；百年之雀，入海爲蛤[10]；千歲龜黿，能與人語；千歲之狐，起爲美女[11]；千歲之蛇，斷而復續；百年之鼠，而能相卜[12]：數之至也。春分之日，鷹變爲鳩；秋雛之日，鳩變爲鷹：時之化也[13]。故腐草之爲螢也，朽葦之爲蛬也，稻之爲𧊅也[14]，麥之爲蝴蝶也，羽翼生焉，眼目成焉，心智在焉，此自無知化爲有知而氣易也。隺之爲獐也，蛇之爲鱉也[15]，蛬之爲蝦也，不失其血氣而形性變也。若此之類，不可勝論。

應變而動，是爲順常。苟錯其方，則爲妖眚。故下體生於上，上體生於下，氣之反者也；人生獸，獸生人，氣之亂者也；男化爲女，女化爲男，氣之貿者也。魯牛哀得疾，七日化而爲虎，形體變易，爪牙施張，其兄啓戶而入，搏而食之⑯。方其爲人，不知其將爲虎也；方其爲虎，不知其常爲人也。故晉太康中，陳留阮士瑀傷於虺⑰，不忍其痛，數嗅其瘡，已而雙虺成於鼻中。元康中，歷陽紀元載，客食道龜，已而成瘕，醫以藥攻之，下龜子數升，大如小錢，頭足殼備，文甲皆具⑱，惟中藥已死。夫妻非化育之氣，鼻非胎孕之所，享道非下物之具。

從此觀之，萬物之生死也，與其變化也，非神通之思，雖求諸己，惡識所自來？然朽草之爲螢，由乎腐也；麥之爲蝴蝶，由乎濕也。爾則萬物之變，皆有由也。農夫止麥之化者，漚之以灰⑲；聖人理萬物之化者，濟之以道。其與不然乎？

【注釋】

❶五氣，謂五行之氣，即火、水、木、金、土五種生成萬物之元氣。周敦頤《太極圖說》：「陽變陰合，而生水火木金土，五氣順佈，四時行焉。」❷《禮記·中庸》鄭玄注：「木神則

仁，金神則義，火神則禮，水神則信，土神則知。」以五行之氣生成人之五德。清，純淨。❸中土，指中原地區。絕域，指邊遠地區。❹慠，《集韻》：「慠，怒也。」此謂氣勢強盛。❺大腰，指龜鼉類動物。細腰，指蜂類動物。❻三化之蟲，指蠶。兼愛之獸，指一種叫「類」的動物。《山海經・南山經》：「（亶爰之山）有獸焉，其狀如狸而有髦，其名曰類，自爲牝牡，食者不妒。」楊愼云：「今雲南蒙化府有此獸，土人謂之香髦，具兩體。」❼寄生，指蔦，一種纏繞於楓、桑、柳等樹木的小灌木。女蘿，即松蘿，地衣類植物。《呂氏春秋・精通》注：「《淮南記》曰：『下有茯苓，上有菟絲。』一名女蘿。」誤以菟絲爲女蘿。茯苓，塊球狀菌類植物。❽排虛，謂鳥翅之羽翮中空。排，橫列，指羽翮。跖，能站立於地面的動物的足底，其皮膚厚實而致密。蟄，動物潛伏在土中不食不動的冬眠狀態。❾本，來源。親，親附。旁，同「傍」，依傍。類，種類，同類，此句語本《易・文言》：「本乎天者親上，本乎地者親下，則各從其類也。」❿《國語》：「雀入於海爲蛤，雉入於海爲蜃。」注：「小曰蛤，大曰蜃。皆介物，蚌類。」蛤，即蛤蜊，海蚌。蜃，大海蚌。⓫龜黿與人語，《莊子・外物》有宋元君夢神龜語之事。狐爲美女，《玄中記》云：「千歲之狐爲淫婦。」又云：「百歲爲美女。」⓬《抱朴子・對俗》：「鼠滿百歲，則色白，善憑人而卜，名曰仲。能知一年中吉凶，及千里外事。」⓭《禮記・月令》疏引《夏小正》云：「正月鷹化爲鳩，五月鳩化爲鷹。」⓮腐草爲螢，見《禮記・月令・季夏》。蛬，蟋蟀的別名。《詩・唐風・蟋蟀》毛傳：「蟋蟀，蛬也。」蛪，米中小黑甲蟲。《廣韻》：「蛪，米中黑蟲。」⓯雀，「鶴」字的省體。「蛇之爲鱉也」五字，據《法苑珠林》補。⓰牛哀，魯人。其變虎食兄事見《淮南子・俶眞訓》。⓱虺，一種毒蟲。⓲歷陽，古縣名。治所在今安徽和縣。瘕，病名。殼，疑「㲉」字之訛。㲉，《集韻》：「一曰物之浮甲。」文，通「紋」。甲，角質。⓳《荊楚歲時記》：「夏至日，取菊爲灰，以止小麥生蠹。」

【譯文】

天有木、火、金、水、土五行元氣，萬物由此生成。木氣純淨就生成仁愛，火氣純淨就生成禮節，金氣純淨就生成正義，水氣純淨就生成聰明，土氣純淨就生成誠實。五氣都純淨，聖人的品德就具備了。木氣混濁就生成虛弱，火氣混濁就生成淫穢，金氣混濁就生成暴虐，水氣混濁就生成貪婪，土氣混濁就生成頑固。五氣都混濁，就成爲下流之人。中原地區多有聖人，是因爲中和之氣相交融；邊遠地區多有怪物，是因爲怪異之氣所產生。如果稟受某種元氣，必定具有某種形體；如果具有某種形體，必定生成某種性質。所以吃穀物的聰明而有文采，吃草類的力大而愚昧，吃桑葉的吐絲而變成蛾蟲，吃肉類的勇猛而氣勢強盛，吃泥土的沒有心思而不休息，吃元氣的聖明而長壽，不吃東西的不會死亡而成爲神物。

龜鼉類動物沒有雄性，蜂類動物沒有雌性。沒有雄性的與其他動物交配，沒有雌性的由其他動物生育。蠶類蟲子，先產卵然後交配；香鼉類野獸，自身存在兩性器官。寄生依附於高樹，女蘿托身於茯苓。樹木長在土裡，浮萍生在水中。鳥翅虛空能飛翔，獸足厚實能奔跑，蟲潛伏在泥土裡冬眠，魚躲藏在深淵中居住。來源於天的親附天上，來源於地的親附地下，來源於時令的親附依傍之物：是各自以同類聚集。千年的雉，進入海裡成爲蜃；百年的雀，進入海裡成爲蛤；千年的龜鼋，能夠跟人説話；千年的狐狸，能夠變成美女；千年的蛇，身子斷了又能接上；千年的老鼠，能夠占卜吉凶：是氣數已經達到。春分的時候，鷹變成鳩；秋分的時候，鳩變成鷹：是時令的變化。所以腐爛的草變成螢火蟲，朽壞的蘆葦變成蟋蟀，稻子變成蛩，麥子變成蝴蝶，生出羽毛翅膀，長出眼睛，有心靈存在，這是從無知覺變爲有知覺而元氣變化了。鶴變成獐，蛇變成鱉，蟋蟀變成蝦，沒有失去它的血氣而形體性質變化了。像這一類的事物，多得説不盡。

根據變化而行動，這是順應自然規律。如果違背了它的規律，就會成爲妖禍。因此身體的下部長在上部，上部長在下部，是元氣的逆反；人生出獸，獸生出人，是元氣的紊亂；男人變為女人，女人變成男人，是元氣的變易。魯人牛哀生病，七天後變成虎，身體發生變化，長出虎爪虎牙，他哥哥開門進去，被虎咬死吃掉。當他是人的時候，不知道自己要變成虎；當他是虎的時候，不知道自己曾經是人。因此晉武帝太康年間，陳留人阮士瑀被虺蟲毒傷，受不了蟲毒的痛苦，常常嗅毒瘡，後來有兩條虺蟲長在鼻子裡。晉惠帝元康年間，歷陽人紀元載，寄食於得道的神龜，後來生了瘕病，醫生用藥給他治病，排泄出幾升小烏龜，有小銅錢那樣大一個，頭、腳、浮甲齊備，浮甲上都有花紋和角質層，只是中了藥性已經死了。夫婦不是化育的元氣，鼻子不是懷胎受孕的場所，祭神的東西不是一般人可以飲食的。

由此看來，萬物的生死及其變化，如果不是神奇的思維，即使從它自身去推究，怎麼知道是從哪裡來的呢？然而朽爛的草變成螢火蟲，是由於草腐爛；麥子變成蝴蝶，是由於土地潮濕。那麼萬物的變化，都是有原因的。農夫制止麥子的變化，用灰去漚它；聖人治理萬物的變化，用「道」去接濟它，難道不是這樣嗎？

301 穿井獲羊

季桓子穿井，獲如土缶❶，其中有羊焉。使問之仲尼曰：「吾穿井而獲狗，何耶？」仲尼曰：「以丘所聞，羊也。丘聞之，木石之怪，夔、蝄蜽；水中之怪，龍、罔象；土中之怪，曰賁羊❷。」《夏鼎志》曰：「罔象，如三歲兒。赤目，黑色，大耳，長臂，赤爪，索縛則可得食❸。」王子曰：「木精爲游光，金精爲清明也❹。」

【注釋】

❶季桓子，即季孫斯，春秋魯大夫。缶，小口大腹的瓦器，以盛酒漿。❷夔，如龍的一足怪物。蝄蜽，同「罔兩」，山精名。罔象，《國語》韋昭注：「罔象，食人，一名沐湩。」賁羊，即羵羊，亦作墳羊，土中怪羊。❸《夏鼎志》曰一句，亦見《說文》「蝄」、「蜽」字下引淮南王說。《夏鼎志》，書名。《左傳·宣公三年》：「昔夏之方有德也，遠方圖物貢金，九牧鑄鼎象物。」《夏鼎志》即爲說明夏鼎所鑄怪異物圖的書籍。❹游光，木神之名。清明，金神之名。

【譯文】

季桓子挖井，挖得一件像土缶一樣的東西，裡面有一隻羊。他派人去詢問孔子說：「我挖井挖得一條狗，爲什麼呢？」孔子說：「根據我聽說過的事，是一隻羊。我聽說過，木石的精怪，是夔、蝄蜽；水中的精怪，是龍、罔象；土中的精怪，叫做賁羊。」《夏鼎志》說：「罔象，像三歲的小孩一樣。紅眼睛，黑臉，大耳朵，長手臂，紅爪子，用繩子捆住它就可以拿來吃。」王子說：「木神叫游光，金神叫清明。」

302 掘地得犬

晉惠帝元康中，吳郡婁縣懷瑤家❶，忽聞地中有犬聲隱隱。視聲發處，上有小竅，大如螾穴❷。瑤以杖刺之，入數尺，覺有物，乃掘視之。得犬子，雌雄各一，目猶未開，形大於常犬。哺之而食，左右咸往觀焉。長老或云：「此名犀犬，得之者令家富昌，宜當養之。」以目未開，還置竅中，覆以磨礱❸。宿昔發視，左右無孔，遂失所在。瑤家積年無他禍福。

至太興中，吳郡太守張懋❹，聞齋內床下犬聲，求而不得。既而地坼，有二犬子。取而養之，皆死。其後懋爲吳興兵沈充所殺❺。《尸子》曰❻：「地中有犬，名曰地狼；有人，名曰無傷。」《夏鼎志》曰：「掘地而得狗，名曰賈；掘地而得豚，名曰邪；掘地而得人，名曰聚。聚，無傷也。此物之然，無謂鬼神而怪之。然則賈與地狼，名異，其實一物也。」《淮南萬畢》曰❼：「千歲羊肝，化爲地宰；蟾蜍得苽，卒時爲鶉❽。」此皆因氣化以相感而成也。

【注釋】

❶婁縣，古縣名。治所在今江蘇昆山東北。❷螾，同「蚓」，蚯蚓。❸礱，用以破穀取米的農具，狀如石磨。也叫「礧子」。❹太守，一作「內史」。張懋，一作「張茂」。❺沈充，晉武康人，字士居。王敦曾引爲參軍。❻《尸子》，書名，戰國楚人尸佼所撰。原書已佚，有清人輯本。❼《淮南萬畢》，即《淮南萬畢術》，書名。爲《淮南子》的注本。❽地宰，謂地神。蟾蜍，俗稱「癩蛤蟆」。苽，同「菇」，菌類植物。鶉，鳥名，即鵪鶉。

【譯文】

晉惠帝元康年間，吳郡婁縣人懷瑤家裡，忽然聽見地下有隱隱約約的狗叫聲。去看狗叫聲發出的地方，地上有一個小孔，像蚯蚓的洞穴那樣大。懷瑤用木棍刺進小孔，插進地下幾尺，感覺裡面有東西，就挖掘開來看。在裡邊得到小狗，雌雄各一隻，眼睛還沒有睜開，體形比平常的狗大。餵給它東西它就吃，左右鄰居都來觀看。地方長老有人說：「這狗叫犀犬，得到它的會使家裡富裕昌盛，最好把它飼養起來。」因爲小狗眼睛還不能睜開，懷瑤把它放回洞穴中，用石磨蓋在上面。過了一天打開石磨來看，到處都沒有洞穴，於是找不到它們在哪裡了。懷瑤家多年也沒有什麼禍事。

到東晉元帝太興年間，吳郡太守張懋聽見書房床下有狗叫聲；到處尋找卻沒有找到。接著地下裂開，裡面有兩條小狗。他取出小狗來飼養，都死掉了。後來張懋被吳興叛軍沈充殺死。《尸子》說：「地下有狗，名叫地狼；地下有人，名叫無傷。」《夏鼎志》說：「挖掘地下得到狗，名叫賈；挖掘地下得到豬，名叫邪；挖掘地下得到人，名叫聚。聚，就是無傷。這是事物的自然存在，不要說是鬼神而奇怪它。然而賈和地狼，名稱不同，它們實際上是一種東西。」《淮南萬畢》說：「千年的羊肝，變成地神；蟾蜍得到菇菌，最終變成鵪鶉。」這都是因爲元氣變化互相感應而形成的。

303 山精傒囊

吳諸葛恪爲丹陽太守，嘗出獵，兩山之間有物如小兒，伸手欲引人。恪令伸之，乃引去故地❶。去故地即死。既而參佐問其故，以爲神明。恪曰：「此事在《白澤圖》內❷，曰：『兩山之間，其精如小兒，見人則伸手欲引人，名曰「傒囊」。引去故地則死。』無謂神明而異之，諸君偶未見耳。」

【注釋】

❶故地，舊地，謂山精原來居住的處所。❷《白澤圖》，記載萬物精魂的圖籍。《開元占經》卷百十六引孫柔之《瑞應圖》云：「黃帝巡於東海，白澤出，能言語，達知萬物之精，以戒於民，爲除災害。」《南史·梁簡文帝紀》有《新增白澤圖》五卷。《隋唐志》並有《白澤圖》一卷，不著撰者姓氏。清洪頤煊《經典集林》、馬國翰《玉函山房輯佚書》均有《白

澤圖》輯本一卷，有說無圖。又，敦煌古籍有《白澤精話圖》殘卷，所存大許，前幅有圖有說，後幅有說無圖。

【譯文】

三國東吳諸葛恪任丹陽太守，有一次到野外打獵，在兩山之間，看見有一個怪物像小孩子，伸著手想牽引人。諸葛恪令人伸手去給它，於是怪物引人到它原來居住的處所去，一去到它原來居住的地方，怪物立即死了。後來參佐問這件事的緣故，他以爲是神靈。諸葛恪說：「這件事在《白澤圖》裡有記載，上面說：『兩山之間，那裡的精怪像小孩子，看見人就伸手想牽引人，它名叫「傒囊」。把人引到它原來居住的處所，它就死了。』不要說是神靈而感到奇怪，只是諸位正好沒有見到過罷了。」

304 池陽小人景

王莽建國四年，池陽有小人景❶，長一尺餘，或乘車，或步行，操持萬物，大小各自相稱，三日乃止。莽甚惡之。自後盜賊日甚，莽竟被殺。

《管子》曰❷：「涸澤數百歲，穀之不徙，水之不絕者，生慶忌③。慶忌者，其狀若人，其長四寸，衣黃衣，冠黃冠，戴黃蓋，乘小馬，好疾馳。以其名呼之，可使千里外一日反報。」然池陽之景者，或慶忌也乎？又曰：「涸小水精，生蚳④。蚳者，一頭兩身，其狀若蛇，長八尺。以其名呼之，可使取魚鱉。」

【注釋】

❶王莽建國四年，即西元十二年。池陽，古縣名，治所在今陝西涇陽西北。漢建池陽宮於此。景，「影」的本字。❷《管子》，書名。相傳爲春秋時期齊人管仲撰，實係後人託名之作。內容龐雜，包含有道、名、法等家的思想及天文、曆數、輿地、經濟和農業等知識。本條所引，見《管子・水地篇》。❸慶忌，水怪名，爲涸澤之精。❹蚳，毒蛇。

【譯文】

王莽建國四年，池陽宮有小人的影子出現，長一尺多，有的乘車，有的步行，他們拿著各種東西，東西的大小與各個小人相稱，三天以後才消失。王莽十分厭惡這件事。那以後盜賊一天一天厲害，王莽竟然被他們殺死了。

《管子》說：「水澤乾竭經過幾百年，山谷不遷徙，水份不斷絕的，就會產生慶忌。慶忌，它的模樣像人，身長四寸，穿黃衣，戴黃帽，頂著黃頭蓋，騎著小馬，喜歡飛快地奔馳。用它的名字呼喚它，可以使它到千里之外去一天就回來報告消息。」那麼池陽宮的影子，或許是慶忌麼？《管子》又說：「乾涸的小水澤有精靈，生成蚳。

蚳，一個頭兩個身子，它的形狀像蛇，長八尺。用它的名字呼喚它，可以叫它潛入水裡去捕取魚鱉。」

305 霹靂落地

晉扶風楊道和❶，夏於田中值雨，至桑樹下。霹靂下擊之❷，道和以鋤格，折其股，遂落地，不得去。唇如丹，目如鏡，毛角長三寸餘，狀似六畜，頭似獼猴❸。

【注釋】

❶扶風，郡名，西晉時治所在池陽縣。❷霹靂，急激之雷。此謂雷神。❸六畜，謂馬、牛、羊、雞、犬、豬。此泛指家畜。獼猴，亦稱「恆河猴」。其頭部毛色灰褐，臉、耳裸出呈紅色，兩頰有頰囊，以貯藏食物。

【譯文】

晉代扶風郡人楊道和，夏天在田裡幹活遇到下雨，到桑樹下避雨。霹靂下地來轟擊他，楊道和用鋤頭與霹靂格鬥，打斷了它的大腿，它就落在地上，不能回天上去了。霹靂的嘴唇像朱丹一樣紅，眼睛像鏡子一樣亮，毛茸茸的角有三寸多長，模樣像家畜，頭像獼猴的一樣。

306 落頭民

秦時，南方有落頭民，其頭能飛。其種人部有祭祀，號曰「蟲落」，故因取名焉。吳時，將軍朱桓得一婢❶，每夜臥後，頭輒飛去，或從狗竇，或從天窗中出入，以耳爲翼。將曉復還，數數如此❷。旁人怪之，夜中照視，唯有身無頭，其體微冷，氣息裁屬❸。乃蒙以被。至曉頭還，礙被，不得安，兩三度墮地，噫咤甚愁❹，體氣甚急，狀若將死。乃去被，頭復起，傅頸，有傾和平❺。桓以爲大怪，畏不敢畜，乃放遣之。既而詳之，乃知天性也。時南征大將亦往往得之。又嘗有覆以銅盤者，頭不得進，遂死。

【注釋】

❶朱桓，爲孫權手下將領，官至前將軍，領青州牧。《三國志·吳書》有傳。❷數數，常常。❸氣息裁屬，意思是呼吸勉強能連接得上。裁，通「才」。❹噫咤，嘆息。❺傅頸，附接在頸上。傅，通「附」。和平，指氣息和暢平穩。

【譯文】

秦朝時候，南方有一種落頭民，他們的頭能飛起來。這種人的部落有一種祭祀，叫做「蟲落」，所以由此取名。三國東吳時，將軍朱桓得到一個婢女，每天晚上睡下後，她的頭就飛起來，或者從狗洞，或者從天窗中進出，用耳朵做翅膀。快要天亮頭又飛回來了，常常都是這樣。旁邊的人覺得奇怪，夜裡點燈去照著看，那婢女只有身子沒有頭，她的身體稍微有一點涼，呼吸勉強接得上。於是他們用被子把婢女的身體蒙住。到天亮時婢女的頭回來，被被子阻礙，不能回到身體上安裝，兩三次掉到地上，很憂愁地嘆息，身體的氣息也很急促，樣子像要死去。人們這才去掉被子，婢女的頭又飛起來，附接在頸子上，過了一會兒氣息就和暢平穩了。朱桓覺得太怪異了，感到害怕，不敢收留這個婢女，就打發人遣送她走了。後來仔細了解，才知道那是她的天性。當時去雲南征伐的大將也常常得到這種人。又曾經有人用銅盤去覆蓋頭飛走的身體，頭不能進去接到身體上，人終於死掉了。

307 貙人化虎

江漢之域，有貙人❶。其先，廩君之苗裔也❷。能化爲虎，長沙所屬蠻縣東高居民，曾作檻捕虎❸。檻發，明日衆人共往格之，見一亭長，赤幘大冠❹，在檻中坐。因問：「君何以入此中？」亭長大怒曰：「昨忽被縣召，夜避雨，遂誤入此中。急出我！」曰：「君見召，不當有文書耶？」即出懷中召文書。於是即出之。尋視，乃化爲虎，上山走。或云：「貙虎化爲人，好著紫葛衣❺，其足無踵。虎有五指者，皆是貙。」

【注　釋】

❶江漢之域，指長江與漢水之間地域，即今湖北北部漢水流域。貙人，古代氏族。此指當時散居山林間的少數民族。❷廩君，姓巴名務相，傳說是生活在四川東部和湖北清江流域的一支少數民族的始祖。❸蠻縣，指少數民族聚居的縣份。東高，地名。《水經注》稱湖北有東高口。檻，捕野獸的木籠，設有機關，野獸進籠機關發動，門即關閉。❹亭長，秦漢時十里爲一亭，設亭長一人，負責當地治安、訴訟及公差諸事。幘，頭巾。❺貙虎，獸名。《爾雅·釋獸》：「貙，獌，似狸。」邢昺疏引《字林》：「貙似狸而大，一名獌。」葛衣，用葛布（俗稱夏布，以葛草的纖維織成）做的衣服。

【譯　文】

長江漢水流域，有一種貙人，他們的祖先是廩君巴務相的後代。他們能變成老虎。

長沙郡所屬的蠻縣東高口的居民，曾經做木籠捕捉老虎。木籠的機關被擊發了，第二天大家一齊去打老虎，卻看見一個亭長，包著紅頭巾，戴著大帽子，坐在木籠裡。便問他：「你怎麼落入這木籠裡面呢？」亭長很生氣地說：「昨天忽然被縣裡召喚，晚上避雨，就錯走進這木籠裡了。趕快放我出來！」大家說：「你被召喚，不是應該有文書嗎？」亭長當即從懷裡取出召喚的文書。於是就把他放了出來。隨後再注意看他，竟變成老虎，往山上跑了。有人說：「貙虎變成人，喜歡穿紫色葛衣，他的腳沒有後跟。老虎當中有五個腳趾的，都是貙虎。」

308 猳國馬化

蜀中西南高山之上，有物與猴相類，長七尺，能作人行。善走逐人，名曰「猳國」，一名「馬化」，或曰「玃猿」❶。伺道行婦女有美者，輒盜取將去，人不得知。若有行人經過其旁，皆以長繩相引，猶故不免。此物能別男女氣臭❷，故取女，男不取也。若取得人女，則爲家室。其無子者，終身不得還。十年之後，形皆類之，意亦迷惑，不復思歸。若有子者，輒抱送還其家。產子皆如人形。有不養者，其母輒死，故懼怕之，無敢不養。及長，與人不異，皆以「楊」爲姓❸。故今蜀中西南多諸楊，率皆是猳國馬化之子孫也。

【注釋】

❶猳，同「豭」，原意是公豬，這裡用來表示一種猴類。猳與「玃」一音之轉，玃猿，大母猴，此泛指猴類。❷氣臭，氣味。臭，同「嗅」，氣味。❸楊，與「猳」一音之轉，故作爲姓氏。

【譯文】

蜀地西南方的高山上，有一種怪物與猴相類似，七尺長，能像人一樣站著走路。它善於跑動追逐人，名叫「猳國」，又叫「馬化」，有人說是「玃猿」。它窺伺走在路上的婦女，有長得漂亮的，就偷取帶走，不會被人發現。如果有其他行人經過她的旁邊，都是用長繩去拉她，還是免不了被帶走。這種怪物能夠識別男女的氣味，因此只偷取女人，不要男人。如果偷取得人家女兒，就拿去做妻子。那些不生子女的，終身不能回來。過了十年以後，偷去的女人形體都和它們相似，精神也被迷惑了，不再想回來。如果生了子女的，就送她抱著孩子回家。生下的孩子都跟人的形體一樣。不收養孩子的，做母親的就會死掉，所以她們害怕死去，沒有誰敢不收養孩子的。孩子長大，與人沒有不同，都用「楊」做姓氏。因此如今蜀地西南有很多姓楊的人，大概都是猳國馬化的子孫。

309 刀勞鬼

臨川間諸山有妖物❶，來常因大風雨，有聲如嘯。能射人，其所著者，有頃便腫。大毒，有雌雄，雄急而雌緩。急者不過半日間，緩者經宿。其旁人常有以救之，救之少遲則死。俗名曰「刀勞鬼」。

故外書云❷：「鬼神者，其禍福發揚之驗於世者也。」《老子》曰❸：「昔之得一者：天得一以清，地得一以寧，神得一以靈，谷得一以盈，侯王得一以爲天下貞❹。」然則天地鬼神，與我並生者也。氣分則性異，域別則形殊，莫能相兼也。生者主陽，死者主陰，性之所托，各安其生。太陰之中❺，怪物存焉。

【注釋】

❶臨川，郡名。三國吳太平二年（西元二五七年）分豫章郡置。治所在南城（今江西南城縣東南）。❷外書，漢代謂讖緯之書以外的著作。讖緯之學大盛於東漢，稱內學，通諸經者爲外

學。下引文大意同《禮記·祭義》。❸《老子》，書名，亦稱《道德經》，是道家的經典著作。傳爲春秋末思想家老聃所著。下引文見《老子》三十九章。❹「一」，這裡指「道」，即產生和支配萬物的客觀精神。《老子》強調天、地、神、谷、萬物、侯王都來源於「道」，以「道」爲準則。❺太陰，純陰。此謂沒有絲毫陽氣的地方。

【譯文】

臨川郡許多山上有一種怪物，出現的時候常常趁著大風大雨，發出的聲音像呼嘯一樣。這種怪物會射擊人，被射中的，一會兒身體便發腫。毒性大，有雌雄的分別，雄的毒性急促，雌的毒性較緩。毒性急促的不超過半天時間發作，毒性較緩的要經過一天。那附近的人常常有辦法救治被射中者，救治稍遲的話就會死亡。這種怪物俗名叫「刀勞鬼」。

因此外書上說：「所謂鬼神，是它的禍福發生於上天而驗證於人世。」《老子》說：「自古以來都是得『道』的：天得到『道』因而清明，地得到『道』因而穩定，神得到『道』因而靈驗，山谷得到『道』因而充盈，侯王得到『道』因而做天下的首領。」那麼，天地鬼神就是與我們一併生存的了。氣質有區別就稟性不同，地域有區別就形體不同，沒有二者兼備的。活的主陽氣，死的主陰氣，稟性有所依托，各自安生於存在的地方。純陰的處所，有怪物在那裡。

310 越地冶鳥

越地深山中有鳥，大如鳩，青色，名曰「治鳥」❶。穿大樹作巢，如五六升器，戶口徑數寸，周飾以土埡，赤白相分，狀如射侯❷。伐木者見此樹，即避之去。或夜冥不見鳥，鳥亦知人不見，便鳴喚曰：「咄❸，咄，上去。」明日便宜急上。「咄，咄，下去。」明日便宜急下。若不使去，但言笑而不已者，人可止伐也。若有穢惡及其所止者❹，則有虎通夕來守，人不去，便傷害人。此鳥白日見其形，是鳥也；夜聽其鳴，亦鳥也。時有觀樂者，便作人形，長三尺，至澗中取石蟹，就火炙之，人不可犯也。越人謂此鳥是越祝之祖也❺。

【注釋】

❶越地，古越國之地。疆域有今江蘇北部運河以東、江蘇南部、安徽南部、江西東部和浙江北部。治鳥，一作「治鳥」。❷土埡，白色的土。埡，同「堊」。射侯，即現在說的箭靶。❸咄，呵叱聲。❹穢惡，污穢不潔。六朝時或指糞便。❺越祝，越地的巫祝，即祭祀時司告鬼神的人。

【譯文】

越地的深山裡有一種鳥，像鳩鳥那麼大，青色羽毛，名叫「冶鳥」。它穿通大樹做窩，像容積五六升器皿，出口直徑幾寸，周圍用白色土塗飾，紅白兩色相間隔，圖案跟箭靶一樣。上山伐木的人見到這種樹，就避開它走了。有時天黑看不見冶鳥，冶鳥也知道人看不見他，便叫喚說：「咄，咄，上去。」第二天就應該趕快往上面去伐木。叫喚說：「咄，咄，下去。」第二天就應該趕快往下面去伐木。如果它不叫人離開，只是說笑個不停的，人可以留下伐木。若是有污穢不潔，以及它叫停止伐木的，就會有老虎通宵來看守，這個伐木的人不離開，老虎就要傷害他。這種鳥白天看它的形狀，是一隻鳥；晚上聽它的叫聲，也是一隻鳥。或時有喜歡熱鬧的，就變成人形，高三尺，到水澗中去捕捉螃蟹，放在火上燒烤，人們不能去侵擾。越地的人說這種鳥是越地巫祝的祖先。

311 南海鮫人

南海之外有鮫人❶，水居如魚，不廢織績❷。其眼泣則能出珠。

【注釋】

❶南海之外，指南海郡（治所在今廣州）以外的海域。鮫人，神話傳說是人面魚身的怪人，能織一種入水不濕的薄紗「鮫綃」。❷績，緝麻成線。

【譯 文】

南海郡外的大海裡有一種鮫人，像魚一樣在水中生活，但是沒有廢棄織布績麻。他們的眼睛哭時就會流出珍珠來。

312 大青小青

盧江耽、樅陽二縣境上❶，有大青、小青黑居山野之中❷。時聞哭聲，多者至數十人，男女大小，如始喪者。鄰人驚駭，至彼奔赴，常不見人。然於哭地必有死喪，率聲若多則爲大家，聲若小則爲小家❸。

【注 釋】

❶耽，當爲「晥」。《漢書·地理志》盧江郡無耽縣，有晥縣，與樅陽縣鄰近。樅陽縣故城在今安徽桐城東南。❷大青、小青，汪紹楹先生疑原作「大黑、小黑」，爲秦漢人避諱改。又以下「黑」字爲後人附注，誤入正文。❸大家，謂大戶人家。小家，謂小戶人家。

【譯 文】

盧江郡晥縣、樅陽縣兩縣境內，有大青、小青，居住在山野之中。有時聽見哭聲，哭聲多的達幾十人，有男有女，有大人有小孩，像是剛剛死了人。附近居住的人驚慌害怕，趕緊跑到那裡去看，卻常常沒有看見人。但是在發出哭聲的地方必定有屍體，通常哭聲如果多的就是大戶人家死了人，哭聲如果小的就是小戶人家死了人。

313 裸身山都

盧江大山之間❶，有山都，似人，裸身，見人便走。有男女，可長四五丈❷，能嘯相喚。常在幽昧之中，似魑魅鬼物。

【注釋】

❶盧江，一作「盧陵」。❷丈，《初學記》引《異物志》作「尺」。

【譯文】

盧江大山之間，有一種叫「山都」的怪物，模樣與人相似，裸體，看見人就跑。分男女性別，大約高四五尺，能發出嘯聲互相呼喚。他們常常躲在陰暗的地方，好像是魑魅鬼怪。

314 蜮含沙射人

漢光武中平中❶，有物處於江水，其名曰「蜮」，一曰「短狐」，能含沙射人。所中者，則身體筋急，頭痛發熱，劇者至死。江人以術方抑之，則得沙石於肉中。《詩》所謂「爲鬼爲蜮，則不可測」也❷。今俗謂之溪毒。先儒以爲男女同川而浴，淫女爲主，亂氣所生也❸。

【注釋】

❶「光武」二字《法苑珠林》無。中平，漢靈帝劉宏年號（西元一八四～一八九年）。❷「爲鬼爲蜮，則不可測」，見《詩經·小雅·何人斯》篇。測，今本作「得」。蜮，見卷六〈玉化爲蜮〉注。❸先儒，指劉向。所說見《洪範五行傳》。

【譯文】

漢靈帝中平年間，有一種怪物生活在長江水裡，它的名字叫「蜮」，又叫「短狐」，能夠含沙射人。被射中的人，就會身體痙攣，頭痛發熱，嚴重的甚至死亡。江邊的人用法術和方藥醫治它，就會在肉裡找得沙石。這就是《詩經》所說的「爲鬼爲蜮，則不可測」。如今民間稱它爲溪毒。前輩儒家認爲是男女在同一條河裡洗浴，淫女爲主宰，淫亂之氣所生成的。

315 禁水鬼彈

漢永昌郡不韋縣有禁水❶，水有毒氣，唯十一月、十二月差可渡涉。自正月至十月，不可渡，渡則病，殺人。其氣中有惡物，不見其形，其作有聲，如有所投擊。中木則折，中人則害，土俗號爲「鬼彈」。故郡有罪人，徙之禁旁❷，不過十日皆死。

【注　釋】

❶永昌郡，據《續漢書·郡國志》，屬益州，漢明帝永平十二年（西元六九年）置。不韋縣，治所在今雲南保山金雞村。❷禁旁，原作「禁防」，據《水經注》改。

【譯　文】

漢代永昌郡不韋縣有一條河叫禁水，水中有毒氣，只有十一月、十二月勉強可以渡河。從一月至十月，不能渡河，如果渡河就會生病、死人。這條河的水氣中有怪物，看不見它的形狀，而它的動作發出聲音，好像在投擊什麼東西。投擊中樹，樹就被折斷，投擊中人，人就被殺害，當地土著稱爲「鬼彈」。所以永昌郡有犯罪的人，就把他移到禁水邊上，不超過十天都死亡。

316 張小小

余外婦姊夫蔣士❶，有傭客，得疾下血。醫以中蠱❷，乃密以蘘荷根布席下，不使知。乃狂言曰：「食我蠱者，乃張小小也。」乃呼小，小亡去。今世攻蠱，多用蘘荷根，往往驗。蘘荷或謂嘉草❸。

【注釋】

❶外婦姊夫，謂妻子之姐夫。❷蠱，相傳是一種人工培養的毒蟲，以寄生人體害人。《周禮·秋官·庶士》：「掌除毒蠱。」鄭玄注：「毒蠱，蟲物有病害人者。」❸蘘荷，亦稱「陽藿」。多年生草本。根狀莖可供藥用。

【譯文】

我妻子的姐夫蔣士，有一個雇傭的人，得病瀉血。醫生認爲是中了蠱毒，就悄悄地把蘘荷根鋪在床席下，不讓病人知道。於是假裝説：「讓我中蠱毒的，是張小小。」就呼喚張小小，張小小消失了病就好了。如今治療蠱毒，多用蘘荷根，往往靈驗。蘘荷有人叫做嘉草。

317 趙壽犬蠱

鄱陽趙壽有犬蠱❶。時陳岑詣壽，忽有大黃犬六七，群出吠岑。後余伯婦與壽婦食，吐血幾死，乃屑桔梗以飲之而愈❷。蠱有怪物，若鬼，其妖形變化，雜類殊種，或為狗豕，或為蟲蛇，其人皆自知其形狀。行之於百姓，所中皆死。

【注　釋】

❶犬蠱，傳說是以病犬唾液培養的一種毒蠱。❷屑，研成粉末。桔梗，多年生草本。根肉質，圓錐形，可入藥。

【譯　文】

鄱陽郡人趙壽畜有犬蠱。有一次陳岑去拜訪趙壽，他家裡忽然有大黃狗六七條，一齊出來對著陳岑叫。後來我伯母跟趙壽的妻子一起吃東西，回來吐血幾乎死亡，把桔梗研成粉末喝下去病才好。毒蠱是有怪物的，像鬼一樣，它的妖形會變化，成為各種不同的類型，有的成為豬狗類，有的成為蟲蛇類，畜養有毒蠱的人都知道自己的蠱的形狀。他把毒蠱施放到老百姓身上，中了毒蠱的人都會死亡。

318 廖姓蛇蠱

滎陽郡有一家❶，姓廖，累世爲蠱，以此致富。後取新婦，不以此語之。遇家人咸出，唯此婦守舍。忽見屋中有大缸，婦試發之，見有大蛇，婦乃作湯❷，灌殺之。及家人歸，婦具白其事，舉家驚惋。未幾，其家疾疫，死亡略盡。

【注釋】

❶滎陽郡，三國魏正始三年(西元二四二年)分河南郡置。治所在今河南滎陽縣東北。汪紹楹先生考證應爲「營陽郡」，三國吳置，尋廢，晉穆帝時又分零陵郡置。故治在今湖南道縣北。❷湯，沸水。

【譯文】

滎陽郡有一戶人家，姓廖，幾代人畜養毒蠱，靠這樣致富。後來他家娶了一個媳婦，沒有把畜蠱的事告訴她。有一次家裡的人都外出，只有這個媳婦看家。媳婦忽然在一間屋子裡看見一只大缸，她試著打開它，看見裡面有一條大蛇。媳婦於是燒了開水，灌進缸裡燙死大蛇。等到家裡的人回來，媳婦把這事告訴他們，全家人都驚奇惋惜。不久，他們一家人患了瘟疾，都死盡了。

卷十三

319 泰山澧泉

泰山之東，有澧泉，其形如井，本體是石也。欲取飲者，皆洗心志❶，跪而挹之，則泉出如飛，多少足用。若或污漫❷，則泉止焉。蓋神明之嘗志者也。

【注釋】

❶洗心志，謂洗滌心胸意志，使其純潔。❷污漫，指行爲污穢不潔。漫，亦「污」的意思。

【譯文】

泰山的東邊，有一個澧泉，它的形狀像井，本身是石頭的。想取泉水飲的人，都要端正思想，跪著去舀水，那麼泉水就如飛一般地湧出來，任飲用多少也足夠用。如果有人行爲污穢不潔，那麼泉水就停止流淌。大概是神靈在檢驗人的思想意志。

320 河神劈山

二華之山❶，本一山也。當河，河水過之而曲行。河神巨靈以手擘開其上❷，以足蹈離其下，中分爲兩，以利河流。今觀手跡於華嶽上，指掌之形具在。腳跡在首陽山下❸，至今猶存。故張衡作〈西京賦〉，所稱「巨靈贔屭，高掌遠跡，以流河曲」，是也❹。

【注釋】

❶二華之山，指太華山和少華山。在今陝西華陰縣。太華山即西嶽華山，少華山在其西邊。❷擘，用手分開，剖開。❸首陽山，又名雷首山，在山西永濟縣南。位於黃河北岸，距華山約二百里。❹張衡，東漢科學家、文學家。〈西京賦〉：「綴以二華，巨靈贔屭。高掌遠跖，以流河曲。」贔屭，猛壯有力的樣子。

【譯文】

太華山和少華山，本來是一座山。它正對著黃河，黃河水流到這裡就得轉個彎。河神巨靈用手擘開山的上部，用腳蹬開山的下部，從中間把山分成兩部分，便利黃河水流過去。如今在西嶽華山上看到手跡，手指手掌的形狀都還留著。腳跡在首陽山下，到現在還存在。所以張衡撰寫〈西京賦〉，所說的「巨靈猛壯有力，高處留下手印，遠處留下足跡，使彎彎曲曲的黃河水通暢流過」，就是指這裡。

321 霍山四鑊

漢武徙南嶽之祭於盧江灊縣霍山之上❶，無水。廟有四鑊，可受四十斛❷。至祭時，水輒自滿，用之足了，事畢即空。塵土樹葉，莫之污也。積五十歲，歲作四祭。後但作三祭，一鑊自敗。

【注釋】

❶南嶽，即衡山，五嶽之一。在湖南衡山縣西。灊縣，漢置，故城在今安徽霍山縣東北三十里。霍山，又名天柱山，在霍山縣西北五里。❷鑊，無足的大鼎。

【譯文】

漢武帝把南嶽的祭祀遷到盧江灊縣的霍山上面，山上沒有水。廟裡有四只鑊，可以盛四十斛水。到祭祀的時候，鑊自己會裝滿水，水足夠祭祀用，祭祀結束鑊就空了。塵土樹葉都不會弄髒它。一共祭祀了五十年，每年祭祀四次。後來只祭祀三次，有一只鑊自己損壞了。

322 樊山致雨

樊口之東有樊山❶。若天旱，以火燒山，即至大雨❷。今往往有驗。

【注釋】

❶樊口，在湖北鄂城縣西北五里，樊港入江處。樊山，在鄂城縣北五里。❷蘇軾〈樊山記〉：「樊山，或曰燔山。歲旱燔之，起龍致雨。」

【譯文】

樊口的東邊有一座樊山。如果天旱，放火燒山，立即就會招來大雨。如今往往還有靈驗。

323 孔竇清泉

空桑之地，今名爲孔竇，在魯南山之穴❶。外有雙石，如桓楹起立，高數丈，魯人弦歌祭祀❷。穴中無水，每當祭時，灑掃以告，輒有清泉自石間出，足以周事。既已，泉亦止。其驗至今存焉。

【注釋】

❶空桑，一作「窮桑」，孔子出生之地。桑或訛作「乘」。竇或訛作「寶」。南山之穴，指峰孔。據《水經注》，鄒縣東南有峰山，積石無上，石間多孔相通，有如數間屋之洞，俗稱「峰孔」。❷桓楹，泛指房屋的柱子。弦歌祭祀，《北堂書鈔》作「祗敬世祭」。

【譯文】

空桑這個地方，如今名叫孔竇，在魯國南山的洞穴中。外面有一對石山，像房屋的柱子一樣豎立。高幾丈，魯國人在這裡歌舞祭祀。洞穴中沒有水，每到祭祀的時候，灑水掃地然後禱告神祇，就有清澈的泉水從石縫中流出，足夠用來完成祭祀。祭祀完畢，泉水也就停止了。至今還有這種靈驗。

324 湘穴壅水

湘穴中有黑土❶，歲大旱，人則共壅水以塞此穴❷。穴淹則大雨立至。

【注釋】

❶此句《太平御覽》作「湘東新平縣有一龍穴」。❷壅水，此謂以土阻塞水路，使水位上升。

【譯文】

湘地一個洞穴中有黑土，遇到大旱的年歲，人們一起用黑土阻塞水路來淹塞這個洞穴。洞穴被淹大雨就會立即降下來。

325 龜化城

秦惠王二十七年❶，使張儀築成都城，屢頹❷。忽有大龜浮於江，至東子城東南隅而斃❸。儀以問巫，巫曰：「依龜築之。」便就。故名「龜化城」。

【注釋】

❶秦惠王，即秦惠文王，戰國時秦國君。其二十七年爲西元前三一一年。❷張儀，戰國時魏人，仕秦爲丞相。游說各國「連橫」，服從秦國。頹，倒塌。❸子城，大城所屬的小城，即內城，或附在城垣上的瓮城、月城。

【譯文】

秦惠文王二十七年，派張儀去築成都城，築了幾次都倒塌了。忽然有一隻大烏龜浮現在江面上，來到東面子城的東南角就死了。張儀以此事去詢問巫師，巫師說：「依照烏龜的輪廓築城。」於是築城成功了。所以這座城叫做「龜化城」。

326 城淪爲湖

由拳縣，秦時長水縣也❶。始皇時，童謠曰：「城門有血，城當陷沒爲湖。」有嫗聞之，朝朝往窺。門將欲縛之，嫗言其故。後門將以犬血塗門，嫗見血，便走去。忽有大水欲沒縣，主簿令幹入白令❷。令曰：「何忽作魚？」幹曰：「明府亦作魚。」遂淪爲湖。

【注釋】

❶《水經・沔水注》：「由拳縣，秦時長水縣也。……秦始皇惡其勢王，令囚徒十餘萬人掘汚其土，表以惡名，改曰囚卷，亦曰由拳也。」❷幹，主管的府吏。《後漢書》李賢注：「幹，府吏之類也。晉令諸郡國不滿五千以下置幹吏二人。郡縣皆有幹。幹，猶主也。」

【譯文】

由拳縣，是秦朝時候的長水縣。秦始皇時，童謠說：「城門有血，城當陷沒爲湖。」有一個老婦人聽到歌謠，天天早上去城門那裡偷偷地看。守衛城門的將領準備把她抓起來，老婦人說出自己來偷看的原因。後來守衛的將領拿狗血塗在城門上，老婦人見了血，就跑著離開了。忽然漲起大水要淹沒縣城，縣主簿派主管的府吏進去報告縣令。縣令說：「你怎麼忽然變成了魚的模樣？」主管的府吏說：「縣令您也變成了魚的模樣。」於是縣城淪陷成爲湖。

327 馬邑城

秦時，築城於武周塞內以備胡❶，城將成而崩者數焉。有馬馳走，周旋反覆。父老異之，因依馬跡以築城，城乃不崩。遂名「馬邑」❷。其故城今在朔州❸。

【注釋】

❶武周塞，古要塞名。又名武州塞。在今山西左雲至大同市西一帶。❷馬邑，古縣名，秦置。其治所在今山西朔縣。❸朔州，《史記正義》引《括地志》云：「朔州城，江雁門，即馬邑縣城也。」此句為《後漢書・安帝紀》李賢注語，誤錄。

【譯文】

秦朝時候，在武周塞裡面築城來防備胡人，很多次都是城將要築好時崩塌了。有一匹馬奔跑，反覆圍繞著一個圈子打轉。當地父老覺得奇怪，就依照馬跑的蹄印去築城，築好的城竟不再崩塌了。於是把城叫做「馬邑」。它的故城如今在朔州。

328 天地劫灰

漢武帝鑿昆明池❶，極深，悉是灰墨，無復土。舉朝不解，以問東方朔。朔曰：「臣愚，不足以知之。」曰「試問西域人」❷。帝以朔不知，難以移問。至後漢明帝時❸，西域道人入，來洛陽。時有憶方朔言者，乃試以武帝時灰墨問之。道人云：「經云：『天地大劫將盡則劫燒❹。』此劫燒之餘也。」乃知朔言有旨。

【注釋】

❶昆明池，長安古水池。漢武帝元狩三年（前一二〇年），為訓練水軍和解決水源不足而開鑿，周圍四十里。❷西域，漢以後對玉門關、陽關以西地區的總稱。❸明帝，東漢皇帝，西元五十七至七十五年在位。❹經，當指佛經。劫，佛經稱天地的形成到毀滅為一劫。劫盡即世界毀滅時，有大火即劫火焚燒。後亦稱亂世的災火為劫火。

【譯文】

漢武帝開鑿昆明池，挖得很深，挖到的都是黑灰，不再有土。整個朝廷的人都不知道是怎麼回事，去問東方朔。東方朔說：「我愚蠢，不能夠知道這件事。」說是「可以去問一下西域的人」。武帝認為東方朔都不知道，就很難改問其他人了。到東漢明帝時候，西域道人進入中原，來到洛陽。當時有人想起東方朔的話，就試用武帝時黑灰的事去問他。西域道人說：「佛經說：『天地的大劫將要結束就會有劫火焚燒。』這黑灰是劫火焚燒留下的灰燼。」人們這才知道東方朔說的話有含義。

329 丹砂井

臨沅縣有廖氏❶，世老壽。後移居，子孫輒殘折。他人居其故宅，復累世壽。乃知是宅所爲，不知何故。疑井水赤，乃掘井左右，得古人埋丹砂數十斛❷。丹汁入井，是以飲水而得壽。

【注釋】

❶臨沅，原作「臨氾」，據《抱朴子》改。《晉書·地理志》：「臨沅縣屬武陵郡。」故城在今湖南常德縣西。❷丹砂，亦稱朱砂，色鮮紅，大者成塊，小者爲六角形結晶，是煉丹藥的主要材料。

【譯文】

臨沅縣有一戶姓廖的人家，世代人長壽。後來他家移居到另外的地方，子孫壽命就縮短了。別的人家住到他原來的房屋裡，又世代長壽。才知道是這所住宅使人長壽，但不知道究竟什麼原因。懷疑井水是紅色的，就挖掘井的左右兩邊，得到古人埋藏的朱砂幾十斛。朱砂的液汁滲入井裡，因此住在這裡的人家飲了井水就得到長壽。

330 江東餘腹

江東名餘腹者❶，昔吳王闔閭江行❷，食膾有餘❸，因棄中流，悉化爲魚。今魚中有名吳王鱠餘者，長數寸，大如箸❹，猶有鱠形。

【注釋】

❶餘腹，魚名。亦即下文「吳王鱠餘」。今稱「銀魚」，太湖一帶俗稱「麵條魚」、「鱠殘魚」、「挨冰嘯」等。❷闔閭，春秋末年吳國君。西元前五一四至前四九六年在位。❸鱠，此專指食用的生魚片。❹箸，筷子。

【譯文】

江東有一種叫餘腹的魚。從前吳王闔閭在長江上巡行，吃生魚片有剩下的，就扔到江中，都變成了魚。如今魚當中有一種叫做「吳王鱠餘」的，幾寸長，大的像筷子一樣，還有生魚片的形狀。

331 蟛蚏

蟛蚏❶，蟹也。嘗通夢於人，自稱「長卿」。今臨海人多以「長卿」呼之❷。

【注釋】

❶蟛蜮，似蟹而小者。省稱「蜮」。蜮，同「蚏」。❷臨海，郡名，治所在今浙江臨海縣。

【譯文】

蟛蜮，是一種螃蟹。它曾經託夢給人，自稱爲「長卿」。如今臨海人多用「長卿」這個名字稱呼它。

332 青蚨

南方有蟲，名蜳蝺，一名蝍蠋，又名青蚨❶。形似蟬而稍大，味辛美，可食。生子必依草葉，大如蠶子。取其子，母即飛來，不以遠近。雖潛取其子，母必知處。以母血塗錢八十一文，以子血塗錢八十一文，每市物，或先用母錢，或先用子錢，皆復飛歸，輪轉無已。故《淮南子術》以之還錢❷，名曰「青蚨」。

【注釋】

❶蜳蝺、蝍蠋、青蚨，都是一種昆蟲「魚伯」的別名。❷《淮南子術》，即《淮南萬畢術》。

【譯　文】

南方有一種蟲，名叫𧑈蝺，也叫蝍蠋，又叫青蚨。形狀像蟬而比蟬稍大一點，味道辛辣鮮美，可以吃。它產子必定依附在草葉上，青蚨子像蠶子那樣大，如果捉取青蚨子，母青蚨就會飛來，不論離得遠近。即使是偷偷地捉取青蚨子，母青蚨也一定會知道青蚨子在哪裡。用母青蚨的血塗在八十一文銅錢上，用青蚨子的血塗在另外八十一文銅錢上，每次去買東西，或者先用母血塗的錢，或者先用子血塗的錢，錢都會再飛回來，輪流用不完。所以《淮南子術》記載用這種方法收回錢，稱它爲「青蚨」。

333　蜾蠃

土蜂名曰蜾蠃，今世謂蜠螉，細腰之類❶。其爲物，雄而無雌，不交不產。常取桑蟲或阜螽子育之❷，則皆化成己子。亦或謂之「螟蛉」❸。《詩》曰：「螟蛉有子，蜾蠃負之❹。」是也。

【注　釋】

❶蜾蠃，亦作「果蠃」，俗稱細腰蜂。蜠螉，蜾蠃的別名。細腰，一種土蜂，細而長。

❷桑蟲，又稱桑蠹，即蝤蠐，是天牛的幼蟲。阜螽，蝗蟲的幼蟲。❸螟蛉，螟蛾的幼蟲，

蛀食稻心。古人錯認爲蜾蠃養螟蛉爲子，因此把「螟蛉」或「螟蛉子」作爲養子的代稱。❹《詩》曰，所引見《詩經·小雅·小宛》。負，擔負，撫養的意思。按，實際上是蜾蠃捕螟蛉來餵養自己的幼蟲。

【譯文】

有一種土蜂名叫蜾蠃，如今叫做蠮螉，是細腰蜂之類昆蟲。它這種昆蟲，只有雄的卻沒有雌的，不交配，不生育。它常常拿桑蟲或者阜螽的幼蟲來養育，就把它們都變成自己的幼蟲。也有人稱它們叫「螟蛉」。《詩經》上說：「螟蛉有子，蜾蠃負之。」就是這回事。

334 木蠹

木（ㄇㄨˋ）蠹（ㄉㄨˋ）生（ㄕㄥ）蟲（ㄔㄨㄥˊ），羽（ㄩˇ）化（ㄏㄨㄚˋ）爲（ㄨㄟˊ）蝶（ㄉㄧㄝˊ）。

【譯文】

木蛀蝕生成蟲子，蟲子生羽翅變化成蝴蝶。

335 刺猬

猬多刺，故不使超逾抑揚❶。

【注釋】

❶抑揚，謂上下行動。原作「楊柳」，據《太平御覽》改。

【譯文】

刺猬身上有很多刺，因此它們互相不讓別人超過或者上下活動。

336 火浣布

崑崙之墟，地首也❶。是惟帝之下都❷，故其外絕以弱水之深，又環以炎火之山。山上有鳥獸草木，皆生育滋長於炎火之中，故有火浣布❸。非此山草木之皮枲❹，則其鳥獸之毛也。漢世，西域舊獻此布，中間久絕。至魏初時，人疑其無有。文帝以爲火性酷裂，無含生之氣，著之《典論》❺，明其不然之事，絕智者之聽。及明帝立❻，詔三公曰：「先帝昔著《典論》，不朽之格言。其刊石於廟門之外及太學，與石經並，以永示來世❼。」至是，西域使人獻火浣布袈裟，於是刊滅此論❽，而天下笑之。

【注釋】

❶崑崙，古代傳說中的西方仙山。虛，當爲「墟」，土丘。《莊子·至樂》：「支離叔與滑介叔觀於冥伯之丘，崑崙之墟，黃帝之所休。」地首，大地的端首。❷帝之下都，謂天帝設在人間下界的都城。❸火浣布，能耐火的布。猶今之石棉布。❹皮枲，指草木表皮的纖維。❺文帝，魏文帝曹丕，西元二二〇至二二六年在位。《典論》，五卷，原書已失傳，後有輯佚本。其〈論文〉一篇尚全。❻明帝，魏明帝曹叡，曹丕之子。西元二二七至二三九年在位。❼刊石，刻石。廟，指太廟，即天子的祖廟。石經，指「熹平石經」。東漢熹平年間，刻六經文字於石碑，立於太學門外，作爲經籍之定本。❽袈裟，佛教僧尼的法衣。刊滅此論，意思是說把石碑所刻《典論》中否認火浣布存在的論說鏟掉。

【譯文】

崑崙山的土丘，是大地的端首。這裡設有天帝在人間下界的都城，所以它的外圍用又深而不能渡過的弱水來隔絕，還用火山來環繞四周。火山上有鳥獸草木，都在火焰中生長繁殖，因此有火浣布。這布不是火山上草木的表皮纖維織成，就是火山上鳥獸的羽毛所製成。漢朝時候，西域曾經獻過這種布，以後很久不再貢奉。到三國曹魏初年，人們懷疑這種布有沒有。魏文帝認爲火的性質是猛烈破壞，不會含有生存的元氣，他在《典論》中論述，說明火浣布存在是不可能的事，杜絕了有見識的人的傳聞。到魏明帝即位，下詔書給三公說：「先皇帝過去著述《典論》，這是不朽的格言。應該把它刻在石碑上立到太廟的門外和太學裡，跟石經並列，用來永遠指示後代。」在這時候，西域派人來貢奉火浣布做的袈裟，於是就把《典論》碑刻中否認火浣布存在的論述鏟掉，遭到天下人的譏笑。

337 金燧

夫金之性一也。以五月丙午日中，鑄爲陽燧❶；以十一月壬子夜半，鑄爲陰燧❷。（言丙午日鑄爲陽燧，可取火；壬子夜鑄爲陰燧，可取水也❸。）

【注釋】

❶陽燧，古代從太陽光取火的器具，爲銅製的圓形凹面鏡。《古今注》：「陽燧，以銅爲之，形如鏡，照物則影倒，向日則火生，以艾承之則得火也。」❷陰燧，古代在月下取水的器具，爲方形的銅盆。也叫方諸。一說爲大蛤形。❸此爲原注。按，取火、水皆用於祭祀。

【譯文】

金的性質是一定的。在五月丙午那一天中午，用它鑄造成陽燧；在十一月壬子半夜，用它鑄造成陰燧。（意思是說丙午那一天白天鑄成陽燧，可以取得火；壬子那一天晚上鑄成陰燧，可以取得水。）

338 焦尾琴

漢靈帝時，陳留蔡邕以數上書陳奏❶，忤上旨意，又內寵惡之❷，慮不免，乃亡命江海，遠跡吳會❸。至吳，吳人有燒桐以爨者，邕聞火烈聲，曰：「此良材也。」因請之，削以爲琴，果有美音。而其尾焦，因名「焦尾琴」。

【注釋】

❶蔡邕，陳留圉（今河南杞縣南）人。東漢末文學家，精通音律、書法。《後漢書》有傳。❷內寵，指宮廷裡得寵的宦官。❸吳會，吳郡和會稽郡地域，古稱吳會。

【譯文】

東漢靈帝時，陳留郡人蔡邕因爲多次上書奏事，違背皇帝的旨意，又被得寵的宦官憎惡，他耽心自己難免被害，就流亡江湖，行跡遠到吳會地區。到了吳郡，遇上一個吳地人用桐木燒火煮飯，他聽見桐木在火中爆裂的響聲，說：「這是一塊好木材。」便請求把那塊桐木給他，他砍削製成一張琴，果然彈出動聽的聲音。琴的尾部已經燒焦了，於是取名叫「焦尾琴」。

339 柯亭笛

蔡邕嘗至柯亭，以竹爲椽❶。邕仰眄之，曰：「良竹也。」取以爲笛，發聲遼亮❷。一云邕告呉人曰：「吾昔嘗經會稽高遷亭，見屋東間第十六竹椽可爲笛。」取用，果有異聲。

【注釋】

❶柯亭，又名「高遷亭」、「千秋亭」。在今浙江紹興西南柯橋鎮上。椽，即椽子，安在檁上支架屋面和瓦片的木條或竹子。❷遼亮，嘹亮，聲音響亮而清遠。

【譯文】

蔡邕曾經來到柯亭，這裡用竹子做椽子。蔡邕擡頭仰視竹椽，說：「好竹子。」取下一段來做成笛子，吹出來的聲音響亮清遠。還有一種傳說，蔡邕告訴呉地的人說：「我過去曾經路過會稽高遷亭，看見亭子東間第十六根竹椽子可以做笛子。」後來取那根竹子來做笛子，果然能吹出美妙的聲音。

卷十四

340 蒙雙氏

昔高陽氏❶，有同產而爲夫婦，帝放之崆峒之野❷，相抱而死。神鳥以不死草覆之❸，七年，男女同體而生，二頭，四手足。是爲蒙雙氏。

【注釋】

❶高陽氏，即顓頊，傳說中的上古帝王。生於若水，居於帝丘(今河南濮陽東南)。❷崆峒，山名。在今甘肅平涼縣西。一說在今河南臨汝縣西南。❸不死草，不枯死之草。《淮南子·地形訓》:「南方有不死之草。」

【譯文】

從前高陽氏時候，有兩個一母同生的男女結爲夫婦，帝顓頊把他們流放到崆峒山的荒野，兩人擁抱著死去。神鳥叨來不死草覆蓋他們，過了七年，男女連成一體活過來，兩個頭，四隻手四隻脚。這就是蒙雙氏。

341 盤瓠子孫

高辛氏有老婦人居於王宮❶，得耳疾歷時。醫爲挑治，出頂蟲❷，大如繭。婦人去後，置以瓠蘺❸，覆之以盤。俄爾頂蟲乃化爲犬，其文五色，因名「盤瓠」，遂畜之。

時戎吳強盛❹，數侵邊境。遣將征討，不能擒勝。乃覆天下有能得戎吳將軍首者，購金千斤，封邑萬户，又賜以少女。後盤瓠銜得一頭，將造王闕。王診視之，即是戎吳。爲之奈何？群臣皆曰：「盤瓠是畜，不可官秩，又不可妻，雖有功，無施也。」少女聞之，啓王曰：「大王既以我許天下矣，盤瓠銜首而來，爲國除害，此天命使然，豈狗之智力哉！王者重言，伯者重信❺，不可以女子微軀，而負明約於天下，國之禍也。」王懼而從之，令少女從盤瓠。

　　盤瓠將女上南山，草木茂盛，無人行跡。於是女解去衣裳，爲僕豎之結，著獨力之衣❻，隨盤瓠升山入谷，止於石室之中。王悲思之，遣往視覓，天輒風雨，嶺震雲晦，往者莫至。

　　蓋經三年，產六男六女。盤瓠死後，自相配偶，因爲夫婦。織績木皮，染以草實。好五色衣服，裁制皆有尾形。後母歸，以語王，王遣使迎諸男女，天不復雨。衣服褊褳，言語侏㒧❼，飲食蹲踞，好山惡都。王順其意，賜以名山廣澤，號曰「蠻夷」。蠻夷者，外痴內黠，安土重舊。以其受異氣於天命，故待以不常之律。田作賈販，無關繻符傳租稅之賦❽。有邑君長，皆賜印綬。冠用獺皮，取其遊食於水。今即梁、漢、巴、蜀、武陵、長沙、廬江郡夷是也❾。用糝雜魚肉，叩槽而號，以祭盤瓠，其俗至今。故世稱：「赤髀橫裙，盤瓠子孫❿。」

【注釋】

❶高辛氏，即帝嚳，傳說中上古帝王。《史記·五帝本紀》：「帝嚳高辛者，黃帝之曾孫也。」❷頂蟲，畲族〈狗皇歌〉作「金蟲」。❸瓠蘺，當爲剖開葫蘆做的瓢類器具。❹戎吳，《後漢書·南蠻傳》作「犬戎之將吳將軍」。犬戎爲古戎族的一支，殷周時居於中國西部。❺伯，通「霸」。《法苑珠林》正作「霸」。❻僕豎，奴僕，《後漢書·南蠻傳》作「僕鑒」。結，通「髻」，義此指打扮。獨力之衣，奴僕幹活時所穿的衣服。❼褊褳，《後漢書·南蠻傳》作「斑蘭」，同斑斕，色彩錯雜的樣子。侏儒，言語難辨。李賢注：「蠻夷語聲也」。❽關繻，出入關隘的通行證，用帛製作。符傳，朝廷傳達命令或調兵遣將的憑證，用金、玉、竹、木等製作。❾梁，梁州。漢，漢中郡。巴、蜀、武陵、長沙、廬江，皆郡名。參見前注。❿赤，裸露。髀，大腿外側。橫裙，指橫遮前身的短裙。

【譯　文】

高辛氏時候有個老婦人住在王宮裡，耳朵有病已經有一段時間了。醫生給她挑治耳朵，挑出一條金蟲，大得像蠶繭。老婦人離開以後，把蟲放在瓢裡，用盤子蓋上。不一會兒金蟲就變成一條狗，身上文彩五色斑斕，於是把它叫做「盤瓠」，就飼養起來。

當時戎族吳部很強盛，多次侵擾邊境。帝王派遣將領去征討，不能獲勝。於是他招募天下，有誰能取得戎吳將軍的首級，賞黃金千斤，封食邑萬户，並且把小女兒賜嫁給他。後來盤瓠銜得一顆人頭，送到王宮。帝王仔細驗視，就是戎吳將軍的腦袋。這事怎麼辦呢？群臣都說：「盤瓠是畜生，不能封官給俸祿，不能娶人爲妻。即使有功，也不要賞賜。」帝王的小女兒聽說這事，稟告帝王說：「大王既然已經拿我向天下許諾，盤瓠銜得首級來，爲國家除了大害，這是上天的旨意使牠這樣，哪裡是一條狗的智慧力量！稱王的人看重諾言，稱霸的人看重信用，不能因爲女兒的輕微身軀，而在天下人面前公開背棄諾言，那將會給國家招致災禍。」帝王感到畏懼，依從了小女兒，叫她去跟隨盤瓠。

盤瓠帶著帝王的小女兒上了南山，那裡草木茂盛，沒有人的行跡。於是小女兒脫下原來的服裝，像奴僕一樣打扮，穿上幹活的衣服，隨著盤瓠登高山穿深谷，居住在石屋裡。帝王悲傷地思念小女兒，派人去看望尋找，但是一去就刮風下雨，山搖地動，烏雲密佈，去的人沒有誰能到達那裡。

過了三年，他們生下六個男孩六個女孩。盤瓠死後，兒女自相婚配，於是結成夫婦。他們用樹皮紡線織布，用草籽染上顏色。他們喜歡五色斑斕的衣服，裁縫衣服都有尾巴的形狀。後來，他們的母親回到王宮，把情況告訴帝王。帝王派遣使者去迎接那些男男女女，這時天上不再下雨了。他們的穿著色彩錯雜，言語難於分辨，吃飯蹲在地上，喜歡山林厭惡城市。帝王依順他們的心意，賜給他們名山大川，稱他們爲「蠻夷」。蠻夷人，表面上呆板而內心狡黠，安於鄉土，重視舊俗。因爲他們領受了上天賦予的異常氣質，所以用特殊的法規來對待他們。他們耕種經商，沒有關卡憑證和租稅的徵收。凡有部落首領，都賜給官印綬帶。他們的帽子是用獺皮製的，取獺在水裡生活的意思。如今梁州、漢中郡、巴郡、蜀郡、武陵郡、長沙郡、廬江郡的夷人就是這樣。他們用米飯雜著魚肉，敲著木槽呼喊，這樣來祭祀盤瓠，這種風俗流傳到現在。因此人們說：「露著大脚，繫著橫裙，是盤瓠的子孫。」

342 夫餘王

槁離國王侍婢有娠❶，王欲殺之，婢曰：「有氣如雞子，從天來下，故我有娠。」後生子，捐之豬圈中，豬以喙噓之，徙至馬櫪中，馬復以氣噓之，故得不死。王疑以爲天子也，乃令其母收畜之，名曰「東明」，常令牧馬。東明善射，王恐其奪己國也，欲殺之。東明走，南至掩施水❷，以弓擊水，魚鱉浮爲橋。東明得渡，魚鱉解散，追兵不得渡。因都王夫餘❸。

【注釋】

❶槁離，《後漢書》作「索離」，北夷的國名。❷掩施水，《後漢書》李賢注：「今高麗中有蓋斯水，疑此水是也。」❸夫餘，國名，在玄菟郡（治所在今遼寧瀋陽市）東北，南臨高句麗國，即今吉林省北部，據說其地廣二千里。

【譯文】

槁離國國王的侍婢懷孕，國王要殺死她，侍婢說：「有一團氣像雞蛋，從天上降到我身上，所以我有了身孕。」後來她生下孩子，把他扔到豬圈裡，豬用嘴向孩子哈氣，又扔到馬廄裡，馬又向孩子哈氣，因此孩子沒有凍死。國王疑心孩子是上天的兒子，就命令他的母親收養他，取名「東明」，常常叫他去放馬。東明善於射箭，國王耽心他奪取自己的國家，想殺死他。東明逃跑，往南來到掩施水邊，他用弓擊水，水裡的魚鱉就浮上來架成橋。東明渡過河，魚鱉又散開，追兵不能渡過河。於是東明在夫餘建都稱王。

343 鵠蒼銜卵

古徐國宮人❶，娠而生卵，以爲不祥，棄之水濱。有犬名「鵠蒼」，銜卵以歸，遂生兒，爲徐嗣君❷。後鵠蒼臨死，生角而九尾，實黃龍也❸。葬之徐里中，見有狗壟在焉。

【注釋】

❶徐國，古國名。故城在今安徽泗縣北。❷嗣君，嗣位的國君。後也稱太子爲嗣君。
❸黃龍，黃色之龍，傳說它負河圖授黃帝。

【譯文】

古代徐國有一個宮女，懷孕以後生下一個蛋，她認爲是不祥之兆，把蛋扔到河邊上。有一條狗名叫「鵠蒼」，把蛋銜回來，於是蛋孵出一個孩子，成爲徐國嗣位的國君。後來鵠蒼臨死的時候，生出角，長出九條尾巴，實際是一條黃龍。它死後埋葬在徐國鄉間，現在還有一座狗墓在那裡。

344 穀烏菟子文

鬬伯比父早亡❶，隨母歸，在舅姑之家。後長大，乃奸妘子之女❷，生子文。其妘子妻恥女不嫁而生子，乃棄於山中。妘子遊獵，見虎乳一小兒，歸與妻言。妻曰：「此是我女與伯比私通，生此小兒。我恥之，送於山中。」妘子乃迎歸養之，配其女與伯比。楚人因呼子文爲「穀烏菟」❸。仕至楚相也。

【注釋】

❶鬬伯比，春秋時楚人，是若敖娶於鄖國所生之子。❷妘子，《左傳·宣公四年》作「鄖子」，即鄖國國君。鄖國在今湖北安陸（一說在鄖縣）。❸穀烏菟，據《左傳·宣公四年》，楚人謂乳爲「穀」，謂虎爲「烏菟」。

【譯文】

鬬伯比的父親死得早，他隨母親回鄖國外家，在舅舅家生活。長大以後，他和鄖國國君鄖子的女兒私通，生下子文。鄖子的妻子認爲女兒未出嫁就生孩子是恥辱，就把子文扔到山裡。鄖子到山上打獵，看見一隻老虎在給一個小孩餵乳，回家來告訴妻子。妻子說：「這是我們女兒和鬬伯比私通，生下這個小孩。我對此感到羞恥，把他送到山裡。」鄖子就把小孩接回來撫養，把自己的女兒嫁給鬬伯比。楚人於是稱呼子文叫「穀烏菟」。後來他官做到楚國丞相。

345 齊頃公無野

齊惠公之妾蕭同叔子❶，見御有身。以其賤，不敢言也。取薪而生頃公於野❷，又不敢舉也。有狸乳而鸇覆之❸，人見而收，因名曰「無野」。是爲頃公。

【注釋】

❶齊惠公，春秋時齊國君。西元前六〇八至前五九九年在位。蕭同叔子，《左傳》、《史記》「同」作「桐」。❷頃公，春秋時齊君，惠公之子。西元前五九八至前五八二年在位。❸狸，《說文》段注：「謂善伏之獸，即所謂野貓。」鸇，鳥名，亦稱「晨風」。

【譯文】

齊惠公的侍妾蕭同叔子，侍候惠公有了身孕。因爲出身低賤，不敢說出來。她鋪上柴草，把孩子即頃公生在野地裡，又不敢撫養他。有一隻野貓給孩子餵乳，一隻鸇鳥來遮蓋孩子，有人看見了，把孩子收養下來，於是把他叫做「無野」。這就是齊頃公。

346 羌豪袁釼

袁釼者，羌豪也❶。秦時，拘執爲奴隸，後得亡去。秦人追之急迫，藏於穴中。秦人焚之，有景相如虎❷，來爲蔽，故得不死。諸羌神之，推以爲君。其後種落熾盛。

【注釋】

❶袁釼，《後漢書·西羌傳》作「爰劍」。豪，酋豪，部落首領。❷景相，即景象，影子的形象。

【譯文】

袁釼，是西羌部落的首領。秦歷公時候他被秦國拘捕當奴隸，後來得以逃離秦國。秦國人追趕他很緊急，他躲藏在岩洞裡。秦國人放火燒岩洞，有一個影子模樣像老虎的，來給他遮蔽，因此沒有被燒死。西羌的人們把他看作神，推舉他做首領。那以後西羌種族部落十分昌盛。

347 賨氏蛇

後漢定襄太守竇奉妻❶，生子武，並生一蛇，奉送蛇於野中。及武長大，有海內俊名。母死將葬，未窆，賓客聚集，有大蛇從林草中出，徑來棺下，委地俯仰❷。以頭擊棺，血涕並流，狀若哀慟，有頃而去。時人知爲竇氏之祥。

【注釋】

❶定襄，郡名，治所在成樂（今內蒙古和林格爾西北土城子）。❷俯仰，低頭仰首。此指頭一上一下，像是磕頭的樣子。

【譯文】

後漢定襄郡太守竇奉的妻子，生兒子竇武，同時生下一條蛇，竇奉把蛇送到田野裡。後來竇武長大，在國內有美名。他母親死亡，將要埋葬，還沒有落葬，客人們都聚集在一起，有一條大蛇從樹林草叢中出來，徑直來到棺材下面，伏在地上，頭一上一下像是磕頭。又用頭碰棺材，血淚一齊流出，樣子好像很哀慟，有一會兒才離開。當時的人都知道這是竇家的吉兆。

348 金龍池

晉懷帝永嘉中，有韓媼者於野中見巨卵，持歸育之，得嬰兒，字曰「撅兒」。方四歲，劉淵築平陽城不就❶，募能城者。撅兒應募，因變爲蛇，令媼遺灰志其後❷。謂媼曰：「憑灰築城，城可立就。」竟如所言。淵怪之，遂投入山穴間。露尾數寸，使者斬之，忽有泉出穴中，匯爲池，因名「金龍池」。

【注 釋】

❶平陽，古邑名。十六國時爲漢劉淵都。在今山西臨汾縣西南。❷遺灰，此爲撒上灰線作標誌的意思。

【譯 文】

晉懷帝永嘉年間，有一個姓韓的老婦人在野外看見一只很大的蛋，拿回來孵化它，得到一個嬰兒，取名字叫「撅兒」。他剛四歲的時候，劉淵修築平陽城不成功，招募能夠築城的人。撅兒去應募，便變成一條蛇，叫韓老太太跟在它的後面撒上灰線做標誌。他對老太太說：「依照灰線築城，城可以馬上築成。」結果確實像他說的一樣。劉淵很奇怪這件事，就派人把撅兒投進山洞裡。蛇尾露出洞外幾寸，派去的人把它斬斷，忽然有一股泉水從洞中湧出，匯集成一個水池，於是取名「金龍池」。

349 羽衣人

元帝永昌中，暨陽人任谷因耕息於樹下❶，忽有一人著羽衣就淫之。既而不知所在，谷遂有妊。積月將產❷，羽衣人復來，以刀穿其陰下，出一蛇子，便去。谷遂成宦者❸，詣闕自陳，留於宮中。

【注釋】

❶永昌，晉元帝年號（西元三二二～三二三年）。暨陽，古縣名，治所在今江蘇江陰縣東南長壽鎮南。❷積月，累月；幾個月。❸宦者，指閹人。

【譯文】

晉元帝永昌年間，暨陽縣人任谷由於耕地累了在樹下休息，忽然有一個穿羽衣的人來奸淫了他。接著就不知道羽衣人到哪裡去了，而任谷有了身孕。幾個月以後將要生產，羽衣人又來了，他用刀刺穿任谷的下陰部，產出一條小蛇，就離開了。任谷於是成了閹人，他到宮廷去陳述自己的情況，被留在宮中。

350 馬皮蠶女

舊說太古之時，有大人遠征，家無餘人❶，唯有一女。牡馬一匹，女親養之。窮居幽處，思念其父，乃戲馬曰：「爾能為我迎得父還，吾將嫁汝。」馬既承此言，乃絕韁而去，徑至父所。父見馬驚喜，因取而乘之。馬望所自來，悲鳴不已。父曰：「此馬無事如此，我家得無有故乎？」亟乘以歸。為畜生有非常之情，故厚加芻養❷。馬不肯食，每見女出入，輒喜怒奮擊，如此非一。父怪之，密以問女，女具以告父，必為是故。父曰：「勿言，恐辱家門。且莫出入。」於是伏弩射殺之，暴皮於庭。

父行，女與鄰女於皮所戲，以足蹙之曰❸：「汝是畜生，而欲取人為婦耶？招此屠剝，如何自苦？」言未及竟，馬皮蹶然而起❹，卷女以行。鄰女忙怕，不敢救之，走告其父。父還，求索，已出失之。

後經數日，得於大樹枝間，女及馬皮盡化爲蠶，而績於樹上。其繭綸理厚大❺，異於常蠶。鄰婦取而養之，其收數倍。因名其樹曰「桑」。桑者，喪也❻。由斯百姓競種之，今世所養是也。言桑蠶者，是古蠶之餘類也。

案《天官》，辰爲馬星。《蠶書》曰：「月當大火，則浴其種。」是蠶與馬同氣也。《周禮》校人職掌「禁原蠶者」，注云：「物莫能兩大。禁原蠶者，爲其傷馬也❼。」漢禮，皇后親採桑，祀蠶神曰「菀窳婦人、寓氏公主❽」。公主者，女之尊稱也。菀窳婦人，先蠶者也❾。故今世或謂蠶爲女兒者，是古之遺言也。

【注釋】

❶餘，義爲「別的」、「其他」。❷雛，草，泛指餵牲口的飼料。❸蹷，同「蹶」，用腳踢。❹蹶然，急遽的樣子。❺綸理，謂蠶絲的紋理。綸，較粗的絲線，此指蠶絲。❻桑者喪也，

是以「喪」解釋「桑」的意思。這是古代以同音或音近字訓釋字義的「聲訓」方法。❼「案」語這一段，即《周禮》及其注文。〈天官〉，《周禮》的篇名。《蠶書》，論養蠶之書。或謂《蠶經》。《宋史・藝文志》：「淮南王養蠶經一卷。」《周禮・夏官司馬・馬質》「禁原蠶者」鄭玄注：「原，再也。〈天文〉：『辰爲馬。』《蠶書》：『蠶爲龍精。月直大火，則浴其種。』是蠶與馬同氣。物莫能兩大，禁再蠶者，爲傷馬與？」據賈公彥疏，辰爲二十八宿之一，又稱大火星，即心宿。大火爲十二次之一，包括東方蒼龍房、心、尾三宿，房宿凡四星，又稱天駟，也稱爲辰星，故稱「辰爲馬」。月値大火，指月亮位在心宿，時爲農曆二月。二月浴（汰弱留強）蠶種，時値大火，而且辰爲龍，蠶爲龍精，所以說「蠶馬同氣」。同氣之物不能並大，故禁飼二蠶恐其傷馬。❽菀窳婦人、寓氏公主，是漢代祭祀的兩個蠶神之名。❾先蠶者，謂最先教民養蠶者，後世祭以爲神。

【譯 文】

過去傳說遠古時代，有一個家長出征遠方，家裡沒有別的人，只有一個女兒。有一匹雄馬，女兒親自飼養它。她孤獨地居住在偏僻的地方，思念她的父親，就對著馬開玩笑說：「你能夠幫我把父親接回來，我將會嫁給你。」馬聽了這話以後，就掙斷繮繩離開家，徑直去到父親駐紮的地方。父親看見馬又驚又喜，便拉過去騎上它。馬望著它所來的那個方向，不停地悲嘶，父親說：「這匹馬無緣故地這樣悲嘶，是不是我家裡有事呢？」便趕快騎馬回家。

因爲這匹馬是畜生卻有特殊的感情，所以他優厚地給予草料飼養。馬不肯吃草料，每次看見女兒進出，就高興或者發怒，騰跳踏地，像這樣不只一兩次。父親覺得奇怪，暗下詢問女兒。女兒把開玩笑的事一一告訴父親，認爲一定是這個緣故。父親說：「不要說出去，恐怕會污辱家庭的名聲。你暫且不要出去。」於是他暗設弓箭射殺這匹馬，把馬皮曬在庭院中。

父親外出時，女兒和鄰居姑娘在曬馬皮的地方玩耍，她用腳踢馬皮說：「你是畜生，卻想娶人做媳婦嗎？招來這樣屠殺剝皮，自討苦吃怎麼樣？」話沒說完，馬皮突然飛起，捲著女兒飛走。鄰居姑娘又慌忙又害怕，不敢上前救她，跑去告訴她父親。父親回到家，到處尋找，已經飛出去失蹤了。

後來過了幾天，在一棵大樹枝條中間找到，女兒和馬皮都變成了蠶，在樹上吐絲作繭。那繭的絲紋又厚又大，跟普通蠶繭不同。鄰居婦女取來飼養，收到的蠶絲增加好幾倍。於是把那種樹叫做「桑」。桑，就是喪失的意思。從此老百姓爭者種桑樹，就是今世用來養蠶的樹。叫它桑蠶，因爲這是古蠶所留下的種類。

根據〈天官〉，辰宿是馬星。《蠶書》說：「月亮位在大火星，就選取蠶種。」這是蠶和馬同一氣質。《周禮》「馬質」職掌「禁飼二次蠶」，注說：「同物不能兩樣同時增大。禁飼二次蠶，是因爲它會損傷馬。」漢代的禮儀，皇后親自採桑，祭祀的蠶神叫「菀窳婦人、寓氏公主」。公主，是那個女兒的尊稱。菀窳婦人，是最先教民養蠶的人。所以今世有人說蠶是女兒，這是古代流傳的說法。

351 嫦娥奔月

羿請無死之藥於西王母，嫦娥竊之以奔月❶。將往，枚筮之於有黃❷。有黃占之曰：「吉。翩翩歸妹❸，獨將西行。逢天晦芒④，毋恐毋驚，後且大昌。」嫦娥遂託身於月，是爲蟾蠩⑤。

【注釋】

①羿，神話中誅妖除怪的英雄，堯時他曾射九日。嫦娥，羿的妻子。又稱姮娥。②枚筮，一種占卜方法。有黃，巫師之名。③翩翩，輕快的樣子。歸妹，卦名，兌下震上。又暗指嫦娥。④晦芒，謂天色昏暗。⑤蟾蠩，即蟾蜍。俗稱癩蛤蟆。

【譯文】

羿向西王母求得長生不老之藥，嫦娥把藥偷吃了而飛往月宮。她要動身之前，去找巫師有黃占卜。有黃給她占卜說：「吉利。輕輕快快的歸妹，獨自將往西行。遇到天色昏暗，不要害怕不要驚慌，以後將非常昌盛。」嫦娥於是飛上了月亮，這就是月宮裡的蟾蜍。

352 舌埵山怪草

舌埵山①，帝之女死②，化爲怪草，其葉鬱茂，其華黃色，其實如兔絲。故服怪草者，恆媚於人焉。

【注釋】

①舌埵山，神話中的山。《山海經》作「姑瑤之山」。②帝之女，《山海經》：「宋玉所謂天

帝之季女，名曰瑤姬。」一說是赤帝之女。

【譯文】

舌埵山上，天帝的女兒死了，變成一種怪草，它的葉子茂盛，它的花是黃色，它的果實像兎絲子。因此服食這種怪草的人，總是討人喜歡。

353 蘭岩雙鶴

滎陽縣南百餘里，有蘭岩山❶，峭拔千丈。常有雙鶴，素羽皦然❷，日夕偶影翔集。相傳云：「昔有夫婦，隱此山數百年，化爲雙鶴，不絕往來。忽一旦，一鶴爲人所害，其一鶴歲常哀鳴。至今響動岩谷，莫知其年歲也。」

【注釋】

❶滎陽，汪紹楹先生認爲當作「營陽」。然「營陽」爲郡，非縣，則「縣」當爲「郡」。蘭岩山，《初學記》引《神境記》，列在江南道永州境內。《太平寰宇記》引《神境記》，說在零陵縣。

❷皦然，潔白的樣子。

【譯文】

滎陽縣南邊一百多里，有一座蘭岩山，懸岩峭壁千丈。山裡常有一對白鶴，羽毛十分潔白，日日夜夜形影不離地飛翔棲息。人們互相傳說：「從前有一對夫妻，隱居在這座山中幾百年，後來變成一對白鶴，長久不絕地在一起。忽然有一天早上，一隻鶴被人害死了，另外一隻鶴年年常在那裡悲哀地鳴叫。至今叫聲還震動山谷，沒有人知道這隻鶴的年齡多大了。」

354 毛衣女

豫章新喻縣男子❶，見田中有六七女，皆衣毛衣，不知是鳥。匍匐往，得其一女所解毛衣，取藏之。即往就諸鳥，諸鳥各飛走，一鳥獨不得去。男子取以爲婦，生三女。其母後使女問父，知衣在積稻下，得之，衣而飛去。後復以迎三女，女亦得飛去。

【注釋】

❶新喻縣，三國吳置，在今江西。當時屬豫章郡。

【譯　文】

豫章郡新喻縣有一個男子，看見田野裡有六七個女子，都穿著羽毛做的衣服，他不知道她們是鳥。他伏在地上悄悄爬過去，取得其中一個女子脫下來的羽毛衣，把它藏起來。然後去接近那些鳥，那些鳥各自飛走了，只有一隻鳥獨自留下不能飛走。男子就娶她做妻子，生了三個女兒。後來母親叫女兒詢問父親，知道她的羽毛衣藏在稻穀堆下，她找到羽毛衣，穿上它飛走了。後來她又來接三個女兒，女兒們也跟著飛走了。

355 黃母化黿

漢靈帝時，江夏黃氏之母浴盤水中❶，久而不起，變爲黿矣。婢驚走告。比家人來，黿轉入深淵。其後時時出見，初浴簪一銀釵❷，猶在其首。於是黃氏累世不敢食黿肉。

【注　釋】

❶盤水，水名。在湖北房縣南。源出縣南百里的觀溝，東流入粉水。❷簪，插戴。釵，婦女的首飾，由兩股合成。

【譯　文】

漢靈帝時，江夏郡一戶姓黃人家的母親到盤水中洗澡，洗了很久沒有起身，變成了一隻黿。她的婢女驚慌地跑回去報告家裡。等到家裡的人來，這隻黿已經轉進了深潭。那以後這隻黿常常出現，黃母起先洗澡時插戴一只銀釵，還在黿的頭上。從此黃氏人家幾代不敢吃黿肉。

356 宋母化鱉

魏黃初中❶，清河宋士宗母夏天於浴室裡浴❷，遣家中大小悉出，獨在室中良久。家人不解其意，於壁穿中窺之，不見人體，見盆水中有一大鱉。遂開戶，大小悉入，了不與人相承❸。嘗先著銀釵，猶在頭上。相與守之啼哭，無可奈何。意欲求去，永不可留。視之積日，轉懈，自捉出戶外。其去甚駛，遂之不及，遂便入水。後數日，忽還，巡行宅舍如平生，了無所言而去。時人謂士宗應行喪治服，士宗以母形雖變，而生理尚存，竟不治喪。此與江夏黃母相似。

【注釋】

❶黃初，魏文帝年號（西元二二〇～二二六年）。❷清河，郡名，治所在甘陵（今山東臨清東）。

❸相承，此指意識、神情相互應對、交流。

【譯文】

魏文帝黃初年間，清河郡宋士宗的母親夏天在浴室裡洗澡，打發家裡人大大小小都出去，她獨自在浴室裡洗了很久。家裡的人不明白她的意思，從牆壁的洞孔中窺看，沒有看見人的身體，只見澡盆的水裡有一隻大鱉。於是打開門，一家大小都進去，那鱉與人言語、思想完全不相溝通。宋母原先插戴的銀釵，還在鱉的頭上。一家人共同守著鱉啼哭，沒有什麼辦法。鱉的意思要求離去，永遠不能留下。家裡人看守多天，漸漸有些鬆懈，鱉自己跳出門外。它離去十分迅速，人追趕不上，就跑進河裡去了。過後幾天，宋母忽然回來，像平生一樣在住宅四周巡行，一句話也沒有說就離開了。當時人們說宋士宗應該穿喪服辦喪事，宋士宗認爲母親形體雖然改變，但是生命還存在，始終沒有辦理喪事。這件事跟江夏黃母的事相類似。

357 宣母化黿

吳孫皓寶鼎元年六月晦❶，丹陽宣騫母年八十矣，亦因洗浴化爲黿，其狀如黃氏。騫兄弟四人閉戶衛之，掘堂上作大坎❷，瀉水其中。黿入坎遊戲，一二日間，恆延頸外望。伺戶小開，便輪轉自躍，入於深淵，遂不復還。

【注釋】

❶孫皓寶鼎元年，即西元二二六年。晦，陰曆月終的一天。❷坎，坑；地洞。

【譯文】

三國東吳末帝孫皓寶鼎元年六月晦日，丹陽郡人宣騫的母親年紀八十歲了，也在洗澡時變成一隻黿，其狀況像江夏黃氏一樣。宣騫兄弟四人關上家門守候牠，挖堂屋成一個大坑，灌水到坑裡。黿爬進坑裡遊玩，玩了一兩天，常常伸長頸子往外望。等到門打開一點點，就轉身自己跳出去，進入深潭裡，就不再回來了。

358 老翁作怪

漢獻帝建安中，東郡民家有怪。無故甕器自發，訇訇作聲❶，若有人擊。盤案在前❷，忽然便失。雞生子，輒失去。如是數歲，人甚惡之。乃多作美食，覆蓋，著一室中，陰藏戶間窺視之，果復重來，發聲如前。聞便閉戶，周旋室中，了無所見。乃暗以杖撾之，良久，於室隅間有所中，便聞呻吟之聲曰：「咰❸，咰，宜死。」開戶視之，得一老翁，可百餘歲，言語了不相當❹，貌狀頗類於獸。遂行推問，乃於數里外得其家，云：「失來十餘年。」得之哀喜。後歲餘，復失之。聞陳留界復有怪如此，時人咸以爲此翁。

【注釋】

❶甕器，罈、罐等陶器。訇訇，象聲詞。敲擊甕器發出的響聲。❷盤案，古代進食用的短足木盤。❸咰，象聲詞。呻吟的聲音。❹相當，此指語言相互交流、呼應。

【譯文】

漢獻帝建安年中，東郡一戶老百姓家出現怪物。無緣無故罈子罐子自己打開，發出訇訇的響聲，好像有人在敲打。進食的木盤放在面前，忽然就不見了。雞生蛋，立刻就丟失了。像這樣好幾年，那家的人很厭惡。於是他做了很多好吃的食物，用東西蓋起來，放在一間屋子裡，悄悄躲在門裡窺視情況。果然怪物又再來，發出聲音像先前一樣。那個人聽到後便關上門，在屋子四周尋找，什麼也沒有看到。他就在暗中用木杖到處敲打，打了很久，在屋子角落裡有東西被打中了，便聽到呻吟的聲音說：「唷，唷，該死。」開門來看，抓到一個老頭子，大約一百多歲，言語完全不能相通，面貌形狀類似野獸。於是進行審問，才在幾里路外找到他的家，他家的人說：「不見他已經十多年了。」見到他又悲又喜。過後一年多，又找不到他了。聽說陳留郡境內又有像這樣的怪物出現，當時人們都認爲是這個老頭子。

卷十五

359 王道平妻

秦始皇時有王道平，長安人也。少時，與同村人唐叔偕女(小名父喻，容色俱美)誓爲夫婦。尋王道平被差征伐，落墮南國❶，九年不歸。父母見女長成，即聘與劉祥爲妻。女與道平言誓甚重，不肯改事。父母逼迫不免，出嫁劉祥。經三年，忽忽不樂，常思道平，忿怨之深，悒悒而死❷。死經三年，平還家，乃詰鄰人：「此女安在？」鄰人云：「此女意在於君，被父母凌逼，嫁與劉祥。今已死矣。」平問：「墓在何處？」鄰人引往墓所。平悲號哽咽，三呼女名，繞墓悲苦，不能自止。平乃祝曰：「我與汝立誓天地，保其終年。豈料官有牽纏，致令乖隔❸，使汝父母與劉祥。既不契於初心，生死永訣。然汝有靈聖，使我見汝生平之面。若無神靈，從茲而別。」言訖，又復哀泣。

逡巡，其女魂自墓出，問平：「何處而來？良久契闊❹。與君誓為夫婦，以結終身。父母強逼，乃出聘劉祥，已經三年，日夕懷君，結恨致死，乖隔幽途。然念君宿念不忘，再求相慰，妾身未損，可以再生，還為夫婦。且速開冢破棺，出我即活。」平審言，乃啓墓門，捫看其女，果活。乃結束隨平還家。

其夫劉祥聞之驚怪，申訴於州縣。檢律斷之，無條❺，乃錄狀奏王。王斷歸道平為妻。壽一百三十歲。實謂精誠貫於天地，而獲感應如此。

【注釋】

❶落墮，流落。南國，南方，指江南地區。❷忽忽，精神恍惚的樣子。悒悒，心情憂鬱。❸乖隔，隔絕；分離。❹契闊，此爲離散的意思。❺檢律，查檢法律條文。無條，謂無有關條文。

【譯文】

秦始皇時候有個叫王道平的，是長安人。他少年時，與村人唐叔偕的女兒（小名叫父喻，容貌姿色都美）發誓結爲夫婦。不久王道平被征召去打仗，流落南方，九年沒有回來。父喻的父母見女兒長大成人，就把她許配給劉祥做妻子。女兒與王道平立下的誓言很重，不肯改變主意。父母強迫她，不能逃避，只得出嫁給劉祥。經過三年，她精神恍惚，悶悶不樂，常常思念王道平，心裡怨恨很深，憂鬱而死去。

她死後三年，王道平回家來，就去問鄰居：「這個姑娘哪兒去了？」鄰居說：「這個姑娘心在於你，被父母嚴厲逼迫，嫁給劉祥。如今已經死了。」王道平問：「她的墳墓在哪裡？」鄰居把他引到墓地。王道平悲傷哭泣，連連呼喚父喻的名字，繞著墳墓痛哭，不能控制自己的感情。王道平祝禱說：「我和你對天地發誓，終身廝守。哪裡料到官事牽纏，讓我們長期分離，使你父母把你嫁給劉祥。我們既不能實現當初的心願，又生死永別，然而你如果有神靈，讓我見一見你生前的面容。如果沒有神靈，從此就分別了。」說完話，他又再痛哭。

過了一會兒，父喻的魂靈從墓中出來，問王道平：「你從哪裡來？我們分別很久了。我和你發誓結爲夫婦，白頭偕老。父母強迫，我才出嫁給劉祥，經過三年，日日夜夜想念你，怨恨鬱結以至於死亡，隔絕在陰間。不過感念你不忘舊情，一再尋求互相安慰，我的身體還沒有損壞，可以復活，重新結爲夫婦。要趕快挖開墳墓打開棺材，取出我來就活了。」王道平仔細考慮她的話，就掘開墳墓，撫摸探看父喻，她果然復活過來，便整理裝束隨著王道平一起回家了。

父喻的丈夫劉祥聽說這件事很驚奇，到州縣官府申訴。官府查檢法律斷案，沒有有關的條文，就記錄案情上奏國王。國王判決父喻歸王道平做妻子。後來他們活了一百三十歲。這實在是他們的精誠通徹天地，才能得到這樣的好報應。

360 河間郡男女

晉武帝世，河間郡有男女私悅，許相配適[1]。尋而男從軍，積年不歸，女家更欲適之。女不願行，父母逼之，不得已而去，尋病死。其男戍還，問女所在，其家具說之。乃至冢，欲哭之敘哀，而不勝其情，遂發冢開棺，女即蘇活，因負還家。將養數日，平復如初。

後夫聞，乃往求之。其人不還，曰：「卿婦已死，天下豈聞死人可復活耶？此天賜我，非卿婦也。」於是相訟，郡縣不能決，以讞廷尉❷。祕書郎王導奏❸：「以精誠之至，感於天地，故死而更生。此非常事，不得以常禮斷之。請還開冢者。」朝廷從其議。

【注釋】

❶晉武帝，以後文「祕書郎王導」推定，當爲「晉惠帝」。河間郡，治所在樂城（今河北獻縣東南）。配適，婚配。適，古代爲女子出嫁。❷讞，呈報。廷尉，九卿之一，掌刑獄。❸祕書郎，官名。掌圖書典籍，屬祕書省。王導，字茂弘，東晉惠帝時爲祕書郎。

【譯文】

晉武帝時候，河間郡有一男一女相愛，約定婚姻。不久男子去從軍，多年不回來，女家想另外出嫁女兒。女兒不願改嫁，父母親逼迫她，她不得已改嫁，不久就病死了。那個男子戍邊回來，詢問女子在哪裡，她家裡把情況一一告訴他。於是男子來到墓地，想哭一哭她敘述自己的哀傷，卻抑制不住自己的感情，就掘開墳墓打開棺材，女子立即甦醒活過來，於是他把女子背回家裡。養息幾天以後，女子恢復健康，像平常一樣。

女子的後夫聽說這件事，就到男子家去索取女子。那個男人不肯歸還，說：「你的妻子已經死了，天下哪裡聽說過死人可以復活的呢？這個女子是上天賜給我的，不是你的妻子。」於是他們去打官司，郡縣官府不能判決，把案子呈報給廷尉審判。祕書郎王導上奏說：「因爲他們非常精誠，感動天地，所以那個女子能夠死而復生。這不是平常的事，不能用平常的禮法來判斷它。請把女子歸還給掘開墳墓的人。」朝廷同意了他的意見。

361 賈文合娶妻

漢獻帝建安中，南陽賈偶，字文合，得病而亡。時有吏將詣太山，司命閱簿❶，謂吏曰：「當召某郡文合，何以召此人？可速遣之。」

時日暮，遂至郭外樹下宿。見一年少女獨行，文合問曰：「子類衣冠❷，何乃徒步？姓字爲誰？」女曰：「某三河人❸，父見爲弋陽令❹，昨被召來，今卻得還。遇日暮，懼獲瓜田李下之譏❺。望君之容，必是賢者，是以停留，依憑左右。」文合曰：「悅子之心，願交歡於今夕。」女曰：「聞之諸姑，女子以貞專爲德，潔白爲稱。」文合反覆與言，終無動志，天明各去。

文合卒已再宿，停喪將殮，視其面有色，捫心下稍溫，少頃卻蘇。後文合欲驗其實，遂至弋陽，修刺謁令❻，因問曰：「君女寧卒而卻蘇耶？」具說女子姿質服色，言語相反覆本末。令入問女，所言皆同。乃大驚嘆，竟以此女配文合焉。

【注釋】

❶司命，泰山府君手下掌管人間生死的官吏。簿，指生死簿。❷衣冠，指士族，大戶人家。❸三河，漢代稱河東、河內、河南三郡地區，在今山西南部、河南中部、北部。❹弋陽，縣名，治所在今河南潢川西。❺瓜田李下，謂嫌疑。古詩〈君子行〉：「君子防未然，不處嫌疑間，瓜田不納履，李下不正冠。」❻修刺，書寫名帖。

【譯文】

漢獻帝建安年間，南陽人賈偶，字文合，得病死亡。當時有一個鬼吏帶他到泰山，司令查閱生死簿，對鬼吏說：「應當召另一郡的文合，爲何錯召這個人？趕快打發他回去。」

這時天已黑，賈文合便到城外樹下休息。看見一個年輕女子獨自趕路，文合問道：「你像是大戶人家的姑娘，爲什麼會步行？姓名是什麼？」女子說：「我是三河人氏，父親現在任弋陽縣令，昨天被召來，今天卻被放回去。遇到天晚，耽心招致瓜田李下的嫌疑。看你的樣子，必定是個賢士，因此停留下來，依靠在你旁邊。」文合說：「我喜歡你的心意，希望今天晚上就和你結爲夫婦。」女子說：「聽姑姑們說，女人的美德是純貞專一，寶貴的是潔身自愛。」文合再三向她求愛，她始終不動搖意志，到天亮各自離去。

文合死亡已經兩天，停喪將要殮屍，看他的臉上有血色，摸心窩有一點溫暖，過一會兒他甦醒過來。後來文合想驗證這件事，便到弋陽縣，書寫名帖去拜見縣令，於是問道：「您女兒果眞是死後又再甦醒的嗎？」並一一述說他所見女子的姿態模樣衣著顏色，以及他們互相談話的前後言語。縣令進內室去詢問女兒，女兒說的情況與文合說的完全相同。縣令非常驚奇感嘆，最後便把女兒許配給文合。

362 方相腦

漢建安四年二月，武陵充縣婦人李娥❶，年六十歲，病卒，埋於城外，已十四日。娥比舍有蔡仲❷，聞娥富，謂殯當有金寶，乃盜發冢求金。以斧剖棺，斧數下，娥於棺中言曰：「蔡仲，汝護我頭！」仲驚遽，便出走。會爲縣吏所見，遂收治，依法當棄市❸。娥兒聞母活，來迎出，將娥回去。

武陵太守聞娥死復生，召見問事狀。娥對曰：「聞謬爲司命所召，到時得遣出。過西門外，適見外兄劉伯文，驚相勞問，涕泣悲哀，娥語曰：『伯文，我一日誤爲所召，今得遣歸，既不知道，不能獨行，爲我得一伴否？又我見召，在此已十餘日，形體又爲家人所葬埋，歸當那得自出？』伯文曰：『當爲問之。』即遣門卒與戶曹相問❹：『司命一日誤召武陵女子李娥，今得遣還，娥在此積日，屍喪又當殯殮，當作何等得出？又女弱獨行，豈當有伴耶？是吾外妹，幸爲便安之。』答曰：『今武陵西界，有男子李黑，亦得遣還，便可爲伴。兼敕黑過娥比舍蔡仲，發出娥也。』於是娥遂得出。與伯文別，伯文曰：『書一封，以與兒佗。』娥遂與黑俱歸。事狀如此。」

太守聞之，慨然嘆曰：「天下事眞不可知也！」乃表以爲「蔡仲雖發冢，爲鬼神所使，雖欲無發，勢不得已，宜加寬宥」。詔書報可。

太守欲驗語虛實，即遣馬吏於西界推問李黑，得之，與黑語協。乃致伯文書與佗。佗識其紙，乃是父亡時送箱中文書也❺。表文字猶在也，而書不可曉，乃請費長房讀之❻。曰：「告佗，我當從府君出案行部，當以八月八日日中時，武陵城南溝水畔頓，汝是時必往。」

到期，悉將大小於城南待之。須臾果至，但聞人馬隱隱之聲。詣溝水，便聞有呼聲曰：「佗來，汝得我所寄李娥書不耶？」曰：「即得之，故來至此。」伯文以次呼家中大小，久之，悲傷斷絕，曰：「死生異路，不能數得汝消息。吾亡後，兒孫乃爾許人❼。」良久，謂佗曰：「來春大病，與此一丸藥，以塗門戶，則辟來年妖癘矣。」言訖忽去，竟不得見其形。至來春，武陵果大病，白日皆見鬼，唯伯文之家鬼不敢問。費長房視藥丸曰：「此方相腦也。」

【注釋】

❶充縣，古縣名，屬武陵郡。治所在今湖南桑植縣。❷比舍，隔壁鄰居。❸收治，拘捕審訊。棄市，在鬧市區處死並陳屍示眾。❹戶曹，原作「屍曹」，據《後漢書・五行志》注改。❺送箱，隨同死者送葬的箱子。內裝褒揚死者德行的文書等。❻費長房，東漢人，傳說他學仙不成，但得神符，可以役百鬼。後失神符而爲眾鬼所殺。❼人，原作大，據《後漢書・五行志》注改。

【譯文】

漢獻帝建安四年二月，武陵郡充縣婦女李娥，年紀六十歲，生病死亡，埋葬在城外，已經十四天。李娥的隔壁鄰居有個叫蔡仲的，聽說李娥富有，認爲會有金銀珍寶陪葬，就偷偷挖開墳墓要取金銀珍寶。他用斧頭去劈開棺材。斧頭劈了幾下，李娥在棺材中說話道：「蔡仲，你別碰著我的頭！」蔡仲聽了非常驚慌，就跑出墓地。恰巧被縣吏看見，便拘捕審訊他，按照法律要處死陳屍示眾。李娥的兒子聽說母親復活，來接母親出墳墓，帶回家去。

武陵太守聽說李娥死而復活，召見她詢問事情經過。李娥回答說：「聽說是被司命錯召，到那裡時得放出來。走過西門外邊，正好遇見姑表兄劉伯文，驚訝地互相問候，悲哀流淚。我告訴他：『伯文，我一時被錯召到這裡，現在得放回去，既不知道回去的路，又不能獨自行走，是不是可以給我找一個伴？另外我被召來，在這裡已經十多天，身體已經被家裡的人埋葬，回去那裡自己出得了墳墓？』伯文說：『可以爲你問一下。』他立即派遣門卒去詢問戶曹：『司命一時誤召武陵郡女子李娥，現在得放回去，李娥在這裡多天，屍體該會埋葬了，應怎樣才能出墳墓？另外女子虛弱獨自行走，豈不是該有一個同伴？她是我姑表妹，請給個方便安排她。』戶曹回答說：

『現在武陵郡西邊的一個男子李黑，也得到放回去，他們可以做伴。同時叫李黑去拜訪李娥的隔壁鄰居蔡仲，讓他去挖墓開出李娥。』於是我就能夠走出來。與劉伯文分別時，伯文說：『有一封信，捎給我兒子劉佗。』我就和李黑一起回來了。事情經過便是這樣。」

太守聽了，很感慨地說：「天下的事實在是不能理解！」於是向朝廷上奏章，認爲「蔡仲雖然掘墓，是被鬼神差使，即使不想挖掘，形勢也不得已，應該加以寬恕。」皇上詔書答覆可以。

太守想驗證李娥的話是否眞實，立即派遣馬吏去郡西部詢問李黑，得到回答，證明李娥的話跟李黑說的一樣。於是把劉伯文的信捎給劉佗。劉佗認得那信紙，正是父親死時陪葬的箱子中的文書。文書上表彰的文字還留存著，但是寫的信卻不能讀懂，便請費長房來讀信。信上說：「告訴佗兒，我要跟隨泰山府君外出巡行辦案，會在八月八日中午的時候，在武陵城南面水溝邊稍微停留，你那個時候必須得去。」

到了那一天，劉佗帶著全家大小一起在城南等待。一會兒劉伯文果然來到，只聽見人馬隱隱約約的聲音。走到水溝邊，就聽見有人喊道：「劉佗過來，你得到我讓李娥捎的信了嗎？」劉佗說：「正是得到信，所以來到這裡。」劉伯文依次呼喚家中大小，很久都還悲傷欲絕，他說：「死和生是不同的世界，不能經常得知你們的消息。我死後，兒孫竟然有這麼多人。」過了很久，對劉佗說：「明年春天流行大病疫，給你們這一丸藥，把它塗在家門上，就可以避免明年的妖怪癘氣了。」說完話忽然離去，始終沒有見到他的形體模樣。到了第二年春天，武陵郡果然疾病大流行，白天都見到鬼，只有劉伯文家，鬼不敢去。費長房看了藥丸說：「這是驅疫的方相的腦髓。」

363 史姁神行

漢陳留考城史姁❶，字威明，年少時，嘗病，臨死謂母曰：「我死當復生。埋我，以竹杖柱於瘞上❷，若杖折，掘出我。」及死，埋之，柱如其言。七日往視，杖果折，即掘出之。已活，走至井上浴，平復如故。

後與鄰船至下邳賣鋤，不時售❸，云欲歸，人不信之，曰：「何以千里暫得歸耶？」答曰：「一宿便還。」即書取報，以爲驗實。一宿便還，果得報。考城令江夏鄳賈和姊病在鄉里❹，欲急知消息，請往省之，路遙三千，再宿還報。

【注釋】

❶考城，縣名，治所在今河南民權縣東。史姁，《列異傳》作「史均」。❷柱，用作動詞，豎立。瘞，墳堆。❸不時售，意思是沒有如期售完。❹鄳，縣名。疑誤。江夏郡無鄳縣，有鄳縣，距考城近千里。又有鄂縣，距考城近二千里。鄉里，原作「鄰里」，據《太平廣記》改。

【譯文】

漢陳留郡考城縣人史姁，字威明，年輕時，曾患重病，臨死對母親說：「我死後會復活。埋我時，用竹杖豎立在我的墳堆上，如果竹杖折斷，就挖出我來。」到他死，埋葬他時，照他的話豎立了竹杖。第七天去看，竹杖果然折斷，立即把他挖掘出來。他已經復活，走到井邊洗澡，恢復得像平常一樣。

後來史姁和鄰居乘船到下邳郡賣鋤頭，沒有如期售完，他說想回家一下，鄰人不相信他，說：「怎麼能一下子回到千里外的家鄉呢？」他回答說：「一夜就回來了。」鄰人就寫了書信並要求覆信，作爲驗證。他一夜就回來了，果然帶得覆信來。考城縣令江夏郡鄳縣人賈和，他姐姐在家鄉生重病，他急於知道病情，請史姁前去探望，路遠三千里，兩夜就回來報告了情況。

364 社公賀瑀

會稽賀瑀，字彥琚，曾得疾，不知人，惟心下溫，死三日復蘇。云吏人將上天，見官府。入曲房❶，房中有層架。其上層有印，中層有劍，使瑀惟意所取，而短不及上層，取劍以出。門吏問所得，云：「得劍。」曰：「恨不得印，可策百神。

劍，惟得使社公耳❷。」疾瘉，果有鬼來，稱社公。

【注釋】

❶曲房，密室。❷社公，參見卷四〈胡母班傳書〉注。

【譯文】

會稽人賀瑀，字彥琚，曾經生病，不省人事，只有心窩還是溫的，死去三天又復活過來。據他說，有鬼吏帶他上天，拜見官府。進入一間密室，室內有一層層的物架。物架上層放有印，中層放有劍，讓賀瑀隨意取一件。賀瑀身子矮，搆不到上層，只取得劍出來。守門的官吏問他取得什麼，他說：「取得劍。」門吏說：「遺憾沒有取得印，那可以驅使眾神。劍，只能行使社公的權力罷了。」後來賀瑀病好了，果然有鬼來，稱他叫社公。

365 戴洋復活

戴洋字國流，吳興長城人❶。年十二，病死，五日而蘇，說：「死時，天使其酒藏吏❷，授符籙，給吏從幡麾，將上蓬萊、崑崙、積石、太室、廬、衡等山❸。既而遣歸。」

妙解占候，知吳將亡，託病不仕，還鄉里。行致瀨鄉，經老子祠，皆是洋昔死時所見使處，但不復見昔物耳。因問守藏應鳳曰❹：「去二十餘年，嘗有人乘馬東行，經老君祠而不下馬，未達橋，墜馬死者否？」鳳言有之。所問之事，多與洋同。

【注釋】

❶戴洋，見卷八〈戴洋夢神人〉注。長城，縣名，屬吳興郡，治所在今浙江長興縣東。

❷酒藏吏，官名。掌官府公酒儲藏。❸積石，山名，在甘肅臨夏縣西北。太室，山名，即嵩山，在河南登封縣北。❹守藏，守倉庫者。

【譯文】

戴洋字國流，是吳興郡長城縣人。十二歲時候，病死，五天以後又甦醒過來。他說：「死去以後，天帝任我爲酒藏吏，授給符節簿籙，派給隨從卒吏旗幟，引到蓬萊山、崑崙山、積石山、太室山、廬山、衡山等處。接著遣送回來。」戴洋很懂得占候之術，知道東吳將亡國，託病不做官，回家鄉。走到瀨鄉，經過老子祠廟，都是戴洋從前死去的時候所出使的地方，只是不再看見過去的東西罷了。於是詢問守藏應鳳說：「距今二十多年前，曾經有人騎馬往東行，經過老君祠廟而不下馬，還沒有走到橋上，就墜下馬來摔死的嗎？」應鳳說有這回事。所詢問的事情，多數與戴洋所經歷的相同。

366 柳榮張悌

吳臨海松陽人柳榮❶，從吳相張悌至揚州❷。榮病死船中二日，軍士已上岸，無有埋之者。忽然大叫言：「人縛軍師！人縛軍師！」聲甚激揚，遂活。人問之，榮曰：「上天北斗門下，卒見人縛張悌，意中大愕，不覺大叫言：『何以縛軍師！』門下人怒榮，叱逐使去。榮便怖懼，口餘聲發揚耳！」其日悌即戰死。榮至晉元帝時猶存❸。

【注釋】

❶松陽，縣名，故城在今浙江松陽縣西。❷張悌，字巨先，襄陽人。原為軍師，孫皓天紀三年八月爲丞相。❸晉元帝，西元三一七至三二二年在位。

【譯文】

東吳臨海郡松陽縣人柳榮，隨從吳丞相張悌到揚州。柳榮病死在船中兩天了，兵士們已經離船上岸，沒有來埋葬他的人。他忽然大聲叫喊說：「有人捆綁軍師！有人捆綁軍師！」聲音非常激烈，便活了過來。人們詢問他是怎麼回事，柳榮說：「我上天走到北斗星門下，後來看見有人捆綁張悌，心裡感到很驚愕，不覺大聲叫喊說：『為什麼捆綁軍師！』門下的人對我很生氣，叱責我，驅逐我離開。我於是感到恐懼，嘴裡喊出沒有說完的話。」那一天張悌就戰死了。柳榮到晉元帝時候還活著。

367 馬勢婦蔣氏

吳國富陽人馬勢婦❶，姓蔣。村人應病死者，蔣輒恍惚熟眠經日，見病人死，然後省覺。覺則具說家中，人不信之。語人曰：「某中病，我欲殺之，怒強魂難殺，未即死。我入其家內，架上有白米飯，幾種鮭❷。我暫過竈下戲，婢無故犯我，我打其脊，使婢當時悶絕，久之乃蘇。」其兄病，有烏衣人令殺之，向其請乞，終不下手。醒乃語兄曰：「當活。」

【注釋】

❶富陽，縣名。秦置富春縣，晉改富陽。今浙江富陽縣治。❷鮭，魚類菜餚的總稱，其品種較多。

【譯文】

吳國富陽縣人馬勢的妻子，姓蔣。同村人有要病死的，蔣氏就會恍恍惚惚地熟睡一天，夢中看見病人死亡，然後醒覺過來。醒覺後就一一述說所見人家的情況，人們不相信她的話。她告訴別人說：「某人得病，我要去結束他，他發怒了，固執的靈魂難以結束，他沒有馬上死去。我進到他家裡，物架上有白米飯，好幾種鮭菜。我剛剛到竈邊遊戲，婢女就無緣無故地欺負我，我打她的背脊，致使婢女當時悶氣死去，好久才蘇醒過來。」蔣氏的哥哥生病，有穿烏衣的人下令殺了他，蔣氏向烏衣人乞求，始終沒有動手。蔣氏醒過來對她哥哥說：「你會活的。」

368 顏畿托夢

晉咸寧二年十二月❶，琅邪顏畿，字世都，得病，就醫張瑳使治，死於張家。棺斂已久，家人迎喪，旐每繞樹木而不可解❷，人咸爲之感傷。引喪者忽顛仆❸，稱畿言曰：「我壽命未應死，但服藥太多，傷我五臟耳。今當復活，慎無葬也。」其父拊而祝之曰：「若爾有命，當復更生，豈非骨肉所願？今但欲還家，不爾葬也。」旐乃解。及還家，其婦夢之曰：「吾當復生，可急開棺。」婦便說之。其夕，母及家人又夢之，即欲開棺，而父不聽。其弟含，時年少，乃慨然曰：「非常之事，自古有之。今靈異至此，開棺之痛，孰與不開相負❹？」父母從之，乃共發棺。果有生驗，以手刮棺，指爪盡傷，然氣息甚微，存亡不分矣。於是急以綿飲瀝口❺，能咽，遂與出之。將護累月，飲食稍多，能開目視瞻，屈伸手足，不與人相當。不能言語，飲食所須，托之以夢。

如此者十餘年，家人疲於供護，不復得操事。含乃棄絕人事，躬親侍養，以知名州黨。後更衰劣，卒復還死焉。

【注釋】

❶晉咸寧二年，即西元二七六年。❷旐，出喪時為棺柩引路的旗，俗稱魂幡。通常以黑布為之，寬二尺二寸，長八尺。❸顛仆，跌倒。❹孰與，意思是兩相比較，其中哪一個恰

當。負，虧欠。❺綿飲，連續不斷的一點飲料。瀝口，滴在口中。

【譯文】

晉武帝咸寧二年十二月，琅邪郡人顏畿，字世都，患病，到醫生張瑳家請他醫治，死在張家。用棺材裝斂已經好長時間，顏家的人去迎喪，引路的魂幡老是繞在樹上不能解開，人們都爲他感嘆悲傷。引喪的人忽然跌倒在地，自稱是顏畿說道：「我的壽命尚不該死去，只是服藥太多，傷害了我的五臟罷了。現在會復活，注意不要埋葬我。」他父親撫摸他並且祝告說：「如果你有命，又會再活，豈有不是親人所希望的？現在只想接你回家，不埋葬你。」魂幡這才解開。

回到家，顏畿的妻子夢見他說：「我要復活了，應該趕緊打開棺材。」他妻子便對其他人說了。那一天晚上，他母親和家裡的人又夢見他這麼說，立即想去打開棺材，但是他父親不同意。他弟弟顏含，當時年紀還小，卻慨然說道：「不平常的事，自古以來就有。如今像這樣靈異，開棺材與不開，後果哪一個更虧損？」父母親聽從了他，便一起去打開棺材，顏畿果然有活的跡象，他用手刮棺材板，手指都刮傷了，然而氣息很微弱，是生是死不能確定。於是急忙用一點一點的飲料不斷滴進他口裡，他能咽下去，就把他搬出棺材。護理幾個月，他的飲食逐漸增多，能夠睜開眼睛張望，伸屈手腳。但不能與別人意識相應接，不能說話，需要什麼飲食，就托夢告訴人。

像這樣十多年，家裡的人爲護理他十分疲倦，不能再做其他事。顏含便完全放棄所有的事務，親自侍候哥哥，爲此在一州人中出名。後來顏畿身體更加衰弱，終於又死去了。

369 羊祜取金鐶

羊祜年五歲時❶，令乳母取所弄金鐶❷。乳母曰：「汝先無此物。」祜即詣鄰人李氏東垣桑樹中❸，探得之。主人驚曰：「此吾亡兒所失物也，云何持去？」乳母具言之，李氏悲惋，時人異之。

【注釋】

❶羊祜，字叔子，泰山南城人。晉武帝時累官尚書右僕射。❷鐶，同「環」，圈形物。此指金圈子。❸東垣，此謂宅東的園地。垣，短牆。此指園地的圍牆。

【譯文】

羊祜五歲的時候，叫乳母去拿他玩的金環來。乳母說：「你原先並沒有這個東西。」羊祜馬上到鄰居李家宅東園地的桑樹中，去摸得金環來。姓李的主人驚訝地說：「這是我死去的兒子所丟失的東西，你爲什麼拿去？」乳母一一告訴他們情況，李家聽了悲哀嘆息，當時的人都覺得這件事稀奇。

370 漢冢宮人

漢末，關中大亂，有發前漢宮人冢者，宮人猶活。既出，平復如舊，魏郭后愛念之❶，錄置宮內，常在左右。問漢時宮中事，說之了了，皆有次緒。郭后崩❷，哭泣過哀，遂死。

【注釋】

❶魏郭后，魏文帝曹丕的皇后。❷郭后崩，在魏明帝青龍三年（西元二三五年）。

【譯文】

東漢末年，關中地方兵荒馬亂，有人發掘西漢宮女的墳墓，那宮女還活著。她走出墳墓以後，恢復正常和原先一樣。魏文帝的郭皇后憐愛她，收留她在宮廷裡，時常跟在自己身邊。詢問她西漢時宮中的事，她說得清清楚楚，都很有頭緒。郭皇后死亡，她哭泣悲哀過度，也就死了。

371 棺中活婦

魏時，太原發冢破棺❶，棺中有一生婦人。將出與語，生人也。送之京師，問其本事，不知也。視其冢上樹木，可三十歲。不知此婦人三十歲常生於地中耶？將一朝欻生❷，偶與發冢者會也？

【注釋】

❶太原，郡名，治所在晉陽（今山西太原市西南）。❷欻生，忽然活過來。

【譯文】

三國魏時，太原郡發掘墳墓破開棺材，棺材中有一個活著的婦人。把她扶出來和她說話，確實是活人。送她到京城，問她事情的原本經過，她不知道了。看她墳墓的樹，大約有三十年。不知道這個婦人是三十年來一直在地下活著呢？還是一時忽然活過來，偶然與發掘墳墓的人相遇呢？

372 婢埋尚生

晉世杜錫，字世嘏❶，家葬而婢誤不得出。後十餘年，開冢祔葬❷，而婢尚生。云：「其始如瞑目，有頃漸覺。」問之，自謂當一再宿耳。初婢埋時，年十五六。及開冢後，姿質如故。更生十五六年，嫁之有子。

【注釋】

❶杜錫，字世嘏，晉名將杜預之子。❷祔葬，合葬。後亦謂子孫合葬於先塋之旁。《禮記·檀弓上》：「周公蓋祔」，孔疏：「周公以來，蓋始祔葬，祔即合也，言將後葬合前葬。」

【譯文】

晉代人杜錫，字世嘏，家族喪葬時有一個婢女誤留在墳墓裡沒有出來。過後十多年，掘開墳墓合葬時，那個婢女還活著，她說：「起初像閉上眼睛睡覺，過一會兒慢慢醒來。」問她，她自己說是有一兩個晚上時間而已。當初婢女被埋時，年紀十五六歲。到掘開墳墓時，模樣臉色跟原先一樣。再過了十五六年，她出嫁生了孩子。

373 馮貴人

漢桓帝馮貴人病亡❶。靈帝時，有盜賊發冢，七十餘年，顏色如故，但肉小冷。群賊共奸通之，至鬥爭相殺，然後事覺。

後竇太后家被誅，欲以馮貴人配食❷。下邳陳公達議❸：「以貴人雖是先帝所幸，屍體穢汙，不宜配至尊。」乃以竇太后配食。

【注釋】

❶漢桓帝，即劉志，東漢皇帝。西元一四六至一六七年在位。貴人，妃嬪的稱號，地位僅次於皇后。❷竇太后，即竇妙，東漢桓帝皇后。配食，祔祭。謂帝王宗廟的附祀。❸下邳陳公，即陳球，字伯眞，下邳郡人。靈帝時任廷尉。

【譯文】

漢桓帝的馮貴人患病死亡。漢靈帝時，有幾個盜賊發掘她的墳墓，埋葬七十多年，她的臉色跟原來一樣，只是身體稍冷一點。那一群盜賊一起姦污屍體，以致互相爭鬥拚殺，然後事情被發覺。後來竇太后家被誅族，打算拿馮貴人祔祭帝廟。下邳郡人陳球提出意見：「馮貴人雖然是先帝所寵幸的人，但是屍體被玷污，不適宜祔祭最尊貴的先帝。」於是拿竇太后祔祭帝廟。

374 廣陵大冢

吳孫休時，戍將於廣陵掘諸冢，取版以治城❶，所壞甚多。復發一大冢，內有重閣，戶扇皆樞轉，可開閉，四周爲繳道❷，通車，其高可以乘馬。又鑄銅人數十，長五尺，皆大冠朱衣，執劍侍列靈坐。皆刻銅人背後石壁，言殿中將軍，或言侍郎、常侍，似公侯之冢。破其棺，棺中有人，髮已班白❸，衣冠鮮明，面體如生人。棺中雲母厚尺許❹，以白玉璧三十枚藉屍。兵人輩共舉出死人，以倚冢壁。有一玉，長尺許，形似冬瓜，從死人懷中透出墮地。兩耳及孔鼻中皆有黃金，如棗許大。

【注釋】

❶版，謂棺材板。治城，修築城牆。❷繳道，巡行警戒的道路。❸班白，頭髮花白。班，通「斑」。❹雲母，礦石名。析爲片，薄者透光。古人以爲是雲之根，故名。可入藥。

【譯文】

三國吳景帝孫休時候，戍守的將士在廣陵郡發掘許多墳墓，取棺材板做夾板來修築城牆，損壞的墳墓很多。又挖掘了一座龐大的墳墓，墓內有層層疊疊的樓閣，門扇都有轉軸，可以開關，四周修有巡行警戒的道路，通得過車輛，它的高度可以容人騎在馬上。還鑄有幾十個銅人，五尺高，都戴大帽子穿紅衣裳，手拿寶劍排列，侍坐在靈位兩邊。在銅人背後的石壁上都刻有字，有的稱殿中將軍，有的稱侍郎、常侍，好像是公侯的墳墓。破開墓中棺材，棺材中有一具屍體，頭髮已經花白，衣帽色彩很鮮明，臉和身體像活人一樣。棺材中鋪有一尺來厚的雲母，用白玉璧三十枚墊著屍體。兵士們一齊擡出屍體，把他靠在墓壁上。有一塊玉，長約一尺，形狀像冬瓜，從死人懷中躍出來，落在地上。屍體兩耳及鼻孔中，都塞有黃金，像棗子那樣大。

375 發欒書冢

漢廣川王好發冢❶。發欒書冢❷，其棺柩盟器悉毀爛無餘❸，唯有一白狐，見人驚走。左右逐之，不得，戟傷其左足。是夕，王夢一丈夫，鬚眉盡白，來謂王曰：「何故傷吾左足？」乃以杖叩王左足，王覺腫痛，即生瘡，至死不差。

【注釋】

❶漢廣川王，《漢書·景十三王傳》：「廣川王名去。」《西京雜記》作「去疾」。❷欒書，春秋時晉大夫。❸盟器，同「明器」，古代殉葬的器物。

【譯文】

西漢廣川王喜歡發掘墳墓。他發掘春秋時晉大夫欒書的墳墓，欒書的棺柩和殉葬的器物都完全毀爛了，裡面只有一隻白狐，見了人驚慌地跑走。廣川王左右的人去追逐白狐，没有捉到，用戟刺傷了它的左腳。當天晚上，廣川王夢見一個男人，鬍子眉毛全白了，來對廣川王説：「你爲什麼要刺傷我的左腳？」於是他用木杖敲打廣川王的左腳，廣川王感覺左腳腫痛，立即生瘡，一直到死都没有痊癒。

卷十六

376 三疫鬼

昔顓頊氏有三子，死而為疫鬼。一居江水，為瘧鬼；一居若水❶，為魍魎鬼；一居人宮室，善驚人小兒，為小鬼。於是正歲命方相氏❷，帥肆儺以驅疫鬼❸。

【注釋】

❶若水，即雅礱江。源於西藏，主要流經四川南部，入金沙江。❷正歲，正月。方相氏，官名，職掌驅逐疫鬼之事。❸肆，陳列，舉行。儺，古代驅逐疫鬼的儀式。有擊鼓跳舞等活動。今貴州地方仍保留有「儺戲」。

【譯文】

從前，顓頊氏有三個兒子，死後變成了疫鬼。一個居住在長江裡，是瘧疾鬼。一個居住在若水上，是魍魎鬼。一個居住在人家房屋中，專門驚嚇小孩，是小鬼。於是帝王在正月裡命令方相氏，負責舉行儺的活動，來驅逐疫鬼。

377 挽歌辭

挽歌者❶，喪家之樂，執紼者相和之聲也。挽歌辭有〈薤露〉、〈蒿里〉二章❷，漢田橫門人作❸。橫自殺，門人傷之，悲歌。言人如薤上露，易晞滅❹。亦謂人死精魂歸於蒿里。故有二章。

【注釋】

❶挽歌，出殯時挽柩人所唱的歌謠。❷〈薤露〉、〈蒿里〉，樂府〈相和曲〉名。漢時以〈薤露〉爲王公貴人出殯，以〈蒿里〉爲士大夫、平民出殯。薤，植物名，俗稱「藠頭」。❸田橫，本齊國貴族，秦末從兄田儋起兵，重建齊國。後被漢滅，率徒黨五百餘人逃亡海島，不願稱臣於漢。後來漢高祖命他往洛陽，途中自殺。其留居海島的門徒聞訊亦全部自殺。
❹晞，乾燥。

【譯文】

挽歌，是居喪人家的哀樂，是執紼的人互相應和的聲音。挽歌的歌辭有〈薤露〉、〈蒿里〉兩章，是漢代田橫的門徒所作。田橫自殺而死，門徒們哀傷他，悲痛地歌唱。意思是說人就像薤葉上的露水，容易乾燥消失。也是說人死後靈魂歸聚在蒿草裡。因此有了這兩章挽歌辭。

378 阮瞻與鬼

阮瞻字千里，素執無鬼論，物莫能難❶。每自謂此理足以辨正幽明❷。忽有客通名詣瞻，寒溫畢，聊談名理❸。客甚有才辨❹，瞻與之言，良久及鬼神之事，反覆甚苦。客遂屈，乃作色曰：「鬼神，古今聖賢所共傳，君何得獨言無？即僕便是鬼。」於是變爲異形，須臾消滅。瞻默然，意色太惡❺。歲餘，病卒。

【注釋】

❶阮瞻，晉永嘉中爲太子舍人。物，謂眾人。❷幽明，指陰陽死生之事。❸寒溫，即寒暄，見面問候。名理，考核名實和辨名析理之學。是魏晉時淸談的一種思潮。❹才辨，辯論的才能，辨，通「辯」。❺意色太惡，神色很沮喪。

【譯文】

阮瞻字千里，向來主張無鬼論，眾人沒有誰能反駁他。他常常自認爲這套理論足以分辨陰陽死生之事。有一天，忽然有一個客人通報姓名來拜訪阮瞻，兩人寒暄一番以後，便談論起名理之學。客人很有辯論的才能，阮瞻與客人交談，說了很久有關鬼神的事，反覆辯論非常激烈。客人終於理屈，就變了臉色說：「鬼神，古今聖賢都共同傳說，你怎麼能偏偏說沒有？就拿我來說，便是個鬼。」於是客人變成怪模樣，一會兒消失了。阮瞻說不出話來，神色非常沮喪。一年多以後，他病死了。

379 黑衣白袷鬼

吳興施續爲尋陽督，能言論❶。有門生，亦有理意，常秉無鬼論❷。忽有一黑衣白袷客來，與共語，遂及鬼神。移日，客辭屈，乃曰：「君辭巧，理不足。僕即是鬼，何以云無？」問鬼：「何以來？」答曰：「受使來取君，期盡明日食時。」門生請乞酸苦❸。鬼問：「有人似君者否？」門生曰：「施續帳下都督，與僕相似。」便與俱往，與都督對坐。鬼手中出一鐵鑿，可尺餘，安著都督頭，便舉椎打之。都督云：「頭覺微痛。」向來轉劇❹，食頃便亡。

【注釋】

❶吳興，郡名，治所在烏程(今浙江吳興南)。施續，汪紹楹先生疑當作「施績」。尋陽，郡名，治所在今湖北黃梅西南。督，指督軍，統兵的長官。言論，言談議論。此謂清談。❷理意，指名理之學的內容。秉，持，主張。❸酸苦，凄苦，悲哀。❹向來，時間副詞，義爲「後來」。

【譯文】

吳興郡人施續任尋陽督軍，他善於清談。他有一個學生，也懂得名理之學的內容，常常主張無鬼論。忽然有一個黑衣白領的客人來，與他一起談論，便説到鬼神之事。辯論了很久，客人理屈了，就説：「你言辭巧妙，但是道理不充足。我就是鬼，爲什麼説没有鬼呢？」這個學生問鬼：「你爲什麼來這裡？」鬼回答：「我被派遣來取你的命，死期是明天吃飯的時候。」學生乞求鬼讓他活命，説得十分悲哀凄苦。鬼問他：「這裡有没有人長得像你？」學生説：「施續的帳下都督，和我相像。」於是鬼和學生一起到軍營去，跟都督相對而坐。鬼手中拿出一把鐵鑿，大約一尺多長，安置在都督頭上，就舉起鐵椎敲打。都督説：「頭覺得有一點痛。」後來越來越痛得厲害，吃飯時候便死去了。

380 蔣濟亡兒

蔣濟字子通，楚國平阿人也❶。仕魏，爲領軍將軍❷。其婦夢見亡兒涕泣曰：「死生異路。我生時爲卿相子孫，今在地下爲泰山伍伯❸，憔悴困苦，不可復言。今太廟西謳士孫阿，見召爲泰山令❹，願母爲白侯❺，屬阿令轉我得樂處。」言訖，母忽然驚寤。

明日以白濟，濟曰：「夢爲虛耳，不足怪也。」日暮，復夢曰：「我來迎新君，止在廟下。未發之頃，暫得來歸。新居明日日中當發，臨發多事，不復得歸，永辭於此。侯氣強，難感悟，故自訴於母。願重啓侯，何惜不一試驗之？」遂道阿之形狀，言甚備悉。

天明，母重啓濟：「雖云夢不足怪，此何太適適❻！亦何惜不一驗之？」濟乃遣人詣太廟下，推問孫阿，果得之，形狀證驗悉如兒言。濟涕泣曰：「幾負吾兒！」

於是乃見孫阿，具語其事。阿不懼當死，而喜得爲泰山令，惟恐濟言不信也，曰：「若如節下言❼，阿之願也。不知賢子欲得何職？」濟曰：「隨地下樂者與之。」阿言：「輒當奉教。」乃厚賞之。言訖，遣還。

濟欲速知其驗，從領軍門至廟下，十步安一人，以傳消息。辰時傳阿心痛，巳時傳阿劇，日中傳阿亡❽。濟曰：「雖哀吾兒之不幸，且喜亡者有知。」後月餘，兒復來，語母曰：「已得轉爲錄事矣❾。」

【注釋】

❶蔣濟，三國魏人。《三國志．魏書》有傳。平阿，古縣名，故城在今安徽懷遠縣西南。三國魏時屬九江郡，爲楚王彪之封國。❷領軍將軍，《三國志集解》：「中領軍資重者爲領軍將軍。」中領軍爲統率軍隊的實權將官。❸伍伯，門卒差役，掌開路、行杖之事。此爲鬼職。❹太廟，天子諸侯的祖廟。謳士，謳者。此謂太廟謳歌之人。泰山令，謂泰山府第的長官。此亦爲鬼職。❺侯，謂蔣濟。據《三國志．魏書．蔣濟傳》，齊王曹芳即位，蔣濟進爵昌陵亭侯。❻適適，「的的」的音諧。意思是分明、確實。❼節下，猶言「麾下」，對將帥的敬稱。❽辰時，上午七時至九時。巳時，上午九時至十一時。❾錄事，掌管文書的屬官。此亦鬼職。

【譯文】

蔣濟字子通，是楚國平阿縣人。他在魏國任職，爲領軍將軍。他的妻子夢見死去的兒子哭泣著說：「死和生是不同的世界。我活著的時候是卿相的子孫，如今在地下是泰山府的差役，生活困苦，不堪再說。現在太廟西謳士叫孫阿的，被召爲泰山令，希望母親替我稟告父親，囑咐孫阿讓他調我到舒服的地方。」説完話，他母親忽然驚醒過來。

第二天，妻子把這事告訴蔣濟，蔣濟說：「夢是虛假的，不值得奇怪。」天黑，妻子又夢見兒子說：「我來迎接新府君，在太廟下停留。尚未出發的時候，暫時回家裡來。新府君明天中午要出發，臨出發時事情多，我不能再回來了，在此與母親永別。父親性格固執，難得覺悟，所以我自己向母親訴說。希望再次稟告父親，爲什麼捨不得試驗一下這件事呢？」於是講述孫阿的模樣，説得很詳細。

天亮以後，他母親又再告訴蔣濟：「雖然説夢不值得奇怪，這夢爲什麼非常明確！又怎麼捨不得試驗一下？」蔣濟便派人到太廟下面，查詢孫阿，果然找到這個人，模樣特徵完全像他兒子説的一樣。蔣濟流淚説：「幾乎辜負了我兒子的希望！」

蔣濟於是召見孫阿，把這件事一一告訴他。孫阿不害怕自己將要死亡，卻高興自己能做泰山令，只耽心蔣濟的話不可信，他說：「如果像節下所說的，那是我的願望。不知道您兒子想得到什麼職務？」蔣濟說：「隨你找陰間舒服的事給他。」孫阿說：「馬上會照您説的辦。」於是蔣濟豐厚地給予孫阿賞賜。事説好以後，打發他回去。

蔣濟想盡快知道這件事的驗證，從領軍官府門口到太廟，每十步遠設置一個人，傳遞消息。上午辰時傳來消息説孫阿心口痛，巳時傳來説孫阿心痛厲害，正午説是孫阿死了。蔣濟說：「雖然悲傷我兒子不幸死去，但還是高興他能懂事。」過後一個多月，蔣濟的兒子又再來，在夢中告訴他母親說：「我已經調任官府錄事了。」

381 遼水浮棺

漢不其縣有孤竹城，古孤竹君之國也❶。靈帝光和元年，遼西人見遼水中有浮棺❷，欲斫破之，棺中人語曰：「我是伯夷之弟，孤竹君也❸。海水壞我棺槨❹，是以漂流。汝斫我何爲？」人懼，不敢斫，因爲立廟祠祀。吏民有欲發現者，皆無病而死。

【注釋】

❶不其，當爲「令支」。《史記索引》：「《地理志》云，孤竹城在遼西令支縣。」孤竹古城在今河北盧龍縣南，故跡已不可考。孤竹君，商代諸侯墨胎氏的封號。❷遼西，郡名。治所在陽樂（今遼寧義縣西）。遼水，即遼河，在遼寧省。❸伯夷，商末孤竹君的長子。其弟叔齊。起初孤竹君以叔齊爲嗣君，孤竹君死，叔齊讓位，伯夷不受。後來二人投奔到周，又反對周武王伐商。武王滅商，二人逃到首陽山，不食周粟而死。❹槨，棺外的套棺。

【譯文】

漢代令支縣有座孤竹城，是古代孤竹君的國都。東漢靈帝光和元年，遼西郡人看見遼河中有一具浮流的棺材，想砍破它，棺材裡的人說話道：「我是伯夷的弟弟，是孤竹國君。海水沖壞了我的外棺，所以隨水漂流。你砍我做什麼？」人們感到懼怕，不敢砍棺材，於是給它立祠廟祭祀。官吏百姓有想打開棺材來看的人，都會無病而死亡。

382 溫序死節

溫序字公次，太原祁人也❶。任護軍校尉，行部至隴西，爲隗囂將所劫❷，欲生降之。序大怒，以節擿殺人。賊趨欲殺序，荀宇止之曰❸：「義士欲死節。」賜劍，令自裁。序受劍，銜鬚著口中，嘆曰：「無令鬚污土。」遂伏劍死。更始憐之❹，送葬到洛陽城旁，爲築冢。長子壽，爲印平侯❺，夢序告之曰：「久客思鄉。」壽即棄官，上書乞骸骨歸葬，帝許之。

【注釋】

❶祁，原作「祈」，據《後漢書·溫序傳》改。後漢太原郡有祁縣，見《續漢書·郡國志》，故城在今山西祁縣東南。❷隴西，郡名，治所在狄道（今甘肅臨洮南）。隗囂，東漢初天水成紀（今甘肅秦安）人，被當地豪強擁立，自稱西州上將軍，據有天水、武都、金城等郡。❸苟宇，隗囂別將。他書作「荀宇。」❹更始，當爲「世祖」，即漢光武帝劉秀。❺印平侯，《後漢書·溫序傳》作「鄒平侯相」。

【譯文】

溫序字公次，是太原郡祁縣人。他任護軍校尉，巡行到隴西郡，被隗囂的部將劫持，想要活捉他。溫序大怒，用符節打死抓他的賊人。眾賊人圍上前想殺死溫序，隗囂的別將苟宇制止他們說：「義士要守節操而死。」賜給溫序寶劍，叫他自刎。溫序接過寶劍，把鬍鬚銜在口中，嘆息說：「不要讓鬍鬚沾污泥土。」於是伏身劍上自刎。漢光武帝憐愛他有節義，把他送到洛陽城邊埋葬，爲他修築墳墓。溫序的長子溫壽，封印平侯，他夢見溫序對他說：「久在異鄉客居，思念家鄉。」溫壽就辭去官職，上書奏請將父親的骸骨送回家鄉安葬，皇帝批准了他。

383 文穎移棺

漢南陽文穎，字叔長，建安中爲甘陵府丞❶。過界止宿，夜三鼓時，夢見一人跪前曰：「昔我先人葬我於此，水來湍墓，棺木溺，漬水處半，然無以自溫❷。聞君在此，故來相依。欲屈明日暫住須臾，幸為相遷高燥處。」鬼披衣示穎，而皆沾濕。穎心愴然，即寤，語諸左右。曰：「夢為虛爾，亦何足怪？」穎乃還眠。

向寐復夢見，謂穎曰：「我以窮苦告君，奈何不相愍悼乎❸？」穎夢中問曰：「子為誰？」對曰：「吾本趙人，今屬汪芒氏之神❹。」穎曰：「子棺今何所在？」對曰：「近在君帳北十數步，水側枯楊樹下，即是吾也。天將明，不復得見，君必念之。」穎答曰：「諾。」忽然便寤。

天明可發，穎曰：「雖云夢不足怪，此何太適！」左右曰：「亦何惜須臾不驗之耶？」穎即起，率十數人將導順水上，果得一枯楊，曰：「是矣。」掘其下，未幾，果得棺。棺甚朽壞，半沒水中。穎謂左右曰：「向聞於人，謂之虛矣。世俗所傳，不可無驗。」爲移其棺，葬之而去。

【注釋】

❶甘陵，後漢安帝以孝德皇后葬於厝縣，稱甘陵，移清河國治於此。桓帝建和二年改爲甘陵國。獻帝建安十一年國除爲郡。故城在今山東清平縣南。府丞，府的佐官。❷湍，此謂水勢急而沖刷。溺，淹沒。漬，浸泡。溫，暖和。❸愍，哀憐。悼，悲傷。❹汪芒，古國名。一作「汪罔」。《國語・魯語》稱爲防風氏故都，在今浙江武康縣。

【譯文】

東漢南陽人文穎，字叔長，獻帝建安年間任甘陵府丞。他過了甘陵境界，晚上留下來睡覺，半夜三更時候，夢見一個人跪在面前說：「從前我的父親把我埋葬在這裡，水流來得急速，沖刷墳墓，棺材被淹沒，一半浸泡在水裡，然而我沒有辦法使自己溫暖。聽說您在這裡，因此來依託您。想委屈您明天暫時停留一會兒，請把我遷移到地勢高乾燥的處所。」這個鬼披開衣服讓文穎看，衣服都沾濕了。文穎心裡悲傷，就醒了過來，把這事告訴左右的人。左右的人說：「夢只是虛空的，又怎麼值得奇怪？」文穎於是回去睡覺。

文穎剛睡著又夢見那個鬼，他對文穎說：「我把自己的困苦告訴您，您怎麼不哀憐我呢？」文穎在夢中問道：「你是誰？」鬼回答說：「我本來是趙國人，現在屬汪芒氏的神祇。」文穎說：「你的棺材如今在哪裡？」鬼回答說：「很近，在您營帳北面十多步，水邊枯楊樹下面，那就是我。天快亮了，不能再見到您，您一定要可憐我。」文穎回答說：「好。」忽然就醒了。

天亮可以出發了，文穎說：「雖然說夢不值得奇怪，這怎麼非常清楚明白！」左右的人說：「又怎麼捨不得花一會兒時間驗證一下呢？」文穎馬上起身，帶著十多個人引導他們順水而上，果然找到一棵枯楊樹，文穎說：「是這裡了。」挖掘樹下，沒多久果然挖到一副棺材。棺材很朽爛，一半淹沒在水中。文穎對左右的人說：「一向聽別人說這種事，認爲是虛假的。世俗所傳說的事，不能不去驗證。」他們給那副棺材遷移了地方，埋葬以後就離開了。

384 鵠奔亭女屍

漢九江何敞爲交州刺史❶，行部到蒼梧郡高要縣❷，暮宿鵠奔亭。夜猶未半，有一女從樓下出，呼曰：「妾姓蘇，名娥，字始珠，本居廣信縣❸，修里人。早失父母，又無兄弟，嫁與同縣施氏。薄命夫死，有雜繒帛百二十匹，及婢一人，名致富。妾孤窮羸弱，不能自振，欲之旁縣賣繒。從同縣男子王伯賃牛車一乘，直錢萬二千，載妾幷繒，令致富執轡❹，乃以前年四月十日，到此亭外。於時日已向暮，行人斷絕，不敢復進，因即留止。致富暴得腹痛，妾之亭長舍乞漿取火。亭長龔壽操戈持戟，來至車旁，問妾曰：『夫人從何所來？車上所載何物？丈夫安在？何故獨行？』妾應曰：『何勞問之？』壽因持妾臂曰：『少年愛有色，冀可樂也。』妾懼怖不從，壽即持刀刺脅下，一創立死。又刺致富，亦死。壽掘樓下，合埋，妾在下，婢在上。取財物去，殺牛燒車，車缸及牛骨貯亭東空井中❺。妾即冤死，痛感皇天，無所告訴，故來自歸於明使君❻。」

敞曰：「今欲發出汝屍，以何爲驗？」女曰：「妾上下著白衣，青絲履，猶未朽也。願訪鄉里，以骸骨歸死夫。」掘之果然。敞乃馳還，遣吏捕捉，拷問具服。下廣信縣驗問，與娥語合。壽父母兄弟，悉捕繫獄。敞表壽：「常律殺人，不至族誅。然壽爲惡首，隱密數年，王法自所不免。令鬼神訴者，千載無一。請皆斬之，以明鬼神，以助陰誅❼。」上報聽之。

【注釋】

❶九江，郡名，治所在壽春（今安徽壽縣）。何敞，《列異傳》等作「周敞」。交州，一作「交趾」。❷高要縣，即今廣東肇慶市。原作「高安縣」，據《太平寰宇記》改。❸廣信縣，蒼梧郡治所，在今廣西梧州市。❹執轡，駕車。轡，牲口的韁繩。❺釭，《太平御覽》引作「釭」。《說文》：「釭，車轂中鐵也。」❻使君，漢代刺史的尊稱。❼陰誅，謂鬼神對惡人的懲罰。

【譯文】

漢朝九江人何敞任交州刺史，巡行來到蒼梧郡高要縣，天黑留宿鵠奔亭。未到半夜，有一個女子從樓下走出來，呼喊說：「我姓蘇，名娥，字始珠，原來居住在廣信縣，是修里的人。小時候失去父母，又沒有兄弟，嫁給同縣的施家。命不好丈夫死去，留有各種絲織品一百二十四匹，還有一個婢女，名叫致富。我孤苦窮困，身體瘦弱，不能獨自謀生，想到鄰縣去賣絲織品。向同縣的男人王伯那裡租一輛牛車，租金一萬二千文，載上我和絲織品，叫致富趕車，就在前年四月十日，來到這個亭外面。這時天色已晚，路上沒有行人，我們不敢再繼續前進，於是就停下住宿。致富突然肚子疼痛，我到亭長家去討點湯水和火種。亭長龔壽拿著刀劍，來到車邊，問我說：『夫人從哪裡來？車上裝的是什麼東西？丈夫在哪裡？爲什麼獨自出門？』我回答說：『爲什麼要問這些？』龔壽抓住我的手臂說：『年輕人喜歡漂亮的女人，是希望能得到歡樂。』我害怕，不肯依從。龔壽馬上操刀刺我的脅下，一刀就刺死我。他又刺致富，也死了。龔壽在樓下挖坑，把我們埋在一起，我埋在下面，婢女在上面。他取去財物，殺死牛，燒掉車，車釭和牛骨藏在亭東邊的空井裡。我含冤而死，痛苦可以感動上天，無處申訴，所以自己來向您賢明的使君訴說。」

何敞說：「我現在要是挖出你的屍體，憑什麼作驗證呢？」女子說：「我上下穿的是白衣，青絲鞋，還沒有腐爛。希望您尋訪我的家鄉，把我的屍骨和丈夫葬在一起。」挖掘樓下，果然是那樣的情況。何敞便急馳回府衙，派遣役吏捕捉罪犯，拷問一一供認服罪。下文到廣信縣查問，情況與蘇娥說的符合。龔壽的父母兄弟，全部逮捕入獄。何敞上報龔壽一案表文說：「通常法律規定殺人不至於滅族，然而龔壽是犯罪首惡，罪行隱藏多年，國法自然不能容忍。造成鬼神申訴，這是千載難有一次的事。請求全部處死他們，以顯示鬼神的靈驗，而讚助陰間對惡人的懲罰。」朝廷批覆同意何敞的意見。

385 曹公載妓船

濡須口有大船❶，船覆在水中，水小時，便出見。長老云：「是曹公船❷。」嘗有漁人夜宿其旁，以船繫之，但聞竽笛絃歌之音，又香氣非常。漁人始得眠，夢人驅遣曰：「勿近官妓！」相傳云曹公載妓船覆於此，至今在焉。

【注釋】

❶濡須口，濡須水入江處，在安徽無爲縣東南。東漢建安十七年(西元二一二年)，孫權於此築堡塢以拒曹操。❷曹公，即指曹操。

【譯　文】

濡須口有一條大船，船沉沒在水裡，水小的時候，就露出來。當地老年人說：「這是曹公的船。」曾經有一個漁夫，晚上在大船的旁邊停宿，把自己的船繫在大船上，只聽見竽笛彈奏的音樂聲，並且聞到異常濃郁的香氣。漁人剛入睡，夢見有人來驅趕他說：「不要接近官妓！」相傳說是曹操載官妓的船在這裡覆沒，至今還在那兒。

386 苟奴見鬼

夏侯愷字萬仁，因病死。宗人兒苟奴，素見鬼。見愷數歸，欲取馬，并病其妻❶。著平上幘、單衣❷，入坐先時西壁大床❸，就人覓茶飲。

【注　釋】

❶病，不滿，責備。❷平上幘，上部平的頭巾。是晉代武官之服。❸大床，坐具，即今之大榻。

【譯文】

夏侯愷字萬仁，因爲患病死亡。他同族人的兒子苟奴，向來能看得見鬼。他看見夏侯愷多次回家來，想取走馬，並且責備自己的妻子。夏侯愷戴著平上幘，穿單衣，進屋坐到生前住的西壁大榻上，跟人要茶來喝。

387 產亡點面

諸仲務一女顯姨，嫁爲米元宗妻，產亡於家。俗間產亡者❶，以墨點面。其母不忍，仲務密自點之，無人見者。元宗爲始新縣丞❷，夢其妻來上床，分明見新白妝面上有黑點。

【注釋】

❶俗間，原作「俗聞」，據《太平廣記》改。❷始新，縣名，故城在今浙江淳安縣西。縣丞，縣令的佐官。

【譯文】

諸仲務有一個女兒叫顯姨，嫁給米元宗做妻子，生小孩死在家裡。民間風俗生孩子死亡的，要用墨點在臉上。她母親不忍心點墨，諸仲務自己悄悄地給女兒點上，沒有人看見。米元宗任始新縣丞，夢見他的妻子來上床，清楚地看見剛打扮的白臉上有黑點。

388 弓弩射鬼

晉世新蔡王昭❶，平犢車在廳事上❷，夜，無故自入齋室中❸，觸壁而出。後又數聞呼噪攻擊之聲，四面而來。昭乃聚眾，設弓弩戰鬥之備，指聲弓弩俱發，而鬼應聲接矢數枚，皆倒入土中。

【注釋】

❶新蔡王昭，江紹楹先生疑「昭」字當作「紹」，爲新蔡王司馬騰之子。❷平犢車，平輿車之類非重載的小車。廳事，官府治政的地方。❸齋室，齋戒之室。

【譯文】

晉代新蔡王司馬紹，有一輛平犢車放在廳事上，晚上，這輛車平白無故自行進入齋室中，碰撞牆壁而退出來。後來又多次聽見呼喊衝殺的聲音，從四面傳來。司馬紹便聚集兵眾，設置弓箭等打仗的裝備，朝著聲音發出的地方一齊放箭，有鬼隨著弓箭聲中了幾箭，都倒進土裡。

389 鬼鼓琵琶

吳赤烏三年❶，句章民楊度至餘姚❷。夜行，有一年少持琵琶求寄載，度受之。鼓琵琶數十曲，曲畢，乃吐舌擘目❸，以怖度而去。復行二十里許，又見一老父，自云姓王名戒。因復載之，謂言：「鬼工鼓琵琶，甚哀。」戒曰：「我亦能鼓。」即是向鬼。復擘眼吐舌，度怖幾死。

【注釋】

❶赤烏三年，即西元二四〇年。赤烏，吳大帝孫權年號（西元二三八～二五〇年）。❷句章，古縣名，治所在今浙江餘姚東南。餘姚，縣名，秦置。即今縣治。❸擘，裂開。

【譯文】

吳大帝赤烏三年，句章縣百姓楊度到餘姚縣去。晚上趕路，有一個少年抱著琵琶請求搭車，楊度載上了他。少年彈琵琶彈了幾十支曲子，曲子彈完，就吐出舌頭裂開眼睛，嚇唬楊度，然後離開了。楊度再走了二十來里路，又看見一個老頭子，自稱姓王名戒。於是又載上老頭，對他說：「鬼擅長彈琵琶，曲子音調很悲哀。」王戒說：「我也能彈琵琶。」原來他就是先前那個鬼。鬼又裂開眼睛吐出舌頭，把楊度嚇得幾乎死去。

390 秦巨伯鬥鬼

琅邪秦巨伯，年六十。嘗夜行飲酒，道經蓬山廟❶。忽見其兩孫迎之，扶持百餘步，便捉伯頸著地，罵：「老奴，汝某日捶我，我今當殺汝！」伯思惟某時信捶此孫。伯乃佯死，乃置伯去。伯歸家，欲治兩孫，兩孫驚惋，叩頭言：「爲子孫，寧可有此？恐是鬼魅，乞更試之。」伯意悟。

數日，乃詐醉，行此廟間。復見兩孫來，扶持伯。伯乃急持，鬼動作不得。達家，乃是兩人也❷。伯著火炙之，腹背俱焦坼❸。出著庭中，夜皆亡去。伯恨不得殺之。

後月餘，又佯酒醉夜行，懷刃以去，家不知也。極夜不還，其孫恐又爲此鬼所困，乃俱往迎伯，伯竟刺殺之。

【注釋】

❶蓬山廟，祭祀海上仙山蓬萊山的祠廟。蓬山，即蓬萊山。❷兩人，汪紹楹先生校疑「兩」字下脫「偶」字。偶人，謂鬼神的木偶像。❸焦坼，燒焦裂開。坼，裂。

【譯文】

琅邪人秦巨伯，年紀六十歲，曾經夜裡出去喝酒，路過蓬山廟。忽然看見他的兩個孫子來迎接他，扶著他走了一百多步，就捏著他的脖子壓到地上，罵道：「老奴才，你某天打我，我今天要殺死你！」秦巨伯回想那一天確實打過這個孫子。秦巨伯於是佯裝死了，他們就丟下秦巨伯走了。秦巨伯回到家，要懲罰兩個孫子，兩個孫子又驚奇又難過，磕頭說：「做子孫的，怎麼會有這種事？恐怕是鬼怪，請求您另外試一試。」秦巨伯心裡省悟了。

過了幾天，秦巨伯便假裝醉酒，來到這座祠廟。又看見兩個孫子來，攙扶他。秦巨伯就趕快抓住他們，鬼魅不能動彈。到家一看，竟是兩個木偶像。秦巨伯點火燒烤偶像，腹部背部都燒焦裂開。把它們扔出到庭院裡，它們晚上都逃走了。秦巨伯恨不得殺死它們。

一個多月以後，秦巨伯又佯裝酒醉夜裡出去，身上藏著刀走，家裡的人不知道。夜很深了還沒有回來，他的兩個孫子耽心他又被那鬼魅圍困，便都去迎接他，秦巨伯竟然把兩個孫子當成鬼殺死了。

391 三鬼醉酒

漢建武元年❶，東萊人姓池，家常作酒。一日見三奇客，共持麵飯至❷，索其酒飲，飲竟而去。頃之，有人來，云見三鬼酣醉於林中。

【注釋】

❶建武元年，即西元二十五年。建武，漢光武帝年號（西元二十五～五十六年）。原作「武建」，據《幽明錄》改。❷麵飯，麵粉所做的飯食。

【譯文】

東漢建武元年，東萊郡有一個人姓池，他家裡常常釀酒。有一天他看見三個怪客，一齊帶著麵飯來到，索取他家的酒喝，喝完就走了。一會兒，有人來，說是看見三個鬼喝醉酒在樹林裡。

392 錢小小

吳先主殺武衛兵錢小小，形見大街，顧借賃人吳永❶，使永送書與街南廟，借木馬二匹。以酒噀之❷，皆成好馬，鞍勒俱全❸。

【注釋】

❶顧，光顧，拜訪。借賃人，介紹租借東西的人。❷噀，噴。❸勒，帶嚼口的馬籠頭。

【譯文】

吳先主殺死武衛兵錢小小，他的魂魄顯形在大街上，去拜訪租賃人吳永，叫吳永送信給街南的祠廟，借得木馬兩匹。錢小小用酒噴木馬，木馬都變成好馬，馬鞍和馬勒都齊全。

393 宋定伯賣鬼

南陽宋定伯，年少時，夜行逢鬼。問之，鬼曰：「我是鬼。」鬼問：「汝復誰？」定伯誑之，言：「我亦鬼。」鬼問：「欲至何所？」答曰：「欲至宛市❶。」鬼言：「我亦欲至宛市。」遂行數里。

鬼言：「步行太遲，可共遞相擔❷，何如？」定伯曰：「大善。」鬼便先擔定伯數里。鬼言：「卿太重，將非鬼也？」定伯言：「我新鬼，故身重耳。」定伯因復擔鬼，鬼略無重。如是再三。定伯復言：「我新鬼，不知有何所畏忌？」鬼答言：「惟不喜人唾。」於是共行。

道遇水，定伯令鬼先渡，聽之，了然無聲音。定伯自渡，漕漼作聲❸。鬼復言：「何以有聲？」定伯曰：「新死，不習渡水故耳。勿怪吾也。」行欲至宛市，定伯便擔鬼作肩上，急執之。鬼大呼，聲咋咋然❹，索下。不復聽之，徑至宛市中，下著地，化爲一羊，便賣之。恐其變化，唾之，得錢千五百乃去。當時石崇有言❺：「定伯賣鬼，得錢千五。」

【注釋】

❶宛市，宛縣的集市。宛，縣名，爲南陽郡治所，在今河南南陽市。❷遞相，互相替換。❸漕漼，象聲詞，擬人過河淌水的聲音。❹咋咋然，此謂鬼大聲呼叫的樣子。❺石崇，西晉人，官至衛尉（九卿之一）。以豪富聞名，生活侈靡。

【譯　文】

南陽郡人宋定伯，年輕時候，晚上趕路遇到一個鬼。他問鬼是誰，鬼說：「我是鬼。」鬼問他：「你又是誰？」宋定伯欺騙他，說：「我也是鬼。」鬼問：「要到哪裡去？」回答說：「要到宛縣的集市去。」鬼說：「我也要到宛縣的集市去。」於是一起走了幾里路。鬼說：「步行太慢，我們可以互相替換背著走，怎麼樣？」宋定伯說：「太好了。」鬼就先背宋定伯走了幾里。鬼說：「你太重了，也許不是鬼吧？」宋定伯說：「我是新鬼，所以身體沉重。」宋定伯於是又背鬼，鬼一點也不重。他們輪流換著背了一次又一次。宋定伯又說：「我是新鬼，不知道有什麼該畏懼忌諱的？」鬼回答說：「只是不喜歡人吐口水。」於是又一起趕路。

路上遇到河，宋定伯叫鬼先渡過去，聽它渡水，靜悄悄地一點聲音也沒有。宋定伯自己渡河，發出嘩啦的響聲。鬼又說：「爲什麼弄出聲音？」宋定伯說：「我剛剛死的，還不習慣渡河的緣故。不要責怪我。」快走到宛縣集市，宋定伯便把鬼扛到肩上，迅速捉住它。鬼大聲呼喊，發出咋咋的叫聲，要求把它放下來。宋定伯不再聽它的，一直扛到宛縣集市中，放在地上。鬼變成一隻羊，宋定伯就賣掉它。怕它再變，向它吐了口水。賣得錢一千五百文就回家了。當時石崇說過一句話：「定伯賣鬼，得錢千五。」

394 紫玉韓重

吳王夫差小女❶，名曰紫玉，年十八，才貌俱美。童子韓重❷，年十九，有道術。女悅之，私交信問，許爲之妻。重學於齊魯之間，臨去，屬其父母使求婚。王怒，不與女。玉結氣死，葬閶門之外❸。

三年重歸，詰其父母，父母曰：「王大怒，玉結氣死，已葬矣。」重哭泣哀慟，具牲幣往弔於墓前❹。玉魂從墓出，見重，流涕謂曰：「昔爾行之後，令二親從王相求，度必克從大願，不圖別後，遭命奈何！」玉乃左顧宛頸而歌曰：「南山有烏，北山張羅。烏既高飛，羅將奈何！意欲從君，讒言孔多。悲結生疾，沒命黃壚❺。命之不造，冤如之何！羽族之長，名爲鳳凰。一日失雄，三年感傷。雖有衆鳥，不爲匹雙。故見鄙姿，逢君輝光。身遠心近，何當暫忘？」

歌畢，歔欷流涕，要重還冢。重曰：「死生異路，懼有尤愆❻，不敢承命。」玉曰：「死生異路，吾亦知之，然今一別，永無後期。子將畏我爲鬼而禍子乎？欲誠所奉，寧不相信？」重感其言，送之還冢。玉與之飲宴，留三日三夜，盡夫婦之禮。臨出，取徑寸明珠以送重，曰：「既毀其名，又絕其願，復何言哉！時節自愛。若至吾家，致敬大王。」

重既出，遂詣王，自說其事。王大怒曰：「吾女既死，而重造訛言，以玷穢亡靈。此不過發冢取物，託以鬼神。」趣收重❼。重走脫，至玉墓所訴之。玉曰：「無憂，今歸白王。」王妝梳，忽見玉，驚愕悲喜，問曰：「爾緣何生？」玉跪而言曰：「昔諸生韓重來求玉，大王不許，玉名毀義絕，自致身亡。重從遠還，聞玉已死，故齎牲幣，詣冢弔唁。感其篤終，輒與相見，因以珠遺之。不為發冢，願勿推治。」夫人聞之，出而抱之，玉如煙然。

【注釋】

❶夫差，春秋末吳國君。吳王闔閭之子，西元前四九五至前四七三年在位。❷童子，未成年男子。《詩經・衛風・芄蘭》孔疏：「童者，未成年之稱，年十九以下皆是也。」❸結氣，氣息鬱結。閶門，吳都城(今江蘇蘇州市)西門。❹牲幣，祭祀用的祭品。牲，指家畜，如牛、羊、豬。幣，指繒帛。❺黃壚，猶言「黃泉」，指地之深處。❻尤愆，罪過，禍事。❼趣，通「促」，催促。

【譯文】

春秋時吳王夫差的小女兒，名叫紫玉，年紀十八歲，才學和容貌都很出色。少年韓重，年紀十九歲，有道術。紫玉喜歡他，私下和他書信來往，答應做他的妻子。韓重到齊魯地方去求學，臨走，囑託他的父母為他去求婚。吳王大怒，不允許女兒嫁給韓重。紫玉氣息鬱結而死，埋葬在閶門外面。

三年後韓重回來，向父母詢問這件事，父母說：「吳王大怒，紫玉氣息鬱結死亡，已經埋葬了。」韓重哀痛哭泣，準備牲畜繒帛等祭品到紫玉墓前憑弔。紫玉的靈魂從墳墓中走出來，會見韓重，流著淚對他說：「那時你走以後，你父母親向父王求婚，原以為一定能夠實現願望，想不到分別以後遭到這樣的命運，有什麼辦法呢？」紫玉於是扭頭左右顧盼，悲哀地唱著歌：

南山有烏鵲，北山張羅網，

烏鵲已經高飛，羅網怎麼辦！

心想跟隨你，流言實在多，
悲傷鬱結成疾，黃泉之下命喪。
命運太不濟，冤屈到何時？
鳥類之王，名叫鳳凰，
一旦失去雄鳳，三年使我感傷。
即使鳥眾多，不能配成雙。
爲此顯身形，相逢放輝光。
兩人身遠心近，何時才會相忘？

紫玉唱完歌，抽泣流淚，邀請韓重和她回到墳墓裡去。韓重說：「死生是不同的世界，恐怕這樣會招來災禍，不敢應承你的邀請。」紫玉說：「死生是不同的世界，我也是知道的，不過從今一分別，永遠沒有重逢的機會了。你耽心我是鬼會害你嗎？我想奉上自己一片誠心，難道你不相信嗎？」韓重被她的話感動，便送她回墳墓裡去。紫玉設宴招待韓重，留他一起住了三天三夜，和他完成了夫妻的禮儀。韓重臨出墳墓時，紫玉拿出一顆直徑一寸的明珠送給韓重，說：「我既毀壞了名聲，又斷絕了希望，還有什麼話可說呢！請隨時保重身體。如果到我家去，向父王致以敬意。」

韓重出了墳墓以後，就去拜見吳王，自己陳述這件事。吳王大怒說：「我女兒已經死了，韓重卻又揑造謊言，來玷污死者的靈魂。這不過是掘墓盜物，假託鬼神。」下令立即逮捕韓重。韓重逃脫出來，到紫玉的墓地訴說這件事。紫玉說：「不要擔憂，我現在回家去告訴父王。」吳王正在梳妝，忽然看見紫玉，大吃一驚，悲喜交集，問道：「你怎麼又活了？」紫玉跪下說道：「從前書生韓重來求婚要娶我，父王不允許，我名譽已毀，情義已斷，以致自己死亡。韓重從遠方回來，聽說我已經死了，特地帶上祭品，到墓地弔唁。我感激他始終眞情實意，就和他見了面，於是把明珠送給他。不是掘墓偷的，希望不要追究他。」吳王的夫人聽說紫玉回來，便出來抱住她，紫玉像一縷青煙消逝了。

395 駙馬都尉

隴西辛道度者，遊學至雍州城四五里❶，比見一大宅，有青衣女子在門。度詣門下求飧❷，女子入告秦女，女命召入。度趨入閣中，秦女於西榻而坐。度稱姓名，敘起居。既畢，命東榻而坐，即治飲饌。食訖，女謂度曰：「我秦閔王女❸，出聘曹國，不幸無夫而亡。亡來已二十三年，獨居此宅。今日君來，願爲夫婦。」

經三宿三日後，女即自言曰：「君是生人，我鬼也。共君宿契❹，此會可三宵，不可久居，當有禍矣。然茲信宿，未悉綢繆❺，既已分飛❻，將何表信於郎？」即命取床後盒子開之，取金枕一枚，與度爲信。乃分袂泣別，即遣青衣送出門外。未逾數步，不見舍宇，惟有一冢。度當時荒忙出走❼，視其金枕在懷，乃無異變。

尋至秦國，以枕於市貨之。恰遇秦妃東遊，親見度賣金枕，疑而索看，詰度何處得來，度具以告。妃聞，悲泣不能自勝。然尚疑耳。乃遣人發冢，啓柩視之，原葬悉在，唯不見枕。解體看之，交情宛若❽，秦妃始信之。嘆曰：「我女大聖，死經二十三年，猶能與生人交往，此是我眞女婿也。」遂封度爲駙馬都尉❾，賜金帛車馬，令還本國。因此以來，後人名女婿爲「駙馬」。今之國婿，亦爲駙馬矣。

【注釋】

❶雍州，古九州之一。《書·禹貢》：「黑水西河惟雍州。」《爾雅·釋地》：「河西曰雍州。」城，或指雍邑，春秋時秦國都，治所在今陝西鳳翔南。❷飧，簡單的飯食。❸秦閔王，句道興本作「秦文王」。❹宿契，謂前世的緣分。❺信宿，連宿兩夜。未悉綢繆，未盡相親相愛的深厚情意。❻分飛，離別。《樂府詩集》：「東飛伯勞西飛燕，黃姑織女時相見」。成語

作「勞燕分飛」。❼荒忙，同「慌忙」。❽交情宛若，句道興本作「遂有夫婦行禮之處」。❾駙馬都尉，近侍官的一種，漢武帝時置。魏晉後帝王的女婿加此稱號，簡稱駙馬。

【譯　文】

隴西郡有個叫辛道度的人，外出求學來到雍州城外四五里處，看見一幢大住宅，有一個穿青衣的女子在門口。辛道度往門口去請求施捨一點飯食，青衣女子進屋去稟告主人秦女，秦女叫人召辛道度進屋。辛道度走進閣樓裡，見秦女坐在西邊榻上。辛道度自報姓名，致以問候。表示禮節以後，秦女叫他在東邊榻上坐，馬上準備了菜飯。吃完飯，秦女對辛道度說：「我是秦閔王的女兒，許配給曹國，不幸還沒有出嫁就死亡了。死去已經二十三年，獨自居住在這幢屋子裡。今天你來，我願和你結爲夫妻。」

經過三天三夜，秦女自己說道：「你是活人，我是鬼。與你前世有緣份，這樣的交往可以過三夜，不能長久停留，否則就會有禍患了。不過只是住了兩三夜，還不能盡相親相愛的深厚情意，就已經要離別，拿什麼給你做信物呢？」她便叫人取床後面的盒子來打開，從裡面取出一只金枕，送給辛道度做信物。於是他們哭泣著分別。便派青衣女子送辛道度出門外去。還沒走出門幾步，房屋就不見了，只有一座墳墓。辛道度慌忙跑出墓地，看那只金枕在懷裡，卻沒有什麼變化。

不久來到秦國，辛道度拿金枕到集市上去出售。恰好遇到秦王的夫人到東邊來遊覽，她親眼看見辛道度在賣金枕，心中懷疑就索取來看，詢問辛道度從哪裡得到金枕，辛道度一一告訴她事情經過。秦夫人聽了，悲傷地哭泣，哭得自己都經受不住了。但是還是不相信這件事。便派人去挖開墳墓，打開棺木來看，原來的葬物都還在，只是不見了金枕。解開秦女的衣服來看，猶有夫妻行禮的情況，秦夫人這才相信了。她感嘆說：「我女兒是神仙，死了二十三年，還能夠與活人交往。這個人是我的眞女婿。」於是封辛道度爲駙馬都尉，賞賜他金帛車馬等物，讓他回本鄉去。從此之後，人們稱女婿做「駙馬」。如今帝王的女婿，也稱爲駙馬了。

396 談生妻鬼

漢談生者，年四十，無婦，常感激讀《詩經》❶。夜半，有女子年可十五六，姿顏服飾天下無雙，來就生爲夫婦。之言曰❷：「我與人不同，勿以火照我也。三年之後，方可照耳。」與爲夫婦，生一兒，已二歲。不能忍，夜伺其寢後，盜照視之。其腰已上，生肉如人，腰已下，但有枯骨。婦覺，遂言曰：「君負我！我垂生矣❸，何不能忍一歲而竟相照也？」生辭謝。涕泣不可復止，云：「與君雖大義永離，然顧念我兒，若貧不能自偕活者，暫隨我去，方遺君物。」生隨之去，入華堂室宇，器物不凡。以一珠袍與之，曰：「可以自給。」裂取生衣裾，留之而去。

後生持袍詣市，睢陽王家買之❹，得錢千萬。王識之曰：「是我女袍，那得在市？此必發冢。」乃取拷之。生具以實對，王猶不信，乃視女冢，冢完如故。發視之，棺蓋下果得衣裾。呼其兒視，正類王女。王乃信之，即召談生，復賜遺之，以爲女婿，表其兒爲郎中❺。

【注釋】

❶感激，心有所感動而奮發。❷之，猶「而」，連詞。明鈔本《太平廣記》引作「乃」。❸垂，接近，將要。❹睢陽王，漢所封宗室諸侯王。睢陽爲封國，即梁國，治所在今河南商丘縣南。❺郎中，帝王近侍官，無專職。

【譯文】

漢代有個談生，年紀四十歲，没有妻子，常常很有感情地朗讀《詩經》。有一天半夜，有一個女子大約十五六歲，容貌打扮天下少有，來接近談生，和他做夫妻。並對他說：「我跟一般人不一樣，你不要用燈火照我。三年以後，才可以照我。」她和談生做夫妻，生下一個兒子，已經兩歲了。談生忍不住好奇心，晚上等妻子睡著了，偷偷用燭火去照她。她的腰部以上，長著肉像人一樣，腰部以下，只有枯骨。妻子醒過來，便說道：「你辜負了我！我快要復活了，你怎麼不能再忍耐一年，竟然現在用火照我呢？」談生連忙賠禮道歉。妻子哭泣流淚不止，說：「跟你雖然永遠斷絕夫妻關係，但是我掛念我的兒子，你窮得不能自己帶孩子生活，隨我去一下，我將送你一點東西。」談生跟隨她去，進入一幢華麗的房屋，房裡的東西不同一般。妻子拿出一件綴有珠寶的袍子給談生，說：「可以拿去解決自己的生活。」她又撕下談生的一片衣襟，留下來就分手了。

後來談生抱珠袍到集市上出售，睢陽王家的人買走了它，談生賣得錢一千萬。睢陽王認得這件珠袍，說：「這是我女兒的珠袍，哪裡能在集市上出現？這必定是盜墓。」於是逮捕談生拷問他。談生一一將實情回答，睢陽王還是不相信，便去看女兒的墳墓，墳墓完好跟過去一樣。發掘來看，棺材蓋子下面果然找到衣襟。喚談生的兒子來看，模樣正像睢陽王的女兒。睢陽王這才相信了，立即召見談生，又再賜給他財物，把他作爲女婿看待，並上表奏請朝廷封談生的兒子爲郎中。

397 盧充幽婚

盧充者，范陽人❶。家西三十里，有崔少府墓❷。充年二十，先冬至一日，出宅西獵戲。見一獐，舉弓而射，中之。獐倒復起，充因逐之，不覺遠。

忽見道北一里許，高門瓦屋，四周有如府舍，不復見獐。門中一鈴下唱：「客前。」充問：「此何府也？」答曰：「少府府也。」充曰：「我衣惡，那得見少府？」即有一人提襆新衣❸，曰：「府君以此遺郎。」充便著訖，進見少府，展姓名。酒炙數行，謂充曰：「尊府君不以僕門鄙陋，近得書，爲君索小女婚，故相迎耳。」便以書示充。充父亡時雖小，然已識父手跡，即欷歔，無復辭免。便敕內：「盧郎已來，可令女郎妝嚴❹。」且語充云：「君可就東廊。」及至黃昏，內白：「女郎妝嚴已畢。」充既至東廊，女已下車，立席頭，卻共拜。時爲三日給食❺。

三日畢，崔謂充曰：「君可歸矣。女有娠相，若生男，當以相還，無相疑；生女，當留自養。」敕外嚴車送客，充便辭出。崔送至中門，執手涕零。出門，見一犢車，駕青衣❻，又見本所著衣及弓箭故在門外。尋傳教將一人提襆衣與充，相問曰：「姻緣始爾，別甚悵恨。今復致衣一襲，被褥自副❼。」充上車，去如電逝。須臾至家，家人相見悲喜。推問，知崔是亡人而入其墓，追以懊惋。

別後四年，三月三日❽，充臨水戲，忽見水旁有二犢車，乍沉乍浮。既而近岸，同坐皆見。而充往開車後啓，見崔氏女與三歲男共載。充見之忻然❾，欲捉其手。女舉手指後車曰：「府君見人。」即見少府，充往問訊。女抱兒還充。又與金鋺❿，並贈詩曰：「煌煌靈芝質，光麗何猗猗⓫。華艷當時顯，嘉異表神奇。含英未及秀，中夏罹霜萎。榮耀長幽滅，世路永無施。不悟陰陽運，哲人忽來儀⓬。會淺離別速，皆由靈與祇。何以贈余親？金鋺可頤兒。恩愛從此別，斷腸傷肝脾。」充取兒、鋺及詩，忽然不見二車處。充將兒還，四坐謂是鬼魅，殮遙唾之，形如故。問兒：「誰是汝父？」兒徑就充懷。衆初怪惡，傳省其詩，慨然嘆死生之玄通也⑬。充後乘車入市賣鋺，高舉其價，不欲速售，冀有識。歘有一老婢識此，還白大家曰⑭：「市中見一人乘車，賣崔氏女郎棺中鋺。」大家即崔氏親姨母也。遣兒視之，果如其婢言。上車，敘姓名，語充曰：「昔我姨嫁少府生女，未出而亡。家親痛之，贈一金鋺，著棺中，可說得鋺本末。」充以事對。此兒亦爲之悲咽。齎還白母，母即令詣充家，迎兒視之，諸親悉集。兒有崔氏之狀，又復似充貌。兒、鋺俱驗，姨母曰：「我外甥三月末間產。父曰：『春暖溫也。願休強也。』即字溫休。溫休者，蓋幽婚也⑮。其兆先彰矣。」

兒遂成令器，歷郡守二千石⑯。子孫冠蓋，相承至今。其後植，字子幹，有名天下⑰。

【注釋】

❶范陽，郡名。三國魏黃初七年（西元二二六年）改涿郡置，治所在今河北涿縣。❷少府，官名，九卿之一，掌宮中需用衣物貨膳等。❸襆，包袱。一襆，即一包。❹妝嚴，梳妝打扮。嚴，裝束整理。❺三日給食，即婚後三日宴集賓朋。此爲魏晉時風俗。❻青衣，明鈔本《太平廣記》引作「青牛」。❼襲，衣物的全套。自副，他本作「一副」。❽三月三日，古爲上巳節，在水濱洗濯，祓除不祥，稱爲修禊。❾忻然，喜悅的樣子。忻，同「欣」。❿鋺，同「碗」。⓫煌煌，明亮的樣子。猗猗，美盛的樣子。⓬哲人，才識卓越的人。來儀，謂傑出人物的出現。《書・益稷》：「鳳凰來儀。」《方言》：「儀、佫，來也。」⓭玄通，玄妙而溝通。指人鬼交往通婚。⓮大家，六朝時奴婢對主人的尊稱。此謂家主母。⓯溫休者，蓋幽婚也，這是用反切作隱語，魏晉時甚流行。「溫」字聲母與「休」字韻母相拼合，音「幽」，「休」字聲母與「溫」字韻母相拼合，音「婚」。⓰令器，謂優秀人材。郡守二千石，稱官職及俸祿。漢代朝官的九卿、郎、將和外官的郡守、尉等，俸祿均爲二千石。⓱植，即盧植，東漢末人，著名儒者，歷官至尚書。

【譯文】

盧充，是范陽郡人。他家西邊三十里的地方，有一座崔少府墓。盧充二十歲那年，冬至前一天，到他家住宅的西邊去打獵遊玩。他看見一隻獐子，便舉弓射箭，射中了獐子。獐子倒地又爬起來跑，盧充於是追趕它，不知不覺追了很遠。

忽然看見路北邊一里左右，有一幢高門大瓦屋，四周好像是官家的府第，卻不再看見那隻獐子。門前有一個門卒高聲呼喚：「客人請進。」盧充問道：「這是誰的府第？」門卒回答說：「是少府的府第。」盧充說：「我衣服骯髒，哪能去拜見少府？」立即有一個人提來一包新衣服，說：「府君把這包衣服送給郎君。」盧充就換上衣服，進門去拜見少府，陳報了自己的姓名。飲了幾巡酒，少府對盧充說：「令尊大人不嫌我門第低下，最近得到他的信，爲你向我的女兒求婚，因此去接你來。」便拿出信給盧充看。盧充雖然父親死時年紀小，但是已經認得父親的筆跡，當時看了不禁悲嘆，不再推辭婚事。少府於是吩咐內室：「盧郎已經來了，可叫女兒梳妝打扮。」又對盧充說：「你可以在東廂房安歇。」到了傍晚，內室裡說：「女郎梳妝打扮完畢。」盧充到了東廂房，女郎已經下了車，站在墊席前，於是一同拜堂。按時舉行婚後宴請賓朋三日的集會。

三天結束，崔少府對盧充說：「你可以回家了。我女兒有了懷孕的跡象，如果生下男孩，會送還你，不必疑心；如果生下女孩，要留下來她自己撫養。」他吩咐外面的人準備車子送客人，盧充便告辭出來。崔少府送到中門，拉著手流下了眼淚。盧充出了門，看見一輛牛車，套著青牛，又見自己原先的衣服和弓箭還在門外。接著崔家又派遣一個人提著一包衣服來送給盧充，慰問他說：「姻緣才開始，離別十分惆悵遺憾。現在再送來衣服一套，被褥也已配備。」盧充坐上車，車像閃電一樣離去。一會兒回到家，家裡的人見了又悲又喜。經過查問，才知道崔少府是死了的人，而盧充是進了他的墳墓，回憶起來懊惱嘆息。

別後四年，三月三日，盧充到水濱修禊，忽然看見水裡有兩輛牛車，時沉時浮漂來。不一會牛車靠近岸邊，和盧充一起坐的人都看見了。盧充過去打開牛車後面的門，看見崔氏女郎和一個三歲的男孩坐在一起。盧充見了很高興，想握住女郎的手。女郎舉手指後面的車說：「府君看見你了。」便看見崔少府，盧充上前去問候，女郎抱起兒子交給盧充，又給他一只金碗，並且贈給他一首詩說：

明亮像靈芝一般的姿質，
光彩艷麗多麼美好茂盛。
華貴美妙當時已經顯露，

姣好特殊表現十分神奇。
含苞的花朵尚未來得及開放，
盛夏時卻遭到秋霜而凋零。
光彩榮耀從此永遠湮滅，
人世的道路再也不能行。
想不到陰間陽世有交往，
才能卓越的人忽然來臨。
歡聚短暫離別太匆匆，
都是因爲那安排的神靈。
拿什麼贈送我的親人？
一只金碗可以撫養我的兒子。
夫妻的恩愛從此斷絕，
令人悲傷斷腸肝脾碎裂。

盧充接過兒子、金碗和贈詩，兩輛牛車忽然不見了。盧充帶著兒子回到岸上，四座的人認爲是鬼魅，都遠遠地向他吐口水，但是孩子的模樣不變。有人問孩子：「誰是你父親？」孩子徑直撲到盧充懷裡。眾人起初覺得奇怪厭惡，傳閱那首詩，都感慨死與生之間有玄妙相通的事。

盧充後來乘車進集市去出售金碗，故意抬高碗的要價，不想迅速賣出，希望有人認識它。忽然有一個老女僕認識這只碗，回家去稟告家主母說：「集市上有一個人乘著車，出售崔氏女郎棺中的金碗。」家主母就是崔氏女郎的親姨母。她派兒子去看，果然跟老僕說的一樣。他便登上車，報了自己的姓名，對盧充說：「從前我姨母嫁給崔少府生下一個女兒，還沒有出嫁就死了。我母親很痛惜她，贈給她一只金碗，放在她的棺中。你可以說說得到金碗的經過。」盧充把事情經過告訴他，這個姨母的兒子也爲此悲傷抽泣。他帶著碗回家稟告母親，他母親立即派人到盧充家，接小孩去看，衆親戚都聞訊趕來聚集。孩子有崔氏女郎的模樣，又兼似盧充的相貌。孩子、金碗都得到驗證，崔氏女的姨母說：「我外甥女是三月末時候出生的。她的父親說：『春天暖和，希望她美好強壯。』就取名溫休。溫休，就是幽婚的隱語，這個預兆早就清楚了。」

盧充的兒子後來長成優秀人材，任過俸祿二千石的郡守。子孫後代也都做官，繼承到如今。他的後代盧植，字子幹，天下聞名。

398 西門亭鬼魅

後漢時，汝南汝陽西門亭有鬼魅❶。賓客止宿，輒有死亡。其厲厭者❷，皆亡髮失精。尋問其故，云：「先時頗已有怪物。其後郡侍奉掾宜祿鄭奇來❸，去亭六七里，有一端正婦人乞寄載。奇初難之，然後上車。入亭，趨至樓下。亭卒白：『樓不可上。』奇云：『吾不恐也。』時亦昏冥，遂上樓，與婦人棲宿。

未明發去。亭卒上樓掃除，見一死婦，大驚，走白亭長。亭長擊鼓會諸廬吏，共集診之❹。乃亭西北八里吳氏婦，新亡，夜臨殯火滅，及火至，失之。其家即持去。奇發行數里，腹痛，到南頓利陽亭加劇物故❺。樓遂無敢復上。」

【注釋】

❶汝陽，古縣名。屬汝南郡，治所在今河南商正縣西北。❷厲厭，意思是受害嚴重。厲，厲害，嚴重。厭，損害，危害。❸郡侍奉掾，郡守自辟的屬官，負責侍從左右，處理日常事務。宜祿，古縣名。屬汝南郡，故城在今河南沈丘縣北。❹廬吏，謂亭所屬的里等鄉下行政小吏。廬，田舍。診，察看，斷定。❺南頓，古縣名。屬汝南郡，故城在今河南項城縣北。物故，死亡。

【譯文】

後漢時候，汝南郡汝陽縣西門亭有鬼魅出現。旅客在那裡留宿，常常有人死亡。其中受害嚴重的人，都會沒有頭髮失去精髓。探問這事的緣故，人們說：「先前就已經常有怪物。以後郡侍奉掾宜祿縣人鄭奇來到這裡，距離亭六七里路，有一個長得端正的婦人要求搭車，鄭奇起初覺得為難，後來叫她坐上車。進了亭，趕緊走到樓下。亭卒說：『樓不能上去。』鄭奇說：『我不害怕。』當時天色已晚，鄭奇便上樓去，與那個婦人睡覺。第二天天不亮出發走了。亭卒上樓去打掃，看見一個死了的婦人，大吃一驚，跑去報告亭長。亭長擊鼓召集各里廬吏，一起來察看這個婦人。原來是亭西北八里地方吳家的婦人，剛剛死亡，晚上要裝殮時燈熄滅，等到再點燈來，婦人不見了。吳家就把婦人的屍體抬回家去。鄭奇出發走了幾里，肚子痛了起來，走到南頓縣利陽亭疼痛加劇而死亡。這樓於是沒有人敢再上去住。」

399 鍾繇殺女鬼

潁川鍾繇，字元常，嘗數月不朝會，意性異常❶。或問其故，云：「常有好婦來，美麗非凡。」問者曰：「必是鬼物，可殺之。」婦人後往，不即前，止戶外。繇問：「何以？」曰：「公有相殺意。」繇曰：「無此。」勤勤呼之❷，乃入。繇意恨，有不忍之，然猶斫之，傷髀❸。婦人即出，以新綿拭血竟路。明日，使人尋跡之，至一大冢。木中有好婦人，形體如生人。著白練衫，丹繡裲襠❹。傷左髀，以裲襠中綿拭血。

【注釋】

❶潁川，郡名，治所在陽翟（今河南禹縣）。鍾繇，三國魏太傅，鍾會之父。意性，意念

性格。❷勤勤，頻頻、一再。❸髀，股部，大腿。❹裲襠，亦作「兩當」。形似今馬甲、背心之類衣服。

【譯文】

潁川郡人鍾繇，字元常，曾經幾個月不朝見皇上，意念性格跟平常不一樣。有人問他什麼緣故，他說：「常常有一個美婦人來，漂亮不同一般人。」問話的人說：「必定是鬼怪，可以殺死它。」過後，那個婦人又來到，不馬上走到鍾繇面前，停在門外。鍾繇問她：「爲什麼不進來？」她說：「你有殺我的意思。」鍾繇說：「沒有這回事。」一再呼喚她，才進屋裡。鍾繇心裡感到遺憾，又有些不忍心，然而還是用刀砍她，砍傷她的大腿。婦人立即逃出，一路上用新絲綿擦血。第二天，派人順著血跡去尋找，找到一座大墳墓。棺中有一個美麗的婦人，形體像活人一樣。她穿著白絹襯衫，紅繡背心。左大腿被砍傷了，是用背心中的絲綿擦血。

卷十七

400 鬼騙張漢直家

陳國張漢直到南陽❶，從京兆尹延叔堅學《左氏傳》❷。行後數月，鬼物持其妹，爲之揚言曰：「我病死，喪在陌上，常苦飢寒。操二三量不借，掛屋後楮上❸。傅子芳送我五百錢，在北墉下❹。皆亡取之。又買李幼一頭牛，本券在書篋中。」往索取之，悉如其言。婦尚不知有此，妹新從婿家來，非其所及。家人哀傷，益以爲審。父母諸弟，衰絰到來迎喪❺。去舍數里，遇漢直與諸生十餘人相追。漢直顧見家人，怪其如此。家見漢直，謂其鬼也，悵惘良久。漢直乃前爲父拜。說其本末，且悲且喜。凡所聞見，若此非一，得知妖物之爲。

【注釋】

❶陳國，春秋時國名，建都宛丘（今河南淮陽），有今河南東部和安徽一部分。西元前四七八年爲楚所滅。此謂原陳國所屬地區。❷延叔堅，即延篤，東漢南陽人。曾爲京兆尹，後以病免歸，教授家巷。《後漢書》有傳。《左氏傳》，即《春秋左氏傳》。儒家經典之一。多用事實解釋魯國編年史《春秋》，舊傳春秋時人左丘明所撰。近人考證認爲是戰國初年人據各國史料編成。❸不借，即「草鞋」。宋吳曾《能改齋漫錄》有考釋。楮，木名，即構樹，皮可造紙者。❹墉，此謂住宅的壁牆。❺衰絰，居喪之服。此爲動詞。

【譯文】

陳國人張漢直到南陽郡去，跟隨原京兆尹延叔堅學習《春秋左氏傳》。離家後幾個月，有鬼怪找到他妹妹，裝做他放出話說：「我病死了，屍體擺在街道上，常常受到飢寒的痛苦，家裡編的兩三雙草鞋，掛在房後楮樹上。傅子方送給我的五百文錢，放在房北面牆下。我走時都忘了帶上。另外買李幼的那一頭牛，契據在小書箱中。」他妹妹回家尋找這些東西，都跟所說的情況一樣。他妻子都還不知道那些地方有所說的東西，他妹妹剛從丈夫家回來，是不會知道這些情況的。他家裡的人十分悲傷，更加認爲他確實是死了。他父母兄弟都穿上喪服，到南陽來接喪。在離學舍幾里的地方，遇見張漢直和同學十多人相隨著在一起。張漢直看見家裡的人，奇怪他們這樣穿著喪服。家裡的人看見張漢直，以爲是鬼，失意懊惱好一會。張漢直便走上前向父親跪拜。說起事情的經過，一家人又悲傷又高興。所見所聞的事，像這樣的不只一件，大家才知道是鬼怪騙人。

401 范丹貞節

漢陳留外黃范丹❶，字史雲。少爲尉從佐使，檄謁督郵❷。丹有志節，自恚爲廝役小吏❸，乃於陳留大澤中殺所乘馬，捐棄冠幘❹，詐逢劫者。有神下其家曰：「我，史雲也。爲劫人所殺。疾取我衣於陳留大澤中。」家取得一幘。丹遂之南郡，轉入三輔❺，從英賢遊學。十三年乃歸，家人不復識焉。陳留人高其志行，及沒，號曰貞節先生。

【注釋】

❶外黃，古縣名。屬陳留郡，治所在今河南民權西北。范丹，《後漢書》作「范冉」。❷尉從佐使，縣尉屬下的佐吏，低級辦事人員。督郵，郡的重要屬吏，代表太守督察縣鄉，宣達教令，兼司獄訟捕亡等事。❸自恚，自己怨恨自己。廝役小吏，謂幹粗雜活的役吏。❹冠幘，原作「官幘」，據明鈔本《太平廣記》改。❺南郡，郡名，治所在郢（今湖北江陵東北）。三輔，指陝西中部地區，漢代爲京畿之地，由左、右內史和主爵都尉分轄。

【譯文】

漢代陳留郡外黃縣人范丹，字史雲。年輕時做尉從佐使，奉命送公文去進見督郵。

范丹有志氣，他怨恨自己是幹粗雜活的役吏，於是在陳留郡的大沼澤裡殺死所騎的馬，丟掉帽子和頭巾，假裝碰上了強盜。有神靈降到他家裡說：「我是史雲，被強盜殺死了。趕快到陳留郡大沼澤中取我的衣服。」家裡的人去取得他的一塊頭巾。范丹便到南郡去，又轉入三輔地區，跟隨傑出的賢人學習。十三年以後才回家，家裡的人都不再認識他了。陳留郡的人很敬佩他的志向行爲，死後稱他爲貞節先生。

402 費季客楚

吳人費季，久客於楚。時道多劫，妻常憂之。季與同輩旅宿廬山下❶，各相問出家幾時。季曰：「吾去家已數年矣。臨來與妻別，就求金釵以行，欲觀其志當與吾否耳。得釵，乃以著戶楣上❷。臨發，失與道。此釵故當在戶上也。」爾夕，其妻夢季曰：「吾行遇盜，死已二年。若不信吾言，吾行時取汝釵，遂不以行，留在戶楣上，可往取之。」妻覺，揣釵得之，家遂發喪。後一年餘，季乃歸還。

【注釋】

❶廬山，一稱匡山。在江西省北部，聳立鄱陽湖、長江之濱，爲遊覽勝地。❷戶楣，門頭上的橫木。

【譯文】

吳地人費季，客居楚地很久了。當時路上常有強盜，他妻子時時爲他擔憂。費季與同伴旅行至廬山下住宿，互相詢問離家多少時間了。費季說：「我離家已經好幾年了。臨走時與妻子道別，向她討取她的金釵帶走，只是想看一看她的心意會不會給我。我得了她的金釵，就把它放在門頭的橫木上。到動身時，忘了告訴她。這金釵自然還會在門頭上。」那一天晚上，他妻子夢見費季說：「我路上遇到強盜，已經死了兩年。如果不相信我的話，我告訴妳，我離家時拿了妳的金釵，當時沒有帶著上路，留在門頭的橫木上。妳可以到那裡去取得它。」他妻子醒來，在門頭上摸得金釵，家裡於是給他辦了喪事。過後一年多，費季卻回到家裡。

403 虞定國怪事

餘姚虞定國，有好儀容。同縣蘇氏女，亦有美色。定國常見，悅之。後見定國來，主人留宿，中夜，告蘇公曰：「賢女令色，意甚欽之。此夕能令暫出否？」主人以其鄉里貴人，便令女出從之。往來漸數❶，語蘇公云：「無以相報，若有官事❷，某爲君任之。」主人喜。自爾後，有役召事，往造定國。定國大驚，曰：「都未嘗面命❸，何由便爾？此必有異。」具說之。定國曰：「僕寧肯請人之父而淫人之女？若復見來，便當斫之。」後果得怪。

【注釋】

❶數，頻繁。❷官事，謂官府差役之事。❸面命，明鈔本《太平廣記》作「會面」。

【譯文】

餘姚縣人虞定國，相貌長得很好。同縣蘇家的女兒，也長得很美。虞定國經常看見她，很喜歡她。後來蘇家看見虞定國來，主人留他住宿，半夜，他對蘇公說：「您女兒很漂亮，我心裡很欽佩她。今天晚上能不能叫她出來一下？」主人因爲他是地方上的貴人，便叫女兒出來陪他。他與蘇家往來逐漸頻繁，對蘇公說：「沒有什麼報答您的，如果有官府差役之事，我替您去承擔。」主人很高興。那以後，有一次官府派下差役事，蘇公去找虞定國。虞定國大吃一驚，說：「我們根本還沒有會面談話，爲什麼就這樣？這必定有怪事。」蘇公向他一一說明情況。虞定國說：「我怎麼會向人家的父親要求姦淫人家的女兒呢？如果再見到那個人來，就要砍死他。」後來果然抓得個妖怪。

404 朱誕給使

吳孫皓世，淮南內史朱誕，字永長，爲建安太守❶。誕給使妻有鬼病❷，其夫疑之爲姦。後出行，密穿壁隙窺之。正見妻在機中織，遙瞻桑樹上，向之言笑。給使仰視樹上，有一年少人，可十四五，衣青衿袖，青幧頭❸。給使以爲信人也，張弩射之。化爲鳴蟬，其大如箕，翔然飛去。妻亦應聲驚曰：「噫，人射汝！」給使怪其故。

後久時，給使見二小兒在陌上共語。曰：「何以不復見汝？」其一即樹上小兒也，答曰：「前不遇爲人所射❹，病瘡積時。」彼兒曰：「今何如？」曰：「賴朱府君梁上膏以敷之，得愈。」給使白誕曰：「人盜君膏藥，頗知之否？」誕曰：「吾膏久致梁上，人安得盜之？」給使曰：「不然。府君視之。」誕殊不信，試爲視之，封題如故。誕曰：「小人故妄言，膏自如故。」給使曰：「試開之。」則膏去半，爲掊刮，見有趾跡。誕因大驚，乃詳問之，具道本末。

【注釋】

❶朱誕，據汪紹楹先生考證，於吳時爲建安太守，入晉爲淮南內史。❷給使，《資治通鑒·晉紀》注：「在左右給使令者也。」❸青衿袖，《藝文類聚》作「青布褶」。幧頭，亦作「綃頭」，古代男子束髮的頭巾。《方言》：「絡頭，帕頭也……自河以北趙魏之間曰幧頭。」❹不遇，不期而然，即「不料」的意思。

【譯文】

三國吳孫皓朝代，淮南內史朱誕，字永長，任建安太守。朱誕的給使的妻子被鬼魅所惑，丈夫懷疑她與人通姦。後來他外出，悄悄回來鑿穿板壁的縫隙窺看。恰好看見妻子在布機上織布，遠遠地望著桑樹上面，朝那裡說笑。給使仰望桑樹上，見有一個少年人，大約十四五歲，穿青布夾衣，戴青頭巾。給使以爲眞是人，便拉弓用箭射他。少年人變成一隻鳴蟬，像簸箕那樣大，回旋而飛去。她妻子也隨著弓箭聲驚叫說：「噫，有人射你！」給使奇怪她這樣的原因。

過後很久時間，給使看見兩個小孩在路上談話。一個小孩問：「怎麼一直沒有見到你？」另一個小孩就是桑樹上的那個人，回答說：「前段時間不料被人用箭射中，生瘡病了好久。」前一個小孩又問：「現在病如何？」回答說：「全靠朱府君屋梁上的藥膏來敷瘡，得到痊癒。」給使稟告朱誕說：「有人偷了您的藥膏，您知不知道？」朱誕說：「我的藥膏放在梁上很久了，別人怎麼能偷到它？」給使說：「不會沒偷。您去看看它。」朱誕毫不相信，試著去看一下藥膏，包封還是老樣子。朱誕說：「小人故意亂說，藥膏還是原來那樣。」給使說：「打開它看一看。」藥膏已經少了一半，是刮掉的，看得見腳趾的痕跡。朱誕於是大吃一驚，便詳細詢問此事，給使一一敘述事情的經過。

405 倪彥思家魅

吳時，嘉興倪彥思居縣西埏里❶。忽見鬼魅入其家，與人語，飲食如人，惟不見形。彥思奴婢有竊罵大家者，云：「今當以語。」彥思治之，無敢詈之者。彥思有小妻❷，魅從求之，彥思乃迎道士逐之。酒殽既設，魅乃取廁中草糞，布著其上。道士便盛擊鼓，召請諸神。魅乃取伏虎，於神座上吹作角聲音❸。

有頃，道士忽覺背上冷，驚起解衣，乃伏虎也。於是道士罷去。

彥思夜於被中竊與嫗語，共患此魅。魅即屋樑上謂彥思曰：「汝與婦道吾，吾今當截汝屋樑。」即隆隆有聲。彥思懼樑斷，取火照視，魅即滅火，截樑聲愈急。彥思懼屋壞，大小悉遣出。更取火視，樑如故。魅大笑，問彥思：「復道吾否？」郡中典農聞之❹，曰：「此神正當是狸物耳。」魅即往謂典農曰：「汝取官若干百斛穀，藏著某處。爲吏污穢，而敢論吾。今當白於官，將人取汝所盜穀。」典農大怖而謝之。自後無敢道者。三年後去，不知所在。

【注釋】

❶埏里，地名，在嘉興縣西。❷小妻，指妾。❸伏虎，一種便壺，形似蹲伏之虎。亦稱「虎子」。角，軍中樂器。《廣韻》釋云：「大角，軍器。徐廣《車服儀制》曰：『角，前世書記所不載，或云本出羌胡，以驚中國之馬也。』」❹郡中典農，指典農校尉。三國魏吳皆置，統諸縣屯田，掌田租、民政、生產，職權略同於太守。

【譯文】

三國吳時，嘉興縣人倪彥思居住在縣西邊埏里那個地方。有一天忽然發現鬼魅進了他家，與人說話，像人一樣吃喝，只是沒有看見形體。倪彥思家裡的奴婢有人背地罵家主的，鬼魅說：「現在就把罵的話告訴主人。」倪彥思懲罰了那個奴婢，沒有誰敢背後罵主人了。倪彥思有一個小妻，鬼魅去追求她，倪彥思便請道士來驅逐鬼魅。擺放好酒菜以後，鬼魅就取來廁所中的草糞，撒布在酒菜上。道士於是猛烈敲鼓，召請各路神仙。鬼魅便拿了一只便壺，在神座上吹出號角的聲音來擾亂。過了一會兒，道士忽然覺得自己背上發冷，吃驚地站起來解開衣服，竟然是便壺。於是道士作罷離去。

倪彥思晚上在被子裡悄悄地跟妻子說話，都擔憂這個鬼魅。鬼魅立即在屋樑上對倪彥思說：「你和妻子說我，我現在就要鋸斷你家的屋樑。」屋樑立即發出隆隆的響聲。倪彥思擔心屋樑被鋸斷，點燈來照看，鬼魅馬上把燈吹滅，鋸屋樑的響聲更加緊急。倪彥思害怕房屋倒塌，把一家大小都叫出屋去。再點燈來看，屋樑還是原來的樣子。鬼魅大笑，問倪彥思：「還說我不說？」郡中典農校尉聽說這件事，說：「這個神怪正該是狐狸精。」鬼魅立即去對典農校尉說：「你拿了官府的好幾百斛稻穀，藏在某個地方。做官吏的貪污，卻敢來議論我。現在我要去向官府稟報，引人去取你所盜竊的稻穀。」典農校尉十分害怕，向鬼魅道歉。那以後沒有人敢議論鬼魅。三年以後鬼魅離開倪家，不知道去什麼地方了。

406 鬼魅嚇人

魏黃初中，頓丘界有人騎馬夜行❶。見道中有一物，大如兔，兩眼如鏡，跳躍馬前❷，令不得前。人遂驚懼，墮馬，魅便就地捉之，驚怖暴死。良久乃甦，甦已失魅，不知所在。乃更上馬，前行數里，逢一人。相問訊已，因說：「向者事變如此，今相得爲伴，甚歡。」人曰：「我獨行，得君爲伴，快不可言。君馬行疾，且前，我在後相隨也。」遂共行。語曰：「向者物何如，乃令君怖懼耶？」對曰：「其身如兔，兩眼如鏡，形甚可惡。」伴曰：「試顧視我耶？」人顧視之，猶復是也。魅便跳上馬，人遂墮地怖死。家人怪馬獨歸，即行推索，乃於道邊得之。宿昔乃蘇❸，說狀如是。

【注釋】

❶頓丘，古縣名，西漢置。治所在今河南清豐西南。❷跳躍馬前，《法苑珠林》等作「跳梁遮馬」。❸宿昔，一夕，一夜。

【譯文】

魏文帝黃初年間，頓丘縣境有一個人騎著馬在夜裡趕路。他看見路中間有一個怪物，像兔子那樣大，兩隻眼睛像鏡子閃亮，在馬的前頭跳躍，使馬不能前進。這個人驚慌害怕，墮下馬來，鬼魅於是在地上捉拿他，他驚慌恐怖昏死過去。很久才甦醒過來，醒來已經不見鬼魅，不知道它在哪裡。這個頓丘人於是再騎上馬，往前走了幾里路，遇到一個行人。互相問候結束，頓丘人於是說：「先前事情那樣變故，現在得到你作伴，很高興。」行人說：「我獨自趕路，得到你作伴，高興得沒話說。你騎馬走得快，可走前面，我在後面跟隨。」於是他們一起趕路。行人說道：「先前的怪物是什麼樣子，竟然使你恐怖害怕？」頓丘人回答：「它的身子像兔子，兩隻眼睛像鏡子，形狀很可惡。」同伴說：「你回頭看一看我怎麼樣？」頓丘人回頭看他，又是那個怪物。鬼魅便跳上馬，頓丘人於是落地嚇死了。他家裡的人奇怪那匹馬獨自回來，立即去尋找，才在路邊上找到他。過了一夜，他才甦醒過來，敘述情況如此。

407 廟神度朔君

袁紹字本初，在冀州❶。有神出河東，號度朔君，百姓共爲立廟。廟有主簿，大福❷。陳留蔡庸爲清河太守，過謁廟。有子名道，亡已三十年。度朔君爲庸設酒，曰：「貴子昔來，欲相見。」須臾，子來。度朔君自云父祖昔作兗州。有一士姓蘇，母病往禱。主簿云：「君逢天士，留待。」聞西北有鼓聲而君至。須臾，一客來，著皀角單衣❸，頭上五色毛，長數寸。去後，復一人著白布單衣，高冠，冠似魚頭，謂君曰：「昔臨廬山共食白李，憶之未久，已三千歲。日月易得，使人悵然。」去後，君謂士曰：「先來南海君也。」士是書生，君明通五經，善《禮記》❹，與士論禮，士不如也。士乞救母病，君曰：「卿所居東有故橋，人壞之，此橋所行，卿母犯之，能復橋，便差❺。」

曹公討袁譚❻，使人從廟換千匹絹，君不與。曹公遣張郃毀廟❼，未至百里，君遣兵數萬，方道而來。郃未達二里，雲霧繞郃軍，不知廟處。君語主簿：「曹公氣盛，宜避之。」後蘇並鄰家有神下，識君聲，云：「昔移入胡❽，闊絕三年。」

乃遣人與曹公相聞：「欲修故廟，地衰不中居，欲寄住。」公曰：「甚善。」治城北樓以居之。數日，曹公獵，得物大如麑，大足，色白如雪，毛軟滑可愛，公以摩面，莫能名也。夜聞樓上哭曰：「小兒出行不還。」公拊掌曰：「此子言眞衰也。」晨將數百犬繞樓下，犬得氣，沖突內外❾，見有物大如驢，自投樓下，犬殺之，廟神乃絕。

【注釋】

❶袁紹，東漢末人。起兵攻董卓，據有冀、青、幽、幷四州。後爲曹操所敗。冀州：轄境相當今河北中南部、山東西端及河南北端。❷主簿，此爲神廟所置以掌簿籍者。大福，謂祭祀的人眾多。福，祭祀用的酒肉。代指祭祀事。❸皀角單衣，《太平廣記》無「角」字。❹五經，儒家的五部經典。漢班固《白虎通·五經》：「五經何謂？謂《易》、《尙書》、《詩》、《禮》、《春秋》也。」《禮記》：儒家經典之一，是秦、漢以前各種禮儀論著的選集。❺「人壞之」至「便差」，明鈔本《太平廣記》作「壞久之，此橋鄉人所行，卿能復橋，便差」。譯文本此。❻袁譚，袁紹之子，隨其父起兵。後爲曹操所滅。❼張郃，三國時名將。初從袁紹，後歸曹操，累官左將軍，封都鄉侯。❽胡，原作「湖」，據《太平廣記》改。❾沖突，沖撞突擊。此謂犬奔跑尋找。

【譯文】

袁紹字本初，據有冀州。有一個神物出現在河東，稱度朔君，老百姓共同爲他建立神廟。廟裡設置主簿，祭祀的人很多。陳留人蔡庸任清河郡太守，來拜謁神廟。他有一個兒子名叫蔡道，死了已經三十年。度朔君擺設酒席招待蔡庸，說：「你兒子先來到這裡，想和你相見。」一會兒，他兒子就來了。度朔君自稱他父祖輩從前住在兗州。

有一名讀書人姓蘇，母親生病到神廟祈禱。主簿說：「度朔君與天士相會，請等候一下。」聽到西北方有鼓聲，度朔君來到了。不一會兒，一個客人來，穿皂黑色單衣，頭上有五色毛，長幾寸。他走以後，又有一個人穿白布單衣，戴高帽子，帽子像魚的頭，來對度朔君說：「從前到廬山一起吃白李，回想起來沒有多久，就已經三千年了。時間容易過去，使人感到惆悵。」他走後，度朔君對蘇士說：「前面來的是南海君。」蘇士是讀書人，度朔君通曉五經，善解《禮記》，他和蘇士討論禮儀，蘇士不如他。蘇士請他救母親的病，度朔君說：「你家所居住的地方東邊有一座舊橋，壞了很久，這橋鄉間的人經常行走，你能夠修復它，母親的病就會好。」

曹操征討袁譚，叫人到神廟換取一千匹絹，度朔君不肯換給他。曹操派遣張郃領軍去拆毀神廟，隊伍離那裡一百里，度朔君便派神兵幾萬，正動身趕來。張郃離那裡還有兩里路，有雲霧圍繞他的軍隊，不知道神廟所在的地方了。度朔君告訴主簿：「曹操氣勢盛大，宜於避開他。」

後來蘇士鄰居家有神降臨，聽得出是度朔君的聲音，他說：「先前移入胡地，分別三年了。」於是他派人去與曹操商量：「想修建原來的神廟，那地方衰敗不宜居住，想寄居一個處所。」曹操說：「很好。」收拾城北一座樓給他居住。幾天以後，曹操去打獵，獵得一個怪物像幼鹿那樣大，大脚，顏色白得像雪，毛軟滑令人喜愛，曹操拿來擦臉，沒有人能說出它的名字。晚上聽到樓上哭著說：「小兒外出沒有回來。」曹操拍掌說：「這個怪物眞要衰敗了。」第二天早晨帶著幾百隻狗圍繞樓下，狗聞到氣味，在樓內外奔跑尋找。只見一個怪物像驢那樣大，自己奔往樓下，狗撲上去咬死它，廟神便絕滅了。

408 竹中長人

臨川陳臣家大富。永初元年❶，臣在齋中坐，其宅內有一町筋竹❷，白日忽見一人，長丈餘，面如方相❸，從竹中出。徑語陳臣：「我在家多年，汝不知，今辭汝去，當令汝知之。」去一月許日，家大失火，奴婢頓死。一年中，便大貧。

【注釋】

❶永初元年，即西元一〇七年。永初，東漢安帝劉祜年號（西元一〇七～一一三年）。❷町，田畝。筋竹，竹名。《竹譜》：「筋竹，長二丈許，圍數寸。至堅利，南土以爲矛。其笋未成竹時，堪爲弩弦。」❸方相，相貌凶惡的神像。見〈庾亮廁中見怪〉注。

【譯文】

臨川郡人陳臣家裡很富裕。漢安帝永初元年，陳臣在屋舍中坐，他家住宅裡有一片筋竹林，白天忽然看見一個人，高一丈多，面貌像方相那樣凶狠可怕，從竹林中出來。他徑直走來告訴陳臣說：「我在家裡多年，你不知道有我，現在我向你告辭離去，要讓你知道我。」他離開一個月左右時間，陳家發生大火災，奴僕婢女立即燒死。一年之內，陳臣家裡便很貧窮了。

409 釜中白頭公

東萊有一家，姓陳，家百餘口。朝炊，釜不沸，舉甑看之❶，忽有一白頭公從釜中出。便詣師卜，卜云：「此大怪，應滅門。便歸大作械，械成，使置門壁下，堅閉門在內，有馬騎麾蓋來扣門者❷，慎勿應。」乃歸，合手伐得百餘械❸，置門屋下。果有人至，呼不應。主帥大怒，令緣門入。從人窺門內，見大小械百餘，出門還說如此。帥大惶惋，語左右云：「教速來，不速來，遂無一人當去，何以解罪也？從此北行可八十里，有一百三口，取以當之。」後十日，此家死亡都盡。此家亦姓陳云。

【注釋】

❶釜，炊器，圓底，斂口，或有兩耳。銅或鐵製，也有陶製的。甑，底部有許多孔格透蒸氣的炊器。置釜於灶口，上置甑以蒸煮。❷麾，古代用來指揮軍隊的旗幟。蓋，車蓋，即車篷。麾蓋，也指旗、傘等儀仗。❸合手，謂聚集眾人之力。

【譯文】

東萊郡有一戶人家，姓陳，全家有一百多口人。早上做飯，鍋裡的水燒不沸，抬開甑子來看，忽然有一個白頭公公從鍋裡冒出來。陳家便去找巫師占卜，巫師占卜說：「這是大怪物，要使全家滅絕。馬上回去大力製作武器，武器製成，叫人放置在門內牆壁下面，緊閉大門，全家人都守在家裡，有車馬儀仗來敲門，小心不要答應。」於是陳家人回來，聚集眾人之力砍伐得一百多件武器，放在門內屋子下面。果然有人馬來到，呼喚開門沒有人答應。來的主帥大怒，下令攀援過門進入。隨從人員窺視門內，看見大大小小一百多件武器，又出門回去報告情況。主帥十分驚恐，對左右的人說：「教你們趕快來，你們不趕快來，結果沒有得到一個人去抵擋，拿什麼來解除過失呢？從這裡往北走大約八十里路，有一百零三口的人家，拿他們去抵擋。」過後十天，那一家人全都死亡了。據說那一家也姓陳。

410 服留鳥

晉惠帝永康元年，京師得異鳥，莫能名。趙王倫使人持出，周旋城邑市以問人❶。即日，宮西有一小兒見之，遂自言曰：「服留鳥。」持者還白倫，倫使更求。又見之，乃將入宮。密籠鳥❷，並閉小兒於戶中。明日往視，悉不復見。

【注釋】

❶市以問人，《宋書・五行志》作「匝以問人」。匝，環繞。❷密籠鳥，意思是用密籠子關閉鳥。

【譯文】

晉惠帝永康元年，京城捕得一隻奇異的鳥，沒有人能夠說出它的名稱。趙王司馬倫派人拿著它出去，到城裡四處環繞詢問人們。當天，宮廷西邊有一個小孩見到鳥，便自言自語地說：「服留鳥。」拿鳥的人回宮報告司馬倫，司馬倫叫他再去尋找那個小孩。又見到了小孩，於是把他帶進宮裡。用密籠子關起鳥，並且把小孩關在房裡。第二天去看，小孩和鳥都不見了。

411 南康甘子

南康郡南東望山，有三人入山，見山頂有果樹。眾果畢植，行列整齊如人行。甘子正熟❶，三人共食致飽，乃懷二枚，欲出示人。聞空中語云：「催放雙甘❷，乃聽汝去。」

【注釋】

❶甘子，果物之名，即柑子。《風土記》：「甘，橘之屬，滋味甘美。」《正韻》：「甘，俗作柑。」❷催，迫，速。此為趕快的意思。

【譯文】

南康郡南邊東望山，有三個人進山，看見山頂上有果樹。各種果樹都有，行列整齊整齊像人站的隊伍行列一樣。柑子恰好成熟，三個人一齊吃柑子，吃飽了，便懷揣兩個柑子，想拿出來給別人看。他們聽到空中有人說道：「趕快放下兩個柑子，才讓你們離開。」

412 蛇入人腦

秦瞻居曲阿彭皇野❶，忽有物如蛇，突入其腦中。蛇來，先聞臭氣，便於鼻中入，盤其頭中，覺哄哄，僅聞其腦間食聲咂咂❷，數日而出去。尋復來，取手巾縛鼻口，亦被入。積年無他病，唯患頭重。

【注釋】

❶曲阿，古縣名，治所在今江蘇丹陽。❷哄哄，《太平御覽》引作「泓泓」。又，「僅」引作「冷」。咂咂，象聲詞，吮吸聲。

【譯文】

秦瞻居住在曲阿縣彭皇野，忽然有一個怪物像蛇一樣，鑽進他的腦袋裡。蛇來到，先聞聞氣味，便從鼻子裡鑽進去，盤在他的頭腦中。他覺得頭亂哄哄的，只聽見蛇在腦中吃東西的咂咂聲，幾天以後蛇才出去。不久又再來，拿手巾蒙住鼻子和嘴巴，也會被蛇鑽進去。這樣多年，秦瞻沒有生別的病，只是感覺頭重。

卷十六

413 飯臿怪

魏景初中，咸陽縣吏王臣家有怪❶。無故聞拍手相呼，伺無所見。其母夜作倦，就枕寢息。有頃，復聞竈下有呼聲曰：「文約，何以不來？」頭下枕應曰：「我見枕，不能往。汝可來就我飲。」至明，乃飯臿也❷。即聚燒之，其怪遂絕。

【注釋】

❶景初，魏明帝曹叡年號（西元二三七～二三九年）。咸陽，縣名，在今陝西咸陽市東北。

❷飯臿，舀飯的瓢、勺之類用具。

【譯文】

魏明帝景初年間，咸陽縣胥吏王臣家裡有怪物，無故會聽見拍手互相呼喚的聲音，偵候卻沒有看見什麼。他母親晚上做事疲倦了，靠在枕頭上睡覺休息。一會兒，她聽見竈臺下有呼喚的聲音說：「文約，爲什麼不過來？」頭下的枕頭回答：「我被枕住了，不能過去。你可以過來和我一起吃喝。」到天明一看，原來是飯臿。立即把它們聚在一起燒掉，家裡的怪物便絕跡了。

414 細腰

魏郡張奮者❶，家本巨富，忽衰老財散，遂賣宅與程應。應入居，舉家病疾，轉賣鄰人何文。文先獨持大刀，暮入北堂中梁上。至三更竟，忽有一人，長丈餘，高冠黃衣，升堂呼曰：「細腰。」細腰應諾。曰：「舍中何以有生人氣也？」答曰：「無之。」便去。須臾，有一高冠青衣者，次之又有高冠白衣者，問答並如前。

及將曙，文乃下堂中，如向法呼之❷，問曰：「黃衣者爲誰？」曰：「金也。在堂西壁下。」「青衣者爲誰？」曰：「錢也。在堂前井邊五步。」「白衣者爲誰？」曰：「銀也。在牆東北角柱下。」「汝復爲誰？」曰：「我，杵也❸。今在竈下。」及曉，文按次掘之，得金、銀五百斤，錢千萬貫。仍取杵焚之。由此大富，宅遂清寧。

【注釋】

❶魏郡，郡名，東漢時治所在今河北磁縣南。❷向法，指先前數人呼喚「細腰」的方法。

❸杵，搗物的木棒槌，一般兩頭大，中間小。

【譯文】

魏郡人張奮，家裡本來非常富有，忽然人衰老，財產散失，便把住宅賣給程應。程應搬進去居住，全家人都患病，轉賣這住宅給鄰居何文。何文先獨自帶著大刀，傍晚走進北面堂屋，爬到屋樑上。到夜裡三更盡，忽然有一個人，身長一丈多，戴高帽，穿黃衣，上堂來呼叫道：「細腰。」細腰答應他。他問：「屋裡怎麼有生人氣味呢？」細腰回答：「沒有生人。」黃衣人便離開了。一會兒，有一個戴高帽、穿青衣的人，接著又有一個戴高帽、穿白衣的人，來堂屋和細腰問答，像先前一樣。

到天快亮時，何文便下到堂屋中，用先前那些人的方法呼喚細腰，問道：「穿黃衣的人是誰？」細腰說：「是黃金。在堂屋西邊牆壁下。」「穿青衣的人是誰？」答道：「是銅錢。在堂屋前面井邊五步遠的地方。」「穿白衣的人是誰？」答道：「是白銀。在牆壁東北角的柱子下面。」「你又是誰？」答道：「我，是木杵。如今在竈臺下。」等到天亮，何文按次序挖掘那些地方，得到黃金、白銀五百斤，銅錢千萬貫。於是取得木杵燒掉它。從此他十分富裕，住宅終於清靜安寧了。

415 怒特祠梓樹

秦時，武都故道有怒特祠❶，祠上生梓樹。秦文公二十七年❷，使人伐之，輒有大風雨。樹創隨合，經日不斷。文公乃益發卒，持斧者至四十人，猶不斷。士疲還息，其一人傷足，不能行，臥樹下。聞鬼語樹神曰：「勞乎攻戰？」其一人曰：「何足爲勞？」又曰：「秦公將必不休，如之何？」答曰：「秦公其如予何❸？」又曰：「秦若使三百人被髮，以朱絲繞樹，赭衣灰坌伐汝❹，汝得不困耶？」神寂無言。

明日，病人語所聞。公於是令人皆衣赭，隨斫創，坌以灰。樹斷，中有一青牛出，走入豐水中❺。其後青牛出豐水中，使騎擊之，不勝。有騎墮地復上，髻解被髮，牛畏之，乃入水，不敢出。故秦自是置旄頭騎❻。

【注釋】

❶武都，地名，在今甘肅武都縣一帶。西漢置郡、縣。故道，地名。據《續漢書・郡國志》，武都郡有故道縣。特，公牛。❷秦文公二十七年，即西元前七三九年。秦文公，春秋時秦國君，西元前七六五至前七一六年在位。❸其如予何，意思是對我能怎麼樣。其，加強語氣的助詞。❹灰坌，即下文「坌以灰」，是均勻地撒上灰的意思。《集韻・恨韻》：「坌，併也。」猶言摻入。❺豐水，水名，在陝西境內，源出鄠縣，注入渭河。疑此指𪊲水泉，在甘肅成縣西仇池山，屬武都郡。❻旄頭騎，騎兵或儀仗的領隊，持旄牛尾爲先驅。

【譯文】

春秋時秦國，武都郡故道地方有一座怒特祠，祠上長著一棵梓樹。秦文王二十七年，派人去砍伐這棵樹，一砍就刮起大風下起大雨。樹被砍的口子隨砍隨合，砍了一天也沒有砍斷。秦文公便增派士卒，拿斧子的人達到四十個，還是砍不斷。士卒疲倦回去休息，其中有一個士卒脚受傷，不能行走，躺在樹下。他聽見鬼對樹神說：「戰鬥勞累了吧？」那樹神說：「哪裡談得上勞累？」鬼又說：「秦文公必定不會罷休，怎麼辦？」樹神回答說：「秦公對我又能怎麼樣？」鬼又說：「秦公如果叫三百人披著頭髮，用朱絲纏繞樹幹，穿上赤褐色衣服，邊撒灰邊砍你，你能不困窘嗎？」樹神沈默，無話可說。

第二天，傷脚的人把所聽見的話報告秦文公。秦文公於是命令士卒都穿上赤褐色衣服，一邊砍樹，一邊隨著砍開的口子撒上灰。樹被砍斷了，樹中有一頭青牛出來，跑進豐水中。後來青牛又從豐水中出來作怪，秦文公派騎兵去攻擊它，不能取勝。有一個騎兵跌落地上又爬上戰馬，髮髻解脱披著頭髮，青牛害怕他，便逃入水中，不敢出來。所以，秦國從此在騎兵中設置旄頭騎。

416 樹神黃祖

廬江龍舒縣陸亭❶，流水邊有一大樹，高數十丈，常有黃鳥數千枚巢其上❷。時久旱，長老共相謂曰：「彼樹常有黃氣❸，或有神靈，可以祈雨。」因以酒脯往。亭中有寡婦李憲者，夜起，室中忽見一婦人，著繡衣，自稱曰：「我，樹神黃祖也，能興雲雨。以汝性潔，佐汝爲生。朝來父老皆欲祈雨，吾已求之於帝，明日日中大雨。」至期果雨。遂爲立祠。憲曰❹：「諸卿在此。吾居近水，當致少鯉魚。」言訖，有鯉魚數十頭，飛集堂下，坐者莫不驚悚❺。如此歲餘，神曰：「將有大兵，今辭汝去。」留一玉環，曰：「持此可以避難。」後劉表、袁術相攻，龍舒之民皆徙去，唯憲里不被兵。

【注釋】

❶龍舒縣，漢置，屬廬江郡，即今安徽舒城縣治。陸亭，《太平寰宇記》引作「陵亭」。❷黃鳥，即黃鵬。枚，猶言「隻」。❸黃氣，謂有黃色的氣氛。古人以黃爲土色，位在中央，便附會有黃氣是有神靈。❹憲曰，當爲李憲神靈附身說的話。《太平寰宇記》「憲」上有「神謂」二字。❺驚悚，驚恐，此爲感到震驚的意思。

【譯文】

廬江郡龍舒縣陸亭地方，在流水邊上有一棵大樹，高幾十丈，常常有黃鳥幾千隻在樹上做窩。當時大旱很久，當地長老互相商量說：「這棵樹常常有黃色的氣氛，或許它有神靈，可以向它祈禱降雨。」於是他們攜帶酒肉到那裡去。陸亭地方有一個寡婦叫李憲，晚上起來，在房間裡忽然看見一位婦人，穿繡花衣，自稱說：「我是樹神黃祖，能夠興雲作雨。因爲你潔身自愛，我輔佐你營生。早上來的父老都想祈雨，我已經向天帝請求，明天中午下大雨。」到時果然下了大雨。人們便爲樹神黃祖立了祠廟。黃祖附身於李憲說：「諸位父老在這裡，我居處接近水，應當送一些鯉魚來。」說完話，有幾十條鯉魚飛來集聚在堂屋下，在座的人沒有不感到震驚的。像這樣過了一年多，樹神說：「將要有大的戰禍，現在向你告辭了。」她留下一只玉環，說：「拿著這只玉環可以避免災難。」後來劉表、袁術互相攻伐，龍舒縣的百姓都遷移走了，只有李憲所住的鄉里沒有受到兵亂之害。

417 張遼殺怪

魏桂陽太守江夏張遼❶，字叔高，去鄢陵❷，家居買田。田中有大樹十餘圍，枝葉扶疏，蓋地數畝，不生穀。遣客伐之，斧數下，有赤汁六七斗出。客驚怖，歸白叔高。叔高大怒曰：「樹老汁赤，如何得怪！」因其嚴行❸，復斫之，血大流灑。叔高使先斫其枝，上有一空處，見白頭公，可長四五尺，突出，往赴叔高，高以刀逆格之。如此凡殺四五頭，並死。左右皆驚怖伏地，叔高神慮怡然如舊❹。徐熟視，非人非獸，遂伐其木。此所謂「木石之怪，夔、蝄蜽」者乎❺？是歲，應司空辟侍御史、兗州刺史❻。以二千石之尊❼，過鄉里，薦祝祖考，白日繡衣榮羨，竟無他怪。

【注釋】

❶桂陽，郡名，治所在郴縣（今湖南郴州市）。❷鄢陵，古地名。周代鄢國地，春秋時鄭武公滅鄢改爲鄢陵，在今河南鄢陵西北。❸嚴行，嚴裝而行，意思是自己整理裝束，親自出馬。❹怡然，安詳自在的樣子。❺「木石之怪，夔、蝄蜽」，參見〈穿井獲羊〉注。❻司空，漢末稱御史大夫爲司空，是僅次於丞相的中央最高長官，主要職務爲監察、執法，兼

掌重要文書圖籍。侍御史，官名，在司空下，或給事殿中，或舉劾非法，或督察郡縣，或奉使出外執行指定任務。❼二千石，爲郡守俸祿，亦作爲郡守的代稱。

【譯文】

魏桂陽太守江夏人張遼，字叔高，去鄢陵地方，居家買置田地。田裡有一棵大樹十多圍大，枝葉繁茂，遮蓋田土好幾畝，使它不長莊稼。派門客去砍伐大樹，斧頭砍了幾下，有紅色汁液六七斗流出來。門客驚恐，回來告訴張遼。張遼大怒說：「樹老了它的汁液紅，有什麼值得奇怪的！」於是他自己整理裝束親自出馬，又去砍樹，樹的血汁到處流淌。張遼叫人先砍掉樹枝，見樹上有一個空洞，裡面出現白頭老公公，約四五尺高。白頭公突然出來跑向張遼，張遼拿刀迎上與他格鬥。像這樣一共砍了四五個白頭公，都殺死了。左右的人都驚慌害怕伏在地上，張遼神色安詳自在跟平時一樣。他慢慢地仔細觀察，這些白頭公不是人，也不是獸，於是把那棵樹砍掉了。這就是所說的「木石的精怪，夔、蝄蜽」之類嗎？這一年，張遼應司空的委任當侍御史、兗州刺史。他以郡守的尊貴身份，訪問故鄉，祭祀祖宗，身穿五彩繡衣，十分榮耀，始終沒有出現其他怪物。

418 陸敬叔烹怪

吳先主時，陸敬叔爲建安太守❶，使人伐大樟樹，不數斧，忽有血出。樹斷，有物人面狗身，從樹中出。敬叔曰：「此名『彭侯』。」乃烹食之，其味如狗。《白澤圖》❷曰：「木之精名『彭侯』，狀如黑狗，無尾，可烹食之。」

【注釋】

❶建安，郡名，治所在今福建建甌。❷《白澤圖》，圖籍名。見〈山精傒囊〉注。

【譯文】

吳先主時候，陸敬叔任建安太守，派人去砍伐一棵大樟樹。還沒有砍上幾斧頭，忽然有血從樹裡流出。樹砍斷，有一個人面狗身的怪物，從樹中出來。陸敬叔說：「這怪物名叫『彭侯』。」於是把它烹煮來吃，它的味道跟狗肉一樣。《白澤圖》說：「樹的精怪名叫『彭侯』，形狀像黑狗，沒有尾巴，可以烹煮來吃。」

419 船自飛下水

吳時，有梓樹巨圍，葉廣丈餘，垂柯數畝❶。吳王伐樹作船，使童男女三十人牽挽之。船自飛下水，男女皆溺死。至今潭中時有唱喚督進之音也❷。

【注釋】❶柯，樹枝。❷唱喚督進之音，指拉船下水時所唱的號子。多爲一人領唱，衆人唱和，使步伐和用力一致。

【譯文】三國吳時，有一棵梓樹樹圍巨大，樹葉寬一丈多，垂下的樹枝占地幾畝。吳王砍伐這棵樹來造船，然後派男女兒童三十人拉船下水。船自己飛下水去，男女兒童都溺水而死。至今潭中經常傳來唱和拉船的號子聲。

420 老狸詣董仲舒

董仲舒下帷講誦❶，有客來詣。舒知其非常。客又云：「欲雨。」舒戲之曰：「巢居知風，穴居知雨❷。卿非狐狸，則是鼷鼠❸。」客遂化爲老狸。

【注釋】❶董仲舒，見〈鍾離意〉注。下帷講誦，謂深居讀書。下帷，放下帷幕，不與聞外事。

❷巢居知風，穴居知雨，語見《春秋佐助期》。❸鼷鼠，一種色黑、有毒的小鼠。

【譯文】

董仲舒深居攻讀，有一個客人來拜訪他。董仲舒知道他不是普通的人。客人又説：「要下雨了。」董仲舒開他的玩笑説：「居住在巢裡的知道有沒有風，居住在洞中的知道有沒有雨。你不是狐狸，就是鼷鼠。」客人於是變成一隻老狐狸。

421 張華擒狐魅

張華字茂先，晉惠帝時爲司空。於時燕昭王墓前有一斑狐❶，積年能爲變幻。乃變作一書生，欲詣張公。過問墓前華表曰：「以我才貌，可得見張司空否？」華表曰：「子之妙解，無爲不可，但張公智度，恐難籠絡❷。出必遇辱，殆不得返。非但喪子千歲之質，亦當深誤老表。」狐不從，乃持刺謁華。華見其總角風流，潔白如玉，舉動容止，顧盼生姿，雅重之❸。於是論及文章，辨校聲實❹，華未嘗聞。比復商略三史❺，探賾百家，談《老》《莊》之奧區，披〈風〉、〈雅〉之絕旨，包十聖❻，貫三才❼，箴八儒❽，擿五禮❾，華無不應聲屈滯。乃嘆曰：「天下豈有此年少！若非鬼魅，則是狐狸。」乃掃榻延留，留人防護。此生乃曰：「明公當尊賢容衆，嘉善而矜不能。奈何憎人學問！墨子兼愛❿，其若是耶？」言卒，便求退，華已使人防門，不得出。既而又謂華曰：「公門置甲兵攔騎⓫，當是致疑於僕也。將恐天下之人卷舌而不言，智謀之士望門而不進。深爲明公惜之。」華不應，而使人防禦甚嚴。

時豐城令雷煥⓬，字孔章，博物士也，來訪華。華以書生白之，孔章曰：「若疑之，何不呼獵犬試之？」乃命犬以試，竟無憚色。狐曰：「我天生才智，反以爲妖，以犬試我，遮莫千試萬慮⓭，其能爲患乎？」華聞益怒，曰：「此必眞妖也。聞魑魅忌狗，所別者數百年物耳。千年老精，不能復別，惟得千年枯木照之，則形立見。」孔章曰：「千年神木，何由可得？」華曰：「世傳燕昭王墓前華表木，已經千年。」乃遣人伐華表。使人欲至木所，忽空中有一青衣小兒來，問使曰：「君何來也？」使曰：「張司空有一少年來謁，多才巧辭，疑是妖魅，使我取華表照之。」青衣曰：「老狐不智，不聽我言，今日禍已及我，其可逃乎！」乃發聲而泣，倏然不見。使乃伐其木，血流。便將木歸，燃之以照書生，乃一斑狐。華曰：「此二物不值我，千年不可復得。」乃烹之。

【注釋】

❶燕昭王，戰國時燕國君。姓姬名職，西元前三一一至前二七九年在位。華表，古代立於宮殿或陵墓前作裝飾和標誌的大柱，或石或木。❷妙解，謂能言善辯。智度，謂聰穎博學。籠絡，掌握，控制。❸總角風流，指年輕英俊。古代男女少年束髮爲兩髻，如雙角，稱總角。顧盼生姿，指舉止優雅。❹聲實，即名實。魏晉時，名與實之論辯是熱門話題。❺商略，品評。三史，六朝時指《史記》、《漢書》和《東觀漢記》三部史書。❻十聖，泛指古代聖人，如堯、舜、禹、湯、文、武、周公、孔、孟等。❼三才，指天、地、人。《周易·說卦》：「是以立天之道曰陰與陽。立地之道曰柔與剛，立人之道曰仁與義。兼三才而兩之，故《易》六畫而成卦。」❽八儒，概指各派儒學。《韓非子·顯學》：「自孔子之死也，

有子張之儒，有子思之儒，有顏氏之儒，有孟氏之儒，有漆雕氏之儒，有仲良氏之儒，有孫氏之儒，有樂正氏之儒。」❾五禮，指禮之五類。《周禮·春官》賈疏引鄭注：「五禮：吉、凶、兵、軍、嘉者。」吉禮，祭祀之禮。凶禮，喪葬之禮。賓禮，賓客之禮。軍禮，軍旅之禮。嘉禮，冠、婚之禮。❿墨子，名翟，春秋戰國之際魯國人，墨家學派創始人。兼愛，墨子基本思想之一，主張不分貴賤親疏，一律施以平等無差別的愛。⓫攔騎，他書引著「蘭騎」，兵器架，借指兵器。⓬豐城，縣名，即今江西豐城縣。⓭遮莫，儘管、任憑的意思。

【譯　文】

張華，字茂先，晉惠帝時任司空。當時，燕昭王墳墓前有一隻毛色斑駁的狐狸，年歲長久能夠變化。它於是變成一個書生，想去拜訪張華。它詢問燕昭王墓前的華表說：「憑我的才能相貌，能不能去會見張司空呢？」華表說：「你能言善辯，沒有什麼不能做的，但是張華聰穎博學，恐怕難得掌握。你去必定遭到侮辱，大概不能返回來。不但要喪失你千年修煉的本體，也會使我深受禍害。」狐狸不聽從它的話，拿著名帖去拜見張華。

張華見少年年輕英俊，膚色潔白如玉，神態舉止十分優雅，很看重他。於是和他討論文學篇章，分析名與實的辯論，張華從來沒有聽到過他那樣精闢的言論。接著他又品評前朝歷史，探究諸子百家的精微，談論《老子》、《莊子》學說的奧妙，揭示《詩經》的〈風〉、〈雅〉篇的絕旨，總結古代聖賢之道，貫通天文地理人事，規誡各派儒學，評論各種禮法，張華全都無辭對答。張華於是嘆息說：「天下哪有這樣的少年人！如果不是鬼魅，就是狐狸。」便打掃坐榻邀他留下，安排人加以防範。這個書生就說：「您應當尊重賢士，容納眾人，嘉獎人才而同情能力差的人。怎麼能忌恨別人有學問！墨子主張的兼愛，豈是這樣的呢？」說完話，便要求告辭。張華已經派人在門口防守，書生不能出去。過一會他又對張華說：「您門口設置兵士武器，定是對我有懷疑了。我擔心天下的人將捲起舌頭不說話，有智謀的士人望著你的門不敢走進。很爲您惋惜。」張華不回答他，而派人防範更加嚴密。

這時候，豐城縣令雷煥，字孔章，是位知識廣博的人，來拜訪張華。張華把書生的事告訴他，雷煥說：「如果懷疑他，怎麼不喚獵犬來試驗他？」張華就叫人喚獵犬來試，狐狸竟然沒有害怕的神色。狐狸說：「我這天生的才智，你反以爲是妖怪，用犬來試我，任憑試驗千次萬次，難道能夠傷害我嗎？」張華聽了更加憤怒，說：「這一定眞是妖怪。聽說鬼怪忌諱狗，但狗識別的只是幾百年的怪物。千年的老精怪，狗不再能識別，只要用千年的枯木燃火照它，就會立刻顯現原形。」雷煥說：「千年的神木，從哪裡能夠得到呢？」張華說：「世人傳說燕昭王墓前的華表木，已經有了千年。」於是派人去砍伐華表。

派去的使者將要走到華表木那兒，忽然有一名穿青衣的小孩從空中降下來，問使者說：「您來做什麼呀？」使者說：「張司空那兒有一位少年來拜訪，多才善辯，懷疑他是妖怪，派我來取華表木去照他。」青衣小孩說：「老狐狸不明智，不聽從我的話，現在災禍已經波及到我，怎麼能夠逃掉呢！」於是放聲哭泣，一下子不見了。使者便砍伐了那華表木，木裡流出血來。於是把華表木拿回來，燃燒它去照書生，書生現形竟是一隻斑狐。張華說：「這兩個東西不遇上我的話，千年之內都不能擒獲。」便烹殺了狐狸。

422 吴興老狸

晉時，吳興一人有二男，田中作時，嘗見父來罵詈趕打之❶。鬼兒以告母，母問其父，父大驚，知是鬼魅，便令兒斫之。鬼便寂不復往。父憂恐兒爲鬼所困，便自往看。兒謂是鬼，便殺而埋之。鬼便遂歸，作其父形，且語其家：「二兒已殺妖矣。」兒暮歸，共相慶賀，積年不覺。

後有一法師過其家❷，語二兒云：「君尊候有大邪氣❸。」兒以白父，父大怒。兒出以語師，令速去。師遂作聲入，父即成大老狸，入床下，遂擒殺之。向所殺者，乃眞父也，改殯治服❹，一兒遂自殺，一兒忿懊亦死。

【注釋】

❶罵詈，責罵。❷法師，指有法術的人。《法苑珠林》無「法」字。❸尊，對別人父親的敬稱。候，此謂情狀、氣色。原作「侯」，據《法苑珠林》改。邪氣，指鬼魅不正之氣。❹改殯，改葬。治服，治理喪服。

【譯文】

晉朝時候，吳興郡一個人有兩個兒子，他們在田裡幹活時，父親曾經來責罵追打他們。兒子把這事告訴母親，母親去問他們的父親，父親大吃一驚，知道那是鬼怪，就吩咐兒子殺死它。鬼怪便寂無聲息不再到田裡去了。父親擔心兒子被鬼怪困擾，就親自到田裡去看。兒子以爲是鬼，便把他殺了埋掉。鬼怪於是到家裡來，變成他們父親的模樣，並且告訴家裡的人說：「兩個兒子已經殺死妖怪了。」兒子們傍晚回來，一家人共同慶賀，過了幾年都没有察覺眞情。

後來有一名法師來拜訪他們家，對兩個兒子說：「你們父親的氣色有很重的邪氣。」兒子把這話告訴父親，父親非常生氣。兒子出來把情況告訴法師，叫他趕快離開。法師便口念咒詞走進內室，父親立即變成一隻老狐狸，鑽到床下，於是把它捉住殺死了。才知道當初所殺的，是他們的眞父親，便穿喪服辦理喪事去改葬。一個兒子因而自殺，另一個兒子也氣憤懊悔而死。

423 句容狸婢

句容縣麋村民黃審於田中耕❶，有一婦人過其田。自畻上度❷，從東適下而復還。審初謂是人，日日如此，意甚怪之。審因問曰：「婦數從何來也？」婦人少住，但笑而不言，便去。審愈疑之，預以長鎌，伺其還，未敢斫婦，但斫所隨婢。婦化爲狸，走去。視婢，乃狸尾耳。審追之不及。後人有見此狸出坑頭，掘之，無復尾焉。

【注釋】

❶句容縣，漢置，在今江蘇南京市東。❷畻，同「塍」，田間的土埂子。

【譯文】

句容縣麋村農民黃審在田裡耕種，有一位婦人經過他的田邊。由田埂上走過，從東邊剛剛下去又再回來。黃審起初認爲是人，見她天天這樣，心裡覺得很奇怪。黃審問她說：「夫人屢次從哪裡來？」婦人停了一下，只是笑笑沒有說話，便走開了。黃審更加懷疑她，預備一把長鎌刀，等候她回來，不敢砍婦人，只是砍跟隨她的婢女。婦人變成狐狸，逃跑了。看那婢女，竟是一條狐狸的尾巴。黃審去追趕狐狸，追不上了。後來有人看見這隻狐狸從一個坑洞裡出來，就去挖掘坑洞，挖得的狐狸沒有尾巴。

424 劉伯祖狸神

博陵劉伯祖爲河東太守❶，所止承塵上有神，能語，常呼伯祖與語。及京師詔書誥下消息，輒預告伯祖。伯祖問其所食啖，欲得羊肝。乃買羊肝，於前切之，臠隨刀不見❷，盡兩羊肝。忽有一老狸，眇眇在案前❸。持刀者欲舉刀斫之，伯祖呵止。自著承塵上，須臾大笑曰：「向者啖羊肝，醉忽失形，與府君相見，大慚愧。」

後伯祖當爲司隸❹，神復先語伯祖曰：「某月某日，詔書當到。」至期如言。及入司隸府，神隨逐在承塵上，輒言省內事❺。伯祖大恐怖，謂神曰：「今職在刺舉，若左右貴人聞神在此❻，因以相害。」神答曰：「誠如府君所慮，當相捨去。」遂即無聲。

【注釋】

❶博陵，郡名，治所在今河北蠡縣南。劉伯祖，名祐，《後漢書》有傳。❷臠，切成塊的肉。❸眇眇，猶言渺渺忽忽，即模糊不清。❹司隸，官名，司隸校尉的簡稱。掌糾察京師百官及所轄附近各郡，職位相當於州刺史。❺省內，指皇宮禁地之內。❻貴人，謂顯貴之人。

【譯文】

博陵郡人劉伯祖任河東太守，他所住房屋的天花板上有一個神，會說話，經常呼喚劉伯祖和他說話。每當京城有詔書文誥傳送消息，他總是預先告訴劉伯祖。劉伯祖問他喜歡吃些什麼，說是想吃羊肝。於是劉伯祖買來羊肝，叫人在自己面前切碎，肉塊隨著刀切下就不見了，吃完兩付羊肝。忽然有一隻老狐狸，模模糊糊出現在案桌前面。操刀切肉的人想舉刀砍狐狸，劉伯祖喝止了他。狐狸自己爬上天花板，過了一會兒大笑說：「剛才吃羊肝，醉了，一下子失了形，給您看見，非常慚愧。」後來劉伯祖要任司隸校尉，狸神又預先告訴伯祖說：「某月某日，詔書會來到。」到時候果然像它說的一樣。等到劉伯祖進入司隸府，狸神跟隨著到府中天花板上，常常說起皇宮禁地裡的事。劉伯祖十分害怕，對狸神說：「現在我的職責是糾察百官，如果皇上左右的顯貴之人聽說有神在我這裡，就會因此加害於我。」狸神回答說：「確實像您所擔心的，我會離開這裡。」於是便沒有聲息了。

425 山魅阿紫

後漢建安中，沛國郡陳羨爲西海都尉[1]。其部曲王靈孝無故逃去，羨欲殺之。居無何，孝復逃走。羨久不見，因其婦，婦以實對。羨曰：「是必魅將去，當求之。」因將步騎數十，領獵犬，周旋於城外求索，果見孝於空冢中。聞人犬聲，怪遂避去。羨使人扶孝以歸，其形頗像狐矣，略不復與人相應，但啼呼「阿紫」。阿紫，狐字也。後十餘日，乃稍稍了悟。云：「狐始來時，於屋曲角雞棲間，作好婦形，自稱『阿紫』，招我。如此非一。忽然便隨去，即爲妻，暮輒與共還其家，遇狗不覺。」云樂無比也。道士云：「此山魅也。」《名山記》曰❷：「狐者，先古之淫婦也。其名曰『阿紫』，化而爲狐，故其怪多自稱『阿紫』。」

【注釋】

❶西海都尉，《後漢書．和帝紀》：「永元元年，復置西河上郡屬國都尉。」漢無西海都尉，西海或爲「西河」之誤。❷《名山記》，書名。當爲具列名山大川，所謂「十大洞天」、「三十六小洞天」、「七十二福地」，及其所居神仙鬼魅之典籍。

【譯文】

東漢建安年間，沛國郡人陳羨任西海都尉。他的部下王靈孝常無故逃離，陳羨想殺死他。過不久，王靈孝又逃走了。陳羨長時間不見他回來，便拘囚他的妻子，他妻子將實情報告。陳羨說：「這一定是鬼魅帶去了，應當尋找他。」於是率領步兵騎兵幾十人，帶著獵犬，在城外四處搜索尋找，果然看見王靈孝在一座空墳墓裡。聽到人和獵犬的聲音，鬼怪就躲藏起來了。陳羨派人扶著王靈孝回來，他的樣子很像狐狸，一點也不再跟人相交流，只是哭著呼喊「阿紫」。阿紫，是狐狸的名字。過後十多天，才漸漸醒悟過來。他說：「狐狸開始來的時候，在屋角落雞棲息的地方，變成漂亮的婦人模樣，自稱叫『阿紫』，招引我去，像這樣不止一次。忽然有一天就隨她去了，她便做妻子，傍晚就和她一起回到她家，遇到狗來我都沒有察覺。」說是那時快樂無比。道士說：「這是山魅。」《名山記》說：「狐狸，是上古的淫婦變的。她名叫『阿紫』，變成狐狸，所以狐狸鬼怪常自稱『阿紫』。」

426 宋大賢殺鬼

南陽西郊有一亭，人不可止，止則有禍。邑人宋大賢，以正道自處❶。嘗宿亭樓，夜坐鼓琴，不設兵仗。至夜半時，忽有鬼來，登梯與大賢語，矃目磋齒❷，形貌可惡。大賢鼓琴如故。鬼乃去，於市中取死人頭來，還語大賢曰：「寧可少睡耶❸？」因以死人頭投大賢前。大賢曰：「甚佳。吾暮臥無枕，正欲得此。」鬼復去，良久乃還，曰：「寧可共手搏耶❹？」大賢曰：「善。」語未竟，鬼在前，大賢便逆捉其腰。鬼但急言：「死。」大賢遂殺之。明日視之，乃老狐也。自是亭舍更無妖怪。

【注釋】

❶以正道自處，謂立身處世按正統的原則，不信鬼神之類邪門歪道。❷瞜目磋齒，即瞪眼磨牙，形容面目猙獰。瞜，盯視。❸寧可，同義連用，表示疑問的副詞。爲當時習用語，意思相當於「是否」。❹手搏，徒手搏鬥，如摔咬之類。

【譯文】

南陽郡西郊有一座亭，人們不能在那裡住宿，住宿的話就會遇到災禍。郡城人宋大賢，以正道立身處世，不信鬼神。有一次他到這個亭舍的樓上住宿，晚上坐著彈琴，沒有準備兵器。到半夜時，忽然有一個鬼來，登上樓梯和宋大賢説話，瞪眼磨牙，模樣可惡。宋大賢仍舊彈琴不理睬它。鬼便離去，到街市上拿了一個死人的頭，回來對宋大賢説：「是不是稍微睡一下呢？」於是把死人頭扔在宋大賢面前。宋大賢説：「很好。我晚上睡覺沒有枕頭，正想得到這個東西。」鬼又離去，很久才回來，説：「是不是和我一起徒手搏鬥呢？」宋大賢説：「好。」話沒説完，鬼來到面前，宋大賢就迎上去抓住它的腰。鬼只是急急忙忙地説：「死。」宋大賢便殺死了它。第二天看它，竟是一隻老狐狸。從此這座亭舍再也沒有妖怪了。

427 到伯夷擊魅

北部督郵西平到伯夷❶，年三十許，大有才決，長沙太守到若章孫也。日晡時到亭，敕前導入且止❷。錄事掾曰：「今尚早，可至前亭。」曰：「欲作文書。」便留。吏卒惶怖，言當解去。傳云：「督郵欲於樓上觀望，亟掃除。」須臾便上。未暝，樓鐙階下復有火❸。敕云：「我思道，不可見火，滅去。」吏知必有變，當用赴照，但藏置壺中。

日既暝，整服坐，誦《六甲》、《孝經》、《易》本訖❹，臥有頃，更轉東首，以帑巾結兩足❺，幘冠之，密拔劍解帶。夜時，有正黑者四五尺，稍高，走至柱屋，因覆伯夷。伯夷持被掩之，足跣脫❻，幾失再三。以劍帶擊魅腳，呼下火上照，視之，老狐正赤，略無衣毛。持下燒殺。

明日，發樓屋，得所髡人髻百餘❼，因此遂絕。

【注釋】

❶北部督郵，官名，郡的重要屬吏。每郡按地域分數部，每部設一督郵，代表太守督察行事。到，或作「郅」。❷前導，官吏出行時前列的儀仗人員。❸鐙，古代照明的器具。有盤盛油，作各種形狀。也叫「錠」。❹《六甲》，書名。內容敍述道家遁甲之術。《神仙傳》：「左慈學道，尤明《六甲》，能役使鬼神。」❺帤，原作「拏」，據《風俗通》改。《方言》：「大巾，嵩嶽之南，陳潁之間謂之帤。」❻跣，赤腳。足跣脫，指包紮的布巾脫落而光腳。❼髡，謂剃掉頭髮。

【譯文】

北部督郵西平郡人到伯夷，年紀三十歲左右，很有才幹並且果斷，是長沙太守到若章的孫子。天黃昏時他來到一座亭，命令前行的儀仗人員進亭並住下來。錄事掾稟報：「現在天還早，可以到前面一座亭去。」到伯夷說：「我想寫文書。」便留了下來。吏卒感到很驚慌，說是應當去祭祀神靈。到伯夷叫人傳下話來說：「督郵想在樓上觀看，立即打掃。」一會兒他就上了樓。天未黑，樓上的燈具和樓梯下面都有火照明。到伯夷下令說：「我要思索道學問題，不能見到火光，把它們滅掉。」吏卒知道一定會有變故，要用燈火去照明，只是把它們藏在壺裡不見光。

天已經黑了，到伯夷整理衣服坐下，誦讀《六甲》、《孝經》、《易》等書完畢，睡下一會兒，改換到床東頭，用長布巾包紮兩隻腳，戴上頭巾帽子，悄悄拔出寶劍解開腰帶。夜裡，有一個很黑的東西四五尺長，漸漸長高，走到正屋，便去撲捉到伯夷。到伯夷拿被子蒙上它搏鬥，腳上包紮的布巾脫落，光著腳板，兩三次幾乎讓它逃掉。又用寶劍腰帶擊打鬼魅的腳，呼喚下面的燈火上樓去照明，一看它，是一隻老狐狸，顏色很紅，身上一點毛也沒有。便把它拿下去燒死了。

第二天早上，打開樓上房間搜查，找到鬼魅剃下人的髮髻一百多個，從此這座亭的妖怪就絕跡了。

428 胡博士

吳中有一書生，皓首，稱胡博士❶，教授諸生。忽復不見。九月初九日❷，士人相與登山遊觀，聞講書聲，命僕尋之，見空冢中群狐羅列，見人即走。老狐獨不去，乃是皓首書生。

【注釋】

❶博士，此爲自稱博學之士。❷九月初九日，重陽節，古有登山遊觀的習俗。

【譯文】

吳地有一名書生，白頭髮，自稱胡博士，給學生講學。忽然不再見到他了。九月初九日，士人相邀一起登山遊覽，聽到胡博士講學的聲音，叫僕僮去尋找他。看見一座空墓中排列著一群狐狸，見有人來立即逃跑了。只有一隻老狐狸沒有離開，正是那位白頭書生。

429 謝鯤獲鹿怪

陳郡謝鯤❶，謝病去職，避地於豫章❷。嘗行經空亭中，夜宿，此亭舊每殺人。夜四更，有一黃衣人呼鯤字云：「幼輿，可開戶。」鯤澹然無懼色，令申臂於窗中❸。於是授腕，鯤即極力而牽之，其臂遂脫，乃還去。明日看，乃鹿臂也。尋血取獲，爾後此亭無復妖怪。

【注釋】

❶陳郡，郡名，治所在陳縣（今河南淮陽）。謝鯤，字幼輿，晉人，任豫章太守。《晉書》有傳。❷避地，謂避禍而移居。據《晉書·謝鯤傳》，謝鯤因大將軍王敦有不臣之跡，稱病避地。❸澹然，安然，鎮靜的樣子。申，通「伸」。

【譯文】

陳郡人謝鯤，稱病辭職，避禍移居住在豫章郡。有一次他路過一座空亭，夜裡在那裡住宿，這座空亭過去常常有人被殺。半夜四更時候，有一名穿黃衣的人呼喊謝鯤的字說：「幼輿，可以開一下門吧。」謝鯤很鎮靜，沒有一點害怕的樣子，叫那人從窗戶中伸進手臂來。於是黃衣人伸給了手腕，謝鯤立即盡力拉住他的手，他的手臂便被拉脫了，才逃回去。第二天一看，竟是一隻鹿臂。順著血跡尋找，捕捉了鹿，此後這座亭不再有妖怪了。

430 豬臂金鈴

晉有一士人，姓王，家在吳郡。還至曲阿，日暮，引船上當大埭❶。見埭上有一女子，年十七八，便呼之留宿。至曉，解金鈴繫其臂。使人隨至家，都無女人，因逼豬欄中❷，見母豬臂有金鈴。

【注釋】

❶埭，堵水的土堤。❷逼，迫近，靠近。

【譯文】

晉代有一名士人，姓王，家住在吳郡。他回家來到曲阿縣，天黑了，把船拉上來靠在大堤上。他看見堤上有一名女子，年約十七八歲，便喊她留下同宿。到了天明，他解一只金鈴繫在她的手臂上。派人隨她回到家，她家裡一個女人也沒有，於是靠近豬欄邊找，看見一隻母豬臂上繫有金鈴。

431 高山君

漢齊人梁文好道❶，其家有神祠。建室三四間，座上施皀帳，常在其中，積十數年。後因祀事，帳中忽有人語，自呼「高山君」。大能飲食，治病有驗，文奉事甚肅❷。積數年，得進其帳中。神醉，文乃乞得奉見顏色，謂文曰：「授手來。」文納手，得持其頤，髯鬚甚長❸。文漸繞手，卒然引之，而聞作羊聲。座中驚起，助文引之，乃袁公路家羊也❹。失之七八年，不知所在。殺之，乃絕。

【注釋】

❶齊，地區名。戰國時齊地，漢以後仍沿稱爲齊，即今山東泰山以北黃河流域及膠東半島地區。❷奉事，供奉侍候。肅，恭敬。❸頤，下頷，即下巴。髯，兩頰的鬍鬚。❹袁公路，即袁術。袁紹之弟，東漢末曾割據揚州，稱帝。後爲曹操所敗。

【譯文】

漢代齊地人梁文喜歡道教，他家裡設置有神祠。修建房屋三四間，神座上放有青色帳幔，神像經常罩在裡面，一直這樣過了十多年。後來因爲祭祀之事去神祠，帳幔中忽然有人説起話來，自稱是「高山君」。高山君很能吃東西，給人治病有靈驗。梁文供奉侍候很是恭敬。過了幾年，梁文被允許進入帳幔裡。高山君喝醉了，梁文便請求能夠瞻仰一下面容。高山君對梁文說：「伸手過來。」梁文伸手過去，被允許摸他的下巴，摸到鬍鬚很長。梁文漸漸把他的鬍鬚繞在手上，忽然一拉，就聽見他發出羊的叫聲。在座的人都吃驚地站起來，幫助梁文拉出來，竟是袁術家的一隻羊。這羊丟了七八年，一直不知道在什麼地方。殺了這隻羊，神怪便絕跡了。

432 田琰殺狗魅

北平田琰居母喪，恆處廬❶。向一期❷，夜忽入婦室。密怪之，曰：「君在毀滅之地，幸可不甘❸。」琰不聽而合。後琰暫入，不與婦語，婦怪無言，並以前事責之。琰知鬼魅，臨暮竟不眠，衰服掛廬。須臾，見一白狗，攫廬銜衰服，因變爲人，著而入。琰隨後逐之，見犬將升婦床，便打殺之。婦羞愧而死。

【注釋】

❶北平，郡名，治所在徐無（今河北遵化東）。廬，墓廬，居喪而臨時在墓地搭成的茅屋。❷向，接近，將近。期，一周年。原作「暮」，據明鈔本《太平廣記》改。❸毀滅之地，謂居喪哀毀。《禮記·曲禮上》：「居喪之禮，毀瘠不形，視聽不衰。」幸可不甘，明鈔本《太平廣記》作「豈可如此」。

【譯文】

北平郡人田琰在母親喪期，總是住在墓廬裡。將近一周年的時候，有一天晚上他忽然走進妻子的內房。妻子悄悄責備他，說：「你身處居喪哀毀時候，怎樣能這樣？」田琰不聽勸告和她同床。後來田琰有事回家一下，不跟妻子說話，妻子奇怪他不說話，並且拿前次同房的事責備他。田琰知道那是鬼魅幹的壞事，當天到了晚上始終不睡覺，把喪服掛在墓廬裡。一會兒，見一隻白狗，到墓廬抓取喪服銜起，於是變成人，穿上喪服進家去。田琰隨在後面追趕它，看見狗將要上妻子的床，便打死了它。妻子感到羞愧而死了。

433 酒家老狗妖

司空南陽來季德停喪在殯❶，忽然見形，坐祭床上❷，顏色服飾聲氣，熟是也。孫兒婦女，以次教戒，事有條貫。鞭撲奴婢，皆得其過❸。飲食既絕，辭訣而去。家人大小，哀割斷絕❹。如是數年，家益厭苦。其後飲酒過多，醉而形露，但得老狗，便共打殺。因推問之，則里中沽酒家狗也。

【注釋】

❶來季德，據《後漢書·來歙傳》，名艷，靈帝劉宏時爲司空。停喪在殯，即殮而待葬。古代習俗，死者殯在屋內，經三年，擇吉日而葬。❷祭床，擺設祭品的案桌。❸鞭撲，鞭打，此爲體罰的意思。得，得當，謂懲罰與過失相當。❹哀割斷絕，意思是不再悲哀。

【譯文】

司空南陽郡人來季德，死後殮棺殯在屋裡待葬，忽然他顯形，坐在祭床上，模樣、服裝和聲音，都是熟悉的那樣。對兒孫媳婦，依次教導，事情做得很有條理。體罰家奴婢女，都跟他們的過失相當。吃喝結束，與家人告別後離去。家裡人大大小小，都不再悲哀了。像這樣過了幾年，家裡人感到很厭煩。後來他喝酒過多，醉後露出原形，只是一隻老狗，家裡人就一齊把它打死了。於是去查訪這條狗，原來是街上賣酒人家的狗。

434 白衣吏

山陽王瑚，字孟璉，爲東海蘭陵尉❶。夜半時，輒有黑幘白單衣吏，詣縣叩閣❷，迎之則忽然不見。如是數年。後伺之，見一老狗，黑頭白軀猶故，至閣便爲人。以白孟璉，殺之乃絕。

【注釋】

❶尉，縣尉，縣的軍事長官。❷閣，此指縣之官署。

【譯文】

山陽郡人王瑚，字孟璉，任東海郡蘭陵縣尉。半夜時候，就有一名戴黑頭巾，穿白單衣的官吏，到縣裡來敲官署的門，有人去開門迎接，他就忽然不見了。像這樣好幾年。後來人們去偵伺他，看見一隻老狗，黑的頭白的身軀像那人的打扮，來到官署就變成人。人們將此情況報告王瑚，王瑚將老狗殺死，妖怪才絕跡了。

435 李叔堅見怪不怪

桂陽太守李叔堅，爲從事。家有犬，人行❶，家人言當殺之。

叔堅曰：「犬馬喻君子。犬見人行，效之，何傷❷？」頃之，狗戴叔堅冠走，家大驚。叔堅云：「誤觸冠，纓掛之耳❸。」狗又於竈前畜火，家益怔營❹。叔堅復云：「兒婢皆在田中，狗助畜火，幸可不煩鄰里，此有何惡？」數日，狗自暴死，卒無纖芥之異❺。

【注釋】

❶人行，像人一樣站立起來用兩隻腳行走。❷何傷，猶言「何妨」，意思說沒有什麼關係。❸纓，繫在頷下的冠帶。❹畜火，積儲火種保留起來。怔營：惶懼不安。❺纖芥，喻細微。

【譯文】

桂陽太守李叔堅，曾任從事。他家裡有一隻狗，像人一樣站立著行走，家裡的人說應該殺死它。李叔堅說：「犬馬常用來比喻君子。狗見人站立行走，仿效人，有什麼關係呢？」不久，狗戴著李叔堅的帽子跑，家裡人非常吃驚。李叔堅說：「它誤碰帽子，帽帶子掛在它頭上罷了。」狗又在竈前積儲火種，家裡人更加惶懼不安。李叔堅說：「兒子婢女都在田裡幹活，狗幫助積儲火種保留，恰好可以不再麻煩鄉鄰，這有什麼壞處？」過了幾天，狗突然自己死亡，李家始終沒有絲毫災異發生。

436 蒼獺鬼物

吳郡無錫有上湖大陂❶，陂吏丁初，天每大雨，輒循堤防❷。春盛雨，初出行塘。日暮回，顧有一婦人，上下青衣，戴青傘，追後呼：「初掾待我❸。」初時悵然❹，意欲留俟之，復疑本不見此，今復有婦人冒陰雨行，恐必鬼物。初便疾走，顧視婦人追之亦急。初因急行，走之轉遠，顧視婦人乃自投陂中，泛然作聲，衣蓋飛散。視之，是大蒼獺❺，衣傘皆荷葉也。此獺化爲人形，數媚年少者也。

【注釋】

❶上湖，《越絕書》：「無錫湖，周萬五千頃，其一千三百頃，毗陵上湖也。去縣五十里。一名射貫湖。」陂，池塘。❷循，通「巡」。巡行。❸初掾，此稱呼丁初。丁初爲陂吏，是縣置僚屬，可稱爲掾。❹悵然，失意。即心裡不知道怎麼回事。❺獺，即水獺，生活在水邊的獸。頭扁，耳小，腳短，全身毛短而密。善游泳，捕魚而食。

【譯文】

吳郡無錫縣有上湖大池塘，管理池塘的官吏丁初，每當天下大雨，就到堤岸上巡視。這年春天大雨，丁初出去在堤上巡行。天黃昏時回來，回頭看見有一名婦人，全身上下穿青色衣服，拿著青色的雨傘，追在後面呼喊說：「丁初長官等等我。」丁初當時不知是怎麼回事，心想停下來等候她，接著又懷疑原來沒有看見過她，現在又是婦人冒著大雨趕路，恐怕一定是鬼怪。丁初就走得快一點，回頭看婦人追得也急。丁初於是趕快走，跑得遠了，回頭看那婦人竟自己跳進池塘中，發出嘩啦的聲音，衣服雨傘全飛散開來。一看她，是一隻大蒼獺，衣服雨傘都是荷葉。這隻水獺變成人的模樣，多次來誘惑年輕人。

437 王周南

魏齊王芳正始中❶，中山王周南爲襄邑長❷。忽有鼠從穴出，在廳事上，語曰：「王周南，爾以某月某日當死。」周南急往，不應。鼠還穴。後至期復出，更冠幘皁衣而語曰：「周南，爾日中當死。」亦不應。鼠復入穴。須臾復出，出復入，轉行數語如前。日適中，鼠復曰：「周南，爾不應死❸，我復何道！」

言訖，顛蹶而死❹，即失衣冠所在。就視之，與常鼠無異。

【注釋】

❶正始，三國魏齊王曹芳年號（西元二四〇～二四八年）。❷中山，郡名，治所在盧奴（今河北定縣）。襄邑，古縣名，治所在今河南睢縣。❸爾不應死，《法苑珠林》等無「死」字。❹顛蹶，顛仆，即跌倒在地上。

【譯文】

三國魏齊王曹芳正始年間，中山人王周南任襄邑縣長。忽然有一隻老鼠從洞穴中出來，到辦公廳堂上，說話道：「王周南，你在某月某日要死亡。」王周南急忙走過去，不答話。老鼠回到洞穴中。後來到了說的日期，老鼠又出來，改戴頭巾，穿黑衣，說道：「周南，你中午要死亡。」王周南也不答說。老鼠又進入洞穴中。一會兒又出來，出來又進去，來回轉了幾趟，說著和先前一樣的話。正當中午，老鼠又說：「周南，你不答應死，我還說什麼呢！」說完，跌倒在地上死了，它的衣帽立即不見了。走過去看它，與普通老鼠沒有什麼差異。

438 安陽亭三怪

安陽城南有一亭❶，夜不可宿，宿輒殺人。書生明術數❷，乃過宿之。亭民曰：「此不可宿，前後宿此未有活者。」書生曰：「無苦也，吾自能諧❸。」遂住廨舍❹，乃端坐誦書，良久乃休。

夜半後，有一人著皂單衣，來往戶外，呼「亭主」，亭主應諾。「見亭中有人耶？」答曰：「向者有一書生，在此讀書。適休，似未寢。」乃喑嗟而去❺。須臾，復有一人冠赤幘者，呼「亭主」，問答如前，復喑嗟而去。既去寂然。書生知無來者，即起詣向者呼處，效呼「亭主」。亭主亦應諾。復云：「亭中有人耶？」亭主答如前。乃問曰：「向黑衣來者誰？」曰：「北舍母豬也。」又曰：「冠赤幘來者誰？」曰：「西舍老雄雞父也。」曰：「汝復誰耶？」曰：「我是老蝎也。」於是書生密便誦書至明，不敢寢。

天明，亭民來視，驚曰：「君何得獨活？」書生曰：「促索劍來，吾與卿取魅。」乃握劍至昨夜應處，果得老蠍，大如琵琶，毒長數尺❻。西舍得老雄雞父，北舍得老母豬。凡殺三物，亭毒遂靜，永無災橫。

【注釋】

❶安陽，古縣名，治所在今河南正陽西南。❷術數，指用陰陽五行生剋制化的數理，來推斷人事吉凶的法術。❸諧，和合。此謂周旋，應付。❹廨舍，官署的客舍。此指亭中的客房。❺唶嗟，輕聲嘆息。❻毒，指蠍子的尾刺，內具毒腺。

【譯文】

安陽縣城南有一座亭，晚上不能在那裡住宿，住宿總是有人被殺死。一名書生懂得術數，經過那裡便住宿下來。亭裡的百姓說：「這裡不能住宿，前後在這裡住宿的沒有人能活下來。」書生說：「沒關係，我自己會應付。」於是住在亭的客舍裡，便端坐讀書，很久才休息。

半夜以後，有一個人穿黑色單衣，來到門外，呼喚「亭主」，亭主答應。「看見亭中有人嗎？」答道：「先前有一個書生，在這裡讀書。剛剛休息，好像還沒有睡著。」門外的人便輕聲嘆息而離開了。一會兒，又有一位戴紅頭巾的人，來呼喚「亭主」，問答跟先前一樣，他也輕聲嘆息而離開。去了以後，亭子靜悄悄的。書生知道沒有人來了，立即起身往先前呼喚的地方，模仿呼喚「亭主」。亭主也答應了。書生又說：「亭中有人嗎？」亭主答覆跟原先一樣。於是書生問道：「先前穿黑衣來的是誰？」亭主說：「是北屋的母豬。」又問：「戴紅頭巾來的是誰？」答道：「是西屋的老公雞。」

問：「你又是誰呢？」答：「我是老蝎子。」於是書生便悄悄地背誦書到天亮，不敢睡覺。

天亮了，亭裡的百姓來看，吃驚地說：「你怎麼能活下來？」書生說：「趕快找劍來，我和你們去捉鬼魅。」他便握著劍到昨天晚上應答的地方，果然找到老蝎子，有琵琶那樣大，毒刺長幾尺。在西屋得到老公雞，北屋得到老母豬。一起殺死三個怪物，這個亭的毒害就平靜了，永遠沒有災禍。

439 湯應斫二怪

吴時，廬陵郡都亭重屋中常有鬼魅❶，宿者輒死。自後使官莫敢入亭止宿。時丹陽人湯應者，大有膽武，使至廬陵，便止亭宿。吏啓不可，應不聽。迸從者還外❷，唯持一大刀，獨處亭中。

至三更竟，忽聞有叩閤者。應遙問：「是誰？」答云：「部郡相聞❸。」應使進，致詞而去。頃間，復有叩閤者如前，曰：「府君相聞。」應復使進，身著皂衣。去後，應謂是人，了無疑也。旋又有叩閤者，云：「部郡、府君相詣。」應乃疑曰：「此夜非時，又部郡、府君不應同行❹。」知是鬼魅，因持刀迎之。見二人，皆盛衣服，俱進。坐畢，府君者便與應談。談未竟，而部郡忽起至應背後。應乃回顧，以刀逆擊，中之。府君下坐走出，應急追，至亭後牆下及之。斫傷數下，應乃還臥，達曙，將人往尋，見有血跡，皆得之。云稱府君者，是一老狶也❺；部郡者，是一老狸也。自是遂絕。

【注釋】

❶都亭，稱郡治所在之亭。❷迸，通「屏」，使退下。❸部郡，官名。《通典》：「部郡國從事吏，每郡國各一人，漢制也。主督促文書，舉非法。」聞，問候的意思。❹部郡、府君不應同行，按迴避制度，部郡、郡守互相監督，不應同行辦事。❺狶，同「豨」。豬。

【譯文】

三國東吳時，廬陵郡治所在的都亭樓房中常有鬼怪，在那裡住宿的人總是死亡。從此以後，出使來到的官員沒有人敢進亭裡住宿。這時丹陽郡人湯應，很有膽量和武藝，出使來到廬陵，就停留在亭裡住宿。亭吏稟告說不能住宿，湯應不聽。他叫隨從人員退下到外面住宿，只拿了一柄大刀，獨自留在亭裡。

到三更過後，忽然聽見有人敲門。湯應遠遠問道：「是誰？」外面回答說：「部郡來問候。」湯應讓他進屋，致辭問候就離開了。一會兒，又有人像先前一樣來敲門，說：「郡守來問候。」湯應又讓他進屋，是穿黑衣服的。來人走後，湯應認為是人，一點也不懷疑。

接著又有人來敲門，說：「部郡、郡守前來拜訪。」湯應於是懷疑道：「這夜深不是拜訪的時候，並且部郡、郡守不應該一起來。」他知道是鬼怪了，於是帶著刀去迎接他們。只見兩個人，都穿著華麗的衣服，一起進來。坐下以後，稱是郡守的人就和湯應談話。話還沒有談完，部郡忽然起身走到湯應的背後。湯應於是回頭去看，用刀迎上去擊殺，砍中了他。郡守離座往外逃，湯應急忙追趕，到亭屋後牆下面追上了他。湯應砍傷他幾下，便回屋睡覺。到了天亮，湯應帶人去尋找，看見有血跡，都找到了殺的怪物。稱是郡守的，是一頭老豬；部郡，是一隻老狐狸。從此這裡的鬼怪便絕跡了。

卷十九

440 李寄斬蛇

東越閩中有庸嶺❶，高數十里。其西北隙中有大蛇❷，長七八丈，大十餘圍。土俗常懼，東冶都尉及屬城長吏多有死者❸。祭以牛羊，故不得福。或與人夢，或下諭巫祝，欲得啖童女十二三者。都尉令長並共患之，然氣厲不息❹，共請求人家生婢子❺，兼有罪家女。養之至八月朝❻，祭送蛇穴口，蛇出吞嚙之。累年如此，已用九女。

爾時預復募索，未得其女。將樂縣李誕家❼，有六女，無男。其小女名寄，應募欲行，父母不聽。寄曰：「父母無相，惟生六女，無有一男，雖有如無。女無緹縈濟父母之功❽，既不能供養，徒費衣食，生無所益，不如早死。賣寄之身，可得少錢，以供父母，豈不善耶？」父母慈憐，終不聽去。寄自潛行，不可禁止。

寄乃告請好劍及咋蛇犬。至八月朝，便詣廟中坐，懷劍將犬。先將數石米糍，用蜜麨灌之❾，以置穴口。蛇便出，頭大如囷❿，目如二尺鏡，聞糍香氣，先啖食之。寄便放犬，犬就嚙咋，寄從後斫得數劍。瘡痛急，蛇因踴出，至庭而死。寄入視穴，得其九女髑髏⓫，悉舉出，咤言曰⓬：「汝曹怯弱，爲蛇所食，甚可哀愍。」於是寄女緩步而歸。

越王聞之，聘寄女爲后，拜其父爲將樂令，母及姊皆有賞賜。自是東冶無復妖邪之物，其歌謠至今存焉。

【注釋】

❶東越，西漢小國，爲越王勾踐之後。在今浙江東南及福建一帶，國都東冶（今福建福州市）。《漢書》作「東粵」。閩中，郡名，爲東越國轄境。庸嶺，又名烏嶺，在今福建邵武縣

西北。❷隙，學津討原本作「隰」。❸都尉，郡的軍事長官。屬城長吏，指郡所屬縣的長官。❹氣厲，指疾癘災疫。厲，通「癘」。❺家生婢子，家中奴婢所生之女。❻月朝，月旦，即每月初一。❼將樂縣，三國吳置，即今福建將樂縣。❽緹縈，姓淳于，漢臨淄人。其父五女無男，獲罪下獄，當受肉刑，她隨父至長安，上書自願入官爲婢，以贖父罪。漢文帝憐之，詔除肉刑，其父得免。❾糍，用糯米蒸製的食品。麨，炒麥磨成的粉，味很香。❿囷，穀囤，圓形的穀倉。⓫髑髏，死人的頭骨。⓬咤言，悲哀地說。咤，哀嘆。

【譯文】

東越國閩中郡有一座庸嶺，山高幾十里。嶺的西北石縫中有一條大蛇，長七八丈，粗十多圍。當地百姓總是害怕它，東冶都尉以及所屬縣的長官，常有被它咬死的。拿牛羊去祭祀它，仍舊得不到福氣。有時它給人託夢，有時它下諭告給巫祝傳達，要得到十二三歲的童女來吃。郡縣長官都爲此傷腦筋，然而疾癘災疫没有停息，大家只好去徵求人家奴婢生的女孩，以及犯罪人家的女兒。把她們養到八月初一，祭祀以後送到蛇洞口，蛇出來吞食她們。一連好幾年這樣，已經用了九名女孩。

這一年又預先招募尋找女孩，没有得到適合的。將樂縣李誕家中，有六名女孩，没有男孩。他家小女兒名叫李寄，要去應募前往，父母親不同意。李寄說：「父母親没有福相，只生下六名女兒，没有一個男孩，雖然有孩子卻像没有一樣。女兒没有緹縈救父母的功勞，既然不能奉養父母，只是枉費家中衣服食物，活著没有什麼好處，還不如早一點死去。賣了我，可以得到一些錢，拿來供養父母親，怎麼不好呢？」父母親慈愛女兒，始終不同意她去。李寄自己悄悄走了，父母無法禁止她。

李寄於是請求得到鋒利的劍和咬蛇的狗。到八月初一，便往廟中坐著，抱著劍，帶著狗。她先拿幾石米做的糍糕，用蜂蜜麥粉拌好，放在蛇洞口。蛇就爬出洞來，頭大如穀囤，眼睛像兩尺大的鏡子。它聞到糍糕的香氣，先去吞食糍糕。李寄就放出咬蛇狗，狗上去撕咬大蛇，李寄繞到後面用劍砍傷大蛇好幾處。傷口疼痛厲害，大蛇便從廟中竄出來，爬到庭院裡就死了。李寄走進去看蛇洞，看到九個女孩的頭骨，她全都帶出來，悲哀地說：「你們膽小軟弱，被蛇吃掉，眞是可憐。」於是李寄緩緩地走回家去。

東越國王聽說這件事，來聘娶李寄做王后，任命她父親爲將樂縣令，她母親和姐姐們都得到賞賜。從此東冶不再出現妖異怪物，歌唱李寄斬蛇的歌謠至今還在那裡流傳。

441 司徒府大蛇

晉武帝咸寧中，魏舒爲司徒❶。府中有二大蛇，長十許丈，居廳事平撩上❷。止之數年，而人不知，但怪府中數失小兒及雞犬之屬。後有一蛇夜出，經柱側，傷於刃，病不能登，於是覺之。發徒數百，攻擊移時❸，然後殺之。視所居，骨骼盈宇之間。於是毀府舍，更立之。

【注釋】

❶魏舒，參見〈魏舒詣野王〉注。❷平撩，屋舍的椽木。❸移時，經過一段時間。

【譯文】

晉武帝咸寧年間，魏舒任司徒。他官府中有兩條大蛇，長十來丈，藏在辦公廳房的屋椽上。留在那裡幾年，人們都不知道，只是奇怪官府中多次丟失小孩和雞狗之類。後來有一條蛇晚上出來，經過屋柱子旁邊，被刀刃割傷，傷重不能爬上房去，於是被發覺了。魏舒徵發囚徒幾百人，來攻打了好一陣子，然後才把兩條蛇殺死。看蛇所藏的地方，死人的骨骼堆滿了屋檐之間。於是拆毀司徒府的房舍，另外建造。

442 揚州蛇翁

漢武帝時，張寬爲揚州刺史❶。先是有二老翁爭山地，詣州訟疆界，連年不決。寬視事，復來。寬窺二翁形狀非人，令卒持杖戟將入，問：「汝等何精❷？」翁走，寬呵格之，化爲二蛇。

【注釋】

❶張寬，見卷四〈張寬說女人星〉。揚州刺史，《益都耆舊傳》云「會稽太守」。❷汝等何精，《太平御覽》、《太平廣記》作「汝何等精」。

【譯文】

漢武帝時，張寬任揚州刺史。在此之前有兩位老頭爭奪山地，到州裡打地界官司，一連幾年不能斷案。張寬到任，兩位老頭又來打官司，張寬窺視兩位老頭形狀不是人，命令役卒拿著木棍矛戟把老頭帶進來，問道：「你們是什麼妖精？」兩位老頭逃跑，張寬喝令追打，他們變成了兩條蛇。

443 野水黿婦

滎陽人張福❶，船行還野水邊。夜有一女子，容色甚美，自乘小船來投福，云：「日暮畏虎，不敢夜行。」福曰：「汝何姓，作此輕行，無笠雨駛❷？可入船就避雨。」因共相調，遂入就福船寢，以所乘小舟繫福船邊。三更許，雨晴月照，福視婦人，乃是一大黿，枕臂而臥。福驚起，欲執之，遽走入水。向小舟，是一枯槎段❸，長丈餘。

【注釋】

❶滎陽，郡名，治所在今河南滎陽縣東北。《太平廣記》作「鄱陽」。❷輕行，輕率的行動。雨駛，冒雨駛船。❸槎段，樹段。槎，斜砍之木。

【譯文】

滎陽郡人張福，駕船沿著荒野的水邊行駛。晚上有一名女子，姿色很美，獨自乘坐小船來投奔張福，說：「天晚了害怕老虎，不敢在夜裡行走。」張福說：「你姓什麼，隨隨便便作這樣的行動，沒有斗笠冒雨駕船？可以上船來和我避雨。」於是他們互相調笑，女子就上張福的船來睡覺，把她所乘的小船繫在張福的船邊。半夜三更左右，雨停天晴，月亮出來照明，張福看那婦人，竟是一隻大鼉，枕著自己的手臂睡覺。張福吃驚地起身，想把它捉住，大鼉急忙逃進水裡去了。先前那隻小船，是一根枯乾的樹段，長一丈多。

444 丹陽道士

丹陽道士謝非，往石城買冶釜還❶，日暮不及至家。山中廟舍於溪水上，入中宿，大聲語曰：「吾是天帝使者，停此宿。」

猶畏人劫奪其釜，意苦搔搔不安❷。二更中，有來至廟門者呼曰：「何銅。」銅應諾。曰：「廟中有人氣，是誰？」銅云：「有人，言是天帝使者。」少頃便還。須臾，又有來者呼銅，問之如前，銅答如故，復嘆息而去。非驚擾不得眠，遂起，呼銅問之：「先來者誰？」答言：「是水邊穴中白鼉。」「汝是何等物？」答言：「是廟北岩嵌中龜也❸。」非皆陰識之。

天明，便告居人，言：「此廟中無神，但是龜、鼉之輩，徒費酒食祀之。急具鍤來❹，共往伐之。」諸人亦頗疑之，於是並會伐掘，皆殺之。遂壞廟絕祀，自後安靜。

【注釋】

❶石城，即石頭城，在今南京市。冶釜，鑄鐵鍋。❷搔搔，騷動不安的樣子。搔，通「騷」。❸岩嵌，岩石中的洞穴。❹鍤，挖土的鐵鍬。

【譯文】

丹陽郡道士謝非，到石頭城買鐵鍋回來，天晚來不及趕回家。山裡有一座廟宇修建在溪水邊上，謝非進廟住宿，大聲說道：「我是天帝的使者，停留在這裡住宿。」他還是怕有人搶劫他的鍋，心裡很是騷動不安寧。

夜裡二更天時，有一位來到廟門前的人呼喊道：「何銅。」何銅答應了。來人說：「廟裡有人的氣息，是誰？」何銅說：「有一個人，說是天帝的使者。」過一會兒那人就回去了。一會兒，又有人來喊何銅，問他的話像先前那樣，何銅也像先前那樣回答，來人又嘆息著走了。謝非被驚擾睡不著覺，於是起來，呼喊何銅，問他：「先前來的是誰？」何銅回答說：「是水邊洞裡的白鼉。」又問：「你是什麼樣的東西？」回答說：「是廟北岩洞中的烏龜。」謝非暗暗記在心裡。

天亮了，謝非便去告訴當地居民，說：「這座廟裡沒有神靈，只是龜、鼉之類，枉費酒食去祭祀它們。快準備鐵鍬來，一起去除掉它。」人們也很疑心廟神，於是一同去挖掘，把龜、鼉都殺死。便毀壞廟宇，停止祭祀，從此以後這一帶安靜無事。

445 孔子談五酉

孔子厄於陳❶，弦歌於館中。夜有一人，長九尺餘，著皂衣高冠，大咤❷，聲動左右。子貢進，問：「何人耶？」便提子貢而挾之，子路引出，與戰於庭，有頃未勝。孔子察之，見其甲車間時時開如掌❸。孔子曰：「何不探其甲車，引而奮登？」子路引之，沒手仆於地，乃是大鯷魚也❹，長九尺餘。孔子曰：「此物也，何爲來哉？吾聞物老則群精依之，因衰而至。此其來也，豈以吾遇厄絕糧，從者病乎？夫六畜之物，及龜、蛇、魚、鱉、草、木之屬，久者神皆憑依，能爲妖怪，故謂之『五酉』❺。五酉者，五行之方，皆有其物。酉者，老也，物老則爲怪，殺之則已，夫何患焉？或者天之未喪斯文❻，以是繫予之命乎？不然，何爲至於斯也？」弦歌不輟。子路烹之，其味滋，病者興，明日遂行。

【注釋】

❶孔子厄於陳，指孔子率學生周遊列國，曾絕糧困厄於陳國。下文子貢、子路都是孔子的學生。❷大咤，大聲吼叫。咤，口中作聲。❸甲車間，謂衣甲和腮幫子之間。甲，護身之衣。車，牙車，即牙床，此指腮部。❹沒手，入手，伸手進去。沒，入。鯷魚，亦稱「黑背鰮」。體延長，側扁，銀灰色。吻圓突，口腹位。❺五酉，妖怪之名。五方之物，老而成妖怪，謂之五酉。❻斯文，謂禮樂教化制度。

【譯文】

孔子困厄在陳國，在旅館中彈琴唱歌。晚上，有一個人，九尺多高，穿黑衣戴高帽，大聲吼叫，聲音驚動左右的人。子貢進來，問：「是什麼人呀？」那人便提起子貢來挾住。子路把他引出房，在院子裡與他搏鬥，鬥了一段時間沒有獲勝。孔子觀察他，看見他的衣甲和兩腮之間常常張開像手掌一樣。孔子說：「怎麼不抓他的衣甲和兩腮之間，拉著它奮力向上？」子路拉他，伸手進去他就倒在地上，竟是一條大鯷魚，長九尺多。

孔子說：「這個怪物，爲什麼來呢？我聽說，事物老了就會有各種精靈來依附它，在人衰敗的時候來到。這個時候它來到，難道是因爲我遇到困厄斷絕糧食，隨從的人生病嗎？六畜動物，以及龜、蛇、魚、鱉、草、木之類，時間長了神靈都來依附，會變成妖怪，因此稱它爲『五酉』。五酉，東南西北中五方都有這種怪物。酉，老的意思，事物老了就成爲妖怪，殺死它就完事了，有什麼可擔憂的呢？或許是天意不喪失禮樂教化制度，拿這個怪物來維繫我的生命吧？不然的話，它爲什麼來到這裡呢？」他彈琴唱歌不停息。子路烹煮鯷魚，它的味道香甜，生病的人吃了好轉，第二天大家就動身上路了。

446 鼠婦迎喪

豫章有一家，婢在竈下，忽有人長數寸，來竈間壁。婢誤以履踐之，殺一人。須臾，遂有數百人，著衰麻服，持棺迎喪，凶儀皆備❶。出東門，入園中覆船下❷。就視之，皆是鼠婦。婢作湯灌殺，遂絕。

【注釋】

❶凶儀，凶喪事之禮儀，如結白絹為旒、穿素服之類。❷覆船，翻覆而放置的船。

【譯文】

豫章郡有一戶人家，婢女在竈房裡幹活，忽然有長幾寸的人，來到竈間壁下，婢女不注意抬腳踏倒它們，踏死一個人。一會兒，便有幾百人，穿衰麻喪服，抬著棺材來迎喪，凶喪事的禮儀都具備。一行人出東門，進入園中翻過來放的船下面。走進船邊去看，都是母老鼠。婢女燒開水灌進鼠洞燙死這些老鼠，妖怪就絕滅了。

447 千日酒

狄希，中山人也。能造「千日酒」，飲之千日醉。時有州人姓劉，名玄石，好飲酒，往求之。希曰：「我酒發來未定❶，不敢飲君。」石曰：「縱未熟，且與一杯，得否？」希聞此語，不免飲之。復索曰：「美哉！可更與之。」希曰：「且歸，別日當來，只此一杯，可眠千日也。」石別，似有作色❷。至家，醉死。家人不之疑，哭而葬之。

經三年，希曰：「玄石必應酒醒，宜往問之。」既往石家，語曰：「石在家否？」家人皆怪之。曰：「玄石亡來，服以闋矣❸。」希驚曰：「酒之美矣，而致醉眠千日，今合醒矣。」乃命其家人鑿冢破棺看之。冢上汗氣徹天，遂命發冢。方見開目張口，引聲而言曰❹：「快哉！醉我也。」因問希曰：「爾作何物也，令我一杯大醉，今日方醒？日高幾許？」墓上人皆笑之，被石酒氣沖入鼻中，亦各醉臥三月。

【注釋】

❶發，發酵。定，定性，指酒味穩定。❷作色，臉色變化。謂酒上臉。❸服以闋，謂喪期已滿，喪服已除。古禮父母或丈夫死，守喪三年，期滿除服，稱爲服闋。以，通「已」。

❹引聲，曼聲，拖長聲音。

【譯文】

狄希，是中山人。他能釀造一種「千日酒」，飲了這種酒要醉上千日。當時有位同鄉人姓劉，名玄石，喜歡喝酒，到他那兒要酒喝。狄希說：「我的酒發酵了，酒性尚未穩定，不敢給你喝。」劉玄石說：「縱然還沒有成熟，暫時給我一杯，行不行？」狄希聽到這話，不得已給他喝了一杯。劉玄石喝了又要索取，說：「味美極了！請再給一杯。」狄希說：「你先回家去，改天再來，只是這一杯酒，你就會睡上千日了。」劉玄石告別，似乎面色有變化。回到家，他竟然醉死了。家裡的人沒有懷疑他是醉酒假死，哭著把他埋葬了。

過了三年，狄希說：「劉玄石酒該醒了，應該去看看他。」來到劉玄石家，狄希說：「玄石在家嗎？」劉家的人都感到奇怪，說：「玄石死了，喪服都已經滿期了。」狄希驚異地說：「這酒確實美極了，竟使他醉臥千日，如今該醒了。」於是叫劉家的人去鑿開墳墓，打開棺材來看。只見墓上汗氣沖天，便叫挖開墳墓。正好看見劉玄石睜開眼睛張開嘴巴，拉長聲音說道：「痛快啊！把我弄醉了。」便問狄希說：「你釀造的什麼酒，讓我喝一杯就大醉，今天才醒來？太陽多高啦！」站在墓上的人都笑了，大家被劉玄石的酒氣沖入鼻子裡，也各自都醉臥了三個月。

448 陳仲舉相命

陳仲舉微時❶，常宿黃申家。申幼方產，有扣申門者，家人咸不知。久之，方聞屋裡有人言：「賓堂下有人❷，不可進。」扣門者相告曰：「今當從後面往。」其人便往。有頃還，留者問之：「是何等？名為何？當與幾歲？」往者曰：「男也，名為『奴』。當與十五歲。」「後應以何死？」答曰：「應以兵死。」仲舉告其家曰：「吾能相。此兒當以兵死。」父母驚之，寸刃不使得執也。至年十五，有置鑿於梁上者，其末出，奴以為木也，自下鉤之，鑿從梁落，陷腦而死。後仲舉為豫章太守❸，故遣吏往餉之申家，並問奴所在。其家以此具告。仲舉聞之，嘆曰：「此謂命也。」

【注釋】

❶陳仲舉，即陳蕃，字仲舉，東漢汝南平輿（今屬河南）人。官至太傅，錄尚書事，封高陽侯。微時，謂貧賤之時。❷賓堂，招待賓客住宿的堂屋。❸為豫章太守，見袁宏《後漢記》。《後漢書·陳蕃傳》為樂安太守。

【譯文】

陳仲舉貧賤時候，常在黃申家住宿。黃申的妻子剛剛生完孩子，有人來敲他家的門，家裡的人都不知道。過了很久，才聽見屋裡有人說：「客房裡有人，不能進去。」敲門的人告訴他說：「現在要從後門進去。」那個人就進去了。過一會兒回來，留下的人問他，「是什麼樣的？名叫什麼？應該給幾歲？」去的人說：「是男的，名叫『奴』。應該給十五歲。」「以後要因爲什麼死亡？」回答說：「要因爲兵器死亡。」陳仲舉告訴黃申家說：「我會相面。這個兒子要因爲兵器死亡。」做父母的很震驚，連小刀都不讓兒子拿在手裡。到了十五歲，有一把鑿子放在屋樑上，鑿的柄端露出來，黃奴以爲是木棍，從下面用東西去鉤它，鑿子從樑上落下來，插進腦袋裡他就死了。後來陳仲舉任豫章太守，特意派官吏到黃申家去贈送東西，並且詢問黃奴在哪裡。黃家把情況告訴他，陳仲舉聽了，嘆息道：「這就是所謂命呀。」

卷廿

449 孫登治病龍

晉魏郡亢陽，農夫禱於龍洞，得雨，將祭謝之。孫登見曰❶：「此病龍雨，安能蘇禾稼乎？如弗信，請嗅之。」水果腥穢。龍時背生大疽，聞登言，變爲一翁，求治，曰：「疾痊，當有報。」不數日，果大雨。見大石中裂開一井，其水湛然❷。龍蓋穿此井以報也。

【注釋】

❶孫登，字公和，汲郡共（今河南輝縣）人。隱逸之士，《晉書》有傳。❷湛然，水澄清的樣子。

【譯文】

晉代魏郡大旱，農民到龍洞去祈禱，求得雨降下來，準備舉行祭祀感謝龍。孫登見了說：「這是有病的龍降下的雨，怎麼能救活莊稼呢？如果不相信，請你們嗅一嗅雨水的氣味。」雨水果然是腥臭污穢的。龍當時背上長了大癰疽，它聽到孫登的話，變成一名老公公，去求孫登治療。它說：「病治好了，會有報答的。」不幾天，果然下起大雨。只見大石頭中間裂開一口井，井水十分澄清。龍大概是穿鑿這口井來報答的。

450 蘇易助虎產

蘇易者，廬陵婦人，善看產。夜忽爲虎所取，行六七里，至大壙，厝易置地❶，蹲而守。見有牝虎當產，不能解，匍匐欲死，輒仰視。易悟之❷，乃爲探出之，有三子。生畢，牝虎負易還❸，再三送野肉於門內。

【注　釋】

❶壙，墓穴。《說文》：「壙，塹穴也。」段注：「謂塹地爲穴也，墓穴也。」厝，安置，放下。

❷悟，原作「怪」，據《太平御覽》改。❸《太平御覽》無「牝」字。

【譯　文】

蘇易，是廬陵郡的一名婦人，善於接生孩子。一天晚上她忽然被老虎抓走，走了六七里路，來到一個大墓穴，那虎把蘇易安置在地上，蹲在旁邊守候。蘇易看見有一隻母虎要產子，不能生下來，趴在地上幾乎死去，總是向上看著。蘇易明白了，於是給它摸取出來，一共有三隻虎子。生完虎子，那虎馱著蘇易回家，還兩三次送野味到蘇易家門裡。

451 鶴銜珠報恩

噲參，養母至孝。曾有玄鶴❶，爲弋人所射❷，窮而歸參。參收養，療治其瘡，癒而放之。後鶴夜到門外，參執燭視之，見鶴雌雄雙至，各銜明珠，以報參焉。

【注釋】

❶玄鶴，據崔豹《古今注·鳥獸》，傳說鶴千歲化爲蒼色，又千歲變爲黑色，謂之玄鶴。

❷弋人，射鳥的人。弋，用繩繫在箭上射鳥。

【譯文】

噲參這個人，奉養母親非常孝順。曾經有一隻玄鶴，被射鳥的人射中，飛不動了，來投靠噲參。噲參收養牠，治療牠的創傷，痊癒後放牠走了。後來玄鶴夜裡飛到噲參家門外，噲參拿著燈燭去看它，只見雌鶴雄鶴雙雙來到，口中各銜一顆明珠，用來報答啗參。

452 黃衣童子

漢時弘農楊寶❶，年九歲時至華陰山北，見一黃雀爲鴟梟所搏❷，墜於樹下，爲螻蟻所困。寶見愍之，取歸，置巾箱中，食以黃花❸。百餘日，毛羽成，朝去暮還。一夕三更，寶讀書未臥，有黃衣童子向寶再拜曰：「我西王母使者，使蓬萊，不愼爲鴟梟所搏。君仁愛見拯，實感盛德。」乃以白環四枚與寶，曰：「令君子孫潔白，位登三事❹，當如此環。」

【注釋】

❶楊寶，弘農郡華陰縣（今屬陝西）人，東漢大臣楊震的父親。❷鴟梟，即鴟鴞，貓頭鷹一類的猛禽。搏：擊，捕捉。❸巾箱，放置頭巾或書卷的小箱。黃花，菊花。❹位登三事，謂官位至三公。三公參與六卿之事，故稱三事大夫。弘農楊氏爲東漢有名世家大族，子孫累世爲名公巨卿。

【譯文】

漢朝弘農郡人楊寶，年紀九歲時到華陰山北邊，看見一隻黃雀被鴟梟搏擊，墜落在樹下，受到螻蛄螞蟻圍困。楊寶見了，憐憫牠，把牠拿回家，放在小箱子裡，用菊花飼養牠。過一百多天，黃雀的羽毛長全了，每天早上飛出去，傍晚飛回來。有一天半夜三更，楊寶讀書尚未睡覺，有一名穿黃衣的童子來向楊寶再三拜禮，說：「我是西王母的使者，出使蓬萊仙山，不小心被鴟梟搏擊。您仁愛給予拯救，實在感激您的大德。」於是拿出四枚白玉環給楊寶，說：「讓您的子孫品德高尚潔白，官至三公，會像這玉環一樣。」

453 隋侯珠

隋縣溠水側❶，有斷蛇丘。隋侯出行❷，見大蛇被傷中斷。疑其靈異，使人以藥封之，蛇乃能走。因號其處「斷蛇丘」。歲餘，蛇銜明珠以報之。珠盈徑寸，純白，而夜有光明，如月之照，可以燭室❸。故謂之「隋侯珠」，亦曰「靈蛇珠」，又曰「明月珠」。丘南有隋季良大夫池❹。

【注釋】

❶隋縣，即今隨縣，在湖北省北部。隋，同「隨」。溠水，即扶恭河，在隨縣西北。❷隋侯，西周初分封諸侯國隋國君，姬姓，封國在今湖北隨縣。❸燭，照亮。名詞用作動詞。❹季良，當爲「季梁」，隋大夫。見《左傳》。

【譯文】

隋縣溠水旁邊，有個斷蛇丘。隋侯出宮巡行，看見一條大蛇被砍傷從中斷開。隋侯疑心這條蛇奇異，派人用藥給它包紮，蛇才能行走了。於是把這個地方叫做「斷蛇丘」。一年多以後，大蛇銜著明珠來報答隋侯。明珠直徑超過一寸，純白色，晚上有光，像月亮一樣明，可以照亮屋子。因此稱它「隋侯珠」，也叫「靈蛇珠」，又叫「明月珠」。斷蛇丘的南邊有隋大夫季梁的水池。

454 孔愉放龜

孔愉字敬康，會稽山陰人❶。元帝時，以討華軼功封侯❷。愉少時，嘗經行餘不亭，見籠龜於路者，愉買之，放於餘不溪中❸。龜中流，左顧者數過。及後以功封餘不亭侯，鑄印而龜鈕左顧❹，三鑄如初。印工以聞，愉乃悟其爲龜之報，遂取佩焉。累遷尚書左僕射，贈車騎將軍❺。

【注釋】

❶孔愉，《晉書》有傳。❷華軼，字顏夏，平原（今山東平原縣西南）人。魏太尉華歆之曾孫。晉永嘉中歷官江州刺史。後因不服從元帝命令，被討伐斬首。❸餘不亭，亭名，在浙江吳興縣北。餘不溪：即東苕溪的下游。自杭縣流經德清縣，北入吳興縣。一名孔愉澤，又名龜溪、清溪等。❹鈕，印鼻，印章上端的雕飾。有各種不同的形式，如獅鈕、虎鈕、龜鈕、環鈕、瓦鈕等，以分別官職等級。❺累遷，謂官員連續升職。贈，朝廷的一種封典，即死後追封爵位。

【譯文】

孔愉字敬康，是會稽郡山陰縣人。漢元帝時，由於討伐華軼的功績被封爲侯。孔愉小時候，曾經路過餘不亭，看見有人用籠子裝著烏龜在路上賣，孔愉買下它，把它放生到餘不溪中。烏龜在溪中央，從左邊回頭看了好幾次。以後孔愉因功績封餘不亭侯，鑄官印而龜形印鈕作向左回頭看的形式，三次改鑄都還是最初的樣子。鑄印工匠把這事告訴孔愉，他才明白這是烏龜的報恩，於是拿來佩帶上。孔愉後來官職連續升到尚書左僕射，死後追封車騎將軍。

455 古巢老姥

古巢❶，一日江水暴漲，尋復故道。港有巨魚，重萬斤，三日乃死。合郡皆食之，一老姥獨不食❷。忽有老叟曰：「此吾子也，不幸罹此禍。汝獨不食，吾厚報汝。若東門石龜目赤，城當陷。」姥日往視，有稚子訝之，姥以實告。稚子欺之，以朱傅龜目❸。姥見，急出城。有青衣童子曰：「吾龍之子。」乃引姥登山，而城陷爲湖。

【注釋】

❶古巢，古縣名，即今安徽省無爲縣。❷老姥，即「姥姥」，對年老婦人的尊稱。❸傅，通「附」，附著。此爲塗抹的意思。

【譯文】

古巢縣，有一天長江水猛漲翻過河床，不久又退回原來的河道。小河溝裡留下一條巨魚，重萬斤，三天才死掉。全郡的人都來分吃魚肉，獨有一個老婆婆沒有吃。忽然有一名老頭來說：「這條巨魚是我的兒子，不幸遭遇這一災禍。只有你一個人沒有吃它，我要重重報答你。如果縣城東門石龜的眼睛變紅，縣城就會陷落下去。」老婆婆每天去東門那裡看石龜，有一個小孩子感到奇怪，老婆婆將實話告訴他。小孩子欺騙老婆婆，用朱紅顏色塗抹石龜的眼睛。老婆婆見石龜眼睛紅了，急忙出城。有一個穿青衣的童子說：「我是龍的兒子。」於是領著老婆婆登上高山，而縣城陷落下去成了湖泊。

456 蟻王報董昭之

吳富陽縣董昭之，嘗乘船過錢塘江，中央見有一蟻，著一短蘆，走一頭，回復向一頭，甚惶遽❶。昭之曰：「此畏死也。」欲取著船，船中人罵：「此是毒螫物，不可長，我當蹹殺之❷。」昭意甚憐此蟻，因以繩繫蘆著船。船至岸，蟻得出。其夜，夢一人烏衣，從百許人來謝云：「僕是蟻中之王，不慎墮江，慚君濟活。若有急難，當見告語。」

歷十餘年，時所在劫盜，昭之被橫錄爲劫主，繫獄餘杭❸。昭之忽思蟻王夢，「緩急當告，今何處告之？」結念之際，同被禁者問之，昭之具以實告。其人曰：「但取兩三蟻，著掌中語之。」昭之如其言。夜果夢烏衣人云：「可急投餘杭山中❹。天下既亂，赦令不久也。」於是便覺。蟻嚙械已盡，因得出獄，過江投餘杭山。旋遇赦，得免。

【注釋】

❶惶遽，驚慌害怕。❷毒螫，毒害。長，助長，救活的意思。蹹，同「蹋」，踐踩。❸橫錄，謂橫加罪名而判決。餘杭，縣名，在富陽縣北約百里。❹餘杭山，《越絕書》：「秦餘杭山者，越王棲吳夫差山也。山有湖，水近太湖。」

【譯文】

吳地富陽縣人董昭之，有一次乘船渡錢塘江，江中央有一隻螞蟻，爬在一根短蘆葦上，走完一端，回頭又走向另一端，十分驚慌害怕。董昭之說：「這是害怕被淹死。」想把它取上船來，船上的人罵道：「這是有毒害的東西，不能救活它，我要踩死他。」董昭之心裡很可憐這隻螞蟻，於是用繩子把蘆葦繫在船邊上。船靠岸，螞蟻得以從江中出來。那一天晚上，董昭之夢見一名穿黑衣的人，帶著一百多個人來感謝說：「我是蟻王，不小心墮進江裡，感謝您救活。如果有急難事，可以告訴我。」

過了十多年，當時地方上有盜賊，董昭之被橫加罪名判決爲盜賊首領，關押在餘杭縣牢獄中。董昭之忽然想起蟻王托夢，「有急難可以告訴，如今到哪裡去告訴他？」心裡正考慮的時候，一起被關押的人問是怎麼回事，董昭之把實情一一告訴他。那個人說：「只需弄兩三隻螞蟻，放在手掌上對它們說說即可。」董昭之照他說的辦了。那晚上果然夢見穿黑衣的人說：「可以趕快逃到餘杭山中。天下已經混亂，赦令不久會來到。」於是董昭之醒了，螞蟻已經把枷鎖咬斷了，他便得以逃出牢獄，渡過江逃進餘杭山。不久遇上大赦，董昭之得到免罪。

457 義犬冢

孫權時，李信純，襄陽紀南人也❶。家養一狗，名曰「黑龍」，愛之尤甚，行坐相隨，飲饌之間，皆分與食。

忽一日，於城外飲酒大醉，歸家不及，臥於草中。遇太守鄭瑕出獵，見田草深，遣人縱火爇之❷。信純臥處，恰當順風。犬見火來，乃以口拽純衣，純亦不動。臥處比有一溪，相去三五十步，犬即奔往，入水濕身，走來臥處。周回以身灑之，獲免主人大難。犬運水困乏，致斃於側。

俄而信純醒來，見犬已死，遍身毛濕，甚訝其事。睹火蹤跡，因爾慟哭。聞於太守，太守憫之曰：「犬之報恩甚於人！

人不知恩，豈如犬乎？」即命具棺槨衣衾葬之。今紀南有義犬冢，高十餘丈。

【注釋】

❶襄陽，郡名，治所在今湖北襄樊市。紀南，即郢，古都邑名，在今湖北江陵西北。

❷爇，放火焚燒。

【譯文】

孫權時，有位李信純，是襄陽紀南城人。家裡養了一條狗，名叫「黑龍」，他非常這條狗，走動停留都帶著牠，吃喝的時候，都要分食物給牠。

忽然有一天，他在城外喝酒大醉，來不及回到家，睡在野外草叢中。遇到太守鄭瑕出城打獵，見田野的荒草很深，派人放火焚燒。李信純睡的地方，正好是順著風的方向。狗見火燒過來，便用嘴巴扯李信純的衣服，李信純也還是不動。他睡的地方附近有一條小溪，相距三五十步遠，狗立即奔往那裡，跳進水裡弄濕身子，又跑到主人睡的地方。來回用身上的水灑在周圍，使主人得免於大難。狗來回運水困頓疲乏，以致死在主人身旁。

一會兒李信純醒過來，看見狗已經死了，全身的毛都是濕的，很驚訝這件事。他觀察火燃燒的蹤跡，明白了，於是不停地痛哭。這件事傳到太守那裡，太守憐憫這條狗，說：「狗的報恩超過了人！人不知報恩的話，怎麼比得上狗呢？」隨即命令準備棺材衣服把狗埋葬了。如今紀南有一座義犬冢，高十多丈。

458 華隆家犬

太興中❶，吳民華隆養一快犬，號「的尾」，常將自隨。隆後至江邊伐荻❷，爲大蛇盤繞，犬奮咋蛇，蛇死。隆僵仆無知，犬彷徨涕泣❸，走還舟，復返草中。徒伴怪之，隨往，見隆悶絕，將歸家。犬爲不食，比隆復蘇，始食。隆愈愛惜，同於親戚。

【注釋】

❶太興，晉元帝司馬睿年號（西元三一八～三二一年）。❷荻，多年生草本植物，與蘆同爲禾本科而異種。稈亦可編織席箔，作造紙原料等。❸彷徨，盤旋、圍繞的意思。

【譯文】

晉元帝太興年間，吳地居民華隆養了一條跑得很快的狗，名叫「的尾」，常常帶它跟隨自己。華隆後來到江邊砍伐荻稈，被大蛇纏繞，狗奮力咬蛇，把蛇咬死。華隆僵硬倒地失去知覺，狗圍繞他哭泣，跑回船上，又返回草叢中。華隆的同伴覺得奇怪，隨著狗前去，發現華隆悶氣昏死，把他抬回家。狗爲此不吃東西，直到華隆甦醒過來，它才開始進食。華隆更加愛惜這條狗，當作親戚一樣看待。

459 螻蛄神

廬陵太守太原龐企，字子及，自言其遠祖不知幾何世也，坐事繫獄而非其罪，不堪拷掠，自誣服之。及獄將上❶，有螻蛄蟲行其左右，乃謂之曰：「使爾有神，能活我死，不亦善乎？」因投飯與之，螻蛄食飯盡去。頃復來，形體稍大。意每異之，乃復與食。如此去來，至數十日間，其大如豚。及竟報❷，當行刑，螻蛄夜掘壁根爲大孔，乃破械，從之出去。久時遇赦得活。於是龐氏世世常以四節祠祀之於都衢處❸。後世稍怠，不能復特爲饌，皆投祭祀之餘以祀之，至今猶然。

【注釋】

❶獄，罪案。此指上報的判決。❷竟報，最終判決。報，斷獄。❸四節，謂春夏秋冬四時。都衢，指宗廟外的道路。都，《左傳·莊公二十八年》：「凡邑有宗廟先君之主曰都，無曰邑。」衢，四通八達的道路。

【譯文】

盧陵太守太原人龐企，字子及，自己說是他的遠祖不知是哪一代祖先，因爲犯事被拘押在牢獄，但是並沒有犯所判決的死罪，只是受不了嚴刑拷打，被迫招供。在罪案送報上去時，有一隻螻蛄蟲在他左右爬行，便對牠說：「假使你有神靈，能救我免死，不就好了嗎？」於是扔飯給牠，螻蛄吃完飯就走了。一會兒牠又來了，身體漸漸長大。先祖常常覺得奇怪，便又給牠食物。像這樣來來去去，過了幾十天時間，牠有小豬那麼大了。到最終判決下來，要執行死刑，螻蛄在晚上挖掘牢獄牆壁根腳成一個大洞，於是砸破枷鎖，隨著牠逃出去。過了很久遇到大赦得免死罪。從此龐氏家族世世代代常在春夏秋冬四時，在宗廟外的道路上祭祀螻蛄神。後代逐漸懈怠，不再特意準備食物，便拿祭祀祖廟剩下的食物去祭祀螻蛄神，至今還是這樣。

460 猿母猿子

臨川東興有人入山❶，得猿子，便將歸。猿母自後逐至家。此人縛猿子於庭中樹上，以示之。其母便摶頰向人，欲乞哀狀，直謂口不能言耳❷。此人既不能放，竟擊殺之。猿母悲喚，自擲而死。此人破腸視之，寸寸斷裂。未半年，其家疫病，滅門。

【注釋】

❶東興，古縣名，屬臨川郡，故治在今江西黎川縣東北東興鄉。❷搏頰，用手打臉，即自打耳光。欲乞哀狀，明抄本《太平廣記》引作「若哀乞狀」。直謂，作「直是」。

【譯文】

臨川郡東興縣有一個人進山，捕得一隻猿仔，便帶回家。猿母隨後追到他家。這個人把猿仔捆在院中的樹上，給猿母看。猿母就對著人自打耳光，像是哀求的樣子，只是口不能說出罷了。這個人不僅沒有釋放猿仔，竟然當場把牠打死。猿母悲哀地呼叫，自己蹦跳而死。這個人剖開猿母看牠的腸子，一寸一寸地斷裂。不到半年，他家遭瘟疫，全家死絕。

461 虞蕩獵麈

馮乘虞蕩夜獵❶，見一大麈❷，射之。麈便云：「虞蕩，汝射殺我耶！」明晨，得一麈而入，即時蕩死。

【注釋】

❶馮乘，古縣名，故城在今湖南江華縣西南六十里，接廣西富川縣界。❷麈，獸名。《埤

雅．釋獸》：「麈，似鹿而大。其尾辟麈。」

【譯文】

馮乘縣人虞蕩夜裡去打獵，看見一隻大麈，用箭射它。麈便說：「虞蕩，你射死我啦！」第二天早晨，獲得一隻麈回到家，馬上虞蕩就死了。

462 華亭大蛇

吳郡海鹽縣北鄉亭里❶，有士人陳甲，本下邳人。晉元帝時，寓居華亭，獵於東野大藪❷。欻見大蛇，長六七丈，形如百斛船❸，玄黃五色，臥岡下。陳即射殺之，不敢說。三年，與鄉人共獵，至故見蛇處。語同行曰：「昔在此殺大蛇。」其夜，夢見一人，烏衣黑幘，來至其家，問曰：「我昔昏醉，汝無狀殺我。我昔醉，不識汝面，故三年不相知。今日來就死。」其人即驚覺。明日，腹痛而卒。

【注　釋】

❶海鹽縣，春秋越武原鄉，漢置縣。東漢順帝時陷爲湖。其地在今浙江平湖縣東南。晉徙置今治，在平湖縣南、海寧縣東。❷華亭，在江蘇松江縣西平原村。藪，沼澤地。❸百斛船，能容百斛的大船。此形容蛇之粗大如船。

【譯　文】

吳郡海鹽縣北鄉亭里，有一名士人叫陳甲，本來是下邳人。晉元帝時，他寄居在華亭，到東邊荒野大沼澤中打獵。忽然發現一條大蛇，長六七丈，形狀像一條百斛大船，有黑黃五色花紋，睡在土岡下。陳甲立即射死它，不敢說出來。三年後，他和同鄉人一起打獵，來到原先看見大蛇的地方。他告訴一起走的人說：「過去我在這裡殺死一條大蛇。」那天晚上，陳甲夢見一個人，穿黑衣，戴黑頭巾，來到他家裡，問他說：「我原先昏醉，你無禮殺死我。由於我原先醉了，沒有認識你的面孔，因此三年來不知道是你。如今你自行來找死。」陳甲立即被驚醒。第二天，他肚子痛就死了。

463　邛都陷湖

邛都縣下有一老姥❶，家貧孤獨。每食，輒有小蛇，頭上戴角，在床間，姥憐而飴之食。後稍長大，遂長丈餘。令有駿馬，蛇遂吸殺之。令因大忿恨，責姥出蛇。姥云在床下，令即掘地，愈深愈大，而無所見。令又遷怒殺姥。

蛇乃感人以靈，言瞋令❷：「何殺我母？當爲母報仇。」此後，每夜輒聞若雷若風，四十許日。百姓相見，咸驚語：「汝頭那忽戴魚？」是夜，方四十里與城一時俱陷爲湖。土人謂之「陷湖」❸。唯姥宅無恙，訖今猶存。漁人採捕，必依止宿。每有風浪，輒居宅側，恬靜無他。風靜水清，猶見城郭樓櫓宛然❹。今水淺時，彼土人没水，取得舊木，堅貞光黑如漆。今好事人以爲枕相贈。

【注釋】

❶邛都縣，西漢置，治所在今四川西昌東南。❷感人以靈，以神靈附於人體。瞋，通「嗔」，憤怒。❸陷湖，當爲西昌的邛海，又稱邛池。❹樓櫓，城樓上的瞭望台。宛然，原作「畧然」，據《太平御覽》等引李膺《益州記》改。

【譯文】

邛都縣裡有一個老婆婆，家境貧寒，孤獨生活。每天吃飯時，總有一條小蛇，頭上長著角，出現在床邊，老婆婆可憐它，分食物給它吃。蛇後來漸漸長大，便有一丈多長。邛都縣令有一匹駿馬，蛇把它吞食了。縣令於是非常忿恨，責令老婆婆交出蛇來。老婆婆說蛇在床下，縣令馬上叫人挖地，蛇洞越挖越深，越挖越大，卻什麼也沒有發現。縣令遷怒於老婆婆，把她殺了。

大蛇便托神靈附於人，憤怒地對縣令說：「你爲什麼殺死我母親？我要爲母親報仇。」從此以後，每天晚上總是又打雷又刮風，一連四十來天。老百姓互相見面，都吃驚地說：「你頭上怎麼忽然頂著魚？」那一天晚上，方圓四十里及縣城一下子都陷落成湖泊。當地人稱它「陷湖」。只有老婆婆的住宅平安無事，至今還留在水面上。漁夫採菜捕魚，必定到那裡住宿。每當發生風浪，總是停靠在住宅旁邊，便風平浪靜沒有危險。風靜水清的時候，還可以看得見水裡城牆樓臺清清楚楚的樣子。如今湖水淺的時候，那些當地人潛入水裡，拿出舊的房屋木料，木質堅硬光亮黑得像漆一樣。現在有些好事的人把它做成枕頭互相贈送。

464 建業婦人

建業有婦人，背生一瘤，大如數斗囊，中有物如繭栗❶，甚衆，行即有聲。恆乞於市，自言村婦也，常與姊姒輩分養蠶❷，己獨頻年損耗，因竊其姒一囊繭焚之。頃之，背患此瘡，漸成此瘤。以衣覆之，即氣閉悶，常露之乃可，而重如負囊。

【注釋】

❶繭栗，即如繭之細，如栗之堅。謂又細又堅硬。❷姊姒，此指妯娌。姒，弟妻稱兄妻，亦爲兄弟之妻相稱。

【譯文】

建業有一名婦人，背上長了一個瘤，像幾斗的口袋那樣大，裡面有東西細如繭，硬如栗子，很多，走起路來發出響聲。她總是在集市上乞討，說自己是鄉村的婦人，曾經和妯娌們分別養蠶，她自己一個人的蠶繭連年損耗，於是偷竊她嫂嫂的一袋繭子燒掉。過一段時間，背上長了這種瘡，漸漸長成這個瘤。用衣服覆蓋瘤，就覺得呼吸困難，經常露在外面才可以，但是感到像背負口袋一樣沉重。

附錄

附錄一

搜神記佚文

1 縣有延壽城。（《續漢書·郡國志》一「緱氏縣」注）

2 有澤水，民謂神龍。不可鳴鼓其傍。即有大雨。（《續漢書·郡國志》五「巴郡」注）

3 代城始築，立板干。一旦亡西南板，四五十里，於澤中自立，結葦爲外門。因就營築焉。（《續漢書·郡國志》五「代縣」注）

4 《論語摘輔像》曰：「山土崩，川閉塞。漂淪移，山鼓哭。閉衡夷，庶傑合，兵王作。」時天下亂，豪傑併爭。曹操事二袁於河北，孫吳創基於江外，劉表阻亂於襄陽。南招零桂，北割漢川，又以黃祖爲爪牙。而祖與孫氏爲深仇，兵事歲交。十年，曹操破袁譚於南皮。十一年，走袁尚於遼東。十三年，吳禽黃祖。是歲，劉表死，曹操略荊州，逐劉備於當陽。十四年，吳破曹操於赤壁。是三雄者，卒共三分天下，成帝王之業。是可謂「庶傑合，兵王作」者也。十六年，劉備入蜀，與吳再爭荊州。於時戰爭四方五裂之地，荊州爲劇。故山鳴之異，作其域也。（《續漢書·五行志》三「建安七八年醴陵山鳴」條注作「干寶曰」）

5 祝雞翁者，洛陽人也，居尸鄉北山下。養雞百年，雞至千餘頭，皆有名字。欲取，呼之名，則種別而至。後之吳山，莫知所去矣。（《水經注》十六〈穀水篇〉）

6 老子將西入關。關令尹喜，好道之士，睹眞人當西，乃要之途也。（《水經注》十七〈渭水篇〉）

7 楊震，有鸛銜三鱓魚，飛集講堂前。都講取魚進曰：「蛇鱓者，卿大夫服之象也。數三者，法三臺也。先生自此升矣。」（《顏氏家訓·書證篇》云：「《後漢書》云：『鸛雀銜三鱓魚。』《續漢書》及《搜神記》亦說此事。」）

8 鬚長七尺。（《北堂書鈔》二）

9 帝與顓頊平九黎，始立五行之官者也。（《北堂書鈔》四九）

10 澹臺子羽齎璧渡河，風波忽起，兩龍夾舟。子羽奮劍斬龍，波乃止。登岸，投璧於河，河伯三歸之。子羽毀璧而去。（《文選》五〈吳都賦〉注。古鈔本《蒙求》注，楊守敬跋，見《日本訪書志》十二）

11 魏推五德之運，以土承漢。（《文選》二十陸機〈皇太子宴玄圃詩〉注）

12 程猗《説石圖》曰：「金者，晉之行也。」（《文選》二十陸機〈皇太子宴玄圃詩〉注，又三十謝朓〈和王著作八公山詩〉注。又《文選》五四劉峻〈辨命論〉注）

13 故中年令蘇韶，有才識，感冥中卒，乃晝見形於其家。諸親故知友聞之，併同集。飲噉言笑，不異於人。或有問者。中年在生，多諸賦述，言出難尋。諸敍詞曰：「運精氣兮離故形，神渺渺兮爽玄冥。歸北帝兮造酆京。崇墉鬱兮廓崢嶸。叔鳳闕兮詞帝庭，邇卜商兮室顏生。親大聖兮頌梁成，希吳季兮英嬰明。抗清論兮風英英，敷花藻兮文粲榮。庶擢身兮登昆瀛，多福祚兮享千齡。」餘多，不盡錄。初見其詞，若存若亡。（《道宣律師感通錄》作「晉太常干寶《搜神錄》述」）

14 高祖宣皇帝少有奇節，聰明多大略。（《初學記》九作「干寶《搜神》曰」）

15 宣帝遷太子中庶子，每大謀，畫策多善。由是爲太子所信重。（《初學記》九作「又曰」）

16 《黃帝書》云：上古之時，有二神人，一名荼與；二名鬱壘，一名鬱律。度朔山，山上有大桃樹，二人依樹而住。於樹東北有大穴，眾鬼皆出入此穴。荼與、鬱壘主統領簡擇萬鬼。鬼有妄禍人者，則縛以葦索，執以飴虎。於是黃帝作禮敺之，立桃人於門戶，畫荼與、鬱壘與虎以象之。今俗法，每以臘終除夕，飾桃人，垂葦索，畫虎於門，左右置二燈，象虎眼，以祛不祥。（慧琳《一切經音義》十一云：「干寶《搜神記》及《風俗通義》併引《黃帝書》云」）

17 馮稜妻死，稜哭之慟。乃嘆曰：「奈何不生一子而死。」俄而妻復甦。後孕，十月產訖而死。（《獨異志》中）

18 孟宗至孝，墳以梓木爲表，感花萼生於枯木之上。（《敦煌石室古籍叢殘·籯金仁孝篇》）

19 李王靈母死，廿年不食鹽醋，感庭橘冬生其實也。（《敦煌石室古籍叢殘·籯金仁孝篇》）

20 黃帝有熊氏，少典之子。母曰附寶，其先即炎帝母家有蟜氏之女，世與少典氏婚。及神農之末，少典氏又娶附寶。見大霓先繞北斗樞星，照郊野。附寶孕二十五月，生黃帝於壽丘。（《太平御覽》一三五〈帝王世紀〉條下注：「干寶云：『二十五月而生。』餘同。」）

21 昌意正妃，謂之女樞。金天氏末，生顓頊於弱水。（《太平御覽》一三五〈帝王世紀〉條下注：「《搜神記》同。」）

22 慶都觀河，遇赤龍。腌然陰風，感而有孕。十四月而生堯。（《太平御覽》一三五〈春秋合誠圖〉條下注：「《漢書》云：『堯母十四月生堯。』《帝王世紀》、《搜神記》同。」）

23 吴猛，蜀人。小兒時，在父母傍臥，時夏月多蚊，而終不搖扇。懼蚊虻之去我及父母也。（《太平御覽》二二、四一三、九四五、《事類賦注》四）

24 河間管弼，僑居臨水北岸。田作商賈，往往如意。嘗載兩舫米，下都糶。垂行，忽於宅中見一物，形似鼉而長大。行還，輒得大利。如此，一家遂巨富。二十年恆有萬斛米。（《太平御覽》四七二）

25 丁蘭，河内野王人。年十五，喪母。乃刻木作母事之，供養如生。鄰人有所借，木母顏和則與，不和不與。後鄰人忿蘭，盜斫木母，應刀血出。蘭乃殯殮，報仇。漢宣帝嘉之，拜中大夫。（《太平御覽》四八二）

26 吳先主病，遣人於門觀不祥。巫啓：「見一鬼，著絹巾，似是大臣將相。」其夜，先主夢見魯肅來入，衣巾如之。（《太平御覽》八一七）

27 劉晨、阮肇入天台取穀皮，遠不得返。經十三日，飢。遙望山上有桃樹，子實熟。遂躋險援葛至其下，噉數枚，飢止體充。欲下山，以杯取水。見蕪菁葉流下，其鮮新。復有一杯流下，有胡麻焉。乃相謂曰：「此近人家矣。」遂渡山，出一大溪。溪邊有二女子，色甚美。見二人持杯，便笑曰：「劉、阮二郎捉向杯來。」劉、阮驚。二女遂欣然如舊相識曰：「來何晚耶？」因邀還家。南、東二壁各有絳羅帳，帳角懸鈴，上有金銀交錯。各有數侍婢使令。其饌有胡麻飯、山羊脯、牛肉，甚美。食畢，行酒。俄有群女持桃子，笑曰：「賀汝婿來。」

酒酣作樂。夜後各就一帳宿，婉態殊絕。至十日，求還，苦留半年。氣候草木是春時，百鳥啼鳴，更懷鄉，歸思甚苦。女遂相送，指示還路。既還，鄉邑零落，已十世矣。(《太平廣記》六一)

28 焦湖廟有一玉枕，枕有小坼。時單父縣人楊林爲賈客，至廟祈求。廟巫謂曰：「君欲好婚否？」林曰：「幸甚。」巫即遣林近枕邊，因入坼中。遂見朱門瓊室，有趙太尉在其中，即嫁女與林。生六子，皆爲秘書郎。歷數十年，併無思鄉之志。忽如夢覺，猶在枕傍。林愴然久之。(《太平寰宇記》一三六)

29 許懋，吳人，好黃白術。一日，遇一道人，將一畫扇簇掛於壁。上有藥爐、童子在上。道人呼童子，而童子跪於爐前。畫扇頻動，爐火光炎，少頃藥成。道人曰：「黃白之術，役天地之數，非積功累行，不可求之。」遂告懋曰：「五十年後，當於茅山相尋。」遂不知所在。(《三洞群仙錄》十七)

30 仲子隱於鵲山。(吳任臣《山海經廣注》一)

31 (顧愷之字長康)常悅一鄰女。乃畫女於壁，當心釘之。女患心痛，告於長康，拔去釘，乃癒。(張彥遠《歷代名畫記》五)

32 蠶曰龍精。(《紺珠集》七引作《搜神記》)

33 電曰笑電。（同前）

34 北史禁門以籥曰鵠籥。（同前）

附錄二

干寶・搜神記序

雖考先志於載籍，收遺逸於當時，蓋非一耳一目之所親聞睹也，又安敢謂無失實者哉！衛朔失國，二傳互其所聞；呂望事周，子長存其兩説，若此比類，往往有焉。從此觀之，聞見之難一，由來尚矣。夫書赴告之定辭，據國史之方策，猶尚若茲，況仰述千載之前，記殊俗之表，綴片言於殘闕，訪行事於故老，將使事不二跡，言無異途，然後爲信者，固亦前史之所病。然而國家不廢注記之官，學士不絶誦覽之業，豈不以其所失者小，所存者大乎？今之所集，設有承於前載者，則非余之罪也。若使採訪近世之事，苟有虛錯，願與先賢前儒分其譏謗。及其著述，亦足以明神道之不誣也。群言百家不可勝覽，耳目所受不可勝載，今粗取足以演八略之旨，成其微説而已。幸將來好事之士録其根體，有以遊心寓目而無尤焉。

（《晉書・干寶傳》）

附錄三

干寶·進搜神記表

臣前聊欲撰記古今怪異非常之事，會聚散逸，使同一貫，博訪知之者，片紙殘行，事事各異。

（《初學記》卷二十一）

附錄四

沈士龍、胡震亨・搜神記引

余得《搜神記》及《搜神後記》讀之，乃知晉德不勝怪而底於亡也。何者？令升雖始自前載，晉實半之；元亮則晉十九矣。何東西百五十年間，天孽人變，駴人耳目，若斯多也？豈司馬家以兩世凶黠，奸有神器，其陰畫秘算，默爲天地之害者，不得不藉此開洩，用爲非德受命者鑒耶？若令升所載，皆出前史及諸雜記，故晉、宋〈五行志〉往往採之。惟《晉書》本傳稱兄氣絕復甦，而不名。道書《吳猛傳》謂寶兄西安令干慶，而本記第稱西安令干慶，而絕不謂兄，亦可疑也。至於《後記》，多後人附益，絕非元亮本書。如元亮卒於宋元嘉四年，而有十四、十六等年事。《陶集》多不稱宋代年號，以干支代之，何得書永初、元嘉？又諸葛長民與宋武，比肩晉臣也，陶必不謂伏誅。凡此數事，皆不可不與海內淹贍曉辨之也。繡水沈士龍識。

今升遘門闈之異，爰摭史傳雜說，參所知見，冀擴人於耳目之外。顧世局故常，適以說怪視之。不知劉昭《補漢志》、沈約《宋志》與《晉志》〈五行〉，皆取錄於此。蓋以其嘗爲史官，即怪亦可證信耳。第所載秦閔王女一段，則嬴秦無謚閔者。惟晉武帝子秦獻王無嗣，愍帝嘗以吳王晏子出嗣秦王，豈即愍帝邪？然愍帝時，秦爲虜境，秦妃安得在秦而有二十三年之久？至謂「今之國婿，亦爲駙馬都尉」，此政晉事耳。又有謝西之稱，按謝尚於穆帝永和間始加鎮西將軍。寶書成，嘗示劉惔，惔卒於明帝太寧間，則鎮西之號，去書成時，尚後二十餘年，安得預稱此？殊不可曉。若淵明《後記》，梁皎法師稱其「傍出《高僧》，敍其風素」。王曼穎報書亦云：「高僧行跡，糅在元亮之說。」今記中僅佛圖澄、曇遊二人，應散佚不少。其載桓溫老尼及見簡文帝山陵，豈以之況宋武耶？海鹽胡震亨識。

（《津逮秘書》本卷首）

附錄五

毛晉・搜神記跋

子不語神，亦近於怪也。顧宇宙之大，何所不有，令升感壙婢一事，信紀載不誣，採錄宜矣。元亮悠然忘世，飲酒賦詩之外，絶少著述，而顧爲令升噶矢耶？語云：「叩盆拊瓴，相和而歌。」自以爲樂矣。嘗試爲之擊建鼓，撞巨鐘，乃性仍仍然，知其盆瓴之足羞也。囿於耳目之常者，請作是觀。湖南毛晉識。

（《津逮秘書》本卷後）

附錄六

余嘉錫・四庫提要辨證

【提要】《搜神記》二十卷，舊題晉干寶撰。史稱寶感父婢再生事，遂撰集古今靈異、神祇、人物變化爲此書。其自序一篇，亦載於傳內。《隋志》、新舊《唐志》俱著錄三十卷。《宋志》作《搜神總記》十卷，亦云寶撰。《崇文總目》則云：「《搜神總記》十卷，不著撰人名氏。或云干寶撰，非也」（原注云：按此條見《玉海》）。此本爲胡震亨《秘冊匯函》所刻，後以其版歸毛晉，編入《津逮秘書》者。考《太平廣記》所引，一一與此本相同。以古書所引證之：裴松之《三國志注》《魏志・明帝紀》引其〈柳谷石〉一條，〈齊王芳紀〉引其〈火浣布〉一條，《蜀志・糜竺傳》引其〈婦人寄載〉一條，《吳志・孫策傳》引其〈于吉〉一條，〈吳夫人傳〉引其〈夢月〉一條，〈朱夫人傳〉引其〈朱主〉一條，皆具在此本中。劉孝標《世說新語注》引其〈盧充金碗〉一條；劉昭《續漢志注》〈五行志〉「荊州童謠」條下引其〈華容女子〉一條，「建安四年武陵充縣女子重生」條下引其〈李娥〉一條，「桓帝延熹七年」條下引其〈大蛇見德陽殿〉一條，〈郡國志〉「馬邑」條下引其〈秦人築城〉一條，「故道」條下引其〈旄頭騎〉一條；李善注王粲〈贈文叔良詩〉引其〈文穎字叔良〉一條，注〈思玄賦〉引其〈張車子〉一條，注鮑照〈擬古〉詩引其〈太康帕頭〉一條；劉知幾《史通》引其〈王喬飛舃〉一條，亦皆具在此本中。似乎此本即寶原書。惟《太平寰宇記》「青陵臺」條下，引其〈韓憑化蛺蝶〉一條，此本乃作化鴛鴦；郭忠恕《佩觿》上篇，稱干寶《搜神記》以「琵琶」爲「頻婆」。此本〈吳赤烏三年豫章民楊度〉一條，凡三見「琵琶」字；〈安陽城南亭〉一條，亦有「琵琶」字，均不作「頻婆」。又《續漢志注》〈地理志〉「緱氏」條下引其〈延壽亭〉一條，「巴郡」條下引其〈澤中有龍鳴鼓則雨〉一條；〈五行志〉「建安七年醴陵山鳴」條下引其〈論山鳴〉一條；李善〈蜀都賦〉注引其〈澹臺子羽〉一條，陸機〈皇太子宴玄圃〉詩引其〈程猗說石圖〉一條，此本亦皆無之。

【辨證】嘉錫按：此書《晉書》干寶本傳作二十卷。《隋志》、《舊唐志》皆在傳記類，《新唐志》改入小説類，並作三十卷。《崇文總目》卷二十八及《中興書目》(據《玉海》卷五十七引)，只有《搜神總記》十卷。《崇文總目》且謂非干寶所撰(《中興書目》只引《崇文目》，則其意亦同)。《遂初堂書目》作《搜神摭記》，不著卷數及撰人，不知是否一書。《宋志》云：「干寶《搜神總記》十卷，《寶櫝記》十卷，並不知作者。」上云干寶，下云不知作者，則亦未定是干寶書也。晁、陳書目皆不著錄。則寶書在南宋似已不傳。今本卷數與本傳合，與史志皆不同。諸家所引，又或不見於今書。〈謝尚〉一條，時代復不合(《提要》説見後)。可見其非干寶原書，《提要》疑之，是也。特其所據以證其僞者，殊多未確。如據《寰宇記》引「韓憑化蛺蝶」，以證今本作「鴛鴦」之非。考《寰宇記》卷十四「鄆城縣青陵臺」條下，並未引《搜神記》。惟其後別有一條云：「韓憑塚。《搜神記》：『宋大夫韓憑，娶妻美。宋唐王奪之。憑怒王，自殺。妻陰腐其衣，與王登臺，自投臺下，左右攬之，著手化爲蝶。』(今本作『衣不中手而死』)。又云：『憑與妻各葬，相望。冢樹自然交柯。有鴛鴦棲其上，交頸悲鳴。』」雖其間有化蝶字，與今本不合。然其下文仍作化鴛鴦。蓋化蝶者，韓憑妻所著之衣也；化鴛鴦者，憑夫婦之精魂也。不知何家村俗類書，於「青陵臺」下引《寰宇記》，截去其後數語，

《提要》遽據之以駁今本，而不考之《寰宇記》本書，可謂率而操觚矣。余又考之唐歐陽詢《藝文類聚》卷四十、釋道世《法苑珠林》卷二十七、劉恂《嶺表錄異》卷中、段公路《北户錄》卷三及宋李昉《太平御覽》卷五百五十九、《太平廣記》卷四百六十三（自《嶺表錄異》轉引）、卷九百二十五引此書，皆作化鴛鴦。其「左右攬之」、「衣不著手而死」二句，亦與今本略同（有無「而死」二字者，有作「衣不勝手」者），並無化蝶之事。足見今本與唐、宋人所見者並合。《珠林》卷三十一引此書〈安陽城南亭〉一條，「琵琶」作「髀婆」。與《佩觿》謂作「頻婆」者小異。今本作「琵琶」，是特傳本有不同。若其文，則固原書所有，非杜撰也。《提要》此篇，徵引群書，不可謂不詳。然《法苑珠林》引此書至一百四條。又有失注書名而其文實見於此書者三條（卷六十一引〈永嘉中天竺胡人〉一條；五十六引〈京兆長安張氏〉一條；又〈博陵劉伯祖〉一條）；引《搜神續記》而文實見此者四條（卷六十二引〈鄮縣吳望子〉一條；七十五引〈盧充〉一條，皆與今本《搜神記》合，而較《後記》加詳。又卷三十二引〈黃初中宋士宗母〉一條，不見於《後記》，而其文具在此書。疑書名傳寫有訛誤）。合之凡得一百一十一條，幾及全書四分之一。余嘗取以相校，字句或有不同，而文義大致相合，亦互有得失。然則此書固有所本，絕非向壁虛造矣。《提要》徒據諸書所引三數條以相參較，而置《珠林》不引，考證未爲周密也。至《提要》謂《續漢志注》、《文選注》引此書有爲今本所無者，其説誠是。然〈澹臺子羽〉一條，是〈吳都賦〉注，非〈蜀都賦〉。《續漢·五行志》引〈論山鳴〉一條，稱「干寶曰」，不言《搜神記》。寶所著《晉紀》本傳言自宣帝迄愍帝五十三年。以年數推之，當起於武帝太始元年。然既託始宣帝，則當兼有漢、魏之事（諸書所引《晉紀》，多及魏代事）。史言五十三年者，專記晉年耳。今《晉書·宣帝紀》記事始於建安六年。「山鳴」之事，在建安七、八年，安知不出於《晉紀》（本傳言「性好陰陽術數，留思京房、夏侯勝等傳」，故寶著書喜言災異）。必謂是本書逸文，終嫌無據也。

【提要】至於六卷、七卷，全錄兩《漢書·五行志》。司馬彪雖在寶前，《續漢書》寶應及見，似絕無連篇鈔錄，一字不更之理，殊爲可疑。然其書敘事多古雅，而書中諸論，亦非六朝人不能作，與他僞書不同。疑其即諸書所引，綴合殘文，傅以他説。亦與《博物志》、《述異記》等。但輯二書者耳目隘陋，故罅漏百出。輯此書者則多見古籍，頗明體例，故其文斐然可觀。非細核之，不能辨耳。觀書中〈謝尚無子〉一條，《太平廣記》三百二十二卷引之，注曰：「出《志怪錄》。」是則捃拾之明證。胡震亨跋，但稱謝尚爲鎭西將軍，在穆帝永和中。寶此書嘗示劉惔，惔卒於明帝太寧中，則書在尚加鎭西將軍之前二十餘年，疑爲後人所附益。猶未考此條之非本書也。

【辨證】按：本書卷六，凡七十七條，除首一條小序外，其記三代、兩漢事者，才六十六條。卷末自〈建安二十五年（本條云：『是歲爲魏黃初元年。』）魏武王在洛陽起建始殿〉以下凡十條，皆三國事。卷七首一條，記魏事（所記爲張掖郡柳谷事，以其爲晉有天下之兆。且中有晉泰始三年張掖太守焦勝上言。故置之此卷之首）。以後全爲兩晉時事。《提要》乃謂六卷、七卷全錄兩《漢書·五行志》。不知三國、兩晉之事何緣錄入兩《漢書》也？書中所言三代、前漢災異，亦非全錄班志。今亦不暇縷數，姑就其記後漢事者考之。自〈章帝元和元年代郡烏生子〉條起，至〈建安初荊州童謠〉條止，凡二十一條。其事不見於《續漢書·五行志》者四條（〈章帝元和元年代郡高柳烏生子〉一條；〈桓帝即位大蛇見德陽殿〉一條；〈桓帝延熹五年臨沅牛生雞〉一條；〈漢時賓婚嘉會〉一條。其〈蛇見〉一條，劉昭注引此書；〈賓婚〉一條，與昭注引《風俗通》合）；事見《續志》而文全異者一條（〈光和四年南宮中黃門〉一條，與志「光和元年五月壬午何人白衣欲入德陽門」條事略同，而文大異，卻與劉昭所引《風俗通》全合。昭注云：「按劭所述，與志或有不同。年月舛異，故俱載焉。」）；事雖同《續志》而文加評者三條（〈靈帝數遊戲於西園〉條，與志末二句微異，而別有論說將三百字；〈靈帝建寧三年春河内有婦食夫〉條，有說八十餘字；〈建安初荊州童謠〉條，多敍「華容女子」事九十餘字。皆志所無。「華容女子」事，劉昭注引之）。又有合《續志》兩三事爲一者二條（〈靈帝熹平三年右校別作兩㮀樹〉一條，合三事爲一。〈靈帝中平元年洛陽男子劉倉〉一條，合二事爲一）。然則文之同於《續志》者，僅得其半耳。安得謂「連篇鈔錄，一字不更」耶？此二十一條中，《珠林》引其九條，皆與今本略同。知原本如此，非由後人鈔〈五行志〉以足卷帙也。司馬彪既在寶前，則寶引用其文，固亦事理所有。況彪以晉人作《續漢書》，自是纂輯前人典籍，非所自撰。〈續・五行志〉篇首云：「故泰山太守應劭、給事中董巴、散騎常侍譙周並撰建武以來災異，今合而論之，以續前志。」則知《搜神》所記後漢事，不盡同於《續志》者，蓋兩書皆採應劭諸人之說，去取各有不同耳。而顧謂其鈔錄《續志》，不亦誣乎？若其書中諸論，亦皆見於《珠林》。《提要》謂爲「非六朝人不能作」，可謂知言，惜尚未能尋得證據耳。〈謝尚無子〉一條，時代實不合（本書卷七〈晉明帝太寧初〉一條，稱明帝之謚，亦劉恢所不及見），《太平廣記》又引爲《志怪錄》，固自可疑。然古人著書，有隨時增補者。古書流傳既久，亦有後人附益者。類書之體，往往有一事數書並見，隨手引用者。似不得便爲作僞之據也。余謂此書似出後人綴緝，但十之八九出於干寶原書（此但約略就其可考者言之）。若取唐、宋以前諸書所引，一一檢尋，尚可得其出處；與他書之出於僞撰者不同。而張之洞《書目答問》，信《提要》之說，遂謂《搜神記》爲僞書之近古者。不知《提要》所言，初無確據。且綴緝古書，亦不得謂之作僞也。

【提要】胡應麟《甲乙剩言》曰：「姚叔祥見余家藏書目有干寶《搜神記》，大駭，曰：『果有是書耶？』余應之曰：『此不過從《法苑》、《御覽》、《藝文》、《初學》、《書鈔》諸書中錄出耳。豈從金函石匱，幽岩土窟掘得耶？』大抵後出異書，皆此類也。」斯言允矣。

【辨證】按：姚士粦（即叔祥）《見只編》卷中曰：「江南藏書，胡元瑞（即應麟）號爲最富，余嘗見其書目，有《搜神記》。欣然索看。胡云：『不敢以詒知者，率從《法苑珠林》及諸類書鈔出者。』」其語與《甲乙剩言》正合。又按：胡氏謂此書爲自諸書錄出，較《提要》疑爲僞書者爲得其平。考《晉書》本傳載寶自序云：「雖考先志於載籍，收遺逸於當時，蓋非一耳一目之所親聞睹也」云云。第一句自「雖」字起，無此文法。此其上必尚有一段文字爲史臣所刪去，而今本自序，一同本傳，其非全篇可知。唐無名氏《文選集注》江文通〈擬郭弘農遊仙詩〉注引雷居士〈豫章記〉云：「猛（吳猛也），豫章建寧人。干慶爲豫章建寧令，死已三日。猛曰：『明府算曆未應盡，似是誤耳。今爲參之。』乃沐浴衣裳，復死於慶側。經一宿，果相與俱生。慶云：『見猛天曹中論訴之。』慶即干寶之兄。寶因之作《搜神記》。故其序云：『建武中，所有感起，是用發憤焉。』」（此事亦見《御覽》卷八百八十七、《廣記》卷三百七十八引《幽明錄》。惟詳略不同。且不云是干寶之兄）。按《晉書》本傳曰：「寶兄嘗病氣絕，積日不冷。後遂悟，云見天地間鬼神事，如夢覺，不自知死。寶以此遂撰集古今神祇靈異人物變化爲《搜神記》。」正謂此也（本傳載寶父婢及兄再生兩事，《提要》僅言史稱寶感父婢再生事，遂撰此書，非也）。然今本自序竟無〈豫章記〉所引之語，是亦爲史臣所削。因《文選集注》乃久佚之書，爲輯《搜神記》者所未見故也。又《嶺表錄異》「韓朋鳥」條下，引此書〈韓憑妻〉一條，末云：「又有鳥如鴛鴦（《珠林》及今本均作「又有鴛鴦，雌雄各一」），恒棲其樹，朝暮悲鳴。南人謂此禽即韓朋夫婦之精魂。」《法苑珠林》卷二十七引無「南人」句。此乃劉恂之語。凡恂書中所謂南人，皆指嶺南人言之。而今本亦有此句，幾於不去葛龔。惟「韓朋」作「韓憑」，此可爲自諸書錄出之證，而《提要》顧未之及。胡氏所謂《法苑》，即指

《法苑珠林》。使《提要》取其書一加考核，則不至橫生誤會，如前之所陳矣。

國家圖書館出版品預行編目資料

搜神記／(晉)干寶原著；黃滌明譯注. --二版. --臺北市：五南, 2013.10

面； 公分.

ISBN 978-957-11-7253-8 (平裝)

857.23 102014944

中國經典 02

8R27 **搜神記**

原　　著　晉·干　寶
譯　　注　黃滌明
總 經 理　楊士清
副總編輯　蘇美嬌
封面設計　童安安、韓愉文

發 行 人　楊榮川
出 版 者　五南圖書出版股份有限公司
地　　址　台北市和平東路２段３３９號４樓
電　　話　02－27055066
傳　　真　02－27056100
郵政劃撥　01068953
網　　址　http://www.wunan.com.tw
電子郵件　wunan@wunan.com.tw
總 經 銷　朝日文化事業有限公司
進退貨地址　新北市中和區橋安街１５巷１號７樓
電　　話　02－22497714
傳　　真　02－22498715

顧　　問　林勝安律師事務所　林勝安律師

出版日期　2010年 3 月 初版一刷
　　　　　2011年 8 月 初版二刷
　　　　　2013年10月 二版一刷
　　　　　2017年 6 月 二版二刷
定　　價　新台幣350元整

台灣書房

台灣書房